ཁ་བ་རི་བོས་བསྐོར་བའི་ས་ཆེན།

雪山大地

杨志军 著

作家出版社

杨志军

当代著名作家，主要作品有长篇小说《环湖崩溃》《海昨天退去》《大悲原》《藏獒》《伏藏》《西藏的战争》《海底隧道》《潮退无声》《无岸的海》《巴颜喀拉山的孩子》《三江源的扎西德勒》《最后的农民工》《你是我的狂想曲》《雪山大地》。作品获得茅盾文学奖、全国优秀儿童文学奖、"五个一工程"奖、中国出版政府奖、中华优秀出版物奖、"中国好书"奖、《当代》文学奖，入选"新中国70年70部长篇小说典藏"丛书。部分作品被译介到国外。

目录

第一章

野马雪山

向上的路衔接着冰白与蔚蓝，
生命的制高点如此地光亮啊，
爱与太阳跟踪而来，
向他说一声扎西德勒。

1

　　父亲住进桑杰家的帐房纯属偶然。那一天上午，在沁多公社的康巴基，公社主任角巴拍着头说："你来得不是时候，姜瓦草原上的赛马会刚刚结束，热闹看不上啦，我的儿马日尕跑了第一名你知道吧？"父亲说："不知道。""你怎么连这个都不知道，那我的日尕白跑啦。"父亲笑道："现在知道啦。""知道就好。第一名赛马的主人是我，沁多草原的角巴德吉，这个更应该知道。""噢呀（好的、是的），你的名字翻译成汉话就是幸福的烟斗，我记住啦。"父亲望着对方的坐骑又问，"不会就是这匹马吧？""你看它像第一名的样子吗？""不像。""那就对了嘛，赛马会上的第一名谁舍得骑？""可我听说好马都是骑出来的，不是养出来的。""那要看怎么骑啦，像我这个样子是不行的。为了划分草场，忙得我马腿都跑断啦，西一个日头落山，东一个太阳出来，我的这个头，昨天迎南风前天迎北风，再往前迎的是什么风记不清啦，前后左右都是冰凉冰凉的，不信你摸摸。今天不想迎风啦，就想扯呼噜睡大觉，没想到县里的科长来啦。带话的人说你要去野马滩蹲点，蹲点是好是坏我不知道，但你是个好人我是知道的。"父亲说："麻烦啦，我本来想一个人去，但人生地不熟，东南西北分辨不清，更不知道应该住在谁家，还得请你指点我。"角巴戴上搅在手里的羔皮帽说："不麻烦不麻烦，要是我们对上面的人不好，上面的人对我们也就不好啦。所以嘛，别人的事情不是事情，你的事情才是事情。我们走。"两个人走出了康巴基。父亲说："你的汉话说得不错。"角巴嘿嘿一笑："我正要问呢，科长是藏族人还是汉族人，藏话说得这么地道？"父亲也是嘿嘿一笑，连表情都成了地道的藏族人："我吃糌粑已经吃了好几年，再不会说藏话就连糌粑也对不起啦，现在除了缺个藏族人的名字，其他方面跟藏族人已经没有两样啦。""名字好办，我给你起嘛。"角巴想了想又说，"强巴，我看你就叫强巴科长。我过世的阿爸和爷爷都叫这个名字，一个叫强巴，一个叫老强巴，你叫这个名字一点没错。"父亲弯了弯腰说："那就谢谢啦，你给我起了一个这么尊贵的名字。"

康巴基就是一间房。用石片垒起的"一间房"孤零零地伫立在沁多草原上，远看就像牧人戴旧了的黄毯氇羔皮帽。最早的时候它是部落头人用来迎送客人的驿站，因为这里有开阔平整的原野，又靠近沁多河，还是进出沁多部落的必经之地。如今部落变成了人民公社，他这个进步头人变成了主任，外来的人只要带话给主任，主任就还会来这里迎候。不然该去哪里呢？牧人过的是马背上的生活，一年四季都在迁徙，公社没有固定办公的地方，主任在哪里公社就在哪里。

角巴主任和父亲骑着各自的马沿着沁多河朝南走去，没走多远，角巴就指着前方哈哈大笑："不用我去野马滩啦，我现在就指给你，走来的桑杰，塔娃是哩。"父亲看到，远远的草冈上移动着一个骑影和一群牲畜。桑杰也发现了角巴和父亲，翻身下马，丢开缰绳，快步走来，还没到跟前，就弯下腰去，两手朝前抬起，半张着嘴吐出了舌头。父亲知道这是下人见到老爷的礼节，慌忙下马，说着"你好"，弯腰还了一个礼，吓得桑杰连连后退。角巴说："桑杰你听着，这样的行礼要不得啦，公家人不讲究这个。我，草原上的角巴德吉，也已经是公家人啦。"桑杰"噢呀噢呀"地回应着。角巴从马背上下来，盘腿坐到草地上，用马鞭捣着草丛说："都坐下，坐下说话。"父亲坐下了。桑杰依然弯腰弓背地站着。

角巴说:"桑杰你是不是宁听老鸦嘎嘎也不听我说话?让你坐你就坐嘛。"桑杰还是不敢坐,木讷呆痴的脸上又增添了一层惶恐。角巴懊恼地说:"都说新社会新草原,这个样子能新到哪里去?你想站着说,那就大家一起站着说。"说着起身,父亲也跟着站了起来。角巴说:"你是野牛沟大队的牧人,不是野马滩大队的牧人,但强巴科长要去野马滩蹲点,也就是要去野马滩吃糌粑,可又要住在你家的帐房里,你说怎么办?"桑杰把手插进凌乱的头发挠了挠说:"主任啦,明白啦,大人的马是会飞的马。"角巴说:"你以为大人是云朵里的天人吗?草原上没有会飞的马。你再想想。"桑杰使劲想着,一脸的困惑:"主任啦,明白啦,大人要去我家的帐房住一晚上再上路。""你的脑子叫白花花的酸奶糊住啦,连我的马都在摇头笑话你,你今天不是野马滩的牧人,明天也不是吗?你把大人领上,去你家的帐房,再把帐房从野牛沟搬到野马滩,大人不就可以住你家的帐房吃野马滩的糌粑了吗?""主任啦,你说过我不是野马滩的牧人。""见多了石羊奔跑,自己的腿也会快起来。你桑杰见我见了多少回?一千回还是一万回?我的聪明怎么一点点也没叫你沾上呢?是不是野马滩的牧人,我角巴说了算嘛。"桑杰答应着,表情渐渐舒展了,脸上的黧黑也好像白了些,恭敬地看看父亲。角巴又说:"你放心,我跟强巴科长在县上见过面,开会时他让我坐在他身边,还领我去食堂吃饭,人家都是各吃各的,他把他的碗和我的碗放到一起,让我夹他碗里的肉,他夹我碗里的菜,不是好人能这样?你怎么对待沁多的头人,不对,应该是沁多公社的主任,就怎么对待强巴科长,我还有事我得走啦。"

父亲后来常常说起这一天的巧遇:如果离开"一间房"后,迎面走来的不是桑杰而是别人,如果角巴德吉不是个率性随意又有点自以为是的人,就不会发生以后的事了。那些事放在历史中也许不算什么,但对父亲它成了等同于生命的经历,成了命运本身的显现。就像父亲后来总结的那样:所有的偶然都带着命中注定的意味,缘分在它一出现时就带着无法回避和不可违拗的力量,点亮你,熄灭你,一辈子追随你,这还不够,还要影响你的所有亲友、所有后代。

父亲骑马跟着桑杰，桑杰牵马赶着牛羊。走了一会儿，父亲想：这算什么，我还真成"大人"啦？赶紧跳到地上，也牵着马，跟他边说边走。他们走过了草冈，走向了桑杰的家。桑杰的妻子是个又瘦又小的女人，正在帐房边埋头把稀泥一样的牛粪抟捏成粪饼，听到藏獒的叫声后抬起头，在直射的阳光下看了半天才看清来人，慌忙把满手的牛粪在草地上蹭蹭，又用围裙擦着手，朝帐房里面跑去。等父亲拴好马，在看家藏獒充满敌意的瞪视下走进帐房时，炉火已经生起，一个边沿满是豁牙的陶锅坐在上面。桑杰的妻子拿起一块柔软的羊皮正要擦拭木碗，看到父亲后迅速低头弯腰，一副战战兢兢不敢正视的样子。父亲说："大嫂啦，你好。"吓得她转身看看，不知道往什么地方躲。父亲尽量随和地笑笑，不等主人让座，就坐在了泥炉边的毛毡上。桑杰说："多放点酥油的要哩。""噢呀。"妻子赛毛答应着，腰弯得更低了。桑杰说："害怕的没有，你好好上茶。"又说起搬家的事，赛毛突然抬了一下头，脸上掠过一丝疑惑。桑杰出去了，放开嗓门吆喝起来。不一会儿，传来一阵奔跑声，三个孩子出现在帐房门口。最大的红脸蛋男孩朝里探探头，又缩回去，揪住弟弟和妹妹的皮袍，拽出了父亲的视线："看见来了生马，你们还往里走，阿爸的话忘了吗？客人喝茶的时候，拉鼻涕的娃娃不要往跟前凑。阿爸啦，谁来啦？""县上的强巴科长，真正尊贵的客人。""比角巴主任还尊贵吗？""噢呀。你们给我听好，从现在开始，不许哭闹，不许说饿啦，不许在毛毡上睡觉。现在你们把皮袍扎起来，多装些干牛粪，我们要去野马滩啦。"孩子们"噢呀"着，再也没有露面。

　　等招待父亲喝了酥油茶吃了糌粑，搬家就开始了。桑杰在家中小小的享堂前跪拜祈祷，赛毛把灶膛里已经差不多燃尽的牛粪火用一块长形的石头小心捣碎，然后压上潮湿的河边土。拆卸帐房时，父亲要帮忙，桑杰不让，一个劲说着"贵人不沾手"之类的话。赛毛则麻利地解开帐绳的活扣，拔掉帐杆和木橛，把几块牛毛褐子叠起来，分别搭在了两头牦牛的背上。之后，两口子开始捆绑家什，不停地念着"唵嘛呢叭咪吽"。父亲又要帮忙，还是被桑杰拦住了："强巴科长啦，要是你嫌搬家动作慢，就请用鞭子抽我们。"父亲说："怎么会嫌弃呢？就是不好意思闲着。"桑杰说："天上没有牦母牛，下的不是奶子；贵人没有无底靴，怎么会不好意思？"父亲只好站在一边，看他们忙活。家什没有多少，全部加起来，也只够两头牦牛驮的，很快就妥当了。

太阳正在西斜，桑杰一家赶着牲畜朝着沁多草原南部的野马滩走去。桑杰骑马走在前面，他要凭眼力和经验挑选最好的路——平坦，有草，还要便捷。赛毛骑牛走在后面，不停地驱赶着牲畜。两只藏獒跑来跑去，用叫声和假意的扑咬催促掉队的牛羊跟上。三个孩子在中间，老大和老小骑着一头健壮的白牦牛，老二骑着一头瘦弱的黑牦牛。他们的小皮袍鼓鼓的，塞满了取暖做饭的干牛粪。父亲骑马跟孩子们在一起，不停地问这问那，每次都是老大和老小回答。"哥哥叫索南平措，简称索南；妹妹叫仁青梅朵，简称梅朵。小哥哥叫什么？"老二望着远方不说话。索南说："叫益西才让。"父亲说："叫才让的人多，沁多县的县长也叫才让。"索南说："梅朵也多，我家就有三个。"父亲问："还有谁叫梅朵？"索南眯缝起眼前后左右寻找着。才让迅速抬手指向了右边的远处，梅朵便嫩声嫩气地说："梅朵黑在那儿。"完了再看才让。才让又指向了左边更远的地方，她便说："梅朵红在那儿。"距离太远，又有阳光迎面照射，父亲看了半天才明白，原来他们家的一黑一赤两只藏獒都叫梅朵，梅朵是鲜花的意思，是母性的象征。

正是夏花盛放的季节，蕊红瓣白的点地梅左一片右一摊，像铺满了不规则的花地毯。一簇簇的红景天升起来，绿的花苞、红的花蕾、白的花瓣，恣意地烂漫着，不时地阻断着路，让人不得不绕来绕去。而在通往远处雪山的高地上，金灿灿的九星花漫作了河，开阔的河面上飞翔着四五只鹰，可以想见那儿的花海草浪里正在蹦跳着旱獭和野兔、雪貂和马鸡。一行人赶着牲畜在如诗如画的景色里跋涉，走到天黑就歇下了。搭建帐房，生火做饭，睡了一夜，第二天再走，再歇。虽然牛羊也知道自己在赶路，但还是会不顾人吆狗撵，扑向牧草埋头吃上一通，搬家缓慢而辛苦。父亲有些苦恼，桑杰夫妻忙这忙那，累得一着地就能睡着，连"唵嘛呢叭咪吽"都念不出来了，而他却是个闲人，热心肠的帮忙总会遭到谢绝。好在这样的谢绝并不影响父亲的工作，蹲点就是调查研究。搬家的路虽然漫长，却给他提供了观察牧家并和桑杰一家聊天的机会。他发现赛毛喜欢唱歌，只要唱起来，就都是悲伤的音调、忧愁的歌词，似乎骨子里有一种力量，要让她止不住地把苦难从以往延伸到现在又推及未来。她唱道：

> 草原的长河是冰雪喂大的，
> 今天的眼泪是从前积攒的，
> 长河的尽头我是看不见的，
> 前世的冤孽大人是不说的，
> 苦日子的眼泪是淌不干的，
> 我心里的悲伤是说不完的。

桑杰似乎不会唱歌，只会默诵着"唵嘛呢叭咪吽"，望着远处的峻岭雪山和盘旋的鹰发呆，好像他总在期待什么，身后的妻儿、眼前的牛羊、现在的日子并不能装满他的心。父亲说："桑杰啦，这里怎么这么多的鹰？"他说："强巴科长啦，我不是鹰我不知道。"

桑杰是个孤儿出身的塔娃。塔娃是草原上的流浪汉、卑贱者，没有帐房居住，没有衣袍暖身，也没有牛羊作为食物来源，只能四处乞讨，或者给阿尼琼贡干零活，打短工。阿尼琼贡意为鹫峰，是阿尼玛卿草原人人注目的地方，它有一座远近闻名的古老祭坛，专门用来祭奠藏族人最原始的崇拜对象——雪山大地。桑杰来到阿尼琼贡不久，便认识了同样也是孤儿也是塔娃的赛毛。两个人天天见面自然就走到了一起。她说你要是没地方住，就到我家里来。所谓的家就是一个被她发现的自然山洞，他去后挖平挖大挖深，垒了锅灶做饭，铺了干草睡觉，也算是个避风躲雨的好去处。有男有女有山洞，接下来便是生儿育女，尽管是偷偷摸摸的。一天有个叫官却嘉阿尼的人来到山洞前，惊讶地说：雪山大地啊，鹫峰顶上也住起了人？下面是阿尼琼贡上面是天，你们在这里吃喝拉撒就不怕惊扰了山神？他走进山洞看看，又看看三个孩子，指着老二才让说：我好像在哪里见过你，你在哪里见过我吗？才让说：阿爸带我去给神湖磕头，我在夏瓦尼措见过你。官却嘉阿尼一巴掌扇红了才让的半个脸：胡说，我去夏瓦尼措干什么？夏瓦尼措是"两只鹿的湖"的意思，它神圣而美丽，据说只要虔诚祈祷，湖中沐浴的两个鹿目女就会现身，并诱惑你爱上她。他转身就走，又回过头来说，这个山洞实在是好，僻静不说，还高高地悬在山顶，正对着东方的太阳，让给我修行吧。桑杰说：阿尼啦，你想怎样就怎样。官却嘉阿尼又说：那你们去哪里呢？去给角巴德吉老爷放牛放羊好不好？官却嘉阿尼面子大，角巴皱着眉头说了一大堆不愿意的话后，把桑杰一家收下了。他分给桑杰一家一顶破帐房、两块补帐房的牛毛褐子、五十只羊、三头挤奶的牦母牛，说：羊一年增加二十五只，牛一年增加两头半，多出来的归你们，不够的赔偿，三年内交够一百斤酥油，帐房就归你们。这就是草原上的高利贷了，还起还不起就看运气：育羔在冬春季节，天寒地冻，牧草枯黄，就算五十只母羊全部怀羔，能存活二十五只一定是雪山大地格外关照了。三头奶牛两年生育五头小牛，须得无病无灾，还要忍饥挨饿，人挤多了奶，牛犊会饿死，牛犊吃多了奶，人会受苦，何况草原上哪一年没有灾难呢？不是雪灾就是瘟疫。还有酥油，三年应该可以打出一百斤，但人不吃了吗？灯不点了吗？不去阿尼琼贡祭奠雪山大地了吗？虽说偿还的比给予的多了些，桑杰还是咬着牙领了下来，毕竟牧人是人，塔娃是死了也没处去的孤魂野鬼。赛毛也高兴，从此她的三个孩子就可以在草原上自由奔跑，而不必躲在山洞里怕人看见了。

桑杰对父亲说，这些年自己运气好，雪山大地一直在保佑：鹫峰上过日子遇到了官却嘉阿尼，官却嘉阿尼照拂变成了牧人，牧人的日子越来越好——三年期限到啦，正在他为还不起赊欠唉声叹气，打算抛下牛羊帐房背井离乡再去做塔娃时，角巴老爷来啦，说："欠下的不用还啦，再给你们十头牦牛一匹马好不好？这个样子的话，你们能为我说些好话吧？我，沁多草原的角巴德吉是个积德行善的好人，从来就是受人欺负，没有欺负过别人，尤其是无家可归的塔娃。"原来草原上来了红汉人，角巴老爷要变一变啦。父亲问："你们给角巴说好话了没有？"桑杰说："我没说，赛毛说啦。她先是在享堂前说，雪山大地啊，请看看沁多部落的角巴老爷吧，给了我们缺少的一切和牧人的日子，请保佑他，就像保佑阿尼琼贡一样。又去给才让县长下跪，尊贵的人啊，请看看沁多草原吧，要是没有角巴老爷，水就不流啦，草就不长啦，冬眠的旱獭也会发出哭声啦。后来听说公家人不喜欢头人，她就见一个公家人说一句老爷的好，草原上的角巴德吉，雪山大地保佑的人是哩。""你为什么不说？""赛马会的时候，我去给县长献哈达，一说到角巴老爷，就被县长打断啦。县长说是角巴让你来的吧？这个角巴，他的事我们都知道，不需要人人为他评功摆好，我们会来个正确对待。"父亲想知道在桑杰和赛毛心里，过去和现在有什么不同。桑杰说："过去的牛羊是部落的，部落是角巴老爷的；现在的牛羊是公社的，公社是角巴主任的。角巴主任说啦，'主任'是比'老爷'更好的人。""日子总是不一样了吧？你们还有什么期待？""没什么啦，雪山白了就好，草原绿了就好，主任慈悲就好，雪山大地保佑就好。"听丈夫这么说，赛毛便唱起来：

> 阿爸啦，你蹚过了河水，河水记得你吗？
> 阿爸啦，你向神山磕头，神山记得你吗？
> 只要是河水就会哗哗响，只要是山林就会哗哗响，
> 只要是帐房就会哗哗响，只要是大风就会哗哗响。

父亲和桑杰一家走到第四天下午，才看到头顶着冰盖的野马雪山。从野马雪山的沟沟壑壑里流出一条河叫野马河，蜿蜿蜒蜒把草原切割成许多滩头和水湾，然后一头扎进了深渊似的黄河峡。那些滩头和水湾以及两河相交形成的三角带，便是一望无际的野马滩。桑杰选了一块高地打算安顿帐房。父亲问："为什么不去离水近的地方？"桑

杰说："地势低的水里住着黑龙，地势高的地方住着白龙，黑龙脾气大，白龙性情柔。"他朝着河水流淌的方向磕了一个头，把帐房和家什从牦牛背上卸下，挑出享堂在草墩子上摆好，也磕了一个头："雪山大地保佑，请不要让黑龙发怒。"然后吩咐赛毛快去背些水来，献了净水的祈求才是灵验的。赛毛背起水桶，朝下走去，很远的低洼地里才是河。桑杰远远近近地看看，又吩咐索南和才让赶快把牲畜赶到连接着高地的山坡上去牧放。父亲知道他的意思：低洼地的草要留给冬天，帐房四周的草要留给灾后的应急，山坡上海拔高，正是牲畜夏天的去处。索南"噢呀"着，才让一声不吭带着梅朵黑和梅朵红去赶牲畜。梅朵黑和梅朵红显示出好藏獒对陌生地方的警惕，一左一右行走在畜群的两边，不时地发出阵阵又粗又沉的吼叫，像是发表宣言：我们来啦，狼豹走开。梅朵想跟着两个哥哥去，桑杰说："你留下，给享堂说话。"梅朵听话地靠在享堂上，用尖亮的嗓音念起了祈福真言。父亲不拜雪山大地神，对享堂并不关注，但是今天，在他赞赏地看着只有四岁的梅朵能把鼻涕擦得比两个哥哥还要干净，祈福真言念得认真而清晰时，无意中发现，桑杰家的享堂里供着的是一个塔形的糌粑食子，干硬到裂缝的食子上缠着几绺黄绸子。父亲问起来，桑杰说："是官却嘉阿尼的恩赐，把阿尼琼贡的供食给了我们。""阿尼琼贡的供物数不清，他怎么就给你一个硬邦邦的糌粑团呢？"桑杰顿时显得十分恐慌："不是糌粑团，是雪山大地的宝贝阿尼玛卿雪山。"然后双手合十放在额头上，虔诚地念起了祈福真言。父亲知道自己说错了话，赶紧改口："真的是阿尼玛卿雪山吗？那我也得拜一拜啦。"说着朝享堂跪下，学着牧人的样子磕了一个头。桑杰愣了片刻，惊讶地说："公家人磕头，我是头一回看见。"说罢就笑了。

等赛毛背水回来时，帐房差不多已经搭好。这次桑杰没有拒绝父亲的帮忙，父亲意外极了：仅仅对着享堂磕了一个也许只是做做样子的头，就带来了如此大的变化。父亲高兴得唱起来，用的是《卖报歌》的曲调，唱的是"唵嘛呢叭咪吽"。桑杰听呆了：祈福真言居然也可以这样念？不禁朝着父亲翘起了大拇指。赛毛脚步滞涩地走上来，几乎要匍匐在地，拼命地仰起脸望着父亲。父亲也望着她，望到了一脸滴答的汗珠和灿烂的笑，赶紧过去，帮她卸下了沉重的水桶。赛毛喘着粗气说："强巴科长啦，雪山大地保佑你。"父亲意识到，以往对他，桑杰一家的尊重里更多一些隔膜和敬畏，突然之间就变了，尊重里掺和着发自内心的亲切和信任。以后他还会明白，在牧人的观念里，外人动用过的家具会沾染邪气，谢绝帮忙是必然的。但是现在不一样了，你有拜雪山大地和念祈福真言的举动，就能祛除邪祟，就是共同沐浴雪山之光的家里人。接着就发生了更让父亲惊奇的事：梅朵突然唱起来，也是《卖报歌》的调子，也是祈福真言。她只听了几遍，居然就能唱得跟父亲一样，而且比父亲音更准气更长。正唱着，索南和才让赶着牲畜回来了。索南说："这样的话，雪山大地就能听见啦。"说罢也跟着唱起来，他对音调的掌握跟妹妹一样好。父亲问："才让你为什么不唱？"才让一言不发，看父亲还想问什么，低下头走进了新扎的帐房。桑杰说："他是听也不见说也不会啦。"父亲吃惊地啊了一声：聋哑人？

　　这天晚上吃饭时，赛毛微笑着，在父亲的茶碗里多放了一疙瘩酥油。父亲没在意，他一直关注着才让。才让没有表情也没有声音，却对别人的表达格外敏感，望着嘴型的变化就知道对方在说什么，看着眼神和手势就明白人家的意思。父亲试探着说："藏獒又叫啦，是不是来客人啦？才让出去看看。"话没说完，才让站起来就走，回来后郑重地朝父亲摇摇头。桑杰说："梅朵黑鼻子灵，闻到了远处的狼骚味，吓唬呢。"父亲说："哎哟，我忘了我的马，嚼子是不是卸下啦？才让……"才让立刻出去了。父亲说："才让的感觉太灵啦，可他怎么就又聋又哑了呢？"桑杰说才让原先好好的，是三个孩子中最会说最会唱的。就是那一天，官却嘉阿尼在鹫峰顶的山洞前扇了他一巴掌，他就听不见啦，慢慢又不会说啦。父亲说："阿尼琼贡有曼巴（医生），应该让他们瞧瞧，说不定能治好。"桑杰说："前世的罪孽，今世的报应，官却嘉阿尼是这样说的。"赛毛说："要是才让前世造了孽，阿妈的祈祷就会顶掉，我念一声祈福真言就会说一句'才让会说话，将来骑大马，穿金纱'。"父亲说："你想让才让以后成为大人物？"赛毛说："噢呀，他要是不会说话，雪山大地就听不见他的声音，也看不见他啦。""所以嘛，还是要找曼巴。"父亲心疼地把才让搂在怀里说，"最聪明的人却又最可怜，今天晚上才让跟我一起睡。"作为尊贵的客人，父亲睡在帐房的右首里面，这里靠近享堂和炉灶，铺着家中唯一的毛毡，是最好的地方。赛毛笑着，客人心疼她的孩子，她当然高兴。才让有点不愿意，朝梅朵忽闪着眼皮。赛毛说："他想让梅朵跟客人睡。"父亲说："为什么？"桑杰说："他嫌热，今年的沁多草原比任何一年都热。"父亲说："就一层薄毛毡，热不到哪里去，让才让和梅朵都跟我一起睡。"

来到野马滩的第二天，父亲就开始忙碌。他想走访至少十户牧民，了解他们的生活境况和对人民公社的态度，以及对公社主任角巴德吉的看法。他让赛毛给他准备了些吃喝，太阳一出来就去鞴马。桑杰说："强巴科长啦，这个地方不一定有放牧的，你要望着野马雪山走，走到太阳照头顶，还遇不到人家就回来，不然你会迷路的。"父亲知道迷路的危险，一连几天都是半天去半天回。他以桑杰的家为中心，把所有的方向都走了一遍，失望地说："看来我应该一直往前走，走到天黑就能看见帐房啦。"桑杰说："你一个外来人不认识草原，要走全家人跟着一起走。"赛毛在享堂前祈祷："雪山大地关照强巴科长啦，唵嘛呢叭咪吽。"就在商量好迁移的第二天早晨，梅朵黑和梅朵红此起彼伏地叫起来。

父亲走出帐房，望见了低洼地里的骑影，再看看别处，野马雪山的坡面上有了帐房，高地北边的原野里也有了袅袅的炊烟。父亲惊喜地喊起来："来人啦，来人啦。"赛毛和孩子们都出来看。桑杰急不可耐地骑马朝炊烟走去，他还没见过野马滩的任何人，需要去问好，让人家知道自己，也给人家说：同样是神圣的野马雪山庇护下的卑贱牧人，请多多关照。两只大藏獒却叫得更凶了，梅朵红甚至追了过去，似乎想拦住主人。桑杰呵斥道："回去。"打马跑起来。赛毛说："梅朵红你怎么啦，以往见了来人可不是这个样子的。"

桑杰很快消失在炊烟的弥散里。父亲也要前去接触牧人了，他回到帐房，飞快地舔食着赛毛端给他的"者麻"——半碗酥油茶半碗炒面的早饭，心说自己应该和桑杰岔开，先去坡面上的帐房，坡面地势高，对方也一定看见了桑杰一家，不会奇怪有客人来访。他用手掌擦着嘴走出帐房，来到马前。索南和才让帮他搬来了鞍鞯，赛毛则快步过来，踮着脚用手倒捋着马背，看看马毛里是不是藏着草枝草叶和石头子儿，免得搭上鞍鞯后硌着了马。父亲说："赛毛大嫂啦，让你操心啦，每次我出门你都会这样。"赛毛说："马一不舒服就不听话啦，你往西它往东，你就回不到我家里来啦。"父亲骑上了马，被桑杰呵斥回来的梅朵红拦在马前沉稳地吠叫着不让走，梅朵黑则忽而看看桑杰消失的地方，忽而面向坡面上的帐房，一副焦躁不安的样子。父亲笑道："它们已经把我当成自家人啦。"赛毛说："噢呀噢呀。"正说着，梅朵黑和梅朵红飞奔而去。

　　牧草的波浪里，踉踉跄跄走来桑杰的身影。父亲跟在两只藏獒后面打马过去，跳到地上，扶住了脸上身上带着鞭痕的桑杰："怎么啦，你的马呢？"梅朵黑和梅朵红环绕着桑杰，不时地朝着冒炊烟的地方发出愤怒的轰鸣。炊烟下面也响起了藏獒的回应，雄壮沉重，一听也是大藏獒。赛毛和孩子们都跑了过来，惊慌地"啊嘘"着。帐房周围的牛羊关切地发出了一阵阵哞哞咩咩的叫声。原来桑杰一家一进入野马滩，就被当地人盯上了：别处的牧人怎么可以大大咧咧来到野马滩放牧牛羊呢？草原的规矩里是没有的。野马滩生产大队的大队长囊隆纠集了一些牧人来找桑杰算账。桑杰说是角巴德吉主任让我来的。囊隆说文书呢？没有，口信呢？也没有，分明是强吃了野马滩的草还想当骗子。草不能白吃，留下五只羊作为赔偿赶快远远地离开这里。桑杰说牲畜是公社的不是我家的，一根羊毛也不能留。囊隆说那就只好揍打了。用羊赔草是规矩，赔不起就吃鞭子也是规矩，角巴德吉的沁多草原一直都这样，桑杰还有什么话可说？他说公家人要住我家的帐房，又要在野马滩蹲点吃糌粑，我不能丢下公家人不管，这件事到底怎么解决，你们最好去问问角巴主任。囊隆说既然为你的事我们不得不去拜见角巴主任，就不能让我们的马跑腿流汗，你的马借一下的要哩。就这样桑杰挨了打，还被人家强行借走了马。父亲说："我去跟他们论理，正好会会他们。"桑杰说："他们已经走啦。"父亲骑马走向高处，看到炊烟已经消失，朦朦胧胧的地平线上，晃动着一群越来越小的人影。梅朵黑和梅朵红跟过来，朝人影叫几声，又朝父亲叫几声，明显是不让追撵的意思。父亲想，光知道藏獒的鼻子比人灵，想不到感觉也比人准确，野马滩的人一出现它们就知道来者不善。可我是来蹲点的，我的工作就是接触当地牧人，不管他们对我善不善，我必须会会他们。他掉转马头，想按原计划前往野马雪山的坡面，却发现那里的帐房也已经不见了，显然他们是串通一气的，要来都来，要走都走。父亲赶紧回到帐房前，眺望低洼地里的骑影，隐隐约约看到有几个人正在远去。他策马朝低洼地走去。桑杰和赛毛追过来，忧急地喊道："强巴科长啦，回来，回来。"父亲不听，打马跑起来。索南和梅朵以及两只大藏獒都喊起来："回来，回来。"父亲还是不听。赛毛扯开嗓子唱起来：

> 送一团糌粑给走的人，路途遥远要小心，
> 祈求雪山大地保佑你，一路高兴一路顺，
> 前路上的坡坎低下来，开出一扇安康门，
> 前路上的河流别挡道，吹来一阵清凉风。

父亲找遍了低洼地也没有找到人，新鲜的马粪告诉他，那些人沿着野马河走向了源头。他跟了过去，越走越高，高得远远超过了桑杰家安顿帐房的高地。阳光渐渐有了寒意，风变得凉飕飕的，地上的绿越来越浅，很快就没了，地面裸露着赭红的岩石，一片片铺着的也是赭红的苔藓。父亲往上看看，看到离雪线已经不远，便下马犹豫起来：还走不走啦？那些人去了哪里？黄昏正从天上沉下来，赭红的地表在天色中融作一片艳红，泛滥的赤光迅速移动着，白天的灿烂正在消逝。父亲突然有了决断：赶快走，回到桑杰家去。他骑马扬鞭，马

却不怎么听话，快两步慢三步。怎么啦，又不是畏途你怕什么？但很快父亲就发现马是对的，他听到阵阵轰鸣随风而来，走到悬崖边一看：啊嘘，野马河的水突然翻腾起了推石拉土的波浪，一路汹涌，狂泻而下。发大水了，是阳光太猛气温太热，野马雪山的冰雪消融得太快了？夏天，夏天，比以往更热的夏天。父亲不禁打了寒战，高处的水都这么大，回去必须经过的低洼地会怎样？可要是停下来不走，他去哪里过夜？露宿荒野是很危险的，别说一个外来人，就算土生土长的草原牧民，也不敢在没有刀枪没有藏獒的情况下一个人直面狼豹。他硬着头皮拉马往下走，终于远远望到了低洼地。还好，没有洪水泛滥的迹象，那就得快快穿越，天就要黑了。父亲骑上了马，马也看到了低洼地的平静，步子轻快起来。

但是父亲还是太大意了，似乎第一浪洪水正等着他，一见他进入低洼地，就轰然漫过河床喧喧嚷嚷奔腾而来。父亲回头一看，心说完蛋啦，我来这里竟是要投奔鬼门关的，不死也得死啦。马惊慌得嘶鸣着，在浪峰前奔跑。父亲喊着："快啊快啊，唵嘛呢叭咪吽。"挥动马鞭乱抽一气。马的狂奔瞬间到了极限，它今天走了一天，本来就累得屁都夹不住，极限的奔跑也只有洪浪的一半速度，马蹄转眼浸在了水里。水位迅速升高，马很快跑不动了，停下来等着漂凫，不时地叫一声，恐惧绝望的哀鸣里饱含着对生的留恋。突然传来一阵喊声："强巴科长啦，强巴科长啦。"父亲听到了，马也听到了，父亲回答着，从马背上溜下来，蹚着齐腰深的水往前走。前面黑黝黝的，像是一座荒丘，赛毛站在丘顶不停地喊。父亲拉马吃力地走着，很慢，等来到荒丘跟前时，水已经没过了脖子。他不会水，沉浮在水面上挣扎着，眼看要够着荒丘了，又让顺流而下的马拽进了激浪。赛毛站在水边，解下腰带甩了过来，喊着："强巴科长啦，抓住，抓住。"父亲伸手抓了几次才抓住。"强巴科长啦，把缰绳给我。"她踩进水里，弯腰伸出一只手。父亲把缰绳使劲朝她扔去。赛毛一手用腰带拽着父亲，一手用缰绳拽着马，又瘦又小的身子骨不知哪来那么大力气，父亲和马都被她拽上了荒丘。但父亲和马都还没来得及站稳，水浪就追随而来，翻卷得又高又大，就像魔鬼派来的使者，一手撕住了马，一手撕住了父亲。又瘦又小的赛毛再也支撑不住了，一头栽向水里。其实她只要松手就安然无恙，但是她没有，没有松开连接着父亲的腰带，也没有松开连接着马的缰绳。父亲灌了几口水，被急流冲向了马，马在拼命泅水，拦住了父亲。父亲使劲蹬着马，再次靠近荒丘，扳住岩石的缝隙，爬了上去。等他稳住自己，再回头看时，赛毛已经不见了，马也不见了，只有大水浩浩而来，荡荡而去。"赛毛，赛毛，唵嘛呢叭咪吽。"牧人没有会水的，她只能依靠会水的马。但愿，但愿，人和马能够在一起。但愿，但愿，在洪水流过低洼地之前，他们能够遇到陆地。父亲知道，一旦和野马河的波涛一起进入深渊似的黄河峡，那就没救了。

赛毛本不该来到低洼地。如果不是野马滩的牧人骑走了她家的马，桑杰就不会步行去放牧，也不会天黑前到不了家。赛毛期待着丈夫回来，也巴望着强巴科长出现。她的主意是，等桑杰一到家，就让他赶快带着藏獒去低洼地找强巴科长。但她等来的却是太阳的沉没和低洼地里流水的闪烁。她嘱咐索南看好家，照顾好弟弟妹妹，自己毅然走了过去。这是一条她天天背水的路，她知道哪里有高陵哪里有荒丘。一路上她用尖亮的嗓门喊叫着："强巴科长啦，强巴科长啦。"

2

水一直不退，低洼地变成了一片汪洋。但父亲和桑杰都知道，不管水退不退，赛毛和父亲的马都已经不在了。桑杰没有哭，也不让孩子们哭。父亲知道，这是因为活人的眼泪会滞留灵魂远去的脚步，就像被酥油粘住了羊毛，被水打湿了翅膀。孩子们是懂事的，除了索南会带着妹妹梅朵时不时高声念诵起祈福真言外，没有什么异样。沉默的才让则愈加沉默，他伫立在高地上，望着低洼地和大水的眼睛晶亮而明澈，如同冰雪的精灵在无边的寂静里放光。父亲感觉到，才让的眼光有声音，有一种悲沉的能够穿透人心的声音。梅朵黑和梅朵红一早一晚都会走向低洼地，蹲踞在汪洋的边缘，吠叫几声，沉默一会儿，是守望，还是送别？桑杰里里外外忙碌着，尽量不让一个突然失去了阿妈的家庭陷入混乱。他让索南和才让去放牧，自己挤奶，背水，拾掇牛粪羊粪，生火烧茶，打酥油。父亲说："还是你去放牧吧，两个孩子整天在外头，遇到狼豹怎么办？家里有我呢。"桑杰说："噢呀。"但只去了一天，他就又把孩子换去放牧了，因为他发现父亲烧的茶里奶子和盐巴放得多了些，父亲的挤奶留给小牛犊的少了些。盐巴是金贵的，奶子能少喝就少喝，因为更多的奶子要打成酥油交给公社，公社要交给县上，交不够的话角巴主任会不高兴的。但又不能克扣小牛犊的，它还不会吃草，它要长大。父亲说："我知道啦，你去吧，放牧要紧，孩子的安全更要紧。"桑杰说："怕没有，有梅朵黑和梅朵红哩。"

一个星期后水退了，低洼地裸露而出。桑杰和父亲走过去，来到赛毛救了父亲的那座荒丘前，绕着荒丘转了又转，是念着祈福真言的顺时针绕转。父亲的祈福真言湿漉漉的，他像桑杰一样忍着，把眼泪流到了嘴里，又从嘴里流进了祈福真言。然后他们又来到野马河汇入黄河的地方，念了一会儿祈福真言，平静地回到高地。放牧归来的索南和才让带着梅朵也去走了一遍，走到半夜才回来。两只藏獒却对消失了大水的低洼地毫无兴趣，它们知道那儿什么也没有，连赛毛和父亲的马划过地面的擦痕都没有。

又过了一天，角巴主任出现了，跟他在一起的还有野马滩的大队长囊隆和几个牧人。他在帐房前一见桑杰就说："知道啦，知道啦，我一个耳朵进的是天上的鹰叫，一个耳朵进的是牧人的传言，你把家里的人丢掉了吗？可惜啦，可惜啦。超度的人请了没有？"桑杰弯下腰去，正要回答，角巴又说："你这样好的人也会吃鞭子，沁多的规矩没有变是真的，但是我变啦，难道大家不知道？"他晃晃头转向父亲："我把我当主任，牧人把我当头人；我把沁多当公社，牧人把沁多当部落。强巴科长啦，你说怎么办？世事变啦，他们的想法一点点都没变，这些老牧民（死脑筋），你就是把一桶雪水泼到头上他们也不会清醒。我说过多少回，过去和现如今不一样啦，天不一样，地不一样，人也不一样啦。怎么我越说不一样，牧人就越觉得一样呢？"父亲悲伤地沉默着。角巴叹口气说："桑杰你吃了几鞭子记不记得？不记得的话那我就说了算，用指头数是两巴掌（十鞭子）不是一巴掌，今天当着我的面你还给他们。"桑杰说："主任啦，我从来没打过人。""也没打过马？""打过，马不打不跑，主任是知道的。""这就对了嘛，你怎么打马就怎么打他。"角巴指了指囊隆，把自己手里的马鞭塞给了桑杰，"囊隆你把马还给桑杰，再请一个阿卡（修行的人）来这里，酥油不热不化，亡魂不度不走。"桑杰说："要请就请官却嘉阿尼，他法力大大的有哩。"囊隆"噢呀噢呀"着，把手里的马缰绳还给了桑杰。角巴主任又朝桑杰瞪起眼睛："打呀，为什么不打？"忽又哼哼一声，"不想打就算啦，聪明的人不结仇，能饶就饶过，现如今人家是大队长，只有他打你的，没有你打他的，天可以变，尊卑不能变，大人小人不能变，牛犊子不能给牦母牛喂奶，下跪的总是羊羔子，没见过马驹子踢坏儿马子的。你丢了女人，家里谁烧茶？我，沁多草原的角巴德吉，嘴皮子干得就要冒出火来啦，快快快，公社的奶子不要给主任舍不得，多多的酥油放给的要哩。"桑杰赶紧弯腰，手掌向上，指向了敞开的帐房门。角巴说："强巴科长啦，才让县长从州上托人带话，让你马上回县上，你今天就跟我走。"父亲问："没说是什么事？"角巴嘿嘿了一声："人家的事怎么能给我说？"

　　角巴是个说话办事喀里喀嚓、讲究时效的人，喝酥油茶吃糌粑也一样，不浪费一点点时间，很快他就走出帐房打算离开了。"强巴科长啦，我们走，你没有马了吗？先在野马滩借上一匹，到了'一间房'，我送你一匹好马。"囊隆说："我这就去找马。"父亲虎头蛇尾的蹲点就这样结束了。他走向高地的边沿眺望低洼地，想着为自己而死的赛毛，忍不住抽泣了一声，泪光闪闪地蒙住了眼睛。桑杰来到他身后："强巴科长啦，你哭啦。"父亲赶紧用手背擦了擦："对不起啦，胸腔里的酸水水，不由得要往外冒啦。"桑杰说："赛毛已经远远地转世去了吧？没走的话也不要紧，官却嘉阿尼就要来啦。阿尼的祈愿，亡魂的马，是往天上去的快马，善人有福气，赛毛的福气大大的有哩。"说着也忍不住哭起来，边哭边招手，"孩子们，你们也过来，想哭就哭吧，你们的阿妈走啦。"才让第一个跑来，接着是索南，他们朝着低洼地扑通一声跪下了。梅朵慢慢地走着，还没到阿爸跟前，就已经成了泪人儿。全家人包括父亲，再也不克制不隐忍了，呜呜地哭声爆响而起，梅朵黑和梅朵红也跟着轰轰轰地叫。才让趴到地上，没有声音，只有如溪如河的眼泪，比所有人都多的眼泪，流淌在草丛里。

角巴静静地站了一会儿，看他们哭一天也哭不够的样子，大声说："要哭的话，藏族人的眼泪多得没有升量，野马河算什么？黄河算什么？人活着，没有不可怜的下场，今天这个死，明天那个死，一辈子不够哭的。那么多事情还要做，走吧，强巴科长啦。"父亲用衣袖擦掉眼泪，拉起梅朵，摸摸她干净的脸蛋，拉起索南，摸摸他的头，又摸摸梅朵红的鼻子、梅朵黑的鬃毛，然后来到桑杰跟前："桑杰啦，没忘了赛毛的心愿吧？"桑杰愣愣的，见父亲望着才让，自己便也望着才让。父亲说："我想把才让带走，去找曼巴给他治病。赛毛天天都在祈祷，'才让会说话，将来骑大马，穿金纱'。"桑杰吃惊地啊了一声，没说话。父亲拉起依然趴着的才让，牵在手里说："你放心，你们的孩子也是我的孩子。"角巴说："桑杰你碰上好人啦，听我的，把哑巴儿子交给强巴科长。我看出来啦，他前世是雪山大地保佑过的善良人。"父亲觉得承认的话桑杰就会信任自己，便"噢呀噢呀"起来。

上路了。草原上昨天新开了许多蓝色的绒蒿花，今天又新开了许多粉色的早菊，遍地的花骨朵一个时辰跟一个时辰不一样。这是夏天走向盛典的标志，很快就要凉了。角巴牵着马，陪伴父亲和才让步行了一会儿，就见囊隆拉马走来。父亲迎过去，说着谢谢，接过了缰绳。他检查了一下马鞍，先扶才让上去，然后踩镫而上。接下来的行走格外轻松，不用父亲操一点心。角巴是沁多公社的当家人，他选择的路线便捷而平坦，还总能碰到牧家，酥油茶是不断的，糌粑是管饱的，想过夜的时候，就能看到被夕阳染红的帐房。第二天下午，他们到达了"一间房"。角巴说："强巴科长啦，去我家过夜吧，家里条件好些。"父亲不客气，带着才让跟了去。他们先是看到了一座白色的方塔，走不多远又有一座高大的祈福真言石经堆，堆上插满了带着旗幡的木箭，又走了一会儿，就看到一座帐房从地平线上遥遥而来。

角巴家住的是十几块牛毛褐子组成的大帐房。这个季节，儿子一家赶着牛羊带着藏獒去了山上的夏窝子，家里只有妻子和两个女儿。妻子姜毛黑黑胖胖，一看就是个不缺吃喝的富家女人。两个女儿一个十六，一个十二，见了客人都过来笑嘻嘻问候。父亲说："才让，这两个姐姐漂亮不？"才让胆怯地低下头。父亲问她们叫什么，大的说："卓玛。"小的说："央金。""卓玛央金你们好？这个哑巴弟弟就交给你们啦，让他吃好喝好睡好，就像到了他自己的家里。"卓玛和央金齐刷刷地说："噢呀。"角巴说："她们有哥哥没有弟弟，见个男孩子喜欢得很。"父亲坐下来，打量着主任家的陈设，锅灶右边铺了两层毛毡，毛毡上还有卡垫，沿帐壁摆着一溜儿叠成长条的花被子，说明主人通常是穿着衬衣睡觉的，不像普通牧人，白天裹的是老羊皮袍，晚上盖的还是老羊皮袍。帐壁前摆着一盏长明的酥油灯，映照着里面雕刻的吉祥八宝图，不知是铜的还是金的。帐壁边放着一溜儿擦拭得干干净净的家什，奶桶、酥油桶、酸奶桶、铜壶、铜锅什么的，还立着一杆被五彩旗幡装饰起来的叉叉枪。晚餐也比牧人家丰富好多，有糌粑和加了肉汤的糌粑糊糊，有风干的羊肋巴肉，有招待客人的酸奶和奶皮子。糌粑是拌了糖的，才让大概是第一次吃糖，吃饱了还想吃，肚子都鼓了起来。睡觉时最尊贵的右首里面自然要让给父亲，父亲叫才让跟他睡，却被两个姐姐夺了过去，她们睡在左首里面的毛毡上，那儿是帐房最深最低的地方，隐秘得就像闺房。

父亲一觉醒来，角巴已经不在了，说是去马群里拉马去了，这时候牧人会把马群从半山腰赶下来，去河边采食被水雾打湿的草。父亲和才让吃了甜糌粑和咸酥油茶的早饭，来到帐房外面等了一会儿，就见角巴粗声大气地唱着歌骑马走来，身后拉着一匹红亮红亮、精神昂扬的高头大马。"哈哈,强巴科长啦,你怎么感谢我哩,我给你带来了沁多草原最好的马。"说着抬腿下马。父亲快步来到枣红马跟前,朝马肚子下面瞅瞅:"还没骟掉?"又接过缰绳看了看牙齿,不禁惊叫起来,"门牙才出现,边牙还没有,岁口这么轻?"角巴说:"你也看出来啦?别看它高大,它还在长,再长就是世上第一啦。"父亲是搞畜牧的,自然懂马,看它头小,耳尖,鼻大,脸窄,脖直,胸阔,腿细,腰平,臀圆,蹄小,毛匀,皮亮,连声称赞:"好马好马,骟掉就可惜啦,有名字吗?""我给你说过你忘啦?""日朵?赛马会上的第一名?怪不得一见就喜欢。""日朵"是见了喜欢的意思,父亲的喜欢就像牛羊见了牧草,河床见了雪水,星星见了黑夜,带着情不自禁的冲动。

父亲拉着日朵在帐房前的草地上走来走去,轻声细语地跟它说着话,好让它尽快熟悉自己。又把手插进鬃毛,摩挲着它弹性的肌肉,再次说:"好马好马。"父亲后来说,好马的标准不仅看外貌品相,还要看马肉、马精、马神、马心。所谓"马肉",指的是正常情况下,好马身上没有一点多余的赘肉,也没有一丝缺少的肌肉,这不在于人给它喂多喂少,在于它自我控制的能力,它天生就知道自己是飞奔和行走的能手,吃进去多少能量,就必须挥发出多少能量,食量和挥发正好相等,所以总是在劲健的状态里保持着身段,不会饱满到臃肿,也不会峻峭到骨立。"马精"是指领悟主人意图的准确性和敏捷性,它应该果断、自信、顽强、勇敢而又收放自如,控制得当,好比体内有一台能够自动运转的发动机,平静、亢奋、行走、奔跑、跳跃、止步,甚至嘶鸣、咳叫,一切反应都来自本能和下意识,而又符合主人的需要,不需要一再调教。"马神"是指马对外界的感觉能力,它必须拥有非凡的听觉和嗅觉,来预知即将发生的事情是好是坏以及凶吉的程度,很多情况下它会做出不服从主人的举动结果却证明它是对的,也就是说它会把对主人有利放在第一位,见机行事,灵活多变,而又一心一意。"马心"说的是它和主人的关系,它有人的感情,有对人的模仿,还有献身的勇气。它没有道德感,但它有超强的记忆,其中包括了对亲疏、敌友、是非、荣辱、对错、好恶的记忆。应该说人具备的它都具备，人不具备的它也具备。但是现在，对父亲来说，一切都是未知的。他只能感觉到日尕知道自己是匹好马，也知道他正在称赞它。马是喜欢称赞的，低头摆尾便是证明，但这并不能表示它也会称赞父亲。父亲觉得他跟日尕有缘分，日尕觉得呢？人人都知道人对马的挑剔，却不知道马也会挑剔人。马永远都会遵循马世界的标准来判断人的高低，它们帮助主人的能力强弱，很多时候取决于主人本身的优劣以及它们喜欢主人的程度。

父亲拉着日尕溜达了几圈，就准备上路了。角巴又送给他一副看上去很不错的半新的包皮鞍鞯，他搭上去，绑好马肚带，示意才让上马。才让在卓玛和央金的护送下走了过来，他默然无话，话都在脸上：喜悦中带着一丝丝娇羞，好像他才是女孩儿。父亲望着才让腰带上的一把镶嵌了宝石的小藏刀问道："哪个姐姐送你的？"才让仰头望了望央金。央金抿嘴一笑。父亲说："谢谢啦。"角巴说："强巴科长啦，什么时候再来蹲点？"父亲说："这个说不准，后天或者后年都有可能。""你不来沁多蹲点，我就去县上蹲点，反正我知道蹲点就是住上几天，到时候就住在你家里。""我等着，有两样东西我说了你一定会来。""什么东西？""白馒头、甜米饭。""噢呀，不去我就不是人啦。"角巴的妻子姜毛拿着一个鼓鼓囊囊的小布袋过来，父亲接了说："是给才让的糖糌粑吗？谢谢啦。"又对卓玛和央金说，"跟我去县上吧？这么漂亮的姑娘县上没有。"姊妹两个笑着。

日尕走起路来快捷轻松，步幅能大能小，很快到了"一间房"。继续往前走，就是一片平坦的野苜蓿地，齐整的高度和均匀的翠绿让草浪失去了活泼的澜漪，像是在太阳底下昏昏欲睡了。风也是平和的，轻柔地抚过脸颊，留下一丝凉爽和酥痒。父亲取下嚼子，让日尕边走边吃。但它只吃了几口，就扬头加快了步子，似乎知道背上的主人想快点回到县上。父亲没有再给它套上嚼子，想试试它的领悟能力，顺便告诉它：他是信任它的。因为好马都反感强迫，很忌讳不被信任。他们走到黄昏就到了县上。父亲把日尕安顿到县政府的马厩，带才让来到他的宿舍，翻出几颗水果糖让他吃着，自己去了才让县长的办公室。

才让县长正在召集人开会，一见父亲就说："回来了吗，这么快？""你叫我马上回来，我能不快吗？""你坐。"又对大家说，"散会，散会。"开会的人走了。父亲端起县长的茶缸，咕嘟咕嘟喝了几口，坐到长条凳子上。才让县长说："我也刚从州上回来，有人给州上反映，说沁多人民公社换汤不换药，还是部落制的老卡玛（规矩）。你蹲点的结果怎么样嘛？"父亲说："说不定老卡玛就对啦。牧区跟农区不一样，农区是从土改到单干，再到互助组和合作社，最后成了人民公社，牧区没有进行过土改，也没有过互助组和合作社，从部落一下子变成了人民公社，部落的规矩自然就是公社的规矩。"才让县长说："其他公社不要紧，领头人变了一切都会变。就是这个沁多公社，公社主任就是过去的部落头人，行的还是头人的办法，摆的还是头人的威风，我想把角巴换掉。"父亲说："角巴能换吗？角巴换了谁当公社主任？""既然公社跟部落没两样，不换是不行的。""换掉的话牧人就什么遵循也没有啦，沁多公社找不出第二个人来当主任。牧人对不服气的人理都不理，到时候牲畜交不上，奶子交不上，皮张交不上，你怎么办？骑着马去催？连人影子都找不到，草原这么大，等你好不容易见了人，牲畜上山啦，奶子吃掉啦，皮张做成袍子啦，命令也好，请求也罢，都成马后炮啦。"才让县长琢磨着说："我也是藏族人，知道你说的都是实际情况，可要是不换，不就是走回头路了吗？""稍微走一点，不要紧吧？""要紧不要紧，你我说了不算，上级的眼睛大汪汪地瞪着呢，必须得换，而且要快，不然会犯错误的。"父亲固执地说："我们不能说换就换，得讲一点策略。"才让县长立刻摆手打断了父亲："这话就不要说啦，你我心里都明白。还有件事，也很急，上面已经给我谈啦，要我尽快去州上工作。县委王石书记高原反应严重，得在西宁住一阵医院，新县长是谁还不知道。王石书记的意见是，先由你代理副县长，行使县长职责。我也同意，已经报到州上去啦。"父亲愣住了，半晌才说："啊嘘，这是怎么啦？赶着鸭子上架吗?"才让县长笑道:"鸭子是什么我没见过,你上不上架是你的事,我的事就是尽快去州上,督促州委把你的任命书下到沁多县。你代理副县长的第一件事,就是更换沁多公社的领导人。你先把人选好,报到州上来,无论你选谁,我都在州上支持你。""那我就还是选角巴。""你这个死脑筋,怎么就说不通呢?""对了,我得声明一下,我改名字啦,以后你们就叫我强巴。"他没说这是角巴德吉给他起的。才让县长说:"这个名字好,从此你里里外外就都是个藏族人啦。"

县委和县政府合署办公,统称县政府,书记王石在西宁住院,县长才让升迁到了州上,作为代理副县长的父亲实际上成了一把手。但父亲上任后的第一件事,并不是急急忙忙去沁多公社撤换角巴主任,而是骑着日尕去了阿尼琼贡。他早晨出发下午到达,在黄河滩的树林边找了家牧人的帐房住了一宿,然后去殿堂找曼巴给才让看病。两个曼巴两种说法,一个说是喉轮与耳轮旋转时离开了梵天线,一个说是觉悟脉遇到了黑死神的阻滞,但结论都一样:治疗是没办法啦,好好祈祷的要哩,雪山大地的眷顾下,奇迹是不会没有的。又见到一个戴眼镜的曼巴,他说西宁有大医院,公家人何必要占着食物到处寻吃的?热病和寒病打仗,身体的守护神受伤啦,伤口不能愈合时,就是这个样子。父亲说起才让聋哑的原因,提到了官却嘉阿尼和他的那一巴掌。眼镜曼巴突然大笑,走到门口说:"官却嘉你过来,公家人说你有疫病鬼的巴掌。"在不远处的空场上说话的几个阿卡推搡着一个年近三十的人走了过来。父亲吃惊地望着他:"你就是官却嘉阿尼?""噢呀,有事吗?""这么年轻就叫阿尼?"听到父亲说话的人都笑了。官却嘉阿尼瞪起眼睛说:"不像吗?我给我起名字的时候大家都说像。"父亲知道,"阿尼"有祖父、外祖父、受人尊敬的老翁以及幸福博大的意思,官却嘉给自己起这么一个名字,而且别人也这么称呼,那就多少有点戏谑和嘲讽了。父亲笑道:"噢呀噢呀,像得很,可是你怎么还没走呢?""我往哪里走?"父亲说起野马滩的桑杰希望他去超度亡妻的事,又说:"这个囊隆,光知道'噢呀噢呀'答应,不知道落实照办。"官却嘉阿尼说:"我在阿尼琼贡是个身份显赫的人，一个牧人恐怕请不动吧？不信你问他们。"眼镜曼巴说："对着哩，他比天上的黑老鸦显赫一点点，是喜鹊的阿尼。"官却嘉梗着脖子，认真地说："让我去祈福？我的经是随便念的吗？那是大经，是狮子吼的经。"父亲说："官却嘉阿尼请讲，你要什么才能去，钱还是物？""什么也不要，就要一句话。""一句什么话？""阿尼啦，您好，贵体安康。""阿尼啦，您好，贵体安康。"官却嘉呵呵一笑，抬脚就走。

父亲追上去问："你去哪里？""你不是让我去野马滩吗？""这就要走？""再不走就晚啦，亡灵变成孤魂野鬼啦，你早说我就早去啦。""慢慢慢，还有一件事。"父亲把才让从身后拉到前面，"这个娃娃你认得吗？""不认得。"父亲说："你把人家一巴掌扇成了聋哑人，怎么能说不认得？""哦？什么时候？"不等父亲细讲，官却嘉又说，"马咬的喝马血，牛啃的吃牛肉，我一巴掌扇坏的也能一巴掌扇好。"说着举起了巴掌，吓得才让赶紧往后窜，却被父亲摁住了。父亲也是心存侥幸：万一官却嘉真的能一巴掌扇好呢？"你扇，你扇。"官却嘉就扇了一巴掌，而且不轻，才让的半个脸顿时红了。父亲盯着才让看："才让。"才让没反应。"你见没见过这个人？"才让还是没反应。父亲说："阿尼啦，你怎么随便打人？""是你叫我打的嘛。""可你没有扇好他。"官却嘉诡谲地一笑："我是有法力的，我扇坏的一定能扇好，扇不好就说明不是我扇坏的。"父亲生气地摆摆手："话都由你说啦，赶紧去野马滩，桑杰还等着呢。"父亲看他大步走去，心说他无马可骑，得走到什么时候？又喊住他，摸出小本子，写了张纸条给他："路过县上时往县政府拐一下，把这个交给里面的人。"官却嘉接过纸条看了看："这是什么，公家人的经文吗？"父亲说："是一匹马，借给你的。""那我就知道啦，这是文书，你是个做官当老爷的，谢谢啦。"

求医无果让父亲有些郁闷，他一手拉着马一手领着才让走出了阿尼琼贡。已是中午，金灿灿的虎耳花盛开在黄河滩上，似乎既然是黄河，岸边就只能开黄花。阳光通过河水的吸收和折射变得柔软而稀疏，草色就像刻意讨好天空一样变成了湛蓝的汪洋，远远近近的山脉苍凉而超然。靠近阿尼琼贡的松林覆盖的山坡下，是一片依仗山形波荡起伏的白色旗阵，静谧而祥和。父亲拿出从县政府食堂打来的馒头给才让吃，自己也吃了几口。回去的路上，父亲给日朵上了嚼子，让它跑起来，生怕天黑前赶不到县上。日朵不停地后视着父亲，收住四蹄没有狂奔，而是用四腿交叉的大跑稳健而轻松地跑着，直到太阳落向山顶，目的地迎面而来。父亲摸摸日朵，连汗都没出，这耐力，啊喷喷，太厉害啦。这天晚上，父亲在日朵的马槽里多放了一抱草料，又喂了一块早晨从食堂打来的酥油。喂马的人不满意地说："你对马比对人好。""怎么这么说？""我几天没吃酥油啦，为什么不给我？"

食堂供应的酥油都是定量的：县级干部一天二两，普通干部一天一两，其他人三天一两。定量供应的还有粮食和其他副食。父亲带着才让去食堂吃饭时，专门等着他的食堂管理员说："县长啦，这娃娃恐怕不是你的吧？"听父亲解释了，管理员又说，"那怎么办呢？前几天你给他打饭我没说什么，原因是你下乡积攒了一些，打回去也是应该的。但是从今天这一顿开始，你只能打一份县长餐，也就是菜的话比别人多一勺，汤的话比别人多一口，馒头大家都一样，一顿二两，一天六两。""我有个小客人就不能增加一点吗？""每天多少粮都是按人头用秤称过的，给客人增加，就得把别人坑下，我没有这个权力。如果实在不够吃，我把我的那一份给你。"父亲笑道："不需要。"管理员也笑笑："还有一件事，上个月县上的供应粮迟来了一个星期，这个月一个星期都过啦，还没来，县长你看怎么办？""你打电话催催，我也催催。"父亲把碗递向窗口，打了自己的菜说，"今天是星期六吗？"因为只有星期六才有炒菜。

父亲让才让端回宿舍吃，自己去了县政府小卖部，看有没有什么食物。小卖部里只有一种瓷噔噔的小月饼，很贵，一块钱一个。父亲一个月挣三十三块钱，交了伙食费，再给家寄些，也就剩不了多少。他一听价钱，转身就走，快到宿舍时又拐了回去，心说忘了月饼里头包着糖，应该给才让买两个。回到宿舍时，才让已经吃好，一个馒头只吃了一半，半碗白菜炒羊肉根本就没动。父亲把月饼放到菜碗旁边："吃啊。"才让摇头，拍拍肚子。父亲说："哪里是饱了，我知道牧人以为吃菜就是吃草，人不是牛羊为什么要吃草？你尝尝，尝尝就知道菜不是草。"说着父亲先吃了一口，又挖了一勺子送到才让嘴边，才让怯生生地张嘴吃了，感觉味道不错，便朝父亲笑了笑。父亲说："好吃吧？拿着勺子自己吃。"这大概是才让第一次吃炒菜，香得他鼻子上都渗出了汗，快吃完时突然停下了，愣愣地望着父亲。父亲说："我不饿，你都吃掉，还有月饼，是甜的。"才让继续吃起来。父亲说："你跟着我肯定会想家，我有时顾不上你，但你要知道你是出来治病的，再想家也要忍着。"才让好像懂了，点点头。等才让吃完，父亲便带他去了办公室，他要打电话，想让才让看看电话是怎么打的。

　　"才让副州长啦，管理员反映，县上这个月的供应粮还没来，都迟了一个星期多啦。""我知道，其他县的也没有来，我已经催过省上啦，再等等。""还有件事，我得回一趟西宁。""干什么去，想老婆了吗？不行。高原反应让很多外来的人待不住，牧区干部越来越不够用啦，你走了沁多县交给谁？有件事我已经快马加鞭把紧急通知下给了你，通信员连夜出发，你明天早晨就能收到。""什么事，这么急？""要往下边紧急调运一批牛羊肉，省上把任务压给了我们。""你又压给了沁多？""沁多草场最好，牲畜最多，我不压给你压给谁？"父亲说："我真后悔给你打电话，悄悄地西宁走掉就好啦。""你敢，我能变成老鹰把你抓回来，你信不信？""我不信你是老鹰，但我信我是兔子，整天跑来跑去。才让副州长啦，我们是牧区，县政府机关吃个酥油怎么就这么困难？定什么量嘛，放开吃能吃多少？县级干部还好，一天二两，个人喝茶是够啦。普通干部一天一两，够干什么？家属怎么办？不是干部的三天一两，喂人呢还是喂猫呢？再说馒头，一天六两也可以，但肉和菜要供应上，要天天有炒菜，去年县政府食堂不就是这样的吗？今年怎么啦？""你给我发什么牢骚？州上的食堂也好不到哪里去。办好食堂，全看县长。伙食差一点对你有好处，要是食堂天天都是八盘酒席，你还能增添什么？酥油也好，馒头也好，现在只要你给每人增加半两，全机关就都会说你是好县长。"

才让目不转睛地瞪着父亲，眼前的奇妙让他万难理解：父亲拿起一个黑乎乎的羊腿骨一样的东西，就能跟一个看不见的人说话，那个人在哪里呢？父亲放下话筒说："可惜野马滩没拉电话线，不然你就可以跟阿爸说话啦。"才让双手抚摸着话筒，抬头巴巴地望着父亲。父亲问："你想打给谁？"才让望了望墙上的张贴画，上面有挺胸昂首的两男一女，有三面红旗和一句口号：人民公社好。他突然爬上椅子，用指头点住了中间的女人。父亲说："哦，你是想阿妈啦，你阿妈已经远远地走啦，她这么好的人肯定在天上。跟天上的人说话，最好就是念祈福真言。"父亲带着才让离开办公室，又去马厩看了看日冕，回到宿舍后，让才让先睡下，自己趴到桌子上开始写信，信是写给家里的。写着，觉得有些饿，看桌上还有半个才让留给他的馒头，两口吞了下去。

第二天一大早起来，父亲的头一件事依然是操心才让吃喝。之后，叫来了县政府的通信员果果，让他立刻出发去一趟西宁，带着昨晚写好的信，也带着才让，又把提前打出来的自己今后两天的馒头都给了才让。才让不愿意跟父亲分手，父亲说了半天他必须去的理由，也不知他理解了没，当通信员把他抱上马背时，他哭了，没有声音，只有眼泪。父亲给他招手，他也给父亲招手，县政府大院门口，风中的告别里，一只是粗粝的大手，一只是正在粗粝的小手。果果拉马走去，他是藏族，始终保持着不在县政府门口和干部面前骑马的习惯。很快才让成了一个小小的不断回头顾望的背影，孤单而悲凉。父亲伤感地瞩望着，忽听一阵马蹄疾驰而来，州上的通信员边喊边下马："紧急通知，紧急通知。"父亲接了通知，匆匆看了一眼，直奔办公室，一路上不断向人吆喝："开会，开会。"有人提醒道："今天是星期天。"父亲说："没有啦，取消啦。"

这是父亲代理副县长而行使县长职责后，第一次召开的会，由县政府有关部门的领导参加。会议决定：机关所有中层领导带人分赴各个公社，以最快速度督促完成向下边紧急调运牛羊肉的事，由于几乎所有地方既无路又无车,必须限定时间把活畜赶到县上来,由县上统一屠宰,然后联系省运输公司派车运走。另外,派人直接去省粮食厅催粮,去商业厅催副食,同时给小卖部进货,缺什么进什么,尤其是吃的,不能断。最后父亲说了一个想法:"县上没有商店,牧民想吃点糖吃不上,想买个针头线脑买不着。县政府对面有一座土石墙木头顶的大房子,原先是头人储藏冻肉的仓库,现在里面空了,眼看就要塌掉,能不能从县财政拿出点钱,雇人修好,把机关小卖部搬到那里去?"在座的没有人说不好。财政科长旦增说:"县上的钱县长说了算,你说拿我就拿。""那就一言为定,雇人的事总务科负责,不要忘了小卖部前平出一片场地来,方便牧民拴马扎帐房。"总务科长说:"噢呀。"

会议一完,父亲仰头喝光了茶缸里的茶,离开办公室,朝马厩走去。出发了。他知道尽管已经派人下去,但在草原上没有马到成功的事,何况正是牲畜育肥抓膘的季节,而不是冬宰的时候,公社主任也好,社员牧人也罢,都不可能你说上交多少就痛痛快快上交多少,拖拖拉拉甚至忘掉不办是很有可能的。草原人一向自由散淡,常常是你说什么都"噢呀",回头风一吹就又忘掉啦。他作为现时唯一的县领导,必须亲自到场,一个公社一个公社说服督促。他先去了白唇鹿公社和雪豹岭公社,又去了其他五个公社,话说得嘴皮子都起皮了,还得使劲说,直到公社主任们一个个表态,用相同的思维说出了大致相同的话:"知道啦知道啦,给下边调肉和敬重雪山大地是一个样子的,亏待雪山大地就是亏待我们自己,难道草原上还有光顾自己吃肚子不管雪山大地挨饿的人?雪山大地在上,牧人辛苦放牧不就是为了上交吗?你说上交多少我们一心照办就是啦,放心吧强巴县长啦。"父亲说:"这样说就对啦,谁对雪山大地好,雪山大地就对谁好,你给人家牛羊,人家给你保佑,转经筒念祈福真言不就是为了这个目的吗?唵嘛呢叭咪吽。"

多亏了日尕,把父亲在路上的耽搁至少减去了一半。似乎它原本就是为父亲而生,每一块肌肉都在按照父亲的意愿滚动伸缩,需要扬起四蹄时它会不遗余力，需要四腿交叉奔跑时它会把颠簸降低到最低而丝毫不减速度，有一次它居然连续奔跑了整整一下午，至少有两百五十公里。要不是天色将黑又看到了可以居住的牧家，还不知道它能跑到什么时候。父亲佩服它也佩服角巴，居然能把日尕调教得如此优秀。更庆幸角巴将日尕送给了他，他是跟马打交道的西北畜牧草原学校的学生，又在王石领导下的玛沁冈日牧马场搞过两年种马培育，后来又跟王石一起来到阿尼玛卿州，先是州畜牧兽医站站长，后是沁多县畜牧科科长，直到现在的代理副县长，可以说从来没有离开过马。日尕这样的好马他是头一次见，即便在牧马场那些一流马匹里面挑，也挑不出来，它不是百里挑一、千里挑一，它是万里、万万里挑一。人家把这样好的马给了他，他现在却要撤了人家。

十多天后，父亲走向了最后一个也是全县草场面积最大、牧户最多的沁多公社，一路走一路苦恼：怎么好意思张口呢？何况还要人家以最快速度上交牛羊肉，交得越多越好。但父亲明白，他虽然喜欢日尕，却不能拿它跟角巴的职务做交易，如果撤换角巴的结果是必须还回日尕，他只能忍疼割爱，徇私舞弊的事他绝对不做。问题是他不忍角巴下台的原因更在于角巴本人，在于他那些在草原上蜚声遐迩的经历，在于作为一个代表政府办事的人，自己不能昧着良心，硬把好人编派成坏人。当干部就得凭良心，代理副县长就是代理良心，不然要他干什么？

角巴德吉曾是沁多草原沁多部落的世袭头人，也是第一个跟马步芳对着干的人。"什么人头税、羊毛税、皮张税、酥油税，收了牧税，还收草税、牛税、羊税、马税、狗税，一头牛能剥几张牛皮？剥两张就已经连骨带肉啦，还想剥六张七张。再说草原祖祖辈辈都是部落的，你凭什么收税？"号称西北王的马步芳知道后，派麻团长前来镇压，三次血洗，杀了一百多牧人。逃过劫难的角巴来到阿尼琼贡，念叨着雪山大地，献了千盏酥油灯，然后跪地发誓：谁挡住马魔王，我就给谁当牛做马；谁赶走马家兵，我就是谁的人，要什么给什么；谁杀了麻团长，给沁多报仇雪恨，我就子子孙孙上香献贡。没想到仅仅过了两年，他的期许就变成了现实：马魔王远走高飞，再也不来草原了，马家兵成了残兵败将，死的死，伤的伤，麻团长被新政府的剿匪部队一枪毙命。角巴一一兑现自己的誓言：拥护新政府，年年赠送一千只菜羊两百头菜牛，听说政府想成立国营牧马场，一时没有地方，就找到王石说："我角巴可怜，金银财宝都叫马魔王刮削走啦，但祖先的草原是带不走的，一百年前有多少，现在还有多少。你们说，要哪一片，拿去就是啦。"王石说："看着哪一片都好。"角巴说："以我看，放马最好的草场在玛沁冈日，我把玛沁冈日献给公家怎么样？"这么着，那里的数百万亩草场便成了玛沁冈日牧马场。人民公社化时角巴又是整个阿尼玛卿州唯一一个主动把部落改成公社的头人。在公社成立大会上，王石给他披红戴花，说他是草原的雄鹰、牧人的榜样。这样一个由进步头人转变过来的公社主任，怎么能说换就换呢？

3

才让朝我家走来的那天是个阳光灿烂的日子。我正在巷口无聊地追逐自己的影子，发现无论我动作多快，右脚永远踩不上右腿的影子。正在不甘心地胡乱踩踏，就见一片黑影叠加在了我的影子上，抬头一看，是个年轻的藏族人站在我面前，问道："强巴家住在这里面吗？"还没等我问"谁是强巴"，藏族人就惊喜得"啊嘘"了一声："像得很嘛，你和你阿爸。"又说他是从沁多县来的。我转身就跑："阿妈，阿妈。"母亲出现了。年轻藏族人递过来一封信，就在母亲看信时，他从马背上抱下了一个藏族小孩。那孩子扎着红腰带，把皮袍全部堆在腰里，露出两只精赤的臂膀，头发披纷而下，红铜色的脸上皮肤显得很厚，就像戴了一层面具。他一手拽着垂下来的马鬃，一手拉着年轻藏族人同样下垂的皮袍，怯生生地望着我们。

母亲看了信就有些泪汪汪的，上前摸着小孩的头说："这就是才让吗?"才让忽地抬起头,眼睛星星一样眨了一下。年轻藏族人说:"才让的耳朵关门啦,舌头变硬啦,听不见也说不出啦。"母亲说:"我知道,他是个聋哑人。信上说你是县政府的通信员果果,麻烦了,跑了这么远的路。"果果汉话不怎么流利,但表情达意足够了:"不是我跑,是马跑,公家养活我就是为了送信,不麻烦。"母亲又问:"他现在是副县长了?为什么改名叫强巴?""这个我也不知道。""他好着吧?"果果惊讶地问:"信上没说吗?""说了说了。""那就对啦,话是虚的,字是实的,姐姐看信就知道啦。"母亲让他去家里坐,他执意要走,说他来西宁每次都住在阿尼玛卿州驻西宁办事处,去晚了就吃不上饭啦。要是有回信或者有什么东西带给强巴副县长,他明天上午来取。又叮嘱道:"才让就留下啦,他今天就吃了拇指大的一块馒头,姐姐摸摸肚子就知道啦。"在果果拉马离开时,才让下意识地跟了过去。母亲上前牵住他的手,对我说:"不知道你们两个谁大,看上去差不多。"我凑过去想跟他比个子。他吃惊得后退着,不知道我要干什么。一阵风吹来,我的鼻子里顿时灌满了浓浓的酥油味。

这是一个星期天,已经下午了。斜射的阳光把小巷分割成了阴阳两半,风也是一边凉一边热。才让走在阳光里,望着两边高高的土墙和前面深深的门洞,好几次都想停下来。母亲牢牢攥着他的手说:"你第一次来西宁吧?现在这里就是你的家了。"后来才让告诉我,他当时忐忑极了,就像一只小羊闯进了陌生的羊群。不不,他比小羊更不幸,小羊在陌生的羊群里会高声咩叫着寻找母羊和熟悉的伴侣,他却只能一声不吭,连表示一下疑惑都不可能。他来自草原,对城市有一种本能的恐惧和抵触,所有迎面而来的,对他都是无法判断优劣好坏的巨大未知。

我们进了院门,又进了我家居住的南房。姥姥惊讶得叫了一声:"这是谁家的娃娃,你怎么领进来了?"姥爷说:"别紧张,人家又不是来吃来喝的。"母亲说:"不吃不喝来家里干什么?"姥爷姥姥包括我都愣住了。这是一九五九年的下半年,渐渐凸显的饥荒让谁也无法轻松面对家中来客这件事,连不到五岁的我都本能地有了沉甸甸的压力。大人们都说我聪明，聪明在这个时候让我朦朦胧胧意识到：本来就吃不饱的食物又要从我们嘴里扒拉出去一些了。母亲又说："他阿妈死了，洋洋他爸也差一点死掉。"然后拿着信念起来，还没念完，姥姥就哭了。她是一个谁死都会哭的人，何况是一个救了父亲命的人。她捯动着小脚过去，一手抱住才让的头，一手摸着他的光脊梁："没娘的娃娃太孽障（可怜），大夏天还穿着皮袍，光身子上连个衬衣也没有。"说着又哭。母亲也抹起了眼泪。姥爷长叹一声说："这是恩人的娃娃，我们不能对不起。"我那时还不理解父亲信中的话，也不理解大人们的眼泪，只觉得家里来了一个小藏族人，他已经没有阿妈了。我警惕地想：是不是他没有了阿妈，就来这里找阿妈？这里的阿妈是我的阿妈。才让一看姥姥摸他的光脊梁，就懂事地把堆在腰里的皮袍提起来穿在了身上，而且像汉族人一样两只胳膊都套进了袖子。姥爷说："别看他又聋又哑，心里明得像镜儿。"我走过去，站到姥姥跟前，想着姥姥的手也会放在我的肩膀上，但是姥姥没有。我于是解扣子脱衣服，也想露出光脊梁来。姥爷立刻制止了我。我哼一声，不服气地望着才让，突然看到他腰里吊着一把小藏刀，刀鞘是彩色的，刀柄是白色的。我走过去摸摸小藏刀，才让躲开了。

这天晚上，姥姥用一个小铁碗从面缸里挖出了一碗半面粉。一碗是平时全家四口人晚饭的用量，加一些蔓菁，煮一锅拌汤，一人足有两铁勺；半碗是专门给才让的。母亲说："不够吧？他一天没吃了。"姥姥朝面缸里面看了又看，又挖出一点来说："多放些蔓菁。"姥爷说："不知道这娃娃吃不吃蔓菁，藏族人是要吃肉的。"姥姥说："天上的事情别说到地上，再早两年，我能天天让他吃杂碎啃羊头。"吃饭时，大人们都忐忑不安地盯着才让。也许是饿了，才让吃得很香。大家松了一口气。姥姥说："他只要吃蔓菁就好。"我看到才让碗里的比我碗里的稠，就说："我要吃这个。"母亲打了我一下："你吃你碗里的。"姥姥喝了两口自己的拌汤，把碗放到我面前说："洋洋，这半碗也是你的。"饭后，母亲开始翻箱倒柜寻找衣服，几乎把我换洗的衣服包括衬衣衬裤全部翻了出来。我拿了这件又抓起那件：这是我的，这也是我的。母亲夺过去说："洋洋，懂事些，不能让才让光身子上裹皮袍，穿了热，脱了冷，没有衬衣和外衣怎么行？"才让知道在说他，一眼不眨地盯着母亲的嘴。母亲又摸摸他蓬乱的头发和结了垢痂的耳朵后面，进厨房烧水去了。洗澡的时候，母亲要脱才让的皮袍，才让躲闪着。母亲说："洋洋，你也脱。"我转眼精赤了，站到木盆里往身上撩水。才让看着，虽然还有些畏葸，却没有拒绝母亲解开他的皮袍腰带。后来我知道，这是才让第一次洗热水澡。

　　接下来，才让遇到了许多第一次：第一次住在房子里，第一次睡炕，第一次穿上衬衣衬裤，第一次盖被子，第一次需要去厕所方便。他把全部注意力集中在眼睛上，看别人怎么做，尤其会盯着我，我的所有举动对他都是一种示范。可我并不喜欢这样，不止一次地说："你别学我。"母亲说："为什么？"我嚷着嘴说："他是外人。"母亲失望地说："你咋是这样一个孩子？"我也不知道我为什么会这样，在我对才让的排斥里，有一种孩子气的嫉妒：凭什么他得到了大人们那么多的关注，甚至超过了我？有一种可以用残忍来形容的优越和歧视：你不会说话，我会；你的耳朵是摆设，我不是；你没有阿妈，我有；你没有衬衣衬裤，我不仅有还可以多出来让给你。但才让并不是一无所有，我懊恼地发现，其实他拥有的比我更多，我甚至都不能跟他平起平坐——他有比我更明亮的眼睛，有比我更强壮的身体，有一件穿上去像个小大人的皮袍，有一双皮制的小靴子，有一种迅速理解对方的聪明和一学就会的本领。更重要的是，他有一股酥油味，皮袍上有，头发上有，肌肤上有，就算浑身上下洗了一遍，依然会浓浓地散发出来，好像他是一个被酥油孕育的生命、一个从温热的酥油河里捞出来的孩子，那种甜丝丝的腥香浸透在骨头中和血肉里。我喜欢酥油味，我恨我没有酥油味，更恨才让拥有酥油味。我问母亲："才让为什么到我家？"母亲说："你以后就知道了。""才让什么时候走？""不走了。""为什么不走了？""不走就是不走了。"我一脚蹬掉了被子，我说我不跟才让睡一个被窝。姥爷、姥姥和母亲一起回答了我："不行。"母亲又说："家里没有多余的被子。"我几乎要哭了。

就这样，才让成了我家的一员。他用极快的速度学会并适应着一切，包括每天洗脸刷牙，换下皮袍穿上短衣长裤，用筷子吃饭，把一块手绢叠起来装在身上用来擦鼻涕，上炕前脱掉靴子，等等。而且许多事一学会就比我做得更好，比如从一本无用的书上撕下一页来作手纸时，他会撕得整整齐齐；饭后他能把碗舔得干干净净，而我却常常需要姥姥或姥爷拿过去再舔一遍。当然，他必须适应的还有我持续不断的对他的挑剔和不屑，还有对只能吃个半饱的忍耐，还有家里家外许多意想不到的事。一次姥爷带着我们两个去理发铺理发，姥爷让我先来，我不知为什么死活不肯。才让以为我害怕，以为用刀剪搞掉头发会很疼，也害怕得抖起来。不该理发的姥爷只好让理发匠先在自己头上又剪又剃又刮。才让看到姥爷有说有笑，眼里的惊恐这才消失。当他在镜子里看到自己跟城里所有的男孩一样也有了一头短发时，呆钝了半晌，突然又轻轻笑了一下。

　　但对才让来说，真正需要适应的还是不停息地看病吃药。母亲是省人民医院的外科医生，她把才让带到五官科找了几个医生会诊，又带才让去了中医院，去了紧挨西宁的湟中县，那儿有一个传说很厉害的民间中医。其间才让不断在吃药，有西药也有草药。每天早晨起来，母亲的第一件事就是叫才让，她期望能把才让从梦中叫醒。后来又叮嘱我："你要多跟他说话，不管他听清听不清，这是治疗的一部分。"我说："我才不说。"但其实我没有少说，毕竟都是小孩，彼此的吸引不需要太多的掩饰。我经常对他发号施令："我是大将你是喽啰，冲啊。"或者："你有大刀，我有长枪，一二三开始。"空手胡乱比划着，最后推他一把，"我打败你了，你为什么不躺倒？"我发现只要我重复几遍，他差不多都能听懂。院子里还有别的小孩，我们混在一起玩，有时他们也会学我的样子对才让发号施令，我便说："我家的才让，不准你命令他。"有时我们也会去巷口玩斗鸡，去街上赛跑，去更远的城墙根里打石头仗，去城门口拾钱——曾经我在这里拾到过一分钱，就觉得这里永远都有钱。才让跟我们一样开心，尽管他笑不出声来。还有时姥爷会带我们去城外的野地里寻找野菜，去西门口排长长的队买青海湖的干板鱼，去粮店购回越来越少的供应粮，去北门外在农民收获过的洋芋地里挖洋芋，在割过的麦地里捡麦穗。才让在逐渐适应之后很快就显示了比我更强的能力。

一次一个出售大萝卜的人拦住了我们，小声说："要不要？就剩这些了，十块钱。"姥爷说："你是偷来的吧？"那人不语。在城里十块一个，在这里十块一堆，怎么还能不要？立刻成交。可如何拿回去呢？才让悄没声地拿起两个大萝卜塞给姥爷，又拿起两个小萝卜塞给我，自己把外衣脱下来，包起剩下的全部，用袖子一拴，抱在了怀里。那么长的路，我空手走都会走累，他居然没有停歇，一口气抱回了家。姥爷姥姥都说："你怎么这么大的力气？"之后他又频频显示了他的力气：把姥爷挑来的盛满水的水桶抱起来倒进缸里；帮姥爷从煤场抱回一背斗煤渣；姥爷在河滩挑了三块冬天腌酸菜用的大石头，他抱一块，我抱一块，才让抱一块，才让一路小跑，抱到家后又两次返回来接我们，结果三块石头都是才让一个人抱进家门的。姥姥心疼得直吸溜，抱着才让说："你受了三个人的累，就得吃三个人的饭，晚饭不给他们吃。"后来我知道，草原上的牧人有抱牲畜的喜好，才让的力气是抱藏獒抱绵羊抱牛犊抱出来的。我服了，对才让再也不敢胡乱挑剔，动不动就不屑不理了，更不敢把他再当喽啰，随便发号施令了。相反，我开始信任他依赖他甚至感激他。那天姥爷带我们去西宁南山根里挖地软（地皮木耳），路过一片菜地时，一只大狼狗冲我们叫起来，我一害怕撒丫子就跑。接下来的情形是：大狼狗追我，才让追大狼狗。就在大狼狗扑向我时，才让揪住了大狼狗的尾巴。大狼狗放掉我，回头咬他，却突然又改变主意，尖尖地叫了几声，脱逃而去。姥爷跑过来说："才让不光力气大，胆子也大，洋洋你要记住，人家救了你。"但在我的感觉里，才让除了胆子大，还有一种能让大狼狗害怕的神秘力量。我钦佩而感激地望着才让。才让却像什么事也没做，呆呆地望着南山腰里的庙宇，望着庙宇旁边的缓坡上，那些零零散散吃草的羊。

几天后才让离家出走了。他走时天刚亮，我还没起炕，以为他是去上厕所的。姥爷和我到处找，先是在街上，后来去了城外。当我喊着"才让才让"时，眼泪都出来了。姥姥看我们没把才让带回来，失望得一拍大腿就往外面走。她一条街一条街地找，一双小脚几乎走掉。下午，姥爷去医院告诉了母亲。母亲说："他是想家了吧？是不是一个人回牧区了？出了事咋办？我马上要上手术台，你赶紧去派出所报告警察。"一场虚惊，天黑以后才让回来了。他穿着衬衣，提着外衣，外衣里头包着东西，打开一看，全家人都惊叫起来：蕨麻？蕨麻我吃过，甜甜的，好吃极了，可以生吃，也可以煮熟了吃。但那时我还不知道，它不光口感好，营养也好，是藏族人款待贵客的上等食物。姥姥问："哪里来的？"姥爷说："还带着土，肯定是挖的呗，你去哪里挖了？"第二天，才让带着姥爷和我去了南山，路过庙宇时，他进去磕了头。姥爷和我等在门口，发现门廊的砖地上，晾晒着一席新鲜带泥的蕨麻。姥爷说："这娃娃聪明，他昨天肯定是来磕头的，见人家晒蕨麻就知道山上有。"我们朝山上走去，在平阔的山顶，看到许多人都在那里挖蕨麻。此后一连几天我们都去挖蕨麻，直到挖得一干二净，南山顶光秃秃的成了和尚头。蕨麻给每天的拌汤增加了分量也增加了香甜。姥爷说："才让多吃些，这娃娃脑子灵光。"

　　就在最后一次挖蕨麻回来的路上，我们遇到了一个卖牛肉的肉贩子，他把装牛肉的麻袋藏在巷子里，自己走到马路上询问行人要不要。姥爷问他多少钱一斤，他说不要票子，要金子银子。姥爷想了想问："一个银碗能换多少？""那要看多大。"姥爷比划了一下。那人说："看在娃娃的面子上，我给你两斤。"姥爷摇摇头，带着我们离开了，走了几步又回头问："明天还在不？""在哩。"这天晚上，姥爷从衣柜里找出了那只银碗，对姥姥说："才让在草原上顿顿吃肉，到我们家这么长时间了，连个肉渣渣都没见过，还是换掉吧？""这是我的嫁妆，你当然不心疼。"姥姥拿起银碗看着，又去厨房拿来一对描金画龙的小瓷碗说，"要换你把这个换掉，这是我买下的。""肚子要紧还是碗要紧？人家又没说要瓷碗。"生气归生气，姥姥最终还是妥协了，把银碗塞给姥爷说："家是你的，你只要舍得，把什么换掉我都只当没看见。"然后摸了摸才让的头，"娃娃，你明天就能吃到肉了，我给你做得香香儿的。"母亲说："两斤太少，再讲讲价吧？"才让眼珠子转动着看大人们说话，看银碗和瓷碗被人拿来拿去，脸上的疑惑就像蒙了一层雾。第二天上午，姥爷带着我和才让去了街上。当他从怀里摸出银碗交给那个卖牛肉的人时，才让跳起来一把夺了过去。他拿着银碗转身就跑。姥爷和我追着他，刚要进家门，又看他头也不回地跑出去了。

　　才让又是一天没回家。姥爷和我又去到处找，心里却没有他第一次失踪时那样忧急。直到天大黑，过了睡觉时间，才又急得火烧眉毛似的。我已经脱掉衣服钻进了被窝，看姥爷要出去找，一骨碌爬了起来。"才让，才让。"黑灯瞎火的街上，我和姥爷一遍遍喊着。后来又去了城外，还是喊着："才让，才让。"午夜回来，姥姥和母亲都还没有睡。母亲说："他不知道不能乱跑吗？不知道别人会着急吗？"姥爷辩护道："他去哪里了，肯定是想说的，说不出来啊。"母亲说："那他就更不能不回来，他还在吃药，断了的话会影响疗效。"姥姥说："都是牛肉惹的祸，牛肉是你看上的，你就得给我把才让找回来，找不回来你赔我。"姥爷说："好好好，天亮了我再去找，找不回来，就去街上拉个藏族娃娃赔给你。"姥姥说："我不要，我就要才让。"姥爷生气地说："你以为才让跟你最亲？他其实跟我最亲，他不见了，我心里比你着急。"我哭起来："我要才让，我要才让。"姥姥也开始抹泪："这娃娃灵性，知道我舍不得银碗，硬是给我抢回来了，还扯着我，指着衣柜，要我把银碗放回去。我往里头放着，见他去了厨房，后来就不见了，是不是拿吃的去了？"姥姥说着进了厨房，看了看说："他什么也没拿，饿了渴了怎么办？"突然又说，"咦？小瓷碗不见了。"姥爷说："是不是换牛肉去了？"

　　才让消失了整整四天才回来。当他顶着中午的阳光出现在院子里时，首先看到他的姥姥扑了过去。她撕住他，打他的屁股："你去哪里了？也不说一声。"她忘了才让是聋哑人，又搂住他，哗啦啦地流泪，喊着："才让回来了，才让回来了。"我和姥爷从屋里扑了出去，因为急切，姥爷把我撞倒了。姥爷说："你怎么才回来？再不回来，全家人都要急死了。"说着也抹起了眼泪。而我却一点哭的意思也没有，在我单纯的感情里，只有庆幸和高兴。何况我看到了姥爷姥姥还没有看到的，那是两只白花花的小羊。它们站在才让身后，不知发生了什么，惊讶莫名地看着，有一只咩地叫了一声，这才引起了姥爷姥姥的注意。

才让用一对描金画龙的小瓷碗换回来的不是两斤牛肉，而是两只小绵羊。我们无法知道才让去了哪里，是怎么换来的，只能一遍遍地猜测。姥爷说："西宁向南，不到五十公里，就是牧人的草原，当初才让来西宁时，肯定经过了那里。这娃娃记性好，没忘记来时的路。"姥姥说："就算知道路，用瓷碗换羊他也知道吗？""草原上羊多瓷器少，他家里肯定也换过。"后来我证实了姥爷的猜测，还知道牧人喜欢用描金画龙的瓷碗给雪山大地献净水，认为那有事半功倍的吉祥。可我还是有些疑惑：一个那么大点的孩子，走那么远的路，白天可以，晚上怎么办，难道一点都不害怕？再说，他吃什么喝什么？

在那个艰难苦涩的岁月里，我家居然有了两只咩咩叫的小绵羊。姥爷说："是养大还是宰了吃肉？"姥姥说："你问才让。"才让的回答出现在第二天早晨，他摇醒我，让我跟他一起穿衣服，然后从门口牵起两只小羊，出门去了。长满了草的城墙根里，成了我们的牧场。一会儿姥爷也跟来了，告诉我们，离家不远的湟水河滩里，有更多的草。我们今天这里，明天那里，有时牵羊，有时不牵羊，不牵羊的时候我们会带上姥爷给我们的镰刀和小麻袋，满怀抱着青草回家来。

这期间，对才让的治疗一直没断。母亲说："药吃了不少，怎么好转的动静一点都没有？看来得去一趟兰州。"兰州在一百多公里以外，是离西宁最近的大城市，大城市里自然有大医院。我说："我也要去。"母亲说："你走了羊谁管？"有一天，请了假的母亲带着才让出发了。姥爷和我送他们去了汽车站。之后便是等待，我每天都会问："才让怎么还不回来？"姥爷说："你阿妈走的时候你怎么不问清楚？"又说，"兰州的车一定是早晨发傍晚到。"于是，每当晚霞燃烧，我会立在巷口，朝街尽头张望，有时牵着两只羊，有时就我自己，孤零零地伫立着。在没有才让的日子里，我发现我是多么孤独啊，甚至有些凄凉。后来姥爷来了，再后来姥姥也来了，我们三个人会站在巷口，一直望到太阳落山，望到天色麻黑。母亲和才让回来的时候是半夜，姥爷听到有人敲院门，说一声"回来了"，爬起来就去开门。进了家，姥姥问："肚子吃了没?"姥爷问："治好了没?"我望着才让笑，才让也冲我笑。突然他扑过来，抱住我，用他的额头碰了一下我的额头。

第二章

奔驰的草原

风从祈福真言的石堆上流过，
从哈达覆盖的雪山大地上流过，
从人心的蓝白红绿黄上流过，
风唱着扎西德勒从爱的空间流过。

1

草原疯狂地延伸着，用辽阔嘲笑着马蹄，似乎马永远走不出草原，马终究会累死在它的辽阔里。马蹄也用不知疲倦的奔跑嘲笑着草原，似乎草原是不够踩踏的，踏着踏着就会踏没了。前往沁多公社的父亲路过"一间房"，来到前些日子到过的那片草原，看到了那座白色方塔和那座旗幡猎猎的祈福真言石经堆，却没看到角巴家的大帐房，只有扎营的痕迹固执地定位在草原上，就像残留的梦，依稀闪现着过往的日子。他前后左右转转，凭常识走向了有山的地方，这个时节的牧人大都在山上，在夏窝子里。他走过了一山又一山，看到牧草都是断了头的，黑土连片起伏，说明牛羊不久前采食过这里。可是现在呢，牧人和牲畜去了哪里？黄昏不期而至，彤云密布的西天如同新添了牛粪的火炉，草原在凄艳中静谧到死去。他正在疑惑，心说要不要原路返回，就见远处狼烟冒起，直直地如同顶天的柱子。他打马跑去，忽听一声枪响，又一声枪响。日尕戛然止步，本能地后退了几步。父亲双腿一夹说："过去，看看是谁在打枪。"日尕看主人不怕，自己也就释然了，因为在它闻到的气息里此时并不存在什么危险。它和山风一起吹过一道缓慢的山梁，直奔高旷的风毛菊连片成海的草场。

角巴在那里，许多牧人都在那里。父亲跳下马背的同时，随手把缰绳一丢。日尕吃草去了，对它来说抓紧时间补充能量比什么都重要。父亲大步走向角巴。角巴说："强巴县长啦，是多嘴多舌的百灵鸟把话传到你耳朵里了吗？你来得不是时候，糌粑吃不上，酥油茶没的喝。"父亲没好气地说："你把公家人看成什么啦，酒囊饭袋吗，整天跑来跑去就为了吃喝？""客人不吃喝，牧人不答应，你不吃喝哪来骑马走路的力气？你来了也好，看看我们牧人的伤心事吧，隔几年就会有一次，哭都哭不出来啦。"说着指了指面前的山谷。山谷三面峭壁，谷底有一群牦牛，大都有气无力地卧着，有两头死在通往原野的路口，身上有血，显然是被打死的。父亲疑惑地看看山谷，又看看角巴手里的叉叉枪。角巴说："这两头牛还有点力气，不打死就会走到外头去。"父亲更加莫名其妙："怎么啦？"角巴长叹一声："雪山大地保佑，让牛尸林快快过去，越快越好。"父亲吃了一惊："什么时候发现的？为什么不上报？""这种事怎么还能张扬？自己的疮疤自己烂，地上的泥巴地上沾，声音靠喊，瘟疫靠传，本来是碗大的，传出去就是天大的。人家会说，是沁多传过来的，连雪山大地都会怪罪。""糊涂，你不上报，不及时采取措施，那就真是天大的灾难啦。"话虽这么说，但父亲知道角巴是对的，报告上去又能怎么样？牛尸林就是牛瘟，传染起来很快，无药可治，能做的只有封锁、隔离和扑杀病畜。父亲问起瘟疫的范围，角巴说已有三个大队发现了病畜，野马滩是最严重的，昨天在另一处深谷已经扑杀了一批。父亲这才意识到已经来到野马滩的界线上，看到大队长囊隆正带着一些人把山上的土石滚向山谷，官却嘉阿尼站在悬崖上，高声念诵着度亡的经。他问："怎么没见桑杰？他的牲畜怎么样啦？"角巴说："牲畜嘛，好着哩。他在野马滩住不惯，托了官却嘉阿尼给我说，还是想回野牛沟。我说回来也可以，但要是强巴县长再去野马滩蹲点，你还得搬一次家。""搬家的不要，我也可以在野牛沟蹲点。"父亲明白，就算没有角巴的提醒，他也不会选择别人家做房东。桑杰一家是他的恩人，恩人便是一辈子的亲人。

父亲看了一会儿用土石砸死并掩埋病牛的悲惨境况，说起向下边紧急调运牛羊肉的事，角巴惊叫一声："啊噓，这个时候吗？"然后就呆愣着不说话。父亲说："不好办是不是？一是不到屠宰季节，一是牛尸林蔓延。""你说个数字我听听。""整个沁多至少也得三千只羊、四百头牛。""别的公社呢？""也是这个数，起码的。"角巴喊起来："不成不成，绝对不成。""怎么了嘛不成？说说理由。""我，沁多草原的角巴德吉，是跟别人一样的人吗？"父亲摇摇头。角巴说："你说出来嘛，是风吹得头摇还是脖子软了头摇，我弄不明白。"父亲说："你怎么能跟别人一样？你是进步头人转变成的公社主任，这样的主任草原上有几个？""强巴县长啦，你说说肚子里的话，我这个主任州上可知道？""当然知道。""省上可知道？""也知道。""再往上就是北京啦，北京可知道？""应该知道。"角巴望着天思考着："这么说远远近近的公家人都知道我啦？这样的话我出的只能比别人多不能比别人少。"父亲松了一口气："我就是这个意思。""那你就直接说嘛，到底出多少才配得上我的名声？""三千五百只羊，五百头牛。"角巴闭着眼睛咬住了牙，半晌才说："噢呀。"父亲建议迅速召集各个生产大队的大队长开会，把上交的牛羊分摊下去。角巴说病畜最多的野马滩可以多出些力气少出些牲畜，立刻把囊隆喊到跟前，吩咐他派些牧人，连夜去通知其他大队的大队长，速来野牛沟的桑杰家开会。囊隆弯腰答应着走了。父亲问："为什么要在桑杰家开会？"角巴说："他家离这里比较近，又没有病畜，能喝上酥油茶。""桑杰家没有女人，那么多人集中到一起，谁来烧茶？""放心吧，我会带烧茶的人过去。"天就要黑了，向山谷滚够了土石的牧人纷纷离去。角巴带着官却嘉阿尼和父亲走向了野牛沟的沟垴，那儿地势高峻，风大寒冷，是瘟疫不易到达的地方，角巴家的大帐房就扎在这里。角巴说，顺沟往下走不到一顿饭的工夫，就是桑杰家的驻牧地。

父亲再次见到角巴的妻子姜毛和两个女儿，第一次见到角巴的儿子一家：夫妻两个带着一个还在吃奶的女孩。他们已经睡了，听到藏獒的叫声后都爬了起来。又是一番招待，看大家都不能休息，父亲便埋头快快吃快快喝。角巴说："不要急嘛，烫坏了嗓子怎么办？"父亲说："饱啦。""第一次见面的人，如果你不问清楚名字，就永远是第一次见。"他的意思是你可以边聊边吃，不着急。父亲便问起来，记住了角巴的儿子叫尼玛，儿媳叫旺姆，女孩叫普赤，大藏獒叫当周。吃完了要睡，角巴显得有些为难：最尊贵的右首里面只有一处，是让给父亲呢还是让给官却嘉阿尼？父亲挪过去，仰身躺到门边："这个地方睡着舒服，一定能做个好梦。"这就等于把官却嘉阿尼当作了主客。角巴松了口气，望着官却嘉阿尼笑了笑。官却嘉阿尼说："我是有法力的，身上带火，不是冬天不进帐房睡觉。"起身出去了。角巴就又把父亲请到了尊位上。父亲不再客气，睡了。他一觉睡到第二天早晨，被藏獒当周吵醒后，走出帐房一看，角巴正拿着熊皮刷子在给日尕刷毛，虽然是送出去的马，他还是放不下。姜毛和大女儿卓玛去雪线上背冰块，已在回来的路上，快到家了。尼玛收拢着昨晚的新鲜牛粪，冻成块的牛粪就像一朵朵怒放的黑牡丹。旺姆正在挤奶，边挤边小声唱着《挤奶歌》：

> 请问亲爱的牦母牛，
> 洁白的奶子哪里来？
> 牦母牛张嘴笑哈哈，
> 洁白的奶子草原来。

央金跑过去，抱住了冲父亲瞪眼吼叫的当周。父亲喜欢地摸摸央金的脸蛋，又摸摸当周的头，当周顿时安静下来。官却嘉阿尼在练习辩经，做出种种攻击对方的姿势，口中念念有词，巴掌拍得啪啪响。天亮以后还在睡觉的，只有父亲和普赤。父亲心说牧人真是辛苦，就算过去的头人现在的主任，也得勤快劳作，游手好闲和不劳而获是会受到牧人鄙视的。他走向角巴："不好意思啦，让你伺候日尕。"角巴说："日尕的毛没有以前亮啦，多喂些酥油的要哩，刷一刷它舒服些，它也会让人舒服些。"说着把粗糙的手伸进浓密绵长的鬃毛里，柔情地摩挲着。当周叫了一声，提醒主人注意，有人来啦。是野马滩的大队长囊隆。囊隆远远地下马，快快地走来："主任啦，各个大队的大队长已经去了桑杰家。"角巴喊起来："快快快，上路，早饭到桑杰家去吃，谁跟我烧茶去？"旺姆提着奶桶过来："阿爸是叫我去吗？"角巴想了想说："你算啦，让卓玛去。"卓玛半躺着把背上的冰块卸下来，又抱进帐房，一会儿出来说："阿爸啦，为什么让我去？"角巴说："少问，让你去你就去，把铜壶带上，再带些好糌粑，桑杰家的肯定不够。"央金说："我也要去。"父亲代替角巴说："噢呀。"角巴说："你们两个今天穿漂亮些的要哩。"官却嘉阿尼说："角巴啦，兔子再机灵，也躲不过鹰的眼睛。我已经看到啦。"

各大队的大队长来桑杰家开会，桑杰荣幸极了，朝人人弯腰，又做出献哈达的样子。客人也都做出了戴哈达的手势，等于说：虽然你人穷得没有哈达，但你如此殷勤，跟献了哈达是一个样子的。之后他又把腰弯向来人的坐骑，并在马脸上抹了一点酥油：贵人的坐骑自然也是尊贵的，祝福吉祥啊。卓玛和央金放下带来的一布袋糌粑，开始忙着烧茶。除了父亲，其他客人都没有进帐房。桑杰家的帐房其实只是一个众人集合的坐标，会场并不在帐房里，而是在不远处的草滩上。还没有形成河的溪流拉网一样窜来窜去，短浅的牧草以最丰富的营养显出妖媚的油绿，花有点奇怪，大大小小都带着一滴永不消失的露珠。大家席地而坐，抬眼望着高耸的雪峰和蓝到发紫的蓝天，迷恋地享受着夏天最后的晴热。角巴说："风已经不一样啦，冷天就要来啦。"大家说："今年好像冷得快些，牲畜要遭殃啦。"卓玛和央金很快拿来了盛满酥油茶的铜壶和糌粑匣子。桑杰在一边瞅着，不敢过来伺候。角巴招招手："到你家里来啦，你不让茶谁让茶？"桑杰立刻过来，一一接过客人自带的木碗，从卓玛提着的铜壶里接上酥油茶，再双手递过去。这等于提高了他的身份，他满脸都是笑，像周围的花。在他给角巴端茶时，手不禁颤了一下，酥油茶洒在了角巴的袖子上，身后的卓玛习惯性地叫了声"下人"："怎么搞的嘛。"角巴瞪了女儿一眼，翘起无名指，蘸着酥油茶弹了三下——敬天敬地敬神后，又双手捧还给了桑杰："桑杰啦，这碗茶你喝。"桑杰惊得浑身抖起来，不仅主任给他让茶是头一次，加上敬语叫他"桑杰啦"也是头一次。同样惊讶的还有卓玛，瞪大眼睛望着角巴：阿爸啦，你这是怎么啦？桑杰接过茶碗，也是敬天敬地敬神，然后假意喝一口，再次捧到角巴面前。角巴正要伸手，官却嘉阿尼说："你不喝我喝，我是个穷阿尼，没有自己的木碗，到哪里都是用别人的木碗。"端过去大大地咕了一口。角巴说："卓玛你要记住，你不是头人的女儿，你是公社主任的女儿。在座的呢，不是你的叔叔，就是你的哥哥。"卓玛红着脸说："拉索（遵命）。"官却嘉阿尼说："那你说说，桑杰是你的叔叔呢还是哥哥？"卓玛看看比自己差不多大十岁的桑杰，一时语塞。官却嘉说："是哥哥。"角巴说："对着哩，哥哥。"卓玛便大大方方地说："哥哥啦。"桑杰连叫几声"姐姐啦"，一脸惊慌地望望天空：雪山大地啊，这是怎么啦，我变得跟贵人平起平坐啦？

喝了茶，吃了糌粑，便开始议事。议事很简单，角巴熟悉沁多就像鼢鼠熟悉自己的洞，基本就是他说了算。父亲没有参加，他相信角巴会把事情办得更好，自己在场反倒多了一个障碍，角巴会不断地问："强巴县长啦，这样行不行？""强巴县长啦，你看怎么样？"他在帐房里跟梅朵说话："索南和梅朵黑放牧去了吗？你想不想才让哥哥？"梅朵说："想。""才让哥哥肯定也想你，下次见面时他说不定就会唱歌啦：梅朵不是花里的人，梅朵她是人里的花。"梅朵咕咕咕笑起来。父亲问："你是不是也应该用歌声回答他？"梅朵说："噢呀。"然后就唱起来：

> 群山里的高峰，众马里的骏马，
> 我家的哥哥，草原上的好汉，
> 人堆里的尖子，人人喜欢的赛马王。

父亲问："真正的骏马你见过没有？"梅朵摇头。"走走走，我领你去看。"他拉着梅朵的手,来到帐房外面,走向了在草滩上吃草的日杂。日杂看到主人,立刻仰头摆出一副目视远方的姿势,然后移动眼球,鼻孔一掀一掀地闻了闻梅朵的气味。父亲说:"这么灵性的马没见过吧?它知道你要骑它。"说着抱起梅朵放在了卸去鞍鞯的马背上。平阔的马背让梅朵无法叉开两腿骑着,她跪了一会儿,看马背纹丝不动,便站了起来。日杂朝前走去,没有一点起伏,梅朵站在马背上,也没有一点摇晃。父亲欣赏地看着:"梅朵天生是个好骑手,再长一长,就可以骑着日杂参加赛马会啦。"日杂走出去不远又走回父亲身边。父亲要抱梅朵下来,她却拽着鬃毛趴在了马脖子上。日杂立刻低头,梅朵跳到了地上。父亲说:"你们好像商量好啦。"说着摸了一下日杂,让它继续去吃草,自己拉着梅朵,走过去盘腿坐在了草地上梅朵红的身边。梅朵红一身赤炭似的长毛,卧在那里就像堆了一大堆牛粪火。它看都不看父亲一眼,耷拉着厚重的耳朵,把三角眼藏在毛后面,一眨一眨地盯着前面。它不理父亲是因为父亲在家里住过,在它的意识里住过的人就是家里人,对家里人有什么必要盯住不放呢?它需要盯紧的是开会的人,那些人它大都没见过。在它貌似漫不经心的盯视中,警惕和威慑会像风一样传给那些懂得藏獒的牧人。

　　桑杰和卓玛还有央金提着铜壶端着糌粑匣子朝父亲走来。父亲赶紧从上衣口袋掏出碗来:"轮到我了吗?谢谢啦。"卓玛倒茶,桑杰捧茶,央金放下了糌粑匣子。卓玛问:"强巴县长啦,下边有没有草原和牧场?""下边没有草原,下边有田地,种的是庄稼。""怪不得下边人要吃沁多的牛羊肉。"央金跑向不远处的溪流,想看看里面有没有鱼。梅朵跟了过去。卓玛要去帐房继续烧茶,有礼貌地说:"强巴县长啦,你慢慢吃慢慢喝。"父亲说:"多谢啦。"桑杰弯着腰小心翼翼地问:"强巴县长啦,才让可好?""我正要告诉你呢,阿尼琼贡的曼巴治不好才让的聋哑,我把他送到西宁去啦。西宁有我的家,家里人会照顾他,请你一万个放心。""啊嘘,西宁?""西宁在哪里知道吧?""我不是西宁我不知道。"桑杰望望天又说,"西宁比太阳还要远吧?远得我都看不见啦。""西宁比太阳近多啦,太阳在天上,无遮无拦，自然看得清，西宁在地上，山山水水挡住啦。"桑杰又望望限制了视野的山："站在最高的山顶上就挡不住了吧？"父亲想回答又没有回答。桑杰又问："才让什么时候能回来？""不要着急，治好了病就会回来。"桑杰沉默了一会儿说："我能放下一万个心，牵扯才让的心就是放不下。"父亲笑着安慰道："那就多念几声祈福真言，让雪山大地保佑他，你念我也念。"桑杰提着铜壶，再次望了望远方阻挡着西宁和才让的群山，念着祈福真言，给开会的人添茶去了。

父亲喝了一碗酥油茶，正吃着糌粑，就听角巴大声说："今天明天后天，太阳落山之前，各大队必须按照分配的数字把上交的牛羊赶到'一间房'，三千五百只羊，五百头牛，一根毛也不能少。记住啦，肥肥的羊、大大的牛，快快地赶来，传染上牛尸林的一个不要。"父亲寻思：这就对啦，角巴就是角巴，撤换的事只能往后推啦，或者根本就不要再提，完成了调肉任务，我就去州上给才让副州长说，没有角巴就没有沁多，撤换角巴跟毁掉沁多是一个样子的。

父亲当天就回了县上，午夜到达，第二天便安排屠宰和剥皮。靠近县城的公社已经把活畜赶来，牧养在周边的姜瓦草原上。一个星期的忙碌之后，省上来的五辆卡车装上了第一批内运牛羊肉。接着沁多公社的牛羊到了。角巴骑着一匹枣红马，兴冲冲来到屠宰现场父亲的面前："强巴县长啦，我们来啦，没有来晚吧？我看见大汽车上都已经装满啦，没有空汽车啦，不会不要了吧？""不会不会，大量的运输还在后面，我一会儿就去打电话催。""那就好，不然我们就白忙活啦。走，去看看我们沁多的牛羊，是不是比其他公社的更好些。"父亲骑上日尕，跟着角巴去了。姜瓦草原东边的珠姆山下，个个肥壮的牛羊正在吃草。父亲一边看一边赞叹，突然看到囊隆从牛群里走来，神色紧张地叫着"主任啦"。角巴问："怎么啦？"囊隆说："帐房忘记带啦。"角巴说："等公家人验收了我们就走，用不着帐房嘛。"囊隆回头看看牛群边上另外几个赶羊赶牛的牧人，几个牧人也看着他。父亲说："县上人手不够，才让副州长从州上带了些人下来支援，即刻就到，到后立马点数验收，你们几个先去县政府食堂吃饭，碰上什么吃什么，不是节日不便招待，请多多原谅。"其实县政府食堂不负责给下面的人供应饭食，但父亲一直在下乡，食堂欠了不少他的饭菜，足够这些人吃的。角巴答应着，襄隆却为难地摇了摇头。父亲说："客气什么，走嘛。"角巴看出襄隆有些异样，便说："强巴县长啦，你忙你的去，食堂就不去吃啦，我们在这里吃口糌粑，等着验收。"

父亲走了。襄隆立刻来到角巴跟前，只说了一句话，就让角巴惊叫不已："啊啧啧。"他快步走向牛群，看着那头流着眼泪和鼻涕、卧倒在地的牛，半晌无语。准备送往下边的牛群里发现了牛尸林，这可不是小事情。襄隆说："主任啦，赶紧挖坑埋掉的要哩，给公家人就说少赶了一头。"角巴环视着散开的牛群。襄隆说："别的都好着，再没看到流泪流鼻涕的。""怕是好不到哪里去。"角巴知道牛尸林传染性极强，独病独死的比较少，而且有潜伏期，一旦传染开，过不了一个星期，这一片牛就都得倒下。襄隆又说："明天后天就要宰掉，传没传染上我们是不知道的，再说牛从各家各户来，聚拢到一起没几天，传染上是一个巴掌，没传染上也是一个巴掌。"他的意思是传染与否一半对一半。角巴说："别说一个巴掌，就是一个指头，我们心里也不踏实嘛，拜雪山大地的时候想，念祈福真言的时候想，见了上面的人还是想：说不定我们送去的是不干净的肉。""那怎么办？""我得和强巴县长商量一下。""主任啦，千万不能告诉公家人。"角巴没有犹豫，骑着马，再一次去找父亲。

父亲从食堂出来，攥了半个馒头边走边吃，一见角巴就说："饿啦？又想吃啦？"角巴沮丧得叹口气："好事情是等来的，坏事情是找来的。肚子再饿白糌粑再好也吃不下啦。"又说起病牛的事，父亲吓了一跳："你的意思是……""雪山大地在上，不干净的肉是不能运走的。在我们草原上，就是塔娃乞丐也不吃病牛的肉。""说得不错，不过你也仅仅是怀疑。这样办行不行？珠姆山下有个昂欠谷，深得很，你们赶紧把牛赶进去，过一个星期再看，要是没有传染上再屠宰，要是传染上啦，就地埋葬。""噢呀噢呀，这个办法好，羊也得全部赶进去，牛尸林也能传染给羊。"角巴拉直马缰绳就要走，父亲一把攥住：

"都到食堂门口啦，哪有不吃饭的道理，再急也不在这一会儿，可惜只有白馒头没有甜米饭，白给你许下啦，以后会有的。"角巴在父亲的陪同下急慌慌吃了一个馒头，然后被父亲送出了县政府。角巴庆幸地说："幸亏发现得早，不然就会屠宰了病牛。"父亲问："下一步怎么办？"角巴沉重地摇头，说他不能确定牛尸林是正在消失还是正在蔓延，但上交内运牛羊是大事，他不想落下。他准备去别的公社求援，先借他们的牛羊交够沁多应该交的数，等牛尸林过去，明年后年再给他们还上。父亲觉得这样也不错，便说："那就辛苦你啦。如果实在有困难，少交或免交也没关系，我给上面说，情况特殊嘛。"

角巴飞马来到县城北边，看到草滩上空荡荡的，只有囊隆和几个牧人正在掩埋那头已经死去的牛，喊道："我们的牛羊呢，赶回去了吗？"囊隆跑过来，拉住角巴的马头，说起刚刚发生的事情：来了几个人，为首的是才让副州长，他们看了看肥瘦，把牛羊大略一数，赶起来就走，说是验收通过啦。"你没说牛尸林的事？""说啦，还给他们看了死牛。才让副州长说，我是个老草原，一眼就能看穿这些老牧民动的是什么心眼，想吃肉杀死了一头牛，就说是病死的，还能找借口把其余的牲畜赶回去，绝对不成。"角巴说："雪山大地啊，这可怎么办？"掉转马头第三次去找父亲。父亲正在办公室打电话，对方的话嘟嘟囔囔怎么也听不清，他就喊起来："第一批五辆卡车已经全部装满出发啦，等他们到了西宁，卸了车再返回就来不及啦。牧人交的是肥羊肥牛，不吃不喝两三天就会瘦下去，屠宰是不能停下的，你们赶快派车来，越快越好，越多越好，不然就放臭啦，现在不是冬天，草原没有冷库。"喊完了放下电话，大喘一口气，看到角巴立在门口，喝了一口水才问："角巴主任啦，你又怎么啦？"

等父亲和角巴骑马奔到屠宰现场时，已经来不及了。沁多公社的三千五百只羊和四百九十九头牛全部散开，混杂在了其他公社的大片牲畜里。牛羊身上没标记，挑不出来。父亲来到才让副州长跟前，说起沁多的疫情。副州长说："真的假的？你不要让角巴骗啦，他可是沁多草原名声远扬的大头人，人前说人话，鬼前说鬼话。"父亲急得直跺脚："才让啦，州长啦，这些话以后再说。沁多的牛羊有可能已经传染上了牛尸林，现在混群啦，怎么能找出来？传染给别的牲畜怎么办？"才让副州长这才意识到事情的严重性，埋怨道："牛尸林的事你为什么不早汇报？"皱着眉头想了想，"现在你说怎么办？""你是州长，我请示你呢。""总不能把所有的牲畜都赶回去吧？那就等于没完成任务，你我的公家人还要不要当啦？再说有没有病畜，也只是个怀疑，赶紧屠宰赶紧运走。""万一……"才让副州长急躁地跺跺靴子："你这个人，办起事来拖拖沓沓，听我的，就这么办啦。"父亲呆愣片刻，走向站在不远处朝这边张望的角巴，无奈地摇摇头。角巴说："以我的办法，把这里的牛羊统统赶进昂欠谷，圈起来，病倒一个埋一个，看冬天还有没有活着的，有，那就是没传染上病的。给内地的牛羊重新挑选，哪怕瘦的弱的，也不要牛尸林的，大不了拖延些日子嘛。"父亲又转身来到才让副州长跟前，说了角巴的意思。副州长说："你听他的？他一个头人，当然不会爱惜集体财产，也不会像你我一样为完成任务着急上火。上面给我们是限了时间的，拖延不得。"父亲再次来到角巴面前说："你回去吧，忙完了牛羊肉内运，我就去找你。"角巴呆然不动，茫然地望着面前的牛羊，不断自语着："雪山大地啊，雪山大地啊，牛尸林要去下边啦。"

2

秋天，一个冷雨霏霏的日子，县委书记王石从西宁回来了。他带来一个好消息，是母亲写给父亲的一封信：带才让去了一趟兰州，找过了所有管用的医生，终于有了诊断结果，才让的耳聋是后天刺激导致的中耳发炎，鼓膜肿大和外耳道闭锁，可以通过药物控制或手术治疗，不会说话是因为听力障碍让他失去了模仿和学习语言的能力，孩子还小，有自我矫正的优势，治好耳聋，也许慢慢就会说话了。目前的治疗还是吃药，时间会长些，至少半年，或者一年。父亲当天就给母亲回了信：无论多长时间，治好为原则。王石还带来一个坏消息：沁多县的牛羊肉运到西宁后在一部分肉中检测出了牛瘟病毒，省上责令阿尼玛卿州追查。他匆匆回来，就是想知道原因：到底怎么回事？父亲说了，说得很详细。王石说："照你的说法，是才让副州长把事情搞坏了？那还追查什么？他自己给省上说清楚去。现在还不知道后果，严重的话是要法办的。"父亲又说起才让副州长执意要撤换角巴的事。王石沉吟着："撤有撤的道理，不撤有不撤的道理，哪个道理是大道理呢？我得去州上和才让副州长商量一下，商量不通，再找州长找州委书记。"

但王石没来得及去州上，就病得骑不动马了，还是高原反应：头痛恶心，浑身乏力，一天到晚昏昏沉沉，好像睡不着，又好像睡不醒。父亲说："那还是回西宁住院吧，继续打针吃药。"王石说："回西宁是好一点，但不是吃药打针的缘故，是氧气多了。沁多海拔多少，现在还不知道，反正它是要命的高。我就奇怪了，你一点点反应都没有，我比你身体还壮，怎么这么经不起折腾？"父亲说："幸亏我没有反应，看来我就是个高原体质，游牧民一个，天生不需要太多的氧气。""我在沁多难受，不能放开了工作，回到西宁也难受，吃不饱肚子。前个时期是吃你嫂子的，一家人天天半饱，顿顿盼吃的。国家遇到大困难了，人人都有份。"父亲说："我已经感觉到啦，县政府的伙食一天比一天差啦，派人去省上催粮，催来的是一句话：自力更生。小卖部刚搬到县政府对面去，想进些货，要什么缺什么，差不多就是一座空房子。我想干脆把屠宰内运牛羊时剥下的皮张囤在那里，是上交是出售以后再说。干部们都盼着下乡呢，一进牧人的帐房，不管主人自己饱不饱，总是能让客人吃得打出饱嗝来。"王石的高原反应很快又加上了哮喘、咳嗽和胸口疼，只能躺床不起了。他把父亲叫去宿舍说："看样子我是精神不起来了，县上的工作主要还得靠你。"父亲说："书记啦，工作你放心，就是拼上命也要干好，你就操心你自己，到底是留沁多呢还是回西宁？""说实话我也不知道，眼看着我是不能留沁多的，但也不想回西宁。""既然这样，我有个办法你看行不行？沁多有个好去处，地势低洼，树木茂密，夏天的河滩上一片一片全是忌冷喜热的虎耳花，说明那里氧气多，你去住着，小事我在县上处理，大事我去找你汇报。""什么地方嘛，让你说得这么好？""阿尼琼贡。"王石一愣："不能不能，我是县委领导，怎么能住阿尼琼贡呢？""你是谁的领导？是牧民的领导是不是？牧民常去的地方你怎么不能去？你是沁多县的头，阿尼琼贡属于沁多县，自然也属于你管辖，你去你管辖的地方怕什么？"王石还是不愿意，但持续恶化的身体让他不得不承认父亲的主意是最好的。有一天他让通信员把父亲叫去说："那就听你的，去吧。"

父亲骑着日尕，抱着王石书记，又拉着一匹马，驮起行李，走向了一年四季都是绿树浓荫的阿尼琼贡。王石说："你这马不错嘛，哪里来的？"父亲如实奉告，又说起自己在桑杰家蹲点时，给享堂磕头的事："一磕就成家里人啦，草原上的人，其实很简单，你说他们的话，拜他们崇敬的雪山大地，他们就能跟你有过命的交情。"王石知道父亲的意思：到哪里都得入乡随俗，对一个牧区干部来说，牧人喜欢的也应该是自己喜欢的。他问："听说一个藏族女人救了你的命？"父亲禁不住泪眼蒙眬："为了救我的命，她搭上了自己的命，可我能为他们做些什么呢？"王石说："命换命就是这样，有人快快地给，有人慢慢地给，一给就是一辈子，你也不要着急，日子长着呢。"地势渐渐低了，路过的山上先是有了灌木，接着有了小树，然后就是大树，松树和桦树的混交蔓延出一个又一个的扇形林带。不时有一片片旗幡出现，全是白色的，像是给山的腿脚裹起了衣裙。王石说："这得用掉多少布啊？"父亲说："你我的布穿在身上，牧人的布穿在心上。"

父亲在阿尼琼贡安顿好王石，回到县上已是第二天早晨。他现在敢走夜路了，是日尕给他的胆量。他发现日尕的夜眼比他见过的任何马都敏锐，跟白天看东西几乎一样，坎坷路障不在话下，连旱獭的洞穴都能迅速躲开，狼豹就更不用担心了，眼睛鼻子耳朵都能用上，就算天黑影响视力，也能听出来闻出来，常常是狼豹还没露脸它就会跑起来，只要扬起四蹄，什么野兽就都追不上了。他在马厩卸了鞍鞯笼头，把缰绳缠在了日朵的腿上。日朵知道这是让它去草原上吃青草的意思，溜溜达达朝县政府门外走去。父亲不怕它走远，他准备了一只铁哨，只要一吹，无论它在哪里，都能飞奔而来。日朵的耳朵出乎意料地灵敏，但灵敏的极限在哪里，父亲试验了几次都没有结果。父亲来到办公室，有人告诉他，昨天才让副州长打了几次电话，说有急事，要他回到县上后立马回话。他打了过去。才让副州长说："终于听到沁多县的声音啦，你不在，王石书记也不在，都去哪里了嘛？"父亲正要回答，对方又说："还是撤换角巴德吉的事，我不明白你为什么一直拖着不办？这次不办不行啦，省上要追查用病畜代替内运牛羊肉的事。"父亲说："牛羊肉里检测出牛瘟病毒跟角巴有什么关系，这是州县两级领导负责的事。""怎么没关系，病牛难道不是他赶来的？撤了他也好给上面有个交代，也许这件事就过去啦。"父亲心里一惊："怎么能这么说？这件事你是参与过的，前因后果你清楚。""就因为清楚，我才不能保证角巴不是故意的。撤掉他的事州上已经定啦，我给你打电话不是征求意见，是想问你们有没有合适的主任人选。"父亲生气地说："没有。""那我就如实给州长汇报，初步想法是从州委干部中派一个人去，明天研究人选，最迟大后天新主任就能到县上。"

　　父亲挂了电话，正想着要不要再去阿尼琼贡给王石汇报，就见通信员带着一个牧人走了进来。牧人说他是来给角巴主任传话的，主任说："强巴县长不是说忙完了给下边运送牛羊肉的事，就来找我吗？怎么不来啦？现在你不想来也得来，明天太阳出山时我在'一间房'等你，到底什么事，来了就知道。"父亲寻思：他是硬顶着不想撤换角巴，才没有践诺"我就去找你"的话，不过现在必须要去了。他送走牧人，给王石写了一封信，打发通信员果果立马送往阿尼琼贡，然后回宿舍眯瞪了一会儿，一边去食堂打自己的那份午饭，一边吹响了铁哨。日朵飞驰而来，跑进县政府后停在了马厩门前，它知道鞍鞯在这里，主人每次出发，都是从这儿上马。

绿的层次正在变化,半个月前山的苍绿、原的秀绿、河边的青绿变成了稀疏的绿、老去的绿、深沉的绿。有些花还在开,更多的却已经败落,结出些营养丰富的草籽来预示着地气的渐渐冰凉。鸟儿们忙起来,储存冬粮的鼢鼠忙起来。又是一夜未眠,日尕的奔跑匀速而持久,太阳和"一间房"以及角巴家的大帐房几乎同时出现在父亲眼里。父亲下马,牵着缰绳走过去,惊讶地看着:"一间房"变了,屋顶上挂起了旗幡,炊烟在旗幡的环绕里袅袅升腾。扎在一旁的大帐房上,左右各挂着三条黄、白、蓝的哈达。门前的平地上,烧着九堆消灾避邪的牛粪火,火与门之间,铺着一块洁白的毛毡,毡上用青稞画着一个大大的卐字。敞开的门内,数十盏酥油灯一齐放亮,映照着中间的彩绘矮桌,桌上摆着酥油炸成的面食、夜里煮好的手抓和成块的松潘茶,一溜儿的金色龙碗里盛着白花花的酸奶和曲拉(提取酥油后,奶水熬煮过滤后的奶渣),硕大的煮熟的牛头上插着两把镶嵌精美的五寸藏刀,青稞酒的香气飘逸而来。日尕鼻子一呼扇,就知道来到了旧主人家,高兴得一声嘶鸣。央金穿着豆绿的新藏袍,带着大藏獒当周笑嘻嘻地迎过来。父亲弯腰抱住了她:"今天是什么日子,你打扮得这么好看?"央金笑着:"姐姐要迎亲啦。"父亲问:"你是说卓玛,订婚还是结婚?"尼玛跑过来接过父亲手里的缰绳说:"结婚。"父亲说:"传话的人没说清楚,我可是连条哈达都没带。"尼玛说:"阿爸不让说。"父亲说:"这个角巴,这么见外,是怕我拿不出贺喜的礼物吗?"

角巴走出大帐房,捧着一条金色哈达快步过来:"辛苦了,雪山大地保佑,你还好吗?"把哈达戴到父亲脖子上又说,"你这样的公家人,除了一点点不够换食物的工资,还有什么?人来就是最好的礼物啦。牧人们会说,啊啧啧,桑杰家蹲过点的公家人、如今的县长也来啦。你说我角巴家的脸上光鲜不光鲜?满草滩的旱獭都会羡慕。"父亲从身上摸了摸,掏出一支钢笔来:"幸亏我还有这个,今天的祝福全靠它了。"说着,他拽紧胸前的哈达,用藏文和汉文分别写下了"扎西德勒",然后取下哈达,挂在扎帐房的绳子上,把钢笔塞到了角巴手里。父亲知道，在牧人眼里，文字都是经文，笔都是用来写经的，它有着跟经文同样神圣和珍贵的价值。角巴用合十的双手夹起钢笔，朝父亲拜了拜："强巴县长啦，这么殊胜的恩泽，我拿什么报答你？"父亲急切地问："新郎是谁，怎么没听你说过？""你不来家，我到哪里去给你说？""现在说嘛。""桑杰。""哪个桑杰？""你认识几个桑杰？"父亲一愣："啊啧啧，我在沁多就认识一个桑杰。""那就对了嘛。"父亲笑了："是嫁女还是招婿？""自然是招婿。""这样好，太好啦。"角巴的头脑不简单，昔日的头人和流浪汉成了一家，以后如果以桑杰顶门立户，按政策角巴家的阶级成分就不应该是牧主而是贫下中牧啦。父亲想着，突然一个警醒："桑杰呢？""他们一家昨天就来啦，先安顿在'一间房'里，要不要去见见？""当然要见。"

父亲来到大帐房的门口，朝里瞅了瞅，看到一身棕色氆氇袍的角巴的妻子姜毛正在给卓玛梳头，女儿卓玛坐在地铺上，脸上带着抑制不住的羞涩和喜气，正在整理斜在胸前的獭皮衣领，儿媳旺姆用袍襟兜着普赤，正在锅灶前忙活。父亲喊一声："扎西德勒。"立刻传来三个女人的齐声回答："扎西德勒。"姜毛说："进来坐嘛。""不啦，我有火烧眉毛的事马上就走啦。"父亲迅速离开，朝日尕走去。他突然冒出一个想法：公社主任的职务对角巴太重要啦，不是有权没权，而是在证明信任和依靠的存在，证明他和政府的关系是一家人而不是两路货。撤掉他对他的打击是别人想象不到的，如今桑杰成了他家的女婿，是不是可以把打击减少到最低程度呢？州上今天就要研究沁多公社主任的人选，一定要赶在做出决定之前见到才让副州长。他骑上日尕跑起来。角巴在后面喊道："怎么了嘛，这么快就要走？你这个怪人。"路上，父亲碰到了许多去"一间房"吃喜酒的牧人，他们唱着婚礼上的颂歌，悠闲自在得就像天上的鹰。桑杰最信任的官却嘉阿尼也来了，还是骑着父亲借给他的县政府的马，他似乎没想过应该还回去。父亲望着他笑笑，心说由他去吧，就当忘了借马的事。县政府增加一匹马，容易，随便给哪个公社说一声，主任就会派人送来，但让地位不高的官却嘉阿尼搞到一匹属于自己的马，那就难了，尤其是现在，牲畜都是人民公社的集体财产，谁也做不了主。

最快的风就是日尕今天的速度。太阳刚刚挂上中天，父亲就看到了阿尼玛卿州的州府草原。他在州府门口撂开马，跑进大门，一头闯进了才让副州长的办公室，用衣袖擦着满头的汗，气喘吁吁地说："才让啦州长啦我来啦。"才让副州长吃了一惊："你是从天上掉下来的吗？身上怎么还有云彩？"父亲挥挥满头蒸腾的雾气，擦了一把汗说："沁多公社主任的人选有啦，是塔娃出身的桑杰，再合适不过啦。"他说起桑杰贫穷苦难的历史，说起自己在野马河大队蹲点的经过，说起桑杰的妻子赛毛为救他——一个汉族公家人而死的过程，只是没说桑杰已经成了角巴的过门女婿。才让副州长松了一口气："你来得正是时候，到底派谁去，州长让我定，我还在犹豫，扒拉来扒拉去，州上的干部都合适，但又没有最合适的。你说的这个桑杰嘛，我看可以，本来就应该由你县上定嘛。"父亲更是松了一口气："那就好那就好，不是说今天州上要开会研究吗？我是等决定了以后走，还是先回去，等着州上下达任命书？""还是等等吧，我现在就去给州长和书记汇报，要是他们对人选没意见，下午开会就能通过，你明天就可以回去，我会派人跟你一起去，把角巴带到州上来。"父亲一愣："为什么？""明知故问，瘟牛肉进下边的责任他不承担谁承担？"父亲知道再说什么也没用，就说："怎么这么急？""省上催着要追查结果，不能不急。"父亲说："我还要去见王石书记，等到下午开会有了结果我就走。"又把王石移住阿尼琼贡的事说了。才让副州长说："那个地方他也敢住？""怎么啦？""没怎么，住就住了吧，只要不耽误工作。"下午，空着肚子等了几个小时的父亲从才让副州长手里接过了桑杰的任命书。

又是不停歇的奔驰，天黑之后，父亲和日尕来到了阿尼琼贡。王石居住的南厢房是香萨主任腾给他的，香萨是阿尼琼贡的住持，又是管委会主任、县政协副主席和县人大副主任，大家都叫他香萨主任。南厢房宽敞而干净，有火炕，有供桌变成的办公桌，有几把长条凳，另一头还铺着毛毡，放着一张矮桌和几个卡垫，正墙的中央，是一些吉祥云图案的挂毯。王石说："一到这里，第二天身上就松快了许多，这个氧气太重要了，能要人的命，也能救人的命。"父亲一口气喝干一碗酥油茶，说了角巴的女婿桑杰接任沁多公社主任的事，又说了才让副州长要把角巴带去州上的事。王石生气地说："他就是急于找个替罪羊。""角巴没文化，到了州上，一哄一骗，就不知道该说什么啦，等录了口供画了押，别人再说出实情就来不及啦。""你说的有道理。"王石沉吟着，"能不能这样？我们可以争取省上出面调查，省上没有想赖给角巴的人，处理起来比较公正。""那得找人，找谁呢？""我有个老战友，叫李志强，在省政府办公厅当副秘书长，就是不知道这种事他肯不肯帮忙。""肯不肯的，找了以后才知道嘛。""也是，看来你得去一趟了，我这就写信。他人很好，什么话都可以给他说。"王石写信的时候，父亲寻思：骑马去西宁，至少三天，到了西宁找人，也得一天，就算人家肯帮忙，办起来也得一两天，再派人来阿尼玛卿州调查，又得几天。这样的话，十天半月都不够。而州上明天就要去带人，才让副州长想及早定案，让马粪不等冒气就变成牛屎，肯定会星星连着太阳往前赶，最慢大后天就能结束审问，州委开会一研究，铁板钉钉了，我还在西宁忙活什么？他把想法说了出来。王石说："有句话说得好，尽人事听天命，我们也只能办到这一步了。"父亲想：那不就等于什么也没办吗？

父亲又要连夜上路了。他拉着日尕离开阿尼琼贡，从鞍子上解下王石从厨房要来的一小布袋糌粑和一块酥油，先让日尕吃了些，然后上马边吃边走，等吃得半饱，他的主意也就拿定了：不能现在就去西宁，要去就带着角巴一起去。这样的好处是：既避开了才让副州长，又能促使事情尽快解决。角巴自己到了省上，没问题就是来申诉，有问题就是主动前来说清楚，不管申诉还是说清楚，李志强都不能不管。他打马跑起来，天亮前到达了县政府，停都没停，又跑向了"一间房"。

角巴家的喜庆还在延续，一些客人离去了，另一些客人又来了，他们席地而坐，喝着，吃着，更重要的是唱着：

你家的新郎从东方来，金银的首饰、锦缎的穿戴；

金银和锦缎从西方来，河流的那边、遥远的山外；

那边是拉萨河的波涛，闪耀着布达拉的金色之光，

山外是西宁城的宝塔，裹缠着贤巴林的丝绸之彩。

　　所有人见了父亲都问好。父亲顾不上客气，丢开日孚，直接进
了大帐房，看里面只有桑杰和卓玛，赶紧出来，问门边的大藏獒当
周："角巴呢？"当周不理他。央金跑过来说："强巴叔叔啦，阿爸让
你过去。"原来角巴就在席地而坐的人群里。父亲大步过去，夺过角
巴手里的酒碗，灌到自己嘴里说："角巴啦，不要再喝啦，赶快跟我
走，事急啦，急啦。""酒还没喝够，跟你去干什么？"父亲拉他到一
边，拿出桑杰的任命书，说起对他的撤换："你看，你的女婿当主任，
跟你当主任是一个样子的，反正都是角巴家当主任。"又说起进京的
瘟牛肉，说起要带他去西宁面见副秘书长澄清事实。角巴呆愣着，突
然推了父亲一把，好像不幸是父亲带给他的："我怎么了嘛？是该交
的牲畜没交？是欠了公家的皮张和奶子没给？还是该恭敬的人忘了
恭敬？"说着，委屈得哭了，呜呜呜的，又说，"我，沁多草原的角
巴德吉，就算冤枉死，也要死在草原，我去西宁干什么？"父亲还是
劝，角巴还是哭，还是不去。除了去放牧的索南和梅朵黑，角巴的妻
子姜毛、新郎桑杰、新娘卓玛、梅朵、央金、尼玛、旺姆、普赤，甚
至梅朵红和当周——角巴家的人和藏獒都围了过来。父亲焦急得踱着
步子：这可怎么办？看看天色，已经不早啦，州上的人说不定就要到
啦，他们是来带人的，一定开着州上唯一的吉普车，要走还得快啊。
官却嘉阿尼也凑了过来，像劝导孩子那样说："角巴啦，听话。"角
巴说："我就是个听话的人嘛，越听话人家越看着不顺眼。"父亲突
然挥挥手："不想去就算啦，喝酒吧，喝得躺倒起不来，所有的坏事
情就没有啦。快快快，多多的酒拿来。"他想尽快把角巴灌醉，一再
地满上，一再地劝酒。但草原上的青稞酒属于米酒，父亲叫它"藏

家醪糟",度数低,谁知道喝多少才能醉啊?父亲不时地起身眺望远方,看吉普车来了没有,然后便是一阵吆喝:"喝啊喝啊。"甚至他都抱起了酒桶,凑到角巴嘴边:"有本事你把这半桶都喝了。"角巴张大嘴,任由父亲朝里灌,一副借酒浇愁、一醉方休的样子。终于醉了,躺倒在草地上再也不说话了。父亲说:"走,赶快走。桑杰,尼玛,帮帮忙,把角巴扶上马背。"桑杰和尼玛不动,所有人都不动。父亲用《卖报歌》的音调唱起了"唵嘛呢叭咪吽",然后指着天说:"雪山大地在上,我如果不是为了角巴好,就让灾难降临到我前去的路上。"官却嘉阿尼说:"快快快,又不是石头听不懂话,公家人都赌咒发誓啦。"他过去拉来了日尕。桑杰一看官却嘉阿尼都在帮忙,拽了尼玛一把。两个人把角巴扶上了马背。父亲骑上去抱住角巴,又让桑杰把角巴的枣红马拉来,连在了日尕的鞍鞯上。出发了。父亲一连给了日尕三鞭子,日尕从来没有被如此鞭策过,四蹄扬起的同时,发出一声响亮的嘶鸣。地平线上,一辆吉普车飞驰而来,跟父亲和角巴擦肩而过。

<h1 style="text-align:center">3</h1>

　　父亲失策了,他虽然想到才让副州长也许会追到西宁,却没想到会追到家里来。不,不是追,是堵。当他和角巴拉马走过街道,来到我家的巷口时,吉普车早就守候在那里。才让副州长从车里下来,冷峻地望着父亲说:"你想干什么?连我的话都不听啦?"又对角巴说,"跑得快呗,还想往哪里跑?"角巴一声不吭,求救似的望着父亲。父亲茫然无措,心说才让副州长亲自来追,可见他寻找替罪羊的心情多么急迫,非要栽赃的话谁能挡得住?父亲从角巴手里接过缰绳说:"你先跟他去吧。"角巴乞求道:"强巴县长啦,你可不能不管我。"父亲说:"我是撒手不管的人吗?"角巴跟着才让副州长上了车,泪汪汪的。父亲追上去问:"你们要去哪里?"才让副州长不回答。车走了。

父亲目送着吉普车直到消失，然后拉着两匹马走过小巷进了院子。

两匹大马来到四合院里的情形我只能想象：西房北房东房的大人小孩走出来围观，问候着父亲，父亲也问候着他们。免不了有小孩要骑马，父亲抱上去再抱下来。姥爷姥姥呵呵笑着。父亲提着一小布袋糌粑进了家门，那是离开草原的路上角巴从一顶帐房要来的。正是下午，母亲还没下班，我和才让去河滩放羊了。父亲和姥爷姥姥说了会儿话，就拉着两匹马匆匆而去。他先去了省政府，在大门前的行道树上拴了马，去传达室给办公厅打电话，说要见副秘书长李志强。对方说李秘书长下乡去了。"什么时候回来？""说不准。"这可怎么办？又来到阿尼玛卿州驻西宁办事处，这里有马厩和草料，是寄放马匹的最好去处。父亲交了草料费，又给了马倌两角钱，叮嘱他好生看护。马倌是个汉族人，捋着日尕的鬃毛说："一马一对待，一看你这两匹马，就知道一点都不能马虎。"晚上父亲回到家，不停地摸着我和才让说："怎么都这么瘦啊？才让比在草原上瘦多啦，肋巴骨都出来啦。"晚饭吃的是糌粑糊糊，一人半碗。父亲问："我要是不带点糌粑回来，你们晚上吃什么？"母亲说："前天医院给每个大夫发了两棵大头菜，家里还有蔓菁，晚上就是大头菜蔓菁汤。"父亲默然不语，半晌才说："日子都快过不下去啦，你们还养着两只羊，为什么不宰了吃掉？"大家都看着才让。才让知道说什么，想摇头却连身子都摇起来。父亲说："我还觉得县政府食堂吃得不好，现在看来，比你们好多啦。"第二天一大早，父亲洗了把脸就出去了。他再次来到省政府，直接去了办公厅，打听副秘书长李志强去哪里下乡啦。人家说是青海湖边的天峻县。他看了看墙上的地图，估计离西宁有两百多公里，立刻回家，说要外出几天，然后直奔阿尼玛卿州驻西宁办事处。他从马厩牵出日尕，拿出工作证和钱，在食堂说破嘴皮买了一斤糌粑二两酥油，骑着日尕朝西出城去了。他连夜赶路，第二天中午便来到天峻县政府。那里的人又指给他李志强下乡的公社，他奔驰而去。

李志强吃惊父亲会跑来这里找他："就走了一天一夜？什么马？跟汽车差不多嘛，你就不会在西宁等着？"他看了王石的信，又听父亲详细说了内运牛羊肉里混进瘟牛肉的过程，说："我明天回省上，回去就给阿尼玛卿州打电话。"父亲在天峻县住了一宿，第二天看着李志强的吉普车上路后，才打马踏上归程。回到西宁是翌日下午，他直接去了省政府，李志强的车居然也是刚刚到达。"看来我得学会骑马，路不好，车也不好，这个时候到就已经不错了。"李志强说着，带父亲去了他的办公室，立刻拨通了阿尼玛卿州。他先给州长说，州长便叫来才让副州长解释清楚。才让副州长陈述了抓角巴的理由：一是可以认定他是故意破坏，二是省上催得紧，不得不这样。李志强气愤地说："办公厅的文件也只是说严加追查，找到原因，没有说直接抓人，你们神经过敏什么？把人放了，需要抓的时候再抓。"才让副州长说："人已经交给省公安厅了。""啊？你可真是快刀斩乱麻。"原来才让副州长带走角巴后，连夜在车上审讯，第二天就带着材料去了公安厅。李志强又打电话跟公安厅联系，完了对父亲说："麻烦了，角巴德吉自己都承认了。"父亲急得捶捶胸脯："这个角巴，没有的事怎么能往自己身上揽？他不知道后果很严重吗？""恐怕连你也不知道。""那怎么办？秘书长得想个办法。"又说起角巴德吉的历史。李志强说："这件事要办好，办不好会伤了角巴的心。"

按照李志强的吩咐，父亲拿着李志强的饭票去省政府食堂吃了晚饭，然后回到副秘书长办公室，连夜写了一份证明角巴无辜的材料，想趴到桌子上眯瞪一会儿，突然想到了日朵，赶紧来到了大门外。日朵正在站着睡觉，听到主人的脚步声后忽地扬起了头。父亲摸着它的脖子，心疼地说："辛苦啦，我吃啦，你没吃。"说着上马去了办事处，再次寄放在马厩里，抱了两大抱干草让它吃。自己回家，睡了一会儿，便空着肚子，去了公安厅。也是李志强的主意，借口县领导有工作事项需要询问，要求见见角巴。角巴关在一间没有窗户的房子里，父亲从铁门上的小窗口望见他时，他正在烦躁得走来走去，一见父亲就说："你怎么才来？"父亲说："你承认了，为什么？""才让副州长说只要我承认，就放我回家。我说只要放我回家，你要什么我承认什么。""你这个糊涂蛋，上当啦。""那怎么办？""翻供。""什么叫翻供？"父亲离开时，角巴说："强巴县长啦，你快去沁多县拿些食物来，这个地方吃不上肉，饿得肚子天天提意见。"父亲说："忍一忍吧，我跟你一样。"

三天后，角巴放出来了。父亲的证明材料和角巴的翻供，是他获得自由的保证。但同时阿尼玛卿州委做出决定：免去父亲的副县长职务，给予党内记大过处分；作为一把手的县委书记王石做出深刻检查。鉴于目前还无法知道瘟牛肉是不是给人造成了食物中毒后或病或死的结果，暂不追究刑事责任。省上认可了州上的决定，也就是说，这件事的替罪羊变成了父亲。李志强说："这是我提的建议，只能这样，没有人承担责任是不行的，要么是你强巴副县长，要么是才让副州长，但要是让才让副州长承担责任，他一定还会揪住角巴不放。现在就看你了，如果你要保自己，就提出申诉来；如果你要保角巴德吉，就什么话也别说，悄悄回到沁多县去。以后嘛，当副县长的机会还是有的，毕竟是高海拔的牧区，严重缺少身体适应能力强的领导干部。"父亲说："我要是提出申诉，角巴会怎么样？"李志强说："那就又变成才让副州长的办法了。"父亲说："好好好，只要上级的决定不变就好，我这个副县长，不当就不当啦。"

父亲去公安厅接角巴回家，一进家门，角巴就扑通一声给父亲跪下了："强巴县长啦，谢谢啦，我以为我再也出不来了，多亏你像雪山大地一样保佑了我。"父亲赶紧扶他起来："我已经不是副县长啦，回到沁多就得重新分配工作。"又对我们说，"按年龄算，他应该是洋洋的爷爷，藏族人叫阿尼。"姥姥赶紧去了厨房，先是端来两茶缸开水，一会儿又端来两碗掺了蔓菁的稀得能照见人影的糌粑糊糊。角巴端起来就喝，一口气喝完，又把碗双手捧给了姥姥，意思是还要喝。父亲把自己的那一碗放到角巴跟前："你喝这个。"角巴端起来又是一口气喝完。碗被姥姥拿走了。角巴默默地盘腿坐在炕上，突然扬起头说："姐姐啦，不用太麻烦啦，有什么就吃什么，快一点的要哩。"他以为姥姥还在给他做饭，很诧异这么长时间啦，真正的饭还不端上来。父亲和姥爷对视了一下，不好意思地说："你已经吃过啦，再没有啦。"角巴啊了一声，这才看到我和才让坐在门边的板凳上，一人端着一只小碗，小碗里头是清水煮蔓菁，连糌粑糊糊都没有。他下炕来到我和才让跟前，坐到地上，掐着我们两个的脸蛋，抬头问姥爷："肉呢?"姥爷说："现在哪里还能吃到肉? 大人物小人物都吃不到。"角巴说："我是说两个孩子脸上的肉哪里去了?"他虽然第一次见我，却也不相信我一出生就是现在这个瘦骨嶙峋的样子。至于才让脸上的肉，他真的想问问，是不是叫老鹰叼去啦? 怎么原来鼓出来的脸蛋变成了两个深坑呢? 家里一片沉默。角巴说："啊啧啧，你看我是什么人嘛，到了家里连一点食物都没带，还要吃你们的。"突然张开双臂，把我和才让搂在了怀里。我们碗里的清水蔓菁全部洒在了他的皮袍上。

角巴在我家住了几天，每天只能吃一顿掺了蔓菁的糌粑糊糊。父亲带来的一小布袋糌粑已经吃完，只能从办事处高价购买，而且只能两天买一次，一次买半斤，算是办事处对本州干部的照顾。角巴急着回草原，几次催父亲上路。父亲说："急什么，再等等。"他等着母亲回来，按照和医生的约定，母亲带着才让又去了兰州。角巴说："那就等着，你也难得回来一趟，洋洋都这么大啦，下面也该有个弟弟或妹妹啦。"父亲说："还等着办妥另外一件事，也跟才让有关。"原来父亲在和李志强的接触中，偶尔听说了西宁保育院。保育院原来只有二十多个孩子，这两个月突然增加到了五十多个，需要政府增加粮食和副食供应。李志强当着父亲的面，给粮食厅打电话：一定要想办法，亏谁也不能亏了这些孩子，一天三顿，一顿也不能少。父亲一打听，知道能进保育院的都是没人管的孤儿，就想才让算不算呢? 才让在西宁治病，阿妈不在了，阿爸顾不上他。他给李志强说起来，李志强说你写个申请，把详细情况都写上，我交给保育院，让他们研究决定。角巴说："保育院是干什么的，有没有肉食糌粑? 不如让两个孩子跟我们走，草原再不好，也不会饿得连屁都放不出一个。"我说："角巴爷爷，羊也可以去吗?"角巴说："草原上有的是羊，带去干什么? 就在西宁养着，养到明年宰了吃肉。"我说："不能宰了，这是才让的羊。"

角巴没事干，又坐不住，就跟着我去河滩里放羊。看到河边低矮的土坯房，他会说："我见过的矮房子多啦，没见过这么矮的，人怎么能住在这里头，不憋死吗？"看到有载重的卡车经过桥梁，他会提心吊胆地攥起拳头，死死地盯着，总觉得货物摞成山的卡车会压塌桥梁，每一次成功的过桥都会让他庆幸得长舒一口气。看到有人在河里捞鱼，他会说："不念祈福真言的人啊，河里的东西是吃不得的。"有一次他坐在石头上实在无聊，问道："你听过故事没有？"我说："听过。""你给我讲一个。"我讲起来："孙悟空一个跟头到天上，打败天兵天将，吃了点心又吃桃子。完了。""孙悟空是汉族人还是藏族人？为什么不吃糌粑？""糌粑吃完了。""你再讲一个。"我说："孙悟空碰见白骨精，举起金箍棒说，你给我扯一碗拉面来，辣子和醋多放上些。完了。""拉面有手抓好吃？"我咽着口水说："不知道，我没吃过手抓。""你连手抓都没吃过？太可怜啦。什么时候到我家来，我给你杀羊做手抓。"我答应着说："我再讲一个，孙悟空大战牛魔王，牛魔王说，我们家又没有肉包子，你战我干什么？孙悟空说，快，哪里有肉包子？完了。""肉包子我知道，哪里有嘛？他到底吃上了没有？""吃上了。"我的口水来不及吞咽，直接流到了地上。角巴说："听了半天，你讲的孙悟空活像我们藏族人的格萨尔，战马一骑，走南闯北，上午吃胸叉，下午吃肋巴。"

几天后母亲和才让回来了，看了大夫开了药，差不多用光了母亲一个月的工资。角巴再次说起带走才让和我的话，母亲坚决不同意："三种药得岔开了吃，你们不知道怎么吃，前功尽弃了怎么办？"父亲问："治疗时间已经不短了，到底有没有效果嘛？"母亲说："我也说不上，看病的大夫说治总比不治好，万一能治好呢？"又过了两天，保育院通过邮局送来了才让的入院通知。才让要去保育院了，父亲和母亲都松了一口气，至少那里能吃饱肚子，还不耽误治疗。角巴说："强巴啦，现在该走了吧？你要是不走，我就一个人走啦。"离开西宁的这天，父亲和角巴从办事处牵来了马，驮上了我和才让，我和才让一人抱着一只羊。到了湟水河滩有草的地方，人和羊下来。父亲说："给这两只羊起个名字吧，藏族人的家畜都是有名字的。"我和才让忽闪着眼睛：叫什么呢？父亲又说："这只头上有黑色的斑点，像雨点，就叫它'德牧'，这只的毛色就像披了一件雪花织成的衣服，就叫它'冈拉'，记住了没？"我说："记住了，德牧和冈拉。"父亲抱了抱才让，角巴抱了抱我，然后跨上了马背。角巴边走边喊："扎西德勒。"父亲叮嘱我们："早一点回家。"然后不断回望着，走了。阳光追逐着父亲和角巴的背影，把秋天最后的温暖涂抹在前去的路上，父亲的蓝色中山装和角巴镶着绿边的紫色皮袍突然融合在一起，变成了马的颜色。他们的马都是枣红马，都闪耀着明晃晃的光泽。父亲和角巴打马跑起来，很快不见了。我问才让："草原有多大？马多还是羊多？我也想骑马。"才让看着我的嘴，突然走过去，抱起一只羊掂了掂，又过来拦腰抱了抱我，高兴地把羊牵到了我跟前。我明白他的意思，我可以骑羊，以后还会明白，骑羊的前提是我的重量不能超过羊。羊大了，已经是大绵羊了，我骑了一下德牧，看它走得踉踉跄跄，就下来了。这是我第一次骑羊，以后再也没骑过，因为我觉得这是才让的羊，才让对羊好，我也应该对羊好，为什么非要骑它？才让要去保育院了，以后就是我一个人放羊了。

　　家里人没想到，一个星期后，急着要回草原的角巴又来了，还带着一个年轻的藏族人。他们把两匹马拉进院子，从马背上卸下一个圆鼓鼓的布袋和一个同样圆鼓鼓的羊肚，带着一股风走进了家门。姥爷赶紧让座，姥姥捯着小脚去了厨房。角巴把羊肚放在桌子上说："姐姐啦，你要去烧开水吗？开水再不喝啦。"姥姥站在厨房门口说："开水里头放些盐，放些蔓菁。"角巴说："盐要哩，蔓菁不要。今天我来，是要吃糌粑喝酥油茶的。"说着打开了布袋，满满的都是糌粑，又打开了羊肚，满满的都是酥油。姥爷姥姥惊讶得不知说什么。我喊了一声"角巴爷爷"，扑了过去。角巴一屁股坐到地上，抱住我，用他的脸贴了一下我的脸，从怀里摸出一个小布袋，塞给我："打开看看，是什么？"里面是风干肉，我抓出一块就往嘴里放。姥爷说："煮熟了再吃。"角巴说:"煮熟就不好吃啦,现在就吃。"我把风干肉分给姥爷姥姥。三个人嘎嘣嘎嘣嚼起来。姥姥说:"给才让留上些。"角巴说:"要是放在过去,我会带些新鲜的羊肉来,可以煮一锅手抓。现在是公社,不到冬天不许宰牲。虽说我的女婿、才让的阿爸是公社主任,但也不能不守规矩。手抓我先欠着,以后一定补上。"然后指着身后的年轻藏族人说,"这是你叔叔。"又抬头望望姥爷姥姥,"我儿子尼玛是哩。"尼玛笑着弯了弯腰。姥爷说:"你这个人好,我还想你急着回草原就是为了填饱自己的肚子,原来是为了我们,早一点走早一点来嘛。"姥姥烧了酥油茶,就是在水里加茯茶和盐,烧开后再放些酥油。角巴说:"草原上的酥油茶是先烧水煮茶,再加牛奶和盐,最后在奶茶里头加酥油,比这个还要香。"我心说这个已经够香啦,怎么还有比这个更香的?

角巴和尼玛喝了酥油茶,吃了几口糌粑,说要去看看才让。姥爷和我就带着他们去了。到了保育院门口,传达室的人让我们在门外等着,自己跑去叫。一会儿,一个女老师领着才让走了出来。才让穿着保育院发的黄制服,一见我们就默默淌眼泪。姥爷问:"怎么了,想家了?"才让擦掉眼泪,询问地望着我。我知道他想知道什么,赶紧说:"德牧和冈拉今天没去河滩,家里还有我割的草。"尼玛是第一次见才让,惊讶地说:"你怎么这么白?不像个草原上的藏族人。"才让的确比刚来时白了些,姥爷说这是地势低,太阳不毒,天天用肥皂洗脸的原因。角巴说:"才让可怜,肚子里有话说不出来。"姥爷说:"才来几天,他还没习惯,以后就好了。"角巴说:"你们不会不管吧?"姥爷说:"他一个星期回一趟家,星期六下午接,星期天下午送。洋洋的阿妈也会常来送药,保育院里有大夫,天天管着才让吃药。"又指着门内院子里跑来跑去打闹的孩子说,"过几天他就是这个样子,你们放心。"角巴说:"就是不知道吃的是什么,不会连开水蔓菁也没有吧?"姥爷说:"保育院是公家办的,有的是办法弄吃弄喝。"说着摸了摸才让的肚子。才让知道大人们在说什么,用手比划出一个碗,指头捞了一下,又捞了一下。姥爷说:"怎么样?才让说中午吃的是面条，能做面条的都是白面，杂和面只能擀成破布衫，一片一片的捞不起来。"

看过了才让，回到家，角巴要立刻动身回去，说哪里累了就躺在哪里睡，醒了再走，来的时候就是这样的。姥爷姥姥不答应，非要他们住一宿："虽然没有八盘酒席招待，但是有炕，炕上睡总比野地里睡舒服些。"母亲下班回来，抱着单位发的一棵大头菜，一见角巴和尼玛就说："是你们来了吗？巷口有喜鹊叫，一进院子就看到了马。"母亲用酥油炒了大头菜让大家吃。角巴说："这比开水煮的好吃多了嘛。"饭间母亲问起父亲的情况："抹掉了副县长，重新分配了什么工作？"角巴说："听说有三个工作让他挑。""哪三个工作？""畜牧科长、商业科长、学校校长。""他挑了什么？""不知道。""你一定把我的话带到，要是还没挑，就挑学校校长，科长之类的再也别当了。"角巴打着哈欠说："噢呀。"我们家是一堂两厢，厨房在堂屋后面，门开在堂屋里。平时都是母亲一个人睡小一点的西厢房，姥爷姥姥带着我和才让睡东厢房。来了人，姥姥就会带我和才让去跟母亲挤，留下姥爷跟客人睡一条炕。这天晚上睡觉时，尼玛死活不脱皮袍，不盖被子，也不上炕，指着堂屋的地上说："这个地方是最好的。"问他为什么，他说热。姥爷说："秋天都快过去了，还热？真要是热，你就随便睡，睡到院子里也没关系。肯定是牛羊肉吃多了，以后要少吃，吃些菜的要哩。"半夜，尼玛果然就到院子里去睡了，皮袍裹身，靴子作枕，他呼呼睡到天亮。院子里早起的人都在看着他。姥爷赶紧出去解释，不是我们不让进家上炕，是他自己不肯。有人说："知道，知道，你们是厚道人家，不会把客人赶出来。"角巴和尼玛一睡醒就走了，没吃没喝。姥爷姥姥一直在念叨：他们路上吃什么？我说："吃牛魔王的肉包子。"

姥爷曾说："洋洋的话，大西瓜。"意思是说我的话有一定的预言性。据说在我一岁多时，有一次我指着院门外说："瓜、瓜。"傍晚，父亲从牧区回来，一手提着半只羊，一手抱着一个从街口买的西瓜。这一次也是，我说了肉包子，肉包子就来了。星期六下午才让被姥爷接回来，一进家门就从衣服口袋里掏出了三个包子，包子都压扁了，但没有烂。他给姥爷一个，给姥姥一个，给我一个。姥爷拿着包子，咽了一下口水，突然拉下脸来，生气地说："才让，你把你的饭给我们拿来了吗？肯定是一顿一个包子，你是不是三顿没吃？你一个娃娃家能管住自己的肚子，我们就谢天谢地了，谁叫你操心我们了？"说着，把包子放在了桌子上，又夺过姥姥手里的包子，也放在了桌子上。我看着姥爷生气的样子，恋恋不舍地把包子还给了才让。才让看我们不吃，明晃晃的大眼立刻湿了，啪嗒啪嗒落下眼泪来，无声的哭泣里，有多少期待就有多少委屈。姥姥心疼地抱住才让，对姥爷说："你发什么脾气？才让也是想我们了，他说不出来，就想用包子说话。"姥爷说："我不发脾气，他下个星期还会这样。"我问："包子说什么话了？"姥姥打我一下："包子说才让比你知道疼人。"又对姥爷说，"别让娃娃伤心，你不吃我吃。"包子还是按照才让的心愿被我们吃掉了，馅是白菜和肉，菜多肉少，但在我们的感觉里，吃进去的全是肉。之后姥姥拿出留给才让的几块风干肉让他吃，姥爷拉着才让看了看角巴和尼玛送来的糌粑和酥油："我们现在有吃的，千万不要从你的嘴里给我们省。你正在往大里长，不吃怎么长？将来洋洋马大，你变成小绵羊，我们对得起谁？"家里的糌粑和酥油，我们吃得很节约，也就是每天晚上一人多半碗糌粑糊糊，里面放一块拇指大的酥油。院子里的孩子、街上的孩子，有时候来我家玩，姥姥也会请他们吃一点糌粑和酥油。两个月以后，糌粑和酥油没有了，更难熬的冬天悄然来临。

这一年的冬天来得有些猛，寒冷和大雪同时降临，一夜之后，西宁就盖上了厚厚的雪被儿。我天天把德牧和冈拉关在厨房里，去河滩里扒开积雪拔干草。姥爷则天天去街上，看有什么食物可买，偶尔也能带回来几个洋芋、几个胡萝卜、一碗豌豆什么的。母亲差不多一个星期会抱回来一棵带着冰凌的大头菜和冻成冰疙瘩的蔓菁，医院有农场，农场似乎只种大头菜和蔓菁。姥姥把冻过的蔓菁和大头菜煮在一起当饭，就算我们经常吃不饱，也觉得那种难吃是饭菜里没有的。雪过天晴以后，母亲给才让请了假，带着他又去了一趟兰州，回来后沮丧地说："大夫说这是最后一次治疗，吃完这次开的药，再不好就没办法了。"而姥爷关心的是，今天是星期五，现在是下午，得赶紧把才让送回保育院，过了晚饭时间，才让就吃不上了。他拉起才让就走。才让正和德牧、冈拉在一起，两只羊跟了出来，我赶紧挡住了它们。两个钟头后姥爷回来，庆幸地说："正赶上吃晚饭，再差几分钟，人家就吃完了。"但晚上天刚黑，才让自己就又跑了回来。他不知从什么地方找了一根草绳，扎住棉衣下摆，在怀里揣了四个杂和面馒头。姥爷说："你又自己没吃，又给我们拿来了？"母亲说："肯定不是一顿的，他请了四天假，正好一天一个。老师把干的给他留下了，稀的留不住，吃掉了。"才让望着母亲说话时嘴型的变化，点点头。这天晚上，我吃着才让拿回来的馒头，那个香甜似乎从来没有过。姥爷要把才让连夜送走。才让一副不想去的样子。姥姥说："那就算了，他想跟洋洋一起睡。"姥爷急了："晚上不送，明天早饭吃不上，在家里他能吃到什么？"才让看姥爷执意要送他回保育院，走进厨房抱了抱德牧和冈拉。两只羊此起彼伏地叫起来。

德牧和冈拉似乎知道它们是才让用一对描金画龙的小瓷碗换来的，尽管是我在天天照顾它们——不是牵它们去河滩吃草，就是割草拔草给它们吃——但它们对我总不如对才让亲，才让来时它们会咩咩叫，走时也会咩咩叫。星期天，才让会和我一起带它们出去，它们宁肯忍着饥饿不吃草，也会待在才让身边，期待他抱一抱。才让会轮番抱起它们走很长的路。我有时也想抱，但就是力气太小抱不动。我想，羊跟人一样，要是一个母亲从来不抱自己的孩子，孩子肯定也会疏远她。除了抱，才让还会在它们身上抠来抠去。我说它们又不痒痒，你抠它们干什么？后来听父亲说，羊在长毛、脱毛或有寄生虫时都会痒痒，牧人是知道的，总会想办法解除它们的痒痒。要是才让会说话，一定早就告诉我这些了，我也会天天给它们挠痒痒。

一个星期天，母亲去医院值班，我和才让牵着德牧和冈拉正要去河滩，去街上的姥爷突然跑回来说："快快快，粮店里卖干板鱼呢，一人只能买一斤，都走，洋洋才让今儿别去放羊了。"我们锁了家门，把羊拴在院子里，直奔粮店。粮店门前排起了长长的队，站累了的就坐在地上，用屁股一点一点往前挪。我们三个人站一会儿坐一会儿。姥爷的手一直放在口袋里，那里有二十块钱，他必须攥在手心里才放心。干板鱼就是从青海湖打捞上来晒干后的湟鱼，五块钱一斤，我们正好可以买四斤，也就是说四斤干板鱼要花掉母亲半个月的工资。好不容易买到了鱼，回去一看：德牧和冈拉呢？明明拴在院子里，怎么不见了？姥姥轮番敲开院子里其他三家的门：看见我家的羊没有？都说没有。我们放下鱼，就去街上寻找，逢人就问：见到两只羊没有？突然有个吃过我家糌粑和酥油的孩子从后面跑来说："我知道你们的羊在哪里。"他带我们朝城外走去。到了城门口，姥姥走不动了，坐在路边的石头上揉她的小脚。我们继续往前走，来到了一座土墙围起的院子前。那孩子指着关闭的院门说："就在这里头，我看见有人把羊拉进去了。"姥爷说："这里头是先祖的陵墓，肯定有守墓人，你们不要过去，小心有狗。"他自己蹑手蹑脚走到跟前，耳朵贴到门扇上听了听，轻轻敲了几下，看没有反应，又重重敲了几下，还是没有反应，便哗的一下推开了门。

院子里没有房屋，只有三面木头支起来的草棚，草棚下面坐着或躺着一些人。院子的一角，放着几块石头的地方，有人正在拿麦草生火，身前是一堆柴火，柴火旁边拴着两只羊，正是德牧和冈拉。姥爷走了进去，我们都走了进去。姥爷大声说："我们的羊，怎么在这里？谁偷的？"没有人作出反应。德牧和冈拉一见我们就咩咩地叫起来。才让抢先跑过去，从柴火上解下绳子，拉起来就走。还是没有人作出反应。生火的人回头看着，一脚踩灭了已经燃起的麦草。我们牵着羊出了院子，不紧不慢地来到城门口，看姥姥还坐在路边的石头上。姥爷说："你怎么不回家？"姥姥说："你们都在外头，我一个人回去干什么？羊找到了？好，好，这下才让高兴了。"一路走去，姥爷突然说："坏了，还没把才让送到保育院，晚饭错过了，这可咋办？"姥姥说："不是有鱼吗？"姥爷说："对了，忘掉干板鱼了。"暮色降临，我们疲惫不堪地走进院子，却见一匹大马站在家门前。家里亮着灯，下班回来的母亲正在跟人说话。姥姥说："洋洋，你阿爸回来了。"我跑进家门，看到的不是父亲，而是角巴爷爷。

角巴又来了，正在给母亲说父亲的事：就像母亲希望的那样，父亲已经是学校校长了。"草原上办学校，就是把星星搬到地上，再把星星的光搬到人心里，阿卡们都做不到，可把强巴累坏啦。"他来给我们送吃的，这次送的是一只冻羊和一羊肚酥油。姥姥迫不及待地挖了两勺子酥油，放在了才让和我的嘴里。姥爷说了许多感激的话，又说："你来了，正好，我们有好东西招待你。"他去厨房让姥姥赶紧把干板鱼蒸上，多撒点盐，藏族人喜欢咸。很快鱼就熟了，当姥姥把三条半尺长的鱼用盘子端上来时，角巴吃了一惊："就让我吃这个？这个不能吃，这是水里的。"姥爷这才想起藏族人不吃天上飞的水里游的，他千辛万苦弄到的食物对角巴说都不能说。姥姥说："那就吃你带来的，我们家除了你不爱吃的冻蔓菁，什么也没有。"这天晚上，鱼我们放着没动，打算角巴走了再吃。我们的晚饭是一人一碗姥姥煮的羊肉汤，汤里有肉，一人拇指大的一块。角巴把他的肉一撕两半，分别放在了才让和我的碗里，又说："这一只羊只能细水长流煮了喝汤，不能吃手抓，手抓费肉。洋洋，我给你许下的手抓，还得欠着。"饭间，才让不止一次地跑进厨房去安抚咩咩叫的羊，羊好像惊魂未定。姥爷便说起坏人偷羊的事。角巴叹口气说："这种时候这种地方，你们怎么还能养羊？"他拍了一下才让的头，"你是念祈福真言的藏族人，把羊拉回来是不对的。"才让瞪着角巴说话的嘴，眼睛扑闪扑闪的，突然伸手在角巴拍他的地方也拍了一下。我们知道他听懂了角巴的话，却仍然不知道他心里想什么。角巴第二天一早就走了，走时又说起把才让和我带去草原的话。母亲说："才让不能走，他还在吃药，下一步我打算带他去扎干针（针灸），大夫已经找好了。"姥爷说："才让不走，洋洋也不能走，他走了羊谁管？"角巴说："羊还是吃掉的好，你们不吃，就叫别人吃掉。饥荒的时候，雪山大地怪罪的不是偷窃的人，是把着食物不肯舍散的人。"才让一眼不眨地瞪着角巴说话。角巴念着祈福真言摸摸才让，也摸摸我，朝姥爷、姥姥和母亲弯了弯腰，拉起马走了。我们送他到巷口，看着他骑马消失在街道那边。

我们回身进家，姥爷要送才让去保育院，才让却跑进厨房，牵出了德牧和冈拉。姥姥说："你牵羊干什么？叫洋洋去放，你赶紧跟你姥爷走。"才让知道姥姥在说什么，却还是拉着羊出了家门，也出了院门。姥姥要拉他回来，姥爷摆摆手制止了她："才让是藏族人，藏族人有藏族人信的，你没听角巴说嘛？"姥姥说："他说什么了？"母亲说："不行，他不能这样。"追了过去，在院门外拦住了才让和两只羊。才让仰脸望着母亲，眼里泪汪汪的。母亲叹口气，突然挥了一下手："去吧，去吧。"看我走出了院门，又说，"洋洋，你们两个一起去。"我莫名其妙地跟着才让走过街道，走向城外，来到了我们昨天来过的那座土墙围着的院子前。我说："这里头有偷羊的坏人。"说完了才意识到我们就是来找"坏人"的。我抓住了拴着羊的绳子，想把羊夺过来，看看才让严肃而虔诚的表情，又什么话也没说，好像我跟他一样，辛辛苦苦养大了德牧和冈拉，就是为了在这样一个乌云翻滚的日子里把它们送人。才让上前推开门，拉着德牧和冈拉走进去，看了看草棚下面坐着或躺着的那些人，最后一次给它们挠了挠痒痒，然后解下拴在它们脖子上的细麻绳，退到了门口。德牧和冈拉咩咩叫着跟过来。才让迅速转身，关上了吱吱扭扭的院门。才让跑起来，我跟着他跑起来。以后，姥姥不止一次地念叨："后悔死了，我挡下就好了。"姥爷有一次说："谁也没有把你捆住，你为什么不挡？你是狠不下心来把它们宰掉，毕竟是自己喂大的嘛。就算你能请个人来宰，事后你又会说，后悔死了，我怎么把羊宰掉了？我还不知道你？你别再叨叨了。"我知道姥爷说的是对的。

才让吃完了所有的药，却依然是个听不见说不出的聋哑人。母亲说："兰州再不去了，看样子西医不成。"她把希望寄托在扎干针上，每天下班后都会去保育院把才让接出来，完了再送回去。我没事干，有时也会去保育院门口等才让。扎干针的是个老头，母亲叫他大夫，他却说我不是个草泽医人，扎针管用不管用不靠我，得靠他自己的醒力。我问什么叫"醒力"？母亲说就是苏醒的力量，好比有的人睡够了还在睡，那就是昏迷了或者死了，有的人睡够了就会醒来，醒来是要有力量的。才让的耳朵和嗓门现在睡着了，扎干针就是用针找到它的醒力，刺激它一下：你该醒了。才让望着母亲的嘴，一脸的迷茫。我知道他没有搞懂，其实我也没有搞懂。扎干针持续了一个月，还是不见效果。姥爷说："藏族人的病恐怕还是要藏族医生治哩，不行的话领才让去藏医院看看？"母亲没说行，也没说不行，只是说："藏医院我是去不成了，受不了路上的颠簸。"母亲的肚子大起来，她得为自己考虑了。姥爷说："我领着去。"

去藏医院的这天自然是才让不上保育院的星期天。姥爷领着才让和我坐上了去湟中县的长途公共汽车，坑坑洼洼的土路颠得我们前仰后合，但我们都笑着。姥爷说："就像我们骑了一匹大铁马，颠得屁股疼。"两个多钟头后汽车到达湟中县的县城。我们下来，顺着一条上坡路走去，临近中午时，来到了一个房子很多人很少的地方，那些有高有低的房子都在山峦里连绵，就像一座古旧而安静的城。我们在一些曲里拐弯的街巷里穿行，东看看西望望，见人就打听："藏医院在哪里？"人们都朝上面指，我们也就顺着山峦朝上走，走到尽头，也没见藏医院的牌子，正在疑惑，就见一座绛紫色的高门上面，吱呀一声打开了一扇窗户，一个少年探出头来朝我们招招手，又指了指后面喊道："门，门。"我们从后门走了进去，看到那个少年迎面而来："到这边来。"姥爷问："干什么去？"少年说："你们自己不知道吗？那你们来藏医院干什么？"姥爷说："我们自己能不知道吗？但就是还没给大夫说。""不用说啦，老师知道。"少年朝前走去。

姥爷心神不定地领着我们跟过去，来到楼上一间陈设拥挤的小房子里，看到低低的床榻上端坐着一个年老的藏医。姥爷鞠了一个躬说："大夫，我们是来看病的，这个娃娃……"老藏医摆摆手，制止了姥爷的话，然后把手伸向了才让。才让站着不动，定定地看着老藏医身后的一幅丝绸画（以后我知道它叫唐卡），画上是一头白色的大象、三只吉祥的鹿、一只威风凛凛的狮子和一些好看的花。姥爷推了才让一把说："快，给大夫磕头。"才让正要跪下，引我们来的少年拉起才让的手，把他拽到了老藏医跟前。老藏医端详着才让，吐了吐舌头，机灵的才让也吐了吐舌头。老藏医张大了嘴，才让也张大了嘴。老藏医朝喉咙深处看了看，又抓起他的胳膊号脉，然后打开一个皮毛做的盒子，拿出了一根粗大的针。姥爷顿时有些失望：怎么还是扎干针？老藏医看着才让满是扎针痕迹的耳根说："针已经扎得不少啦。"姥爷说："是啊，不能再扎了吧？"老藏医说："现在就差这一针啦，不扎的话，以前的针就是白扎。"又掰开才让的眼皮看了看，"吃了不少药吧？"姥爷说："吃的药有一麻袋。"老藏医又说："现在就差一种药啦，不吃的话，以前的药就等于白吃。"姥爷问："你是说过去的针没有白扎，药没有白吃？""噢呀噢呀。"之后老藏医用那根粗大的针轮换着扎了好几个地方，都是在头上脸上。每扎一下，才让都会皱起眉头咬紧牙，看样子很疼。然后给了药，药是一盒褐色药丸，一共七丸，说是一天一丸。姥爷说："吃完了我们再来。"老藏医说："不用来啦，吃了不好，那就是永远不好。"姥爷掏出一张十块的钱，双手递给了老藏医。老藏医打开身边一个木头箱子，指着半箱子钱说："不用再给我啦，你给了我，我也是给别人。"姥爷收起钱，带着我们匆匆往回赶，一路上一直在嘀咕："不会看错吧？我们没说才让是聋子是哑巴，大夫怎么知道要看什么病？"我们坐着最后一班长途车回到了家，天已经黑透了。

又是吃药，七天很快过去了，才让依然如故。大人们再也不抱希望了，只会望着无声无息的才让唉声叹气。母亲说："要是角巴再来，还想带走才让，就让他带走，我们没办法了。"姥爷说："洋洋呢，也跟着去？"姥姥说："我可舍不得，舍不得洋洋，也舍不得才让。"母亲说："舍不得的话再别说，吃肚子要紧。"然而，角巴再也没有来。冬深了，春节就要到了。一个星期天，才让还在睡觉，早早起来要去医院值班的母亲照例叫了一声："才让。"才让倏地睁开了眼睛。母亲不相信才让是被她叫醒的，又叫了一声："才让。"才让扭头疑惑地看着母亲。母亲说:"才让,起来。"才让坐了起来。母亲转过身子去,不让他看到自己嘴型的变化,又说:"才让快穿衣服。"才让便从炕角拿起外衣套在了身上。"才让,你能听见了?才让能听见了。"母亲激动得喊起来。这天早晨,我们全家人围着才让问这问那。他不用死死地盯着我们的嘴判断我们的意思,就能做出反应,而且反应越来越敏捷。母亲说:"这下好了,只要耳朵能听见,就知道别人说什么,就能模仿,慢慢他自己也就会说了。"这一天,我们全家兴高采烈,母亲忘了去医院值班,姥爷忘了送才让去保育院,甚至大家都忘了饥饿,一遍遍地和才让说话,说着已经说了许多遍的话,却依然兴趣盎然,一点也不觉得重复。到了晚上,临睡觉时,才让突然随着我叫了一声"姥姥"。我们惊呆了。我又说:"你叫姥爷,姥爷。"才让吃力地说:"姥爷。""叫阿妈,阿妈。"才让说:"阿妈。"全家人都哭了。

第三章 藏袍与糌粑

一只白唇鹿站在覆雪的山巅，
摇晃犄角切割天地的分界线，
切割红与黑、白与蓝、明与暗，
它让扎西德勒变成爱的代言。

1

　　父亲想当校长的原因是整个沁多县还没有一所学校、没有一个真正的学生。他想办一所学校，让所有的孩子都来上学。县委书记王石起先不同意，认为如果父亲当了畜牧科长或商业科长，就比较容易再次成为副县长甚至县长，干得好，将来还能往上升。父亲说："我升上去有什么用？我让我的学生升上去才算本事。"王石拗不过父亲，只好同意："那好，你先干着，随时听候调遣。"也就是说他依然不放弃让父亲走仕途的想法。父亲骑着日尕考察了一些日子后，把学校定名为沁多小学，校址选在了"一间房"。在去阿尼琼贡的南厢房向王石汇报时，王石说："为什么那么远？"父亲说："不远，这里是沁多县的地理中心，离各个公社都比较近，而且它坐落在沁多公社。沁多不光比其他公社富裕些，他的主任也好说话，桑杰也好，角巴也好，不管什么事只要我开口，就没有不答应的。""我是说离县城远了。""远就远了吧，学校是寄宿制，能方便牧人的孩子就好，县城的学生不多，机关干部的孩子很多在西宁上学。"父亲又来到沁多，和正在放羊的公社主任桑杰商量。桑杰说："强巴啦，一点点问题都没有，别说是'一间房'，就算你让角巴家献出大帐房，角巴家的人也不会说半个不字。"后来见了角巴，父亲说："桑杰说啦，'一间房'

算什么，要献就献大帐房。”角巴说：“他把他当成什么啦？是女婿还是公社主任？若是女婿，应该这样说，我阿爸说啦，要献就献大帐房；若是主任，应该这样说，我征求了角巴啦的意见，他说好好好，你想要你就拿走，家里还有两顶小帐房。我虽然什么也不是啦，但也不能让桑杰当我的家做我的主嘛。”父亲哈哈大笑：“我要你的大帐房做什么？帐房再大，也没有‘一间房’大。”“那倒是，以后你还想在沁多踅摸什么，直接跟我说。”“角巴啦，你是个聪明人，当初你让桑杰做你的女婿，难道不是为了让他给你顶门立户？在我眼里，尊重桑杰和尊重你是一个样子的。我已经给王石书记说啦，现在的角巴家，是贫下中牧桑杰当家，角巴家的阶级成分就应该随着塔娃出身的桑杰，不应该再是牧主头人啦。”“王石书记怎么说？”“他说角巴是什么人上下都知道，改变阶级成分的事需要请示上级才能决定。”

虽然叫作“一间房”，但占地面积却不小，里面有五根柱子的支撑，能隔出一间教室、两间宿舍和一小间办公室来。父亲原本想跑一趟西宁，购买隔断的砖，雇请砌墙的匠人，但办学经费迟迟拨不下来。刚刚提拔为副县长的原财政科长旦增说：“钱都拿去买食物啦，哪里还有钱买砖？草原上从来不用砖，你就别想啦。”“王石书记不是已经批了吗？”“账上没钱，批了顶什么用？”父亲琢磨：“一间房”是用石片垒起来的，还用石片做隔墙呢？行是行，可劳力呢？就算可以从各个公社抽调，那么多石片去哪里开采？还有时间——开采，搬运，垒建，至少得一年，能办到却等不及。又想起木头，木头的隔墙再好不过，又轻便又不占地方，就是不像石头，找见了就可以采。他骑着日尕直奔阿尼琼贡，那里是整个沁多县唯一有树的地方。传说先有了阿尼琼贡，后有了森林植被，森林植被是阿尼琼贡的历代祖人花五百年时间种出来的，因此山岭河谷的所有树都属于阿尼琼贡，砍伐树木也必须得到香萨主任的同意。他先来到南厢房向王石汇报，王石又带他来到香萨主任跟前。香萨主任正在大殿堂的石阶前训斥官却嘉阿尼：“叫你别去你还去，夏瓦尼措有你的什么？借了人家的马也不还，还像个大人物一样，进进出出骑着不下来。我们有些老阿卡都没有马骑，你耀武扬威骑什么？"官却嘉阿尼低着头一声不吭，像个孩子把两只穿着破靴子的脚捣来捣去。王石和父亲不想打扰，停在了不远处的一棵杉树下。香萨主任扭头一看，丢下官却嘉阿尼迎了过来。

　　一阵寒暄之后，王石说："来找主任是有事相求，我们想伐几棵解板的树。"父亲觉得王石说得太简单，就把需要木材的理由也说了。香萨主任沉吟着，突然冷下脸来："公家人朝我开口，我说过不吗？没有是吧？树上的鸟儿落在树上，沟里的斑鸠落在沟里，谁能说个不呢？但是今天我要说啦，不成，树上的鸟儿树上不能落，沟里的斑鸠沟里不能去。山是神山，树是神树，我们从来没有伐过。"王石和父亲没想到居然会遭到拒绝，诧异地互相看看。香萨主任又说："今天伐几棵，明天伐一片，将来以后呢？阿尼琼贡就不是仙境里的去处啦。"王石笑着说："那就不伐了，只当我们没开口。"离开香萨主任后，王石埋怨道："你说得太多了，不该把办学校的事告诉他，他恐怕不是心疼几棵树，而是不支持办学，阿卡的死脑筋里，总觉得文化知识只属于阿尼琼贡，跟牧人毫不相干。"父亲觉得王石说得不对，但又不知道如何解释香萨主任的拒绝，只好沉默。这时官却嘉阿尼追了上来，小声说："强巴啦，夏瓦尼措也有大树，悄悄地伐掉几棵，阿尼琼贡的人看不见。"父亲摇摇头："谢谢啦，树不伐啦。"他知道其实漫山遍野的树都可以伐，因为这些树都属于原始森林消失后的天然次生林，跟阿尼琼贡没有任何关系。但伐树运树必须从各个公社抽调劳力，没有阿尼琼贡的召集，不会有哪个牧人愿意来，来了也绝不敢动一根树枝子。

　　父亲在王石的南厢房吃了几口糌粑，便匆匆离去。他骑着日朵沿着黄河往前走，看到有人在河滩的石头上晾晒牛皮，突然打了个愣怔，想起了县政府对面的小卖部和屠宰内运牛羊时囤积在那里的皮张。他打马直奔县上，到了县政府，一头闯进副县长旦增的办公室说："小卖部的皮张你打算怎么办？"旦增说："忙得顾不上，还没想过。""顾不上就对啦，给我一些怎么样？""干什么？""肯定是公用。""那你就去拿呗，不用给我说，当初还是你囤积在那里的。"几天后，在"一间房"里，一些沁多公社派来的牧人，由父亲带领着，在地上钉木橛，在房梁上钉钉子，用牛皮绳拉起了几道牛皮墙，每道墙都是两层生牛皮，结结实实连风都不透。一间教室、两间宿舍、一间教师办公室兼宿舍，再用整张牛皮在门外的墙上挂起红漆写就的牌子，沁多小学就这样诞生了。然后就是制订招生计划和教学计划，正忙活着，县政府的通信员果果来了，传话说王石书记要他明天去一趟。

　　中午，父亲来到王石书记的南厢房，正吃着糌粑，就见旦增风尘仆仆走了进来。王石问："吃了吗？"旦增说："吃了。""哪里吃的？""马背上，县政府食堂煮的手抓。"父亲已经很长时间不在县上吃饭了，问道："看样子肉挺多，都能煮手抓了。""最近还可以，我让各个公社送了些菜羊菜牛。""粮食呢？""你当副县长时供应就断啦，再没接上。我打算尽快去一趟西宁，就是烧香磕头也要弄些面粉来，我们又不是狮子老虎，不能顿顿吃肉嘛。"王石说："有吃的就已经不错了，知足吧，现在不是伸手要供应的时候。我们抓紧时间，旦增你先说。"旦增说才让副州长两次打来电话找父亲，父亲不在，就把事情告诉了他，要他尽快征求父亲的意见。父亲问："什么意见？"旦增说："州畜牧兽医站的站长调去当副县长啦，才让的意思是让你回去继续当站长。"父亲说："我怎么能去，学校不办啦？"旦增说："这样的话我也替你说啦，才让说强巴怎么就不知道服从我一次？"父亲说："那我就去找州长，我就不信没有一个人明白，教育比什么都重要，但在沁多县甚至在整个阿尼玛卿州，教育几乎等于零。"王石说："是这样，州长因为身体不适应高海拔，要调回内地去，他推荐才让副州长接任州委副书记和州长。这件事省上恐怕已经定了，所以你不能不想去就不去。"旦增说："去州畜牧兽医站干什么？又没有提拔你，不如在沁多县当畜牧科长。""我不是已经说了嘛，我就当我的小学校长。"王石问："学校进展得怎么样了？"父亲说了招生计划和教学计划。王石说："现在到了最关键的时候，你招不来生怎么办？"父亲说："不会招不来吧？招不来我就认了，你们让我干什么，我就干什么。"王石说："我的意思是，你要是实在不想去州上，就得尽快让学生坐满教室，学生来了这么多，不能不管吧？谁管？全县除了你强巴，没有第二个人，到那时我们就有理由不放你，才让作为州长也得为学生考虑嘛。"父亲说："你的意思是让我抓紧？我抓得够紧啦。"王石说："最多半个月，沁多小学必须传出学生读书的声音。"旦增说："这半个月里，才让副州长要是再来电话，我就说找不见强巴，没办法征求他的意见。"父亲摸着脑袋说："半个月，太少了吧？"

父亲迎来了一段废寝忘食的日子，他的日叒将为他竭尽全力四处奔走，他的三寸不烂之舌这一次恐怕要烂成一片破氆氇了。最好说话的自然是角巴："你说让梅朵和央金去上学？好，我要是不同意，你肯定不答应。索南嘛就算啦，他是桑杰的好帮手。"父亲说："学校对学生的年龄要求是七岁以上十六岁以下，索南一定得去，他还不到十三岁。按理卓玛也应该去，但她已经结婚啦，去的话有些困难，就算啦。"角巴说："干脆让普赤也去吧，让索南管上，这样的话尼玛和旺姆就能多干些活啦。"父亲说："不行，普赤才一岁多，学校不是幼儿园。""要是才让回来就好啦。""是啊，他的年龄刚刚够。另外，学校还得有一条大藏獒保护学生，梅朵黑、梅朵红、当周，你愿意给哪个？""你挑。"父亲挑了梅朵红。又说："角巴啦，沁多公社的娃娃上学的事，还得请你出面去给牧人们说，不然的话学校里就只有角巴家的孩子啦。"角巴说："你让桑杰出面嘛，他是主任。""桑杰的事太多，全公社的事，家里的事，都得他操劳，你就不能减轻一下他的负担？我要是去给卓玛说，你阿爸嫌桑杰忙得不够，还要让他把两条腿变成四条腿，她一定会怪你的。再说啦，请你出面，就是马到成功的意思，要是桑杰去说，十句不顶你一句，到头来路跑了不少话说了许多，一个学生不见来。"角巴认真地说："不是十句不顶我一句，是一百句不顶我一句。""也不是一百句不顶你一句，是一千句不顶你一句。"角巴笑了："你知道就好。"父亲离开角巴，对自己的坐骑说："日叒啦，现在就看你啦，但愿你的腿和我的心一样快。"日叒长嘶一声，像是说我的腿就是你的心，一样的快。

草原的绿色迅速褪去，枯黄的脚步越走越快，已经没有了花朵，上天恩赐的五彩斑斓又被上天收了回去。日子摇晃在晚秋和初冬的分界线上，一天比一天凉了。日孕跑得够快，差不多一天一个公社。十天下来，父亲跑遍了所有的公社，日孕的膘掉了一层，骨头都支起来了，父亲也累得几乎瘫倒。公社主任们答应得都很好：噢呀，噢呀，让孩子们去就是啦。却都是敷衍，没有一个学生被家长送往学校的。父亲意识到十天的工夫白费了，又马不停蹄地开始跑第二遍，每到一个公社，不光见主任，还会直接跑到牧人家里，苦苦哀求："就算你们不可怜我，也一定要可怜可怜我的日孕，你看它瘦成什么样子啦？都是为了你们的孩子。"他这么一说，同情就来了，有流泪的，有给日孕喂酥油的，有拿出家里仅剩的糌粑招待他也招待日孕的，但就是没有一个牧人会让父亲带走自己的孩子，因为除了去阿尼琼贡学经，草原上的人不知道也不认为还有别的地方别的方式可以认字写字。父亲沮丧得就像满草原的牧草，黄了，黄了，眼看着枯萎衰败了。日孕知道主人心情不好，它的心情也不好起来，动作笨拙，无精打采不说，还老走错路。父亲说："以前只要由着你走，每一次都能走得准确无误，现在怎么啦？是不是你已经知道我是浪费时间瞎忙活，就不到我想去的地方去啦？"就像现在，它居然把父亲带到了一个完全陌生且毫无必要的地方。父亲埋怨道："路是你走过的，怎么能偏到这里来？这里是雪山的南边还是雪山的东边？而我们要去的是雪山的西边。"日孕不服气地喷吐着鼻息，把头扭来扭去。父亲拍了它一下："天就要黑啦，快往回走，回去的路上才有帐房，不然就又得走夜路啦。"它不听话，还是照直往前走着。父亲真的生气了，勒紧缰绳，拉弯了它的头，拉得嚼子都滑出了马嘴。日孕也生气了，长嘶一声，猛地抬起前腿，差点把父亲甩下来，然后直奔前方。父亲喊着："日孕，日孕，你竟敢对我这样？我揍死你。"

但很快父亲就意识到他要做的不是揍死而是赔礼道歉，日孕没有胡来，就算它心情不好，无精打采，也会一如既往地把他带到一个对他有用的地方：一顶帐房和一群牛羊出现在山坳深处。他跳下马背，抚摸着日孕，说着几近肉麻的奉承话，走向了帐房，心说今晚上只能住在这儿啦。紧接着他又发现：日孕带给他的不仅仅是一顶可以过夜的帐房，而是一个绝处逢生的希望：帐房里全是孩子，衣袍褴褛，有男有女。父亲吃着他们拿出来的黑黢黢的风干肉，喝着他们没有掺奶子放酥油的盐巴茶，跟他们聊起来。原来他们没有阿妈阿爸，是白唇鹿公社的孤儿，最大的十四岁，最小的不到五岁。父亲不禁一阵欢喜：还犹豫什么？就让这些孤儿做沁多小学的第一批学生吧。他当下就决定了，长舒一口气，说他是专门来接他们的，县上决定所有孤儿都应该去"一间房"上学。一个叫洛洛的最大的孩子问："上学是什么？"父亲拿出一张钱来："这是多少钱？不知道吧？上学以后你就认识啦，也会写自己的名字啦，翻开书就能看，拿起笔就能写。"洛洛说："那不就成阿尼琼贡的阿卡啦？""差不多，你们将来都能达到读经阿卡的水平。"这天晚上，父亲和十几个孤儿睡在了一起。翌日启程，孩子们兴高采烈，都以为要去当阿卡了。行到半路，他让他们赶着牛羊继续朝前走，自己骑着日孕直奔白唇鹿公社主任家的帐房。日孕看父亲高兴，跑动的姿势也变得轻灵而优美，转眼就到了。一见主任拉巴，父亲就说："孤儿是找不见奶头的羊羔，我要啦，牛羊是他们的衣食，我也要啦，再让你的孩子也去上学，现在就跟我走，我是学生的老师。"拉巴带着一种永远睡不醒的神情问道："老师是什么？""是教孩子们认字写字的阿卡一样的人。""阿卡都在阿尼琼贡，'一间房'里没有，'一间房'是角巴会情人的地方。""你胡说什么？"拉巴就说起往事，很久以前，草原上来了一个美丽的汉族姑娘，角巴把她藏在"一间房"里，度过了许多个美妙的日子。"你听谁说的？""大家都这么说。""这跟你的孩子上学有什么关系？"父亲又说了许多恳求的话，拉巴就是不松口："我的儿子放羊的要哩，不拜老师不上学。至于孤儿嘛，想要你就领走，云朵在天空，花朵在地面，既然孤儿归你啦，孤儿的牛羊自然也归你。"

半个多月后，父亲的沁多小学开学了。学生除了白唇鹿公社的十几个孤儿，还有沁多公社的三十多个学生。学校邀请才让州长和王石参加开学典礼，并为沁多小学剪彩。才让州长坐着吉普车来了，看看像模像样的教室和五十多个学生，便没有再提让父亲去当畜牧兽医站站长的事。他说沁多小学不光是沁多县的第一所学校，也是整个阿尼玛卿州的第一所学校，要办就好好办，不能一阵热一阵冷，今天火焰山，明天冰大坂。父亲说："这个你放心，河水不干，学校不散。但我的决心还要加上领导的支持，目前教学设备等于零，县上穷得叮当响，拿不出经费来，希望州财政给予支持。"才让州长说："需要多少钱，你打个报告。"父亲立刻掏出了早已写好的报告："才让州长啦，蓝天白云在上，草原大地在下，你一当州长就做了这么大一件好事，孩子们不会忘记你。"王石也在一旁说："才让州长肯定比你更明白，办学校是一件功德无量的事，州上不支持说不过去。"才让州长接过报告看了，又望望天说："今天没有蓝天白云嘛，天阴得就要下雪，我的功德老天爷看不见呗。"父亲说："汉族人的老天爷，藏族人的雪山大地，都在人心里。俗话说河水边有镜子，太阳下有影子，你看不见人家，不一定人家看不见你。"才让州长嘿嘿笑着，掏出钢笔，在报告上批了一行藏文字：财政局满足要求。学生们唱起了歌，跳起了舞。父亲有些吃惊：事先没经过任何排练，却跳得如此井然有序，没有一个孩子跳错一拍，少做或多做一个动作，好像有一种天然默契的基因，规范着他们的行动，包括举手投足，一唱一和。

请问我身边的朋友你从哪里来？
天上来地上来雪山上的宫殿来。
请问离开我的朋友要到哪里去？
山上去海里去卓玛啦的帐房去。

沁多小学最早的黑板是父亲发明的，他去牧人的帐房搜集来一些锅底灰，抹黑了一整张牛皮。牛皮起初也不是挂在墙上，而是铺在地上。写字没有粉笔，就用河边的沙子把字撒出来。他就用这种办法，让所有的孩子学会读写了自己的名字，而且是藏文和汉文两种文字，又鼓动孩子们互帮互教，你写他的名字，他写你的名字，等到一个人把所有同学的名字都写会了，他就已经学到了不少字。后来经费下来了，父亲想去一趟西宁，购买教学设施，但因为学校没有财务部门，只能由县财政统一支配，他自己不能经手这笔钱，便开了单子，督促县总务科赶紧采办。采办拖拖拉拉持续了一个多月，先来了作业本、铅笔、橡皮擦、墨水、粉笔和一些生活用具，后来了课桌、讲桌、板凳、睡觉的草垫子等，但仍然没有课本和黑板。父亲就把牛皮黑板挂在墙上，用粉笔在上面写画，倒也不觉得有什么不好。每天早晨的第一节课，父亲都要带着学生齐声朗读，有时是藏文诗，有时是汉文诗，有时是他自己编创的一些文句，比如：我生地球，仰观宇宙，大地为母，苍天为父，悠悠远古，漫漫前路，人人相亲，物物和睦，山河俊秀，处处温柔，四海五洲，爱爱相守，家国必忧，做人为首……后来课本来了，父亲的讲授就有了依据。其间他还做了一件事，就是把汉文课本编写成藏文课本，同样一篇课文，他总是教一遍藏文，再教一遍汉文，有时候还会教一些简单的英文。英文是他在西北畜牧草原学校学过的，虽然不精通，但教初级班还是绰绰有余。他发现，藏族孩子对声音有一种特殊的敏感，无论哪种语言，只要是依靠听力和语音表达的，都学得很快。但写起来就难了，尤其是汉字，一个字描来描去重复十几次才能记住。父亲说："越难的东西用处越大，不要泄气孩子们，你们已经非常了不起啦，一开始学就是四种语言。"他把数学也当成了语言，他说那是用来计算的数字语言。但对父亲来说，更难的还不是教学，而是教会孩子们如何按照他的愿望去生活。

父亲说："你们是住校的，除了学习，还要学会吃喝拉撒睡。""老师啦，什么是吃喝拉撒睡？"洛洛年龄最大，想的最多，总有问题要问。父亲觉得一时难以解释，就说："慢慢你们就知道啦，有一种吃喝拉撒睡跟你们现在的吃喝拉撒睡是不一样的。"但父亲也知道，不一样的吃喝拉撒睡需要不一样的条件，为此他去县政府收集了一麻袋废报纸，发动学生裁成了巴掌大的方块，又央求总务科买来了两箱毛巾、五十多个脸盆、两个马口铁的大深盆以及牙膏、牙刷、茶缸、肥皂什么的，大深盆男生宿舍一个女生宿舍一个。接着便有了规定：学生必须轮流值班，宿舍必须天天打扫，炉灶必须日夜有火（宿舍里的炉灶是父亲带着学生砌起来的，为了保暖，还在睡觉的一侧修了一道火墙），大小便必须去厕所，上完厕所必须用手纸（男女分隔的厕所是用草皮和牛皮建起来的，父亲画了设计图，又带着桑杰派来的沁多公社的五个牧人干了一个星期），半个月必须洗一次澡。洗澡这天停课，所有人都去河边用脸盆端水，在炉灶上加热后倒进大深盆，每洗两个人，必须换一次水。最重要的是必须洗脸刷牙，脸盆、毛巾、牙刷、茶缸都是各用各的，肥皂和牙膏公用。每天太阳一出来，父亲就会带着学生们走向不远处的沁多河。有一次洛洛说："老师啦，沁多河是沁多女神居住的地方，弄脏河水的话女神会不高兴的。"父亲说："我已经问过女神啦，我们用脸盆把水舀出来，洗完后泼得远远的，就不会弄脏河水了吧？女神说噢呀，噢呀。"洛洛吃惊父亲居然会跟女神对话，他相信父亲，决不会怀疑父亲拥有通神的能力。而父亲总会心虚地说一声：对不起啦女神。让父亲遗憾的是，学生们没有多余的衣服，没办法换洗，也就没办法清除身上的虱子。

还有一个规定是用不着规定的，那就是每个星期六晚上举办歌舞会。学生们唱山歌，唱酒歌，唱劳动歌，跳锅庄，跳伊舞，跳热巴舞。父亲有时也会跟着唱跟着跳，他发现一唱一跳心情自然就好啦，苦恼忧愁和心神的疲乏也就消散啦，怪不得藏族人都有知足常乐的天赋，原来是唱歌唱来的、跳舞跳来的。不过他也会适当制止："行了吧，睡觉吧，再跳肚子就饿啦，不吃东西就睡不着啦。但要是吃的话，就是吃明天的食物啦。"

食物是父亲最为操心的。来自沁多的学生自带了口粮——风干肉和奶疙瘩，白唇鹿公社的十几个孤儿的食物依赖于公社分配给他们的牛羊和每人每月一小布袋糌粑。如今糌粑已经断了，孩子们开始杀羊煮肉。牲畜有限，如果只宰杀不增添的话很快就会没了，连挤奶的牦母牛也会吃掉。父亲为此专门去了一趟白唇鹿公社，向公社主任拉巴索要孩子们的食物。拉巴说："在我不知道朝谁伸手时，你是不能朝我伸手的，牲畜都是集体财产，我没有权力再给他们，增添牲畜的唯一办法就是繁殖，你教他们好好放牧，做好配种育羔的要哩。"父亲说："你不是念祈福真言的藏族人吧？眼看母羊明天后天不得不变成手抓啦，你却一口咬定母羊必须繁殖，人饿死了怎么办？"拉巴说："孤儿管孤儿已经好几年啦，什么时候饿死过？你让我们再增加牲畜是不是为了别人？不要以为我不知道，你的学校里，沁多的学生就有三十几个，他们茶里的奶是哪里来的，白唇鹿孤儿的牦母牛不是给沁多人挤奶的。""沁多的学生没有配备牦母牛，他们是喝了白唇鹿孤儿的奶子，但孤儿们也吃了沁多学生的酥油嘛，谁也没占谁的便宜。""这个我没看见。再说啦，那几头牦母牛的奶要是不喝光，孤儿们自己也会打出酥油的。""说透了，你就是不支持孩子们上学。""你说对啦，我为什么要支持？阿尼琼贡的阿卡只说过娃娃应该祈福，没说过娃娃可以上学。"父亲不想再争，拉转马就走。他去给角巴说委屈，角巴说："这是你做得不对嘛，宁找拉巴不找我，活该碰在了帐房橛子上，鼻青脸肿了没有？让我看看。生灵靠养人靠喂，拉巴这个人，放羊娃出身，他就不知道富人是怎么变富的，主任是怎么做主的。""你知道？"角巴嘿嘿一笑："当然知道。"他当即让桑杰去给野马滩大队的大队长囊隆传话："学校的学生没有奶子喝啦，你说怎么办？"再去给野牛沟大队的大队长吾佐传话："学校的学生吃的不够啦，你说怎么办？"过了两天，囊隆打发人送来了三头刚生下牛犊的牦母牛。父亲问："牛犊子呢？""过继给别的牦母牛啦。"父亲知道，这样的话学校就可以挤到更多的奶，而决不肯亏待牛犊的牧人就要少打许多酥油了。吾佐亲自送来了一群羊。父亲问："有怀了羊羔的母羊没有？"吾佐说："没有不怀上羊羔的母羊。""啊啧啧，新年到来之前，这群羊就要增加一倍啦。"他算了一下，就算一个星期为十几个孤儿宰一只羊，羊群也还是原来的羊群。

几天后角巴来了，看囊隆和吾佐办妥了没有，正好是中午，便跟孩子们一起吃了顿饭，完了说："光吃牛羊肉，脑子里就会有牛羊的想法，牛羊怎么能认识字呢？强巴啦，这个样子是不行的。""我也知道不行，可有什么办法呢？""我想想，我想想，好些日子没吃糌粑啦，我的脑子跟牛羊一样什么也想不起来啦。"过了些日子，角巴送来了两袋糌粑，袋子是用牛毛绳编织的，一袋至少有一百五十公斤，搭在马背上就像马长了长长的翅膀。问他糌粑是哪里来的，他说是牧马场给的，自古公马吃公粮，他们给他的是用马匹换来的，也是从马嘴里省下的。父亲想想也不奇怪，玛沁冈日牧马场的所有草场都是角巴赠送的，他只要开口，而且是以学校的名义，牧马场没有拒绝的理由。同时送给学校的还有两匹好马。角巴说："马不是白送的，他们问我牧马场的孩子能不能上沁多小学，我说能。"又问父亲，"到底能不能？"父亲说："你都答应啦，我还能说不能？"角巴笑道："强巴啦，我知道你会这样说，你给我的面子比天大，我记住啦。"父亲说："有个好消息要告诉你，才让能听见啦，也会说话啦。"角巴不相信："你又没去西宁你怎么知道？""我收到家里的信啦。""信拿来，我看。""你又不识字。"但父亲还是把信拿了出来。角巴看了一眼说："家里宰一只羊的要哩，给雪山大地点一盏大酥油灯的要哩，让桑杰给你磕头的要哩，走走走。"

两匹马来得正是时候，从此孩子们就可以骑马放牧了。学校的牲畜是学生轮流牧放的，最初只是大一点的孤儿轮流，吾佐送来羊群后，沁多的孩子也开始轮流。一起轮流的还有拾牛粪和扫羊粪，牛粪和羊粪都是必不可少的燃料，得追着牲畜的屁股天天收集。父亲觉得这些事比较难办，没想到自己并没有操多少心，轮流的顺序就形成了，没出现任何争执，一打听才知道是洛洛安排的。还有一件事也让父亲省事不少，就是对最小的孤儿五岁的俄霞的照顾。洛洛对俄霞很好，给他吃喝，喊他睡觉，不让他跑到太远的地方去，还把他带到梅朵红跟前，让他喂它，也让梅朵红熟悉他，意思是你要看着他，别让狼把他叼去啦。梅朵红似乎心领神会，只要俄霞走出"一间房"，就会一直盯着他，有时还会来到他身边。大概养成了习惯，俄霞很少自己走到旷野里去，洛洛去他才去，上课时他就坐在洛洛身边，有时跟洛洛一起写画，有时会趴在洛洛怀里睡觉，好像他觉得自己生来就是由洛洛照顾的。父亲把洛洛叫到办公室，表扬了一番，然后说："班里得有个班长，我看你最合适。"洛洛问："班长是什么？""就是替老师管管大家，为同学们多做些事。""噢呀。"洛洛觉得自己年龄最大，又是男的，多做些事理所当然，俗话说小的听大的，女的听男的，低的听高的，近的听远的。又说起选一个女生当副班长。洛洛说："央金是哩，女生洗澡时谁先谁后她说了算。"父亲说："噢呀，那就央金吧。"洛洛说："我去给她说。"出去又拐回来，皱起眉头问道，"老师啦，当初你说是要我们去当阿卡的，怎么又不当啦？""不是不当啦，是要当比阿卡更好的人。""噢呀，老师是不是一个比阿卡更好的人？""老师是想当这样一个人，但是现在还没当好。""阿卡给人祈福要酥油要糌粑要肉食，老师什么也不要，还得倒给我们吃的用的。""这算什么？老师认识很多字，知道很多知识，到时候全都得送给你们。"洛洛想了想说："明白啦，老师是公家人，念的是外来的经，外来的经是不是对我们好的经？""你说呢？我对你们好还是对你们坏？"父亲看洛洛还在思考，又说，"等你们上完沁多小学，再上一个更高级的学校，毕业后就都是公家人啦。""啊嗻，真的吗？"父亲点点头，他很有信心，牧区缺少干部，选拔有文化的藏族人当干部是很自然的事。

洛洛从此变得更加懂事，喜欢学习，也喜欢管理别人，尤其是生活上的那些规矩，总是他和央金在监督大家，让父亲轻松了不少。而且他还解决了父亲的心头之患：虮子。那一天雪沃草原，浩浩汤汤翻起了白浪，仅仅下了半天，就已经一尺厚了。天上的还在落，地上的还在厚，雪朵大得如同雪莲，仰天一望就能把眼睛盖住。洛洛先是领着同学在大雪中抢拾昨天的新鲜牛粪，再把门前垒起的一大半牛粪墙抱进去放在了教室和宿舍，然后烧旺炉灶，烧热火墙，让大家脱了个精光。他把脱下的衣袍抱出去，分别埋在了几十个雪坑里，两个小时后，又把衣服扒了出来。"啊喷喷。"跟在洛洛身后的父亲惊叫起来，只见衣袍表面爬了一层虮子，轻轻一抖，全部落进了积雪中，冻死是唯一的去处了。显然洛洛和央金是商量好了的，对女生的衣袍央金也照此办理。最后埋雪灭虮的是洛洛和父亲。父亲很兴奋，心说只要下雪，就能灭虱，一个冬天下来，虱子或许就能绝迹啦。就算夏天还能滋长，也会有一个过程，之后便又是冬风雪日。再说了，他正在和县总务科协商，采办一批白棉布，制作衬衣衬裤，学生每人两套，以后新生入校，开学典礼就发课本、作业本和衬衣衬裤。几方面努力，虱子就不会再有了。父亲问洛洛："你是怎么知道可以用雪消灭虱子的？"洛洛说："在雪窝子里睡过觉的人都知道。"

2

大雪刚刚消停，通信员果果就来了，说是王石书记要父亲立马去一趟。父亲给洛洛和央金叮嘱了一番，跟着果果离开学校，在学生们的瞩望中消失在茫茫雪野里。积雪太厚，马走得很吃力，他们在途中挖雪窝子过了两夜，第三天晚上才到达阿尼琼贡。原来是省政府副秘书长李志强来了，也住在南厢房。王石拿出糌粑和酥油让父亲吃。李志强说："终于把你等来了，我们边吃边说，明天我就得回西宁。"他问起学校的情况，使劲表扬了一通父亲，然后便提到了保育院。保育院已经换了三任院长，其中两任院长都因为贪污判了刑。父亲问："贪污什么啦？""面粉，有的半袋，有的一袋。"一袋面粉五十市斤，差不多是正常年份里一个成年人两个月的供应量。"再就是多吃多占，老师们都是一顿一个馒头，院长一顿两个，有时甚至三个，偷偷摸摸往家里带。好不容易供应了一次肉，吃到孩子们嘴里的就只是稀不拉几的一锅汤，这还得了。"父亲问："现在的院长不敢贪污了吧？""现在想贪污也贪污不上了，面粉基本断了。""那孩子们怎么办？西宁不像牧区，糌粑没了还有牛羊肉。"王石说："这就是叫你来的原因。"父亲疑惑地问："不会是让我提供牛羊肉吧？"李志强说："你能提供多少？再说运出沁多的肉都要进入省冷库，省冷库的肉一般都要出省，到不了小小的保育院。"王石说："李秘书长想把保育院搬到沁多来。"父亲一愣："好啊，这个办法，沁多有了草原保育院。"

李志强说："就是没有合适的地方。"王石说："我给李秘书长推荐了你们学校。"父亲诧异道："沁多小学？这恐怕不行吧？太小，现有的五十多个学生已经很拥挤啦。"李志强说："保育院的孩子也是五十多个。"王石说："能不能这样，看牧人们有没有多余的帐房。"父亲问："你是想办帐房保育院？"王石说："应该是帐房学校。"父亲明白了，说来说去就是想让沁多小学给保育院腾出校址来。他大摇其头："哪个牧人会把好帐房让出来？再说学生已经习惯住房子，现在又要住帐房，怎么上课？怎么管理？刚刚走上轨道，又要重新开始，不好不好。"王石说："学生都是藏族人，住帐房没问题，保育院的孩子大都是汉族人和回族人，帐房是什么见都没见过。"父亲不吭声。李志强说："你再考虑考虑，要是实在觉得不合适，我们另想办法。"父亲说："肯定不合适。"大家一时无话。李志强打了个哈欠说："睡吧，明天再说。"父亲吞了几口糌粑说："我还是回吧，放心不下学校，睡不着，再说了，我跟领导在一起睡不惯。"他生怕一觉醒来，李志强和王石又来说服他。王石望了一眼李志强，无奈地点点头："好吧。"保育院是孩子，学校也是孩子，都很重要，作为上级他们不好强迫命令。

父亲连夜离开了阿尼琼贡。他觉得能操心学校的就他一个人，而保育院是省上的，操心它的人多了去了，他的拒绝说不定还是件好事情，李秘书长转眼就能在别的县找到超过"一间房"百倍的好地方。这么想着，心里就轻松了，催促日孕尽快往回赶：洛洛和央金能管住学生，却不能上课，课已经落下了不少，得赶紧补上。但走着走着他又不知不觉转向了，直到天色微明，看见角巴家的大帐房像一座翘角飞檐的宫殿出现在扇面一样的山洼里，才意识到自己从来没有拒绝过人，包括这一次。当周一边通知主人，一边冲他跑来。他下马迎过去，摸摸它的头说："角巴起来了没有？"白色的远山似乎比夏天高峻了些，积雪中牲畜踏出的路就像一道浅浅的河，炊烟在河那边升起，走出大帐房的角巴喷吐的白气跟炊烟一样粗壮地升起来。

在大帐房温暖的炉灶边，父亲接过角巴的妻子姜毛端给他的酥油茶，没顾得上喝一口，就说起了李志强的到来，说起了保育院的现状和那些饥饿的孩子们。角巴板起面孔听着，没说半句同情的话，突然问道："你说的这个李秘书长就是把我从牢房里救出来的那个人吗？他什么时候来沁多啦，怎么不通知我一声？我要见见他，走走走，快领我去。"说着从享堂前的柜子里抽出一条白色的哈达塞进了宽大的皮袍襟怀。父亲说："我茶没喝一口，肉没吃一块，怎么又要上路啦？""茶赶紧喝，肉路上吃，你不是说他今天就要回西宁吗？"两个人骑着马，时走时跑，积雪中最快的速度就是他们的速度，中午到达阿尼琼贡，李志强已经坐着吉普车离开了。角巴说："追。"从这里到西宁，蜿蜿蜒蜒有一条能行车的路，积雪已经不厚了。两匹快马跑起来，跑到下午，才看到在山岭间慢慢行驶的吉普车。角巴打马跑到车前，翻身下马，拿出哈达，弯腰捧在了手里。吉普车停下了，李志强走了出来。角巴说："李秘书长啦，保育院的事情为什么不跟我说？我有冬暖夏凉的大帐房，我还可以再扎一顶大帐房。"父亲立刻明白了，也说："角巴说得对，保育院不一定非要占用沁多小学的'一间房'，大帐房其实比石头房还要好，不信你去看看。"角巴又说："想喝水就找冰山，锅里的水毕竟有限；想吃肉就去草场，家里的手抓能吃几口？我，沁多草原的角巴德吉，难道还养活不起几十个娃娃吗？保育院的食物我包啦。"李志强眼睛潮潮的，半晌说不出话来。父亲走过去说："李秘书长啦，你也看见啦，我不同意的事角巴同意，他就是这样一个人，古道热肠，肝胆照人。我给王石书记说啦，角巴家现在是贫下中牧的女婿桑杰当家做主，他的'牧主'成分是不是也应该变一下啦？"李志强说："王石给我说过，说过的。"到底行不行，却没有再说下去。

和李志强分手后，角巴就开始准备保育院的事。他先把家里多余的牛毛褐子拿出来，让妻子帮忙，扎起了两顶小一点的帐房，晚上吃饭时对家里人说："以后我们就住小帐房啦，尼玛和旺姆赶紧把炉灶砌起来。"又对桑杰说，"家里的事你多操心些的要哩，我要去各个大队和小队转一转。"角巴去各个大队的目的是搜集牛毛褐子。大队过去都是沁多部落属下的中部落，小队又是属于中部落的小部落，无论中部落还是小部落，它的头人一般都有几张以备不时之需的牛毛褐子。他要把这些牛毛褐子借过来，扎一顶更大的帐房。他骑着马独自前往，十多天后才回来，身后跟着一个牧人，替他赶着一群牦母牛。牦母牛不光是驮运褐子的，还是借来挤奶的。口头协议是：保育院代为牧养，奶子归保育院，生下牛犊归生产队，将来一旦不需要再挤奶，母牛仍归生产队。角巴叫来几个牧人，搬迁了自家的大帐房，又扎起一顶新的大帐房，为了保暖，迎风的帐壁都是两层牛毛褐子，门帘很宽，可以遮住整个门而没有一丝缝隙。又在帐内砌了两个大炉灶，在帐外修了几个碉堡仓，碉堡仓是储存冻肉的，可以随时取用，而不必天天屠宰。角巴让桑杰给各个大队传话，要求送些干牛粪来，于是天天有牧人赶着驮牛往这里送，很快就用牛粪垒起了保育院的院墙，又用牛粪在东墙角垒了一个羊粪仓，用草皮在西墙角修起了男女分隔的厕所。保育院离沁多小学差不多有两里半，既可以互相照应，又不会彼此干扰。父亲带着学生来参观，连连称赞。角巴说："住的解决啦，喝的解决啦，现在就剩下吃的啦。肉好办，让各个大队多交些菜牛菜羊就可以啦，难办的还是糌粑，我又要去一趟牧马场啦。"他用手拍拍自己的脸又说，"我这张脸皮厚吧？像个不给不走的乞丐，人家迟早会讨厌的。"父亲说："你就说你是来传话的，学校的老师欢迎牧马场的孩子去沁多小学上学。""我就是想这么说，说了孩子再说糌粑，看人家能不能多给些。"角巴拜托父亲通知王石和李志强：保育院一切就绪，西宁的孩子可以搬来啦。他明天就去牧马场。父亲说："我想让洋洋也过来，你觉得怎么样？""早就应该过来啦，西宁什么也吃不上，娃娃是经不起饿的。""洋洋和才让差不多也该上学啦，就让他们都到学校来吧。"角巴嘿嘿一笑："噢呀，牛羊的肥瘦青草说了算，上学的事情老师说了算。"父亲叮嘱道："保育院的孩子们说到就到，你还得尽快回来。你的马怎么样？好像蹄子有点烂啦，去县上钉个马掌的要哩。""东山亮了数星星，西山红了晒太阳，来不及啦。""那你骑着日孕去吧，它能跑善走，五天的路只需要三天。"

　　在沁多草原，所有的路角巴都知道，所有的雨雪他都能预测。但是这一次，因为心急，他忘了预测，走出去才两天，就发现走路变得十分困难，迷路的危险居然也来困扰他这个草原的主人。乱纷纷的雪，闹哄哄的白色飞舞，风忽而呼呼地闷响，忽而日日地尖叫，不断伸出冰茬一样硬冷的爪子撕扯着人和马。视域只有几尺远，看不见作为坐标的山脉和沟谷，人和马连方向都搞不清楚了。他不想冻死在这里，却又不知道往哪里走，牵着日孕转了几圈，觉得上坡应该是去牧马场的路，便毅然走了过去。大雪瞬间掩埋了人和马的足迹。雪雾的拥堵中，悄然出现的悬崖正在迅速接近着他。他感觉脚下一虚，哎哟一声，滑了下去。哗的一声，缰绳拉直了。日孕的四蹄插在积雪中，身子猛地朝后歪去，头却被拽得几乎贴在雪地上。几分钟的坚持里，它不想让角巴掉下去，角巴想拽着缰绳爬上来。但角巴太沉，日孕的蹄子正在打滑，它越往后使力气，滑得越快，眼看头已经伸出悬崖的边际，坠落就在瞬间，角巴突然松开了缰绳。日孕站直身子，瞧着下面，雪花眯住了眼睛，什么也瞧不见。它捯动着前蹄，一声嘶鸣，又一声嘶鸣。

才让开始说话也让保育院的老师很高兴，毕竟不再是残疾人，需要特殊照顾了。星期六姥爷和我去接他时，老师说才让的模仿能力很强，记性也好，一般的话只要听上两三遍就能变成自己的语言。这样下去，用不了多久，就会和其他孩子一样了。又过了一个星期，才让回家来的表现更让我们惊讶：不再是我们问，他回答，而是主动跟我们说话。"这几天我们变成一天吃两顿了。"姥爷问："能吃饱吗？"他说："能。"又说，"饿的时候老师给我们念故事。"姥姥说："还是没吃饱嘛。"我问："念的是什么故事？"他说："猪八戒吃西瓜。"姥姥说："西瓜就是个甜，不抵饿，一泡尿就没了。猪八戒为什么不吃锅盔？"姥爷问："你们吃什么？"他说："拌汤。"姥姥问："稠不稠？"他说："稠。"姥姥又问："比家里还稠？"他说："还稠。"姥爷说："那就好，保育院没有白上。"我很羡慕才让每天都能听到新故事。他说老师有一本故事书，上午念一篇，下午念一篇。不念故事的时候就教字，先前教字时他听不见，现在听见了，教一个他就会一个。他用指头蘸了水，把会写的字写在桌子上给我看。我说："你写我的名字。"他说不会。但下个星期回来时他就会了，他说他问了老师。在他教我写"洋洋"两个字时，我突然觉得他似乎比我大，他应该是我的哥哥。

有一次老师说，才让已经会唱歌了，他嗓子真好，乐感很强，不论什么歌一听就会。回家的路上我让才让给我唱，他旁若无人地唱起来："爸爸爱我像宝贝，邻居夸我好娃娃，可是我从来没有见过亲爱的妈妈。"我也唱起来。才让觉得我跑了调，一遍遍教我。我们两个在大街上唱着，才让的声音第一次出现在城市的上空，风在头顶徐徐吹过，一群麻雀叽叽喳喳飞远了。唱歌时，我不停地用明晃晃硬邦邦的衣袖揩着我那永远揩不净的鼻涕，吐着永远吐不完的痰唾，才让却一点鼻涕都没有，一口痰唾也不吐，还拿出叠得方方正正的手绢揩我的鼻涕。我口袋里也有手绢，但它已经被鼻涕粘成了团，像衣袖一样硬邦邦的了。他说："不能随地吐痰。"人居然不可以随地吐痰，而且是才让告诉我的，还带着保育院老师的口气。我突然发现，在所有的所有的方面，才让都跟我不一样：他是好看的平头，我是难看的盖盖头；他的指甲短短的白白的，我的指甲长长的，缝隙里头黑乎乎的；他浑身上下干干净净，我里里外外脏不拉几。保育院不光给了他维持生命的饭食，更给了他一个城里娃应该具备的一切。相比之下，我倒像个草原牧区来的。我说："我也要上保育院。"姥爷说："你又不是没人管。"可在我的感觉里，才让是人人都在管，我是人人都不管的。我似乎又有了最初见到才让时那种由自卑而来的嫉妒，却已经来不及沉浸其中并让它发酵了。才让说："保育院要搬家，搬到沁多草原去，老师说那里吃饭不愁。"他没忘记自己是来自牧区的孩子，说这话时很兴奋。姥爷姥姥不吭声，他们一时不知道说好说坏——吃饭不愁是好，亲人分离是坏。亲人，才让在姥爷姥姥心里早已是亲人了。

才让的话很快得到了证实，当下个星期六姥爷去接他时，等在学校门口的老师说："保育院只有少部分孩子是每个星期接送的，对接送的人我们还是要说一声，孩子去不去牧区是自愿的，如果决定不去，就不用再把孩子送来了。"尽管不舍是全家的默契——我们不舍，才让也不舍——但吃肚子是最最重要的，何况沁多是才让的家乡，有阿爸阿妈哥哥妹妹，才让当然是要去的。这个星期天，母亲和姥姥为才让返乡做着准备，换洗了他的全部衣服，拿出了已经清洗好的他最初穿来的皮袍和那把小藏刀，还给他买了一双棉鞋、两双棉袜子、一顶有护耳的棉帽子，牧区风大寒冷，别把娃娃冻着了。而我却在离别的伤感中看着他们忙来忙去，感觉阵阵孤冷就像袭来的风。才让知道我心里不好受，就尽量和我多玩多说话，还说："我去了给阿爸说，洋洋也想来草原，你去把他接来吧。"我说："你说的是你的阿爸还是我的阿爸？"才让想了想说："我们的阿爸。"我说："你有两个阿爸，我只有一个。"才让说："我叫阿爸的人你也叫阿爸，这样你就是两个了。"

　　这天下午，才让说他不想去保育院，想和我睡，想和姥爷姥姥在一起。姥爷便去保育院，问老师能不能把才让的晚饭打回家去。姥爷端着才让的一碗拌汤回来时，恰好在巷口碰到邮递员。邮递员交给他一封信。他一进家门就说："才让快过来看，谁来信了？"才让接过信看看，迅速交给了母亲。母亲说："强巴来信了。"我和才让对视了一下：我们的阿爸来信了。母亲看了信，沉吟着说起信的内容：父亲希望我随同保育院一起去沁多，沁多有学校，不缺吃喝，才让和我都可以提前上学。还说学校最小的学生俄霞只有五岁。我高兴得叫起来，才让也叫起来。我扑向才让，跟他抱在一起又捶又打。姥姥捶了我一下："没良心的，说到走你就高兴。"我还在叫，才让却安静下来，歉疚而伤感地望着姥爷姥姥。母亲说："到底去不去？"姥爷说："有吃的为什么不去？"姥姥说："说走都走了，想了怎么办？"母亲说："娃娃们也会想你。"姥姥叹口气："吃饭吧。"我们把有面的拌汤倒进无面的蔓菁汤里，搅匀后一人响亮地喝了一碗。

　　第二天一早，姥爷就送才让去了保育院。保育院有早饭，不能耽误了。这是才让去保育院的最后一个星期，却没有坚持到底，他病了。病来得有点莫名其妙，上午还活蹦乱跳的，到了中午就躺倒起不来了。保育院的大夫量了下体温，发烧39℃，赶紧送到医院，同时也通知了在医院上班的母亲。挺着大肚子的母亲赶到急诊室时，才让已经昏迷，大夫和护士正在挂吊瓶。大夫说病因还没查清楚，先退着烧吧。才让的高烧持续了四天，母亲和姥爷轮换着守了四天，他们最担心的是把才让烧迷糊，又烧成哑巴聋子。第五天，才让醒了，母亲叫他，听他实实在在答应了一声，这才放下心来。才让的病最初诊断为猩红热，正要隔离，又说不是，是脑膜炎，几天后又把脑膜炎排除了，按照肺炎治疗，却还是不见好，高烧虽然退了，低烧却持续不断。母亲说："我们院长开会去了，等他回来再让他看看。"姥爷说："还是我带他去藏医院吧？"自从藏医院的老藏医扎针给药，才让不再聋哑之后，姥爷对藏医院格外敬信。母亲说："再等等。"她是外科大夫，对才让这种病因不明无法手术的病一筹莫展，只能继续观察。才让却说："阿妈，我要去保育院。"他知道保育院搬迁的日子就要到了。母亲说："不行，又发起高烧怎么办？能昏迷的病可不是小病。"才让眼睛湿漉漉的，扑闪扑闪望着母亲。母亲说："听话，才让，等病好了，我让你阿爸接你回来。"才让说："姥爷，你把我的藏刀给我拿来。"

那些日子，我天天去医院，陪伴着才让，最后一次去医院时，才让把小藏刀送给了我，说这是吃肉的筷子。从此我有了一把藏刀，刀鞘是镶嵌了彩色宝石的，刀柄是白银的，还缀着一条牛皮绳的辫子。我想我也应该送给才让一样东西，便从口袋里摸出我珍藏了很久的被手指磨得明光闪亮的一分钱，郑重其事地塞到了他手里。我恋恋不舍地待到傍晚，姥爷说："走吧，姥姥还在家等你呢，回去得早点睡，明天一大早就要上路。"正说着，穿着白大褂的母亲来了。她晚上值夜班，明天来不及送我，要我把一封写给父亲的信带上。离开病房时，我想我会哭，但是没有，才让也没有。他后来说，他从来就没想过会和我长长久久地分开。

日尕跑回来报信的那天，父亲正在上课。他听到马蹄在积雪中沙沙沙地响，听到连续几声嘶鸣就像撕裂云雾的雷声，急切而惊恐。他丢下手里的课本跑了出去，差一点撞到日孓身上。日孓跑到门口才停下来，鼓起鼻孔，呼呼地把白气喷吐到父亲脸上。父亲说："怎么了你，这么邋遢？"它的马肚带松弛了，鞍鞴歪斜在一侧，眼看就要掉下来，结实的牛毛缰绳拖在地上，已经断了，嚼子被舌头强行顶起来，两边磨烂的嘴角上涂满了血迹。学生们也跑出来看。父亲说："不好，出事啦。"扶起鞍鞴，系紧马肚带，骑上去才意识到，自己穿得太少啦。"洛洛，去把我的皮大衣拿来。"洛洛拿来后他又说，"你和央金管好大家，下雪天狼多，放牧和背水多去几个人，不要忘了带上梅朵红。"然后打马而去。父亲先去了角巴家。雪似乎要停了，桑杰正准备出牧，一听父亲的通报，便说："啊嘘，这怎么得了？俺嘛呢叭咪吽。"冲进帐房，抱出鞍鞴，跑向了不远处的马，又喊着："尼玛，尼玛。"尼玛答应着，从另一顶帐房钻了出来。桑杰说："带些食物的要哩。"尼玛又回去，拎出一个鼓鼓囊囊的羊皮口袋。三个男人骑马跑向了茫茫雪野。

　　雪小了，渐渐不下了，风收敛了许多。日孓的原路返回准确到能看见它来时踩出的深深的蹄坑。但很快蹄坑就不见了，一直向上的路也是一直向风的路，风力的突然增大让雪又开始在空中弥漫，不是从云朵上飞来，而是从更高的地方甚至雪山的峰巅飞来；不是雪花的飘舞，而是雪粉的扬撒。父亲松松地将半截缰绳缠在手腕上，任由日孓选择行走的路线。日孓走走停停，先是走多停少，后是停多走少。它在极力排除风雪的干扰，靠着非同寻常的嗅觉，辨识着角巴的味道，那种丝丝飘来、若断似连的汗水加酥油的味道。桑杰和尼玛跟在后面，有些疑惑：日孓不会胡走乱闯吧？可他们也知道，这种时候只能靠日孓，它是唯一的向导，不信也得信。他们日行夜宿，在雪窝子里做梦，就着冷雪吞咽风干肉，三天后来到一座悬崖边上。日孓不走了，前蹄不停地在雪地上捯动着，像是说："就是这里，就是这里。"他们呆望着悬崖下面的深谷，站了一会儿，又寻路而下，走了整整一天，才绕过悬崖，走进幽深的谷底。风把山上丰盈的覆雪刮向了谷底，积雪厚得让他们绝望：就算角巴摔不死，也会埋进蓬松的雪壤窒息而死。他们艰难地走来走去，不时地用手刨挖那些隆起的雪包。桑杰和尼玛一声比一声恳切地念着祈福真言。父亲则在大声喊叫："角巴啦，角巴啦。"他觉得角巴是沁多草原顶天立地的男子汉，无论遇到什么，都应该挺身而立。突然喊声换来了一阵扑棱棱的声音，两只秃鹫惊飞而起。他们愣了一下，互相拉扯着，朝秃鹫刚才停留的地方走去。

角巴出现了，身后拖着一道长长的爬行痕迹，不知他从什么地方爬来，爬到这里就停下了。这里是一个圆形的洼地，洼地里没有雪，有的是蒸腾的白雾和一地五颜六色的石头，还有星罗棋布的泉水。泉水是热的，石头也是热的，像个大暖炕。"角巴啦，角巴啦。""阿爸啦，阿爸啦。"他们喊着，摇晃着。父亲把脸贴上去，听了听他的心跳，感觉了一下他的呼吸，抬头望着盘旋的秃鹫，不相信地说："我没有搞错吧，是他的心跳还是我的心跳？"日尕跑回学校就算没走弯路也得两天，他们到达这里用了四天，至少六天过去了，角巴居然还活着。他腿上糊满了血，正在昏迷，是饿的，还是失血过多？桑杰从胸兜里摸出自己的木碗，舀了温泉水，又把几块风干肉用石头碾碎，放到碗里，给角巴灌了下去。父亲脱掉皮大衣，脱下衬衣，包扎起角巴受伤的右腿说："赶紧走，越快越好。"起身去牵日尕。桑杰说："还是我来。"他骑上自己的马，再让父亲和尼玛把角巴扶上来，然后抱着他催马走去。父亲骑上日尕，让它跟上，它却原地转圈，死活不走。父亲明白它犯了什么病，拍拍它说："知道你力气大，有本事，但考虑到这些日子你跑来跑去没消停，乏啦，嘴上还有伤，就不让你驮啦，你不必什么时候都争强好胜。"日尕知道父亲在宽解它，但还是不走。父亲无奈地说："好啦好啦，就让你驮吧。"又把桑杰喊了回来。返回的路上，一直是日尕驮着角巴和父亲，它嘴唇一掀一掀地喷着气，步幅时大时小，有些趔趄，还出着汗，真的已经很累了，但眼睛却始终放射柔和的光亮，脖子挺挺的，鼻孔绷得奇大，以适应它超强的肺活量，说明它内心是欣悦而自在的。一匹好马就是这样，期待着主人无时不在的重视和依靠，并把它看得高于一切。半路上，父亲让桑杰回家报信，他和尼玛改变方向，朝阿尼琼贡走去。

抬着角巴一进南厢房，父亲就说："曼巴，曼巴。"王石吃了一惊，顾不上多问，转身就走。眼镜曼巴匆匆赶来，跪在炕上号了脉，看了舌，然后清洗伤口，敷药喂药，完了说："骨头没断是雪山大地保佑的结果，受伤太重是疫病鬼降临的结果，肉烂了这么多，我从来没见过。有一个地方只有雪山大地的保佑没有疫病鬼的毁害，对他的伤会更好些。"父亲急问："哪里有这样的地方？"眼镜曼巴说："就是那个能让堵死的耳朵洞开、僵硬的舌头变软的地方。""你是说西宁？你也知道才让的聋哑治好啦？"眼镜曼巴哼哼一声说："听听鸟儿叫，我就知道啦。""那你知道角巴什么时候醒来？""快了，快了，快了。"又晃晃角巴的头说，"醒、醒、醒。"看角巴没动静，又说，"他是坏人还是好人？"父亲说："角巴啦你不知道吗？天大地大的好人。""好人？不一定吧？肯定他还是做过坏事，不然曼巴让他醒他怎么不醒呢？"然后一边使劲掐他左手上的大鱼际，一边重复着刚才的话，重复了七八遍后，角巴噗嗤一声吹了一口气，慢腾腾睁开了眼睛。眼镜曼巴笑了："晴天遇到喜阳草，铜壶里煮的是甜茶，你是好人，我也是好人。"角巴看着上面，半晌才把眼睛移向尼玛，又移向父亲，虚弱地说："你来了吗？我走啊走啊，走到一个又深又黑的山洞里去啦，听到你的声音就又回来啦。"父亲问："我的什么声音？""扎西德勒。""我可没说扎西德勒，我说的是祈福真言。""一个样一个样，哎哟，疼死我啦。"说着扭曲上的肌肉，咬紧了牙关。父亲把眼镜曼巴拉到一边说："求求你，给他吃些止疼的药。""吃过啦，顶事不顶事就看雪山大地保佑不保佑啦。连魔鬼的伤痛都能消除的止疼药是吗啡，我们这里没有，西宁才有。"官却嘉阿尼闻讯赶来，瞪起眼睛说："角巴啦，你见了我为什么不说感谢的话？"角巴说："我感谢你什么？""本来你已经在秃鹫的肚子里啦，我念了'大难不死经'你才活到今天。""你什么时候念的？""反正念啦。""那就谢谢啦。"眼镜曼巴插进来说："雪山大地啊，这个人胡说八道，哪里有什么'大难不死经'？"官却嘉阿尼反驳道："唵嘛呢叭咪吽难道不是'大难不死经'？""你除了唵嘛呢叭咪吽，还知道什么？不识字的阿卡居然在识字的阿卡面前卖弄经文，我不得不站出来说话啦。""可我是有法力的。""屁谎，真要是有法力，就别让角巴再疼啦。""这个容易。"官却嘉阿尼一手朝前平伸，一手朝后举起，做出攻击人的模样，胡乱"嗨嗨呼呼"了一番："怎么样，还疼不疼啦？"角巴说："不疼啦，真的不疼啦。"又把脸扭向父亲说，"强巴啦，你得给我想办法的要哩。"父亲正在跟王石商量去西宁的事，走到炕前说："角巴啦，你忍着点，这里有曼巴给你上药，有儿子尼玛给你喂茶喂饭，我要去一趟州上啦，请求才让州长把吉普车派给我们，等车来了你就去西宁，到西宁你就不疼啦。"角巴又问："保育院呢，来了吧？"父亲说："还没来，快了，就这几天。"角巴遗憾地说："牧马场没去成，娃娃们吃不上糌粑啦。"

父亲骑着日杂迅速出发，第二天回来时奔跑的日杂身后跟着一辆大卡车。原来才让州长不派车，说是不能为了角巴这样的人耽误州上的工作。父亲只好在路上花钱拦了一辆运送羊毛的卡车。尼玛陪着去了，他到过西宁，知道父亲的家。就在角巴和尼玛离开阿尼琼贡的第二天上午，运送保育院的孩子们的两辆卡车，开进了沁多草原。也就是说，保育院的车在某个路段跟角巴的车相视而过，却不知道那个躺在车厢里痛苦呻吟的藏族人，就是为草原保育院提供了所有条件并为此摔伤的人。

3

运送孩子们的两辆卡车配备了四个司机，中途没有停留，司机轮换着连夜开，第二天傍晚到达了房子摞房子的阿尼琼贡。县委书记王石和几个穿着绛色长袍的阿卡在大殿堂前的平场上招待大家吃饭。我看到不远处的厨房里有一个黑漆明亮的大铁锅，大得超过了半间房子，煮肉的香气和白色的气雾从那里弥漫而来。保育院的孩子们集体自动转身，齐齐地望过去，大口大口吞咽着口水。阿卡们用一个大铜瓢把肉汤舀到木桶里，提到平场上，一一盛到大家的碗里，每盛满一个碗，都要说一声"扎西德勒"。我们顾不上冷烫，端起来就喝，漂了一层亮油的肉汤对一群饥饿的孩子意味着什么，我简直无法形容。但肉汤还不是主要的，就在我们以为晚饭已经结束时，忽见几个阿卡鱼贯而来，每人手里端着一个牛皮的托盘，上面是摞起来的热腾腾的牛羊肉。我从来没见过这么多可以吃的牛肉羊肉，也从来没有敞开肚皮吃过这么肥的牛肉羊肉。我相信所有人都跟我一样把今天吃到的牛肉羊肉当作了最美好的记忆，以至于过去了很长时间我都觉得世界上最好的地方是阿尼琼贡，最美的食物就是阿尼琼贡的牛肉羊肉。包括保育院的梁辉院长和几个老师，所有人都开始狼吞虎咽，转眼吃完了牛皮托盘上的牛肉羊肉，转眼又来了牛肉羊肉。饥荒了许多时日，突然用牛肉羊肉吃饱吃撑吃得饱嗝连天的经历，让大家对草原对藏族人充满了感激，冬天不冷啦，路途不远啦，力气又有啦，生活又美好啦。而我，更有一层得意在心头：我早就是藏族人的亲戚啦。我给同伴们说：我阿爸就在沁多县上班，我有个藏族哥哥叫才让，还有个藏族爷爷叫角巴，角巴的儿子叫尼玛，他是我的叔叔。还拿出才让送给我的小藏刀给他们看。孩子们望着我，眼神里充满了惊奇和羡慕，就像刚才望着肥嘟嘟的牛肉羊肉。吃饱了又喝汤，是一种混合着草药味的苦甜汤。提着铜壶突然出现的眼镜曼巴说："这些面黄肌瘦的孩子一下子吃了这么多的肉，浮不住的，不跑肚才怪哩，快喝，喝了就没事啦。"他逼迫我们喝。有几个实在饱得喝不下去，偷偷泼到了地上。晚上，我们住进了一个很大的房间，睡在一排排整齐的木榻和卡垫上。一觉醒来，又要上路时，那几个泼了苦甜汤的孩子都开始拉肚子。又是眼镜曼巴提着一壶苦甜汤走来："喝，喝。"再也没有大意的，大家都喝起来。卡车又走了一天，经过县城时在县委食堂吃了午饭：一人一碗加了肉末的杂和面拌汤。继续赶路，天黑前到达了扎着两顶大帐房的保育院，父亲和桑杰等候在牛粪院墙的外面。孩子们纷纷下车。我跑向父亲，父亲高高地将我举起。那一刻我的骄傲是全世界所有人都没有的，好像因为有了我的父亲才有了草原，有了我们这么多人可以吃饱肚子的幸福美满。

保育院的梁辉院长和几个老师来到父亲跟前。父亲说："本来应该是为保育院几乎付出了生命的角巴德吉站在这里欢迎大家，现在只好由我们代替啦。他的事以后慢慢说，现在最主要的是住下，草原保育院从今天开始，成立啦。条件是差一些，我们慢慢会改善，相信会越来越好，你说呢，桑杰？"桑杰说："噢呀，噢呀，草原上的牛羊多多的有，碉堡仓里的冻肉已经满啦，想吃多少取多少。牛粪成墙，羊粪满仓，帐房里烧热些的要哩。啊啧啧，这么多的孩子。"他的眼光在孩子堆里搜寻来搜寻去。梁辉院长带着老师们站成一排，鞠着躬说："大恩不言谢，但我们还能说什么呢？多谢了。"父亲说："草原上住这样的大帐房是最好的，不知道你们习惯不习惯，要是实在住不惯，将来以后还可以换，你说呢，桑杰？"桑杰说："噢呀，噢呀，我不是'将来以后'我不知道。"院长说："承蒙关照，把保育院搬到草原来，主要是吃肚子的，住什么无所谓。"接着便是入住。孩子们分成两半，排着队走进了两顶大帐房，进去后才感觉到，里面挺宽敞，除了孩子们和老师睡觉的区域，还有吃饭和玩的地方，而且暖融融的，牛粪火正旺，炉灶上坐着大铜壶，飘荡着酥油茶的香味。地上放着一口大铁锅，肉已经煮好，汤还在冒气。一九六〇年的人们，想不出除了草原保育院，天堂还会是什么样子。

保育院牛粪墙的外面，还有一顶小小的帐房，是今天才扎起来的，用的是搭建大帐房时剩下的几块牛毛褐子，还不够，桑杰又从自家的帐房上撤下了两块。小小帐房是角巴的妻子姜毛的住处。父亲临时想起来：保育院的院长老师都是汉族人，不知道牛粪火白天怎么烧，晚上怎么埋，也不一定会取肉煮肉，更重要的是挤奶和背水，哪个会呢？背水靠的是一根绳子和一个木桶，没有力量和技巧是背不来的。他给桑杰说，要他从公社派一个人来。桑杰觉得不好派别人，就派了自己的妻子卓玛。姜毛说："卓玛怀上孩子啦，还是我去吧。"桑杰说："你把家里最好的马骑上，再把当周也带上。""骑最好的马干什么，我就骑我的灰骒马。"这会儿，父亲拉着我的手，正和桑杰一起朝小小帐房走去。桑杰对没见到才让非常不安。父亲给他念母亲让我带来的信，又安慰他："才让的聋哑都会治好，还有什么病治不好？很快就会好起来，你什么也不用想，多念几声祈福真言就可以啦。"桑杰"噢呀噢呀"地答应着，眼泪哗啦啦的，毕竟才让离家已经很长时间了。父亲说："你要是不放心，抽个不忙的时间，我带你去西宁，看看才让。"桑杰忽地扬起头，用手掌抹着眼泪说："沁多草原最高的山我上不去，望不见西宁在哪里，只好去一趟啦。"父亲说："等角巴伤好回来，我们就去。"

　　说着话，我们来到小小帐房前，看到姜毛正要去河边背水，桑杰赶紧过去说："阿妈啦，招了女婿和娶了儿媳是一个样子的，还是我去背水吧。"姜毛说："角巴和尼玛都不在家，你这个顶门立户的男人怎么能干女人的活？快快回家去，再不要来这里啦。"桑杰正要走，姜毛又说："天就要黑啦，你把当周拴到大帐房门口去。"桑杰解下当周的粗铁链，牵起来走进了牛粪墙。父亲知道，这是为了让当周熟悉孩子们，并让它明白它来这里是守护保育院，过几天铁链子就可以拿掉，它会自由巡视，也会允许孩子们亲近它。但当周对我是例外的，刚一见面就冲我摇了摇尾巴。我惧怕地望着它。父亲说："它知道你是我儿子，不信你摸摸它，它不会咬你的。"我跑过去摸了摸它的大耳朵，它友好地歪歪头，在我腿上蹭了一下。我在保育院吃了晚饭，就跟着父亲骑着日尕走向了沁多小学。一路上父亲问姥爷问姥姥问母亲，问得最多的是才让。我意识到父亲其实很担心才让的病，总觉得多灾多难的才让太可怜啦，万一有个闪失怎么给桑杰交代？

　　来到沁多小学，父亲说既然我是学生，吃住就应该在学生宿舍，而不是跟他在一起。所以第一天晚上我是跟洛洛一起睡的，盖的也不是被子，是父亲的皮大衣。我看到所有学生都是裹着皮袍睡觉的，便想起了才让的皮袍，心说我要是也有一件皮袍该多好。第二天我给父亲说起，父亲说皮袍没有买的，只能量身定做，做一件皮袍不容易，先得积攒羊皮，大人的藏袍得七八张大羊皮，小孩的也得五六张，攒够了还得鞣好，还得织氆氇，还得捻毛线，氆氇是做面子的，毛线是缝皮袍的。一个人什么也不做，一个月才能缝好一件上等皮袍。大部分牧人一辈子就只有两件皮袍，一件是小时候的，一件是成人以后的。说到这里，父亲一脸严肃："你看我，来到草原快十年啦，从来没有奢望过有一件皮袍，夏天制服，冬天棉袄皮大衣，都是你姥姥做的。你不要再提皮袍的事啦，给谁也不要提。这里的藏族人好得很，你一提，他就会把自己身上的脱下来让给你。要是他们提起来，你就说我穿不惯皮袍。我一直也是这样说的。"然而我并没有机会表示拒绝，仅仅过了半个月，一件簇新的皮袍就来到了我面前。是卓玛和旺姆为我缝制的，送来皮袍的却是索南。自从角巴和尼玛去了西宁，索南就离开学校放牧去了，他家有两群牲畜，桑杰放一群，尼玛放一群，尼玛走后本可以混群，桑杰说我的一群产冬羔，尼玛的一群产春羔，冬羔很快就要产啦，不能远牧，混到一起的话近处的草场不够吃。索南赶着牲畜骑着马，送皮袍的同时也想看看我。"这个就是洋洋吗？怎么这么瘦？我是索南，才让的哥哥，自然也是你的哥哥。"他说着捏捏我的胳膊，"你冻不？""不冻。""清鼻拉得两拃长，还说不冻。快快快，穿上，草原上活着的都得穿皮袍，狼穿狼皮袍，豹穿豹皮袍，熊穿熊皮袍，人穿绵羊的皮袍，不穿皮袍冻死哩。"就在学校外面的雪地上，他不由分说扒掉我的棉衣，扔到积雪里，给我穿上了皮袍。皮袍长得拖在地上，他让我把下摆提到膝盖处，然后从怀里撕出一条红腰带给我系上，我顿时成了一个胸前鼓鼓囊囊的小藏族人。父亲从门里出来，吃惊地说："啊嘘，这是怎么啦？"索南说："阿爸说啦，人家把才让当自己的孩子，洋洋也就是我们的孩子，我们的孩子不能没有皮袍穿。卓玛阿妈说啦，草原上的角巴家，没有皮袍让人家笑话。旺姆舅母说啦，我家多余的羊皮，是添儿添女的依靠，洋洋就是新添来的吗？你们不说我还不知道。正好姜毛奶奶从保育院回家取东西，说做一件皮袍的羊皮和氆氇还是有的，就是没工夫，公社的活儿多得做不完，主任不给时间谁去缝，能不能派两个女人到家里来？旺姆舅母说，主任不是角巴阿爸，央及不动别人，派来派去就是我和卓玛。姜毛奶奶说，那就什么话也别说啦，反正是你们，赶紧拿出羊皮和氆氇来缝吧。"父亲摸着我的头说："看来穿不惯皮袍的话不能说啦，你成了角巴家的孩子，就跟才让一样，不分藏族人和汉族人啦。"

我的皮袍是紫红氆氇的，里面是厚厚的绵羊皮，袍襟、袖口和下摆镶着半尺宽的水獭皮。父亲说："这样的皮袍是很昂贵的，她们把家里最好的材料都拿了出来。"索南说："还有一顶羔皮的帽子，卓玛阿妈正在做，做好了我就送来。"说着摸了摸我的蓝色棉帽，"这样的帽子，头会冻成冰疙瘩，怎么念书识字嘛？"我把棉帽脱下来又戴上。父亲说："等学校放了假，你就可以去角巴爷爷家找索南哥哥玩。"我乖巧地说："索南哥哥啦，我想骑马。"索南便把我扶上马背，拉着马走了几圈。这时梅朵喊着"哥哥"跑了过来。索南说："我忙家里的活去啦，本该由我识的字都留给了你，你要多多地识字，别人识一百，你要识两百。"梅朵说："噢呀。我把'牛马狗'写两遍，就是替你写啦。你要多多地念祈福真言，就算是为了我和洋洋。"索南说："噢呀。学校有马，你教洋洋骑马的要哩。"梅朵朝远处望了望说："放牧的人骑走啦。"索南说："轮到你放牧时，你叫上洋洋一起去。"梅朵说："噢呀。"索南又说："不知道洋洋是梅朵的哥哥，还是梅朵是洋洋的姐姐？"父亲说："我问过你们的阿爸，梅朵比洋洋小半年。"我突然问："比才让呢？"父亲说："桑杰忘了才让出生的日子，只记得比梅朵大一岁，也就是说你比梅朵大半年，才让比你大半年。"我高兴地说："我早就知道才让是我哥哥。"说着，从脱下的棉衣口袋里摸出了才让送我的小藏刀。索南接过去看了看，解开刀柄上编成辫子的牛皮绳，拴在了我的腰带上。我低头看着自己，心里美滋滋的就像在做梦，梦里得到了一个日思夜盼的奖赏、一件赏心悦目的礼物。索南看牲畜已经走远，在堆起袍腰的地方打了我一拳："扎西德勒。"我愣怔着。父亲说："洋洋也要说扎西德勒，既是祝福也是再见，还要说谢谢索南哥哥送来了皮袍，卓玛阿妈和旺姆舅母辛苦啦。"我还没说，索南就说："客气什么嘛，自己家的人。"

事实上就算为我缝制了皮袍的卓玛和旺姆，也未必知道一件皮袍对我意味着什么。自从我也可以裹着皮袍睡觉，也可以把随便什么东西装在腰带扎起的胸兜里，也可以露着穿衬衣的右臂吊着袖子进进出出，也可以面迎寒风用宽大的多出手面四五寸的袖筒捂热冰凉的鼻子，也可以在水獭皮上涂一点酥油让它更加柔软发亮，也让整个皮袍散发出迷人的奶香味，我伙在学生堆里别人就再也分不出我是个外来的汉族人啦。我自己也没有了一丝半点的拘谨，感觉我就是这个藏族人群体的一员，没有任何的不一样。顶顶重要的当然还有学说藏话，我发现一穿上藏袍胆子就大啦，星期六的晚上也敢裹在同学们中间唱歌跳舞啦，尽管因为唱得不准跳得不好依然是羞怯的；课内课外不光会学着说，还会抢着说，而且一定要把句尾的那个"了"说成"啦"，即便说得不对，也好像是可以不对的，没有一丝丝的别扭，就像鱼到了水里游得不好也是游，人到了水里游得不好就不是游。过去了很久我才意识到，我是一个多么渴望合群共生、平起平坐的人，被疏离、被不同、被另类、被重视以及被特殊化，都不是我希望的。父亲说："不错啊洋洋，你的藏语居然学得比汉语好。"后来又说，"你的藏文字也比汉字写得好，不愧是我的儿子。"我能感觉到父亲发自内心的喜悦，他是个老草原，藏话好藏文也好，如今又发现他的儿子居然也遗传了他的这些优点。遗传让我庆幸，也让我一来草原就发现自己对父亲除了血缘上的依赖，更多的是崇拜，是一种天然相像的精神气质在雪山草原背景上的对接。我感谢父亲让我跟一个马背上的民族有了水乳交融的关系，让我来到弥漫着酥油味的旷天大野里，混同在红脸蛋的藏族小孩里再也不分彼此。所以很快我就明白，我对父亲的感觉跟所有的藏族人同学几乎是一样的，而父亲似乎也在尽量淡化我跟他的那种父与子的亲情关系，尽量让我明白他只是一个不可或缺的老师，我跟所有孩子一样都必须努力争取做一个优秀的学生。是的，我来到了父亲身边，却又发现我跟他渐渐远了。对我来说更多的关心和温暖来自同学，来自跟我关系最好的洛洛和俄霞以及梅朵。

洛洛是个不关心别人就会死的人，每天晚上都会把他的半拉皮袍扯过来盖在我的皮袍上，生怕冻着了我，吃饭时总要把他碗里的肥肉挑出来给我："瘦羊难过冬，过了也长不大。你这个江洋，多吃些肉的要哩。"他总是叫我"江洋"。以后我会知道，在这样的称呼里，暗含了对父亲的敬重。"江洋"就"江洋"吧，藏族人喜欢的自然我也喜欢。从此在我的课本和作业本的封皮上，"洋洋"便被涂改成了"江洋"。父亲不仅没有制止，还跟着别人"江洋江洋"地叫起来。叫得最多的是俄霞，他经常学着洛洛的样子对我说话："江洋啦，骨头是带着筋的，你把刀子拿出来。"我说："噢呀，我才让哥哥说啦，藏刀是吃肉的筷子。"说着便拔出刀子，刮起骨头上没有啃干净的肉。俄霞说："江洋啦，刀刃是朝里的，不是朝外的。"我又赶紧把刀子转过来。他又说："江洋啦，胖子要先喝汤后吃肉，瘦子要先吃肉后喝汤。"我问："为什么？"他回答不上来。我便在他胳肢窝里捣一下，就这一下，他就会笑得弯腰弓背。其实我跟俄霞好，主要是因为他是唯一一个可以被我关心的人。我说你的帽子戴歪啦，他便正一正。我说你的腰带松脱啦，他便紧一紧。他不高兴时，我一胳肢他就高兴啦。他早晨醒不来时，我一唱歌他就醒啦。我唱的是《黄儿马》：

> 黄儿马跑过了一座山，
> 山连着锦缎铺成的路，
> 拐来拐去上了天，
> 天上有什么？
> 没有云彩花，没有星星花，
> 只有一片清澈的水，
> 水上漂着一百朵金莲花。

歌是梅朵教我的。说实话，不管洛洛还是俄霞，都比不上梅朵跟我好。梅朵似乎并不想关照我，只想教会我。早晨她会从女生宿舍跑到男生宿舍，教我用干牛粪吹旺炉灶上的火，晚上又会跑来教我用灰土埋住火。洛洛说："你操心什么？这里有我，用不着江洋吹火埋火。"梅朵小大人似的说："我家的江洋，我不操心谁操心？"轮到她做饭时，她会把我叫到女生宿舍，教我顺着骨头解肉，水烧滚了再下肉，快熟的时候放盐巴，等等；还教我站在牦母牛的肚子下面挤牛奶——"江洋啦，大拇指头使劲，要握住胖的地方朝下挤，别忘了对准桶沿，对啦，就这样挤，一捋一捋地挤。"每次挤完奶，她都会说："哂一口，哂一口。"然后示范着让我跪在地上，张嘴嚼住牛的奶头。"哂到了没？""没有。""你没哂过阿妈的奶吗？使劲往里哂。"我哂到了，温热的馨香的甜丝丝的味道会让我哂了一口还想哂一口。她说："不能哂两口，会把奶哂干的，哂干了奶，就不会再生奶啦。"我只好忍着，尽量做到不哂第二口。以后想起来，我会明白这是为什么：学校的牦母牛没有牛犊子，每次挤奶差不多会挤完，哂一口绝不是为了解馋，而是舍不得浪费掉残留在奶头里的那一点奶，但千万不能哂多，免得奶头枯瘪，枯瘪的奶头怎么还能饱满地装奶呢？更多的时候，梅朵会带着我去拾牛粪，扫羊粪，或者去河边打水——有时候用脸盆端，有时候用水桶抬。冬天的沁多河被冰雪盖得严严实实，她会搬起一块石头，在近岸处一口气砸几十下，直到砸出一个冰窟窿。我不行，我砸几下就累了。我说："才让力气大，你的力气也大，我的力气怎么这么小？"梅朵说："角巴爷爷说砸的时候念祈福真言，力气就大啦。"我就边念唵嘛呢叭咪吽边砸，力气果然大啦，一个冰窟窿终于被我砸出来啦。

最开心的还是梅朵带着我骑马去放牧。有时是同骑一匹马，两个人都坐在鞍子里，我在前面，她在后面，我靠着她，她抱着我。有时是我骑着她牵着，牵着牵着她就会悄悄把缰绳丢开，让麦秀——我们的马任意游荡。渐渐地，我熟悉了马的步伐和颠簸的规律，身子不再僵硬地对抗，而是随顺着它起伏摇晃；也学会了如何发布命令：甩缰绳，拽嚼子，踢肚子，使鞭子，等等。有一次她把我扶上马背，说："现在该你一个人骑啦，我不管你啦。"我说："噢呀。"我骑了一会儿

111

又听她说:"角巴爷爷说羊不肥不算财,马不跑不算骑,男人都是要参加赛马会的。"于是我打马跑起来,越跑越快,越快越稳,感觉麦秀对待我跟对待梅朵是一样的,温顺而听话。但我没想到这是一种算计,算计也是马的特点:永远期待着驯服,却永远不打算主动驯服。麦秀跑着跑着突然停下了,屁股猛地一抬,似乎随便一个动作就把我掀了下来。梅朵咯咯咯地笑。我从雪地上爬起来,揉着胳膊和屁股说:"你笑什么?""角巴爷爷说男人不摔三次是学不会骑马的,这才是第一次。"她再次扶我上马,撺掇我驱马跑起来,结果是一样的,我又被摔了下来。我发现麦秀允许我骑它,却不允许我骑着它奔跑,这是什么意思?我被摔了七八次,依然没有真正学会驾驭马,每次都是麦秀故意使坏——扬起前蹄或尥起蹶子或奔跑中突然刹住。只要摔下来梅朵就会咯咯咯地笑:"再骑,再骑,角巴爷爷说啦,马欺负胆小的,瞧不起摔下来就不再骑的。"可是我已经腰疼腿疼啦,不想再受伤啦。梅朵说:"没有不受伤的男人,没有不会骑马的藏族人。"她说这种话时总像个小大人,满眼都是期待和督促,由不得我不听。如果真的不受伤就不是男人,那也没什么,不是就不是,父亲和母亲都是亲,男人和女人都是人。但如果不会骑马就不是藏族人,那我是不干的,藏族人和不是藏族人的区别太大啦。我说:"骑就骑,有什么了不起。"似乎只要我在别人眼里是个藏族人,什么样的苦我都能吃。

有一天牧归,洛洛看我鼻青脸肿的,便把梅朵和央金叫到跟前说:"梅朵你怎么不拉着麦秀?江洋摔成了这个样子,怎么给强巴老师交代?央金你得管管你侄女啦。"央金说:"你是班长,你直接给梅朵说。"洛洛说:"梅朵听我的,不要再让江洋骑马啦。"梅朵说:"噢呀,江洋你以后不要再骑马啦。"我喊起来:"不行,我是藏族人。"梅朵说:"对着哩。"又面朝洛洛和央金问道,"你们见过不会骑马的阿爸吗?"洛洛和央金都说没有。梅朵说:"江洋长大要做阿爸,男人都要做阿爸。"洛洛说:"人家将来要回去,要做城里的阿爸。"我又喊起来:"我不回去,我不做城里的阿爸。"父亲走过来,吃惊地望着我:"打架啦?"洛洛赶紧说:"哪个敢打江洋。"我几乎要哭了:"我要学骑马。"父亲怜惜地摸摸我的脸，口气平淡地说："你不是一直在骑吗？还没学会？马已经认识你啦，你可不能半途而废，它不让骑你就不骑，那就一辈子别想骑，所有的马都不会让你骑，马是会传话的。"梅朵说："我听马给马说啦，那个叫江洋的，害怕啦。""我没有害怕。"我喊着跑过去，把还没来得及卸下鞍鞯的麦秀拉到牛粪墙前，爬上牛粪墙骑了上去。我皱着眉头，一脸愤怒：看，我害怕了吗？我甩着缰绳让麦秀走，快快地走，又让它跑，让它掉头，让它停下，再走，再跑。我准备好了十次二十次地被它摔下来，但是没有。麦秀好像突然老实啦，再也不跟我作对啦。我的马术老师梅朵喊道："嚼子拉得不要太紧啦，麦秀已经服气啦，你就是它的毛，再也甩不掉啦。"的确如此，转眼之间，我成了麦秀的一部分，它歪我不直，它直我不歪，或者我歪它不直，我直它不歪。我听它的，它也听我的，但更多的时候是一种默契，我刚要命令它往东，它就已经做到啦；我正要让它掉头，它的脖子已经弯过来啦。"跑起来吧。"我说。麦秀立刻跑起来，好像说话跟缰绳的指挥和手脚的踢打是一样的。在那么多同学面前，我骄傲地策马奔驰，一会儿远了，一会儿近了。没有人惊讶，更没有人鼓掌，会骑马是太正常的一件事，既然你是藏族人，马就是你的腿。梅朵喊道："江洋吃饭啦。"我勒马停下，得意地望了望洛洛和央金还有父亲。父亲说："你不是已经会骑了吗？以后会越骑越熟练。"说罢转身走了。我翻身下马，不是被人扶下来的，而是踩着马镫跳下来的，第一次我不用梅朵关照，稳稳地站到了地上。梅朵说："这才像个哥哥的样子。"我摘下蓝色棉帽扔到地上，畅快地让头冒着热气。梅朵望着蓝色棉帽愣了片刻，突然说："索南哥哥快来了吧？"我说："他来我就骑他的马。"

我会骑马啦，对我来说，这跟穿上皮袍一样，是人生的一个里程碑，说明我不仅是一个藏族人，还是一个被草原赐予了自由的藏族人。等下次轮到我跟梅朵放牧时，我们拉上了学校的两匹马，她骑一匹，我骑一匹，我先骑常骑的熟马麦秀，后骑从未骑过的生马斯雄。尽管斯雄性子更烈，却一点也没有为难我，甚至比麦秀更听话。我问梅朵这是为什么，梅朵认真地说："我听马给马说啦，江洋是个男人，梅朵姑娘的哥哥。"我问："马给马传话时说藏话还是汉话？"梅朵说："就像强巴阿爸，这一堂课藏话，下一堂课汉话。"不知从什么时候起，她管父亲叫阿爸啦。

还有一件值得高兴的事，每个星期六的歌舞晚会，我已经不怯场啦。梅朵教我的山歌、酒歌、劳动歌我基本都会啦，锅庄、伊舞、热巴舞也能跟上大家的节奏啦。我问梅朵："藏族人就是我这个样子的吧？"她不回答，却跑向了父亲："强巴阿爸啦，我要回一趟家啦。"父亲问："去干什么？""去拿江洋的羔皮帽子，索南哥哥说话不算数，还不送来。""羊产冬羔的时候到啦，他哪有时间来学校。""可是江洋的耳朵冻坏啦，你没见已经流脓了吗？"父亲说："路那么远，你一个女孩不能去，要去我去。"可是父亲，你怎么光说不做？怎么就抽不出时间去一趟角巴爷爷家？你总是在为别人忙啊忙，早把我的羔皮帽子忘到九霄云外啦。我天天站在学校前的雪地上望着索南曾经走来的方向，天天都会揉着望麻的眼睛失望而归。我对梅朵说："要是能把我的蓝色棉帽换成藏族人的羔皮帽，我就彻彻底底是一个藏族人啦。"梅朵说："你还没有牛皮靴子。"我这才意识到我脚上是一双汉族人的条绒面鸡窝："那怎么办？"梅朵没有吭声。晚上，睡梦里，我看到一双小靴子朝我走来。

父亲要出远门了，去玛沁冈日牧马场完成角巴没有完成的事：为保育院乞求一些糌粑。保育院的孩子都是汉族，顿顿牛羊肉，一个个都上火啦，拉的屎都变成羊粪蛋啦。阿尼琼贡的眼镜曼巴去了保育院，熬了草药让大家喝，又回去给王石说："药汤通便是可以的，但不能天天喝，喝多了别的麻烦就出来啦。糌粑，糌粑，一天一顿粗糌粑的要哩。"王石向香萨主任求救。主任说："难办啦，几十个人的口粮不是一布袋两布袋的事，就算我亲自去化缘也拿不来。"王石知道阿尼琼贡的糌粑来自黄河川道古老的香萨属地，那里有望不到边的青稞黎卡（庄园），如今黎卡早就公社化，献给阿尼琼贡的糌粑少而又少。他无功而返，派了通信员果果向父亲告急。父亲说："他是要我

114

去一趟牧马场吗？是以沁多县的名义呢，还是以角巴德吉的名义？"
果果说："王书记说啦，你随便，你是校长，听说牧马场的孩子也想来沁多小学上学。"这么着，父亲和日尕就走了，走时给洛洛和央金千叮咛万嘱咐："把所有学过的东西复习一遍，每天上午复习藏文藏话，下午复习汉文汉话，我回来就要考试。放牧多派一个人，晚出早归，不要走得太远，学校的母羊虽然都怀的是春羔，个别母羊提前生产也是有可能的，每天夜里至少要查看两次。梅朵红太辛苦，白天晚上就指望它保护人畜是不行的，你们也要警醒些，一听到狗叫就出来看看，昨天夜里我听到狼嗥声啦。再就是晚上点名，央金点女生，洛洛点男生，点了名就睡，早点睡，不要一说话就说到半夜，第二天起不来，复习功课时又打盹。"

第四章

回家

不知道说了多少扎西德勒，

就像从来没数过爱的念头，

水说超过了我们的浪朵，

鹰说超过了我们的羽花。

1

父亲一走，梅朵就摸摸我流脓的耳朵说："我要回家取你的帽子。"我说："阿爸说啦，你一个女孩不能去。""那你跟我一起去。""怎么去？""骑马去。""噢呀。"我高兴得跳起来。我对骑马已经上瘾，只要能去旷野里奔驰，就什么也不顾啦。我们按照约定的时间早早起来，给麦秀鞴了鞍鞯，就悄然出发了，看见我们的只有梅朵红和学校的牲畜。梅朵红粗声大气地朝我们吼了一声，像是在代替父亲发声：回来。我们打马跑起来，很快到了看不见学校的地方。我说："尿憋啦，快停下。"下来撒尿时，梅朵说："你不要对着太阳，太阳不高兴啦。""你怎么知道？""太阳躲到了云背后你没看见吗？"梅朵又指了指无声地飞过头顶的一只鹰，"鹰说转过去转过去。"我赶紧转身，却是对着梅朵的。梅朵好奇地看着我。我想躲开却已经憋不住啦，朝天撒出一条很长的弧线。完了再走，看到金光斜射而来，太阳在雪峰之上慢慢地滚动，高的矮的雪山手拉着手，排成一支半圆的队伍，一会儿走来一会儿退去，突然又高高升起，随着太阳插到了天上。云在地上走，走着走着就散了，是被马群冲散的。那么多马，我数着，没数几下就乱了，流水一样的马群，大河阔海一样的马群，怎么能数得清呢？好比我从来数不清沁多河的浪花。我说："谁的马这么多?"梅朵说:"阿尼神的马。""阿尼神是谁?""一个胡子长长的山神,它有数不清的野马、野牛、野羊。""你怎么知道?""角巴爷爷说的。""角巴爷爷怎么知道?""角巴爷爷的爷爷说的。"从山那边走来的马群突然改变方向跟在了我们后面。梅朵说:"让它们跑吧?"我说:"你告诉它们。"梅朵就尖叫一声,挥鞭驱赶着麦秀跑起来。野马群跟上了,好像阿尼神一鞭子打在了所有马的身上,它们的奔跑几乎同时开始,尘土弥天而起,轰隆隆的声音滚过地面,感觉整个大地都在颤抖。奇怪的是,它们尽管跑得比麦秀快,却绝不超过我们,眼看要超过时就会集体停下,等一会儿再跑。就这样我们跑了差不多一顿饭的工夫,野马群突然不跟了,改变方向朝雪山跑去。我们停下,望着它们。梅朵说:"阿尼神叫它们回去啦。""你怎么知道?"我总觉得奇怪,梅朵比我小,却知道那么多事,马对马说话,鹰对人说话,神对马说话,她都知道。难道我在草原牧区不仅要学会藏语,还要学会马语、鹰语、神语?那就太难啦,关键是我听不到马、鹰、神说话,我的耳朵太不灵啦。突然想到了才让的聋哑,心说我不会是半个聋哑人吧?梅朵唱起来:

谁能告诉我天底下什么最白?
是哈达白云朵白还是雪山白?
谁能告诉我人世间什么最亲?
是家人亲朋友亲还是姑娘亲?

我们继续往前走,一座长得像大哈熊的雪山突然从地底下冒了出来,渐渐近了,都能呼吸到冰凉而新鲜的雪的气息了,地面上也有了一层薄薄的雪粉,风硬了很多,也尖锐起来,扫在脸上就像鞭鞘掠过。梅朵说绕过雪山就能看见一条河,往河的下游走,就是她家的驻牧地。可是大哈熊一样的雪山怎么就绕不过去呢?我们从熊头往熊尾走,都走到中午了还是熊头。梅朵说:"麦秀啦,你走得太慢啦。"我看着麦秀不时地低头撕一口牧草边嚼边走,突然反手摸了摸梅朵的肚子："是你咕咕叫还是我咕咕叫?"我们饿了,这才想起出来时什么吃的也没带。我蔫头耷脑的,看着积雪越来越多的前面,沮丧地说:"你们家怎么这么远?"梅朵满不在乎地说:"走到天黑就到啦。"于是我开始期待天黑,似乎目的地是黑夜送来的,不是我们走到的。

　　下午,我看到梅朵也有些无精打采,突然就有些担忧:要是连黑夜都不来了呢?因为路是漫无边际的,白昼似乎也是漫无边际的。我说:"我们回去吧?"梅朵说:"出来了就不能回,回去的路更远。"我困了,脖子软塌塌地打着盹儿,迷迷糊糊看到一群羊迎面而来,便说:"是不是你家的羊?"梅朵说:"是阿尼神的藏羚羊。"我强迫自己打起精神来,瞪着一群野羊有些吃惊:怎么这么多啊?学校的羊群跟它们比,简直就是山脚下的小土堆。我突然有了一丝荒寂感,觉得我和梅朵太孤单了,茫茫天地,只有两个人在说话。我说:"你告诉它们,让它们跟我们走。"梅朵答应着,一声尖叫,打着麦秀开始奔驰。藏羚羊也跑起来,但方向却是反的,从左右两边纷纷闪过,眨眼之间就远远地去了。我们停下来,掉头回望着,就见在我们和藏羚羊之间突然出现了另一种动物,我心里本能地紧了一下:"什么?"梅朵说:"狼。"我说:"是吃人的狼吗?"浑身不禁抖了一下。梅朵问:"你见过狼吃人?""没有。""我也没见过。角巴爷爷说,只要有羊,狼就不吃人。"我松了一口气,听梅朵壮胆似的念起了祈福真言。八九只狼站着不动,似乎在犹豫:是继续追踪藏羚羊,还是跟在我们后面?梅朵说:"羊已经跑得看不见啦。"我又开始紧张:"狼是不是想吃我们啦?"梅朵想的似乎跟我一样,喊了一声:"快跑。"话音刚落,麦秀跳转身子就跑。跑了很长时间我们才停下,狼已经没有踪影了,陪伴我们的依然是大哈熊一样的雪山,是白色和黄色相间的无边无际的冬日草原,还有西斜的太阳和即将到来的黄昏。麦秀累了,再往前走时越走越慢。梅朵说:"我们走得太高啦,高处没有草。"我说:"那就去有草的地方。"梅朵突然担忧起来:"要是走得不对怎么办?"听她这么一说,我连话也不想说了。梅朵想了想说:"还是得往高处走。"因为只有高的地方才能很快绕过去,很快见到一条河,河会指引我们走向她家。梅朵指挥着麦秀，我们越走越高。有那么一刻，我突然兴奋起来："天就要黑啦，你说过，走到天黑就到啦。"然而黑夜是路的尽头，却跟目的地毫无关系。我们往高处走的原因，直到月亮出来才被梅朵清晰地意识到，她说："你看，越高的地方雪越厚。""什么意思？""阿爸没跟卓玛阿妈结婚时，只要牲畜转场，我们就睡雪窝子。""什么是雪窝子？"

我们下马，在岩石上拴牢麦秀，听着肚子里持续不断的咕咕声和荒风的呼啸，开始刨挖积雪，营造我们的雪窝子。我挖着，突然就很害怕，几乎要哭了。我看得出梅朵也很害怕，因为她说了句后悔的话："别出来就好啦。"但她更知道后悔是没有用的，又说，"长大了你要做阿爸，我要做阿妈，我们跟阿爸阿妈是一个样子的。"她的意思是：一切都应该不在话下。可问题是我们并没有长大。我说："阿尼神不会来吧？"她说："我们念祈福真言他就来啦。"我打了个寒战："他不会吃掉我们吧？""角巴爷爷说啦，阿尼神是雪山大地的亲戚，会保佑我们扎西德勒。"我们念着祈福真言，用双手在深厚的覆雪中拼命地挖呀挖，直到挖出下面的土石，又用挖出的雪和其他地方的雪在上面垒起一道圆形的挡风墙。我们都意识到，雪窝子是唯一能够让我们减少害怕的地方。终于我们钻进去了，抱在一起时都把热气哈在了对方脸上。我们互相取暖，也互相驱赶着对荒野和黑夜的恐惧。我说："我想学校啦。"梅朵问："想学校的什么啦？""同学，肉汤，还有梅朵红和阿爸。""有没有我？""你在这里我怎么想？""你闭上眼睛就能想。"我闭眼想了一会儿说："我想的还是学校的肉汤。""角巴爷爷说啦，想的人远走高飞，不想的人生儿育女。""什么叫生儿育女？""母羊产羔就是生儿育女。""你是母羊就好啦，我就可以咂你的奶啦。""那你就得给我下跪。""下跪就下跪。""我要是牦母牛呢？下跪你就咂不上啦。""我站起来咂。"渐渐我们睡着了。

麦秀的嘶鸣惊醒了我们。梅朵先爬起来，探头看了看雪窝子外面，又推了推我："江洋啦，天亮啦。"我们互相拉扯着来到雪窝子外面，听麦秀又一声嘶鸣，这才注意到，危险已经降临，八九只狼正从不远处朝我们走来。显然就是我们昨天碰到的那群狼，它们追上来啦。我哆嗦了一下说："天爷。"梅朵说："什么天爷？快念祈福真言。"我们念起了祈福真言，觉得这样就能抵御狼群，却发现狼群的逼近越来越快，有一只大狼甚至跑起来，跑向了离我们很近的麦秀。梅朵反应过来，拉起我的手就走。然而已经来不及了，大狼挡在了我们和麦秀之间，我们不可能骑上麦秀逃跑了。我们回到雪窝子旁边，似乎这个让我们安然度过夜晚的地方还能让我们安然躲过狼灾。麦秀愈加惊恐地嘶鸣着，不停地刨着蹶子，缠在岩石上的缰绳被拽得砰砰响。梅朵说："拽断就好啦。"狼群更近了，有四只狼围住了麦秀。我和梅朵都想到，即便麦秀挣脱缰绳，也休想靠近我们或者自己逃命。另外五只狼朝我们包抄过来，一个个翻起上唇，龇出牙齿，嗥嗥地吼叫着。我死僵僵地立着，一泡尿哗啦啦撒进裤子，哇的一声哭了。梅朵还好，还知道拽着我不松手，一步步后退，紧紧靠在了雪窝子上面那一道挡风墙上，然后发了疯似的喊起来："扎西德勒狼，扎西德勒狼。"狼扑了过来，五只狼突然一起扑了过来，我们被扑倒在地，先是身子搭在雪墙上，然后一头栽进了雪窝子。我们惊叫着抱在一起，一直抱在一起。一只狼跳进雪窝子，咬住梅朵的皮袍扯了一下，又跳了上去。我把头埋进她的怀里，她把脸贴在我的后脖颈上。我们闭上眼睛颤抖着，知道所有的狼就要跳下来，咬死我们，再一口一口把我们吃掉。但我们等了半天，狼也没跳下来，再也没跳下来。梅朵突然推开我："你听。"风呼呼地吹，隐隐约约传来一阵藏獒的叫声。

梅朵红出现了，站在雪窝子上朝远处狂吠。我们爬出雪窝子，看到洛洛和央金快步走来，沁多小学所有的孩子都朝我们走来。为了寻找我和梅朵，他们一夜未睡。

父亲回来了，赶着十头牦牛，为保育院驮回了十驮糌粑，一驮糌粑是一百五十公斤。父亲说："节约着吃，和肉奶掺和着吃，能吃一些时候啦。"同时带来的还有三男两女五个牧马场的孩子，都是藏族人。牧马场原来也有小学，但校长有一天去送放学回家的孩子，就

121

再也没有回到学校，大概是被狼豹吃掉了吧？之后学校就散了。学生由家长做主有的去了西宁，有的干脆放弃了上学的念头，这五个孩子是想上学家长又没有能力送去西宁的。保育院的梁辉院长带着几个老师来学校感谢父亲。父亲说："千万不要以为我收了学生人家才给了糌粑，不给糌粑学生我也要，糌粑是冲着角巴给的，跟我一点点关系也没有。"院长问："角巴做了这么多好事，我们还没见过，快回来了吧？"父亲说："快啦，快啦。"其实他也不知道。院长又说："还有一件事也要感谢你，你给我们派了一个天大的好人，生火、埋火、取肉、煮肉、挤奶、背水、放牛、拾粪，给孩子们讲故事唱儿歌，一天到晚没见她闲过，天不亮就起来忙活，天黑大家都睡了，她还得操心保育院的安全。上个星期狼来了，当周半夜三更又喊又叫，我出去一看，不得了，牛粪墙外面全是绿眼睛，当周往前扑，她也往前扑，手里攥着打酥油的木槌子，直到狼跑远了才停下。我说了不起的女人，你胆子怎么这么大？她用汉话说，我胆子要是不大，娃娃们就没啦。"父亲说："你说的是角巴的妻子姜毛吗？她不是我派的，是公社主任桑杰派的，桑杰派了他妻子，他妻子有身孕，丈母娘就说，我去我去，你们管好自己。""原来是这样？这样的恩情拿什么来报答？"父亲淡淡地说："不用报答，藏族人都一样。"

　　父亲一回到学校，洛洛就报告了我和梅朵擅自离校差点被狼吃掉的事，得到的惩罚是：洗澡的这天，我和梅朵从早到晚都必须去沁多河用脸盆端水，我供应男生宿舍，她供应女生宿舍。每人还必须用藏文汉文两种文字写一份检讨书贴在教室里。我不会写，问梅朵，梅朵也不会，后来还是洛洛帮忙。洛洛说："我错啦，以后不敢啦，谢谢大家狼口里救了我们，雪山大地保佑啦，扎西德勒啦。"我们就写了这五句。父亲看了后说："还不错，没有错别字，句子还算通顺。"之后便是考试，便是放假，藏历新年就要到了，有家的要回家，没家的就留在学校。牧马场的五个孩子刚入学不久，需要补课，也要留下。其中一个叫达娃的女孩，腿关节疼一阵好一阵，大概是风湿病，她想上学，家长在犹豫。父亲说又不是什么动弹不了的病，别耽误了孩子的前程。这么着她才来。最近达娃的腿又开始疼了，父亲想带她去阿尼琼贡，找曼巴看看。父亲开始一拨一拨送人，一般都是日尕、麦秀和斯雄一起出动，一匹马骑两个或三个人，全部送到家后再连夜返回。有一天父亲对我说："现在就剩下央金和梅朵啦，明天我送她们，你想不想去角巴爷爷家过年？"我说："我不知道。""那谁知道？""梅朵知道。""那你去问问。"我问梅朵的结果是："你不要羔皮帽子啦？""要。""那你还问什么？"出发的这天央金说："我也想让洛洛到我家过年。"父亲问："为什么？""他跟我关系好，又没有阿爸阿妈。""好吧，你去叫他。"上路了，我和梅朵骑着麦秀，洛洛和央金骑着斯雄，父亲一个人骑着日尕，一口气走到傍晚就到了，才发现上次我和梅朵走错了路，不是绕过大哈熊一样的雪山，而是绕过一座大老虎一样的雪山。一看到帐房，梅朵就驰马而去，央金也打马跟了上来。我看到一只黑色藏獒迎着我们一边狂奔一边吠鸣，帐房里出来一个女人，手搭凉棚看着，突然惊叫一声返回帐房。之后，帐房里又出来了几个人。

梅朵说："这是梅朵黑，你先下去，把我从马上抱下来，它就不咬你啦。"我照此办理，它果然没有咬我。洛洛没有抱央金下马，差一点被咬一口。央金说："没有抱下马，那就抱上马，快快快。"洛洛赶紧抱起央金，让她上了马，紧接着又抱下来。梅朵黑摇晃着硕大的獒头，立刻不扑不叫了。梅朵说："它是梅朵红的哥哥。"我把手伸向梅朵黑的头，挠了挠披纷的黑毛说："你想梅朵红了吧？"桑杰迈着骑马骑出的罗圈腿，快步过来迎接我们。他敬重父亲，把帽子脱下来塞进胸兜，然后屈膝、躬腰，两手平伸："你好你好。"父亲大声说："桑杰啦，见外啦。"走过去抱住他，用自己的脸贴了贴他的脸，回头对我说："这是至爱亲朋见面的礼。"然后向其他人一一问好。梅朵拉起我，叫着"阿爸"来到桑杰面前，桑杰张开双臂抱住我们，先吻了我再吻了她。之后梅朵叫一声"阿妈"，拉我跑向了卓玛。卓玛同样吻了我们；再跑向旺姆，旺姆也吻了我们。最后我们来到索南跟前，梅朵生气地说："哥哥啦，为什么不把羔皮帽子送到学校去？害得我们差点喂狼。"索南嘿嘿笑着："你去看看羊圈里的羊羔就知道啦，没有一个死掉的。"央金看上去稳重些，也矜持些，笑吟吟地问候着姐夫桑杰和姐姐卓玛，又向嫂嫂旺姆行了贴面礼，从对方胸兜里取出普赤，抱在怀里，亲了几下，这才向大家介绍洛洛。洛洛憨笑着，向所有人问好，看曾经的同学朝自己走来，便说："索南啦，做一个能照顾羊羔的牧人会很幸福吧？辛苦啦。"索南说："看着羊羔生下来，一个个抱进帐房取暖，又一个个抱还给母羊吃奶，的确是幸福的，但一想到母羊和羊羔一只也不是自家的，又不幸福啦。"洛洛说："公社的牛羊，家里的吃喝，肚子不饿就应该知足啦。""噢呀，说得也是。"

　　这时尼玛打着哈欠揉着眼睛从帐房出来，一下子吸引了所有人的眼光。央金惊喜地叫一声"哥哥啦"，把普赤还给旺姆，走过去抱住了尼玛，又问："阿爸呢？"梅朵丢下我跑了过去："央金快走开，尼玛哥哥还要抱我呢。"央金转过来，嗔怒着脸说："你为什么叫我央金？你应该叫我姨妈。"梅朵说："我是你的同学，同学都叫你央金，我为什么不能叫？""你不叫姨妈我就不把尼玛哥哥让给你。"梅朵鼻子一撮，哇地哭了。央金哈哈大笑："好啦好啦，就知道哭，江洋正笑话你呢，尼玛哥哥是你的啦。"梅朵笑了："谁哭啦？连哭和笑都分不清，还是姨妈。"说着扑到尼玛怀里。尼玛抱着梅朵说："你不能叫我哥哥，我是你叔叔。""为什么？""我是你卓玛阿妈的哥哥，不是你的叔叔是什么？""我不管，叔叔太老啦。"父亲快步走进帐房，没看到角巴，又出来问："就你一个人回来的？"尼玛朝父亲深深地弯了弯腰："扎西德勒，今天上午回来，明天就要走。""角巴啦怎么样啦？""快好啦快好啦，已经出院啦，现在住在家里，再换几次药就能回来啦。"他又说角巴打发他回草原取些食物，藏历新年和汉族的春节错不了几天，可城市的供应已经坏得不能再坏，不取些酥油和牛羊肉，姥爷姥姥以及姐姐（指母亲）的年就没法过啦。父亲提到才让的病，尼玛说："早就从医院出来啦，但姐姐说还没有好利索。"父亲说："这个我知道，家里来信说啦，你就说才让高兴不高兴？""高兴，怎么会不高兴呢？姥爷姥姥姐姐，对才让比对江洋还要好。我来时姐

124

姐说，要是才让一时半会儿回不了草原，就应该在西宁上学。""对着哩，人一是吃肚子，二是学知识。你去了给你姐姐说，要上快点上，千万别耽误。""噢呀。"尼玛又问起阿妈姜毛去保育院的事，遗憾地望着远方说："阿妈啦，这次回来没见着你，你可好？"说罢，便去给洛洛打招呼，然后来到我跟前，用家里人的口气说："洋洋你胖啦，姥爷、姥姥、姐姐、才让都很想你，我还琢磨要是见不上你一面，回到西宁怎么给他们交代？"梅朵在一旁说："他现在叫江洋。""江洋，洋洋，差不多嘛，皮袍也穿上啦，好看得很嘛。"又笑道，"强巴校长啦，你是不是和阿爸商量好啦，要用江洋换才让？"父亲也笑了："噢呀，虽然没商量，但交换已经是事实啦。"

　　尽管角巴不在家，角巴的妻子姜毛也去了保育院照顾孩子们，但这个牧家的生活依然安排得井井有条，后天就是新年，过年的一切都准备好了：门口用赭石粉画上了卐字符，帐房的支杆上挂起了蓝白红绿黄的五色旗幡，门边搭着几条洁白的哈达，炉灶上用白灰画上了吉祥的蝎子符，享堂前的供养由平时的一碗净水变成了三碗净水，还献上了奶疙瘩做的食子。炉灶边的毡铺上，摆着今天才出锅的手抓牛羊肉、煮好后放在一只陶罐里的蕨麻、用皮盘盛着的曲拉和奶疙瘩，门边阴冷的地方，放着一小桶酸奶和几个装了酥油的羊肚。总之，今年这个年成里该有的都有了。晚上，全家人和客人坐在一起热热闹闹吃饭。卓玛说："要是有点糌粑就好啦，往年都是有的。"尼玛说："啊啧啧，你们是高山不当高山，神水不当神水，坐了羊毛卡垫还说屁股疼哩，你们到西宁看看去，除了有医院有学校，哪一样有草原好？人一个个面黄肌瘦的，哪像你们，胖子变成了大胖子，红脸蛋变成了紫脸蛋。"旺姆心疼地望着丈夫说："你多吃些，都瘦得能看见肋巴骨啦。"梅朵说："哥哥的肋巴骨我怎么看不见？"卓玛说："你当然看不见。"尼玛捏着梅朵的鼻子说："叫叔叔，不准你叫哥哥。""不叫。""那我让江洋叫，江洋快叫我叔叔。"我正要叫"尼玛叔叔"，梅朵扑过来用手堵住了我的嘴。我不明白，为什么尼玛要特意让我叫，而梅朵却不让我叫。吃了晚饭，父亲就要走。央金说："老师啦，你不是说要在我家住一晚上吗？"父亲说："我突然想，应该去一趟阿尼琼贡。"梅朵说："强巴阿爸啦，你骗人。""我什么时候骗过你？"梅朵唱起来，所有人都唱起来，大家唱着歌，送走了父亲：

> 在我梦里的高山上，过着吉祥新年，
> 在我眼前的帐房里，是亲人的笑脸，
> 全家人都回来啦，奶奶摆上年夜饭，
> 青稞酒、酥油茶、糖糌粑、油蕨麻，
> 客人要来啦，爷爷让出如意的卡垫，
> 客人要走啦，阿爸端起祝福的酒碗。

父亲骑着日杂，用最快的速度连夜去了阿尼琼贡。半夜到达，没有去南厢房打扰王石，而是去值夜人那里打听官却嘉阿尼睡在哪里，然后来到多个阿卡合住一起的集体精舍，从地毡上叫醒了他。几分钟后，他们出现在精舍和祭坛之间的甬道上。官却嘉阿尼打着哈欠说："白天念了一天经，瞌睡得很，明天去不行吗？"父亲说："你是个顶顶好的人我才来找你的，最好现在就走。""走就走，公家人的话我敢不听？"他把提在手里的一双烂靴子穿在脚上，踢踏踢踏朝前走去。父亲问："你的马呢？"官却嘉阿尼嘿嘿一笑："我以为你忘了那匹马，不敢骑，骑了害怕你想起来要回去。""我没忘，但也不想要回去。以后你不要再给人说是我当副县长时借给你的，万一现在的县长要你还回去呢？"官却嘉阿尼"噢呀"着，去马厩牵来了马。两个人朝着保育院奔驰而去。

早晨的阳光以最新鲜的锋芒穿透了草原大地。风是忽东忽西的，清凉中带着刺骨的尖锐。朦胧的群山在左边，清晰的旷野在右边。勤劳的不惧严寒的鹰潇洒地盘旋着，连带着整个天空都潇洒起来。没有人烟的寂寞里，飘带似的地平线上，突然出现了保育院的姿影，看着就温暖美好的两顶大帐房就像坚实而古老的堡垒。父亲和官却嘉阿尼驰马过去，停在姜毛的小小帐房前，没见到姜毛，就下马走进了牛粪墙。姜毛正从一顶大帐房出来，提着一只盛奶的木桶，朝拴着牦母牛的墙角走去。一些孩子跟着她，她边走边说，说的是一个神话："山神的女儿就从山上下来啦，到处寻找年轻的猎人。有一天她来到沁多河边……"转脸看到了父亲，赶紧拐了过来。父亲迎上去说："孩子们的奶奶啦，明天就是新年啦，扎西德勒。"姜毛满脸都是笑，也用"扎西德勒"回应着。官却嘉阿尼说："你这个奶奶，太幸运太吉祥，被公家人惦记着，还要我来给你祈福。你说说，需要什么福？"姜毛说："一保平安无灾，二保财富多多，三保子孙不断。""这样的经我去年念过，念一次保十年，今年要给你念一本新经哩。""噢呀噢呀，尊贵的官却嘉阿尼，那就快念吧。""我念的是奶奶回家过年经。""有这样的经？没听说过呗。""有哩有哩。"然后便抑扬顿挫地念起了"唵嘛呢叭咪吽"，念了一会儿说，"好啦，你现在该走啦。"父亲说："尼玛回来啦，今天就要走，你现在回去不知道能不能碰上。他说角巴啦好着哩，也快回来啦。这些日子奶奶辛苦啦，得回家好好过个新年啦。"姜毛扭头看看跟过来的孩子说："我怎么能回去？这些羊羔牛犊离不了我。"父亲说："我把官却嘉阿尼请来啦，由他守在这里，你就放心去吧，过了十五再来。"官却嘉阿尼拍着胸脯说："去吧，去吧，有什么不放心的？我在这里，只能比你好，不能比你坏。"姜毛说："可是官却嘉阿尼啦，守在保育院光盘腿坐着是不行的，火灭了孩子们要受冻，不做饭孩子们要挨饿。保育院虽说有老师，但他们不会挤奶，不会放牛，也不会背水。还有狼，昨天晚上我又听到狼嗥啦，当周不吭声，我知道它想悄悄的，等狼来了一口咬死，但要是狼来得太多呢？要是孩子们跑出去呢？"官却嘉阿尼满不在乎地说："我有力气，放牛背水不算什么，我还有法力，只有狼怕我的，没有我怕狼的。"父亲说："奶奶啦，角巴还在西宁，你要是不回家，过新年家里就没有长辈啦，后辈们就高兴不起来啦。"官却嘉阿尼说："没有长辈的新年不吉祥，赶紧回去吧。"两个人说服着，这时来了梁辉院长，也说姜毛应该回家，好好休息几天。姜毛这才把手里的木桶交给了官却嘉，又把所有要干的活和狼再次絮叨了一遍，朝自己的小小帐房走

127

去，突然意识到小小帐房里也没什么可牵挂的，就又拐向了牛粪墙边自己的马——那匹灰色的老骒马。校长说："大家送送奶奶。"孩子们跟着她走到了牛粪墙外面。姜毛停下说："我说不要走出牛粪墙，你们怎么走出来啦？进去，快进去。"孩子们赶快退回到墙内。校长说："给奶奶唱首歌。"孩子们便唱起来，开始是有人唱这个，有人唱那个，渐渐就统一了，是一首姜毛教给他们的《斗狼歌》：

> 灰狼来了干什么？灰狼来了拿石头；
> 黄狼来了干什么？黄狼来了拿木头；
> 白狼来了干什么？白狼来了拿斧头；
> 土狼来了干什么？土狼来了告诉甲木萨（文成公主），
> 告诉甲木萨干什么？
> 把灰狼、黄狼、白狼、土狼赶出草原去。

父亲陪伴着姜毛，一路上跟她拉着家常，一直送她到家。尼玛已经走了，她遗憾得愣了半天才说话，一说话就笑了。新年就要到啦，全家人包括梅朵黑都在欢迎姜毛归来，人人说着扎西德勒，喜庆啊。

<h1 style="text-align:center">2</h1>

父亲一回到学校，就开始给牧马场来的五个学生补课，留在学校的孤儿没事干，父亲便给他们开小灶，讲新的内容，又骑着日尕抱着达娃去了两趟阿尼琼贡，拿回一些内服外敷的草药给她熬煮。日子很快过去了。就要开学的时候，桑杰把我和梅朵、洛洛和央金送回了学校，告诉父亲："角巴和尼玛昨天回来啦。""角巴啦怎么样？""好得很，骑马走路都跟从前是一个样子的。""太好啦，我得去看看他。"桑杰说："也得让姜毛阿妈回去一趟。"父亲叮嘱洛洛和央金管好学校，自己和桑杰骑马朝保育院走去。远远看到官却嘉阿尼正在把保育

院的几头牦母牛朝枯草茂密的低洼处赶去，父亲便吃惊地"咦"了一声。官却嘉阿尼也看到了父亲和桑杰，大步走来。桑杰赶紧下马，躬腰敬礼。官却嘉板着面孔，怨气冲天地说："强巴校长啦，公家人啦，说话是要算数的，不是说好十五过了就换我回去吗？怎么还不来换？孩子们把我拴在这里，我连马都不如啦。马还能站着睡觉，我连站的时间都没有。我累啦，一有空就想躺下，一躺下就睡着啦，什么牵挂也没有啦，我成了一个不会祈福的阿尼，香萨主任知道了会怎么说？他会说快快快，脱下这身善心人的衣裳放牛去。"父亲跳下马说："是你喜欢保育院不愿意离开了吧？""我虽然喜欢这里，但不喜欢太累，只要公家人发话，我现在就走。""你别走，孩子们的姜毛奶奶呢？"官却嘉一脸懵懂："我问的也是，姜毛奶奶呢？怎么还不来？"父亲看看桑杰。桑杰说："来了呀，我家的姜毛阿妈初四就来啦，她说官却嘉阿尼再有法力也是男人，挤奶、背水、做饭我不放心。"父亲愣怔着："桑杰啦，你不是一个开玩笑的人。"桑杰说："噢呀，我不开玩笑。"父亲说："官却嘉阿尼啦，你可不能胡说八道，快说姜毛奶奶在哪里。"官却嘉说："雪山大地在上，我要是见过姜毛奶奶，舌头今天就烂掉。"父亲惊叫一声："啊啧啧。"官却嘉问："怎么啦，怎么啦？"父亲问桑杰："她是一个人来的吗？"桑杰朝天喊一声："阿妈啦。"又说，"今年的新年晚到啦，羊群的春羔从初二开始就抢着出生，家里就我和索南是男人，姜毛阿妈死活不让送。"父亲说："不是还有洛洛嘛。"桑杰说："央金带着洛洛，梅朵带着江洋，去了一趟阿尼琼贡，初三就走啦。"父亲又是一声惊叫："啊啧啧。"

姜毛依然骑着那匹灰骒马，一个人从家走向了保育院。灰骒马虽然老了，但它是识途的，就是跑不快而已，但要命的恐怕就是这跑不快。父亲骑着日尕奔驰而去，跑到了角巴家，没敢进帐房，又跑了回来。来回跑了几趟，最后还是带上保育院的当周和学校的梅朵红后，才在雪山脚下一个浅浅的沟壑里找到了姜毛和灰骒马。姜毛和灰骒马已经什么也没有了，只剩下骨架了，还有可以辨识的被撕烂的皮袍、帽子、靴子、鞍鞯、马肚带什么的。狼群的痕迹清晰可见：爪印和皮毛——是姜毛扯下来的，还是灰骒马踢下来的？

　　父亲一个多星期没敢见角巴。桑杰回到家里也是躲躲闪闪只管在牲畜群里忙啊忙。不得不告诉角巴的这天，父亲来到他家，远远地下马，走着走着便扑通一声跪下了。他想说是他让桑杰派姜毛去了保育院，又是他让姜毛离开学校回家过年的，结果就这样啦。还想说角巴为了保育院差一点死掉，姜毛为了保育院连"差一点"也没有啦，真的就去啦，远远地去啦。角巴听到梅朵黑的叫声后，从帐房里出来，吃惊地说："强巴啦，怎么啦？骑马骑累了吗？走不动路了吗？快走快走，跟我去一趟阿尼琼贡，我家里有不好的事啦。"说着走向了早已鞴好鞍鞯的坐骑。父亲起来，跑上前问道："什么不好的事？""等一会儿再说，先骑上马。"父亲说："现在就走吗？总得让我进去喝碗酥油茶吧？""不喝啦，不喝啦，烧茶的人没有啦。"路上，角巴神秘地告诉父亲："这件事对我不好，对姜毛好，好得很。姜毛很早以前对我说，她前世是一只老虎，咬死过许多狼，今生是要还账的，还了账，来世她就是人堆里的尖子，还不了账，来世她就是一只准备喂狼的羊。如今她还上啦，她已经叫狼吃掉啦，你说是不是好得很？对我嘛当然不好，亲人走了总是要悲伤的，几个月没见啦，回来就再也见不上啦。不过一想到姜毛的好，我的不好就不算什么啦。"父亲的眼泪哗啦啦的：原来角巴已经知道啦，还挖空心思想好了安慰他的办法。角巴，角巴。后来父亲听说，知道妻子过世后，角巴彻夜哭泣已经好些日子了。还有件事父亲也是后来才知道，卓玛流产啦，为了阿妈的去世她悲痛欲绝，把肚子里的孩子哭掉啦。怪不得角巴没请他进去喝酥油茶，还说烧茶的人没有啦。流产是不吉祥的，七天之内必须回避所有的外人，父亲虽然不是外人，但角巴总觉得自己只可以给人愉悦，不能让人家分担灾难和忧愁，像父亲这样的人还是少接近晦气比较好。

　　两个人来到阿尼琼贡，先去找香萨主任，想请主任给妻子作法超度。主任连连摇头，沉默了半晌才说："物转星移，世事变迁，人得跟着变化走，变化不能跟着人走，这个时节，阿尼琼贡的人放牧的放牧种田的种田，待在这里修行的已经不多啦。""那亲人去世了怎么办？""念一声祈福真言，说一声扎西德勒。""这样恐怕不行吧？亡灵能有个好去处？""再要是不肯，就把这个烧掉。"主任说着从身后的柜子里拿出一沓长条经文给了他，"这是度亡经，烧一页等于超度了一天一夜，你看看，我给你了几页。"角巴数了数，一共五十页："啊啧啧，有这么多天数为姜毛超度，够啦，够啦。主任啦，不麻烦你啦，好好保重的要哩，扎西德勒。"说罢跪下磕了几个头。人离开的时候，磕头的地方一片黑湿。父亲看到了，心说大概有一斤吧，一斤眼泪能掬起几捧？之后，父亲让角巴在阿尼琼贡的巷子里等着，自己去南厢房见王石。话题自然是角巴，他倾尽财力建起保育院，并为此受伤，几乎掉命，如今妻子又死啦，也是为了保育院，"这样的人，阶级成分难道不能变一下吗？家里的主人已经是桑杰啦，彻头彻尾的贫下中牧，角巴就是个家属，他'牧主'的成分我看就抹掉算啦。"王石说："这件事我还是得给李志强说，保育院是他主张搬到我们沁多的。""是电话还是写信，你抓紧说，我走啦，大概要回一趟西宁啦。""到了西宁，你也可以找找李志强，他对你印象很好。""噢呀，你先说，我后找。我们做事可以对不起家里人，但不能对不起角巴。"父亲叹息着走了出来。回去的路上父亲说："依我的办法，不一定要惊动香萨主任，我去给官却嘉阿尼说一声，让他去家里超度一下，再把五十页度亡经烧掉，奶奶的去处就妥妥帖帖啦。"角巴瞪着父亲："这样可以吗？"突然又叹口气，"还是听香萨主任的，你就不用管啦。"

父亲回到学校，蒙头教了几天学，然后便到角巴家确定去西宁的时间。桑杰也是等着的，他没有忘记父亲的许诺：角巴回来后带他去看才让。又准备了两天，父亲这边主要是给学生布置作业，叮嘱遵守事项，找每个学生谈话，尤其是对洛洛和央金，提出了新的要求："我不在你们就是老师，要严格起来，不管他是谁，是江洋还是梅朵，绝对不能再出一点点事。"桑杰那边主要是安排公社的事情：吩咐各个大队和生产队增加牲畜存栏率啦，保证今年超额完成上缴的菜羊菜牛啦，组织猎人对付狼害啦，还有成立公社畜产品站的事，这是角巴的主意，地点已经定了，房子还没有盖起来，得派人抓紧备料。再就是准备带往西宁的食物：新打了一羊肚酥油，从碉堡仓取出冻肉，又去别的牧家用牛肉换了些蕨麻和地丸（真菌植物）。再就是奶疙瘩、奶皮、曲拉，家里有的都带了些。父亲离开学校的这天，洛洛让大家排好队齐声说了三遍：卡卓洛淘（幸运长寿），扎西德勒。父亲骑在马上，也高喊"扎西德勒"，然后打马而去。远去的背影里，一种镶嵌在无边原野里的孤独就像天上的鹰，自由地摇晃着，藏族人的雪山草原，永远都像昨夜的梦境。

父亲没有专门对我叮嘱什么，他对我比对其他学生要冷淡些，似乎觉着只有这样我才不会有任何特殊性和优越感，也才会好好学习不调皮捣蛋。但我熟悉他的眼光，那里还是有一种父亲的爱怜和亲人的欣赏，好像我的所有变化都是他的愿望的伸展。他对我的态度永远都是：没有批评你就是对你的表扬。说实话我用不着父亲表扬，得意就会油然而生：父亲是汉族人变成的藏族人，我何尝不是呢？一个假期我在梅朵家度过，穿着皮袍，戴着羔皮帽子，甚至还用一双小黑靴子换下了我那难看的鸡窝。小黑靴子是央金给我的，准确地说是梅朵求着央金给我的。为此她一连叫了央金好几声"姨妈啦"。央金说卓玛也有一双穿不上的，和她的靴子一起是阿爸让一个流浪草原的老靴匠做的。梅朵说卓玛阿妈的太大啦，能塞进去江洋的两只脚，再说那是一双花毡氇的靴子，阿妈打算留给她出嫁时穿。还说你不把靴子送给江洋，我就给强巴阿爸说，我那个姨妈的抠皮是世上没有的，连一双多余的靴子都舍不得，你还让她当副班长，快把她换了吧。央金说你要出嫁，我就不出嫁啦？梅朵说你是姨妈，你要是不大方一点的话，做小辈的会看不起你的，再说你有洛洛，他会给你做靴子的。就这样软缠硬磨，央金只好说，江洋你过来，穿上这双靴子，看合适不合适。但很快我就发现，就算我穿着皮袍靴子，戴着羔皮帽子，还会骑马驰骋，但如果我不会搂着冻得瑟瑟发抖的羊羔牛犊睡觉，不会仅靠甩乌朵（抛打石头的抛索）就让一大片扑向牧草的牛羊听我的话，不会早晚面对旷天大野念诵祈福真言或者祷告幸福美好，不会拜倒在雪山大地面前为天下所有人祈求平安，我仍然不是一个真正的藏族人。幸运的是，我已经是啦，我不论抱着梅朵还是抱着羊羔牛犊都能一觉睡到大天亮啦；我的鸟朵已经甩得很远差不多赶上索南哥哥啦，尽管飞出去的石头常常打不准目标，但以后多多练习就能打准啦；我骑在马上能一口气念十个祈福真言，而梅朵只能念九个，她都开始嫉妒我啦；我朝拜了离家最近的雪山并学着梅朵、央金、洛洛的样子祈祷了所有人的平安，梅朵说我跟她一样一定会有一个好来世啦。当所有的这些我都经历了并热衷于在重复中获得快乐时，我突然松了一口气：终于回家啦。摸摸心胸，那里满满的都是踏实而牢靠的感觉，尽管我天天都会想到远在西宁的姥爷、姥姥、母亲和才让，还不能认为梅朵家就是我的家。我在我期望的生活里沉浸，享受着时而粗粝时而细腻的恩典般的时光，那种明亮而温馨的归宿感，那种在酥油的感染中心旷神怡的舒畅感，那种在蓝天白云下和所有生命共沐寒风，感觉自己已经冻成冰疙瘩后又迅速被帐房宠爱，被牛粪火怜惜，被酥油茶抚慰，被羊羔羔的小舌头舔热的幸福感，那种在泛滥着亲情的气氛里融化成每个人的一部分的存在感，就像从土地上长出了一片草，真实而自然，就像从草原上长出了一座山，不经意中就有了拔地而起的勇气和自信。直到这时我才明白：父亲，你为什么要让我去梅朵家过新年，并度过整整一个阳光灿烂的假期。

中午，父亲和桑杰骑马走进了西宁城。蓝天的明净让基本没有新建筑的城市显得更加古老和陈旧，行人都是慢慢腾腾的，却又显得行色匆匆。而且谁跟谁都不说话，不像在草原上，只要见个人，认识不认识，都得说上几句。没有车辆，没有声音，风在街道上卷行，扬起的尘土让两边的房舍都成了土黄色，比起草原来，这里似乎有一种更加深沉的寂寞。但在桑杰眼里，一切都是非凡而奇妙的。他第一次看到城市，一座被城墙围起来的古城就像突然来到眼前的梦，怎么这么多房子啊？他见过阿尼琼贡的殿堂精舍，以为那就是世间最为庞大的建筑群，没想到它不过是西宁的一个指甲盖。他不敢骑马，赶紧下来，满眼恭敬地这儿看看那儿望望，小声问父亲："牲畜在哪里？"父亲下马告诉他，城里城外没有草原，自然就没有牲畜。"那人吃什么？""吃粮食呗。"突然迎来了一座五层的楼，桑杰惊叫着立在那里，呆呆地望着，想象不出这么高大的房子是怎么盖起来的。唯独阳光是他熟悉的，感觉跟草原的一个样，又觉得不一样，一再地仰头瞅着太阳："这里的太阳比草原上的小，又比草原上的热。"父亲说："草原地势高，所以感觉冷，看着太阳大。"桑杰摇摇头："草原一个，西宁一个，好比孩子的阿爸和阿妈，好比两个家，草原一个，西宁一个。"父亲想纠正，又没有，两个太阳就两个太阳吧，一个人心里有两个太阳有什么不好？走着看着，就拐到了我家住的街道。父亲说："好好认一认，才让天天在这条街上走来走去。"又到了小巷，进了院子，正在拴马，南房的门吱扭一声开了。姥爷出来说："怪不得今儿天这么蓝，原来是你们要来。"姥姥也出来了，对姥爷说："我说了吧，清水就是亲人，梦见了好，水里还有鱼儿哩。"父亲说："梦见鱼好，鱼是富裕，吃肚子的东西来啦。"又赶紧介绍桑杰。桑杰早已哈起了腰，伸出了双手，吐了吐舌头："你好，你好。"在他心里，姥爷姥姥就是恩人，是最最尊贵的。姥爷说："才让的阿爸吗？快快快，家里坐。才让上学去了，五点就能回来。"

还好，招待客人没有过分尴尬，母亲的一个病人昨天送了半茶缸洋芋干，又有姥爷排了一天一夜队买来的两棵冻白菜，煮了半锅汤，放了一点肉丁，肉是尼玛上次带来的，冻起来节省着吃，吃到现在还剩巴掌大的一块。桑杰喝着汤，脸上的疑惑就像起了雾："强巴啦，这就是你说的粮食？"父亲觉得不好解释，就"噢呀"了一声。桑杰以为城里人自古以来就吃这个，小心翼翼地说："食物没有草原好呗。"说着便高兴起来，因为他原本以为带来的东西城里人会笑话，现在才知道全是好东西，他的面子上也就好看些了。吃了主人的饭，桑杰才把带来的酥油、冻肉、蕨麻、奶疙瘩、奶皮、曲拉拿出来，因为这样会显得更礼貌些。姥爷姥姥说着谢谢，桑杰说："是山

134

养了水还是水养了山，雪山大地知道；是你们应该谢我还是我应该谢你们，心里知道。恩人洛淘（长寿）。"父亲抓起一把奶疙瘩，分别放到姥爷姥姥手里说："快尝尝。"姥爷姥姥几乎同时放下了。姥姥说："才让来了再尝。"姥爷说："这是好东西，家里人全了一起尝。"父亲说："你们要是不赶紧吃一点，桑杰就会想，是不是带来的礼物不好？是不是，桑杰？"桑杰做了个请的手势说："噢呀，噢呀。"姥爷便拿了拇指大的一块奶疙瘩，掰成两半，一半给了姥姥，一半放到了自己嘴里。

傍晚，才让背着书包，挂着写毛笔字的水牌，哼哼唧唧唱着老师教的歌进了院子，一见日孕，就知道父亲来了。他一溜风跑进家门，看到除了强巴阿爸，居然还有桑杰阿爸。他愣怔片刻，眼睛哗地亮了，尖尖地喊一声："扎西德勒。"他治好聋哑后才开始重新学习语言，学的是汉话，藏话基本不会，幸亏来了角巴和尼玛，角巴开始住医院，后来搬到了家里，尼玛一直住家里，聪明的他跟他们学说话，时间不长就成了一个会双语的孩子。但"扎西德勒"却不是跟角巴和尼玛学的，是姥爷姥姥教的。姥爷姥姥不会藏话，就会一句"扎西德勒"，还告诉他，不管遇到什么事情，不管见了汉族人还是藏族人，只要说"扎西德勒"就没错。所以说才让会说的第一句藏话就是"扎西德勒"。桑杰看着才让一身汉族人打扮，虽然消瘦，却很精神，嘿嘿笑着，眼泪出来了。才让说："阿爸啦，就你一个人来了吗？索南呢？梅朵呢？梅朵黑和梅朵红呢？"正说着，母亲下班回来了，挺着大肚子说："是才让的阿爸吧？强巴信里说过你们要来，怎么这个时候才来？"桑杰弯了一下腰，用藏语说："姐姐啦，你好。"父亲赶紧翻译。母亲笑道："知道知道，我们家都快成藏族人家了，连这个都不知道吗？"

晚饭时，母亲说起才让的病："是我们院长亲自看的，也说不出什么原因，还在持续观察，每半个月得去一趟医院，现在看着好好的，就怕犯，上个月就犯过一次，一犯就昏迷，很危险。"父亲问："那怎么办？"母亲说："什么怎么办？想办法治呗。"父亲又看看桑杰。桑杰盯着母亲一言不发。母亲突然明白过来："你是来接才让的?"桑杰愣了一下说："噢呀。"又觉得不妥，求助地望着父亲。父亲说："桑杰啦，你也不要不好意思，才让也是我们的孩子，这里也是他的家，在自己家里住多久都没关系。"姥爷说："娃娃的病还没好利索，怎么能走掉? 西医治不好，还有藏医，那个老藏医神着哩。"姥姥说："才让要是走，你们就把洋洋送回来，我们身边不能没有孙娃子。"母亲说："保险一点的话，让才让再住一年，一年要是不犯，那就可能好了，不再犯了。"大家都把眼光对准了桑杰，桑杰望着才让。才让说："我想跟阿爸走，又不想丢下姥爷、姥姥、阿妈啦。"父亲说："那就听大夫的，一年要是不犯，才让就转到沁多小学来。"桑杰信任地望着父亲，使劲点着头说："噢——呀。"饭后，又点着蜡烛说话，听才让唱《卖报歌》："啦啦啦，啦啦啦，我是卖报的小行家，不等天明去卖报，一面走一面叫，今天的新闻真正好，七个铜板就买两份报。"父亲问："你用藏语能不能唱?"才让说："没唱过。""你试试。"才让想了一会儿就唱起来，全部是藏语。父亲说："这首歌索南和梅朵也会唱，唱的是唵嘛呢叭咪吽。"才让想都没想就唱起了"唵嘛呢叭咪吽"，唱到最后还加进去了几句"扎西德勒"，听得桑杰双手合十，眉开眼笑，像是听到了天上的仙音。父亲打了个哈欠说："该睡了吧?"

这天晚上，姥爷、桑杰、父亲和才让睡在了尔厢房的大炕上，姥姥和母亲睡在了西厢房。桑杰自然是不脱皮袍不盖被子的。炕是用煤渣煨了的，桑杰热得受不了，半夜下来，枕着靴子睡在了堂屋的地上，这才有了很香很沉的呼噜。早晨起来，姥爷说："尼玛也喜欢睡这个地方。"然后拿出一条毛毡铺上，"虽说心里不肯，只要你喜欢就行。"毛毡是姥爷为尼玛买的，很贵。姥爷说只有毛毡既能当褥子又能隔潮，尼玛住在家里又不是一天两天，我们睡炕，客人睡地，情理上说不过去。桑杰谢过姥爷，匆匆出了家门。姥爷知道他要去干什么，拿了几张裁好的废纸跟了出去。母亲没吃东西就走了，是去上班的。才让背上书包和水牌，攥了一把曲拉追了出去："阿妈，阿妈……"似乎他对母亲肚子里的孩子比母亲自己还要操心。父亲洗了脸刷了牙，也没吃东西，拉着两匹马出了门。他先去阿尼玛卿州驻西宁办事处，把马寄放在马厩，掏出五角钱给了马倌，叮嘱他好生喂着，然后急急忙忙去了省政府。

　　正是上班时间，很多人都在朝里走。父亲来到传达室的窗前，正在登记，就见李志强提着公文包从大门外走来，赶紧迎了上去："今天的运气怎么这么好，不迟不早就把李秘书长挡在门口啦。"李志强说："来了吗？我知道你有什么事，王石说过不止一回了，前天又打了电话。我这么想，要让省上下个文件改变角巴的阶级成分，这个批，那个审，麻烦得很，也没有先例，根本不可能。现在有个机会，省上正在给一些没有档案的干部建立档案，我争取一下，让州上把角巴算成未建档案的干部，建档表格是由县上填的，到时候'家庭成分'一栏就按桑杰的成分填。"父亲双手握住李志强的手，一连说了八九个"谢谢啦"。李志强说："我还要谢谢角巴，谢谢你呢。"又问起保育院和沁多小学的事，说："保育院当然是临时的，饥荒过了还得撤回来。学校嘛，是百年大计，不能光靠你一个人，得有几个老师帮衬你。""我到哪里找老师去？""再想办法，你想我也想。"

　　父亲高高兴兴回到家，和姥爷姥姥说了会儿话，就带着桑杰出去了。在两百万平方公里的青藏高原，只有两座城市——拉萨和西宁，他得让桑杰好好看看西宁是什么样子的。他们先去了最繁华的西门口，看到只有两三家商店开着，便又走过西大街，来到了大十字，参观了形成十字的邮局、新华书店、百货公司和民族事务委员会。父亲不停地讲解，桑杰不断地点头，却还是没弄明白为什么要有这些设施。他揣了几个钱，想请桑杰吃碗城里的拉面，桑杰死活不肯进饭馆，他说："到家里啦，怎么可以在外头吃饭，要吃就跟家里人一起吃。"两个人往回走去，到家已是傍晚，又渴又饿又累，喝了清茶，正想吃点什么，母亲回来了。她下班后，去一个病人家用一件衣服换了一茶缸豌豆。晚上，全家人煮了半锅肉汤豌豆，又放了点酥油，稀里哗啦吃起来。父亲问："西宁好不好？"桑杰嘿嘿笑着，没有回答。

又住了两天，父亲和桑杰就要回去了。母亲说她的预产期还有两个多月，到时候不知道父亲能不能回来。父亲说一定回来。桑杰向所有人说着"扎西德勒"，一副心满意足的样子。他的心满意足一是见到了才让，才让不仅能听会说了，还会活蹦乱跳地上学放学，他虽然是公社主任，仍然觉得去学校读书跟去阿尼琼贡学经祈福差不多，神圣而机密，央金、梅朵和才让都在上学，一个家里有三个人上学，带来的吉祥是别的牧家没有的。二是终于在各种对比之后得出了一个结论：城里没有草原好，房子没有帐房好。先是待着透不过气来，再是睡觉老是梦回草原，才离开几天就想得不成了。尤其想不通的是，这么多人居然会心安理得地聚集在一个地方，没有青稞，没有牧草，没有牲畜，聚在一起干什么？他觉得城里人太可怜，不光食物不好，穿戴也不好，几乎没有穿皮货的。全家人把父亲和桑杰送出了小巷。姥爷又带着才让送他们去了办事处，看着他们骑上了马，还想把他们送到城门外。桑杰拦住不让送："好好上学的要哩，快回去，耽误了上学老师会惩罚，阿尼琼贡就是这个样子的。"才让说："今天是星期天，老师也休息。"他恋恋不舍，执意要送。终于分手了，桑杰打马而去，走得很快，他不想让姥爷和才让站在城门口久久瞩望。父亲追了上去。桑杰问："星期天是什么？""就是休息的一天。""牧人怎么没有星期天？""因为牲畜没有星期天。""为什么牲畜没有星期天？"

一年过去了，才让果然没有犯病。又过了几个月，学校放暑假的时候，父亲来到了西宁。他是放心不下回家来看看的，毕竟又有了一个女孩，母亲的身体却因为营养不良和工作太忙而每况愈下。他自然要带些食物来，对饥馑年代的人，食物就是良药。牧人们常说，不怕乏，就怕灶上没有酥油茶。就要返回草原时，父亲说："才让，跟我走吧。"才让说："噢呀。"他因为聪明，连跳两级，已经是四年级学生了。上路这天，姥姥拿出了他的皮袍和靴子，他看了看说："我还是穿衣服裤子吧。"父亲说："随你。"家里人照例把他们送到了小巷口。才让抱着妹妹不放，每天放学回家，都是他抱着她，跟她玩，哄

138

她睡,已经习惯了。而妹妹对哥哥的依赖,也仅次于可以喂奶的母亲。这让姥爷姥姥很吃惊,也有点嫉妒,常常会半真半假地说:"我们不好吗?就才让好吗?你到世上就是来找才让的吗?"她蹬着腿,咿咿呀呀地回答。不得不走时,才让把妹妹还给了母亲,然后抱住了母亲,母亲的眼泪闪闪烁烁的,又抱住了姥爷,姥爷的眼泪啪嗒啪嗒的,最后抱住了姥姥,姥姥的眼泪哗啦哗啦的。不得不走了,父亲要扶才让上马。母亲突然问了一个谁也不敢碰触的问题:"才让还回来吗?"父亲摇摇头:"不知道。"姥爷说:"才让,你跟你阿爸商量,是你回来还是洋洋回来?"姥姥则不由分说地摆摆手:"才让,你回来,你和洋洋都回来。"才让说:"噢呀。"妹妹哭起来。姥姥接过去说:"想让才让哥哥唱歌了吗?"母亲告诉父亲:"这孩子爱哭,每次哭只要才让一唱歌,就不哭了。"才让走到姥姥身边,想唱,又望了望父亲。父亲说:"你用藏语唱。"才让便唱起来:"啦啦啦,啦啦啦,我是卖报的小行家,耐饥耐寒地满街跑,吃不饱,睡不好,痛苦的生活向谁告,总有一天光明会来到。"妹妹立刻不哭了。父亲说:"你是藏族人,最好把'唵嘛呢叭咪吽'和'扎西德勒'加进去。"才让答应着,加进去唱了一遍。妹妹笑了,咯咯咯的。

父亲和才让骑着日朵,忽走忽跑,没有停歇,两天后的早晨到达了阿尼琼贡。他们见过王石,喝了酥油茶,吃了风干肉,就要离开,香萨主任和眼镜曼巴闻讯赶来。香萨主任摸着才让的头说:"这就是治好了聋哑的才让吗?说几句话让我听听。"才让先朝主任鞠躬,再朝曼巴鞠躬,然后说:"你好,你好,扎西德勒。"主任说:"看你能不能学我的话。"便念了几句经文。才让学起来,一字不差。主任点点头:"好得很,这么有灵性的藏族娃娃,谁见了谁喜欢。"大家寒暄着。主任说:"听说你很聪明,就是不知道能不能把聪明劲用到点子上,要是放在过去,聪明人的出路是当阿卡,现在就不一定啦。"父亲说:"才让的阿妈赛毛在世时,念一声祈福真言就会说一句'才让会说话,将来骑大马,穿金纱'。"主任说:"前世定下的因缘今世跑不脱,骑大马穿金纱要有善心,善心不是生出来的,是学出来的,不管将来干什么，跟着我学学经修修行，总是没有坏处的，来不来？"才让不说话。眼镜曼巴说："主任问你哩，你赶紧答应。"大家都看着才让。才让清澈的眸子闪过一丝犹疑，突然摇了摇头。眼镜曼巴吃惊地说："你不想来？居然还有不想做香萨弟子的藏族人？"父亲赶紧说："他还小，还不懂事，以后再说。"离开阿尼琼贡后，父亲问："你真的不想做香萨主任的弟子？"才让说："跟了香萨主任是不是就不能去西宁啦？""当然啦，你就得天天在阿尼琼贡学习藏文和梵文。""那姥爷姥姥阿妈妹妹怎么办？"听他的口气，好像这些人是离不了他的。父亲问："这么说你还是想回西宁上学？"才让想着，最后说："不知道。"

夏日的烂漫一如既往地装扮着草原，绿色的起伏就像涌动的河，那是无与伦比的大河，是伟大的母性用来接纳生命的广阔的流淌。而在远方，黄昏正在把绵延的山脉烧成火海，呼啸而来的不是风，是火焰的余热和白天最后的温暖。目的地到了，角巴家到了。父亲和才让第一个看到的是我。我又来到了角巴家，正在度过又一个阳光灿烂的假期。我看到梅朵黑飞奔而去，看到才让冲着梅朵黑说了句什么，便扭头钻进了帐房："来啦来啦，才让来啦。"全家人都来到了帐房外面。

父亲和才让远远地下马。当父亲拉着日孕，才让抚摸着梅朵黑，一前一后走过来时，全家人突然不说话了，都屏声静息地瞪着才让，连风也停止了吹动，连啁啾不止的百灵鸟也想听听才让的声音。才让走过来，先向角巴鞠躬："阿尼啦，你好。"角巴笑着，没出声，似乎不忍心打破这突如其来的肃静。才让来到桑杰和卓玛面前，鞠着躬说："阿爸啦，阿妈啦，你们好。"又来到尼玛和旺姆面前，也是鞠躬行礼："舅舅啦，舅母啦，你们好。"然后朝央金弯腰："姨妈啦，你好。"又走向索南和梅朵："哥哥啦，梅朵啦，你们好。"同时伸手摸了摸站在地上愣愣地望着他的女孩普赤："扎西德勒。"我站在全家人的后面，很失落，也有点悲伤：才让忘了我，他都已经给三岁的普赤打招呼啦，却没有轮到我，甚至都没有看我一眼。我转过身去，正要走开，忽听才让大喊一声："洋洋。"猛地扑过来抱住了我。我打了他一拳，他还了我一拳，然后把我抱起来，转了一圈，和我一起摔倒在地。我们爬起来，继续对打摔跤。梅朵黑也来凑热闹，喊叫着，一会儿扑向才让，一会儿扑向我。才让用汉话说："你的力气比以前大啦。"我用藏话说："你的力气更大啦。"他用藏话说："你胖啦，也重啦。"我用汉话说："你越来越瘦啦，不过还是长个子啦。"突然我们不再动手动脚了。他用汉话问："你几年级啦?"我用藏话回答："二年级。"他用藏话说："你为什么这么长时间不来西宁？姥爷姥姥阿妈想你啦，妹妹也想你啦。"我用汉话说："妹妹没见过我，怎么会想我?"他用汉话说："她在阿妈肚子里时就知道你。"我用藏话问："那你为什么不带来?"他用藏话说："她还在吃奶，我没有奶。"我用汉话说："草原上有多多的牛奶你不知道吗?"就在我跟才让又打又摔，跟他你一句我一句时，我是多么幸福啊，尽管索南是他的亲哥哥，梅朵是他的亲妹妹，但最亲的似乎是我，因为他重新开口说话时，就是和我，而跟他们，虽然曾经天天在一起，却听不清他们说，也不会自己说，没有交流的相处似乎让他觉得他跟他们隔得有点远，彼此依然不熟。我把才让对我的亲热，看成是生活给我的奖赏和藏族人给我的荣耀，骄傲地望着大家：瞧瞧吧，我跟才让，就像父亲教我们的词，亲如手足，情同骨肉。梅朵突然跑过来，抱着我，瞪着才让说："他不叫洋洋叫江洋，江洋是我的。"所有人都笑了。我和才让也笑了。

<h2 style="text-align:center">3</h2>

欢乐的相聚过得很快，暑假就要结束时，回到草原的才让最终还是选择了离开。角巴问他："没有手抓的日子你能过吗？吃不上酥油你不难受吗?"才让提到了姥姥、姥爷、西宁的阿妈、跟他格外亲的妹妹，意思是他们不是也在过吗？角巴拍了一下他的头，豪放地说："噢呀，草原上的才让，有情有义，那就去吧。"桑杰用商量的口气说："藏族人离不开草原，你大了怎么办？还是回来吧?"才让说：

"我上完了学就回来。"父亲也说:"你不要考虑别人,不想去就不要去,毕竟草原上不饿肚子。"才让问:"谁是别人?"父亲一时不知道怎么回答。我说:"还是留下来吧,这里可以天天骑大马。"才让说:"我要是不回西宁,你就得回去啦。""我才不回。""那还是我回。"我知道他的意思:我跟他必须有一个陪着姥爷、姥姥、母亲和妹妹,但我不在乎,我似乎只在乎我自己,高兴在哪里就在哪里。我甚至想:姥爷姥姥要是想我们,也可以来草原嘛。才让被父亲送回西宁了,据说在踏进我家的一刹那,妹妹蹬着腿咯咯咯咯地笑出了声,然后咿咿呀呀说起了话。姥姥抱着才让哭起来:"还是你知道心疼我们。"姥爷说:"洋洋为什么不回来?这个吃奶忘娘的人。"从此再也没有人提到才让的归宿问题,他的死心塌地换来了亲人们的一致认同,连亲阿爸桑杰也毫无疑问地认为,才让就是姥爷姥姥家的人。只是在每年的藏历新年和差不多同时的汉族春节时,他会和我交换一下,我去西宁看望姥爷、姥姥、母亲、妹妹,他来草原看望包括亲阿爸桑杰、亲哥哥索南、亲妹妹梅朵在内的角巴爷爷全家。每次来时,他都穿着姥姥做的棉袄、棉裤和鸡窝,穿戴着从商店买来的罩衣、罩裤和棉帽子,背着一个蓝色书包,白白净净得像个汉族人,见了谁都问:"饭吃了没?"而我却是一个地道的小藏族人,皮袍、皮帽、皮靴,腰带上缀着才让送我的小藏刀和角巴爷爷送我的美夹(火镰),见到家里人,先说"扎西德勒",再说别的。

以后我会明白,才让离开草原的主要原因还是城市对他的吸引,聪明的才让跟大多数人不一样,即使在温饱线以下,也在考虑温饱线以上的事。他几乎靠着本能眺望到了饥饿背后的前景,感觉到了在一个省会城市人的发展的无限可能。而草原永远是有限的,最大的可能就是做一个只会放养牲畜的牧人,最好的前程就是跟着香萨主任做他的弟子。不不,他不做。他从草原的辽阔中看到了狭窄,从城市的狭窄中看到了辽阔,他想做一个城里人,哪怕暂时吃不饱肚子,因为人活着不仅仅是为了吃肚子。所以他最渴望的一件事就是解决自己的户口,这是城里人最重要的标志,没有它就没有一切,包括身份也包括食物。为此姥爷和母亲没少去派出所，得到的回答总是："谁想落户就能落户？不可能。"后来姥爷说："实在没办法我们就把才让的名字改成'洋洋'。"母亲说："洋洋回来咋办？"姥爷说："那就两个都叫洋洋，反正只要是洋洋，就都是我的孙子。"母亲说："我给强巴写信，问问他有什么办法。"信中说：如果才让上不了户口，城里的学就没法再上了，现在之所以还上着，是因为学校舍不得赶走一个考试全校第一的好学生，也是因为母亲找过校长，校长的家人在医院做过手术。以后怎么办？万一校长换了，人家说不要就不要。千忙万忙的父亲为此专门来了一趟西宁，去央求李志强帮忙。李志强说："这种事不知道能不能办，听着不像是什么大事，我们去问问。"他带父亲去了西宁市公安局长的办公室。局长询问了户籍科以后说："按规定，如果是过继的孩子，三年以后可以由家长提出申请，同时要提交孩子来源地的公社或居委会的证明信、落户家庭所在的街道居委会的证明信。"父亲说："照这么说不是不可能，是手续不全？"李志强说："那就抓紧办手续，还得麻烦局长过问一下。"局长说："这么点小事，秘书长打个电话不就行了，还亲自跑一趟。"李志强说："对你是小事，对那个藏族娃娃和这一家人可是天大的事。"一个月以后，在姥爷拿着户口本去派出所添上名字盖上公章的那天晚上，才让一直在唱歌，兴奋得半夜才睡着。父亲后来说："没有绝对的好事，也没有绝对的坏事，比如才让的聋哑，虽说叫人又难过又心焦，但没有这个病，他会变成一个城里人吗？"

六年过去了。草潮淹没的六年，被雪山的莹洁淘洗过的六年，就像一段闪逝的音乐，只要歌唱就意味着不断消失。仿佛草原正在翻新，父亲的眼中有了许多不认识的草，又开出了许多不认识的花，夏季的花海、浩浩荡荡的姹紫嫣红里，隐藏着冬天的寒冷和冰雪掩盖不住的伤感。生灵们忙碌的影子飞驰而过，操劳的人依然在操劳。沁多小学的第一批学生眼看就要毕业，父亲的焦虑就像积攒的奶水，一下子发酵了：整个阿尼玛卿州没有一所中学，中学都在西宁，而且不是寄宿的，就算藏族娃娃能去，去了又怎么办？无奈的父亲去跟王石商量。王石已经是州委副书记了，因为州上这两年没有书记，他实际上就是书记，工作生活都在州上，身体还是老样子，高原反应厉害，天天都得吸氧，长期失眠，一天到晚没力气。他一见父亲就说："我最怀念的就是住在阿尼琼贡的那几年，身体好好的，还能吃饱肚子，现在是见了吃的就发怵，想吃又不敢，吃了不消化，这狗日的缺氧。"父亲说："你官大啦脾气也大啦，什么'狗日的'，狗是你能骂的？藏族人对狗就像对亲人，你又不是不知道。""我就是在你面前发泄发泄。你不怕缺氧你不知道，有个东西，你看不见摸不着，可它时时刻刻在跟你作对，就像一双手，掐住你的脖子不松手，可一时半会儿又掐不死，就让你憋着，喘着，难受着。你怎么办？反抗不成，告饶也不成，就像压在五指山下的孙猴子，活着跟死了差不多。"父亲说："只要是孙猴子，总有一天会出去，耐心等着吧。"他说起藏族孩子上中学的事，王石说："这事恐怕还得靠李志强，他现在是秘书长，说话比以前有分量。"父亲说："我找你就是这个意思，想请你给他说说，能不能在西宁的哪所中学为沁多小学的毕业生增加一个藏族寄宿班。"王石想了想说："主意倒是不错，不过还是得你自己去说。我嘛，前几天才给他打过电话，让他帮忙把我调到西宁去，现在又拿寄宿班的事再去麻烦他，不好意思啊。""这有什么？这是公事。""公事私事对他都是事，你还是替我想想吧。"

父亲只好跑一趟了，他有日尕，不怕跑路，只要能把事情办成。遗憾的是李志强并没有给父亲一个痛快的答复，只是说："先参加全省的统一考试，看你的沁多小学考得怎么样。"父亲感觉对方在推诿，有些沮丧，没说"谢谢"就告辞出来了。他在家里待了一天，见过了姥爷、姥姥、母亲，又拉着日尕，驮着才让和六岁的女儿，去城外有草有树的野地里玩了半天，请家里人进馆子吃了一顿饭，然后就匆匆忙忙回到了学校。半个月不松不紧的复习，紧接着就是考试。之后父亲让洛洛和央金把本班的学生管好，除了放牧，哪里也不能去，自己则把主要精力放在了其他年级的学生身上。但心里是酸酸的，蓝天、草原、远远近近的雪山、校内校外，到处都是酸涩的气息：第一批学生好不容易毕业啦，却没有地方上中学，州上不管，省上也不管，总不能再让我办一所中学吧？就算可以也来不及啦。沮丧就像催眠曲，搞得他一点精神都没有，总是犯困，上着课眼皮跟眼皮就会打架，还丢三落四的，讲了运算忘了公式，讲了藏文忘了汉文，常常会有学生写出这样的句子："赤烈有成""心地洛桑""十分拉泽"。他赶紧纠正："这样的表达万万不可，写汉文的话应该是'事业有成''心地善良''十分漂亮'。""老师啦，汉文的漂亮怎么写？""我没教你们吗？"学生们一脸茫然。他拍拍脑袋：怎么了我？这是从来没有过的遗忘。

突然有一天，王石坐着吉普车来到了学校，脸上喜滋滋的。父亲问他什么事。他说你猜。"你调回西宁啦，是来告别的？"王石摇摇头说："我的事一直没有回复，恐怕要黄了。"又喘着气大声说，"沁多小学全省第一。"父亲呆呆的没有反应，半晌才问："什么第一不第一？""考试第一啊，你的毕业生全部考上，平均分数超过了西宁市的所有小学。李志强亲自打来电话，说是震惊了全省教育界。"父亲冷笑一声："别开玩笑。""这么远我专门跑一趟，就是为了开玩笑？"父亲一愣："再说一遍。""鉴于沁多小学突出的办学成绩，省上决定投资创办沁多中学，包括初中和高中，校长就是你。""你的意思是沁多小学的毕业生在当地就能升入中学？""以后一定是这样。""那今年的毕业生呢？这才是最重要的。""就按你说的，去西宁，上寄宿班，好像已经定了。"如此大的惊喜，父亲哪里坐得住，送走了王石，立刻骑马去了县上。他在县邮局给李志强打通了电话，问候了对方，然后说："听说要我当校长，我决不推辞，沁多中学的创办越快越好，地点最好挨着沁多小学，最关键的还是要解决师资问题。"李志强情绪似乎有些低落，小声说："是得快，不快就来不及了，师资问题等学校建起来再说。"然后给了他青海师范学院附属中学的电话，让他和对方商量寄宿班的学生入学的时间和要求，又说，"生活方面有什么需要解决的，尽管提出来，不要客气，校长就是当初保育院的梁辉院长。"父亲惊呼一声："啊喷喷，那就好说话啦。"

父亲立马又把电话打给了梁辉校长，一山一海的感谢话刚说了几句就被对方打断了："谁感谢谁还不一定呢，有什么要求你尽管说。"父亲想了想，特意提到了被子，他一直想让孩子们脱了衣服睡觉，但布票紧缺，只够解决他们的衬衣衬裤，关于被子也就始终是个梦。可现在不一样啦，都中学生啦，要去城里啦，要睡在床上啦，怎么还能像父辈一样裹着皮袍过夜呢？梁辉说："学校可以向每个寄宿生提供一套公用被褥，再腾出两间教室作为宿舍，男生一间女生一间。"父亲简直要心花怒放了，又说起了感谢话。梁辉说："比起你们当年给保育院的帮助，这算什么？你们是在救命啊，三年饥荒过去，那些孩子回到西宁后身体和各方面都比城里的孩子好。"又说起学杂费和伙食费。梁辉说他知道藏族人靠牛羊养活自己，拿不出钱来。学校可以考虑减免，但到底这笔钱从哪里出，还需要研究。父亲觉得人家帮了这么大的忙，解决了州县两级以及自己都不能解决的问题，再添麻烦就太对不住啦，赶紧说："那就不用研究啦，还是我来想办法。"

挂了电话，父亲大步流星来到县政府，问认识的人：旦增在不在？旦增早就由副县长提拔为县长，这时正在自己办公室召集人开会。父亲在走廊里等了差不多两个小时，才看见办公室的门被人打开。他逆着开会的人流走了进去，一屁股坐下，没说任何客套话，就讲起了自己的事。他说他想把学校目前的牲畜按照急用畜（奶牛和马匹）和等用畜（菜牛菜羊）分开，再把属于等用畜的牛羊包括牧放、繁殖、剪毛都抵押给县上，由县财政拿出寄宿班的学杂费和伙食费来。旦增县长说："这样的事从来没有过，我得跟有关部门商量一下，你等等，我就来。"旦增出去了，半个小时后进来，传达了商量的结果：大家认为抵押牛羊有风险，首先无法确定谁来牧放，硬性摊派给别人的话十有八九是不尽心的，牲畜有了损失怎么办？算在学生头上，就得减少费用的支出，等于正在吃奶的牛犊子断了奶；算在县上，就是集体和国家的利益受损，那是绝对不可以的。"强巴啦，你这个人我是知道的，对藏族人的事操的心比我这个藏族人还要多。你最好还是去一趟州上，沁多小学名气这么大，州上不能不管。"用不着提醒，父亲本来就是要去的。

他告别旦增，快马加鞭来到州上，径直去了王石副书记的办公室。王石说："涉及钱财的事必须由才让州长拍板，你赶紧去，他肯定知道你在我这里，这个人心胸狭窄得很，见不得任何人靠近我。"父亲去了。才让州长说："我也算是你的老上级了吧？你是文化人，清高得很，有什么事从来不找我。"父亲说："没有啊，我记得沁多小学开办时，还是你剪的彩，你还批了最初的经费。""亏你还记得，还知道州上有州长。但是后来呢，我剪彩的学校跟我没关系啦，连考了全省第一也是外面的人问起来我才知道。我打问了一下，是李志强直接把电话打给了王石，王石一声不吭就往你那里跑，眼里有没有我这个州长我就不说啦，聋子的耳朵嘛，是不是天下'才让'一个样，沁多的才让过去的耳朵是摆设，阿尼玛卿州的才让如今整个人都成了摆设。"父亲满脸堆笑："我检讨我检讨，州长要是给学校装一部电话，我不能说天天，一周给你汇报一次是绝对能做到的。""你有阿尼玛卿最快的马，汇报一次能费多大劲？我知道你先找了旦增后找了王石，结果怎么样？就算他们同意，我也可以反对掉嘛。""才让州长啦，这件事可不敢赌气，我有错我承担，千万不要转嫁到学生身上。""学生都是藏族人，我也是藏族人，我想怎么对待就怎么对待，你一个校长无权干涉。你回吧，这件事就这样啦，我还要开会。"父亲离开时脸都气红了，指着才让州长说："你哪里是藏族人，你不是，我找错人啦。"心说我就不信解决不了，我去找真正的藏族人。

第二天，父亲出现在角巴家的帐房里。角巴生气地说："强巴啦，是你不对，你为什么不第一个来找我？不相信我是不是？我让桑杰办了个公社畜产品站你又不是不知道，娃娃们的学杂费和伙食费能花几个钱？学校的牛羊没处去，正好放在畜产品站委托牧养，也还是学生自己养自己嘛。"父亲听着，眉开眼笑。角巴又说："你给西宁的学校说，藏族娃娃不吃肉不成，有了学校的牛羊，畜产品站给学校每个月送三只羊半头牛是不成问题的。"父亲一口喝光卓玛端给他的酥油茶："角巴啦，从你嘴里出来的都是好事情，说吧说吧，一直说下去，说到明天，说上一年十年一百年，只要你不困，我就不睡觉。"角巴说："你想听我就说，泉水越清越好，奶子越稠越好，雪山越高越好，牧草越绿越好，马越快越好，人越善越好……"父亲却高兴得顾不上听了，陶然欲醉地唱起来：

> 雪山，在融化成水的时候，
> 迎来了斯巴乔贝拉格尔，
> 她是开天辟地的造化神，
> 是我的山宗，我的先祖。
> 拉加啰，先祖的阿尼玛卿，
> 拉加啰，牧人的阿尼玛卿。

"拉加啰"是神胜利的意思，在藏族人的眼里，所有的善举、所有的喜悦、所有的好事，都是神的胜利，或者说所有做了好事的人，能带给人喜悦的人，都是神。

要去西宁上中学的消息让毕业生们兴奋不已，除了我和达娃。我一直在父亲的小学上学，这是我自己的选择。我从骨子里喜欢雪山、草原、牛羊、骏马，喜欢牛粪火的映照下牛羊肉的味道、酥油茶的香气、飞来飞去的藏语、同学们的呼吸以及被酥油浸染过的一切，喜欢跟梅朵校内校外乱跑，或者去角巴家的帐房里度假，然后跟梅朵互相搂抱着一觉睡到天亮。饥荒年月过去后的一九六三年，母亲连续来了两封信要我回西宁上学。我害怕父亲硬送我回去，都跟梅朵商量好了逃向荒野躲起来的办法：带上梅朵红，我们就不怕狼啦，父亲也不会找到我们啦。还有一个办法，就是骑马去梅朵家，请角巴爷爷说服父亲不要送走我。但想好的办法都没有用上，父亲只是问我："你想不想回西宁？"看我摇头，就给母亲回了一封长长的信，说了许多我继续留在草原的理由。我在沁多小学待得越久就越像一个藏族人，浑身透着酥油味不说，连高原紫外线都来关照我，皮肤渐渐变黑，胖乎乎的脸上漫漶着两坨红晕，不知道底细的人已经看不出我的汉族遗传啦。父亲去西宁办事，有时会带上我，让我去看看想念我的姥爷姥姥和母亲，但我最希望看到的还是才让。每次这么想的时候，我都会在心里替姥爷姥姥和母亲说一句："没良心的。"相比之下，才让就不是"没良心的"，他说他喜欢西宁，却又会止不住地思念草原的一切，包括阿爸和所有的亲人，也包括我。我觉得我思念他就像思念一座唯一的山，他思念我就像思念山的时候顺带想到了山脚下的一个小土堆，严重地不平衡，心里闷闷的。但一想到我有草原有梅朵，郁闷也就消散啦，心里嘴上就会止不住地唱起来："金鞍子配的是骏马，草原配的是雪山，鲜花配的是姑娘，美丽配的是善良。"但是现在，草原就要不属于我啦，我只能垂头丧气地离开它啦，就像大人们经常感叹的：我的命怎么这么不好啊？我知道我还会上很长时间的学，会越上越高，也会离草原越来越远。父亲说："你无病呻吟什么？好事情来了反而哭丧着脸，不想走也得走，以后还可以回来嘛。再说梅朵也要去，你留下来放空墙吗？"嘻，我笑了。"放空墙"就是别人靠着你，你突然躲开。我经常给梅朵放空墙，梅朵也经常给我放空墙，我看她倒下或者她看我倒下，都会哈哈大笑。我遗憾地想：要是雪山、草原、牛粪火、酥油茶也能长出腿脚，像梅朵一样同我一起去西宁就太好啦。一想到梅朵还能跟我在一起，我又高兴起来。再说梅朵一直是高兴的，我凭什么不高兴？

我们班只有一个同学始终不高兴，那就是达娃。父亲说："我说过多少次啦，你们要听我的话。"达娃说："老师啦，你说了那么多，我不知道听哪句话。"父亲说："还记得那次江洋和梅朵贪玩没做作业我发脾气的事吧？我说我发誓一定要把你们一个不落地送进中学。""记得，你打了江洋，还拔出他的藏刀割破了你的胳膊。""记得就好，小学毕业以后必须上中学，不然的话等于学没上。"达娃委屈地说："老师啦，这些道理你已经说过好多次啦。""那是为什么？是你阿爸阿妈不同意？我去牧马场给他们说。""不是啦，我是担心腿疼病犯了怎么办。""这个好办，我们去一趟阿尼琼贡，再在曼巴跟前求些药，你带上。再说啦，西宁有大医院，你师母又是大夫，不怕的。"但是达娃仍然不高兴。父亲说："你的风湿病已经半年没犯啦，这是眼镜曼巴的恩德，这次去你把靴子带上。"一双牛皮靴面花氆氇靴筒的靴子是达娃自己做的，她假期回牧马场的家拿来了材料和工具，就在宿舍偷偷地做，做了半年才做好。父亲见了大吃一惊：你才多大一点就会做靴子啦？达娃说阿爸十二岁就会做靴子，我已经十五啦。她打算把靴子送给父亲。父亲说我看眼镜曼巴的靴子烂啦，你还是送给他吧，他给你看病给药，没收过一分钱的报酬。达娃说可我拿什么感谢老师呢？父亲说老师做什么都是应该的，不用感谢。六年了，为了治好达娃的风湿病，父亲不知去了多少趟阿尼琼贡，起初是两个人骑着日孓，后来达娃大了，就让她骑着麦秀或者斯雄。每次去达娃都要给眼镜曼巴磕头。有一次曼巴说，给我磕头的必要没有，我是个用善心善行祈福的人，不给你看病，善心就没有啦，善行也喂掉老鹰啦，要磕就给你的老师磕，这个人，藏族娃娃的恩人是哩。但达娃从来不给父亲磕头，她知道老师需要的不是磕头，也不想把老师当成一个可以用磕头感谢的人。她不高兴的原因就是她必须听话，必须离开草原去西宁。草原有她留恋的一切，但最最留恋的是一个人——她的老师、我的父亲。

父亲带着达娃去阿尼琼贡的这天，遇到了藏羚羊的迁徙。每年这个季节，藏羚羊都会经过沁多草原，它们边走边吃着营养丰富的牧草，增加体膘，完成交配，由于猎物丰富，狼和豹子几乎不会骚扰它们。它们对骑马走来的两个人视而不见，只顾埋头吃草。一些藏野驴和马鹿伙在里面，显得更加安闲，它们集中在水分充足、地势较低的地方，贪婪地啃咬着丰富的野豌豆、肉苁蓉、锁阳、冬虫夏草、紫花苜蓿和狼尾巴草。父亲说："其实藏羚羊是最最警觉的，它们不是不在乎我们，是因为它们知道头羊会负责大家的安危。"达娃问："哪个是头羊？"父亲看了看，指着前面说："草冈上仰头望着我们的那个就是，它一跑藏羚羊群就会跑，羚羊群一跑，藏野驴和马鹿就会跟着跑。""可是头羊怎么知道什么时候应该跑呢？""马鹿会告诉它，马鹿的嗅觉最灵敏，只要狼豹的味道随风飘来，它就会长鸣一声。""老师啦，人家的头羊都会带着大家跑，你怎么就不能带着我们去西宁呢？""我去了西宁谁来管学校？""学校又不是你的。""那什么是我的？""学生才是你的。"说完这话，达娃打马就跑，她跑向了头羊。头羊跳下了草冈，转眼之间整个藏羚羊群动荡起来，藏野驴和马鹿也跟着动荡起来。轰隆隆的声音冲天而起，烟尘弥散开来，达娃不见了。父亲策马追了过去。

父亲和达娃在路过的牧家帐房里住了一夜，第二天上午到达阿尼琼贡。达娃给她的恩人眼镜曼巴献上了靴子。眼镜曼巴拿着靴子翻来覆去看着说："牛皮鞣得这么细这么软，花氆氇选得这么艳这么绵，不是献给曼巴的吧？是女人献给男人的吧？"父亲说："曼巴啦，你想得太多啦，是你的烂靴子启发了达娃，达娃你说是不是？"达娃不吭声。眼镜曼巴嘿嘿一笑，收了靴子，从身边的鹿皮药囊里拿了些内服外敷的药："好好吃的要哩，你的病会好的。"达娃跪下来磕了一个头。父亲也要磕头，眼镜曼巴赶紧站起来说："你是教娃娃们识字的人，香萨主任都高看一眼，怎么能给我磕头？"转身从案几上拿起一条哈达，挂在了父亲脖子上。父亲取下来，挂在了达娃脖子上。达娃起身过去，又把哈达挂在了雪山大地的祭坛上。

父亲和达娃离开眼镜曼巴，牵着日尕和麦秀，沿着向下盘旋的路朝阿尼琼贡外面走去，经过集体精舍时，一些彩色青稞落在了头上。他们仰头一看，只见官却嘉阿尼从高高的窗户里探出头来，笑呵呵地摇晃着一条哈达。父亲说："阿尼啦，你好。"官却嘉阿尼说："听说沁多小学是第一啦，又要办沁多中学啦，达娃的腿病也好啦。"父亲说："噢呀，你怎么知道得这么快？"官却嘉说："好事情就是一日千里的日尕，风也会凑热闹，呼呼地吹到耳朵里啦。不过恐怕连你自己也不知道这究竟是为什么吧？你第一次带着达娃来阿尼琼贡时，我在你口袋里塞了一把青稞，青稞是我偷香萨主任的，我当时就说，偷来的吉祥才是真正的吉祥。我说对了吧？也不来谢谢我，还等着我给你撒青稞。你数数，我给你撒了多少青稞？"父亲笑道："谢谢啦，一粒青稞代表一千种祝福，我们得到了多少祝福已经数不清啦。不过把我们师生两人的记性加起来，再加上树上的老鸦、房檐上的鸽子的记性，也不记得你往我口袋里塞青稞的事，只记得我第一次带着达娃来找曼巴时，你根本不在阿尼琼贡，你在保育院伺候孩子们呢。"错了错了。""那你说说那天达娃骑的是麦秀还是斯雄？""我记得是斯雄，不不，是麦秀。""我告诉你吧，既不是斯雄也不是麦秀。达娃那时还小，我骑着日尕抱着她。"官却嘉眉头一皱，气呼呼地说："不给我面子的人不是好人，你摸一下口袋摸出一粒青稞，说这就是当年我塞给你的，能把你的嘴说烂吗？"父亲一摸口袋说："啊嘘，我摸出的哪里是青稞，是藏红花爱吃的白砂糖。"官却嘉把哈达扔下来说："狼咬脖子狗咬手，牛咬叶子马咬根，你该咬的不咬，不该咬的尽咬。有本事等着，我不让你尝尝我的法力就不是官却嘉阿尼，我可不管你是校长还是老师。"说着头一缩，不见了。父亲等了半天，也没见官却嘉阿尼出来，便把哈达戴在达娃脖子上说："官却嘉是在祝福你呢，你要记住他的好。"达娃脸上没有表情，生硬地说："噢呀，老师。"

　　出于在雪山大地的祭坛面前必须谦卑的原因，父亲和达娃牵着马走过了整个阿尼琼贡建筑群。可以骑马的时候父亲说："今天的阳光这么好，达娃为什么不笑一笑？""老师啦，心里哭的人是不能笑的，一笑就变成鬼啦。""好好的为什么要哭？"达娃不回答，让父亲扶她上马，然后驱马跑起来。父亲跨上日尕，追了过去。很长一段路，都是达娃在前面跑，父亲在后面追。麦秀自然跑不过日尕，但父亲控制着日尕，不让它超过去。日尕埋怨地瞪着父亲：总是这样，只要跟别的马一起跑，你就不让我跑到前面去。哼——它边跑边放屁，表达着对父亲的不满。父亲说："日尕啦，你那点心思我是知道的，不就是看着麦秀是匹母马你想逞能吗？以后吧，我会想办法给你找一匹好母马，能配得上你的，生下马驹子跟你一样优秀的。至于麦秀，虽然好，但不是最好，牧马场不会让最好的母马流走他方。"日尕咴咴地叫着，好像同意啦。突然达娃停下了，跳到地上等着。父亲忽一下超过去，又掉头回来，翻身下马："怎么啦？""老师啦，藏红花是大人还是孩子？""你怎么突然问这个？她当然是孩子，不是孩子怎么能上学呢？""她要是去西宁，官却嘉阿尼会不高兴的。""是藏红花的文化知识重要，还是阿尼的心情重要？""阿尼的心情顶顶重要，他有法力，一想念她，她的日子就不好过啦。""没有的事，你操的心太多啦。""老师啦，你有没有法力？""我哪里会有？""那就是说你不会想我啦？"父亲一时辨不清达娃说的法力和想念是什么关系，笑笑说："肯定会想，所有人我都会想。"达娃丢开马缰绳说："老师啦，你是跟我的阿爸阿妈一样的人，我舍不得离开你。"说着扑到父亲怀里呜呜地哭起来，又说，"我离开阿爸阿妈没有哭，一想到离开你，我就哭啦，为什么？你说你没有法力我不信。"父亲抱着达娃，一时不知道怎么说，正在琢磨藏语汉语的词儿，就见前面草新花艳的高冈上，冒出一匹马来，是斯雄的影子，骑在上面的居然是藏红花。父亲说："是达娃有法力，不是老师有法力，你一说藏红花，藏红花就来啦。"达娃推开父亲，擦着眼泪，愣愣地望着前面，突然说："老师啦，藏红花要去夏瓦尼措啦，官却嘉阿尼也要去夏瓦尼措啦。""你怎么知道？""我跟藏红花是挨着睡的，她什么都给我说。"父亲牵马走了过去。藏红花突然缰绳一抖，双腿一敲，催马就跑。就在她跟父亲和达娃擦肩而过时，她喊一声："老师啦，我今天晚上不回学校啦，请不要为我着急，我明天就回去。"父亲说："你停下来慢慢说。"藏红花没有停，打着马风驰而去。

父亲第一次见到藏红花是在保育院。角巴的妻子姜毛去世后，顶替她的官却嘉阿尼继续为孩子们忙活着，感觉他是任劳任怨、默不作声的。差不多过了两个月，父亲有些过意不去，到保育院去看他，惊奇地发现：已经不是他啦，一个姑娘正在碉堡仓里取肉。问起来才知道，她叫藏红花，来自夏瓦尼措，是姐夫让她来的，已经来了二十多天。"姐夫是谁？""官却嘉阿尼。""阿尼结过婚？你多大啦？""十岁啦，"藏红花说着笑了，"你是学校的老师吧？""你怎么知道？""姐夫说过啦。""他为什么不让你姐姐来？十岁的孩子应该去上学。""姐姐去年病死啦。"父亲立马赶往阿尼琼贡，责怪官却嘉让一个孩子去干那么繁重的活。官却嘉阿尼说:"不是我让她顶我的,是她自己愿意的。""那就再顶回去,反正你在阿尼琼贡除了吃闲饭,什么也干不了。我要把藏红花领到学校念书去。"官却嘉阿尼鼻子一撮一撮地哼哼着,满脸的不愿意,但很快又想明白了,一再地问:"藏红花比别的孩子入学晚,不会学不好吧?""有我当校长你担心什么?""噢——呀。"他朝父亲伸了伸大拇指,当即骑马,跟着父亲去了保育院。

官却嘉阿尼从此没有离开过保育院,直到一九六三年夏天,西宁的粮食供应恢复正常,保育院搬迁而去。有件事父亲一直不理解:藏红花能够坦坦然然提到自己的"姐夫",官却嘉却从来不说藏红花是他妻子的妹妹,明明是来学校看望她的,却装作不认识,跟这个说跟那个笑,就是不跟藏红花说笑,最后总是躲进父亲的办公室,再让父亲把藏红花带来,塞给她半包白砂糖或一块红糖。藏红花跟所有藏族人一样爱吃糖,而官却嘉阿尼唯一能做的似乎就是千方百计搞一点糖让她解馋。有一次他告诉父亲:"千万别说出去,糖是从香萨主任的仓廪里偷来的,主任正在追查。也不要说我来过这里,我把藏红花送进了学校。"父亲说:"为什么?她是你妻子的妹妹,你来看望她是名正言顺的。""啊嘘,有过妻子的事就更不能提啦。"父亲说:"怕什么?已经做过的事,最好的办法就是坦然面对。"他总希望官却嘉能心安理得地承认自己跟藏红花的关系,诚实而大方地来往,因为学校里没有人不知道这件事,藏红花总要把糖分给别人吃,每次都会炫耀地说:"官却嘉阿尼给的。"

第五章

翻过那座山

你注满了石头形的云朵你是雨，
你等待飘洒等待浇灌等待生长，
你经过爱情铺设的漫漫旅途，
落下一地的文字：扎西德勒。

1

　　这个假期沁多小学没有放假，先是因为学生毕业后中学没有着落，父亲担忧放回去以后家长不让再来；后是因为已经确定要去西宁，父亲更担忧有些家长拦住不让去。他和洛洛骑着马分头去通知学生家长：孩子要去西宁上中学，差不多半年不能见面啦，有新皮袍新靴子新帽子的话，快一点送到学校去，最好再送几个零花钱。有的家长说："没有怎么办？""没有就算啦，放心让他们去吧。""吃的哩？""吃的用的由沁多公社畜产品站解决，只会比家里好，不会比家里坏。"以后的几天，学校天天都有家长来，有的看看孩子就走了，有的会在学校周围扎起白色的夏季帐房跟孩子住上一夜。还有的是来接孩子回家的，似乎执意要让父亲的担忧变成现实。嘎沙的阿爸说："已经上了这么长时间的学，不能再上啦，再上就连母羊都瞧不起他啦。"原来有一年寒假嘎沙回家，正遇到大雪，嘎沙把羊羔抱进帐房后居然忘了哪只羊羔是哪只母羊的孩子，天晴后母羊来认领，总是给错，弄得母羊很不高兴，咩咩声响成一片。下次他再想抱走时，母羊就护住羊羔不让他靠近了。"这跟上学有什么关系？多让他抱几次他不就记住啦？你快回家去。"父亲举起拳头，捶在嘎沙阿爸的坐骑上，受了惊的坐骑跳起来就跑。

嘎沙的阿爸尊重父亲是个公家人，不敢强争，唉声叹气地追撵坐骑去了。接着又来了吾佐，吾佐的理由是：儿子昭鸽要是不回家，牛羊就没人放啦。父亲说："你呢，胡子比苔藓高不了多少就想偷懒享清福啦？""我不行啦，屁股上长了个锤骨头大的毒疮，骑不成马啦。""毒疮过一阵就好啦，你没事的。你是大队长，你儿子要是不上中学，野牛沟大队的学生就都不上啦。""牛羊不能上天，牧人不能种田，汉族人的学汉族人上，藏族人的事藏族人忙。""我说羊比牛就是聪明你还不相信，你这个糊涂蛋，将来的世界，不管藏族人汉族人，只要是人就都得上学。"吾佐还在软缠硬磨，甚至都把昭鸽拉过来，扶到了马背上。昭鸽用求救的眼光望着父亲。父亲走过去，抓住昭鸽的腰带，拉到自己怀里，抱下来说："是角巴让昭鸽来上学的，只要角巴答应他退学，我一点糌粑渣渣的意见都没有。"父亲知道吾佐肯定会去找角巴，而角巴肯定不会对他有好话，指责他目光短浅，嘲笑他不知天高地厚：一个老牧民居然去跟校长老师讲道理，你把道理讲到脚底下啦，羞不羞？吾佐再也没有来。父亲得意地对昭鸽说："什么叫一物降一物？这就是。你把心放到肚子里，好好上你的中学去。"那些日子，在我的眼里，父亲甚至有些要赖，还会哄骗。对那些跟吾佐一样要孩子回家放牧的家长，他总是说："真要是没人放，就把牛羊交回公社去。或者我去给公社主任说，把你家的牛羊收回去？"这样的威胁总会让对方感到惊慌："收回去的话我们吃什么喝什么？"父亲斩钉截铁地说："这个我不管，我就管我的学生，他们必须上中学，一个不落，这是我在雪山大地面前的誓言。"说罢望着远方的雪山，庄严地举起了拳头。

有一天，来了一个脸上的皱纹像蜘蛛网的老人，骑着一匹同样老态龙钟的马，走到学校门前说："萨木丹，快扶我下来。"跑出去扶他下马的不是他的孙子萨木丹，而是洛洛。洛洛又想扶他进学校，他不进，还是喊着萨木丹。父亲和萨木丹同时出现在他面前。他以过来人的口气说："老师啦，听我一句话，西宁去不得，马魔王的人坏透啦，见了藏族娃娃眼睛都是红的，恨不得一口吃掉。我年轻时被麻团长抓

157

去过，吓死啦。"父亲说："爷爷啦，你说的马魔王早就没有啦，麻团长也死啦。我就是从西宁来的，我是坏人吗？""西宁就你一个好人，还是来草原后变好的，你也不要再去西宁啦。萨木丹，跟我回家。"萨木丹说："爷爷啦，我在头里走，你骑着马后面慢慢来。""为什么不跟我一起走？""你这匹老马走得太慢啦。"父亲一把抓住就要离开的萨木丹："你真的要回去？"萨木丹诡诡地一笑："酸奶要焐，爷爷要哄，他走着走着就忘啦，回到家里会说，我刚才梦见萨木丹啦。"父亲说："那还不如彻底哄他一次，让他好好地做梦。爷爷啦，萨木丹要去的不是西宁，是阿尼玛卿雪山知道吧？天上的星星月亮，地上的阿尼玛卿。""是我年轻时转过山的阿尼玛卿吗？啊啧啧。"老人闭上眼睛陶醉在想象里，下意识地合起了双手，"萨木丹，你怎么还不去？快去啊。到了转山路上，不要先磕你的头，要先磕爷爷的头。你对别人说扎西德勒时，也要先替爷爷说，知道吗？爷爷的今世不多啦，要为来世做好准备啦。来来来，把这个带上，保佑你吉祥安康。"说着颤颤巍巍从腰带上解下了一个纯银的"珞热"（刻着属相的吉祥腰饰）。萨木丹笑嘻嘻地"噢呀"着，双手伸过去，捂住了"珞热"。父亲说："爷爷啦，你是一个来世上天堂的人，扎西德勒。"老人呵呵呵地笑起来。父亲把老人扶上了马。苍茫的大地上，老人老马的背影踽踽而去，喜悦就像水光，闪闪烁烁地晕散在他和它的周身。

但对大部分家长，靠哄骗是不行的。有一次，父亲和牧人居然打起来。那牧人先是劝说儿子尤狩跟他回家。尤狩哪里肯听，就要去远方上学啦，远方的西宁有中学，有中学的地方是城市。"阿爸啦，你知道城市是什么？我就要知道啦。""知道城市有什么用？牛会多多地下牛犊、羊会多多地下羊羔吗？牦母牛会多挤一碗奶吗？你阿妈就不会心口疼得整夜喊叫了吗？"牧人撕着儿子尤狩的皮袍离开了学校。父亲追了上去，哀求牧人允许尤狩继续上学，看牧人不听，便也撕住了尤狩。两个人撕来扯去，把尤狩的腰带撕掉啦，皮袍几乎扯下来啦。牧人急了，父亲也急了，差不多同时扑向了对方。牧人吼道："你凭什么抢我的儿子？""你养了儿子不知道让他好，就知道让他坏，我为什么不抢？""我们祖祖辈辈都是放牧的，不是到城里学字的，城里人的字我们没有必要认识嘛。""那你就去放你的牧，你儿子不走你的老路啦，他的路高高的远远的光光的亮亮的，是金子的银子的，你不知道不怪你，现在我告诉你啦，你还要让儿子走你的泥巴路牛粪路，你的脑子叫瞎老鼠吃掉了吗？"两个人互相推搡着，说了半天就开始抱在一起摔跤。牧人力气大，没几下就把父亲摔倒了。尤狩哭起来，他实在不知道应该帮谁的忙。我也哭起来，也不知道应该帮谁的忙。只有梅朵是知道的，她毫不犹豫地扑向了牧人："你为什么打我们的老师？让雷电劈死你吧，让生别离山的麻风病缠上你吧。"知道向着谁的还有强悍刚猛的梅朵红，它扑向了牧人，却没有咬他，只是在他身边跳来跳去地狂吠着，似乎它觉得这是自己人跟自己人打架，只要喊开就可以啦。牧人推开梅朵说："你一个咬不动筋肉的母马驹子，你知道什么？你们去了西宁就再也回不来啦。"躺在地上的父亲喊道："我向雪山大地保证他们能回来。"牧人说："别以为我不知道，你们把'拔兵'叫作'上学'，就算回来，也只是空皮囊一个，灵魂已经被捉走啦。"父亲从地上爬起来，呼哧呼哧喘着气，一把攥起尤狩的胳膊，拉着就走，走进学校，砰的一声从里面关死了门。牧人追过去喊道："尤狩，尤狩。"梅朵也喊起来："大家快来啊，打这个打了老师的人。"一帮学生围住了牧人。去河边背水的洛洛放下木桶跑了过来，对牧人说："在家里你是阿爸，在学校老师是阿爸，你只是一个孩子的阿爸，老师是这么多孩子的阿爸，世上的人谁敢打老师？"又拦住学生说，"老师让你们打你们才能打，梅朵不能让你们打。要是老师不说，让男同学打的是我，让女同学打的是央金，现在你们等着，我要和央金商量一下。"他跑过去和央金正儿八经商量着。牧人还是不依不饶，喊着"尤狩"开始捶门，忽听身后一阵嘶鸣，日朵出现了。它雄赳赳地跑了一圈，来到牧人的坐骑跟前，只尥了一个蹶子，就让对方落荒而逃。牧人惊叫一声，拔腿朝坐骑追去。日朵又朝牧人奔来，不停地尥着蹶子。牧人吓得叫了一声，转身就跑。我惊呆了，第一次知道，马居然和藏獒一样，也会勇敢无畏地帮着主人抵抗对手，而且更聪明，知道对手的要害在哪里。"拉加啰。"梅朵欢呼起来，同学们欢呼起来。梅朵拉着我跑向了日尕，我们都想骑骑它，马上骑骑它。但骑上它的却是父亲，父亲开门出来，去追撵尤狩的阿爸，他觉得这样的抢夺会给尤狩带来负担，还是要说服家长，让他们真正了解上学的好处。

对牧马场的五个孩子，父亲的办法是同去同来——带着他们回家，再带着他们返校。六个人，骑着日尕、麦秀、斯雄三匹马，在草野里过了一夜，第二天午夜到达场部，挤在一间客舍里凑合着睡了一会儿，天就亮了。随便吃了几口带在身上的糌粑之后，父亲又一个个送他们到分散在各个牧业点的家里。那些家有的是土坯房，有的是帐房，住帐房的大多是临时牧工。最后送到的达娃家，是一顶牛毛褐子和灰帆布各占一半的帐房。父亲在这里住了一夜，叮嘱达娃明天太阳落山之前一定返回场部，他会在那里准备好晚饭等着大家。然后起身，就要骑着日尕离开，达娃的阿爸拦住了他："老师啦，先别走，话还没说清嘛。"达娃的阿妈把一碗酥油茶捧到了父亲手里。父亲坐下来，听他们你一言我一语地说，原来他们不想让女儿再去上学，理由是达娃快十五啦，已经到嫁人的时候啦，而且夫家已经说好，也是牧马场的。父亲放下茶碗，坚定地堵了回去："她是学生，得听老师的，家长说了不算。这个年龄结婚还早，中学毕业了再说。"阿妈说："人家可不会等着她。""不等就算啦，达娃又漂亮又有文化，不愁嫁不出去。"阿爸阿妈愣住了，盯着达娃，希望她能说服面前这个固执到家的老师。达娃低头想着，突然说："阿爸啦，阿妈啦，你们不是说在学校听老师的话？我一次也没有不听过，要不然我的腿疼病怎么会不犯了呢？"阿爸说："就是想趁不犯的时候嫁出去嘛，万一以后……"父亲打断他说："没有万一，达娃的风湿病只能越来越好，以后到了西宁，我还会找大医院的大夫继续给她治疗。"阿爸阿妈再也无话了。达娃高兴地说："老师啦，你再住一晚上嘛，我明天跟你一起走。"

父亲带着五个孩子从牧马场回来后又过了一个星期，县商业局的卡车就如约而来。出发在即，学生们排着队爬进了车厢。央金突然问："谁见藏红花啦？"大家到处寻找。有人说，今天一大早去河边洗脸时，看到了官却嘉阿尼骑马走去的背影。父亲一猜就知道：马背上，宽大的紫色长袍里，一定还有蜷缩起来的藏红花。他懊丧得直摇头：难道自己的誓言要落空，他做不到"一个不落"啦？他带着五十多个学生上路了，先到了阿尼琼贡，住了一夜，又走走停停过了三天，才到达地处西宁西郊的师范学院附属中学。父亲对梁辉校长说："还有一个叫藏红花的女学生没来，请把座位和铺位留着，过几天我一定送来。"父亲匆匆忙忙回家，见过姥爷、姥姥和女儿，再去医院看了看母亲，去学校看了看才让，返回家中，吃了两大碗姥姥为他做好的拉条，然后去附中坐上折返的卡车，连夜朝沁多赶去。

进入沁多县的地界不久，一看到帐房和马匹，父亲就下车了。帐房的主人不认识他，但这并不妨碍他们像老朋友那样交往。他说自己曾经是副县长，现在是校长。牧人家的几个孩子都没有去上学，不知道校长是干什么的。他就说："校长嘛，是跟有知识的善心人一个样子的人。"他用糌粑和风干肉塞饱自己，借了一匹马朝夏瓦尼措奔驰而去。那是一片大树森然的山岭，坐落在阿尼琼贡的后面，大概是沁多县海拔最低的地方，如同一个山势连绵的小盆地。父亲没来过这里，沿着树林的边缘拐了好几个弯，找到两顶破旧的帐房，打问了一下，才知道这里原本是个同族自然形成的帐圈，全族人都是阿尼琼贡的属民，如今变成了生产队，却不明白属于哪个大队哪个公社，没有人来这里催要上交的公畜和酥油，牧人们仍然会按照惯例定期送肉食和酥油给阿尼琼贡。他按照指点穿过了一片树林，立刻有湿漉漉的雾气扑面而来，再往前走，就看到绿色的汪洋镶嵌在天与山之间，明澈的夏瓦尼措平静得就像一片尘世之外的镜子，波光潋滟的崖壁下，几座碉房顺着山势阶梯而上。他牵着马，顺着湖边崎岖的山道走过去，敲开了最下面的碉房的门。从门里走出一个牧人说："找藏红花吗？你是谁？她的亲戚里没有你这个人呗？"父亲正要回答，就听上面有人喊："老师啦，我在这。"

父亲在树上拴好马，摩挲着石壁上用绳子串起来的旗幡，拾级而上。藏红花蝴蝶一样飞下来，抓住他的衣服往上拉。狭长的石阶没有护栏，父亲攥住她的手说："小心，摔下去不得了。"又看着远方说，"这里是仙人住的地方，太好看啦，就是草场太小，养不了多少牲畜。"这时官却嘉阿尼出现在石阶上面，神情紧张地说："强巴校长啦，你来干什么？先说清楚再上来。"父亲停下，喘着气，仰头望着他："那我就不上去啦，藏红花也不上去啦。我这就带她走，去西宁上学。"藏红花说："老师啦，我不上学啦。"父亲瞪着她问："你给老师说实话，是你自己不想上，还是官却嘉阿尼不让你上？"藏红花回头看看官却嘉，无奈地说："我也不知道。官却嘉施了法力，我离不开他啦。""什么意思？是孩子离不开阿爸，还是妹妹离不开哥哥？""都不是，是新娘离不开新郎。"父亲吓了一跳："你们……结婚啦？"藏红花灿烂地笑着："噢呀。"父亲理解了，他们说的法力就是爱情，藏红花在对方的吸引面前情不自禁，便认为对方施了法力。官却嘉爱上了小姨子，小姨子爱上了官却嘉，他们如胶似漆谁也离不开谁啦。"可是你还小啊，还不到结婚年龄。""到啦，我阿妈生我时跟我现在是一个样子的。"父亲呆愣着，慢腾腾朝上走去。官却嘉阿尼警惕地望着他，从身边的矮墙上抄起一根打狼的长木棍端在手里。可以想见，只要他一棍子打过来，父亲就会滚下石阶或者落入高高的崖壁。父亲呵斥道："我是公家人你忘啦？我当初送你一匹马你忘啦？我是辛辛苦苦教藏红花识字的老师你忘啦？居然要打我，你是哪里的修行人？阿尼琼贡的人没有一个敢打我。"说着就踏上了最后一级石阶。官却嘉抖着棍子后退了一步。父亲绕开他，走进了碉房。暗淡的光线里，几乎家徒四壁，除了炉灶和地毯，除了浓浓的羊肉味和酥油味，除了因不管不顾而散乱了一地的爱情。

父亲坐下，喊道："官却嘉阿尼啦，我要喝茶。"官却嘉和藏红花走了进来。父亲这才发现他们腰带不在腰上，靴子不在脚上，扣子不在扣缝上，项链不在脖子上。藏红花的几十条细辫子上没有辫套，辫套丢在地上，官却嘉的衣袍也是穿反了的。父亲起身来到门外，等了半天，藏红花才端来一碗没放酥油的茶。他喝了一口，喊官却嘉阿尼出来，把碗朝矮墙头上一蹾说："这跟喝白水有什么两样？你们过的是什么日子，穷得叮当响，还想做夫妻，俺嘛呢叭咪吽白念了吗？是为了将来好还是为了将来不好？不去上中学，就是养了儿马不让跑，有了牛羊不剪毛，织了褐子不搭帐房，有了氆氇不做衣裳，将来一起上小学的同学都成了公家人，吃好的喝好的，还要管东管西管大家。就你，藏红花，还是一个牧人的老婆，整天背水，挤奶，收拾牛粪，赶牛赶羊，拉扯儿女，弯腰塌背，苦累一生。官却嘉阿尼啦，你把棍子放下干什么？拿起来嘛，打死我，打不死我，我离开这里就去阿尼琼贡告状。我管不了你，香萨主任总可以管住你吧？谁的法力大？你的法力再大也抵不过香萨主任的一句话：脱掉这个修行人的衣袍，赶出去，阿尼琼贡不要他啦。"官却嘉皱起鼻子，委屈得几乎要哭了："我想让你害怕我，你为什么不害怕？你就这样看不起我吗？我不当牧人，我要去阿尼琼贡。""我劝你还是老老实实当个牧人，看不到将来的好，不知道事大事小，拦住自己喜欢的人不让去上学，香萨主任身边哪里有这样的人？"官却嘉真的哭了："雪山大地在上，快让强巴校长不要去告状啦。""我不告状可以，你让藏红花马上跟我走。"官却嘉用手掌揉揉眼睛说："真的中学一上完，就是公家人啦？""草原牧区有文化的人有几个？藏红花不当公家人谁当？如果我说了谎，头戳地从沁多走到西宁去。"官却嘉擦掉眼泪说："听强巴校长的，上学去吧，我不想你啦。""不想的话法力就没有了吧？""噢呀。"藏红花释然地吹了口气，笑道："原来老师说的好日子比官却嘉阿尼说的好日子还要好。"

因为两个人骑一匹马，且马力不好，父亲带着藏红花从夏瓦尼措出发，风餐露宿，走了一个星期才走到西宁西郊的师院附中。他把藏红花交给洛洛和央金，又去见了梁辉校长，说了一堆千恩万谢的话，这才打着哈欠回家去。很不巧，母亲去农村巡回医疗，今天早晨刚走，他跟姥爷、姥姥、才让和女儿度过了一个星期天，然后就带了些食物骑马返回。马知道是往家乡草原走，脚步轻快了许多，五天后进入沁多境内。父亲找到那家牧人的帐房，还了马，吃了糌粑喝了茶，就要步行回学校。牧人哪里会答应，一口咬定父亲永远走不到。因为他没觉得父亲不是藏族人，草原上的藏族人骑惯了马，不善走路，走不多远就会脚疼打泡，腿疼腰酸。他给父亲换了一匹马，打算自己送父亲到学校。父亲窃喜，一上路就开始动员牧人把自己的孩子送来上学。他不厌其烦地说着，无论牧人把话题引向哪里他都会扯回来，直到嘴皮说破，对方答应："那就送一个吧。""一个八岁，一个十岁，都应该送来。"牧人有点生气了："你说你是跟有知识的善心人一个样子的人，我才答应送一个，非要送两个的话，那就一个也不送啦。"父亲只好妥协："一个就一个。"勒马停了下来。牧人问："干什么？""回去把孩子接上。""你怎么这么急？""我怕你变卦。"

两天后父亲带着新生喜饶回到了学校。沁多小学每年都在招生，但因为教室和宿舍有限，加上愿意送孩子上学的牧人不多，所以一直以最初入学的学生为主。现在他们毕业了，剩下的各个年级的学生加起来也只有三十多个。父亲安顿好喜饶，看到刚刚结束假期的学生都已经返校，这会儿正在学校外面的空场上玩，男的摔跤和牛顶头，女的掷羊骨节和跳伊舞。有几个远离学校跑向了河滩，梅朵红负责任地跟在后面，警惕地看着四周。父亲喊他们回来，又让所有的学生进了教室，看到空出了许多座位，便有些凄然失落的感觉：是不是不会再有从前的热闹和拥挤？过往的日子真好，那是一种明亮而烂漫的氛围，一种让他通透也让他充实的感觉，是情不自禁的力量的投入，他因此而不知疲倦，在不期而至的亢奋中忘记了时间的流逝。真快啊，一晃眼第一批学生就从眼前消失了。而生活的脚步却显得越来越沉重，迫使他不得不抬起头来，满脸疑惑地望着前面，想一想有些匪夷所思的事情到底是为什么。他已经多次请求过旦增县长了：靠我一个人不行，必须招人派人，尤其是老师。但是迄今没有下落。每年的新课本、作业本和衬衣衬裤总要一催再催才能运来，今年又没按时运来，还得去县上催要，催多了人家肯定不高兴。有一次旦增县长说："你急什么？不知道我们是藏族人吗？"父亲不客气地说："藏族人的性子慢我是知道的，但你不是一般的藏族人，你是县长，不能把我的精力浪费在跟你的扯皮上，我要教学，要招生，要管学生的生活，还要跑到县上来要这要那，我的时间跟你一样，不是一天四十二个小时。还有，学校不能总是没有围墙，教室不能总是只有一间，各个年级的学生不能永远都一起上课。"旦增县长说："你的辛苦我知道，但你说的事都是要花钱的，钱呢？""这些年牧人上交的牲畜、羊毛、皮张、牛奶、酥油越来越多，怎么可能连这点钱都拿不出来？你们是不是觉得有没有学校无所谓，从来没有人主动关心过它。"旦增笑道："有你在那里，别人的关心都是多余的。俗话说儿子要是能干，阿爸就会清闲；媳妇要是勤快，阿妈就会变懒。"倒也是，谁也没有理由对他不放心。可他没有孙悟空的七十二变，又长不出三头六臂，就像现在，要是他不在，这些学生谁来管？谁来充当洛洛和央金的角色协助他管？父亲晃了晃身子，感觉两边轻飘飘的，左膀右臂真的没有了，也许再也不会有了。

父亲说："大家选吧，一个班长，一个副班长，统管各个年级的男女学生。"叽叽喳喳选了半天，没有一个人的票数是集中的，父亲只好指定：年龄最大的男生彭措是班长，最大的女生是副班长。但接下来发生的事让父亲立刻又免了他们。彭措要调换自己跟副班长的桌子，副班长的桌子是全教室最新的一张课桌，理由是"我是班长"。同意调换的副班长又立刻要求另一个同学腾出她的课桌，理由是："一级压一级是班长带的头，我不能坐全班最破的桌子。"父亲说："这都是从哪里学的？屁大个官儿也要讲特权。算啦，不要你们当啦。"

父亲骑马出去了。日尕知道他的心思，选择最便捷的道路，跑向了离学校最近的角巴家。角巴正盘腿坐在帐房门前，一边念着祈福真言一边捻毛线，孙女普赤趴在他背上，央求爷爷带她去骑马。父亲丢开缰绳走过去，还没到跟前就合十了双手。角巴说："坏啦，又有事情要麻烦我啦。"父亲说："角巴啦，不要以为你就是天人下凡，别人都是求你的。我只要把事情说出来，你就知道不是我求你，而是你

165

求我。"他坐到草地上，看着正在团牛粪饼的旺姆在围裙上擦着手快步朝帐房走去，就说，"旺姆啦，酥油茶要烫烫的，酥油要多多的。"旺姆笑着"噢呀"一声，招呼普赤过去拿糌粑。父亲说："普赤你别走，你知道我是谁？"普赤说："你是叔叔。""是校长叔叔，我今天来是要把你带走的。"角巴警惕地瞪起眼睛："你想干什么？普赤快藏起来。"父亲说："你是想让我把学校搬到你家来吗？我知道你舍不得，但孩子念书是天大的事，天大还是你大？"角巴嘿嘿一笑，一脸讨好的样子："强巴啦，普赤的事你就别操心啦，我看不见她就睡不着觉，你总不能让我也跟着她去上学吧？"父亲跳起来，撞飞了旺姆端过来的酥油茶："这可是你自己说的，我把普赤带走，你也跟着我去学校。学校正缺一个管事的，我想了半天就是你。"角巴愣了一会儿说："你这个人，尽做的是让人家不情愿的好事。明明是你求我，还说是我求你。不去不去，我和普赤都不去。"父亲扑通一声跪下，抱住角巴，用自己的额头碰了一下他的额头，又用自己的脸颊贴了一下他的脸颊，碰头礼和贴面礼都行过了，算是实心实意地请求了。角巴说："喝茶，喝茶。普赤，快去给叔叔拿糌粑。"旺姆笑着，端来了再次盛好的酥油茶。父亲接过来喝了一大口，把搬着糌粑匣子走来的普赤搂在了怀里。离开的时候父亲唱起了歌：

> 草原上有个角巴德吉啦，
> 恶狼说他坏牛羊说他好，
> 他是一顶容留人的帐房，
> 他是一条心肠做的哈达，
> 他是一朵盛开的臭牡丹，
> 他是一匹尥蹶子的黑马。

父亲回到学校，给孩子们做了晚饭：粉条肉汤和糌粑。第二天一大早，又骑着日尕直奔县上。他来到旦增县长的办公室，看旦增不在，就拿起电话，转来转去地打到了省政府办公厅。等了一会儿，才传来李志强的声音。父亲说："秘书长啦，扎西德勒，还是创办沁多中学的事，什么时候开始嘛？""你这个电话打得很及时，我正想联系你们，已经开始了，建材已经批下去，需要多少给你们多少，由省运输公司一次性送到，县上要做好接收的准备，随同前往的工程师会带着图纸跟你们接洽。还需要什么你快说，再不说就不好办了。"父亲说："砖多多地要哩，学校得有大门和围墙。""那当然，这些都在设计里头。""窗户要大大的，多安些玻璃，亮堂些。""这你就不用说了，又不是盖藏式碉房，窗户小，光线暗。""秘书长啦，我还想要些布，是给孩子们做衣服用的，主要是衬衣衬裤，学生要文明卫生是不是？""这个嘛，我看可以。""再就是课本、作业本、铅笔、钢笔、尺子、圆规、墨水、橡皮擦、文具盒、书包、毛巾、脸盆、肥皂、牙缸、牙刷。""学生家长解决不了吗？""秘书长你是知道的，牧人有吃的有喝的，就是没钱，连一根铅笔都买不起。""好吧，我让梁辉校长帮你们采购，他知道学生需要什么。"父亲拿着电话，连连弯腰鞠躬："噢呀，噢呀，谢谢啦，卡卓洛淘，扎西德勒。""你想得太仔细了，再不需要什么了吧？""不啦不啦，不过要是能让学生们改变一下裹着皮袍睡觉的习惯，那就更好啦。""什么意思？""我还想要一批被褥。""被褥？好吧，被褥哪里有？"李志强说着放下了电话。

　　父亲觉得已经不需要再跟旦增县长见面了，正要离开，旦增走了进来。"在走廊里就听你在打电话，给谁啊？"父亲说了。旦增说："这种时候你还给李志强打电话，听说他的处境很不好，能解决什么问题？""李志强不是一个吹牛撒谎的人，我还是相信的。"其实他更相信自己，无论发生什么，他还是他，学校还是学校，自己认准的道理任何时候都不会改变：藏族人的孩子要上学，要读书，要跟城里的孩子一样有前程。他又开始催要这个学期学生的新课本、作业本和衬衣衬裤。旦增惊讶地说："你用雪山的冰水洗洗脑袋好不好？清醒清醒再跟我说话。省上州上很多部门都已经不上班啦，我到哪里去给你搞这些？学校先凑合着办吧，一切的一切以后再说。"父亲沮丧得想哭，咬咬牙又忍住了，却没忍住骂了一句"操他妈"。后来当我知道父亲的骂语时，不禁吃了一惊，觉得作为一个地道的藏族人，父亲还是欠了一点点火候，尽管是微不足道的火候。藏族人的语言很干净，即便愤怒到极致，骂人的话里也不会夹带生殖器和性交，更不会牵连到对方的爹娘祖宗。就为了这句骂语，我懊恼了好几年。直到有一天，我听说喝得醉醺醺的彭措的叔叔带着一个壮硕的牧人来到学校，说是彭措偷了他的金嘎乌，抬手就打，他打得彭措的头上流血不止还要打。父亲不依了："我的学生你凭什么打？他有了错误你可以跟我说。"彭措的叔叔和那个牧人又跟父亲打起来，父亲宁肯鼻青脸肿，也不说半个"操"字，只是一遍遍地用藏族人的习惯语诗情画意地发泄着愤怒：让飞来的疫病鬼缠住你的脖子吧，让你的不祥灵魂进入十八层地狱吧，让来世的黑暗借着太阳的光亮吞掉你吧，让你长发飘飘的头上长出马犄角吧。啊，父亲，马是没有犄角的。尽管怒不择言的父亲把牛犄角安在了马头上，却更加彻底地证明他已是一个在任何时候都不会变形的藏族人了。

2

才让在西宁上完了小学，又上了中学，由于不断跳级，等我来到师院附中上初一时，他已经是一个高二生了，而且是全西宁最好的实验中学的高二生。实验中学的学生大部分是省委省政府的干部子弟，小部分是面向社会招收的高才生，才让是高才生里最最拔尖的。也就是说再有一年多才让将高中毕业上大学，他说我一定要上大学。他今年十三岁，比我只大半岁，却比我高出了这么多，我骄傲得就像头戴着一顶桂冠，常常把"才让哥哥"挂在嘴上。甚至有一次我跟梅朵吵了起来。她说："才让先是我哥哥，再是你哥哥。""为什么？""我从阿妈的肚子里出来时他就是我哥哥。""他那个时候听不见说不出，他不知道你叫他哥哥。""他最早是听得见说得出的。""我比你大半岁，肯定他先是我哥哥后是你哥哥。"我们的拌嘴用的全是汉话，一到西宁整个寄宿班的学生都好像商量好了，人前人后尽量用父亲教会的汉话表达意思，大家都想适应环境，都想尽快融入这个多民族的城市而不被另眼看待。

一个星期天，姥爷来到师院附中，接我和梅朵回到家里。姥姥像接待贵客一样，煮了大米稀饭，放了红枣、葡萄干、杏干和白砂糖让我们喝。我问才让呢？姥爷说："去学校了，哈风老师每个星期天给他单独上课。"我寻思：为什么？才让学习跟不上吗？我和梅朵还有妹妹在院子里玩了一会儿，然后便跟着母亲走过几条长街，来到了热闹的大十字百货商店，母亲给梅朵买了红外衣、黑外裤、篮球鞋、花头巾、花手绢和尼龙袜子，也给我买了黄咔叽布的外衣外裤。妹妹问："阿妈，为什么不给才让哥哥买？"母亲说："你才让哥哥有。"说着把我们带到一个角落里，让我把衣服裤子换上。我说我还是带到学校去吧。梅朵揭发道："阿妈啦，江洋不会换的。"梅朵说对了，尽管除了寄宿班的同学，周围大都是穿短衣长裤的人，但我还是不想脱掉藏袍，我有皮袍也有布袍，都是卓玛阿妈和旺姆舅母为我做的。母亲说："衣服要勤换勤洗，不讲卫生的学生不是好学生。"回到家里，母亲又让梅朵换下她的枣红色布袍，说要给她洗掉，下次来时带回去。梅朵犹豫着，想和我保持一致继续穿藏袍，又想穿上汉族人的新衣裳看看自己是不是更漂亮。妹妹说："你不穿我穿了。"梅朵赶紧把新衣服抱在怀里说："好吧好吧。"就这样，梅朵来到西宁不久，就脱掉了从小穿到现在的藏装，从头到脚换成了汉装。姥爷上下打量着说："你是哪里来的？这么好看的姑娘西宁大街上少有。"姥姥说："你说哪里来的？天上来的仙女儿呗。"母亲也说好看，又说："等攒了钱，再给你买一套，换着穿。"梅朵嘿嘿笑着，还是不放心，紧张地望着我，看我不表示什么，突然问："西宁哪里有河？"我说城外就有，但水是浑黄的，照不见影子。"那怎么办？""你忘了，百货商店里有大镜子。"我们手拉着手朝外跑去。妹妹喊道："我也去。"

我们一会儿跑一会儿走，当焕然一新的梅朵站到大镜子面前时，她几乎认不出自己了，愣了半晌才说："啊啧啧，我不是藏族人啦。"

我说:"你的头还是。"她把花头巾戴到头上:"这样呢?""你的脸还是。""只要脸是就好啦,阿爸阿妈就不会不认得我啦。"我过去抱住她,闻了闻她的衣领里面:"味道没变,脸不是也没关系。"在我看来酥油味才是藏族人的神韵,只要还有酥油味,家里人就不会不认得。妹妹说:"才让哥哥也有酥油味。"我说:"才让哥哥的骨头是酥油的。"妹妹问:"梅朵姐姐,你的骨头呢?"梅朵摸了摸自己的胳膊:"没有这么硬的酥油吧?"我说:"你可以在你的衣服裤子上抹点酥油,远远地一闻就知道是你啦。"梅朵低头看看,觉得会弄脏衣服,果断地说:"不,我可以把酥油装到口袋里。"我们都还没有意识到,对梅朵这是一个划时代的开始,因为她第一次穿上的汉服,就是那个时代的时尚,是漂亮的标准,从此在她心里便有了对汉服的信任和热爱,也悄然开始了一种还不知道好坏也把握不住分寸的转变。

我们从街上回来已是下午。姥爷做了拉面,姥姥炒了两个菜——茄子炒肉和青椒炒肉,加上醋和油泼辣子,吃得我们肚皮都朝天了。我问梅朵:"好吃不好吃?"梅朵:"好吃。""比糌粑呢?""比糌粑好吃。""比手抓呢?""也比手抓好吃。""你这个墙头草。"其实我也觉得今天的拉面拌菜顶顶好吃,可就是不愿意承认比藏族人的糌粑和手抓更好吃。吃完了,姥爷要送我们回学校。梅朵问:"西宁有没有狼?"我笑她:"狼怎么会跑到城里来?"梅朵说:"那送什么?我们知道路啦,可以自己走回去。"正说着,才让回来了。他放下书包,问我和梅朵饭吃了没有,又过去掏出自己的手绢,擦了擦妹妹刚吃罢饭的嘴。母亲说:"饿了吧?你先别管她,赶紧洗手吃饭,我们都吃了。"妹妹跑进厨房,端着一个碗出来,碗里一半是茄子炒肉,一半是青椒炒肉。才让看她一脸不高兴,紧问道:"怎么啦?"妹妹不回答。姥姥把一碗下好的拉面放到桌子上说:"她嫌我给你留的菜少了。"才让坐到桌边说:"不少了,这么多。"说着在拉面里调了醋和油泼辣子,拿起筷子,夹了一些菜放到上面,麻利地拌了几下,吃起来。我看着有些吃惊:他使用筷子的样子跟姥爷一模一样,熟练得就像筷子长在指头上,比我强多了。梅朵也有些诧异:从来没见过一个藏族人会如此娴熟地面对汉餐。

又是一个星期天，我正在校园里和梅朵商量要不要回家再吃一顿拉面，就见才让领着妹妹走进了师院附中的大门。我喊着"才让哥哥"跑了过去。梅朵追过来，从后面抱住我说："我要先和才让哥哥说话。"然后超过我，一头撞到才让怀里。才让问："你要说什么？"梅朵说："我不知道说什么。"才让说："那你和洋洋商量一下。"梅朵说："现在知道啦，寄宿班里没有洋洋只有江洋，还要叫洋洋的话，没有人答应你。"才让摸摸后脑勺说："习惯啦，看来我回去得给姥爷姥姥阿妈发表声明，从今以后，'洋洋'这个名字不许叫啦。他们会问为什么。我就说'江洋'是江河海洋，'洋洋'是洋人洋葱，你们说哪个好？"我笑起来，问道："哈风老师不给你单独上课啦？""不上啦，有人开始指责他啦。"我问："他是好人还是坏蛋？""好人里的尖子，每个星期天都给我讲大学物理和数学。""那为什么要指责？""我问过哈风老师，老师说不必奇怪，这个年代好人都是要受些磨难的，好比错位的时间，会蒙蔽所有的存在包括星球。"我听不懂才让的话，只觉得挺有意思。才让说："别的人呢？我来看看他们。"

在由教室变成的男生宿舍里，为了不挡住窗户的亮光，两层的铁床摆成了一个丁字形。躺在上铺看书的洛洛跳到地上，像大哥哥一样拥抱了才让。梅朵跑向隔壁的女生宿舍，响亮地说："才让来啦。"正在扫地的央金"啊"了一声，笤帚一扔就跑。女生们都跟了过来。央金尖着嗓子说："才让啦，你好。"才让愣了一下，突然就有些腼腆了："姨娘好。"央金呵呵一笑，瞪了一眼梅朵说："你就不叫我姨娘。"又对才让说，"我比你大不了几岁，你还是叫我姐姐吧。"梅朵说："姐姐也别叫，就叫央金，她是我同学。"央金打了一下梅朵，摸摸才让的脸说："这么白，像个姑娘。"才让脸红了，躲闪着。妹妹说："我才是姑娘。"央金戳戳她的脑门："你是谁的姑娘？是不是才让的姑娘？"妹妹说："是。"央金"噢呀"一声笑起来，又打量着才让说："你已经跟我们不一样啦。"才让穿着蓝制服、蓝裤子、白球鞋，剃着学生头，脸白白净净的，也没有草原人通常会有的紫晕，不

171

知道的人看不出他是个牧人的孩子。他躲开央金盯着自己的眼光说："你们也会不一样的，"说着看了一眼梅朵的红衣、黑裤、球鞋和尼龙袜子，"她不是已经不一样了嘛？"我说："她的脸还是藏族人的，我的也是。"才让问："你们学习紧张不？"央金说："比在沁多小学时轻松多啦，有的老师上课，有的老师不上课，布置的作业不做也没关系，不像强巴老师，你越不做他让你做得越多。"才让说："这样不行，你们还是要把作业做完，不然吃亏的是自己。"洛洛突然问："你坐没坐过火车？""上去过，哈风老师给我讲热能如何转变为动力时，带我去参观过火车头。"洛洛说："不会走出去以后不回来吧？"才让问："怎么，你想坐火车啦？"洛洛说："很多学生坐火车去了北京，我和央金也想去见见世面。"

当二十多辆卡车排着队浩浩荡荡进入沁多草原时，所有看到的人都感觉到了一种非凡力量的存在，都在猜测车厢里到底是什么。车队在县城停了下来，许多人都在围观。旦增县长接了司机们去县政府食堂吃饭，是刚宰的肥羊，还有请牧人装好的血肠和肉肠，吃得司机们满嘴流油，都说从来没吃过这么好的肉。

车队再次启程。已经没有正儿八经的公路了，只有一条随意碾出来的车道起着指引方向的作用，车慢下来。好奇的鹰盘旋着跟在后面，不知从哪里飞来的斑头雁也跟在后面。百灵鸟扑棱棱的，不停地飞起落下，清脆的唧啾如同茂盛的牧草，都能看得清迎风摇摆的样子。突然又有东西跟过来了，是一群藏野驴，它们的后面照例有狼。狼随随便便走着，没有要扑翻对方吃肉的样子，藏野驴似乎并不怕，走姿优雅，神态悠闲。有个司机打响喇叭，向藏野驴致意。藏野驴们愣住了，一个个扬头停下来，纹丝不动地望着汽车。突然一阵骚动，轰隆隆的声音爆发而起。它们跑起来，但没有跑远，绕了一圈又回到了原地，继续悠然自得地边吃边走。喇叭又响起来，所有的喇叭都响起来，但藏野驴们已经不在乎了，有的瞧着，有的瞧都不瞧。车队在路上停了一宿，第二天中午到达沁多小学。梅朵红的叫声就像晴天里的雷鸣。父亲从校门内冲出来，望着车队惊愕在那里：怎么回事？并不像旦增县长说的嘛，就算李志强是处境不好，也还是能解决问题的，这不是来了吗？几乎已经放弃希望的父亲像孩子一样跳了起来，喊道："大家快出来看。"学生们蜂拥而出。角巴站在不远处他自己的帐房前，同样也是一脸的惊讶。领头的司机把物资清单交给了父亲。父亲看着，脸上闪烁狂喜的光辉：真的一次性运来了，建校物资和办学物资一应俱全，甚至比他预想的还要齐全。他呵呵呵笑着，让女同学赶紧烧茶，再把糌粑和风干肉端出来。角巴走过来说："叫人来卸车吧，宰两只羊的要哩。"父亲说："我也这么想。"角巴转身上马，去叫人了。这是相当美好的一天，桑杰带着一些牧人来到了这里，有的卸车，有的宰羊。卸车的时候大家唱着歌：

> 有个奶奶对我说，
> 翻过那座山，再走就是金子山；
> 走过这片原，再走就是奶子原。
> 有个哥哥对我说，
> 吃掉的牛羊不是牛羊是大小骨头，
> 过去的苦难不是苦难是幸福源头。

一个一直忙着四处查看的青年来到父亲面前说："我叫韩朴，是西宁设计研究院的工程师。""噢呀，太好啦。"父亲说，"你跟我们的有些学生差不多大嘛，就已经是工程师啦。"韩朴蓝衣蓝裤蓝帽蓝鞋，这时又从蓝挎包里拿出卷起的图纸给父亲看："我参考了西宁的一些学校，大致就是这样的，还要根据地形做些修改。"父亲看了看说："院子太小啦，还可以大一些，我去过西宁的师院附中，比它只能大不能小。"韩朴说："有那么多学生吗？附中的学生应该有六七千吧？""现在没有，将来就有啦，我想办一所我死了以后还是好学校的学校。"有几个女学生过来，毫无顾忌地围着韩朴看。韩朴不好意思地低下头。父亲说："你长得太白净啦，等过几天太阳在你脸上抹上一层黑，她们就不看啦。"卸了一会儿砖的桑杰走来，老远就说："强巴校长啦，你的法力大得很，都超过官却嘉阿尼啦，一下子要来了这么多东西。"父亲说："轻轻飘过的祥云不让人知道，轰轰走过的黑云吓人一跳。这么多物资跟我有什么关系呢？是你不知道的人眷顾了沁多草原。"

建校工程很快开始了。父亲以为自己是理所当然的负责人，但敲定图纸后仅仅过了两天，他就发现不是了，角巴才是。因为只有角巴能做到无偿地调来劳力，而且来了不会偷懒，人前人后一个样。正在挖地基的时候，父亲对角巴说："只有小工没有大工，你说怎么办？""大工是什么？""木匠和泥瓦匠。"角巴说："我知道一个匠人，家在夏瓦尼措，那里最早的碉房就是他家造起来的。"父亲说："一个太少，至少得十个泥瓦匠五个木匠。""找到一个就能找到十个，让匠人去找匠人嘛。"角巴骑着枣红马离开了学校，几天后回来时，已是一支二十一个人的队伍了，其中一个竟是眼镜曼巴。父亲小声问角巴："没有报酬的事你说清楚啦？"角巴说："怎么没有？供吃供喝就是报酬。""那么眼镜曼巴呢？""是我请的，也是香萨主任派的，他今天是来看一看，以后会住在学校，孩子们有了病就不用跑远路啦。"父亲转忧为喜："那就是校医啦，我们连校医都有啦。"

很快地基挖好了，接着就是砌墙。角巴和工程师韩朴把施工安排得井井有条，一所在牧区草原绝无仅有的学校正在崛起，一天一个样。父亲插不上手，也不想插手，他的主要工作仍然是教学和管理学生。一天早晨，父亲一起床就去了角巴的帐房。他说："我梦见李志强啦，他好像坐在一座山头上，一脸苦焦地说，你把我忘了吗？醒来一想，物资收到啦，学校开建啦，都没有给人家汇报一声，你看我这个人，这么大的事都疏忽啦。我今天要去县上，给秘书长打电话，学校就交给你啦。"角巴说："没有李志强就没有学校，你赶紧去。要是人家不高兴，你就多多地点头哈腰。""点头哈腰可以，可惜电话里秘书长看不见。""人一点头哈腰，话也是弯的，他能听出来。"父亲又给韩朴说："麻烦你给学生上几节课吧，上午是语文数学，下午是数

174

学语文。"韩朴一来就住在角巴的帐房里，他边穿衣服边说："放心吧强巴校长，学生的课本我都看过了，从一年级到六年级我都会。"父亲吃了几口风干肉就出发了。

草原花季的尾声里，日孕呼吸着最后的香气，轻快地奔跑着。均匀的绿色、大面积的起伏，从天边启程，走向另一个天边。太阳就像一把宝光四射的巨剑，哗哗地挥舞，风吹来，斑斓的风吹来；鸟飞过，洁白的鸟飞过。蓝色的穹顶下，所有的都在沐浴。善解人意的日孕让心急的父亲早早地来到了县上。父亲看看还在高照的艳阳，丢开日孕，一头闯进旦增县长的办公室说："县长啦，别紧张，我不是来冲你要钱要东西的，我是来打电话的。请给我倒杯茶，渴死啦。""学校建得怎么样啦？""好得很，牛犊子一样正在长，越来越大啦。等你下次去，你就不认识那个地方是曾经的'一间房'。"说着拿起了电话。自然又是县上转州上，州上转省上，省上转到了办公厅。"麻烦你找一下李秘书长。""你是谁？这个时候找李志强？"说着不屑地哼了一声，扣了。父亲愣愣的，意识到李志强可能出事了，创建沁多中学肯定是他办的最后一件事。他放下电话说："县长啦，麻烦你告诉果果，让他去学校说一声，我去西宁啦。"说罢就走。旦增县长端着一杯浓酽的茯茶追出来喊道："茶不喝了吗？别忘了带些吃的，我给食堂打电话。"

日孕跑起来了。父亲甩动着缰绳说："能跑多快就跑多快，能跑多久就跑多久，我知道世上再也没有谁比你更懂得我啦。"日孕打着响鼻，回应着主人。一匹好马的本能告诉它：最快的速度一定不是闪电，狂躁永远是奔马致命的弱点，耐力的无穷才是快速接近远方的保证。它控制着力量的爆发，让肌肉的鼓动带着鸟鸣般的节奏，有力又不失均匀，而四蹄的摆动则像猎猎的旗幡，有疾云的自如，有快风的敏捷，云一直在飘，风一直在吹，除非父亲要求停下。终于到了，是个中午。父亲先去办事处寄存了日孕，然后直接去了省政府，没有人理睬他，更不可能告诉他李志强在哪里，正灰心丧气地往外走，有人追了上来，问道："你是哪里的？找李志强干什么？"父亲觉得没有必要隐瞒，就实话实说。那人突然变得有些诡谲，小声说："他病了，你可以去省人民医院找找。"父亲先去找了母亲，让她打听清楚了李志强的情况，又说了自己的想法，然后去邮局，拨通了旦增县长，麻烦他把果果叫来，有事情要商量。旦增说："什么事情你要背着我？"父亲说："你最好不要知道。"果果来了，父亲问："听说你现在是县政府办公室的负责人了？""县上找不到合适的人，叫我临时负责。""你有没有办法带几个人和一辆车来西宁？""县上的车是我管的，只要县长不干涉就可以。"

两天后，果果带着几个人和县上的卡车，直接来到了医院的后门，等了一会儿，父亲和母亲便搀着李志强悄悄走了出来。果果过去，几乎抱着把李志强塞进了驾驶室。父亲说："李秘书长，快说你家在哪里，把老婆孩子也接上，一起走。"李志强声音微弱地说："我没有孩子，只有妻子，妻子已经跟我离婚了。"父亲催促卡车快走，立刻出城："果果，李秘书长就交给你啦，你要拿命护送他到沁多草原，哪里也别去，直接去学校，把他交给角巴。"卡车疾驰而去。

父亲没有随车离开，是想去师院附中看看他的那些学生。他当天就去了，才知道洛洛和央金去了北京，是代表寄宿班去的，寄宿班现在由我和梅朵负责。我们在男生宿舍里围着父亲说了半天话，当说到梁辉校长已经下台，学校又有了新领导时，父亲问："他还在学校吗？我待会儿去看看他。"又问起我们的学习。我们说已经不上课啦，就剩下唱歌跳舞吃饭睡觉啦。父亲说："那还不如回草原，我也可以教你们。"我说："才让说回去的话中学就不能毕业啦。"父亲想了想说："才让说得对，只要是学校，就不会永远停课，总有一天你们要中学毕业，既然来了西宁，就不能半途而废。"正说着，才让匆匆忙忙走了进来，叫了一声"阿爸啦"，眼泪就出来了。大家都问道："你怎么啦？"他没说自己，而是说起了哈风老师，老师受到冲击啦，他实在看不过，就把老师藏了起来。父亲问："藏在了哪里？"才让说："家里。"父亲说："这件事你做得对，但家离学校太近，恐怕藏不了多久。"才让说："我来就是想请阿爸想想办法。"父亲叹口气说："哈风老师、梁辉校长，他们可都是人才，我有个地方可以保护他们，就是不知道他们愿不愿意去。你们等一等，我和才让现在就去问问梁辉校长。"已是黄昏，赤红在天边汹涌，像烧残了一堆堆的木头，城市灰烬似的散落着，山势从天际蔓延而来，带动着泛滥的风和污脏的云，用巨大的裂口包围着层层叠叠的建筑。父亲和才让很快回到我们寄宿班的男生宿舍，让我和梅朵现在跟着梁辉校长去他家，三个小时后把他们全家带到城外一个我和才让都知道的地方——湟水河滩，先祖的陵墓。

夜深人静，陵墓的冷雾带着天国般的诡秘，不合时宜的惊喜里，悲凉比原野还要苍茫。我们到达时，父亲、才让和哈风老师已经等在那里了。父亲让我和梅朵赶紧回学校，自己带着别的人往南走去。后来我知道，天亮前他们走进了一片茂密的树林，父亲说："你们就在这儿等着，千万别到公路上去。"他先把梁辉的爱人周莉扶上马背，自己再骑上去，让她从后面牢牢抓住他，然后接过一个五岁的女孩搂在了怀里。父亲说："别着急，我很快回来。"话音未落，日孓就迈开了步子，走着走着就跑起来。他们往南驱驰了三十多公里，就看到了草原和牧人的帐房。父亲下来，牵着孩子拉着马，走过去用藏话跟拦住狗不让扑咬的主人说起来，然后扶梁辉的爱人下来，对她说："你们就在帐房里待着，别着急，别的人很快就到。""你认识这家人？""认识。"父亲撒谎了，只为了给她一个定心丸。其实他真正想说的是：虽然不认识，但一说扎西德勒，就算认识啦。父亲借了牧人唯一的一匹老马，连在日孓尾巴上，跑回了树林。现在，父亲、哈风和梁辉骑上了日孓，才让骑上了那匹老马。还是一路奔跑，日孓竟没有一点负重喘息的样子。哈风说："我从来没骑过马，没想到马这么厉害。"梁辉去过沁多，自然是知道日孓的："我们有幸骑上了草原上最好的马。"很快他们跟先前送到的人会合，又采取同样的办法，一程一程往前赶。一个星期后，他们进入了沁多草原，第一个遇到的帐房，竟然又是喜饶家。他们在喜饶家休息了一天，然后骑上了喜饶家的三匹马，喜饶的阿爸又从邻居家借了一匹马，一行七人走向了沁多县城，又走向了父亲的学校。到达时，哈风和梁辉夫妇都被磨烂了大腿，但心里是松快的。哈风说："空气清透，能见度这么好，海拔高，离天近，安静得如同桃花源，这里是研究物理的最好地方，根本用不着最高级的天体望远镜，用不花钱的哈风望远镜就可以了。""老师啦，你又可以讲课啦。"才让说着，扑向了角巴，"爷爷啦。"

角巴抱着才让亲了一下，然后带着韩朴快步迎过来。父亲丢开日尕的缰绳，把角巴拉到一边小声说："有一对夫妻，是汉族人。"意思是不能像藏族人一样大家合住一顶帐房。角巴"噢呀"一声说："没关系，不就是搭两顶帐房嘛。"说着，连来客的面容都没看清，转身就走。梁辉喊一声："扎西德勒。"角巴回头一看，认出他是当年保育院的院长，赶紧弯腰问候。梁辉说："又来添麻烦了，一遇到过不去的坎，就来求你们救命，真不知怎么感谢才好。"角巴说："救命的事我们做不来，就是提供些吃喝罢了，不算什么。你们先住着帐房，不要急，学校马上就起来啦，房子多得住不完。"父亲说："我给学校请来了六位新老师，以后多多地招生的要哩。"角巴四下看看："还有谁？"父亲说："把才让算上，今天来了四位，加上韩朴和李秘书长。"角巴欢喜地"噢呀"了一声。父亲问："李秘书长呢，怎么样啦？"角巴说："安顿到家里啦，卓玛和旺姆伺候着，眼镜曼巴一天去一趟，已经好多啦。"父亲说："那你赶紧走吧，还不知要去哪里借帐房，得跑很远的路吧？""就用家里的，路不远。""那我跟你一起回家，去看看李秘书长。"才让急切地想见到阿爸和阿妈以及其他亲人，大声说："我也要去。"父亲又对韩朴说："新来的人就交给你啦，你要让他们吃好喝好。"韩朴说："没问题。"又觉得不够藏族人，连说几声"噢呀"。

学校终于完工了，五排教室、三排宿舍、一排办公室、一排教师宿舍，还有一个大食堂和一个小食堂，原来的"一间房"，则被拆除牛皮隔断后，成了唱歌跳舞开大会的礼堂。一人多高的围墙，带着滑轮的铁门，小学生的小操场和中学生的大操场。根据父亲的建议，将计划中的"沁多中学"改成了"沁多学校"，分小学部和中学部。办公室的门边挂着牌子，校长办公室，里面自然是父亲；数学组，里面是韩朴；语文组，里面是梁辉的爱人周莉；物理化学组，里面是哈风；历史自然组，里面是梁辉；教务处，里面是李志强；机动组，里面是才让，才让也是老师了，而且是什么都可以教的老师；医务室，里面是校医眼镜曼巴。至于角巴，给他分了办公室他不去，他知道自己什么也不是，就是想给父亲帮帮忙而已。父亲说："万事俱备，只欠东风。"角巴问："什么是东风？"父亲说："这么大的学校，不同年级的学生加起来才两个班。角巴啦，你我的事还多着呢，学校的管理交给李志强教务长，我们两个得跑起来，不分季节地招生，只要想来上学，什么时候都可以。""你不会是想把全沁多县的娃娃都搞到这里来吧？""这才是初步打算，我的想法是让全阿尼玛卿州的藏族孩子都争先恐后来上我们沁多学校。""啊啧啧，我看你永远睡不醒，这么大的事情是你能办到的？你又不是神。俗话说山是山水是水，会站的站会流的流，连翅膀都没有就想飞到天上去。我不跟你跑，求人下话的事我干不来。""你又不是没干过。"父亲嘿嘿一笑说，"你过去为什么要当沁多部落的头人？牛多羊多属民多，鹰背着你的名声，天上地下这里那里到处传，你要的是不是这个？""不全是。""不管是不是，将来以后，角巴德吉的名声喜马拉雅山挡不住，传得跟月亮星星一样远，因为学生数不清，弟子遍天下。"角巴哼哼一声不说话。"角巴啦，听我的，你去沁多公社、白唇鹿公社、雪豹岭公社和玛沁冈日牧马场，我去其他五个公社，招来一个是一个。""不去不去，这一次你说死我也不去。"角巴转身走向了校门外的沁多河，河边有他的帐房。父亲大声说："给你分了宿舍，为什么不住？"角巴说："你想把我憋死吗？"

　　第二天，父亲还想说服角巴，却没见他来学校，就问依然住在角巴帐房里的韩朴。韩朴说："他天不亮就走啦，说是你派他去的。"父亲说："这个角巴，还有这样口是心非的？"韩朴说："我听出来啦，他对你佩服得不得了。"父亲说："佩服我干什么？这么好的学校有啦，我连学生都招不来。角巴比我能，我说十句不如人家说一句。"

又问，"你真的不回西宁啦？"韩朴说："设计研究院乱得很，没有人专心搞业务，我回去也是没事干，加上我父亲过去是开银行的，还得受歧视。"父亲"哦"了一声："那就不能回去啦，学校好歹是平静的，对你只有高看，没有歧视，不过学校只能管吃管喝，工资发不出来。""这个我知道，我一个单身汉，有饭吃就满足了。""好好干，总有一天我们会给你发工资。"

3

父亲和角巴的鞍马劳顿，将近一个月的说服动员，又使学校的学生增加了差不多一个班。但疲倦的父亲并不满足，叫上角巴，来到教务处跟李志强商量。父亲说："整个沁多县仍然有百分之八十的孩子没来上学，这是不可以的。"李志强沉默了片刻说："可以不可以应该政府说了算，不是你，你能做到这一步，就已经是破天荒了。"父亲说："我也可以说了算，办学是我的事嘛。"李志强说："如果让县政府出面，下文件，定指标，规定牧人的孩子必须上学，可能会好一些。"教务处只有两把椅子，父亲拖过来一把让角巴坐下，自己坐到桌子上说："下个文件当然好，就是不知道旦增县长肯不肯，不管啦，我今天就去县上。"角巴说："文件好是好，牧人看不懂，你念的是文件，他听的是经。"父亲说："那就更好啦，我拿着文件一户一户地念，经上是这么说的，你们是怎么做的？还不赶紧照办。"李志强望着角巴："行不行？"角巴说："行不行还不知道，我倒有个办法……"父亲看他欲言又止，急了："说呀。"角巴哼哼一笑，闭实了嘴。父亲说："不告诉我也好，你干你的，我干我的，你招来的学生要是超过我，我就把校长的位子让给你。"角巴说："好嘛，就凭你这句话，我连觉都不睡啦。我当校长的第一天，就把你打回姥姥家去。"父亲从桌子上跳下来说："一言为定。"李志强不习惯这种讨论问题的方式，瞪起眼睛看着父亲和角巴并排挤出了门。

门外立着才让，笑着说："爷爷啦，阿爸啦，你们的话我都听见啦。"角巴说："听见了好嘛，我和你阿爸的比赛开始啦，你站在谁的一边？"才让说："我站在爷爷的一边，爷爷的本事连草原上的瞎老鼠都知道。"父亲听出才让是在激励角巴，笑道："这么说我连瞎老鼠都不如啦，硬要跟角巴比高低。"才让说："你们都比来比去地抢着干，我也不想闲着啦。"他说现在各门功课都有老师，他插不上手，想去阿尼琼贡看看香萨主任，要是主任愿意，就想留在他身边学经。父亲和角巴都吃了一惊，互相看看，一时不知怎么表态。角巴摸着才让的头说："望星星的时候望不见太阳，星星可以数，太阳不用数。你把世事搞清楚了再做决定。"父亲说："你角巴爷爷说得对，新社会了，不一定当阿卡才算有出息。"才让说："不当阿卡就不能学经吗？这件事问了香萨主任才知道。""天热了捂袍，天冷了脱毛，怎么这个时候想起这件事了？"角巴说，"要去悄悄去，不要到处说，要是香萨主任不收留你，那是很丢人的。""噢呀，我要是明天不回来，那就是留在阿尼琼贡啦，请不要惦记。"才让说着，跑向了学校东南角的马厩。父亲喊着叮嘱他："骑着麦秀去吧，斯雄的性子太烈。"但才让骑走的却是斯雄。

　　父亲来到县上时，旦增县长正要出去。他把县长堵在办公室的门口，藏话汉话地混合着说出了自己的请求。旦增县长没好气地说："办学校本身就是一大错误，再扩大招生就是一错再错，你疯了吗？现在是什么时候？你却要我下文件，定指标，把牧人的孩子招来学文化，快闭上你的嘴，别再做梦啦，我也是为你好。上个星期去州上开会，才让州长点了你们学校，你要小心点。""学校怎么啦？""不是藏着就是掖着。"父亲心里一揪，以为李志强、哈风、梁辉、周莉、韩朴在沁多学校避难当老师的事传出去了，赶紧说："你把话说清楚，到底怎么回事？""草原上没有人不知道角巴现在是学校的一个人物，谁允许的？"父亲松了一口气："我忙不过来，请人家管管学生，有什么不可以的？""强巴校长啦，不要再给我犟啦，你难道还没看出来？赶紧把盔甲穿上，保护自己要紧，没事的时候，多看看报纸，听听收音机。州上紧急通知，让我立马去开会，还不知道又要传达什么。”父亲看着旦增县长匆匆离去，推开办公室的门看了看，走进去把办公桌上一个巴掌大的半导体收音机装进口袋，写了张借条压在了玻璃板下面。他怏怏不乐地穿过走廊，正要下楼梯，就见果果走了上来。

果果问他来干什么，他就说起空荡荡的学校，说起旦增县长不愿意下文件，督促牧人的孩子来上学的事。果果说：“我也是一个牧人的孩子，当初为什么能到县上当通信员拿工资？不就是认识几个字吗？你在为牧人做好事，我应该大力支持才对。”父亲笑笑，不吭声，意思是你的支持要是有点用处就好啦。果果又说：“什么是文件？盖个汉藏两种文字的大红印戳就是。这个世上我最佩服的就是你，你在院子里等一会儿，我去给你办。”几分钟后果果回来，把一张印有“沁多县人民政府”字样和盖着县政府圆章的空白纸放在了父亲手里，得意地说：“怎么样？”父亲接过来，高兴地问：“噢呀噢呀，太好啦，怎么盖上的？”果果说：“印戳是办公室管的，我是办公室的负责人，这点事不算什么。”父亲转身就走，突然又停下，鞠了一个躬说：“多谢啦果果，你是个大好人。”

父亲回到学校，在盖了章子的空白纸上用汉藏两种文字写上了送孩子上学的规定：所有牧户十五岁以下的孩子必须上学，上学是免费的，但必须自带一学期的酥油、糌粑、风干肉，以及入学的最后期限等等，然后骑着日尕出发了。他看到角巴还在河边慢腾腾地给马刷毛，策马过去说：“你怎么一点也不着急？这一次，我招的学生肯定比你多。”角巴说：“那就走着看啦。我，沁多草原的角巴德吉，知道牲畜是个宝，牧人离不了。你看你的日尕，毛都奓起来啦，好好地养的要哩。”父亲抚摸着日尕说：“对不起啦，这一向忙得屁都来不及放，等我赢了角巴，放你到草原上随便吃草，秋天快要来啦，牧草就要结籽啦，多多地吃，吃得比角巴还要胖。”日尕咴咴地回应着，像是说：我也是这么想的。父亲说：“这次我打算三级政权都跑到，先公社，再大队，再生产队。”“来不及啦，不等你跑完，大雪已经覆盖草原啦。”父亲摸摸披纷的马鬃：“日尕啦，咱们争取。”角巴说：“那就快去，我也要走啦，我是在等才让，到现在没有回来，看样子是留在阿尼琼贡啦。""我也这么想。"角巴感慨地说："才让有本事，要是香萨主任能收他做个口耳相传的弟子就好啦。家里出一个精通经法的人，万事就会顺利些。"

接下来的时间，父亲骑着日尕，几乎跑遍了沁多县有人迹的地方，每到一处，他总要用藏话至少念三遍文件，然后把"沁多县人民政府"的字样和大红的印戳亮给对方看。对方不管是公社主任，还是大队长小队长，或是普通牧人，都会毕恭毕敬地对待他和文件，"噢呀噢呀"地答应。他再三叮嘱："别超过了期限，藏历十月初一前，务必到学校报到，知道学校在哪里吧？过去的'一间房'。"或者说，"期限马上就到啦，让学生现在就跟我走吧？"等他跑乏了日尕，跑完了所有该跑的地方，回到学校时，已经是十月初四，自己来报到和跟着他来的学生，加起来也就十六个。他皱歪了眉头，一口口地吸着冷气：怎么搞的，难道盖着大红印戳的经在基层干部和牧人那里已经没有威望了吗？他又去跟李志强商量。正在调弄收音机波段的李志强说："你这样假传圣旨恐怕不是个办法，还得靠政府的大力支持，县上不行，就去州上，我就不信这些领导不懂孩子上学的重要性。"父亲想想说："噢呀，李教务长指点得极是，偷偷摸摸干不了大事。今天晚啦，我明天就去州上。"李志强说："角巴呢？好长时间不见了。"父亲说："还不是跟我一样在到处跑，我靠的是文件，他靠的是三寸不烂之舌。"

父亲去了州上。他怜惜日尕，放它去草原上吃草，自己骑上了斯雄。一骑上斯雄，父亲就想到了才让。斯雄是才让送回来的，他回来时骑着一匹马拉着一匹马，拉的是香萨主任的坐骑，一匹壮硕的铁青马。才让看父亲和角巴都不在，就向所有老师和所有学生告别，似乎忘了角巴让他"悄悄去，不要到处说"的叮嘱，见人就说："香萨主任收留我啦，我已经是主任的亲炙弟子啦。"铁青马便是"亲炙"的标志。父亲摇摇头：到底年纪小，有了荣光就想炫耀。去完了州上，再去阿尼琼贡，一定要给才让说：经要默默地学，法要藏起来修。父亲正想着，就听身后一阵嘶鸣，扭头一看，日孕跟来了。他掉转马头，看它飞快地靠近着，疼爱地说："你一连跑了一个月，哪匹马受得了这样的累？回去吧，吃吃草，喝喝水，睡睡觉，你也该休息几天啦。"日孕停下来，又是一声嘶鸣，像是请求：你还是应该骑上我，主人，我还能跑，还能跑，还能跑，主人。又像是抗议：为什么丢下我，为什么骑上它，主人？父亲知道在日孕的意志面前，自己没有别的选择，它会不吃不喝一直请求和抗议下去。他下马，把斯雄的缰绳缠到马身上，从一头解开嚼子，打它一下让它回去。斯雄没有立刻走开，遗憾地望着父亲跨上了日孕平阔的脊背，等他走出去好远，它才边走边撕咬着牧草，回学校了。

一路上父亲都在琢磨：到底是先去找才让州长，还是先去找王石书记？论感情他应该先去见见王石，好长时间没见啦，有点想他啦，还担忧着他的身体，千万别越来越糟糕，高原反应是会要人命的。但谁都知道才让州长是个很计较的人，要是先找了王石，他就会觉得对方瞧不起自己。何况王石因为身体原因，一直想调去西宁，能放权就放权，而才让是以州为家的，能抓权就抓权，所以在阿尼玛卿州，州长的权势远远超过了书记的。到达的时候是第二天下午，就在拉马走进州委大门的瞬间，父亲决定还是先去见王石书记。他把马拴在大院一角专门停马的地方，匆匆走向办公楼，直奔二楼王石的办公室，推门不开，就去隔壁打问：王石在哪里？有人说："已经好几天不见啦，大概去西宁了吧？他身体很不好。"

才让州长黑着脸接见了父亲，他站着，父亲也站着，中间隔着一张长条桌。父亲在谦卑地问候以后，提到学校，提到了希望州上下文件招生的事。才让州长摆摆手打断了父亲的话："不好办，现在的形势不便于办学招生。"父亲急了，大声说："才让州长啦，这跟形势没关系，办学招生是百年大计。"才让州长哼了一声说："下个文件容易，但你得拿出实际行动来。""什么行动？""把角巴德吉撵出学校，然后送到州上来，我立马给你下文件。"父亲瞪着对方，半晌才说："角巴是好是坏连草原上的麻雀都知道，我们不能昧了良心。"才让州长坐下来，也让父亲坐下来，叹口气说："我也是想给你个接受考验的机会，你知道这件事并不是离了你就办不成，我明天就可以派人派车把他请到州上来。他在学校干了什么，有没有向学生灌输剥削阶级思想，必须说清楚。"

日朵的奔跑风驰电掣，就这样父亲还在催，手里的鞭子一晃一晃的。他很少打日朵，晃一晃日朵就明白。招生和文件在风中消散，渐渐没有了，沉甸甸地压在心上的是王石的健康和角巴的安危。王石的健康他无能为力，一点点忙都帮不上，角巴的安危却可以由他说了算。他觉得首先要找到角巴，让他不要回学校，也不要回家，找个地方躲起来。辽阔而深广的草原，随便找个牧家住着，就能在别人眼里消失。他抬起屁股，弓着身子，让脑袋在风中钻探，快一点，快一点。他想先去学校，看不到角巴再去他家。要是家里也没有呢？角巴啦，角巴啦。他一会儿心里念叨，一会儿嘴上念叨。日朵歪头一眼一眼地瞅着他，不知不觉改变了奔跑的方向。父亲说："日朵啦，那不是回学校的路，这边，这边。"他拽着缰绳，日朵却拽着他，人和马较起了劲，连马嚼子都给拽歪了。突然父亲明白过来，让日朵停下，跳到地上，拽着笼头取下了硌嘴硌牙的嚼子："日朵啦，我听你的，想往哪里跑就往哪里跑。"两个时辰后，父亲看到地平线上出现了长长的一队人。日朵像是冲刺，撒开四蹄狂奔而去。父亲说："我知道你鼻子灵，几十公里外就能闻到人的味道，可你别闻错啦，我找的是角巴，不是随便什么人。"到了跟前他勒马停下，问道："怎么这么多人？要去哪里？见没见过沁多公社的角巴德吉？"话音未落就听队伍前面有人喊："强巴校长啦，你是来接我们的吗？"

父亲这才发现所有的人都是孩子，除了角巴。角巴兴冲冲地朝他走来。他赶紧下马，问道："你的马呢？""跑死啦。"父亲长长地哦了一声："就为了招生，你连马都跑死啦？"望着孩子们又说，"这些都是吗？啊啧啧，一百多有了吧？""一百二十个。你呢？"父亲不好意思说出来，翘起手指比划了一下。角巴问："一百六十个？""十六个。""也不错，加上这一百二十个，又能增加至少三个班啦。""还是你厉害，招了这么多。"角巴叹口气："比我想的还是少了些，我给牧人们说，娃娃不必带酥油、糌粑、风干肉，学校管吃管喝管住，此外送一个学生到学校，奖励一只自留羊。""他们相信啦？""羊都拉回去啦。""哪里来的羊？""我给桑杰说，公社畜产品站无论如何得支持一下。桑杰说给学生供应吃喝不成问题，奖励一只羊也不成问题，只要少交些公购畜就能做到。我说你太老实啦，畜产品站不是生产大队，它的牛羊不应该算到公社牲畜的存栏率里。没有存栏率，公购畜就摊不到它头上嘛。"父亲伸出大拇指："这个办法好，怪不得那天你说牲畜是个宝，牧人离不了。"他们都忘了双方是在比赛，忘了那个谁招来的学生多谁就是校长的约定。

突然，父亲的表情就像天狗吞了月亮，一丝丝光亮也没有了。他拉着角巴离开围观的孩子们，如此这般地说了他跟才让州长的谈话。角巴愣愣的，半晌才说："你要我躲起来？躲到几时？半年还是一年？那不成冬眠的瞎老鼠啦？我要是不躲呢？跟他当面讲道理呢？""他不讲道理。""那我也得搞清楚他为什么不讲道理。我，沁多草原的角巴德吉，从来不是躲着过日子的人。""你可以这么想，但我不能这么做，我就是死，也不能把你送到州上去。""谁叫你送啦？我自己去。"角巴一把夺过父亲手里的缰绳，"娃娃们交给你啦，你带他们去学校。我去州上问问，角巴德吉到底是好人还是坏蛋？"说着，几乎连鞍子都没有碰到，就轻巧地翻上了马背。日杂认得老主人，长嘶一声就要跑，父亲一把拽住了尾巴。日杂为难了：是听老主人的还是听新主人的？犹豫了片刻，扭头看看被拽直的尾巴，毅然安静下来，它选择了父亲。角巴喊起来："强巴校长啦，你难道不明白，我要是躲起来，他们就会跑到学校里来找我，那些你请来的老师不就暴露了吗？"父亲无话了，角巴是对的，现在的学校决不能让那些不安好心的人进去。他松开了日杂的尾巴，日杂意识到了父亲的妥协，后蹄一蹬，飞驰而去。父亲望着角巴迅速远去的背影，懊悔得捶胸顿足：回到学校再告诉他就好啦。他想陪他去，可现在连匹马都没有，再说去学校的路还很远，这么多孩子必须在旷野里过一夜，作为校长他不能丢下不管。

父亲第三天才带着一百多个孩子来到了学校，立刻忙起来，分班级，分宿舍，分文具，分课本作业本，分洗漱用具，分被褥，分衬衣衬裤，分手纸，发动老生教会新生如何使用毛巾、肥皂、手纸，如何刷牙等等。所有的老师都在忙，学生们跑来跑去。梅朵红知道自己的职责，到处走动着，闻闻这个闻闻那个，尽快熟悉着每个新生的味道。梁辉来找父亲，说是周莉发现的，在校外的草地上，晾晒着几个装了草灰的小布垫子。草灰本身不卫生，重复使用就更不合适了。父亲愣了半天，才明白梁辉指的是什么，拍了一下额头说："我真是太粗心啦，从来没想过这个问题，第一届学生已经小学毕业啦，我都不知道她们是怎么解决的。"梁辉说："周莉说了，最好有卫生带和草纸。"父亲说："我想办法，一定想办法。多大的孩子才会来月经？"梁辉说："这个……我去问问周莉。"他速去速来，说，"不一定，有的发育早，有的发育晚，有的十一二岁就来了，有的十五六岁才会来。"父亲拍打着自己的头说："现在有了中学，所有的女生都会遇到这件事，我这个校长是怎么当的嘛？"

桑杰带着两个牧人来了，赶着许多肥硕的牛羊，驮着几十袋糌粑。父亲说："真的要管吃管喝啦，好啊好啊。"又发动学生去河边捡来许多石头，堆在了学校院墙的外面。桑杰和两个牧人立刻修起了碉堡仓，仓中有小门，门内是铺着石头的深坑，可以保证肉食一年四季不腐坏。他们沿墙修了一溜儿，每个碉堡仓至少可以储存一千斤剔骨肉，然后就开始屠宰。父亲一边帮忙一边说："学校有奶牛，仓里有肉食，厨房有糌粑，就是吃不上菜怎么办？"桑杰说："菜是什么？""就是萝卜、洋芋、白菜、豆角、大头菜、辣子、茄子什么的。""都是些什么东西，非要吃吗？""噢呀，不吃的话娃娃们身体不好。""我看好得很嘛。""好什么？我当副县长时统计过，沁多县牧人的平均寿命只有三十一岁，比城里人差远啦，一个重要原因就是吃的样数太少，过来过去就是肉食和酥油，连糌粑好好都吃不上。"桑杰举着卸肉的刀子说："这个样子的话，我回去就想办法。""还有件事，如今学生多啦，食物又是学校供应，做饭就不能单靠学生自己啦，食堂里得有厨师，你在沁多公社能不能派一个？"桑杰想了想说："这么多人要吃要喝，一个人不够，就让尼玛和旺姆来吧，派别人的话我不放心。""家里的牛羊怎么办？""有我和卓玛，辛苦一点罢了。"

正说着，就见一队人马从远处走来，为首的是白唇鹿公社的主任拉巴。拉巴远远地下马，走过来说："强巴校长啦，不认得我了吗？"父亲说："认得是认得，就是不敢跟你说话。""这是为什么？""我是办学的，你是反对办学的，我们念的不是一个经。""你这个校长，不知道人是会变的吗？我今天把娃娃们领来啦，你到底要不要？"父亲这才注意到纷纷下马走过来的都是孩子，心想这是怎么回事？拉巴说起来，前几天他去了一趟阿尼琼贡，想给香萨主任送些酥油和肉食，再祈求主任保佑公社和家人无灾无难。香萨主任闭关修行不见人，派了个弟子出来给他祈福。那弟子的声音比唱歌还好听，又亮又管用，听他祈福前他的肚子疼，听完了祈福就舒服得好像没有肚子啦。那弟子说你不来这里我也会去找你，香萨主任说啦，世道变啦，凡是敬信他的牧人，都应该送孩子去上学，念书的出息是你们这些不灵醒的老牧民不知道的，送一个孩子上学，等于积攒十年朝拜的功德。回到白唇鹿公社，我见人就说，香萨主任你们信不信？信的话就把娃娃送到我家里来，我要送他们上学去。父亲寻思，香萨主任对办学变得这么积极，一定是才让做了弟子的缘故，才让还是个孩子，能有什么办法让师父改变主意呢？父亲说："你说的这个弟子，就是桑杰家的才让，他也是我的孩子。""知道知道，现在我就放心啦，你跟香萨主任是一家人，你的意思也是主任的意思。"父亲大致数了数学生又说："这一来就是六十多个，差不多就是白唇鹿公社适龄孩子的一半了吧？"父亲喊来老生把新到的学生带进学校，交给李志强安排，自己在沁多河边角巴的帐房里招待了拉巴主任。吃喝的时候，拉巴说："没想到'一间房'变成这个样子啦，没有角巴学校恐怕起不来吧？"又神秘地压低声音说，"从前的'一间房'是角巴的，住过一个汉族姑娘，没人敢来捣乱。""什么汉族姑娘？我怎么没听说？""角巴没给你说起过？那你问问他的要哩，那姑娘的美丽是草原上没有的。"

一说到角巴，父亲心里就又不是滋味了，草草打发走了拉巴，就去学校和李志强商量，说他想去州上看看，不去的话心里难受，吃不下饭，睡不着觉。李志强说："去看看是对的，但不要跟才让州长发生正面冲突。"父亲骑着斯雄出发了，走着走着就开始犯困，闭上眼睛睡了一会儿，结果从马上摔了下来。过去他是经常骑马睡觉的，只要他睡着，日尕就会变得非常警觉，步履尽量稳健，身子尽量随着他的摇摆，行走的方向绝对不变。斯雄就做不到，虽然它也是一匹好马，但比日尕的灵性还是差了很多，它也能关照到睡着后的主人，但时间一长，它自己也会犯困，深一脚浅一脚的，行走的方向也不是主人要去的。父亲从地上爬起来，看到离河不远，就去洗了把脸。再次上路时，他打马跑起来，没有哪个骑手会在奔跑的途中进入梦乡。

父亲第二天到达州上，走进州委大院后在停马的地方没看到日尕的影子，就觉得凶多吉少，丢下斯雄，闯进楼门，直奔州长办公室。才让州长一见他就说："你来得正好，我正要派人去你们学校呢。角巴好大的胆子，骑着高头大马，在州委大院里转了一圈就又走啦，好像他是来向我示威的。那个女人是谁？"父亲愣了："哪个女人？""别再装啦，老实说吧。"原来角巴走进州委大院后，正在向人打听才让州长在哪里，就见一个女人朝他走来，跟他说了几句话，两个人便一起跨上马背奔跑而去，再也没有露面。父亲一脸纳闷："会有这样的事？"他赶紧往回走，到了学校，发现角巴正在帐房前给日尕刷毛，松了口气，走过去说："就你一个回来啦？不会还有一个女人吧？"角巴瞪他一眼，没有回答。

学校的学生越来越多了，几乎天天都有新生前来报到，有本县的，也有外县的，问起来，都说是香萨主任的弟子才让叫他们来的。父亲想去阿尼琼贡问问才让，到底怎么回事？还没来得及出门，才让就来了。那一刻父亲正从大食堂打了饭出来，边走边跟官却嘉说着话："你能来就好，学校大啦，学生多啦，太需要你啦。""强巴校长啦，就是你能想到我。"尼玛和旺姆已经到位，但学生一直在增长，人手还是不够，他派人去了一趟阿尼琼贡，把官却嘉阿尼也找来了。官却嘉是个喜欢热闹的人，修行人的生活、幽静的环境，对他来说太寂寞太枯燥了。正说着，父亲抬头一看："才让?"才让拉着香萨主任的铁青马，笑嘻嘻地望着父亲："阿爸啦，你好，学生到底来了多少?""差不多有一千啦，香萨主任的支持起了大作用，快说说，到底怎么回事?"才让说起最初的过程，香萨主任问他认识多少藏文字，他说所有的字他都认识。主任就让他读经，是宗喀巴大师的《菩提道次第广论》。让主任吃惊的是，他不仅能流畅地朗读，读过三遍以后就能全部背诵。主任说这样好的记性他没见过，要是不收他做弟子，雪山大地是要怪罪的。父亲还是有些疑惑：就算主任喜欢你这个弟子，也不能凡事听弟子的吧? 才让说："修行到家的人总想有一些作为，不想浪费了自己的本事，我给他推荐了学校，那么多学生，总得有人教藏文吧? 不光他可以，识字的阿卡都可以。"父亲沉思着点点头："我明白啦，这才是香萨主任支持办学的原因，这么大的学校，能教藏文的只有我一个，还忙得顾不上，再要是不请老师，藏族人的孩子上完了学还是不认识藏文，等于半个文盲。""你等着吧，一旦香萨主任来学校教藏文，学校的学生还会迅速增加。"父亲笑了："我也这么想，在牧区办学校不容易，能利用的都应该利用，最好学生多得能把所有教室宿舍都占满。不过有一样，他们都不能穿着修行人的衣袍去教室，还得按照我编写的藏文教材上课，不然就不是学校是阿尼琼贡啦。""噢呀噢呀，香萨主任的俗袍我已经准备好啦。"才让说着就要走。父亲说："不见见你角巴爷爷啦?""不见啦，老师早一时请来早一时安宁。"

冬天，一个大雪纷飞的日子，父亲来到县上，在旦增县长的办公室里摔碎了一只瓷杯，瓷杯是县长去省上参加积极分子代表大会时发的，他格外珍惜。父亲吼起来："县长大人没长耳朵吗? 我恳求了多少遍? 给学校买一些草纸，你为什么答应了不算数?"旦增县长气得涨红了脸，用同样高的声音说："我忘啦，我一个县长，为什么要给你买草纸？草纸是干什么的？""问问你老婆就知道啦。""我老婆不用草纸。""怪不得，告诉你，草纸是女学生离不了的。"有几个人推开门看看，很奇怪他们居然在为草纸争吵。父亲回头一看，里面有女的，跳过去一把拉进来："你给你们县长说，草纸到底重要不重要，没有草纸的结果是什么？"那女的红了脸，挣脱父亲的手，转身跑了出去。旦增县长对门口的人摆摆手："去吧去吧，有什么好看的？"父亲大步过去敲开了门，喊道："你怕丢人是不是？我不怕，我就是要让全县干部都知道，他们的县长是个什么人，连个草纸都买不来，还问我草纸是干什么的。"旦增县长妥协了："好好好，你再别喊啦，我给你办就是啦，立马派车去西宁购买，用最快的速度送到学校。""这就对了嘛。"旦增县长摇摇头又说："我忙得都火烧眉毛啦，今天开会，明天下乡，贯彻这个，执行那个，你倒好，来我这里不是草纸就是裤衩，草纸重要还是县上的工作重要，你这个人永远搞不清，滚。""滚是什么意思？""就是地上打滚的意思。""好，那我就打给你看。"父亲吹着气，倒在地上，打了一个滚，站起来，走出门去，又回头说，"后天，是极限，草纸不来，我就天天来这里大喊大叫，县长大人你就考虑吧。"父亲不能不生气，草纸说过七八遍了，每回旦增县长都说："就办就办。"说完就忘了。父亲必须用这种办法实施督办，不然女学生的草纸永远都是想象。

在父亲定为极限的"后天"，县商业局的卡车给学校送来了整整一卡车草纸。父亲笑呵呵的："这样的话，全体学生的手纸也包括在内啦。"之后，学校老师周莉受父亲委托，对已来月经的女生做了统计，并给她们每人发了两个卫生带，还举办骨干培训班，教会她们如何使用卫生带和草纸。做卫生带的布是学校的，裁缝是县上的，三个裁缝铺同时做起，几天就做了两千多个。工钱由州上支付，是果果以增加办公用品为借口从县财政申请来的经费。他说："我现在是有身份的人，其他的事可以不办，强巴校长的事一定要办。"旦增假装不知道。

还是冬天，雪沃草原的日子，父亲听说王石回到了州上，便骑着日尕去看他。角巴骑着麦秀跟上来说："也不给我说一声，我也想去州上。""你去干什么？""转转。"父亲笑了笑："我知道你是想去州上找那个女人。"角巴不吭声。父亲问："她在哪里？"角巴摇摇头，沉默了一会儿说："那天突然一见她，心里就扑腾扑腾的，问她怎么在这里？她说这里不是说话的地方，出去说吧。我们骑着日尕到了马路上，她问我好不好？我问她好不好？我说好，她也说好。正要问她住在什么地方，她跳下马就走，好像不想让别人看见，逃跑啦。我在州上转悠了两天，去跟才让州长当面讲道理的心思也没有啦，就想找到她。"父亲加快了日尕的速度说："什么事情能难住草原上的角巴德吉？你肯定能找到。"

停了的雪又下起来，左一帘右一帘的雪瀑被风裹挟着，跌落在草原上，又让雪浪激溅而起。茫无际涯的白色、厚重的覆盖，让人觉得时间回去了，冰河期的地球就是这个样子。父亲和角巴来到州委，直接去了王石的办公室。王石沏了茶说："正想着你们呢，你们就来了，学校怎么样嘛？"父亲说："正处在发展的关键时刻，学生越来越多，问题也越来越多，最大的问题是经费，太少啦。"王石问："沁多公社的畜产品站是不是还在起作用？"父亲说："没有断。"王石说："能不能考虑取消给学生免费供应吃喝和送一个学生奖励一只羊的规定？"角巴说："不能取消，这是我给牧人说过的，取消的话我就没脸见人啦。再说这不是公家的资金，谁也没权力挪用。"父亲说："我也这么想，给学生的承诺不能变，孩子们的福利不能变。公家应该拿出足够的经费来解决教学用品和其他生活用品，比如衬衣裤衩、被子褥子、毛巾肥皂等等。还应该解决老师的报酬，不能长期一分钱都不给吧？老师们也要生活。"王石说："的确不能，但这些事光靠沁多县是解决不了的。"父亲说："所以我们才来到州上。"王石说："这不是小事，首先牵涉学校的归属，是州属还是县属。"父亲说："谁拨的经费多就应该属于谁。"王石说："再研究。"父亲说："得快点，我们回去以后就不吃不睡站在学校门口等消息啦。"王石疲倦地抬手拍了拍脑门："别逼我，把我逼死了谁来负这个责？才让州长去省上参加学习

192

班，一时半会儿回不来，我是咬牙坚守在岗位上。"

　　说着到了中午，王石带他们去食堂吃饭。角巴盯着食堂进进出出的人说："好像州委没有女人。"王石说："好几个呢，你没看见就是了。"父亲指着窗外说："那儿有两个。"角巴抬头看着。王石奇怪地问："你怎么突然对女人有兴趣了？"角巴赶紧低下了头。饭后他们告辞出来，拉着马在州委外面的街上溜达，角巴看着女人，父亲也看着女人，遇到商店或别的可以进去的地方，父亲就会接过麦秀的缰绳，让他进去瞅瞅，他也不客气，快去快回，每次都很失望。他们转悠了两个小时，州上有人的地方都走遍了。角巴突然跃上马背，打马跑向了回学校的路。父亲跨上日尕跟了过去。

第六章

心之途

把温暖洒成一条线或是一盘棋，
把色彩化作一抹红或是一摊绿，
把暴风雪渗入生命赤裸的肌体，
把扎西德勒留在爱你的光亮里。

1

　　州委派通信员送来了一个文件，父亲翻开一看，喜笑颜开，赶紧去找李志强。文件上说：沁多中学由县属改为州属，行政级别提高一级，为处级，办学经费由州财政负责筹措，比原先多了十倍，还不包括老师们的薪水。老师们的薪水参照了内地"民办教师"的办法，由州财政从各县各公社收取后按月支付，每人每月约26元。父亲问："够不够？比国家干部少一点，比学徒工多一点。"李志强说："够了够了，我们是来避难的，管吃管喝不说，还有工资，真是没想到。"父亲叫上角巴，带着哈达去州上表示感谢。王石说："给我献什么哈达？要献就献给财政局和文教办公室，以后你们打交道的就是这两个部门。"父亲说："我们就拿了一条哈达怎么办？"王石从身后的柜子里拿出一条哈达给了他们。角巴说："谢谢啦，书记反过来献给我们啦。"他们来到财政局，大房间里全是人，都不知道把哈达献给谁了；又来到文教办，一个小房间里只有一个人，是个女的。女人说："阿尼玛卿州终于有教育啦，我不会天天坐在这里没事干啦，有什么需要我做的，校长尽管吩咐。"父亲一把摁住桌上的电话说："学校现在最需要的就是这个。""那得拉多长的线？我这就去给王石书记汇报。"女人说着起身就走。

父亲和角巴拉马来到州委外面，信步走去。父亲不说话，只是跟着东张西望的角巴走。走过几条主要街道，角巴就不走了。父亲说："别着急，我让你跟我来，就是为了方便你找人。"角巴说："不找啦，回吧。"走了几步又说，"文教办的那个女人对我们挺客气。"父亲说："就是不知道办事能力怎么样，电话对学校很重要。"角巴犹豫着说："能不能托她找一找？""对啊。"他们再次回到文教办。那女人拖过两把椅子来让他们坐："王石主任已经同意啦，让我跟邮电局联系，要是解决不了，就向军分区求援，看能不能为了阿尼玛卿州的教育事业支援一下。"父亲说："谢谢啦，又有事要麻烦你啦。"女人说："不麻烦，说吧。"角巴吭吭哧哧的，似乎又不想说了。父亲抓住他的手生气地说："角巴啦，你可从来没有这样黏糊过，怕什么，不就是找个人嘛。你应该像过去那样气派地说，我，沁多草原的角巴德吉，想起一个老朋友啦。没错吧，她应该是你的老朋友？"角巴这才说起来，她是一个不到四十岁的汉族女人，尖下巴，长脸，眼睛一个是单眼皮一个是双眼皮，鼻子跟下巴一样尖，耳朵边有个小黑痣。"拜托啦，麻烦你看看州上有没有这样一个人。"女人问："名字呢？""不知道。""个子呢？""跟你差不多。""头发？""头发有，多得很。""我是说发型，女人最重要的是发型，是辫子、剪发还是马尾巴？"角巴想不起来了，那个瞬间让他激动而慌乱，像是一个梦，倏忽而逝，哪里会注意到她的发型。不过从前的头发他是记得的，一头披纷而下的乱发，又厚又长。他给她说，藏族女人再穷再邋遢也会把辫子梳好，因为只有鬼才会披头散发。她于是辫起了辫子，是一根粗大的辫子，而不是藏族女人一样，由家里人帮着梳起的许多小辫子。女人问："你跟她是什么关系？"角巴不知道怎么回答。父亲说："我刚才说啦，他们是朋友，后来失散啦，很多年不见，最近有人看见她就在州上。"女人说："这样的话只能多方打听，慢慢找。"角巴说："找到的话，你问问她十多年前去没去过沁多县的'一间房'，要是去过，那就找对啦。"女人答应着，还在一个本子上记了记。

　　半个月后，州邮电局派人，用军分区捐赠的军用电话线在州委和沁多学校之间拉了一条专线。过了几天，州文教办的那个女人打电话给角巴："有个女人很像你要找的那个，问她去没去过'一间房'，她说去过。但一说到有人正在找她，她又说没去过。你最好来一趟，我领你当面去认认。"角巴去了，三天后回来，便不再提女人的事。父亲追问了好几次，他才说见到的就是他要找的女人。"结果呢？"角巴苦笑一声："我们已经说好啦，从此就谁也不认识谁啦。""听着好像你们有过很多故事。""无头无尾的故事有什么意思？你就不要再问啦，我心里恨得很。""恨谁？""我自己。"

很快到了暑假，学校开了联欢会，学生们尽情地唱歌跳舞，持续到半夜。之后便是组织学生结队回家，学校一下子安静下来。父亲又去了几趟州上，在王石那里软缠硬磨，终于有了结果：立杆子，拉电线，解决沁多学校的用电问题。通电施工开始之后，父亲突然想，寄宿班的人怎么没有回来？得去看看了吧，还有西宁的家。父亲想家了，一想就按捺不住，匆匆忙忙把学校的事交代给了角巴和教务长李志强，就要辖马出发。才让来了，说他也想去西宁，看看姥爷、姥姥、母亲、梅朵、江洋和妹妹。父亲说："好啊，快去收拾，一会儿就走。"才让说："已经收拾好啦。"原来他比父亲更早地想到了回西宁，给家里人的礼物都准备好了，是角巴帮他准备的，酥油、糌粑、奶皮、蕨麻、曲拉、一只肥硕的冻羊、一大块足有五十斤的新鲜牛肉，能带的都有了，马也借好了，是香萨主任的铁青马。学校的其他老师都没有离开，只有父亲和才让在一个阳光与雪色交相辉映的中午，踏上了去西宁的路。

两匹马的蹄音就像清脆的铃铛惊醒了姥姥的梦。她从炕上爬起来，穿了衣服，摸黑来到院子里，自语道："不会又是听错了吧？"正要回去，就听有人轻轻敲响了院门。她捯着小脚疾步过来，卸了门闩，打开门，惊喜地叫了一声："才让？"才让一头扑到她怀里："姥姥啦，想你啦。"姥姥说："你怎么才回来？"说着推开他，抹着眼泪，退了几步，又回到家里说，"快起来，强巴和才让回来了。"然后拉亮电灯，坐到炕沿上哭起来。才让进来，叫着姥爷、阿妈，又要往

197

姥姥怀里黏糊。姥姥再次推开他说:"你不是不回来吗?怎么又回来了?""姥姥,我什么时候说过不回来啦?再说了,你要是想我,也可以去草原上找我嘛。""我一双裹脚怎么去?""你可以开着飞机去。"姥姥笑了。才让抱着姥姥亲了一口,又过去,把手伸进妹妹的被窝,挠了挠胳肢窝。妹妹咯咯笑着:"冰死我了。"又掐掐妹妹的脸蛋:"瘦啦。"妹妹说:"姥爷说我正在长个子。""想我了没?没想是不是?怪不得我挺难受。"妹妹说:"你不会再走了吧?不走就不难受了。"

才让和妹妹说着话,姥爷和母亲出去,帮着父亲把马背上的食物拿了进来。母亲问:"学校放假了?年过完再走吧?"父亲说:"就是这么打算的。"姥爷说:"马就不要再往办事处送了,我去换些干草和豌豆来,就在院子里喂。"父亲说:"麻烦不?""不麻烦,办事处你能放心?没人添料没人饮马怎么办?谁现在还会把心思放到牲口上?"母亲说:"才让学校的人来了好几趟,问他去了哪里,让他赶紧回学校。"父亲望着才让说:"会不会跟哈风老师有关系?"才让打着哈欠没吭声。母亲说:"赶紧洗,洗了吃,吃了睡。"姥爷姥姥去了厨房,烧水,做饭,但父亲和才让只洗了把脸,饭没来得及吃,就酣然睡去了。姥姥望着歪斜在炕上的父子俩,给他们盖了被子,然后拿出三个大碗,每个碗里均匀地放了一些酥油、糌粑、奶皮、蕨麻和曲拉,又割了三块羊肉和三块牛肉,送给四合院里的另外三家。虽然饥馑年月早已过去,但肉和奶制品仍然是城里人的奢侈品。姥姥拿回来的也不是空碗,每家都回赠了两个馒头。

父亲和才让睡到母亲下班才醒来,吃了晚饭,接着又睡。姥爷、姥姥、才让和妹妹睡在了东厢房的大炕上,父亲和母亲睡在了西厢房。姥爷把一条毛毡铺到堂屋的地上说:"才让,炕是煨了的,你要是嫌热,就在毡上睡。"才让说:"我不嫌热。"姥姥说:"一个家里的人,怎么就不一样呢?桑杰和尼玛从来不喜欢炕。"睡到第二天早晨,才算睡走了瞌睡。才让睁开眼睛,发现姥爷姥姥已经起来,正在厨房忙活,便穿了衣服,来到厨房,一边帮着拉风箱烧火,一边问:"我们学校来了几个人?"姥爷想了想说:"第一次两个人,后两次一个人。"才让松了一口气:"那就肯定不是什么大事情。"因为母亲休息,早饭吃得很晚,直到大家都起来,妹妹喊了饿,才摆上炕桌。姥姥烙了锅盔,姥爷做了一锅羊肉粉汤,再调上油泼辣子和醋,父亲和才让各吃了两大碗,姥爷、姥姥、母亲和妹妹都吃了一碗就说饱了。大家都说好吃,在父亲和才让是做得好吃,在别的人是羊肉好吃。才让说:"我还是回学校看看吧,再有不到半年,我就要高中毕业啦,要是不回去,连毕业证书都拿不到。"父亲说:"要不要我跟你一起去?""不要。"

饭罢,姥爷拿了几件旧衣服去了城外的湟水河滩。河滩里有几间土坯房,里面住着一些来自周边农村的"拾大粪",他们来城里给生产队积肥,顺便带了些洋芋、豌豆、蚕豆之类的土特产,想从城里人手中换一些旧衣裳回去。干草虽然算不上土特产,但他们有拉粪的驴车,肯定是带了干草的。一个多小时后,一头毛驴拉着一车铡碎的干草和半布袋豌豆出现在我家的巷口。姥爷先提着豌豆进来,之后父亲拿了麻袋跟他出去,把干草背了回来。日孜和铁青马都饿了,嘴上的布袋还没有吊好,就迫不及待地大口吃起来。父亲有点吃惊:"就几件破旧的衣服,能换这么多饲料?"姥爷说:"庄稼人可怜,钱少不说,布票根本就没有,一家三口穿一条裤子的多了,衣服金贵。"父亲说:"牧人也没有布票,但每年的自留羊多少能剪一些毛,可以织褐子织氆氇,再加上皮子,比庄稼人好多了。不过牧人穿衣是不分四季的,什么时候都是一件皮袍,而且没有衬衣衬裤,除了我们学校的学生。"姥爷说:"我看才让个子长了,这次回来得给他添置几件衣服。"父亲说:"让他阿妈这两天就带着他去买。"姥爷说:"还是扯了布让他姥姥做吧,做的结实,还暖和。他姥姥整天念叨才让,不让她做她心里不肯。"

喂了马,父亲就要去师院附中看看寄宿班的孩子们,才让问母亲要了两毛钱,带着妹妹来到街上,东看看西瞅瞅地走着。才让说:"你说这两毛钱买什么?"妹妹先说买伊拉克蜜枣,又说买水果糖。才让说:"蜜枣怎么买?"妹妹说:"小的两分,大的三分。"才让说:

"蜜枣我没吃过。"妹妹说:"那就买蜜枣。"他们进了商店,买了九颗拇指大的蜜枣,一人吃了一颗。才让说:"剩下的姥爷一颗,姥姥一颗,阿爸一颗,阿妈一颗,江洋一颗,梅朵一颗。"妹妹说:"他们肯定不吃,最后还是会让我吃掉的。""那也得给他们留着。"妹妹答应着,又说:"还剩一颗,怎么办?""两种办法,一种是你吃,一种是我们两个咬开了吃。""那就咬开了吃,你先咬。""我才不呢,你先咬。"妹妹伸过嘴来正要咬,又说:"那要是达娃来了怎么办?""达娃?是寄宿班的吗?""嗯,他有时跟江洋梅朵一起来,有时自己来。""她来干什么?""看病,阿妈说她的风湿病快好了。她来了就给我梳头,有一次还给我们辫了许多小辫子,说要是穿上藏袍,我就是藏族娃娃了。""能梳头辫辫子的都是很亲的人,这蜜枣一定得给她留着。"妹妹咽了一下口水说:"好吧。"继续往前走,才让突然停下了,定定地望着马路对面。妹妹喊起来:"你们学校。"是的,才让领着妹妹来到了实验中学门前,门前长着一棵老榆树。才让看了看身边的阳光,把妹妹带到树下说:"你在这里等着,现在太阳在树的这边,要是到了树的那边,我还没有出来,你就回去告诉家里人。"

才让进去了,后来又出来了。太阳早已到了树的那边,妹妹回家了。他跑起来,快到家时才追上:"快走,我要去找江洋和梅朵。"他拉着她穿过巷口进了院子,解开铁青马的缰绳,鞍子都没来得及鞴,就拉马出去了。妹妹想跟着,他说:"今天不行,下次吧,下次我带你去河滩里骑马。"

这天下午,才让骑马奔向了师院附中,到达时,寄宿班的人正在把父亲送出校门。才让下马跑过去,气喘吁吁地说:"我知道你们为什么放了假都不回沁多草原,天天都在演节目,还得了第一名,没时间回去是吧?"父亲说:"大家正在说宣传队的事情呢。"原来洛洛和央金从北京回来后说,一路上看到不少唱歌跳舞的,还没有我们唱得好跳得好,却吸引了不少观众。他们开始组织寄宿班的人又唱又跳,唱的是《北京有个金太阳》《毛主席和我们在一起》《翻身农奴把歌唱》之类的歌,跳的是锅庄。许多人都来看,在校门口表演的那次,看的人太多，把宽展的马路都给堵死了。后来，应该是梅朵带的头，在山歌、酒歌和劳动歌里加进去了一些报纸上选来的语句，就开始跳又甩袖子又转圈的伊舞。又后来，尤狩和达娃冒了出来，他们在锅庄、伊舞、卓舞和流浪艺人的热巴舞里选取动作，糅合起来，编排成了一种能表达不同情绪的新舞蹈。洛洛说这个太好啦，发动大家也像尤狩和达娃那样编排，又和央金、梅朵一起给新舞蹈配了新歌，排列出歌舞的顺序，从头到尾演唱下来，差不多两个小时。这是寄宿班的第一台像模像样的歌舞。当时他们并不知道自己干的是编曲、编舞、导演以及演员的事，觉得作为一个藏族人能唱能跳能编是很自然的事。就这样他们开始给学生演出，学校制作了一面"师院附中毛泽东思想宣传队"的旗帜交给他们，让寄宿班变成了一个以排练和演出为主的班级，尤其是拿了全省教育界文艺汇演第一名后，他们就跟歌舞团一个样子了。才让激动地说："到我们学校去演出吧，学校让我来邀请你们。"又说起理由：西宁的几乎所有中学都成立了宣传队，实验中学却没有，那些干部子弟和高才生里会唱会跳会乐器的人很少，组织不起来。实验中学的汪校长想请曾在全省教育界文艺汇演中获得第一名的附中宣传队来学校演出，却屡屡遭拒，原因是我和梅朵从中作梗：他们对才让哥哥不好，我们不能去。洛洛和央金自然同意，回复道：坚决不去，除非才让来请我们。汪校长就多次派人去找才让。现在好了，才让自己出现了，校长亲口告诉他：他和哈风老师的关系可以既往不咎，只要他把附中宣传队请来。洛洛和央金都说：没问题，为了才让，别说演一场，十场也行。我和梅朵高兴得喊叫着，当场手拉手跳起了锅庄。

接下来的日子里，我们附中宣传队连续在实验中学的大礼堂演了三场，场场爆满。每次汪校长都坐在第一排，从未看过演出似的盯着舞台。一个巨大的变动就在汪校长对宣传队的痴迷中出现了。第三场演完后，他在学校食堂招待全体演员，饭间他有意跟才让坐到一起，以显示关系的密切。他已经看出才让在这群藏族孩子中有多高的威望，虽然他还不知道，这不仅是因为才让聪明，更因为他是我家的人，是一个管父亲叫阿爸的孩子。而父亲，对寄宿班的孩子们意味着一切。汪校长遗憾地说："我们学校为什么就没有寄宿班呢？"一连说了几遍后，才让说："那就把寄宿班搬到我们学校来嘛。"汪校长想了想说："这些藏族娃娃愿意？""我问问他们。"汪校长站了起来："不是问问，是说服，只要他们愿意转学，附中就没有不放的道理。"之后，汪校长又跟才让谈了几次，差不多等于是谈判。才让说："实验中学必须接受寄宿班的全体学生，都是从沁多草原来的，一个也不能落下。"汪校长说："我听说你们藏族人是只要会说话就会唱歌，只要会走路就会跳舞。"才让说："必须保证寄宿班的所有学生都能顺利升到高中。""这个也没问题，升级是学校说了算的。""再就是住宿和吃饭。""绝对不可能比附中条件差，实验中学是全省唯一的省属中学，除了固定的经费，每年还可以有两三次机动申请，只要宣传队叫响名声，能拿第一，其他都不成问题。"之后才让了解到一个更加充分的理由：一批新教材已经编写出来，实验中学将成为全省第一批教学试点单位。也就是说当许多学校还在停课时，才让的学校就要复课学知识了。才让说："寄宿班的学生都来自沁多学校，我还要跟他们的强巴校长商量一下。"他没说强巴是他阿爸，觉得脱离了亲情反而会显得更加郑重其事。

　　那一天没有演出，我和梅朵回到家里。全家人围坐在东厢房的大炕上，喝茶，说话，包羊肉馅的饺子。才让就在这个时候恰到好处地说到自己跟汪校长的几次谈话，说到寄宿班以及宣传队的未来。父亲的眼睛亮了："你都跟人家商量好了才告诉我？"才让以为是责备，红了脸要申辩。父亲说："这就叫靠得住。"又指着我、梅朵和妹妹说，"说话办事，你们要像才让这样，知道吗？"我和梅朵说："噢呀。"妹妹也说："噢呀。"父亲说："按理说现在的条件已经很不错了，附中给每个寄宿生提供一套公用被褥，腾出两间教室当宿舍，大部分牧区农村的孩子做梦都想不到。"又问起学费和伙食。梅朵说："我看到隔一段时间就会有几匹马送来一些羊肉和牛肉。"父亲说："那是桑杰的畜产品站送来的，一直没有断。"说着捏了捏梅朵红扑扑的脸蛋。梅朵笑了，知道父亲是在用这种方式感谢她的亲阿爸桑杰。我告状一样愤愤不平地说："开始光我们吃肉，现在中午吃食堂的学生都能吃到我们的肉。"父亲瞪了我一眼："你觉得不应该吗？"我说："我们是牧区来的，不吃肉是不成的，他们……"父亲脸色立刻变了："你这个孩子，怎么能说这种话？"又面对才让说，"我得见见你们汪校长。"羊肉饺子上来了，热气弥漫。姥姥说："不要说了，快吃。"梅朵喊道："辣子醋，辣子醋。"

吃了饺子，父亲就刻不容缓地让才让带着，去了实验中学汪校长的办公室。才让以为父亲要谈什么重大问题，其实也没有。父亲说的还是被子褥子、衬衣裤衩、香皂肥皂、毛巾脸盆，还有女学生的卫生带和草纸。汪校长哦了一声："怎么还有这些问题？"又通情达理地说，"但也不是小事。"父亲说："都是牧人的孩子，家长没钱，买不起，孩子们现在只是有被子盖，有衬衣衬裤穿，但还是裹着藏袍，有的夏天布袍冬天皮袍换着穿，有的一年四季就只有一件皮袍。"汪校长沉吟着："宣传队的人首先要勤换洗讲卫生，干干净净才能上台。这样好不好，不管他们能不能带来原先的被褥，我们再给他们每人发一套新的。外衣和衬衣由学校统一定做，就当是校服。至于裤衩肥皂之类嘛，我看是这样，学校给他们每人每月发六块钱的津贴，就跟当第一年兵是一样的，他们缺什么自己去买。"父亲看看才让，两个人都愣了：喜出望外，六块钱，那是很多很多的，可以买三条半背心、十条裤衩、好多好多肥皂，要是不乱花，攒起来，能办许多事。父亲说："这样就太好啦，什么都解决啦。"才让站起来，给汪校长鞠了一个躬："扎西德勒。"

寄宿班的转学办得很快，最大的障碍是附中不愿意撒手。汪校长请了省文教办的人去说服，三番五次之后，也就同意了。文教办的人说，你要下些功夫，争取办成全省第一流的宣传队。汪校长说他就是这样想的。实验中学的条件果然不错，住宿已不是教室改成的大宿舍，而是七个人一间的小宿舍。伙食是免费的，早晨馒头、咸菜、大米稀饭或者包谷面糊糊；中午馒头和米饭，炒一个或两个大锅菜，一般会有肉；晚上有时是炒菜馒头，有时是面条，有时是洋芋、豆腐、粉条、白菜的乱炖。实验中学位于市中心，多数学生住得比较近，中午食堂不给学生供应饭菜。这样一来，桑杰的畜产品站每月送来的三只羊和半头牛就只成了老师和寄宿班的共享，感觉吃到嘴里的肉还是挺多的。

寄宿班入学当天，就发了第一个月的津贴，量了每个人的衣服尺寸。发下定做的外衣和衬衣那天，寄宿班就像过节一样，满校园跑着找镜子，最后还是汪校长把我们带到了自己家里，因为只有他家才挂着能照见全身的大镜子。接着就开始了紧张的排练。排练已不像过去那样随心所欲，汪校长从外面请了老师，老师是原省歌舞团的，加上学校的两个音乐老师，共同负责节目的创作和编排，大家这才知道原来唱歌跳舞是有许多规矩的，好坏就看你符合不符合规矩。但这并不是说我们不再由着性子创造发挥啦，因为寄宿班的大部分人多少都有点天赋，老师说天赋就是天然而自发的中规中矩。我们的排练耳目一新。

春节，寄宿班没有放假，但比放假还要高兴，我们这群藏族孩子由汪校长亲自带领着去部队慰问演出，先是省军区，再是独立师，然后是青藏兵站部，去了机关又去团队，十天演了十二场，部队用最好的饭菜招待我们，我们吃到了用各种方法做出来的鸡鸭鱼肉。有一次正吃着，进来一个老军人，瞪着残羹剩菜说："藏族人是不吃鱼的。"我们面面相觑。老军人又摆摆手说："没事，吃了就吃了，我也是藏族人，早就开始吃了。"大概是演出格外精彩吧，人家不光好饭招待，还送了礼物：省军区给我们一人送了一套包括军帽军鞋袜子在内的军装，独立师给我们每人送了一件棉军大衣，兵站部给我们每人按尺寸送了一双羊毛的大头鞋和仿毛面的棉帽子，还有《毛主席语录》《革命日记》、钢笔和茶杯，甚至还安排了一次打靶，让所有人对着百米外的半身靶，砰砰砰地射出了三发子弹。我们丰收了，不是财富是进步。很久以后我们才会意识到，这一次突如其来的转学，更像是又一个走向文明的里程碑。此前，尽管父亲做了最大的努力，我们仍然不能算是真正的城里人，或者说我们比城里人还是落后土气了许多，我们中间只有梅朵用她的红外衣、黑外裤、篮球鞋、花头巾、花手绢以及尼龙袜子，鹤立鸡群地吸引着大家的眼球。此后，我们一下子不同了，我们穿上了那个时代最时尚的服装——军装，我们在拥有草绿色骄傲的同时，又成了另一种少数——作为引领者的出类拔萃的少数。当我们身着军装军帽军鞋大摇大摆地进出学校时，几乎所有人不管青年还是老年都会驻足观望，羡慕的眼光就像星星编织的花环闪闪烁烁地套在我们身上。我们有些骄傲，也有些惶恐，担忧这些迅速得来的又会迅速失去，所以即使不需要，也会把所有能穿能戴的都穿戴在身上。我们谁也想不到，这仅仅是开始，以后的几年里，寄宿班也就是宣传队还将有无数次演出的机会，还将参加全市的文艺汇演，取得第一后，又会参加全省的文艺汇演，然后三次去北京汇报演出：一次是代表全省教育界，一次是代表藏族，一次是学习样板戏汇报表演。我们还将去西安、兰州、成都、重庆、上海参加各种名目的演出，至于去省内各州各单位以及基层工厂、农村、牧区的演出就频繁得不用说了。寄宿班的存在一直持续到高中毕业后过了一年多，汪校长费了很大的劲，从海南、海北两个藏族自治州新招了一班从初一开始的寄宿班后，才带着忍痛割爱的遗憾，让我们离开了实验中学。这时候寄宿班的所有人、这些来自原始的草原牧区的藏族孩子，已经站在人群的前列，成为一种新生活的代表，我们就像月亮，收获着光亮，也传递着光亮。在熟悉我们的人群里，一举一动我们都是榜样。我们透过很多羡慕、恭敬、好奇的眼光，感觉到了我们神秘、遥远而高贵的地位。

父亲等我们慰问演出结束，看到我们浑身上下都是军用品后，才准备离开西宁去沁多。我和梅朵自然要回家给父亲送行。父亲说："感谢才让，对寄宿班我已经用不着担心啦。"之后又一起吃了饭，是姥姥做的羊肉面片。正吃着，达娃来了。姥姥拉她坐下，又去给她盛饭。父亲说："听你师母说你的腿病快好啦？""噢呀，一点也不疼啦。"妹妹从口袋里摸出一颗蜜枣说："达娃姐姐，这是留给你的。"

达娃接过去闻了一下说:"现在我把它送给你。"妹妹说:"你们为什么都愿意把蜜枣送给我呢?"才让说:"这些日子忙忙叨叨的,都没有带你骑大马,你快吃,我们两个把阿爸送出城外。"妹妹高兴地答应着,赶紧端起碗往嘴里扒拉。才让已经不打算回沁多了,他骑来的香萨主任的铁青马只能让父亲拉回去。父亲牵着日杂,才让牵着铁青马,马上骑着妹妹,三个人朝外走去。除了达娃,其他人都跟在后面,送出了小巷,送到了马路上。父亲走了,温暖的阳光又一次映红了他晃动的背影,整个城市都在目送着他。等我们回到家中时,达娃正在厨房洗碗刷锅,好像全家只有她才是主妇。

走向城外的路上,父亲说:"才让,你这个妹妹到现在还没有名字,你阿妈让我起,我想不出什么好名字来,不如你给她起吧,她跟你是最亲的。"才让也不客气,在马上抱紧了妹妹问:"起藏族名字还是汉族名字?""你看着办。"他想了想说:"那就叫安乐宝宝吧,藏语叫琼吉。"父亲琢磨了一下说:"这个名字好,我们整天忙来忙去,却不希望她这一代跟我们一样,能安安乐乐是最好的。"才让说:"琼吉,你怎么不答应?"说着挠了挠妹妹的胳肢窝,妹妹咯咯咯笑起来。

2

我们高中毕业了。本来毕业的时间应该是去年夏天,实验中学的汪校长舍不得寄宿班,让我们推迟毕业了一年多。当时父亲曾打电话给才让,希望他说服汪校长能让寄宿班按时毕业,因为阿尼玛卿州需要有文化的青年,沁多学校也需要教师。才让早就高中毕业,毕业时有两个选择,一是到阿尼玛卿州当干部,一是去实验中学所属的青海湖牧场做一年知青,然后回校出任寄宿班的班主任。他选择了后者。才让说:"阿爸啦,不要着急,推迟有推迟的好处,听说省歌舞团和市歌舞团就要恢复,说不定会需要人的。"果然被他说中了,寄宿班正式毕业时,被刚刚恢复的省市两级歌舞团选去做演员的就有十几个人，还有作为文艺兵特招入伍的，有被实验中学看中留下来任教的——其实就是为了带好新一届寄宿班的藏族学生。包括我在内的剩下的学生被阿尼玛卿州全部接收，有的要去州上当干部，有的要去沁多学校当教师，当然是拿工资的教师。对寄宿班的结局父亲是满意的，当初他做到了一个不落地送学生上中学，现在又看着他们一个不落地成了享受国家干部待遇的公家人。更要紧的是，只要高中毕业就能做公家人的事实，很快会传遍草原，那些还没有把孩子送去上学的牧人一定会后悔，学校的学生又要增加了。父亲来西宁接我们回去，他从沁多学校骑马直接来到西宁，跟州上派来的卡车会合，然后把日尕拉上车一起返回，进入州界后又分开了：六个未来的教师跟着父亲去学校，六个未来的干部继续坐卡车前往州上。还剩下梅朵，父亲问："你准备去哪里？"梅朵是被省歌舞团选中的，她来是为了送我，还想看看阿爸桑杰和其他亲人。她毫不犹豫地说："我要跟着江洋，看看他工作的地方，然后再回家。"我被分配在州委统战部，有点兴奋，还有点担忧，毕竟是一种陌生的环境、陌生的工作，心里没底，再加上跟同学们分开了，不知道能不能适应。父亲以过来人的口气说："还是当教师好，以后慢慢再调，学校现在已经有四千多学生啦，教师远远不够。"然后看看天色，伸手接住飘下来的几朵雪花，催促我们赶紧上路。

卡车疾驰而行，却依然没有赶上大雪封路的速度。雪转眼就铺天盖地了，能听到雪花在空中飞翔的声音，能看到疾雪落地时在松软的覆雪中砸出的坑窝。上天的挥洒任性而残酷，白色堆积着，在我们面前竖起了一堵坚厚的墙，风在上面扫来扫去，留下无数动荡的网状痕迹。卡车走到天黑就走不动了，大家纷纷下来，迷茫地望着雪原。我来到驾驶室旁问司机："还能不能走？"司机懊丧地说："能走的话停下干什么？"他紧了紧身上的皮大衣，歪斜着躺下，闭上眼睛说，"我要赶紧眯一会儿，要是半夜雪停就半夜走。"我过去对其他几个人说："今晚只能在雪窝子里过夜啦，每个人身上都还有吃的吧？互相匀一匀，渴了就吃点雪。"大家开始挖雪窝子。我又说："最好两个人一个窝，可以互相取暖。"我这样说当然是因为首先想到了我自己。梅朵问："你跟谁搭伴？"我惊讶地瞪着她："还能是谁？"梅朵说："你忘了藏红花啦，她怎么办？"我一愣，对啊，一行人中只有两个女的。我遗憾地说："那我只能把你让出去啦。"但是藏红花不干，她说我们一共七个人，肯定有一个是单另的，而她就喜欢一个人睡，不想跟别人挨着。我知道这是藏红花对我和梅朵的成全，而在藏族人的习惯里，这样的好心是不能拒绝的，坦然接受成全也是对对方的成全。我说："那我们就先给藏红花造一个旱獭窝。"

等我和梅朵挖好自己的雪窝子时，雪原上已经看不到一个人影，呼噜声从地底下传上来，让积雪增加了一些无形的起伏。我们钻进去，互相依偎着躺下，谁也不说话，好像一出声两边的雪壁就会塌下来。我静静地躺着，打心底赞美着雪：你是恩赐的机遇，是这般及时这般温暖，是让夜晚变得如此柔美的信使。然后侧过身去，想亲她，却被她亲了一口。我触电似的浑身一抖，紧紧抱住了她。梅朵是我的，我拥有她就像拥有幸福本身，就像雪山之水在春风浩荡时流进了干旱的草原。梅朵，梅朵，以后我们就不能天天在一起啦，以后我们相隔那么远，多长时间才能见一面？以后我们还能这样吗，这样脸贴脸地呼吸对方的气息，吃掉对方的酥油味？我想我睡觉时有多少次是抱着梅朵的？我想以前的抱也许根本就不算抱，今天的抱才是第一次在爱情意义上的抱。我想我和梅朵手拉手走了这么久，怎么冲动却来得如此缓慢，直到今天才发现所有的以往都过于平静——没有战栗与紧张，没有激昂与奔腾，也没有赤裸与撕裂。而现在，一切都有了，我有了，梅朵也有了——比我更快更澎湃地有了。我们的香梦持续到黎明。司机使用摇把发动汽车的声音惊醒了我们。我们爬出雪窝子一看，天空清亮了许多，雪雾飘到别处去了，就好像是为了我和梅朵，为了让野性的香艳盛放在雪原之上，才有了这场倏忽来倏忽去的拦路雪。我们上路了。

这场雪同样羁绊了父亲一行的脚步。没到天黑，他们就停下了，正要挖雪窝子就寝时，看到朦朦胧胧的雪雾里，忽隐忽现着一顶帐房。父亲拉着日尕，带着六个学生走了过去。帐房里没有人，显然是去放牧的主人被困在大雪中回不来了。他们生起牛粪火，在帐房里住了一夜，第二天启程，走出去没多远，就看到了一群披雪挂霜的牦牛冲着他们哞哞地叫，牦牛的中间是一群挤成一团的羊，有几只还在瑟瑟发抖。积雪中到处都是狼的爪印，却没有看到被咬倒的牲畜和血迹。父亲四下里走动着，忽听身后的日尕一声长嘶，前蹄一次次悬空而起，砰砰砰地敲打着大地。这是警告，狼就在附近。父亲把六个学生叫到一起，让他们不要乱动，自己忽地跳上了马背。日尕跑起来，朝着前面的雪冈奋勇而上，踢飞的雪粉就像又有了一场大雪。狼群出现了，就在雪冈那边，排成一个三角形的队阵，静静地瞩望着冈顶。队阵的中间横躺着它们的猎物，不是羊也不是牛，是一个人。父亲大吼一声，催马朝冈下冲去。他忘了害怕，他只要有日尕就想不起害怕。而日尕，儿马子的胆量加上对奔跑和踢打能力的自信，根本就没把十几只狼放在眼里。领头的狼皱起鼻子，龇出牙齿嚯嚯地叫着，突然转身，奔逃而去。众狼跟上了，夹着尾巴的姿影就像合成一股的流水，迅速消失在白色的岚光里。父亲下马，连滚带爬地来到那个人身边，摸摸撕裂的皮袍和满身的血，使劲摇了摇，好像还活着。他喊起来："醒醒，你醒醒。"喊着便叫出了对方的名字，"才让州长啦，你怎么在这里？"更奇怪的是狼群，对那么多牛羊一个也没动，只把袭击的目标对准了人。从雪地上的擦痕看，他是被狼群拖到这里的，长长的拖痕上一直没有血，到了这里才有血，说明他不是被咬倒的，是冻僵的。狼群在拖拽之前，他就已经失去了反抗能力。狼以为雪冈后面是安全的，正准备吃掉他，父亲出现了。父亲让日尕卧下，把才让州长扶上马背，自己再骑上去，打马回到了牛羊的身边。

　　以后的行走变得异常缓慢，父亲拉着日尕，日尕的背上是他的学生昭鸽，身强力壮的昭鸽满怀抱着时而昏迷时而清醒的才让州长。其他人则赶着牛群和羊群慢腾腾跟在后面，直到遇见沁多公社的主任桑杰留下牲畜后，才加快速度。他们五天后到达学校，父亲紧着喊校医眼镜曼巴。眼镜曼巴来了，一摸脉搏说："他死啦。"父亲说："不可能啊。"趴下去听听心脏，果然没有动静了。他跪在地上，叠起双手在对方胸口使劲按压，直按得满头大汗，双臂酸疼，然后沮丧得一屁股坐到地上，气喘吁吁地说："才让州长啦，你就一点也不留恋我们吗？"就见才让州长嘴唇抖了一下，一股气息噗然而出。眼镜曼巴说："又活啦。"

　　直到才让州长能够说话，父亲才知道了他被困雪野，差点被狼吃掉的原因：他去省上参加学习班结束后，又作为交换干部，到玉树州当了一年多州长，回到阿尼玛卿州后发现，州委内部的人事变动很大，几乎所有的要害部门都换掉了他信得过的人。为此王石从各县调来了一些人，其中包括了沁多县的果果，果果现在是州委办公室副主任，见了自己连腰都不弯一下。他虽然还是副书记和州长，但已经不是颐指气使的那个人了，窝窝囊囊干着，有点消极，也有点郁闷，喜欢一个人骑着马下乡，并不是为了工作，而是为了自由自在地喝酒吃肉，青稞酒是管够的，白酒却要自带，开始是一个星期醉一回，后来就天天不清醒了。没想到雪灾会来干涉他，陪同他的公社干部都去抗灾保畜，只留下喝得不省人事的他待在帐房里，结果就成了狼群的目标，几乎死掉。才让州长在父亲的宿舍躺了半个月后一瘸一拐地出现在校园里，好奇地看看这看看那，尤其是见到老师，总要点头哈腰："辛苦啦，辛苦啦，你是……"被问到的人自然会告诉他自己的名字，他点着头，不断重复着对方的名字，"记住啦，记住啦。"让他吃惊的是，老师中居然有他认识的："这不是李秘书长吗？什么时候到的沁多？""啊啧啧，香萨主任怎么也来当老师啦？"后来州上派车来接他，他对送出校门的父亲说："你这个人不得了，把学校搞成了一个藏龙卧虎的地方。"父亲岔开话题说："虽然你是州长，但也有没人保护的时候，我得送你一样东西的要哩，你等等。"父亲送给才让州长一只不到一岁的藏獒，那是角巴家的大藏獒当周和梅朵红的孩子。才让州长打了一下小藏獒的头问道："叫什么？""奔森。""是你起的名字吧？那就谢谢啦。""你以后常来，学校就是你的家。"才让州长答应

210

着走了，却再也没有来过。

母亲来了，不是来探亲，而是来工作，因为毛主席说了，要把医疗卫生的重点放到农村去。母亲先被下放到了西宁西郊的乡村卫生院，干了一年多，又通知她必须去更远的地方，青海农区民和县的县卫生院或者乐都县的县卫生院。她打电话跟父亲商量，到底选择哪一个？父亲说："哪里也别选啦，干脆来牧区吧，我们这里比任何地方都缺医少药，整个沁多县只有一个小小的卫生所。"母亲说："我也这么想，先前两地分居是因为西宁有家有父母，现在离了家还要两地分居，那还不如去牧区，离你近一点，我明天就去医院提交申请。"

母亲在阿尼玛卿州驻西宁办事处搭顺车到了沁多县。父亲提前来到县上，通过旦增县长安排好了住所，正好碰到果果从州上回来探亲，请他帮忙找了两块门板拼起床铺，又从会议室搬来一张桌子、两把椅子、一个生铁炉子和烟筒，让它像个家的样子。住所紧挨着卫生所，形成了一排十几间砖瓦的平房，就在县机关的院子里。这样的布局说明卫生所并不对外，只是个给县机关工作人员看病开药的地方。父亲问："怎么样，还可以吧？"母亲说："可以什么？""我是说清净。"母亲好像突然意识到："原来我来这里是图清净的？""那你图什么？"母亲叹口气说："我也不知道，上了班再说。"父亲呵呵一笑："要是你不想图清净，就有你忙的。"母亲说："这个家缺一样东西，书架，我的书往哪里放？"

卫生所只有两个汉族男医生，姓李的兼着所长，姓宋的兼着副所长，两个人同时又都是护士。母亲上班第一天，李医生去总务科申请一张办公桌，总务科说没有闲桌子，他便去食堂搬来了一张没有抽屉的饭桌，不好意思地说："苗医生，凑合着用吧。"门诊设在一间大房子里，三个医生各占一个角，中间是泥砌的火炉和通向窗外的马口铁烟筒，沿墙摆着几个药柜，里面塞满了东西。母亲摆好桌子，找来抹布擦洗上面的饭巴和油渍，正忙着，来了一个额头被马踢伤的人。宋医生用红汞消炎后就要打发人家走，母亲说："伤口那么深，不缝几针？"宋医生说："我们这儿不做手术。"母亲说："缝两三针就行，不算什么手术。"宋医生老老实实说："我们一是不会，二是没有设备。"母亲愣了：怎么连缝合伤口的条件都不具备？李医生说："已经比过去强多了，听说其他县的卫生所还不如我们。"宋医生送走病人，进来说："我们两个是省卫校的毕业生，上山下乡来到这里，上学时整天瞎闹腾，基本没学什么。但是在沁多，只要穿上白大褂人家就把你当医生看，你给藏族人解释不清楚。苗医生你是知道的，我们最多只能算是个护士。"

母亲的到来让李医生和宋医生不知所措，因为她不仅是真正的医生，还是来自大医院的能开刀的医生，掌握着那个时代最高端的医疗技术，治疗过许多大病恶病，而他们长年累月面对的只是最普通的感冒、拉肚子、外伤的消炎包扎什么的。最初的几天，当着母亲的面，李医生和宋医生都不敢给病人看病了，诊断完了还要看看母亲的反应。直到有一次他们发现，面对同样的发烧头疼，母亲开的药跟他们一样后，才松了一口气。母亲是沉默的，她当然不能随便说什么，就算有天大的无奈，也只能回到住所向父亲抱怨："五个药柜装得满满的，还以为是药，打开一看，全是政治学习材料，药只有不到二十种，还不配套，有红汞、碘酒，却没有消炎粉，伤口裂得那么大，想缝一下，针没针，线没线。一个看病的地方，青霉素是必需的吧？没有。退烧针是必需的吧？没有。止血带是必需的吧？没有。就一些去疼片、四环素、六神丸、风油精、人丹、红霉素眼药膏、胶布、纱布、酒精棉球。在西宁，有的人家抽屉里的药，也比你们卫生所全。"父亲笑道："现在是你的卫生所啦，可不能嫌弃。想一想已经很不错啦，有医生，有房子，不仅能看门诊，还能住院。""住什么院哪？空有几张床位而已，药柜里就几瓶过了期的葡萄糖，吊瓶都打不起来。""别着急，慢慢来，现在最要紧的是把这件事定下来，让你当卫生所所长你干不干？""不干。""那就只能一直这样埋怨下去啦。""我干了，李医生和宋医生怎么办？""又不是什么肥缺，人家不会跟你争。""这事你说了不算。""旦增县长一听说你要来，就有这个打算啦。"

父亲待了几天，就骑着日尕回学校去了。他走后不久，母亲就成了卫生所的所长。在旦增县长给她谈话的同时，她递交了一份药品和设备采购计划。旦增问："这得多少钱？""不知道，但这些都是必备的，多少钱也得花。"之后，母亲等了一个月，还不见药品和设备运来，就去旦增县长的办公室催问。旦增在桌上一大摞报纸中翻了半天，才找出那份计划，仔细看了看才想起来："啊噢，事情太多，我忘啦。"母亲说："我天天盼星星盼月亮，做梦都是药品和设备，你现在告诉我你忘了？那我就只好辞职不干了。"旦增说："你怎么能这样？工作是有重有轻有先有后的嘛。""那就请你告诉我，一个医生的工作什么是重什么是轻？有病无医，是轻，有医无药，是轻，来了病人搡出去，还是轻，卫生所在你们领导眼里根本就不存在，我一个医生留在这里还有什么用？"旦增挥挥手："行啦行啦，你先回去吧，这次我记住啦。"摇摇头又说，"你怎么跟强巴一模一样，是他教你的吧？"母亲哽咽一声，委屈得哭了："没想到沁多县是这样的，你可以不让我工作，但不能骗我。"旦增皱起眉头叹了口气："我最见不得的就是女人的眼泪，你哭什么？我们藏族人都是慢性子，你问问强巴就知道啦。好好好，我马上就给你办，但是你得给我打电话召集人的时间吧？守在这里哭哭啼啼算什么？"的确办得很快，一个星期后，列在计划中的药品和设备大部分都从西宁运来了。

卫生所忙起来，把五个药柜里的学习材料全部清理出去，一格一格整整齐齐装满了药品和器具，墙上挂起了人体图、视力图、脏器图和毛主席语录：一切为了人民健康。收治了第一个住院病人，做了第一台手术，缝合了第一个伤口，挂起了第一个吊瓶。受幸运之神关照的这个病人是县委车队的一个司机，他拉了一卡车生活羊肉从州上回来，打开车门一头栽出来，捂着肚子在地上打滚，还嗷嗷地吐。按照惯例，遇到这样的病人就只能往西宁送。车队的车都出去了，只有他开回来的这一辆。旦增县长在院子里喊，让干部们都从办公室出来卸羊肉，又派人找来另一个司机，叮嘱他马上出发，连夜赶路。再看病人，已经一动不动，昏迷不醒了。有人说："恐怕来不及啦。"旦增县长拍了拍脑袋，蓦地想起了母亲，喊一声："快去卫生所叫苗医生。"母亲赶来了，拿着听诊器听听，又摸摸额头，吩咐李医生："把我的办公桌搬来。"又对旦增县长说，"我交给你的采购计划里有担架，怎么漏了？你说现在怎么办？"宋医生说："我来背。""不行，有的病人能背，有的病人不能背，颠出人命来怎么办？"桌子来了，李医生和宋医生把病人抬上桌子，又抬着桌子走向卫生所。旦增县长看看已经卸载一空的卡车，追上母亲说："行不行？不行的话赶快送西宁。"母亲说："只要是病人就归我管，送不送西宁由我决定。""出了人命呢？""我负责。"旦增县长四下看看，看到那么多耳朵都听到了母亲的话，放心地舒了口气，做着鬼脸说："我们县来了个厉害人，以后县政府的一把手就不是我啦，是苗医生，你们有什么事向她请示。"大家笑了。到了卫生所，母亲先给病人退烧，等他清醒后仔细询问诊断，突然说："准备手术。"李医生和宋医生听着吓了一跳：就在我们这里？母亲说："一个县的医疗部门连阑尾手术都做不了，还能干什么？"母亲的诊断和手术都很成功：急性阑尾炎引起的剧痛、呕吐、发热、休克，手术后一个星期，病人就出院回家了。

接着又有了一个病人，是疝气，已经好几年了，那硬硬的东西越来越大，撑得睾丸就像吊了个羊肚。母亲摸了摸就说："手术，不能再拖了。"疝气手术刚做完，果果来到了卫生所，说他来参加县上的什么现场会，肩膀疼得厉害。母亲看了看，明显是枪伤，但已经愈合了，怎么还会疼呢？追问起来，才知道七八年前他挨过一枪——傍晚的朦胧里，猎人把他看成了一头趴在地上蹭痒痒的哈熊。母亲说："你腿断了吗？好端端地趴在草原上干什么？"果果嘿嘿笑着："掏旱獭洞来着。"又问起中枪以后的治疗，原来是没有取出子弹，只去阿尼琼贡求了些金疮藏药涂抹了一个月。母亲说："必须把子弹取出来。""疼不疼？我最怕疼，当初就是怕疼才没让曼巴动刀子。""不疼。"做手术时的确不疼，但麻药过后却疼得他呻唤不已。果果哀求道："苗医生，求求你别让我疼啦，我跟强巴校长是最好的朋友，你不能像对待别人那样对待我。"母亲拿了两片维生素 C 说："吃下去就不疼了。"过一会儿问他还疼不疼，他说："好多啦，谢谢啦。"

一连三台手术都做得很成功，"苗医生"成了人们的话题，去食堂打饭，或是上下班经过院子，都会有人恭恭敬敬望着她，或是向她打招呼：苗医生好。病人渐渐多起来，都是县委机关的。旦增县长来到了卫生所，到处看了看说："对不起苗医生，我慢待你啦，你有什么需要尽管说。你跟强巴干的不一样，他的事几年十几年才有结果，你的事一天两天就能看出好坏来。我在会上说，今后要支持卫生所，没有一个人反对的。"母亲说："那好嘛，谢谢了。不过现在也只能勉勉强强治疗一些最普通的病，大部分病我们这里诊断不了，更别说做手术了，要是再进些仪器，卫生所的水平肯定还能提高。""我明白你的意思，还得花些钱的要哩。这样吧，我们研究一下，看能不能每年从县财政专门拨出一笔钱来，要采购什么你看着办。我今天来还有点私人的事，我老婆肚子疼了一年多，想带她去西宁看看，她不去，说是念祈福真言就能念好。""你让她来。""她不是县委机关的，来这里看病恐怕不合适，能不能去家里看看？还有我，我有个不好意思说的病，夏天重，冬天轻，重的时候我连人都不想见，可我是县长，得经常开会，臭烘烘地一坐，还要发言讲话，我知道人家怎么想，心里嫌弃，又不好意思当面捂鼻子，你说难受不难受？"母亲说："你不能这么想，狐臭很多人都有，大部分都能治好，你可以在我这里试试。"她从药柜里取出硝酸银和除臭液，拿水配成百分之十五的溶液，用盐水瓶装了满满一瓶说，"回去用肥皂水洗干净胳肢窝，把腋毛剃掉，用盐水擦湿周围的皮肤，再把药水涂在剃去腋毛的皮肤上，涂上四五遍，直到皮肤变成灰白色。三天涂一次，六次一个疗程，坚持三个疗程看看，一般人五个疗程就能根治。""噢呀，噢呀。"旦增似乎忘了自己是趾高气扬的县长，一再地弯着腰。

母亲当天下午就去了旦增县长家。她让旦增的老婆平躺着，摁了摁肚子，戴着消毒手套，把手伸进阴道，在子宫壁上摸了摸，问她是不是疼痛越来越严重了？是不是月经多了，时间长了，白带天天有？是不是腰酸背痛伴随着尿频尿急？是不是经常便秘——就是排便困难？就是大便干结？就是拉不出屎来？等对方一一回答后，母亲果断地说："子宫肌瘤，至少有六个，而且已经增大，必须手术。"看对方一脸懵懂，又说，"就是切除，就是割掉。"旦增说："不动刀子不行吗？""不行。"旦增的老婆说："我不割掉。"旦增低头犹豫着："她身上的东西，疼是她受，只能听她的。"母亲严肃地说："你不能听她的，应该听我的。"旦增和他老婆都不吭声。母亲告辞出来了。一个星期后，旦增县长又来找母亲："那就手术吧，她太难受啦，就是不知道手术有没有危险？"母亲冷冷地说："没有。""不会疼死吧？""不会。"母亲是有把握的，她是外科医生，又有妇产科与急诊科的临床经验，在乡村卫生院的一年多里，什么病没接触过？单独做子宫肌瘤的摘除手术已经十几例了。"是去家里手术，还是把她送来？""家里怎么做？""可是你知道，她不享受公费医疗。""你交点钱不就行了。"母亲没想到，这不经意的一句话，竟成了扭转卫生所职能的一个开端，过去它只面对县机关的工作人员，以后它将面对草原牧区的所有人，母亲对谁都是那句话："交点钱不就行了。"

手术这天，旦增县长推掉了所有的事，在卫生所外面走来走去，好像是命悬一线似的。县政府的工作停止了，很多人都来陪伴旦增县长，大家把眼光投向了卫生所的门窗，投向了那里的平静和房檐上几只叽叽喳喳的麻雀。但对母亲来说，这台手术没什么悬念，两个多小时后她走出手术室，看到不远处簇拥着那么多人，就有些疑惑："你们在干什么？"旦增县长说："你出来了，我的人呢？"母亲说："在里面。""怎么没有声音？""你要什么声音？"旦增县长过去推开了门，看老婆大睁着眼躺在手术台上，便问正在收拾器皿的李医生和宋医生："还没做吗？"两个医生说："做完了。"这之后旦增县长才明白，手术是要麻醉的，或局麻或全麻，他预想中的声嘶力竭的哭喊并不存在。

旦增的老婆一个星期后出院，已经可以跟正常人一样走来走去，再也不难受了。旦增县长见人就说："我服了苗医生。"母亲的名声正在传向县委的大墙以外：来了一个菩萨一样的女曼巴。一传就很远，如同风行牧草，沙啦啦，沙啦啦，一直响到天边。一个牧人在县委外面扎起帐房，烧起了柏枝柏叶的桑烟，沁多草原的辽阔让他走了一个星期才到达这里。两个孩子病了，发烧咳嗽一个月，吃酥油，念祈福真言，请官却嘉阿尼禳除疫病鬼都不顶用，听说县委机关有个妙手回春的女菩萨，就马不停蹄地来了。来了也不知道往里进，以为桑烟一起，女菩萨就会闻香而至。耐心等了一个星期，没等来女菩萨，就打算拆了帐房回家，恰好喜欢吃醋的母亲走出县委要去对面的小卖部打醋，路过那里听到了两个孩子的咳嗽声，心说怎么还有比赛咳嗽的？咳得嗓子一个比一个哑。打眼一瞅，看到一男一女两个孩子坐在草地上，都是满脸潮红，眼泪鼻涕一大把，就本能地过去摸了摸他们的头，惊叫一声："哎哟妈呀。"指着正在牦牛背上捆扎帐房的牧人说："是你的孩子吗？都快烧死了，怎么还在这里？"牧人听不懂，一脸呆怔。正好果果骑马从州上回来，见了母亲下马问候，又告诉母亲，牧人是不敢走进县委的。"为什么？门房不让进吗？""不让进也不敢进，草原上的习惯就是这样。""那怎么成？死了人怎么办？快快快，往里送。"她自己抱起一个孩子，又让果果抱起一个孩子。牧人还没搞清怎么回事，就见自己的孩子消失在县委的大门里。母亲的诊断是感冒引起的肺炎，已经拖了很久，非常危险。立刻做了皮试，对青霉素一个过敏一个不过敏。母亲吩咐李医生："四环素加量一倍，快点。"吊瓶瞬间挂上了。牧人这才被门房领进来，脸上挂着笑，觉得这些日子没有白过，烧起的桑烟终于把女菩萨引出来了。他扑通一声跪下，什么也不说就磕头。母亲赶紧往后退："起来起来起来。"等牧人起来又说，"你交点钱吧。"果果说："他哪里有钱，最多有一些自留的牲畜，让他留下一只羊顶账吧。""我要羊干什么？还得伺候。""你可以变成钱嘛。""怎么变？""这种事你问问强巴校长就知道，他最清楚。"

很快，县委门前绿汪汪的大草滩上扎起了许多帐房。母亲去找旦增县长协商，让门房把来看病的牧人都放进来。旦增说："放进来可以，但你的卫生所住得下吗？""能住多少是多少。"之后，母亲就开始两地奔走，上午卫生所，下午大草滩，大草滩上是多数。心想能不能把卫生所搬出县委？不能，大草滩上没有房子只有帐房。最要紧的还是医护人员，太少太少太少。母亲把自己的想法告诉了来县上看望她的父亲。父亲说："有过帐房保育院，再有帐房医院也没什么不可以，但现有的房子也不能放弃，毕竟房子保暖，做手术方便。卫生所正好在县委的东南角，把东南角的围墙拆掉，不就等于搬出县委了吗？再让来看病的牧人把帐房扎在紧靠卫生所的地方，你就不用跑来跑去啦。不过你们搬出县委后就不能再叫卫生所啦，应该叫沁多县医院。""这是个好主意，你给旦增县长说说，毕竟你们相处时间长，说话管用。""还是你自己说吧，我发现他对你倒是挺支持的。""那我明天就去。"父亲又说："至于医护人员，肯定不够，你可以从我们学校招一些学生来，一部分你亲自带，一部分送去省人民医院培训。"

母亲和父亲的"密谋"不久就变成了现实，络绎不绝的病人让旦增县长再一次支持了母亲。县委改修了东南角的围墙，把卫生所从机关切了出去，正式对外的沁多县医院在不知不觉中诞生了，诞生之初既不挂卫生所的牌子，也不挂医院的牌子，就是个看病的地方，但在口头上人们都叫它曼康也就是医院。父亲在电话里说："你办医院比我办学校好像容易些，你知道为什么？""不知道。""我来告诉你，学生不上学还是人，是牧人，病人不看病就什么也不是啦，是将死而未死的半个鬼，医院是病人建起来的，不是你建起来的。"父亲原想母亲会反对，没想到母亲说："我也这么想。"之后，母亲打了几次电话，联系好省人民医院，推荐李医生和宋医生以及沁多学校的二十名学生去那里实习。母亲自己带了五个学业优秀的学生，手把手地教：认药，给药，打针，挂瓶，也包括最一般的诊断和开药方、写病历。"你们有眼睛有心，仔细看，认真记，将来要既当护士又当医生，我们不分科，我们是全科。"她把从西宁带来的所有医学书籍都搬到医院，逼着大家没事就看，看不懂就问。又来了两个医生，是母亲在省人民医院的同事，母亲能把她们"挖"来，当然不仅仅是她跟她们的友谊，更有她们自身的原因，马秋枫说："我就不喜欢西宁，不喜欢省医院那些人，都是医生，整天明争暗斗，有什么意思？"张丽影说："我跟丈夫合不来，又没地方去，只能投靠苗姐姐了。"

不到三个月，沁多县医院一下增加了将近四十个人，其中包括了从县机关那边划过来的后勤和财务人员。起初旦增县长不同意后勤和财务独立，母亲说："我不强求，但要是事情办不好，我不找别人，就找你。""只要你不是刁难，我这个人通情达理。"很快便有了就算通情达理也办不好的事：牧人看病没有钱，只能用自留羊代替。根据父亲的主意，把这些羊交给桑杰，让他放在畜产品站，变成钱后再交给医院。这笔账必须天天结算，因为羊是天天都会送来的。每天傍晚，县财务室的人必须到场清点羊数，再交给后勤，送往畜产品站。畜产品站半月结一次账，肉卖了多少、毛卖了多少、奶子卖了多少，既原始又琐碎，财务室的人不胜其烦。更重要的是，县财务室无法做到专款专用，医院想用这笔钱，它却分文不给，说是挪用作行政开支了。母亲很生气，拿着财务室的算盘，摔在了旦增县长面前。旦增县长说："好吧好吧，你想独立，财务室也巴不得你们独立，我在这里瞎撮合什么？"当即叫来后勤和财务室的头头："分家。"

医院用畜产品站变卖牲畜的钱和县财政的专门拨款，购买了不少医疗仪器和药品。母亲的目标是：省人民医院有的我们都得有。这天，她给父亲打电话又说起她的目标。父亲问："什么时候能做到？"母亲说："正在努力，首先得解决药品缺乏的问题。""药品还缺乏？""这是目前最大的问题。"原来公共医疗机构的药品都是由国家无偿配给的，卫生所变成医院后，接诊量增加了几百倍，药品的配给却没变，数量很少，品种有限，仅仅是一些常规药而已。医院不得不自己花钱采购一些急需的药品。母亲的期望是：按照国家医院的标准对待沁多县医院，增加药品的配给和医护人员的编制。这样不仅能提高医疗水平，还能节省很多钱，现在医院最需要的就是钱。母亲说她想找旦增县长反映一下。父亲说："这件事找旦增不管用，得去州上。""麻烦你跑一趟，我不认识去州上的路，也不会骑马。"父亲为难地说："我最近特别忙，快要考试啦，发现学生思想不稳定，坏话传来传去，说学校的老师是一群臭味相投、逃避现实的大坏蛋。""谁传的？""我琢磨了半天，只有一个人会做这种昧着良心不打磕的事，才让州长。""你防着点，这种人什么事都干得出来。忙你的吧，我再想想办法。"父亲叹口气说："你能有什么办法？还是我去吧，明天不行，后天，我有日尕，跑得快，再说我人熟。"

3

秋风在父亲的头顶徐徐扫过，天蓝得有些疯狂，连云也丝丝缕缕变成了靛蓝的花絮。草原向雪山的怀抱延伸着，分不清是深沉还是倦怠，毕竟亮丽了整整一个夏天，盎然的生机也该收场，万花也该敛容了。日尕的奔跑踢飞了最后的花朵，草枝草叶无奈的哀号声在风中回荡，太阳忽忽地下降着，地面翘起来，像是要把一地忧伤而芜杂的秋景掀到天上去。就要到了，被淹没在大波浪的原野里的州府，正在一点点显现。要不是心里有许多沉甸甸的事，父亲真想在脚踏草浪的感觉里慢悠悠走过去，大地的坚实和牧草的柔软会让他变得跟牲畜一样自由散漫而无忧无虑。他跳下马背，把缰绳缠在马腿上，松开嚼子，让日尕去吃草，自己快步走进了州委大门。王石迎面走来，慢腾腾的，一见父亲就停下了，吩咐身后的秘书："就说我有急事去不了，让他们按照会上说的办。"

他们上楼来到办公室。王石说："你终于露面了？自从给学校安了电话，你就很少来见我，今天怎么了，有什么事？""肯定是大事。""我知道，快说。"父亲说起了母亲的医院，必须提高等级，增加药品的配给和医护人员的编制等等。王石说："我听说沁多县医院现在红火得很，州医院治不好的病，到了你们那里不算什么病，动动刀子就行了。我问过州医院的索爱院长，他说州医院以藏医为主，做手术不行。就是不知道能不能治好我的高原病，你问问苗医生。""早就问过啦，这种病不能做手术，唯一的办法就是换地方。""那医院的

220

事就不好说了，连州委一把手的病都治不好，还想让我办事？""你也学会假公济私啦？"王石给父亲倒了茶说："我最近想，为什么就不能死在草原呢？再要是调不到西宁，我就想把家里人接来。""这个我赞成，来了至少可以在生活上照顾你。""我就是想管管孩子，孩子就一个，整天在外头打架斗殴，不是自己受伤，就是打坏别人，再不管，离班房就不远了。还是说医院吧，得先打个报告，县报州，州报省，然后一次次地催。""谁催？""当然是我了。"又说了一些话，王石拿起电话打给了旦增县长，要他尽快打报告。旦增说："报告的具体内容得由医院提供，我这里好办，无非是让办公室盖个章子。"父亲又打电话给母亲。母亲说："我带的这五个学生文采都不错，让他们写，藏文还是汉文？"父亲望着王石。王石说："都要。"母亲叮嘱父亲："别忘了去看看儿子。"而我已经知道父亲来了，是藏红花通知我们的。她在妇联上班，妇联在一楼，从门内就能看到父亲上楼的背影。我们六个在州上当干部的同学就在王石书记的办公室门口等着，尤狩等不及，轻轻推开门，伸头看看，恰好被王石瞅见了。王石说："进来进来，鬼头鬼脑的干什么？"又对父亲说，"看来晚饭不用我请了。"父亲望着我们几个说："等一等，我还得去见见果果。"王石说："你见不上，请假回沁多县了，他现在老请假，问他是不是家里有事，他说没有，就是肩膀疼，想去医院看看。"父亲说："子弹不是取出来了吗，怎么又有问题啦？"

我们很高兴能跟父亲一起吃晚饭。藏红花说："在我宿舍吧，同宿舍那个人最近下乡啦，我们去食堂打点，再去饭馆买点。"尤狩说："最好买点酒，饭馆有散酒。"父亲问："什么散酒？藏家醪糟吗？"我说："青稞白酒，我们喝过一次。"我们聚在一起吃饭，喝酒，说话，唱歌，唱的是《金瓶似的小山》。父亲是连夜回去的。我们送他走出州委的门，他拿出铁哨嘘嘘地吹了几声。黑暗中立刻响起一声嘶鸣，日尕奔跑而来，它知道父亲是个喜欢走夜路的人，就待在不远处，随时听候召唤。

半个月以后，王石给父亲打来电话，叹息一声说："很遗憾，医院的报告没有批下来。""你催了没？""没有十遍八遍，也有五遍六遍。是有人反映了，说这个医院是苗医生一手搞起来的，她想当院长。""那就给他们说，苗医生不可能当院长。""我没这么说，苗医生不当院长，就算报告批了，医院也办不好。我琢磨能不能让苗医生自己拿着报告去一趟省上，给他们把草原牧区的医疗卫生情况反映一下，让他们看看，面前这个一心为病人的医生该不该当院长。苗医生要是去的话，州上可以派车。"父亲生怕母亲拒绝，想当面说服，就骑着日朵去了一趟沁多县，没想到话才说了一半，母亲就说："有小汽车送我？那太好了，我一定去。"其实她是想回家了，想去看看姥爷姥姥，也操心着女儿以及才让和梅朵。父亲又问起果果的事："听说他肩膀还是疼，怎么回事？""我怎么知道，他来医院也不找我。""那找谁？"原来她好几回看见果果带着张丽影骑马去了草原。"我也是瞎猜，也许人家就是看看风景赏赏花，张丽影又是个喜欢那种情调的人。"父亲松了口气："估计她是想学骑马，正好碰到果果来看病，说起来，果果就说我教你。他是个热心肠的藏族人。"母亲是从医院病床前上路的，几个皮肤上有斑疹的病人让她犯难：到底是什么？她叮嘱马秋枫和张丽影：继续观察。

母亲的西宁行一无所获，甚至更糟。她要见负责审批的人，去了三趟才见到，还不给她好脸色。那人边看报纸边听她汇报，完了问："你是什么职务？让你们州上的领导来。"口干舌燥的母亲说："那你早说嘛，早说我就不说了。""你还脾气大得不成，不是我求你，是你求我。""我不求了。"母亲把手中的报告一撕两半，摔到桌子上，走了。西宁的气温比草原自然要热一些，正是乱穿衣的季节，单衣有，棉衣也有，母亲是单衣，却还是热。

家里的情况倒还不错，姥爷姥姥的身体很好，琼吉已经上二年级了。才让是实验中学的老师，每天都回家，一回来就把妹妹叫到跟前，拿着一本很厚的词典教她学英语。词典是从学校图书馆借的，有一次他去图书馆借《钢琴协奏曲红灯记》的五线谱，人家让他自己找。他拿了五线谱，又翻了翻这本从未见过的《英语词典》，发现里

222

面有许多插图，就好奇地看起来，一看就是两个小时。图书馆的人说：你喜欢？那就借走呗，可以不还，看不明白的，可以问我，我过去是教英语的，现在没课上了，调来图书馆混日子。从此才让成了英语老师唯一的学生。老师很吃惊：你的语言天赋不错呀，起码比我强，不学就对不起自己了。

梅朵不是天天回家，紧急排练和有演出时，她就待在省歌舞团的集体宿舍里。但只要有机会，她就往家里跑，说家里的饭好吃。姥爷姥姥也就变着法儿给她做，她说我喜欢江洋喜欢对啦，不然怎么能吃到这么好的饭。姥姥说你就是不喜欢江洋也能来家里吃，才让是你亲哥哥，才让的家就是你的家。

梅朵这些日子有演出，是才让把她叫回来的："阿妈要看看你，快走。"梅朵问："我这个阿妈汉族人叫什么？""婆婆，是专门管你的。""可是她不管我，远远地走啦。"梅朵身材高挑，眼大鼻棱，白白净净，性格开朗，穿着一身改瘦的女军装，好看极了，跟初来乍到时那个紫红脸蛋的小姑娘判若两人。更叫人赞叹的是她知道孝顺，发了工资总要给姥爷姥姥买东西。本来她是打算给钱的，工资一份给桑杰阿爸，一份给姥爷姥姥，一份留给自己。姥爷姥姥不要："才让交钱了，你就不用再交了，自己攒一点，以后有用。"才让的工资早就是一分为三：桑杰、家里、自己。给家里，父亲和母亲每月也会照例寄钱，还会时不时或托人或自己从牧区带些牛羊肉和奶制品来，在姥爷姥姥的感觉里，我家的日子是全院四家里最好的，搁在整条街上，也不赖。梅朵来了，就嚷嚷着要吃拉面，又去厨房打开碗柜看了看，油泼辣子和醋满满的，就说："太好啦。"她觉得只要有辣子有醋，即使不炒菜不炸酱，也会香得她脚底朝天。晚上吃饭时，母亲在衣柜上面看到一个旧式的黑漆妆奁，问道："这是哪来的？"梅朵说："歌舞团的，排老戏的道具，一直放在库房里，他们要扔掉，我拿回来啦。""里面是什么，还上着锁，我看看。"梅朵扑过去抱住妆奁："不准看。""为什么？""阿妈啦，阿爸给你的信，你会随便让别人看吗？"琼吉喊起来："我知道啦，里面是江洋哥哥写给你的信，拿出来看看

223

又怎么了？"梅朵说："等将来你就知道啦，才让哥哥写给你的信你也不会让人看。"琼吉说："才让哥哥没给我写过信。""快啦。"琼吉撒着娇说："才让哥哥，你什么时候给我写信？"才让不说话。姥爷说："吃吧吃吧，连拉面都堵不住你们的嘴。"母亲把梅朵的辫子从前面拿到后面说："你少调点，爱吃辣子也不能这样吃，会烧坏胃的。"梅朵认真地问："阿妈啦，你为什么管我？"停一会儿又说，"因为你是我婆婆。"大家稀里哗啦笑起来。母亲突然问："你们那个叫达娃的同学去了哪里？"梅朵说："达娃当文艺兵啦，在陕西军区。"姥爷说："她走的时候来过一回，穿着有领章帽徽的军装，蛮精神的。"姥姥说："还寄来过相片，一张是挎着枪的，一张是演节目的。"琼吉说："演的是《红色娘子军》。"母亲问："相片呢？"姥姥就去抽屉里找，翻了半天才拿出来。母亲接过来看了说："她演的是吴琼花。你们这个班，人才出了不少。"

　　母亲在家只待了三天，州上的吉普车要拉她回去，她不好意思让人家多等。再说她也待不安稳，医院里有一堆事揪着她的心，尤其是那几个有斑疹的病人。她让车停在医院门口，谢过了司机，就一头扎了进去。张丽影一见她就问："办好了，你的事？"母亲用鼻子无奈地哼了一下，赶紧问："怎么样，那几个人？"张丽影说："有好转的迹象，给阿司匹林、维生素 B_{12} 和阿昔洛韦，再加白降汞软膏，应该是有效的。"母亲舒了一口气："能不能排除？"马秋枫说："我看可以，就是病毒性疱疹，俗称缠腰龙。"三个医生排除的是麻风病。半个月前，白唇鹿公社有个牧人浑身起疹子，关节还酸痛，家里人怀疑他得了麻风病，烧牛粪驱邪的同时，把他隔离在了离家不远的一顶小帐房里。有人看到后报告给了公社主任拉巴，拉巴就给了病人十只羊一头奶牛，让他自己走到生别离山里去，要是不去就照祖先的惯例浇上热酥油烧死。他不想去生别离山，更不愿意受烧死的苦，就坠崖自杀了。这样的事没法不传开，越传越邪乎，说白唇鹿公社成了麻风窝，差不多一半人进了生别离山。惊得旦增县长来医院问母亲：麻风病有没有办法治疗？母亲说：我没接触过这种病，不知道。这几个住院的病人都来自白唇鹿公社，都觉得自己染上了麻风病，希望县医院的女菩萨施展法力一口气吹掉。三个女菩萨谨慎地回答：我们会全力以赴。母亲从西宁回来后，又观察治疗了几天，等斑疹全部消失后，才让他们出院："你们得的不是麻风病，是一般的皮肤病，说不定跳崖的那个跟你们一样，一管软膏就能治好。以后不要自己给自己诊断。"他们"噢呀噢呀"答应着，但一出医院就乱说：女菩萨是专治麻风病的，一个比一个美丽，向你吹气时你浑身的那个舒服啊，轮回了几辈子也没享受过，再看皮肤上那些流水的麻风疙瘩，没有啦。母亲实在想不起自己曾经朝这几个病人吹过气，问马秋枫和张丽影吹过没有，她们也说没有。打这以后，来医院看皮肤病的牧人多起来，都说麻风病是吃人的病，不敢得，得了也不敢说，但现在有了女菩萨，就什么也不怕。三个女医生以及母亲的五个学生就一再地解释：他们得的不是麻风病，医院还没有治疗过一例麻风病人。重复了无数遍后，传说终于消失了，新的传说里，三个女菩萨用十分了得的手段吓跑了最厉害的疫病鬼，草原上再也没有麻风病了。

　　牧人们把母亲当菩萨，但母亲过的可不是菩萨的日子，脑子里整天乱哄哄的：这个病人疼，那个病人喊，诊断，治疗，手术。最重要的还是药品紧张，尤其是抗菌素。她说不是最严重的病人坚决不给。可哪个最严重哪个最不严重呢？难道不致命就不算严重？到最后连她自己也分不清了。有些手术就因为缺少抗菌素而一再地推迟着。没有跟医院接诊量相适应的配给，只能采购，钱呢？她把去西宁的经过给父亲说了，父亲又电话告诉了王石，王石只有默然。等他开口时却变了话题："最近州上可能有大事，我已经预感到了，你要小心点。""州上的大事与我有什么关系？""才让州长已经把沁多学校的事反映给了省上，他这种人，除了恩将仇报还能干出什么来？""既然事情一定会发生，担心有什么用？我挂啦。"对父亲来说，目前最重要的，就是帮助母亲把医院办下去。

　　一个月以后，才让州长持续不断的反映终于有了结果，省上来了一个调查组，问明情况后做出决定：除了从寄宿班毕业的六个年轻老师，沁多学校的所有其他老师——教务长李志强、物理化学老师哈风、历史自然老师梁辉、语文老师周莉、数学老师韩朴、校医眼镜曼巴、教习藏文的香萨主任以及角巴等，都必须离开学校，哪来哪去。受到牵连的还有王石书记，调查组敦促他去省上说明情况。他身体欠佳，本来就不适合高海拔的环境，一听说要去西宁，一方面是高兴，一方面是气恼：才让州长又要得意洋洋了。只是他没有想到，才让州长重新主政后做的第一件事，就是免去强巴沁多学校校长的职务，派人接他前往州上接受调查。母亲很快知道了这件事，万分焦急地跑去问旦增县长怎么办。旦增说："你什么也办不了，只能耐心等着，是非曲直总会搞清楚的，相信组织。"母亲回到医院，正给病人做着诊断，听到门口有马叫声，出去一看是日尕："就你一个人来了吗，强巴呢？"日尕咴咴地叫着，不知道是什么意思。母亲抱着它的脖子，好一阵伤感。从此日尕就不走了，天天守在医院门口，饿了渴了，就去草原上吃几口喝几口。

一天，果果来到医院，和张丽影一起走进母亲的诊室。果果说："苗医生，我来告诉你一声，强巴好着呢，调查他的人里头，有他的学生萨木丹和昭鸽，你就放心吧。我请了假，这几天都在县上，你有什么事给丽影说，她知道我在哪里。"母亲顾不上多想他跟张丽影的关系，焦急地说："正有事找你，我想学骑马。"果果说："我刚才看到日尕啦，你不用学，日尕不会摔你的，你骑上它走一程，它就教会你啦，倒是鞴马养马需要学一学。"张丽影说："苗姐姐，你就听果果的，马要是有心对你好，就会照顾你，骑上去感觉不一样，特舒服，我现在已经学会了。"他们来到医院门口的空地上，果果找来一副半旧不新的鞍鞯搭在日尕背上，扶母亲上去，拽着笼头走了一圈，就把缰绳交给了母亲。日尕小心翼翼地走着，每迈出一步都要看看母亲，感觉一下她身体的反应，然后根据反应迅速调整自己的动作。两天后，母亲就可以骑着日尕随意走动了。她决定立即出发，去州上看望父亲。茫茫原野来到了她的脚下，她就像一片断了根的草叶，孤独地在风中飘摇。果果和张丽影一人骑着一匹马，送了母亲一程。果果说："有日尕你就不用担心路啦，它会把你带到州上。遇到狼豹也不用怕，它跑得比谁都快。"母亲跟他们分手，往前走了一会儿，再回头看时，发现两个人骑到了一匹马上，张丽影坐在果果怀里，正把脸朝后仰起，像是在等待接吻。母亲赶紧扭过头去。

日尕为了照顾母亲走得很慢，突然又快起来，而且调整了方向。母亲说："你不会走错吧？"正疑惑着，就见迎面走来一个骑马的人，仔细一看，竟是角巴。两个人互相问候着，母亲说起对丈夫的牵挂："听说调查强巴的人里有他的学生，他们会照顾他吧？"角巴说："谁不知道强巴的为人，能照顾他的人多啦，偏偏就是学生指望不上。萨木丹是才让书记的人，这次我才知道，前几天谈话，他当着才让书记的面，扇了强巴一个耳光，昭鸽不服气，反过来扇了他一个耳光，才让书记就把昭鸽打发回学校啦，说他是个不值得信任的人。这些我都是听昭鸽说的，还听昭鸽说，强巴要我去一趟西宁，去看看那些回到原单位的老师怎么样啦。""都泥菩萨过河了，还操心别人。"母亲说着，心里稍稍好受了些，能操心说明人没有垮掉，还有余力去影响别人。角巴说："雪山大地不保佑就不是雪山大地，人要是什么心都不操就不是人，学校就要完蛋啦，你说我们怎么办？"他说学校的新校长是桑杰，才让书记说是由贫下中牧领导学校，其实就是想推卸责任，学校没有老师肯定办不下去，迟早要宣布学生解散、校门关闭，将来追查起来，那就是桑杰的罪过。桑杰是他的女婿、强巴的兄弟，人家会说因为对处理强巴和角巴不满，故意搞垮了学校。强巴的主意是看李志强他们还能不能回学校，不能的话，就得把才让叫回来。母亲说："才让就一个人，顶什么用？""金子一粒，生铁一堆，才让是一个顶十个的。萨木丹现在顶了李志强的位置，是教务长，这个忘恩负义的白眼狼爬得倒快。桑杰没文化，校长怎么当一窍不通，没有才让指点，他就只能听萨木丹的。""你呢？以后打算怎么办？""马不是酥油喂大的，羊不是糌粑吃肥的，别看牲畜急着往你怀里拱，一回头还是要吃草。我就是个吃草的命，早八辈子就知道啦。对啦，你不用去州上啦，看望事小，叫回才让事大，去西宁的路长，我得骑上日尕的要哩，日尕快。"母亲叹口气说："我也这么想。"

母亲做了个梦，梦见一泓清水朝自己流来，水里有几条欢快游动的鱼。醒来后觉得心情似乎好了些，正在洗漱，就听张丽影在外面说："你怎么睡在这里？会冻死的。"母亲拉开窗帘，看到白花花的霜雪覆盖了大地，病人的帐房像一些巨大的白色蘑菇，在寒凉的空气中起伏延伸。帐房和医院之间的空地上，躺着一个裹紧皮袍蜷起身子的人。张丽影是去县委水房打水的，端着脸盆，提着暖水壶，嘴里喷吐着热气，看那人爬了起来，就朝宿舍走去。果果从她宿舍出来，接过脸盆说："少端一点嘛。"张丽影小声说："你别出来，叫人家看见。"母亲出门，走向那个露天睡觉的人，问道："你是来看病的？"那人说："你是苗医生吧？"又说他叫索南爱国，简称索爱，是州医院的院长，小时候跟着坚赞曼巴辨识草药，走南闯北地行过医。这次来沁多，是为了送一个病人，病人借宿在某顶帐房里。母亲奇怪地说："你是院长，病人不往州医院送，送来这里干什么？"索爱说："我们那里西医不成，尤其是手术，基本做不了。""病人是什么病？""大腿内侧起了个紫包，越来越大，大得都能挨着另一条腿了，影响走路。""多长时间了？""大约一年。""你带进来看看。"母亲转身进了医院。

诊断的结果是：血管变形造成的血瘀型结块。"苗医生，能不能手术？""能。""什么时候手术？""现在。""啊？""这是个小手术，不过创口会大一点，得缝几针，回去把消炎药跟上。""那就多开一点。""州医院没药啊？""有，可能都过期了吧？""你们的药还能放到过期？""我们只有西药没有西医，能不过期？"母亲兴趣立刻大增，耐着性子聊起来。原来州医院建立于一九五八年，标准定得很高：一座矗立在草原上的大型综合性医院。虽然后来标准没有达到，医院的配置却没有降下来，直到现在，州医院享受的各种待遇包括药品的配给和医护人员的编制，都跟省人民医院一样。"我们的编制只用了不到三分之一，大部分空着，调不来医生嘛。至于药品，每年省上都会来通知，让我们把配给拉回来，我们不想要，何必要占用库房呢？"母亲沉下脸来："索南爱国院长，跟你商量个事。""什么事？""你能不能兼任沁多县医院的院长，然后把沁多县医院当作州医院的一个部门？"索爱惊愣着。母亲坦坦荡荡说起来，说了病人多多，说了缺医少药，说了正在州上接受调查的丈夫强巴，还说了索爱兼任沁多县医院院长的理由：才让州长一看强巴的老婆不是院长，批准的可能性就大一些。索爱说："你想得也对，批不批准还得有个过程，我回去就找才让书记。已经是冬天了，今年的药品我们还没去拉，我尽快派车去省上，把药直接拉到沁多县来。我也是个医生，知道药品对没用的人粪土不如，对有用的人比金子还宝贵。"母亲没想到事情解决得这么突然，有点不相信，打量着索爱说："你不会是骗我吧？"索爱从腰带上拔出藏刀，翘起一根指头放在桌面上，就要剁。母亲惊喊一声："你别这样，我相信，我相信。"索爱笑了："骗你呢，我把药品送来就是了，剁指头干什么？"母亲做了手术，送索爱院长和病人出来，问道："你们是怎么来的？""骑马。""医院不是有车吗？"她还是在担心派车去拉药是个天方夜谭。索爱说："整天坐办公室，好不容易出来一趟，就想骑着马散散心。"送走索爱和病人，母亲回到诊室，坐在桌子前看病人记录，一晃眼发现帘子遮去了一半的床上躺着个人，问道："你看病？""嗯。""哪里不舒服？""到处不舒服。""能走吗？""能。""先到这边来。""你到这边来。"母亲猛地扭头，惊叫一声："强巴？"

　　调查结束了，父亲回来了，从他开的这个玩笑看，他的精神状态还不算太坏。母亲问："你出来后准备干什么？""州上说由沁多县安排，我还想争取一下，看能不能回学校，不让当校长，就搞教学。"说着就要走，"先来这里让你放心，还没去县委报到呢。"父亲在旦增县长的办公室得到了一个坏消息："你没到之前州上的文件就到啦，上面写的是解除公职，可不是安排工作。"旦增说着把文件拿了出来。父亲看了看说："那我就没工资啦？""你是沁多县的老人，县上肯定会照顾，我看就在机关打个杂，按临时工对待，多少能挣一点，具体干什么由总务科分配。"父亲低头默然了。"或者你去机关食堂，随便干点什么，吃饭不要钱。""人活着就为了吃饭哪？连我的日尕都不这么想。"且增又说："那你说你想干什么，只要在才让州长面前说得过去，我就听你的。"父亲突然抬起头："可不可以去小卖部？"且增愣了一下："你去那里干什么？""当个售货员，不行吗？""行倒是行，就是太委屈你啦。"

　　父亲在小卖部当了售货员的第三天，角巴回来了。跟他一起回来的有才让，还有洛洛。角巴骑着日尕，才让和洛洛坐着班车，能同时到达县上说明日尕一直在奔跑。洛洛高中毕业时很想回沁多学校，但央金被选进了市歌舞团，他不想离她太远，就服从分配留在了实验中学。这次角巴来到西宁，住在姥爷姥姥家，给才让悄悄说了沁多学校的事，才让又去给洛洛说，洛洛就再也坐不住了，星期天一大早就跑去跟央金商量。央金说："我们都是从沁多学校出来的，没有沁多学校就没有我们，你跟我商量什么，赶紧去跟实验中学商量，调回去。"洛洛说："要是我想你怎么办？""忍着。""你想我怎么办？""我就回沁多找你。"几乎在同时，角巴被才让带着到处跑，——去原单位看望李志强、哈风、梁辉、周莉、韩朴，除了李志强（说是去了什么干校），其他人都见了，情况有好有不好，但都不可能再回沁多学校了。角巴只好死心，问才让："你说怎么办？"才让说："我已经给学校说啦，准备回去，洛洛也想调回去，他比我能干，不光是实验中学的老师，还是团委书记。"事情定下来之后，大家便聚到了一起。央金埋怨道："阿爸啦，你来西宁也不提前给我说一声。"角巴说："我有住的有吃的，提前给你说什么？俗话说清水往东，浑水往西，就算是一个泉眼里冒出来的也淌不到一起，你们忙你们的，不要管我们的事。到了这个家里，该说的说，不该说的别说。"他是担心央金和洛洛说出父亲受屈的事让姥爷姥姥听到。洛洛已经被才让叮嘱过，赶紧给央金摇头，两个人就都不说话了。姥爷姥姥忙活起来，包了羊肉饺子，做了牛肉粉汤，羊肉和牛肉自然是角巴带来的。姥姥问："味道怎么样？"梅朵说："什么味道都没有，就是个香。"央金说："香不是味道吗？"梅朵说："我的姨妈同学啦，你是不是嫌我没跟你说话？你跟洛洛的婚结了没有？结了的话我怎么不知道，没结的话什么时候结？"央金说："不告诉你，因为你也没告诉我你跟江洋什么时候结。"梅朵说："我们小你们大，你们就应该先告诉我们。"

才让和洛洛的归来让父亲很高兴。他让他们先去见旦增县长，因为沁多学校现在是州上管辖，直接调进去的话才让州长很可能会干涉，但要是先让沁多县接受，学校再通过沁多县借调，就不必通过州上，因为工资是县上发的。旦增知道他们是来挽救学校的，说了许多鼓励的话，最后说："你们的榜样是强巴，像强巴那样做，就没有办不成的事。不过就靠你们两个也不行啊。"才让说："我已经想过啦，不靠天不靠地，就靠自己教自己。一是老师们辛苦一点，多上课，多兼课，二是可以高中生教初中生，初中生教小学生。"洛洛也说："不管什么办法，沁多学校不能垮掉。"两个年轻人当天就要离开县上去学校。父亲走出小卖部，母亲走出医院，给他们送行。父亲说："把日尕骑上，到了学校放开，它自己就回来啦。"才让答应着。洛洛说："校长啦，我们在学校等你。"父亲说："你们好好干，干出个样子来，我恐怕回不去啦。"送走了人，母亲问："你怎么知道你回不去了？"父亲说："我有预感。""有个事我还没问你，你为什么主动要求去小卖部？""算是恋旧吧，自己经过手的总觉得亲近些。"父亲说起当年，他做副县长时把小卖部从机关搬到了县政府对面那座土石墙木头顶的房子里，还在房前平出一片场地，好让牧人驻马扎帐。十多年过去了，小卖部越来越破旧，墙体走风，屋顶漏雨，门窗大坏，差不多都关不上啦。货物也没有多少，无非是针头线脑、油盐酱醋，主要几样比如面粉、棉布、白糖还都是凭票供应。父亲说："搬出机关是想让它慢慢红火起来，没想到还是老样子，沁多县这么大，怎么可以连正儿八经的商业都没有呢？"母亲说："你琢磨这些干什么？经商就是投机倒把，不允许的。"

第七章

生别离

你是夏天的繁绿，是牧草的浩荡，
你是冬天的雪白，是源头的安详，
你是扎西德勒的故乡，
告诉我哪里才是爱的天堂。

1

　　索南爱国没有食言，一天下午，一辆救护车停在了沁多县医院门口，从里面下来的不是病人，而是满满一车药品。司机说："这才是一半，还得拉一趟。"第二趟药品拉来之后不久，州医院的索爱院长出现在母亲面前，这次不是骑马，是坐车，穿的也不是皮袍，是中山装。他一见母亲就严肃地说："把大家集合起来欢迎我，沁多县医院的院长来啦。"说着拿出文件，在母亲面前晃了晃，"你念还是我念?"母亲接过文件看看，上面明确写着沁多县医院是阿尼玛卿州医院的分院，院长由索南爱国兼任。她把文件还给索爱说："我这就去召集人。"医院不大，一吆喝，全体医护人员就都来到了门外的空地上。索爱把文件递给母亲说："你念。"母亲念了，然后带头鼓掌。索爱从口袋里摸出一张折叠起来的纸说："文件一共两页，你念了一页，我再念一页。"说罢念起来，也是一项任命，念完了大家都有些纳闷：真的还是假的? 索爱说："为什么不鼓掌?"大家鼓起了掌。母亲说："你这人没个正形，还是当领导的，怎么能开这样的玩笑?"索爱把手中那张纸塞给母亲："看章子，州委的章子。"母亲看了看说："不可能吧?"索爱冷下脸来说："那你就赶紧给公安局打电话，说我索南爱国私刻公章，招摇撞骗。"母亲呆愣着，不会再有怀疑了，她已经是沁多县医院的常务副院长，同时还兼任着州人民医院的副院长。"好好工作吧，我走啦。"索爱院长说走就走。母亲和医护人员要送送他，却只看到了疾驰而去的救护车和一股弥漫而起的青烟。张丽影喊起来："拉加啰。"马秋枫问："什么意思？"张丽影说："果果教我的，他说跟'万岁'差不多。"马秋枫也喊起来："拉加啰。"母亲的五个学生更是欣喜若狂："拉加啰。"母亲说："胡喊什么？小心喊错了。"大家都吸着气闭了嘴。张丽影说："唱歌总可以吧？"人家唱起来："喜马拉雅放声唱，青海高原闪金光，特大喜讯传下来，万众欢呼乐开怀。"

母亲以后会知道，是什么原因让她出乎意料地成了大院的副院长和县医院的常务副院长。索爱其实是才让州长的小舅子，如果没有这层关系，王石当政时也许就能把事情办得跟现在一样。小舅子对才让州长说，这个强巴办学办得大名鼎鼎，全体牧人都拥护，是整不得的，整了他要遭报应。但现在你已经整啦，我说这话就是羊死了救羊来不及啦。好在他还有个办医院的妻子，妻子又有这么多难题，赶紧弥补吧，这是雪山大地赏赐的一个机会。才让州长当然不可能一点就亮，两个人吵起来，激烈得几乎要动手，但后来他还是被小舅子说服了，虽说强巴跟王石的关系非同一般，但导致他那些年失势的并不是强巴，更何况强巴还救过他的命。加上老婆是向着索爱的，说她也听说这个苗医生医术如何高明，你在她困难时帮一把，万一亲戚朋友有个大病小灾也能用得上。这么着，才让州长才玩起了平衡，把父亲的挨整当作了母亲荣升的铺垫。但作为医生，母亲注重的永远是结果，而不是原因，就像面对一个病人，治好或者没治好才是最重要的。这个让她和父亲都兴奋不已的结果便是：她有职务了，她站在了另一个平台上，这个平台促使她想得更多，看得更远，也更有责任。她把去省人民医院实习的李医生和宋医生以及二十个学生叫回来工作，给才让打电话，希望继续从沁多学校推荐学业优秀的学生做未来的护士或医生，哪怕是赤脚医生，再次联系省人民医院恳求接收新一拨实习生。她毫不含糊地说：我要在沁多县盖一座至少五层高的医院大楼，有门诊部、住院部、急诊室、药房，有西医、藏医、中医，还要有防疫站和科研部。她给父亲说，父亲条件反射似的翘了翘大拇指。给经常来医院的果果说，果果一连说了好几个"噢呀"："你和强巴校长是一个样子的。"给旦增县长说，旦增惊讶地问："哪来的经费？""县上不能给吗？""想给也没有。""多少能给一点吧？""到时候看。""时候已经到了，给多少你们赶紧研究。"她去大院开会时给索爱院长说，索爱说："干脆把大院和分院颠倒一下，大院这边场面大，房子多，但病人少，医护更少，感觉空空荡荡的。分院那边天天排队，病人还得住帐房。"母亲正色道："我不开玩笑，希望你也不要开玩笑。为什么州医院冷清？这里不是阿尼玛卿州的地理中心，离大部分牧人都太远，加上海拔太高。沁多县就不一样，谁去都方便，气候也比这里好。""这个我知道，我不开玩笑我就不知道说什么啦。""你知道盖一座五层大楼得多少钱？""也得几十万吧？""这么多？州上现在有没有准备建房盖楼的单位？""有啊，玛沁冈日牧马场正在跟才让州长商量，说要在州上设立办事处，还要盖几座职工宿舍楼。"母亲哦了一声说："牧马场怎么那么有钱？"索爱把嘴伸过来，凑到母亲耳根里小声说："牧马场里头发现金矿啦，成色好得不得了，现在是保密的，你给谁也不要说。""你怎么知道？"索爱嘿嘿一笑，没说自己是从姐夫才让州长那里听来的。

母亲不可能替索爱保密，回到沁多就告诉了父亲。父亲白天在小卖部站柜台，晚上回到母亲的宿舍吃饭睡觉。母亲的想法是，州医院的五座三层楼只启用了两座，其他三座基本空着，要是有单位打算在州上立足，能不能把盖楼变成买楼，州医院卖了多余的楼，也许就可以投资盖起目前最需要的沁多县医院大楼。父亲开始静静听着，直到母亲提起牧马场和金矿才有所反应，一反应就很强烈，从床上跳起来，跳到地上才发现光着脚，赶紧又上去："你的想法很好，这件事虽说不好办，但并不是不能办，就看怎么办。先应该给角巴说说，整个牧马场的地盘都是角巴赠送的，现在发现金矿了，虽说不可能收回，但感谢还是应该有的吧？真要是发现了金矿，盖一座五层楼算什么？"

第二天一早，父亲在小卖部主任跟前请了假，骑着日尕，满草原去寻找角巴。逐水草而居的牧人，谁知道会把家安顿在哪里？找了一天没找到，父亲在路过的帐房里睡了一夜，起来后继续找，终于在一个浅浅的沟壑里看到了放牧的索南，问起角巴，说是去州上了。"他去州上干什么？""不知道，三天前就去啦。"父亲寻思，他是不是去找那个汉族女人啦？可见还是放不下，男人和女人的心，就是个牵绊，你牵绊她，她牵绊你。父亲往州上走去，第二天到达，先去州委文教办，问那个女人记不记得曾经给角巴打听过一个人。女人说"记得记得"，立刻把地址给了他。他沿着大街走向一条小巷再走向一座小院子，推开门时看到角落里停靠着角巴的枣红马。父亲丢开日孕进去，来到房门前喊了一声"角巴啦"。角巴出来了，惊讶地望着父亲：你怎么来啦？接着出来了一个女人。父亲虽然没见过，但一眼就认了出来：她就是角巴描述过的那个女人。角巴说："你来了也好，先跟你商量商量，外头去说吧。"说着就朝院外走去。父亲跟了出来。

女人是有丈夫的，丈夫是个画唐卡的，人称旦巴画师。旦巴画师给女人画了一张像，又把她的名字由米桂花改成米玛后，就成了她的丈夫。米玛是星期二的意思，也就是说这件事发生在星期二。但是此前，有那么几年，米玛是角巴的女人，详细经过角巴不愿说，父亲也就没有多问。现在的问题是，旦巴画师病了，是那种要么去生别离山，要么被活活烧死的病。他说他从来没做过坏事，怎么会得这种病呢？一定是因为他过去画的是唐卡，现在画的是人像，画唐卡的手艺怎么能用来画人像呢？米玛看他的病一天比一天严重，没了办法，就想起了角巴。她骑着画师的马先去了学校，然后又满草原乱找。她当然找不到，却把打问的信息留在了草原。是藏羚羊传的话，还是藏野驴传的话，或者是牧人传的话，角巴已经忘了，只记得骑马离家时天上飘着雪，雪花稀疏而大，大得就像臭牡丹花。他吃了一朵雪花，感觉满嘴凉冰冰的，到了州上，见到了米玛，冰凉的感觉才消失。米玛一见他就哭了。他说："哭能解决问题的话你就使劲哭。"父亲来到之前，角巴正准备去沁多县医院问问母亲：这样的病人到底怎么办？有没有个让病人和亲人都不难受的办法？父亲说："办法肯定有，你得先确诊到底是不是麻风病，烧死是祖先的办法，现在谁还会搬出祖先来吓唬人？你给他们说，别发愁，赶紧把病人往医院送。""噢呀，我也这么想，不能见了鬼面具就当鬼，还是得看清楚了再想办法。"角巴返回院子，花一个小时说服了画师和米玛。

一行人上路了。画师和米玛骑着一匹老马，画师瘦骨嶙峋，无精打采，被女人从后面紧紧抱着。没走多远，父亲就把日孕让给了画师和女人，自己骑上了那匹老马。日孕看出骑它的人脸是愁的心是焦的，走得既稳当又快捷。在牧人们看来，病人都是身带晦气的，所以他们没敢打搅路过的帐房，走到半夜，就在露天背风处凑合着睡了半宿。第二天下午到达，立刻把病人扶进了母亲的诊室。

母亲询问查看了以后说："别紧张，出这种斑疹的人不一定就是麻风病，上个星期来了个病人，也怀疑自己染上了麻风病，后来诊断为性病，正在治疗，效果很好。"又把闲人请出去，问画师跟女人的事，画师双手合十向雪山大地发誓，他这辈子就米玛一个女人，而米玛是世界上最干净的女人，大冬天都会去河里洗澡，一个月会用掉一块香胰子。母亲皱起了眉头，旦巴画师告诉她的并不是个好消息。母亲叫来负责住院部的李医生说："隔离治疗，先给青霉素，看有没有效果。"就在旦巴画师挂上吊瓶后，父亲把角巴拉到医院外面说起了玛沁冈日牧马场和金矿以及母亲盖大楼的愿望。角巴说："我知道你是想让我跑一趟，可是我现在怎么跑？眼看着绳子兜头飞来，我还得瞄准了往里钻，米玛把我拴住啦。"父亲说："这里的事你交给我和苗院长还不放心吗？"角巴想了想说："戴着皮帽子不说冷，我不放心你们就是不放心自己。不过米玛不吃肉，什么肉都不吃，要是不提供馒头，她就会饿肚子。""我记住啦，我会把米玛当姐姐对待，让她吃好喝好，等你回来，就发现她胖啦。""噢呀，那我就走啦，现在就走，早去早回，借你的日孕用一下的要哩。"

角巴走后，父亲从小卖部买了些面粉和白糖，在小卖部的火炉上用自家的锅做了些馅儿饼，馅儿不光是糖，还有酥油、曲拉和蕨麻。又用食盐、花椒水、辣面、牛奶和面，用酥油炸了油饼。他把馅儿饼、油饼和县委食堂的馒头盛了满满一铁盆，端到旦巴画师的病房里，又提去了一暖水瓶酥油茶，告诉米玛："都是你的，随便吃，别饿着。酥油茶喝完了到小卖部去打，我就在那里。"然后又买了些牛肉羊肉煮好，同样用一个铁盆盛着，放在了病房里："画师太瘦啦，多吃一点的要哩。"但是食物并没有下去多少，画师吃不下，米玛也吃不下。母亲发现几天的治疗毫无效果，病人身上的斑疹正在扩散，局部皮肤已经开始麻木，神经变得粗大，手关节酸痛不已。母亲、马秋枫、张丽影以及李医生和宋医生会诊了几次后，排除了性病和其他病的可能，断定：沁多县医院收治了第一例麻风病人。母亲打电话向索爱院长汇报，索爱用少有的严肃而果断的口气说："立刻送往生别离山。""生别离山在哪里？我们怎么送？""大院会派救护车，连夜出发，送的时候你跟上，到时候你就知道啦。现在要加强隔离，不能再让任何人接近他，包括亲属。""这个我知道。"当天下午，母亲给米玛做了检查，没发现她有什么异常，这才把实情和准备送往生别离山的结果告诉了她。她脸色顿时变得非常难看，就像横七竖八抹了些锅烟，眼睛里射出的不是光，而是一道道飘浮的黑影，是一块块阴暗而尖锐的石头。苗医生点燃的希望又被苗医生扑灭了，她哭起来："不能去生别离山，他去了我怎么办？"说着离开母亲，扑向了画师的病房。病房已经被人堵住了，她进不去，就号叫着又顶又撞。母亲劝她不行，拉她不住，只好派人去叫父亲，好像凭着父亲跟角巴的关系，就能劝住她。没想到她一见父亲，就跳过去捶打："都是你，是你把他带到这里来的。"父亲没有动，任凭她宣泄，心里想的是角巴：他现在要是在这里会怎么样？病人是不能不去的，生别离山是唯一的出路，只要还想活下去。可是米玛怎么办？就算她可以不让画师离开她，跟他继续生活在州上那个小院子里，也无法让他变得跟从前一样，只能更糟，在他每况愈下的同时也一定会传染给她，然后两个人一起去生别离山。不，不能两个人一起去，到那时角巴怎么办？假如画师已经死去，只剩下了米玛，难道角巴也要跟她去？不不。看来真的应该由我想办法啦，既然是我叫来的，我就应该负责到底。父亲想着，指着母亲大喊一声："你还愣着干什么，给她打针吃药，让她睡觉。"母亲明白了，吩咐李医生和宋医生："让她安静下来，最好睡到明天中午。"

大院的救护车天刚亮就到了。跟父亲和母亲交谈了一夜的旦巴画师平静地走出病房，小声问："米玛呢？"母亲说："还在睡觉。"画师说："别叫醒她，给她说我死了。"说着走向了救护车，又问，"角巴怎么不来送送我？"父亲说："他去牧马场办事，今天也许就能回来。"画师说："不等啦，等他的话，米玛就会醒来，醒来就麻烦啦，她会跟我去。请转告角巴，米玛就托付给他啦，好好待她的要哩。"父亲说："噢呀噢呀，你放心吧，角巴是天底下最好的人，不会让米玛受苦。"救护车走了，里面除了司机和大院的一个医生，还有母亲和张丽影。张丽影是自己要去的，想去看看生别离山到底在哪里。母亲不让去，要她留下来负责医院的治疗。她说："苗姐姐，你一个人去我不放心，万一病人闹起来呢？"

角巴回来了。米玛醒来了。旦巴画师不见了。沉默，病房安静得就像深谷，能听到阳光走过窗户和地面的脚步声。父亲把一铁盆馅儿饼、油饼和馒头和一铁盆牛羊肉端过来，放到桌子上，又去提来一暖水瓶酥油茶，瞅了一眼依然躺着的米玛和坐在床边的角巴，想说什么又没说。沉默，阳光丝丝地移动着，刷白了半个墙面。角巴扭过头来，望着倚门而立的父亲，阴沉着脸说："不是说医院有三个女菩萨吗？不是说手段了得法力无边吓跑了最厉害的疫病鬼吗？不是说草原上再也没有麻风病了吗？牦牛见狼，山羊上墙，虚张声势，菩萨是怎么当的，干出这样的好事来。生别离山是人去的地方吗？连地狱都不如，它就是下边人说的坟墓。把活人搡到大坑里，跟杀人有什么两样？从此以后就望不到底啦，看不见人啦。"突然起身，冲着父亲吼一声，"走开。"看父亲不动，推了一把，然后把所有的食物都扔了出来。暖水瓶碎了，馅儿饼、油饼、馒头和牛羊肉滚了一地。角巴说："还躺着干什么，快起来走，不走的话连你也会送去生别离山。"他走了，扶着米玛，拉着日尕和米玛的老马。父亲望着他们的背影，几

次想冲过去拉住他，但又使劲跺跺脚，止步了。角巴把米玛扶上了日
孕，自己骑上了那匹老马，缓缓地走去，不知道他们要去哪里。父亲
张张嘴，真想喊一声：你去牧马场的结果呢，到底人家愿不愿意？但
从嘴里流出来的却是酸涩的眼泪。角巴把日孕骑走了，那意思就是绝
交，连最初的友谊也可以忽略不计了。父亲突然有些后悔：在草原人
的意念里，生别离山就是地狱，怎么可以把活生生的人送往地狱呢？
一去就是鬼了，再也没有回头路了。一个病人只要老老实实待在生别
离山，就还会有来世，甚至很可能是赎罪带来的好来世，但只要一走
出生别离山，就会得到永无来世永生地狱的惩罚。以后父亲还会知
道，"生别离山"的名字取自藏医祖师宇妥·宁玛云丹贡布所著的藏
医药百科全书《四部医典》，里面对麻风病的形容是这样的："见之恶
心思之觉恐惧，闻之愁烦自身见自尸，此生亲属大小生别离。"

　　远处，尘烟正在升起，如同一条黄腾腾的巨龙滚地而来。裹在尘
烟里的救护车像是在逃窜自身制造的掩埋，拧来拧去地走着。一阵大
风吹过，所有的掩埋瞬间消失了。母亲和张丽影从车上下来，脸上带
着疲倦和晦暗，神情严肃得像是罩了一层没有光亮的生铁。母亲让张
丽影带着大院医生和司机去县委食堂吃饭，自己来到诊室，坐下来望
着窗外发呆。父亲进来了，两个人几乎同时开口："怎么样？"父亲
说："牧马场到底是什么意思，得问角巴。""我在半路上见到他，下
车跟他打招呼，他不理我。""不理就是没有任何结果。你呢？生别离
山你进去了？"母亲摆摆手："进去了，作为一个医生，我没脸看下
去，更没脸说出来，我恨不得把病人再拉回医院。""那就不说啦，你
冷静冷静，该干什么干什么。"

　　沉闷的日子里，气候也来帮忙，好长时间不下雪，草原干燥得
一点就着。枯草在风中点头哈腰，竟是向着灾难的，是牧人迁徙时没
有灭尽的炉火点亮了夜空，一烧就是两天，站在沁多县医院前的空场
上，能看到红焰和黑烟在天地间狂歌狂舞。果果从州上闻讯赶来，了
解受灾的严重程度，却首先来到医院向张丽影报到。张丽影不仅扯了
他的后腿，还扯了他的后腰，先是埋怨道："你多长时间没来了？是

不是已经把我忘了？进来吧，我值班，陪陪我。"果果跟着她走进她的诊室，轻车熟路地给火炉添了牛粪，提过铝壶来要烧酥油茶。她扑到他身上："你说过，你就是我的酥油茶，天天喝不烦。"他笑笑，过去检查了一下门，看划得死死的，过来老鹰捉小鸡一般抱住了她。等他准备离开时，火好像已经灭了，外面漆黑一片。张丽影问："什么时候再来？""想来的时候就来啦。""你也别太为难自己，现在跟以前不一样了，管你的是才让州长，不是王石书记。""谁管我也管不了我的心，我的心就在你这里。"他说着低头撞了撞她的胸脯。她摩挲着他那一头天然而浓密的卷发，突然流出几滴泪来："就凭有了你，来沁多县也值了。"有人在外面喊："张医生，那个生孩子的女人肚子开始疼了。"张丽影穿好衣服出去了，回来时果果还等着她："你怎么还没走？"果果喝着酥油茶说："舍不得走啊。"

过去了半个月，索爱院长突然打来电话："苗院长你最近忙不忙？""能忙过你们大院十倍。""睡不睡觉？""睡。""做不做梦？""你问这个干什么？""梦到过我没有？没有的话我就挂啦。""挂吧，病人还等着我呢。""没见过连好消息都不想听的人。"没等母亲再说什么，他哇啦哇啦说起来：本来牧马场要在州上盖办事处和宿舍，现在不盖啦，打算收购州医院现成的楼。才让书记和他都巴不得，楼是闲置的，变成钱多好。但是牧马场有个条件，卖楼的钱必须投资给沁多县医院盖大楼，不然就不买。母亲听着，顿时变成了一个小姑娘，边跳边说："太好了太好了。"索爱又说："才让书记很奇怪，为什么非要指定在沁多县盖楼？他们说牧马场的人经常在分院看病。有没有这事？""有有，肯定有。""怪不得。"索爱接着又说起一件事：牧马场买走了三座楼，用这些钱在沁多县盖一座大大的五层楼可能花不完。才让州长的意思是，最好挪出一部分钱来，在县医院旁边再盖一座可以疗养的小楼，专门接待州上的领导，其实就是接待他。母亲问："这得挪走多少？""最多十分之一吧？或者不到。""行啊。"母亲爽快地说。完了她撂下电话就朝外跑，跑到小卖部门口喊："强巴，强巴。"父亲蹿了出来："什么事这么急？"仰头一看，下雪了，哗啦啦地下着，好像雪花的重量突然增加了，体形也大了，带着急速飞翔的鸣叫和勇猛落地的呐喊，已在地上铺了厚厚的一层。母亲回望着积雪中自己的脚印，心说刚才怎么没发现？又看看天上密实的雪幕，嘴角一弯，笑了。这是多少天以来，父亲从她脸上看到的第一个笑容。

钱很快打到了县医院的账上，建楼地点正在确定，去西宁联系设计和工程队的李医生明天出发。父亲和母亲同时想到了角巴，应该告诉他：你把事情办成了。父亲说："我去找找吧。"他在小卖部主任顿珠那里请了假，骑上角巴的枣红马，先去了州上米玛住的小院子，后去了角巴家经常驻牧的地方，见到了卓玛和索南，却没有见到角巴，又去学校向桑杰打听。桑杰说角巴来找他借过钱，他带他去畜产品站让会计支了些，问他要去哪里，他不说，骑着日尕疯奔而去。父亲失望而归：这个角巴，做了这么大的好事就像吹了一口气，转眼就声息全无啦。很快举行了奠基礼，才让州长前来剪彩，开挖地基的炮声轰轰响起，推土机和铲车一起上阵。父亲和母亲再一次想到了角巴，他要是能来看看该多好。父亲说："我再去找找。"还是原来的路线，找了一个星期没找到。父亲皱着眉头寻思：是不是去了米玛的老家？就是不知道她老家在哪里。施工从春天开始，夏天过去时，五层的主楼和两层的疗养楼已经起来，接着就是安装管道和门窗、粉刷油漆、修整院落。沁多虽然是全州最温暖的地方，但冬天也是无法施工的，必须在大雪飘来之前结束工程。工人们开始挑灯加班，医院大楼一天一个样。父亲和母亲又一次想到了角巴，他是大功臣，新医院启用时没有他就太遗憾啦。父亲说："眼看要入冬，总不能还在外头流浪吧？"他又去找了一遍，还是没有找到。母亲一见父亲一个人回来，就打了个冷战，说出了一句她一直想说却没说的话："他们会不会去了生别离山？""不会吧？角巴又不是傻子。""就怕米玛要去，他不得不跟去。"父亲倒吸一口冷气："我恐怕得去看看啦。"母亲说："我带你去。"

州医院下属的沁多县医院的新大楼开始启用了，就像母亲设计的，除了门诊部、住院部、急诊室和药房，还有藏医科、中医科、防疫站和科研部。虽然有些科室目前还没有人，但格局已经形成，牌子已经挂好，就等着填充内容。父亲说："面包会有的，牛奶会有的，慢慢来，医院的工作人员应该宁缺毋滥。"母亲像一个藏族人一样说："噢呀。"她让所有原来住帐房的病人都搬进了大楼，大楼旁边设有锅炉房，供应开水和暖气，这是阿尼玛卿州第一座冬天供暖的建筑。又是父亲的主意：把原来医院的所有平房都变成医护人员的宿舍，并且马上搬了进去。这个"马上"太重要了，等旦增县长打算收回那一排十几间砖瓦的平房时，所有的房子都冒出了晚炊的青烟。母亲说："当初我想盖大楼，你说多少可以给些钱，现在钱没给一分，还要把老房子收回去，我看就算了吧，人都已经住进去了，就算是你给钱了。"旦增县长对母亲一直是包容的，平房也就这样了。还是父亲的点子：疗养楼怎么能空着？你真的打算接待才让州长？如果是专门给他修的，那就成才让行宫啦。不如趁他还没来，让它名副其实地成为医院的慢性病疗养楼。母亲说："那我得事先跟索爱院长商量。"父亲说："先挂起牌子，住进去人，再向他汇报。"母亲如此照办，然后给索爱院长打电话，盛情邀请才让州长前来疗养。索爱说："大冬天的疗养什么？等明年夏天，草绿羊肥了，他一定会去。"母亲说："那现在就不留空病房了。"不知索爱院长会不会想到，当县医院把才让州长只看作来疗养的一员，而没有把他当作疗养楼的主人时，才让州长还有没有兴趣来沁多县呢？能办的事都已经办妥，母亲长舒一口气，躺倒就睡，一口气睡了两天。之后，她把张丽影叫到办公室，板着面孔说："你坐下。"张丽影撇了撇嘴，小声说："我知道你要说什么。"

在沁多县医院，张丽影是除了母亲之外医术最好的医生，母亲很倚重她，重大的事都会跟她商量，偶尔离开医院，也总是让她临时负责。母亲说："我和强巴明天要去生别离山寻找角巴，打算骑马去，至少得一个星期，医院这边你给我盯着，辛苦一点，不能出任何差错。""能出什么差错？""越是想不到就越容易出，医院的摊子现在大了，我一个人肯定管不过来，还得有一个副院长，我已经给索爱院长推荐了，你是第一人选。""你还是让马秋枫干吧。""谁能干谁不能干我比你清楚，今天算是给你打招呼，你自己要谨慎做人，该收敛的一定要收敛，别忘了你是有丈夫的。""那又怎么样？""有些事搁在西宁是要抓起来判刑的，幸亏是在草原牧区。"张丽影站了起来："别吓唬我，我明天就去西宁，离婚。""真的已经到了这一步？""我想了很久，不会再犹豫了。""既然这样，我也不打算再劝你，要去西宁，我给你准假，但不是明天，我回来你再走。"张丽影出去了。母亲叹口气，静静地坐了一会儿，抓起电话，告诉索爱院长，经过慎重考虑，副院长的人选还是准备推荐张丽影。索爱说："我没什么意见，作为医院的副院长，医术拔尖是我最看重的。但她和果果的事连才让州长都知道，这就不好办啦。""你再给他说说，张丽影的肝胆手术即使放在省上也是第一流的，至于她跟果果，我认为是正常交往。""好吧，我再努力一次，你等我消息。"母亲又提到生别离山，问他州上就没有考虑过改善一下那里的条件？"你是说多给些牛羊吗？以前州上每年都会投放一些牛羊，最近几年好像没人管了，投放变成了自愿，有的是病人亲属，有的是积德行善的牧人。""就算有吃有喝，也还是自生自灭，我说的是医疗条件。""医院的藏医每年都会定期去看看，舍散一些自制的丸药。""顶用不顶用？""不能说一点点用都不顶，但也不能指望顶大用。"

2

下雪了，好像比以往更亮更白，轻飏的粉末一跳一跳地落地，然后急速奔走，变成激扬的雪浪，重又卷回到天上。风呜呜地吹，满眼的皎洁就像一个个旋着涡流的深洞，吸引更多的雪花朝里面扑去。渐渐地，雪粉变成了雪珠，轻飏也变成了扫打，脸上手上不仅冷，还疼。父亲骑着角巴的枣红马，母亲骑着一匹白骒马，它是县委配备给旦增县长的专用马，自然是匹好马。旦增说："生别离山那么远，你就骑上我的马去。这么多年了，没有人愿意去那里，就连病人的家属也躲得远远的。你上次送病人去了，这次又要去，好医生就是不一样。你说强巴也要去？应该的，他不陪你谁陪你？我给小卖部说，以后强巴去哪里都不必请假，有他没他小卖部照样开嘛。"他们从早晨走到天黑，寻找牧人的帐房住了一夜，母亲不习惯在冰冷的地毡上跟别人挤在一起，差不多一眼未合。第二天又走了整整一天，又在天黑前钻进了牧人的帐房，母亲还是睡不着，听着父亲呼呼地打鼾，心说他就像个地道的牧人，我差不多就是个牧人的老婆了。这么想着，就渐渐进入了梦乡。第三天和第四天继续跋涉，不断踩着积雪走向见到的帐房或牧人，打听生别离山的方向。父亲说："你不是说带我来嘛，怎么连你也不认识路啦？"母亲说："上次是救护车，一直沿着路走，就到了。""我们要是沿路走，得走半个月。""我当然知道马可以走捷路，我来也不仅仅是为了寻找角巴，就是想看看，那些病人冬天是怎么过的。"走到第五天中午，他们才看到雕刻在山崖上的"生别离山"几个藏文字。母亲说："这就是山口，我记得进去不远，就能看到游荡在草原上的麻风病人。"他们下马，吃了些马褡裢里的糌粑，喝了些水壶里的凉水，就又骑上马，朝里走去。

　　生别离山的山口是个两山夹峙的通道，大约有两百米，穿过去后就慢慢开阔了，山脉渐渐朝后移动，虽然越往里地势越高，却平坦得如同水面，雪在上面描绘出一轮轮的涟漪，又像开了一朵朵雪莲花。他们四下里眺望着，没看到人迹兽影，就一直往前走。母亲说："我上次来，是看着麻风病人往里走的，这次怎么没人了？"父亲问："有牲畜吗？""有。""那就对啦，他们是去了背风处的冬窝子。"现在，是父亲带着母亲走了，他有经验，知道在冬天牧人会以什么样的地形为依托。他们走过一片积雪成浪的地方，看到了冰冻的河，河往平阔如毯的洼地延展而去，连接着一座孤然而起的雪山。雪小了，很快就不下了，风向高处吹去，卧着的云开始飞翔，天上有了点点蓝色。阳光悄然而来，给他们指引方向似的照在一片隆起的白茫茫的皱褶上。父亲知道那不是大地的皱褶，是被大雪覆盖的生命迹象：帐房或者别的。"有人了。"他跳下马来，也扶着母亲跳下马来。父亲谨慎地问："你说过，跟他们说话是不会传染的？""不会。""很近很近地说话呢？""也不会。""要是不小心蹭到他们的皮袍和毡铺呢？""麻风病菌的存活是有条件的，阳光、冷风、开水、蒸汽，都会让它失去繁殖能力，只要不接触破溃的皮肤和黏膜，不接触血液、乳汁、唾液、泪液、精液和阴道分泌物，就没事。相信我，我是医生，虽然没治疗过麻风病，但也学习过。""那我就不把你留在这里啦，我们一起去。""当然。"他们拉马走向了麻风病人被大雪覆盖的帐房，藏獒叫起来。有人从积雪中钻出来，像从冬眠的深穴里醒过来的旱獭，惊讶地眺望着他们。父亲说："你好，扎西德勒。"那人不回答，喊了一声："啊嘘。"

很多帐房被积雪压塌了，人们挤在几顶没有坍塌的帐房里。父亲和母亲把马拴到一起，走过去，轮番掀起门帘看了看，里面有牛粪的火苗，一股股腐臭的热气冒出来，呛得他们直皱鼻子。他们想进去，但里面拥挤得水泄不通，只好站在雪地上，打量着那个出来的人：他没有鼻子，没有耳朵，一只手也没了，但精神还可以，挺腰直立着，把一顶脏腻的羊皮帽不停地脱下戴上，似乎又想又不想让外人看到他没有毛发的头。父亲问："这里有多少人？"他摇头。"雪已经停啦，怎么不把塌掉的帐房再支起来？"还是摇头。"牲畜呢？"不停地摇头。刚才叫唤的那只藏獒走过来，闻闻母亲的脚，母亲吓得后退了几步。父亲说："没事，你看它的眼睛，好奇而温顺，不会咬人的。"父亲弯腰摸了摸藏獒。藏獒摇了摇尾巴。父亲回身从马褡裢里拿出一个带花纹的瓷碗，递给那个人："有酥油茶吗？"那人狐疑地望着父亲，犹豫了半晌，才伸出那只完好的手，接过了瓷碗。他钻进帐房，端了一碗稀薄的酥油茶出来。父亲接住，咕嘟咕嘟喝完，没有给母亲剩一滴。那人的眼睛里闪动着比雪光还要亮的惊讶，突然问："你们来干什么？""我们找个人，顺便看看你们。""啊啧啧，不是来烧死我们的？"父亲笑了："都什么年代啦，烧死麻风病人的习惯早就没啦。再说就我们两个，一男一女，能烧死你们这么多人？我看了看，大概有六七十个吧？"那人点点头。父亲看那只藏獒走向了不远处积雪一堆一堆的地方，知道牛羊都埋在雪下面，走过去，扒开积雪看了看，是活的，就喊着："起来，起来，雪停啦，再不起来就会冻死的。"母亲也过去，和父亲一起扒拉着积雪，推搡着牛羊。牛羊有的已经死了，活着的一个个瘦弱不堪。父亲说："你们是怎么放牧的？这里的草场不错啊，不至于瘦成这样。"回头再看时，人们纷纷走出了帐房，有几个过来，跟在他们身后，搀扶着牲畜。藏獒奔跑起来，不是一只，而是好几只，互相追打。牛哞哞的，羊咩咩的。有人在咳嗽，有人冻得跳脚，病人们互相说着话。父亲和母亲的到来似乎唤醒了这里的生气，而他们自己却失去了刚才的活跃。

父亲和母亲呆愣着：瞧瞧啊，他们也是人？母亲说："我上次来，没看到这么多病人，也没见这么多帐房，从山口进来，汽车没开多远，就放下旦巴画师走了，像是逃跑，所以心里一直不落忍。这次来，心里更不好受了。"那些病人大多裸露着上身——母亲后来知道这是他们自己创造的冷冻疗法，因为有个没有皮袍穿的病人居然在冬天过去以后，原本溃烂流脓的屁股上长出了新皮肤。她凑过去看看病人的皮肤，发现凸起的斑疹、丘疹、斑块和结节竟然是五颜六色的，有大红、淡红、橘红、酒红、杏黄、棕黄、棕褐、紫红、褐黄、青色、铅黑，同样的病情为什么会有这么多形态各异的症状？多数人的身体已经残疾：有的没手，有的是变形的手，像铁爪的、像猿手的、像兔眼的、像破布的、像脚趾的，有的黏糊糊，有的湿漉漉，有的则干枯萎缩。更惨不忍睹的还是面孔，有狮头似的，有蝙蝠样的，有像一堆鹅卵石的，有蜂窝一样洞孔密集的，有脱光了眉毛、睫毛和头发如同一块削砍过的畸形石头的，有皱纹深刻、鼻嘴肥厚、耳垂奇大的，有鼻梁塌陷、中隔穿孔称为鞍鼻的，有流淌着脓疡的瘘管横七竖八的。母亲说："太可怜了，这些人。"父亲便用藏语翻译给他们听："这是医生，她说你们太可怜啦。"那些人望着父亲和母亲，有的眼睛发红，有的眼睛发黑，但不管是红眼黑眼，都射散着人世间的死光，偶尔会从这死光中脓水似的挤出一丝半缕的感激，那是因为太久太久没有外面的人理睬过他们了。突然母亲惊叫一声，她看到一个女人不仅满脸充血肿胀，乳房也肿得奇大无比。职业的习惯让她禁不住伸手摸了摸。她说："还有我们看不到的，睾丸、腋窝、屁股、腹股沟、浑身上下以及五脏六腑都会受累病变，对大部分病人来说就是慢性死亡。"父亲说："这比烧死更可怕。"又问，"你们吃什么？"刚才给父亲端了酥油茶的那个人去帐房拿了些发黑的风干肉出来。父亲拿过一块来闻了闻，又问："能吃上糌粑吗？""糌粑？"那人翻着眼睛想了想，才意识到父亲问的是什么，摇摇头说，"糌粑的味道我已经记不得啦。"父亲告诉母亲：糌粑是要用牛羊换的，他们出不去，自然就换不来。母亲问："除了你们这些人，生别离山还有没有别的病人？"那人指了指洼地那边孤起的雪山。"还有多少？""比我们这里人多，有的是病人，有的是病人的后代。"母亲问："病人还有后代？是来这里后生养的吗？""噢呀。"那人说雪山那边的麻风病人是很久以前送进来的，叫老营地，这里的病人是近十年送来的，叫新营地，他是新营地推选出来的头人，叫扎西。父亲问："怎么还叫头人？难道你们这里没有人民公社化？"扎西一脸茫然，不明白父亲在说什么。父亲解释道："别的地方都叫队长啦，不过在草原上叫头人也很贴切，就跟头羊头牛头马头狼是一个样子的。"扎西听明白了，点了点头。父亲又说："扎西头人啦，不久前送来的旦巴画师呢？怎么没见他？""走啦，叫一个女人接走啦，这些不信雪山大地的人，胆子也太大啦。"父亲和母亲对视了一下："来这里的是不是还有角巴，一个男的？"扎西摇摇头。但父亲和母亲坚信，角巴一定跟他们在一起，他们去了哪里呢？

　　晚霞如期而至，肆无忌惮的燃烧让雪野染满了凄红，落日的消逝带着悲伤的宁静，仿佛这里是独立于地球的一个地方，是另一个移动的星球，离人间越来越远了。父亲和母亲说着"扎西德勒"，告别了那些病人，然后就一句不吭，直到骑马走出生别离山的山口，走向午夜的星光。他们还在往前走，遇到了帐房也没有停下，反正没有睡意，就这样走下去吧，除非狼群把他们拦住。但他们脑子里除了麻风病人什么也没有，似乎想不到狼群，雪季的夜晚会很容易袭击人类的狼群也就不存在了，一夜无恙。当生别离山掉落的太阳又在面前的雪原上冉冉升起时，父亲惊呼一声："狼群。"母亲浑身一颤："在哪里？""我是说我们居然没有遇到？"父亲又用马鞭指着雪地说，"瞧瞧，这么多狼的爪印，它们居然放过了我们？"母亲说："歇歇吧。"父亲抢先下马，又扶着母亲下马。母亲躺倒在积雪里，又起来走了走，突然问："你觉得有没有可能在生别离山建立一个医疗所？"

父亲沉默了一会儿，一如既往地用乐观的态度支持了她："你是医生，你觉得有就一定有。""钱呢？""你可以给索爱院长说。""他也没钱，肯定不会同意的。""人比钱重要，只要有了人，就算没钱，也可以生出钱来。""你有这么大本事？""有没有我得去西宁看看，钱都在西宁，学校过去有个叫韩朴的老师，父亲就是开过银行的。""老实说，对你这种敢想敢闯的性格我还是挺喜欢的，尽管你越干越不如人。""怎么就不如人啦？""你现在连正式的售货员都不是。""当乌云遮住阳光，当夜晚失去月亮……""别给我说这些，我想说的是我骨子里跟你是一样的，你一步一步壮大学校，我一步一步壮大医院，但这好像并不是我们的目的，你的目的是培养人，我的目的是治好人，要是治不好病人，要那么高级的医院干什么？""你很少给我说这些。""因为很少想，今天突然想到了。那些麻风病人本不该这样，如果有好一点的医疗条件，就算不离开生别离山，也能生活得很好。"父亲说："没错，问题是如果你建立了医疗所，有没有药物可以治好他们？""肯定有，麻风病在世界上已经不算是不治之症了。再说你看没看到那些病人，有正在发病的，也有好转的，甚至痊愈的。""我怎么没看到？""几十年前来这里的病人还在，还能生儿育女，不痊愈怎么可能？首先他活不了这么久，其次睾丸会掉，子宫会烂。我琢磨那些创面干枯和结疤的，没有脓疡浸润和弥漫的，就应该是好转的。有的人比如那个头人扎西，虽然没有手，但已经再生了皮肤，那就是痊愈，至少是局部痊愈，不能说烂了手再长出新手，烂了鼻子再长出新鼻子才叫痊愈。这说明病体有自我恢复的可能，肯定是免疫功能在起作用，在没有特效药的时候，我们可以先从提高免疫力入手。"父亲听着，挖起了雪窝子："我们该睡一觉了，你一定能睡着。"

母亲第一次睡雪窝子，虽然沉重的心思正在滤清，郁闷正在消散，困意正在袭来，但她还是没有睡着。她的办生别离山医疗所的冲动，也引起了父亲的冲动，不过前者是事业的，后者是生命本身的。"苗苗，苗苗。"他温存地叫着她。"苗苗"是母亲的奶名，他只在私密的时候叫，一叫，母亲就明白接下来将要发生什么了。我的父亲和母亲第一次在雪窝子里做爱，没错，一定是做了爱的，不然几个月后母亲怎么会打胎呢？因为如果是在家里，不想再要孩子的母亲——沁多县医院的苗医生、苗院长一定有办法不让自己怀孕。

父亲说对了，角巴不是傻子，不会往生别离山里钻。母亲也说对了，米玛执意要去，角巴不得不跟去。角巴最初把她从医院带走，就是怕她凄凄惶惶去寻找旦巴画师。他想带她去他家里，她不去，说自己是个晦气的人，不想拖累别人，她想回家，回州上的那个小院子。"分手吧。"她说。他摇摇头说："放牧时母羊跟着公羊，回家时公羊跟着母羊，我送你吧。"她没有拒绝，依然是她骑着日尕，他骑着老马。到了家，看到米玛睹物生情，哭得像泡在水里洗澡一样，角巴就更不好离去了。他在小院子里陪她住了几天，她说旦巴画师穿的是薄皮袍，家里还有一件厚皮袍，他是个怕冷的人，必须给他送去。角巴不让去，说她一旦进了生别离山，就不能出来了。又说起那是地狱，说起人只要进去就会变成鬼，鬼是不能出来的，在那里生，在那里死，在那里转世，一旦出来，就没有来世啦，就永远是一个失去雪山大地关照的孤魂野鬼啦，走到哪里哪里就是地狱。她说我是汉族人，不信雪山大地也不信来世，我就想这一辈子不亏欠他。她去了，骑着她的老马，他只好跟着，骑着日尕。好几次他追上她，堵在她面前不让她去。她哭着请求他让开，后来又说你是谁？你有什么权利阻止我？日尕比角巴更知道拦不住米玛，每次都是没得到他的指令就跳到一边让开了路。渐渐地，他拉开了跟她的距离，心疼着她又惧怕着生别离山，一会儿惧怕占了上风，他驻马不前，一会儿疼爱米玛占了上风，就又驱马跟上。这样重复了几次后，他干脆把走不走的权利交给了日尕。日尕信步而去，到达生别离山口时，米玛已经进去了。

角巴在山口外面等着，就像等在鬼门关上，打着寒战，摁压着胸脯，好像心跳是可以用手操作的，不停地祈祷，呼唤着雪山大地的关照，又念叨着祈福真言。雪山大地挺关照他，渐渐让他平静了下来。祈福真言给了他信心：要是一个为了别人的好人也要受到惩罚，那就太不公道啦，这样的不公道是不会有的吧？米玛是好人，她进去是人，出来还是人。他想着，都有些头疼了，罢罢罢，不想啦，就这样吧，不管出来的是人是鬼，只要还是米玛，他就只能一如既往地对待她。但他万万没想到，出来的不是一个人，这个不信雪山大地的女人，居然又把旦巴画师带出来啦，而且还做了一个决定：要把画师带到西宁去，西宁有什么病都能治好的大医院。角巴骑上日尕就走，走了几步，又开始奔跑。他不想听她啰嗦，都是鬼了，还能啰嗦出什么好事来？但是他知道她为什么给他啰嗦，他有好马，他去过西宁，他能带着他们顺利找到大医院。他停了下来，回望着他们：画师骑着马，米玛牵着马，马是老马。他心说是山不能立，是水不能淌，全都疲沓了，怎么可能走到西宁去？爱怜就在这个时候摄住了他的心，连他自己都纳闷：他怎么会这样？就算她变成鬼，也愿意为她跑来跑去。他长叹一口气，大声说："我，沁多草原的角巴德吉，请求雪山大地保佑我，也保佑米玛和画师，保佑他们不是鬼，不是鬼，不是鬼。"这么说着，突然又觉得去西宁大医院的想法是对的，凡事都有个万一，万一母亲诊断错了呢？万一雪山大地的保佑能让画师身上的斑疹变成抹点热酥油就能消失的风疙瘩呢？他回到他们跟前，生气地说："石头是软的，酥油是硬的，云彩是羊毛的，太阳是牛粪的，自己掂不清自己有多大的本事。你们知道去西宁的路吗？知道去了西宁吃饭睡觉看病都得花钱吗？钱呢？有吗？"米玛说："我身上有三块。""啊啧啧，三块钱，你是不是以为多得用不完？告诉你，连牲口的草料钱都不够。"他打马再次离开他们，又停下说，"是我欠了你们的吗，你们要这么缠磨我？算啦，不说啦，欠就欠啦，我还得起。记

251

住我的话，一直往北走，走着走着就会看到我。"他是去找桑杰借钱的，借了钱就疯奔而去，驱赶着日夯，去追寻米玛和旦巴画师。

角巴这次去西宁，没有住到姥爷姥姥家，倒不是他小肚鸡肠，因为生父亲和母亲的气，连姥爷姥姥都不理了，而是时间太紧，太紧。到达省人民医院的当天，他们就知道这一趟算是白来了。皮肤科的医生只用了十几分钟，就给出了结果：马上隔离，联系省防疫站，派车把病人送走。角巴问："送到哪里？"医生说："麻风病人集中的地方。""到底在哪里嘛？""我也不知道。""远还是近？""不可能很近。"医生起身要把旦巴画师送往隔离室。角巴推推画师说："先上一趟厕所，你不是说尿憋吗？"又对米玛说，"走，你把他搀上。"他们扶着画师穿过人来人往的走廊，趁医生不注意，朝医院门外跑去。门外拴着他们的马。

回去的路上他们驱马走得很快，连夜赶路，没有停歇，生怕医院的人追上来，直到进入草原才松了一口气。角巴说："只能返回生别离山啦，要是交给西宁的医院，人去了哪里都不知道。"米玛和画师默然无语。快天黑时，画师说他渴得很，但又不想吃雪，就想喝水。角巴用马鞭指了指说："那就绕一绕吧，往那边走。"走不多远，就听到了流水的奔腾声，黄河到了。他们走上一片被河水冲刷出的台地，停下来，拴好了马，踢着薄薄的积雪，拾了些干牛粪，用火镰和火绒点着，烤了一会儿。米玛用碗舀了河水让画师喝，画师咕嘟咕嘟一阵猛灌，连碗底的泥沙都咕进去了。角巴从马褡裢里拿来糌粑口袋，捏着团，先给了画师，后给了米玛，自己也吃了些。然后就是睡觉。米玛照例要跟画师挤在一起，画师推开了："从今天晚上开始，你就一个人睡吧。"米玛凄凉地说："你也是一个人啦，从此我们就都是一个人啦。"画师笑了笑，躺到地上，侧过身去，不看米玛。米玛坐了一会儿才躺下。角巴看他们都睡了，打着哈欠，蜷缩在了一个土坎下。

又是一个阳光明媚的早晨，台地上落下来一只秃鹫，嘎嘎地叫着，呼呼地扇动翅膀，雪粉飞起来，又落在人脸上。角巴醒了，起来走了走，看到米玛还在睡，画师却不见了。他叫醒她："画师呢？"

米玛跳起来："我刚才还看见他啦。""在哪里呢？梦里吧？"她想了想："哦，是半夜，他说他要去喝水，我说我去给你舀，他喝啦，又睡啦。""是不是又去喝水啦？"他们朝河边走去。涛声响亮得就像雷鸣，浪在河中恼怒地翻滚着，像蓦然伸出的一些大手不停地拍打着河面，结了冰的河滩上布满了石头，石头都是洁白无瑕的。旦巴画师就在那儿，但不是人，是一件厚实的皮袍，他把皮袍留给米玛了。米玛和角巴呆愣着，眼光在皮袍和河水之间移动。突然米玛跪下了，抱着皮袍呜呜地哭："你怎么能这样？你是为了我呀。"角巴揉揉湿润的眼睛，泪水滴滴答答。米玛站起来，木木地望着河水，猛地回头，告别似的说了声"扎西德勒"，然后朝河水扑去。角巴追过去，拽住她扬起的皮袍下摆，一把拉倒她，然后将她紧紧地抱在了怀里。

父亲想在畜产品站见到桑杰，就去医院母亲的办公室给学校打电话。桑杰说明天天黑前他一定赶到。沁多公社的畜产品站只有两间房子、两顶帐房，但它的范围却散布在沁多草原的所有地方。各生产队的社员每天都会上缴新鲜的牛奶，每月都会上缴酥油，每年都会上缴牛羊肉和皮张，上缴的东西由各生产队交给生产大队，再由各大队交给公社，然后运往县上，再运往州上省上。这些都是无偿的。完成上缴定额之后，生产队还能有一些富余，就会送到畜产品站来，畜产品站把它们卖给州上或省上的一些单位，扣除一部分经营费，再把钱变成糌粑和盐巴还给生产队。生产队年终分红时，会按照"工分"分给社员，一个青壮劳力如果是满勤，差不多能得一百五十斤糌粑和五斤盐巴，这当然远远不够，但总比没有强。此外畜产品站还负责管理学校和医院的牲畜，学校的牲畜是交给社员牧放的，基数不变，给学校的肉食和牛奶供应差不多抵消了繁殖和产奶量的增加，站上不会从中收取任何经营费。医院送来的牲畜是不留下放牧的，送来多少卖掉多少，全部还给医院，一分不留。父亲问："畜产品站每年能有多少经营费？"桑杰说："不一定，就看各个生产队有多少富余。前年雪灾，牲畜减量，送来的少，经营费只有五千，去年是一万，今年多些，超过了一万六千。""钱呢?""救济的救济,救灾的救灾,都买成糌粑发下去啦,站上就留个应急款,每年也就三五百块钱。"父亲提起了生别离山医疗所,又说并不是想挪用畜产品站的钱,是借,等医院有了钱,一定还。桑杰说:"今年的经营费已经买成了糌粑,早几天说就好啦。"父亲也深为遗憾,连连叹气。母亲本来是寄希望于上级的,首先给索爱打了电话。索爱说:"只要你能保证有人愿意去生别离山医疗所,我就去州上申请经费。"母亲说:"老实说我连我自己都不能保证,但事情都是逼到跟前才有办法的,先把房子盖起来,我才能去找人。"最终母亲说服了索爱。索爱的申请通过了财政局,也通过了分管副州长,却在才让州长那里卡了壳,他把索爱叫到办公室说:"以后你们医院的事是这样的,只要跟那个姓苗的医生有关,就不要再往州委送。我警告你,不要跟这种胆大包天的人搞到一起,迟早会吃亏的。"索爱寻思,苗院长的胆子大到哪里啦?不就是把本应该接待他的州长疗养楼变成了慢性病疗养楼吗?他居然怀恨在心啦。索爱心里不满,打电话如实告诉了母亲。父亲这才想到了桑杰,时间就这样耽搁了。他叮嘱道:"不是还有三五百块吗?暂时留着别动,说不定能用上。""噢呀,以后新收取的经营费我都给你留着。"

父亲又问起桑杰的工作,是不是特别忙,毕竟身兼数职:学校校长、公社主任、畜产品站负责人,哪里都得关照到。桑杰说不忙,畜产品站这边他把索南叫来管事,索南今天到县医院送羊钱去啦。学校的事都交给了才让和洛洛,他们比他知道得多,样样都办得很好。他本来想离开,才让和洛洛不让,说要是他不在,州上再派个胡乱搞的新校长就不好办啦。公社的事没多少,因为生产队是独立核算单位,放牛放羊、挤奶宰畜由人家说了算,遇到拖欠上缴、草山纠纷、牲畜丢失这些事,先由大队解决,解决不了的,才会来找他。他这个说一通那个骂几句,尽量把事情抹平,实在抹不平就把角巴拉出来,提醒他们别忘了他是角巴的女婿,说话是有分量的。父亲问:"拉出角巴灵不灵?"桑杰笑道:"灵得很。"父亲感叹道:"角巴不当主任都十五六年啦,牧人的服从还是老样子,怎么就不变变呢?"又问教务长萨木丹的情况。桑杰说虽然他还是教务长，但老实了许多，见了洛洛和才让点头哈腰的，洛洛从小是他的领导，都养成习惯啦，不服也得服。有一次他把一个女学生叫到宿舍给他干活，洛洛知道了后把他从宿舍喊出来，问他是不是心怀什么胎，吓得他两腿发抖。父亲说："只要他不起坏作用就好。桑杰啦，我回不到学校去啦，你一定要把学校守好，不能让它垮掉。在沁多县，只要有牧人，就得有学校。只有有学校，才会有前途。""噢呀噢呀。我顶不了什么事，但能让老师学生吃好喝好，只要有吃有喝，学校就散不了。我给老师们说啦，是雄鹰现在就展翅，雪山大地会保佑你们一辈子。从寄宿班毕业回来的六个人，除了萨木丹，其他人跟才让和洛洛是一个样子的，那个昭鸽不分白天黑夜地上课，嗓子都哑啦。"父亲笑了，心说阿尼玛卿草原的第一代藏族知识分子已经开始起大作用啦。又问："央金怎么样啦？""我不是央金我不知道，只是听洛洛说过，好着呢。""洛洛跟她该结婚了吧？""我也这么想，就是不知道角巴怎么想，我好长时间没见他啦。"父亲说："不管角巴啦，他可能忙得顾不上。我要去一趟西宁，看看有没有搞到钱的门路，见了央金我问问她，你在学校也问问洛洛，他们要是没意见，你就做主，尽快把婚礼给他们办啦。"桑杰说："这样好，角巴家又要增加人口啦。"洛洛是孤儿，他要是跟央金结婚，就一定是入赘的女婿。

尽管旦增县长说过，以后父亲去哪里都不必请假，但他还是老老实实给小卖部主任顿珠递上了回西宁探亲的请假条。顿珠小声说："去了就不要回来啦，沁多县有什么好？""挺好的，能喝到酥油茶，吃到牛羊肉。""别的就没什么了吧？"父亲望着空空荡荡的货架说："啊，我们小卖部怎么连烟酒茶都没有？""进不来货，省商业公司批发两种商品，一种是先交钱后发货的，一种是卖完了再交钱的，小卖部卖的都是后一种。""就是说我们没本钱？""小卖部是公家的，公家不垫钱，哪里来的本钱？""如果有人拿钱批发了货，拿到小卖部来卖行不行？""谁能批来货？私人不可能，批发五块钱的洋糖（水果糖），都得县上或者州上开介绍信。""这么说只要批来的货都是公家

255

的就能卖？""那当然，无非是售货员眯瞪的时间少了些。"不算父亲，小卖部除了主任还有一个售货员，顾客不多，主任和售货员就天天坐在柜台后面打盹。

父亲这次是坐班车去西宁的，没有日朵，他就不想骑马了。但这样的话，捎带的东西就少了些：一坨酥油、二十斤剔骨的牛肉和羊肉、一小袋蕨麻、一小袋糌粑，再就没有别的了。回到家已经是黄昏，见过了姥爷、姥姥和刚刚放学的琼吉，又问梅朵什么时候回家。姥姥说："这半年她是嘴馋了才回家，一个星期最多两次，单位上分了单人宿舍，她有时住单位，有时去央金那儿。"正说着，央金和梅朵一前一后进了家门。梅朵尖着嗓子说："阿爸啦，什么时候到的？"扑到父亲身上使劲抱了抱。姥爷问："你们两个怎么一起来了？"央金矜持地笑着，正要解释。梅朵抢着说："姨妈同学给洛洛打电话，洛洛说他听桑杰阿爸说，强巴阿爸要来西宁啦。"父亲惊讶地说："你们都能用电话联系啦？"央金说："我们团长办公室有电话，拨一个密码就能打长途，他把密码告诉我啦。"梅朵告状一样说："我要给江洋打电话，让她带我去他们团长办公室，她不带，还是姨妈。"央金说："我没说不带，我是说等团里没人了再带你去。"梅朵抽了抽鼻子又说："姥爷姥姥，我闻到羊肉味儿啦，今天晚上煮羊肉吃吧，我的口水都淌出来啦。"央金说："你就知道吃。""姨妈同学不知道吃，所以她今天晚上不吃饭啦。"梅朵说着，讨好地用自己的额头碰了碰姥姥的额头，"煮不煮嘛？"姥姥赶紧说："煮，煮。"又给父亲说，"她一来就热闹。"父亲笑着。梅朵又叮嘱道："姥姥，多放些花椒的要哩，辣子可以不放，抹上了吃更香。"然后夺下琼吉正在往嘴里塞的半个煮洋芋，"傻瓜，你不会把肚子留着吃羊肉。"姥爷说："你们不会坐下来说嘛。"梅朵蹬掉鞋抢先跳上了炕："阿爸坐中间，我坐阿爸旁边。"央金说："你去干活。"梅朵说："姥姥啦，姨妈同学让我干活。"姥姥说："都不要干了，没有多少活。"但央金还是进了厨房，帮着切肉洗菜拉风箱。姥爷要去挑水，梅朵跳下炕说："我去。"姥爷不让。梅朵说："草原上都是女人背水，我是女人。"父亲说："还是我

256

去吧。"梅朵说:"我和阿爸一起去,可以换着挑。"父女两个挑着水桶出了院子。父亲说:"两个人去有点浪费,不如把琼吉叫上,我挑一担,你们两个抬一桶。"梅朵就又喊着琼吉,跑回去拿水桶和木棍。自来水站离家差不多半公里,平日里姥爷每天至少得挑两担水。

晚饭后央金和梅朵回各自的单位去了。姥姥带着琼吉睡在了西厢房,父亲和姥爷睡在了东厢房。一觉醒来,天已经亮透,父亲吃了两口青稞面油花,就出去了。他先来到西宁设计研究院,朝门房打听韩朴,门房又朝里打电话,里面的人说,韩朴在基建工地。他又按照指向去了基建工地,还没走到跟前,就见韩朴扛着铁锨迎面走来。意外的相遇让韩朴很激动,问他怎么样,他说好着呢。又问父亲的情况,父亲也说好着呢。但双方都知道,彼此的隐瞒里,有许许多多的苦涩。接着父亲就迫不及待地说起了银行和借钱。韩朴说:"你来对啦,这儿离银行不远。"父亲说:"银行已经看到啦,但去了也是白去,我连单位介绍信都没有。我记得你说过,你父亲过去是开银行的,看能不能通过你父亲的关系,介绍个熟人,我给人家好好谈谈。"韩朴惊讶地说:"强巴校长啦,你真会想,锅上的蒸汽是下不出雨的,我怎么能办这么大的事?父亲虽然还活着,但脱离银行已经二十多年啦。"父亲沉默了一会儿说:"那你呢?你有没有熟人?""我跟你是什么关系?患难之交,情同手足,要是有熟人,能管点用,不等你问我就告诉你啦。"父亲叹口气说:"看来我脑子出问题啦,总是把幻想当现实。"又有一搭没一搭地聊了几句,便匆匆告辞。父亲灰心丧气地在街上转来转去磨蹭了一会儿,踏上公共汽车,去了西郊的师院附中,看望了一眼跟钱和权已经毫无关系的梁辉,又让公共汽车把他带到了省政府门口,他想进去问问李志强现在哪里,门卫看他黑不溜秋的样子,死活不让进,他纠缠了半天,只好作罢。最后他来到实验中学看望留下来任教的嘎沙和另外几个寄宿班的学生,拜托他们关照一下哈风老师。嘎沙说:"才让走的时候在汪校长面前求过情,汪校长保证过,不会太为难哈风老师,甚至还可以安排他上课。"父亲问:"我能去见见他吗?"嘎沙说:"我带老师去。"父亲在教师宿舍楼的一楼见到了哈风老师，他们喝着白开水，说起了沁多学校的过去和现在。突然父亲感叹一句，说他这次来，看望了几个自己牵挂的人，也算没有白跑一趟。哈风问："听你的口气好像还有别的事？"父亲苦笑着说起生别离山、医疗所、银行、借钱、韩朴。哈风说："你现在有多大的引力能把钱吸过来？就算韩朴自己是银行的行长，你也是做梦。""我明白，我想的好事连做梦都算不上。""你得先增加磁场，把引力释放出来。""怎么释放？""你的引力是什么？是草原；草原的引力是什么？是牛羊。你大声喊，我有牛羊肉，我有牛羊肉，西宁街上所有人的眼光都会被你吸引过来，因为商店里缺呀，人的肚子里没油水呀。""那又怎么样？""大部分眼光是你不需要的，你必须果断把它们推开，只有这几种眼光，会让你的引力燃烧起来，那就是砖瓦厂的眼光、水泥厂的眼光、钢铁厂的眼光。也就是说你跑银行是人家吸引你，你是一个小小的卫星或者行星，你跑砖瓦厂、水泥厂、钢铁厂，就是你去吸引人家，你是一个大大的恒星。"父亲低首琢磨了一会儿，慢慢地抬起头说："对啊，我是要建造生别离山医疗所的，真正需要的并不是钱，而是砖瓦、水泥、钢铁。"说着，眼角眉梢便有了茅塞顿开的喜悦。他站起来，拉起嘎沙就要走，又回身鞠了一个躬："谢谢啦，哈风老师。"

3

接下来的两天，父亲跑了六个工厂：三个砖瓦厂、两个水泥厂、一个钢铁厂。每次都是低眉顺眼，苦口婆心，不说生别离山，只提医疗所。终于跟两个厂子达成了协议，对方很高兴用牛羊肉交换砖瓦和水泥，并且希望越快越好。仅有的钢铁厂始终不敢松口："钢材由国家统购统销，跟牛羊肉交换，是不是投机倒把？""我们需要的不多，而且就这一次。""那也不行，这么着，牛羊肉我们要，用钱买行不行？"父亲拒绝了，既然钢铁厂都不肯出售钢材，就算有了钱，又

258

去哪里购买呢？他出了钢铁厂，在大街上走着，真的喊起来："我有牛羊肉，我有牛羊肉。"很多人都问："在哪里呢？"他不回答，依然不停地喊着。后来他不喊了，停在一片建筑工地前，伫立了好久，突然走过去，问一个搬运螺纹钢的工人："你们领导在哪里？"父亲在西宁跑了六七个建筑工地，才找到一个敢于用工地上的建材包括钢材和木材换牛羊肉来改善工人生活的，当然是偷偷摸摸的交易。然后父亲去了邮电局，打电话给桑杰："我需要五十头菜牛，二百五十只菜羊，就在畜产品站屠宰，皮留下，光要肉，能不能办到？"桑杰琢磨了一会儿："能，得费点时间。""你今天就开始办，越快越好，一个星期怎么样？西宁这边会有汽车去拉。"桑杰说："我不是牛羊我不知道，不过你放心，一个星期是七天，七天是很多的。"之后父亲又去设计研究院找到韩朴，要他务必帮个忙，待建的医疗所需要一张设计图纸。韩朴说："没问题，但我得偷偷地搞，慢一点。"

　　在等待设计图纸和桑杰备办牛羊肉的几天里，父亲又去了几趟商业公司。第一趟白跑，人家开大会，不接待人。第二趟虽然有人接待，却不相信他的话："没有牧人主动把牛羊肉送上门来的，每年各州各县的派购都完不成，菜畜的上缴就像挤牙膏，还得使劲挤，所以总是供不应求。""不会吧，我们那里的指标都是如期完成的。""那就是让县州两级截流了。""有可能，州县上的人也要吃肉嘛。"然后人家就不理他了。等他再次提起他有牛羊肉要卖时，人家说："找领导，找领导。"可主管领导偏偏不在。第三趟他直接敲开了公司副主任的门。副主任说："牛羊肉我们非常需要，但是你有县上或者州上的介绍信吗？""没有。""那我们怎么知道你代表的是什么地方？"父亲着急地说："我给你的是你最需要的东西，你怎么还能设置这么多障碍？"第四趟他把公司主任堵在了大门口收发室的旁边。主任说："快过春节了，牛羊肉多多益善，但我们不可能高于一般的收购价。""我没说'高于'啊，你只要把钱变成烟酒茶糖就行。""那不能变，要是变的话就成以物易物了，社会主义商业不允许这样。""这样行不行？我给肉，你给钱，然后我把钱在口袋里暖一会儿，再掏出来批发些烟酒茶糖带回去。""这样当然没问题啦，别忘了把介绍信交给业务科。""要是没有介绍信呢？""这件事你不能给我说。"父亲明白了：有没有介绍信是可以通融的。他又去邮电局打电话给桑杰："能不能再增加三十只羊、十头牛？"桑杰说："增加可以，但恐怕要把公社上缴县上的牛羊暂时用上。""没关系，先用上，我会想办法弥补，宰了以后你让拉砖的车带到西宁来，司机会直接来家里找我。"父亲等了一个星期，等来了牛羊肉。他给了砖瓦厂的司机五角钱，又拉到了商业公司。就在同一天，父亲在商业公司批发到了五箱大前门香烟、八箱六十五度的青稞白酒和十箱茯茶，还有一些牧人喜欢的冰糖、白砂糖、红糖和水果糖。他把这些东西搬上了两辆拉运砖瓦的卡车，自己也跟着回来了。

半个月以后，建造医疗所需要的砖瓦、水泥、钢材和木材陆续运到。除了最初一车砖瓦和水泥卸在了小卖部前的场地上外，其余的都卸在了生别离山内。辽阔的原野上，一个离河很近的形貌酷似莲花盛开的地方，成了生别离山医疗所的建筑工地。父亲凭感觉认为这是个吉祥的地方，而且离麻风病人的新营地和老营地都比较近。卸车的时候，麻风病人都远远地看着。父亲走过去，对新营地的头人扎西说："千万别过去，外边的人对麻风病无知得很，万一吓着了司机，就不会往山口里头拉运啦。"扎西说："你们在这里盖了房子，会不会把我们撵到更远的地方去？""我向雪山大地保证不会，医疗所是为你们盖的，就是想治好麻风病，离你们越近越好。"扎西和别的麻风病人还是将信将疑：明明是治不好的病，怎么还会有人来治疗？

这一年的藏历新年和农历春节只相差两天，而且都很晚。新年和春节一过，就是真正的春天了。生别离山内，冰雪消融，到处都是流水的琤琮、闪光的流淌，牧草就要出来了，远远地看，嫩黄浅绿正在从低往高慢慢涂抹，一天天厚起来，雪线开始后退，将从海拔四千米的地方退到五千米以上。不知在哪里度过了冬天的鸟儿飞临这里，用最好听的叫声呼唤着，但呼唤来的似乎并不是同伴，而是三五一群的白唇鹿和梅花鹿，是喜欢奔跑的漂亮的藏野驴。不时也有火狐狸和灰狼出现，跟麻风病人一样，猜忌地瞧着已经动起来的施工现场。建筑工程队是父亲请来的，他在西宁用牛羊肉换钢材时就已经说好了工期和报酬，因为是国营单位，端的是铁饭碗，工程费人家要的并不高，跟西宁的价格一样，他们之所以愿意来草原纯粹是为了肚子，跟他商量的头儿说，只要天天有肉，大家都会抢着去。父亲保证说：不仅每天能吃到一顿肉，还能吃到一碗酸奶。最大的问题还是保密，不能让工地上的人知道这里是麻风病人的领地，他们会认为这种病一阵风吹过来就能传染上。医疗所按照韩朴的设计是两个叠加的工字形两层楼，带着栅栏式的铁质围墙，分治疗部和住院部，住院部又分男区和女区。工程预期三个月，三个月中父亲不断地来不断地走，母亲也来过两回，每回都很惊讶：这么快？工期似乎一眨眼就到了，需要支付工程费时，父亲又忙活起来。这个阶段，沁多县医院的病人用牛羊抵交的医疗费，经过畜产品站的买卖转手，返还给医院后，一直留在账上。从商业公司批发来的香烟、青稞酒、茯茶和糖类已经全部卖完，把三十只羊、十头牛的成本按收购价付给桑杰后，还剩许多。这两笔钱加起来，工程费还差两千多元。父亲来到医院说："怎么办？"母亲说："你说呢？""我还有点钱，是我工作以来的全部存款，但还是不够。""那是私人的钱，你怎么能投给公家？"但母亲这话等于没说，接着她自己也拿出一个存折，丢给了父亲。父亲加了一下说："这个月就不能再给家里寄钱啦。""那就亏欠一个月，家里还有才让和梅朵挣钱，不会饿肚子的。"最后还差三百二十元，父亲又一次想到了桑杰的畜产品站。

医疗所建起来了，如同草原上突然出现了另一个阿尼琼贡，就差装饰金顶和雕梁画栋了。粉刷墙壁和安装自来水管已到了尾声，工人们有点恋恋不舍，开始在草原上逛来逛去。正是草绿花艳的季节，随便打个滚，就能沾染满身的花香。蝴蝶和蜜蜂占领着花蕊，百灵和云雀飞上飞下，野兔的惊慌失措反而让草原变得更加安详，鹰在盘旋。对面山坡上的牲畜好像从来不回家，或者说吃到哪里，哪里就是家。工人们好奇地望着同样也在望着他们的麻风病人。工程队的头头说："那些藏族人好像很怕我们,从来不到跟前来。"他听人说用一个牧人没见过的打火机,可以换来一串玛瑙石项链或几颗珍贵的猫眼石,就抽着香烟,玩弄着打火机,慢腾腾朝前走去。之后他用一声惊叫终止了行走,呆立片刻,扭身就跑。就在他大惊小怪地描述了他看到的那些人的形状后,所有的工人争先恐后地跑向了拉他们来这里的卡车。司机显得比任何人都紧张,手忙脚乱地爬进驾驶室,卡车疾驰而去,开出了生别离山口。他们心情沉重地来到县上,在一个细雨霏霏的黎明推开了县委的大门:"为什么要把我们骗到麻风病人成堆的地方去?""我们要是传染上了病谁负责?""县上的领导在哪里?"旦增县长出来了,张口结舌,不知道生别离山里面到底发生了什么。"你们在一个有麻风病人的地方修建医疗所?那应该是生别离山吧?不可能的,没病的人从来不去山口里面。""什么不可能,黑压压一片全是麻风病人,我们就是从里面逃出来的。""你跟我吵没用,生别离山不属于县上管,有什么问题你们找州上。"头头说:"找就找,哪里有电话?"州上,接电话的人自然要向才让州长汇报。才让州长雷霆震怒,叫来索爱院长一顿训斥。索爱其实也不知道内情,但他猜测一定是分院苗院长干的,就说:"州长啦,这也不怪苗院长,人家一片好心,想帮帮那些被我们遗弃的人。""你还在为她说好话,我早就警告过你,你迟早也要栽进去。"才让州长立刻召集人开会:"一定要严加追查,谁批准的?钱从哪里来的?谁在经办?后台是谁?在州界内大兴土木搞建房,我作为实际上的一把手居然不知道,这不是对着干吗?被骗进生别离山的建筑工人还在沁多县,谁是骗子手问问他们就知道。你们马上出发,去了以后先把人控制起来,重点是医院那个姓苗的,还有她丈夫强巴。"这时果果进来了,说要请假去沁多县医院看病。才让州长知道他是要去通风报信的,板着脸说:"这几天你不要离开州上,随时准备开会。"

　　当不幸即将发生时,父亲正在自己动手修葺小卖部。他让一车砖瓦和一车水泥卸在小卖部前的场地上,就是这个目的。一起动手的还有小卖部主任顿珠和另一个售货员。先修漏雨的屋顶，再修走风的墙体和坏朽的门窗。即将完工时他说："你们来收尾吧，我还有点别的事。"顿珠说："你忙你的去，我们也没事干，慢慢收尾。"父亲知道生别离山内的医疗所就这两天竣工，他想带着母亲再叫上州医院的索爱院长前去验收。正要往医院走，就听一声长嘶从前面传来，抬头一看竟是日尕。多长时间没见啦，它还是那般壮硕健美，意气风发。日尕朝他跑来，他也朝它跑去，惊喜地说："扎西德勒，日尕。"又是一声嘶鸣，日尕似乎顾不上跟他啰嗦，围着他转了一圈，倏地站住，面朝远方，不停地捯动蹄子。父亲想：怎么啦？马背上有鞍鞯却没有人，角巴呢？突然意识到很可能角巴出事了，日尕是来求救的。他一把攥住缰绳，跳了上去。日尕不等驱策就奔驰而去。

几分钟后，索爱把电话打给了母亲："出事了，苗院长。"他用极快的语速说了他知道的一切，"赶紧跑，找个地方躲起来。""我往哪里躲？""回西宁不行吗？""回到西宁也是住家里，人家还是会找到。""那就去生别离山，生别离山的房子不是已经盖起来了吗？派去调查的都是藏族人，没人敢到里面去抓你。赶快躲，灾难都是躲过去的，不能让他们抓住你，才让州长就是想把屎盆子扣在你头上。"说罢电话就挂了。母亲一阵慌乱，从自己的办公室跑出去又跑进来，搓着两手：怎么办怎么办？看到张丽影从门口经过，喊她进来说："我有急事，医院就交给你了。""什么急事？""你别管，赶紧去，给我拿两个药箱，多装些抗菌素，别忘了针。"母亲边说边往外走，出了医院，先朝小卖部跑去，她想叫上父亲一起走。顿珠说："日尕来啦，强巴骑上就走啦。"母亲说："你要是见到他，让他到医疗所来找我。""哪个医疗所？""他知道。"她又跑回医院，在门口接过张丽影送出来的两个药箱："你让我的学生来我家一趟。""谁？""谁都行。"那匹枣红马就拴在家门口，她让学生帮她鞴马，自己找了些衣服和食物，塞进一个帆布口袋，绑在了鞍子后面。最后，她没忘记锁好门。母亲走了，就这样逃跑了。

日尕驮着父亲狂奔而去，黄昏时到达州上，沿着大街走向一条小巷走向米玛的小院子。父亲下马,正要敲门,门开了,角巴探出头来,左右看看,一把将他拽进去,又将日尕拉进门内,问道:"你是怎么来的?""骑马来的。""我是说你是从街上过来的,还是从草原上绕过来的?""街上。""我给日尕说了,让它回来时别走大街,它怎么还走?"父亲拍拍日尕说:"是我让它走的。""你这个人怎么这么糊涂?""角巴啦,出什么事了你?""星星不知道月亮圆,月亮不知道星星尖,不是我出事啦,是你们出事啦。"他说他在这里住了好几个月,几次在街上见到果果,还拉他来家里喝过酒。昨天夜里果果突然跑来,说母亲和父亲惹了大麻烦,得赶紧通知他们逃跑。角巴喝了点酒,身子沉甸甸的,脑子晕乎乎的,怕路上睡觉误事,就把日尕拉到门外说:"赶快去,找强巴,明白吗?强巴,强巴,强巴。"只说了这么一句,日尕就噌的一下蹿了出去,转眼不见了。"就你一个人来啦,才让的阿妈呢?"角巴总是把母亲称作"才让的阿妈",一次也没有称作"江洋的阿妈"。父亲转身就走,角巴一把拽住:"是旱獭就要待在洞跟前,你不能再露面啦,要去我去。"好像他们之间从来没有发生过不愉快,一如既往他们是可以换命的骨肉。米玛过来说:"进去坐吧。"父亲点点头,没有动,看着角巴拿来糌粑,拌了酥油,捧在了日尕嘴边。父亲说:"你怎么这么瘦啊?"角巴说:"你说日尕还是说我?我肉吃得少啦。"等日尕吃完,角巴就拉它出了门。日尕好像知道这一趟是白跑,不可能见到母亲,一再地扭过头来,表示不愿意去。角巴哪里会听它的,打它一下,骑了上去,挥动马鞭,连夜去了沁多县。父亲留下了,来到屋里,坐下来,狼吞虎咽地吃了一碗米玛端来的无肉的面片,这才好奇地问:"你和角巴一直住在这里?"米玛说:"我让他回家他不去。"

才让州长的心情一直不那么爽快,原本期待垮掉的沁多学校不仅没有垮掉,而且越来越好,听说学生又增加了,该上的课都在上,来了一个叫才让的和一个叫洛洛的,都是强巴的学生。这才意识到父亲的厉害:他走了,把种子留下了,长出来的都是强巴,而且没有限量，时间越长越多。本应该属于他的疗养楼让强巴的老婆变成了慢性病疗养楼，他除了生气，毫无办法。现在又有了生别离山医疗所，居然在他否决了以后还能建起来，真是目中无人不知天高地厚到家啦。好在调查进展得还算顺利，被骗进生别离山的建筑工人指认了骗子手就是强巴。但工人们没想到，指认强巴也等于出卖自己，接下来的问题就是：各种建材是从哪里来的？调查组立马奔赴西宁，一项一项落实，罪行越来越明显：多方串通，联合起来大搞投机倒把。参与犯罪的人也一个个浮出了水面。才让州长亲自去了一趟省委，当面汇报"强巴案"，省委主要领导表态：案情重大，一定要严肃处理，决不能心慈手软。和强巴有关联的砖瓦厂的头、水泥厂的头、建筑工程队的头、设计院的韩朴（他居然在设计图纸上不合时宜地签上了自己的名字）、沁多公社畜产品站的负责人桑杰，统统落网，又顺藤摸瓜挖出了省商业公司和沁多县小卖部。商业公司的人说："是我们警惕性不高，让坏人钻了空子。"小卖部主任顿珠交代说，苗医生来过小卖部，说是见到强巴的话，让他到医疗所去找她。"哪里的医疗所？"顿珠说："不知道。"但审讯的人是知道的，他们既没有追问，也没有记录，就当是一个不重要的话题被轻轻放过去了。没有人愿意去生别离山里抓人，也就不想让才让州长知道。再说了，苗医生治病救人的事大家又不是不知道，这样的好人既然已经自动下了地狱，还有必要抓回来吗？这些日子，才让州长亢奋得失去了睡眠，半夜起来还在院子里梳理小藏獒奔森的毛。奔森有十万狮子的意思，是父亲送给他的，他觉得自从有了奔森，自己的命运就渐渐好起来，所以就格外珍惜它，基本上是他吃什么，奔森就吃什么。奔森很胖，是那个年代草原上少有的肉乎乎的宠物狗。梳理獒毛的同时，才让州长也在梳理自己的思路："强巴案"中两个最重要的罪犯居然漏网，一定是有人提前通知了他们。谁呢？会不会是索爱？不至于吧，他还是自己的小舅子呢。他把有可能通风报信的人全部扒拉了一遍，觉得只有果果是可疑的，果果不仅不跟他一条心，还跟强巴的关系非同一般，要不是为了笼络人心，早就应该踢出州委了。现在踢出去当然也来得及，可是理由呢？证据呢？他在奔森头上拍了一下：我就不信啦。

终于可以离开州上了，果果情不自禁地喘了一口气。才让州长说："这几天憋坏了吧？咱们是藏族人，整天待在不透风的大楼里，心情会越来越糟糕。这次让你去沁多县，没有别的任务，就是去医院看看，姓苗的不在了以后，是不是还在照常看病？"果果大意了，以往他去沁多县都是自己寻找借口，这次居然是才让州长派他去，怎么会有这样的好事？他没有坐本来可以坐的州上的汽车，而是选择了骑马，这样更自由，更不必急着回来啦。他先去了角巴和米玛的小院子，告诉藏匿在这里的父亲"强巴案"的进展。父亲满头冒汗，结结巴巴地问："都抓啦？连桑杰、韩朴和小卖部的顿珠也抓啦？""现在就剩你和苗院长，别害怕，这个地方谁也想不到。""我不是害怕，我是觉得太对不起他们啦，他们什么也说不清楚，从头到尾都是我一个人在张罗，甚至连苗医生我也没有详细告诉她。"果果说："形势就是这样，能躲就躲吧，不能再操心别人啦，各人有各人的命。"父亲愣愣的。角巴说："你和苗院长都是吉祥的人，不光牧人知道，雪山大地也知道。"

果果心急意切地走了，两天后到达沁多县，天已经黑透。他把马拴到张丽影的宿舍背后，那是个偏僻的角落，还有茂盛的草，不会有人关注到他的到来。他看到宿舍里亮着灯，就用指头轻轻敲起了门。诡谲的声音让张丽影激动得从床上跳了起来："谁？""我。"她打开门，拽他进去，扑到他怀里说："我的哥哥，你怎么才来？"但捉奸并没有发生在这天夜里，而是在第二天午夜，据说当办案的人踢开门进去时，两个人正在癫狂之中忘乎所以，一丝不挂的身影让他们大饱眼福，传说了很久还在传说。

也是在这天，父亲走进了州委。他没有瞒着角巴，而是说服了他：他要是自首，抓起来的那些人说不定就都没事啦，母亲也可能会安全些。他要是不自首，不光别人倒霉，他自己也会坐立不安，跟坐监狱是一个样子的。"你说说，我是坐这里的监狱让那么多人一起受罪呢，还是坐那里的监狱就我一个人受罪？"角巴支持了他："念祈福真言是为了幸福，拜雪山大地是为了吉祥，穿衣是为了取暖，活人是为了什么呢？为了让人记住。想好了你就去吧，名声是高于一切的。"米玛说："等等，我去做饭，吃饱了再去。"

这是一段荒凉的岁月，我的父亲入狱啦，我的母亲失踪啦，而我作为罪犯的后代，也不可能继续待在州委统战组继续做一个小干部啦。我被调到总务科打杂，搬运桌椅，提水供茶，打扫卫生，分发烤火用的干牛粪、办公用品和干部福利——每人三个月一个羊壳郎（羊胴体），有时还会派到机关食堂帮忙，还会去各个县或公社催办机关用的牛奶、酥油和肉食。我每天都干许多事，却又不知道每天应该干什么，迷茫到眼睛里都没有视野啦。父亲，我怎么就想不通你这样的人也会坐牢。我没感觉到生活有什么不正常，但所有的正常怎么又变得如此蹊跷甚至邪恶？还有母亲，她只是在尽一个医生的本分，怎么就变成了一个十恶不赦的畏罪潜逃者？颠倒啦，颠倒啦，生活真的颠倒啦。受到父亲牵连的当然还有别的同学，分配来州上当干部的其他五个人都没有得到重用，不管他们表现多么积极，在才让州长眼里，他们就是一些喝酥油茶剩在碗底的渣滓，随时都可以倒掉。商业局的尤狩好几次都说："我们调到沁多学校去教书吧？"他甚至已经提出了申请，却受到了人事干部的一顿训斥：好高骛远，见异思迁，你有什么本事？还想跳来跳去。真实的原因是：才让州长不喜欢父亲创办的沁多学校，怎么还能同意往里补充师资呢？让所有抱持同情心的人遗憾的是：父亲的自首并没有换来对其他人的宽恕，"强巴案"中，砖瓦厂、水泥厂、建筑工程队的涉案人员以及韩朴、桑杰、小卖部主任顿珠依然需要坐牢，有的两年，有的三年，有的五年，而父亲作为首犯则被判了八年，商业公司的主任则因为"上当受骗"而撤销了职务。同时进了监狱的还有果果和张丽影，他们由"强巴案"衍生而出，以流氓罪判了三年刑。

就在我心灰意冷到极点的时候，角巴爷爷来州委看我。我才知道他一直在州上，他把我领进了他和米玛的小院子，又让米玛包了饺子让我吃，饺子有素馅，也有肉馅，米玛只吃素饺子。这大概就是角巴爷爷没有把米玛带去草原、住进帐房的原因吧？草原是肉食者的天堂。我对角巴爷爷说我想离开州委，想去找尼玛和旺姆或者索南，跟着他们做一个牧人，还说几个在州委上班的父亲的学生都不想干啦，都想去做一个自由自在的牧人。角巴爷爷说："你到草原上找一找，哪里会有自由自在的牧人？牧人就是服管的人，白天太阳管你，晚上星星管你，冬天雪管你，夏天雨管你，出门狼管你，放牧草管你，温饱牛管你，穿衣羊管你。不想走出来就永远别出来，一旦走出来，想回去就难啦，不信你去试试，过一个月牧人的辛苦日子，你就会觉得连州上的风都是软的热的。强巴千方百计让你们上学念书，就是为了让你们踏踏实实做一个吃穿不愁的公家人。我问你，你现在有没有穿戴？""有。""发不发工资？""发。""晚上睡觉冷不冷？""不冷。""饿过肚子没有？""没有。""那就是嘛，受点委屈算什么？你去给藏红花、尤狩他们说，做什么事都可以，就是不能糟蹋了强巴的心血。"可是我真的一点儿也不想在州委虚度年华了。我离开角巴，又去给梅朵说，当然是写信。梅朵回信说："你不能不是公家人，坚持到最后一秒，除非死掉。"又说，"我看我能不能请上假去看看你，或者你来西宁？你也该来看看姥爷姥姥啦。"我当天就把请假条交给了总务科的科长。一个芝麻大的小干部的请假条不合常规地一级一级递到了才让州长手里。才让州长一撕两半："强巴的儿子去西宁干什么？告我的状？他不能离开州上，私自离开就等于自动离职，就别想再回来拿国家的工资啦。"

　　梅朵来啦。星期天的阳光不再是死乞白赖的，金色、蓝色和白色的天就像重新组装、重新洗过了一样，结构和色彩都显得新颖别致了许多。梅朵来啦，我正在街上毫无目的地溜达，就见尤狩朝我跑来："快回，快回，来啦，来啦。"阳光来啦，蓝天来啦，白云来啦，清新而鲜亮的一切都来啦。我朝回跑去，跑进了州委的大门，跑到宿舍前突然立住，掸了掸身上的土，抹了抹脸上的汗。我心说今天怎么没穿我喜欢的藏装，偏偏穿上了我不喜欢的汉装？机关的人不管藏族人汉族人都穿汉装，我也只能这样，我有蓝的汉装也有黄色的汉装，但今天我的搭配是蓝色的上衣黄色的裤子，是不是有点难看？好在梅朵对我的穿戴从来不挑剔，汉装可，藏装亦可，她只挑剔她自己的，她喜欢花色鲜艳的汉装。我一头撞进了宿舍，这不是我一个人的宿舍，在我的床对面还有尤狩干净整洁的被褥。但尤狩不会进来啦，包括今天晚上，他会寄宿在别的地方。梅朵来啦，坐在我的床上，那上面有我的凌乱和脏腻，也有她熟悉的我的味道。我说："扎西德勒。"然后就哭啦，她也哭啦。我们抱在一起，为了不幸的强巴阿爸和母亲，为了不幸的桑杰阿爸和所有不幸的亲朋好友，流了许多悲恸的泪。我问："姥爷姥姥知道了吧？""你们州上的人去家里抓人，把什么都说啦。""那怎么办？""还能怎么办，发愁呗。我现在只要不去远的地方演出，就天天回家，说说这说说那，逗他们开心。琼吉也很懂事，一放学就姥爷长姥姥短的，家里的日子还是从前的日子，虽然少了阿爸阿妈的钱，但才让每月会把大部分工资寄给姥爷，还有我的工资，反正家里是不会短吃短喝的。""我也可以寄些钱给家里。""你不用寄啦，攒着吧。"我想了想说："桑杰阿爸也坐牢啦，我干脆把工资交给这边这个家。"梅朵说："也不用，我阿爸是管畜产品站的，也算是做买卖吧，但他自己什么时候花过钱？家里的糌粑、盐巴和糖都是用羊毛和酥油换的。尼玛和旺姆一直在沁多学校食堂上班，工资就那么一点点，还花不完。有一次央金给洛洛打电话，洛洛说尼玛说啦，他和旺姆的钱没有用处，放着也是放着，问央金和梅朵要不要，央金说不要，我也说不要。"

说着话，我们分开了，也不流泪了。突然彼此一个眼神的碰撞，我们又抱在了一起，越来越紧，然后轰然倒下，心情的阴郁并没有妨碍青春的奔放，反而奔放得更加原始。一阵敲门声打断了我和梅朵的燃烧，滚烫的余烬里，我埋怨着尤狩："你回来干什么，又不是不知道梅朵来啦。"有个声音说："别着急，我们在院子里等着。"原来不是尤狩。我扑向门口，没扣好扣子就拉开了门："才让啦。"站在才让身后的还有洛洛，是尤狩领他们来的。才让说："早就想来啦，一直抽不出时间。"洛洛说："央金打电话来，说梅朵要去州上，我就跟才让说，无论如何我们得去一趟啦。"我让他们进门，然后走向不远处的石头墙，摸了摸拴在那里的麦秀和斯雄。它们认出了我，咴咴地叫着。梅朵也跑出来，骑上麦秀下来，又骑上斯雄下来："好长时间没骑马啦，真想骑着在草原上跑一跑。"斯雄友好地打着鼻息，吹散了她柔亮的头发。

我们回到宿舍，关起门来说话，自然是有关"强巴案"的。我问："桑杰阿爸不在啦，现在的校长是谁？"洛洛说："还能是谁，索南呗。"我惊问："索南怎么成校长啦？"洛洛说："他不是顶替桑杰成了沁多公社的主任吗？才让州长说，不管是谁，只要贫下中牧管学校就行，过去是桑杰，现在是索南，老子英雄儿好汉嘛。听口气还是想让学校垮掉的意思。"我说："他低估了你和才让的能力。"才让说："也不是我们能力有多强，而是这件事谁在办好谁在使坏，大家一目了然。强巴阿爸辛苦了这么多年，人人都知道上学的好处，赶都赶不散啦。"尤狩去叫另外几个同学，很快都来了。梅朵问："藏红花呢？"尤狩说："没在，我给同宿舍的留了话。"我说："不会在办公室吧？"尤狩说："不会，上个星期我在大门口看到官却嘉阿尼跟她在一起，上去打招呼，问他什么时候来的，他说来了大约有三个月啦。"当初清除沁多学校的老师时，在食堂打杂的官却嘉也没有幸免，被赶出了学校，之后他就不知去向了。我问："他跟藏红花还好着吧？"尤狩说："看情形还好着。"我说："角巴爷爷也在州上，想不想见？"才让吃惊地说："爷爷在这里？当然想见啦。"这时藏红花在门外喊："梅朵啦。"梅朵跑了出去。

又说了一会儿话，眼看到了下午，我说："走吧。"我们来到街上，走向角巴和米玛的小院子，路过食品店时顺便买了些礼物：茯茶、酒、江米条、桃酥什么的。大家都抢着掏钱，到最后都不知道谁掏的钱。我瞅了一眼藏红花："把官却嘉阿尼也叫上吧？"藏红花把眼光倏地投向尤狩："我不是让你别乱说吗？"尤狩说："同学们都知道，你给谁保密？"藏红花说："州委里头尽是嚼舌头的，不能让他们知道。"才让说："我们中间没有嚼舌头的，你去叫吧。"藏红花说：

"给我马。"我说："我们在前面路口等你。"梅朵钻进一个卖藏饰的商店，半晌才出来。我问："你买什么啦？"她从衣袋里掏出一个挖耳、一个镯子和一个发卡，都是银质雕镂的："给姥爷、姥姥、琼吉的礼物。"才让说："他们的礼物我已经买好啦。"说着打开挎包让她看：姥爷姥姥一人一个羔皮坎肩，琼吉的是一串红玛瑙石的项链。梅朵说："你是你的，我是我的。"我说："那我也得买礼物。"梅朵说："我的就是你的。"眨眼到了路口，藏红花和官却嘉阿尼已经等在那里了。

　　继续往前走，来到小院子门前，敲开了门。角巴看到斜射的阳光下立着这么一帮可亲可爱的人，惊讶得叫起来："啊啧啧，啊啧啧。"大家都说"角巴爷爷好"。梅朵说："爷爷啦，好端端的帐房不住，你躲在这里干什么？"我们进屋，找地方坐下。米玛忙着端茶倒水。大家又愤愤不平地说起"强巴案"。才让说："说多了没用，我们只能等着，时间会证明一切。"角巴问："想吃什么？饺子？拉面？粉汤包子？不过都是素的，没有肉。"梅朵问："有没有辣子和醋？"米玛说："有。"梅朵说："那我就做主啦，吃饺子吧。"米玛忙活起来，藏红花去帮忙，梅朵却在刨根问底："为什么没有肉？"角巴说："米玛不吃肉，饿肚子时跟狼一起吃过腐肉，吃坏了肚子，就再也不能吃啦，一吃就得病。""那你呢？""我随她，她不吃我也不吃。""可是爷爷，你不吃肉受得了？""受不了也得受。""看样子她已经是你的人啦，我能不能叫她奶奶？""现在还不能。""为什么？我偏叫。"梅朵走过去对米玛说，"奶奶啦，你们家的油泼辣子辣不辣？""不辣。""那我就不爱吃啦。"米玛指着锅台下面说："还有青辣子。"梅朵掰了一点青辣椒尝了尝："奶奶啦，也不是很辣。"又回到角巴跟前说，"我叫她奶奶她已经答应啦，你就开始吧。""开始什么？"梅朵红着脸说："爷爷啦，这种事怎么还能问我？"

　　我说："饺子还得一会儿，先喝酒吧。"米玛从锅台那边说："别急，菜马上就好啦。"很快端上来一大盘凉拌黄瓜、一大盘葱花油豆腐、一大盘酥油炸洋芋、一大盘酿皮。大家都围着炕桌坐好，挤不下的，就搬了凳子坐在地上。角巴说："酿皮是米玛自己做的，比街上的好吃，快吃。"喝酒开始了。我们是晚辈，先敬了角巴爷爷，正要互相敬，梅朵说："还有米玛，米玛已经是奶奶啦。"几个男的就端着酒杯去锅台前敬了米玛。角巴问官却嘉阿尼："你跟藏红花结婚了没有？""还没有。""为什么？"官却嘉阿尼说："家安在哪里嘛？离开了阿尼琼贡，我就是个四处浪荡的人，只有一顶破帐房，帐房又不能扎在州委的门口。"我说："等藏红花分到单人宿舍就好啦。"角巴说："水流到河里才是水，糌粑吃到嘴里才是糌粑，女人抱到怀里才是女人，官却嘉阿尼抓紧的要哩。"梅朵说："奶奶啦，爷爷说啦，女人抱到怀里才是女人。"米玛说："别听他胡说。"梅朵又说："爷爷啦，你怎么不问洛洛和央金什么时候结婚？"角巴说："我正要问。"洛洛笑道："阿爸啦，我和央金明天就想结婚，但你把披红戴花的骏马准备好了吗？新褐子的帐房扎起来了吗？洁白的毛毡擀出来了吗？待客的美酒酿好了吗？吉祥的哈达挂起来了吗？"角巴说："看样子不是你们不抓紧，是我这个当阿爸的没尽到责任，看来我不能光顾自己，得回到草原上去啦。"说着看了一眼米玛。梅朵伶俐地说："奶奶啦，爷爷让你跟他一起去草原。"官却嘉阿尼说："家里没有人恐怕不行吧？你得找个看守院子的人。"我说："那就是你啦，你住在这里，藏红花下班后就有个归宿啦。"饺子端上来了，梅朵抢先攥起一个，蘸了辣子和醋放到嘴里，边嚼边说："怎么不放肉的饺子也这么香？你们快跟我抢，不然就没有啦。"米玛说："多着呢，够大家吃的。"梅朵放下筷子，喝了一口酒问："可不可以唱？"我说："小声点可以。"梅朵便唱道：

> 请阿尼玛卿冈日撩开云雾，我要寻找我的阿妈，
> 请阿尼玛卿草原给我指路，我要寻找我的阿爸，
> 阿妈你去了哪里？请让云端里的鸟悄悄告诉我，
> 阿爸你去了哪里？请让流浪天涯的艺人对我唱。

唱着，一阵悲酸奔袭而来，她呜呜呜地哭起来。所有人都不吃了，都哭起来。

第八章

拉加啰

没有一朵花比你更鲜艳，

没有一座山比你更伟岸，

没有一条河比你更悠长，

扎西德勒——所有生命的爱恋。

1

两天后，梅朵坐长途客车返回了西宁，行前我问她："我们什么时候结婚？"她说："等央金和洛洛结完了吧。"不久，官却嘉阿尼和藏红花搬进了米玛的小院子，他们没举行任何仪式，就成了夫妻。角巴带着米玛，也带着为央金和洛洛筹备婚礼的打算，回到了草原上他家的帐房。但央金和洛洛的婚礼还是被他们自己因为忙碌而一拖再拖，直到一年多以后，才在西宁举行。婚庆的日子里，我家成了央金的娘家，作为孤儿的洛洛成了入赘的女婿，但他们并不住在我家，而是把新房安顿在了市歌舞团央金的宿舍。那个年月的婚礼省略了上马席、下马席、送亲、迎亲、敬酒对歌、踏火进门等仪式，简单到连待客都想减掉。但角巴坚持要宴请宾客，说得不到大家的祝福，新郎和新娘将来就不会幸福。他和米玛带来了牛肉、羊肉和炒菜用的酥油，姥爷姥姥买来了猪肉、蔬菜和别的副食，借来了桌子凳子，宾客有街坊邻友，有在西宁的所有寄宿班的同学，有市歌舞团的团长和央金的同事，院子里的人帮着炒菜做饭，梅朵和琼吉端着盘子穿梭往来，八盘酒席，有辣牛肉、羊肉手抓、羊肉炒茄子、猪肉白菜粉条、过油豆腐炒肉、洋芋炖牛肉、蕨麻甜米饭、大杂烩，酒是散装白酒。央金穿着大红府绸藏袍，洛洛穿着棕红细毪氇藏袍，两个人拿着酒壶，端着

274

酒盅，先敬了姥爷姥姥，后敬了角巴和米玛，然后一个个敬向客人。客人里头，是藏族人的都穿起了藏袍，花花绿绿，鲜艳夺目，吃着菜，喝着酒，满脸通红地说着祝福的话。梅朵跟在洛洛和央金后面，不停地唱着《祝酒歌》，调子是固有的，词儿却是新填的："看你像个杨子荣，一气喝干一大桶；看你像个座山雕，敬酒不吃吃罚酒。"市歌舞团的团长端起洛洛捧在碟子里的酒盅说："央金是我们的台柱子，我演李玉和，她演小铁梅，我演郭建光，她演阿庆嫂，我演洪常青，她演吴琼花，你可不能拖她的后腿。听说你原来在西宁，又调回去了？嗨，你是怎么想的？征没征求央金的意见？赶紧调回来吧，如今结婚了，长期分开是会有问题的。"洛洛"噢呀噢呀"答应着，想的却是：这个团长大概有三十多岁吧？管的闲事可真多，央金都没说让我调回来，你操什么心？突然响起了敲锣打鼓声，谁跑到街上去了？谁雇请了锣鼓手？谁在这个年代如此张扬竟然把婚礼搞得跟庆国庆一样？又有了鞭炮声、口号声、唢呐声。梅朵拉着琼吉朝街上跑去，一会儿回来说："是游行的人，说是粉碎了'四人帮'。"角巴紧张地问："谁是'四人帮'？"大家都来到了街上，看到游行的队伍正在经过巷口，长得望不到头。洛洛、央金、琼吉乃至姥爷姥姥都被裹挟进了队伍。梅朵过来，一手拉着角巴，一手拉着米玛："爷爷啦，奶奶啦，我们也去游行吧？"角巴满眼疑惑：为什么？这是一九七六年十月十四日，洛洛和央金永远忘不了，他们的结婚伴随着一个时代的结束和另一个时代的开始。

早晨，太阳似有似无，厚薄不均的云彩白一片青一片。光线忽明忽暗地打在父亲脸上，冷凉的冬风扫在父亲脸上，飘浮的尘土落在父亲脸上，让它黧黑，让它肃穆，更让它忧郁。眼睛是干涩的，满满的都是殷红的血丝，被剃光后又长出来的头发像不到季节就冒出来的牧草，硬硬地以年轻的黑色指向天空。他不时地摸着下巴，似乎有些诧异：原来胡子会越长越长的？他从南山脚下走来，往北一路下坡，走过三条街，又拐进一条东西走向的街，不远处就是我家居住的小巷了。他突然停下，前后左右看看，又看看自己，太邋遢啦，让家里人和院子里的人看到不好吧？父亲一直被关在西宁的监狱，如今出狱了，只能先来这里了。他犹犹豫豫往前走，突然看到梅朵匆匆忙忙走出小巷，朝这边走来，看到背着书包的琼吉跑出小巷，朝那边走去。琼吉回头喊了一声："梅朵姐姐，姥姥让你下班后买一斤豆腐。""噢呀。"梅朵答应着，快步如飞，她要去上班，不赶紧走就挤不上公共汽车了。突然她停下来，尖叫一声："阿爸啦。"又回头冲妹妹喊了一声"回来"，就扑到了父亲怀里。梅朵的哭声让早晨的空气变得清透了些，云在疾走，有散去的，也有新来的，阳光露了一滴，又露了一滴。梅朵看看同样在哭泣的妹妹，擦着眼泪转身就跑，还没进小巷就喊："姥爷，姥姥，强巴阿爸回来啦。"

到了家里，姥爷姥姥也哭了一场，然后赶紧做饭。梅朵打来洗脸水，对琼吉说："你赶紧去上学，放学早点回来。"琼吉不想去，想守着父亲。梅朵说："我要打你啦，快去。"父亲说："你也去上班吧。"梅朵说："上班不要紧，上学耽误不得。阿爸啦，现在跟过去不一样啦，过去她们学校一个学期考一次试，有时还不考，现在几天就考一次，有小考、中考、大考、升级考、毕业考。"父亲哦了一声。梅朵又说："姥姥，我今天去割点羊肉，晚上吃羊肉面片吧？"又推搡着琼吉，"不上学就不给你吃，听见了没？"琼吉走了。父亲问有没有母亲的消息。梅朵说："还没有，江洋、才让、洛洛一直在打听。半年前桑杰阿爸出来时，我送他回沁多县，专门去县委找过旦增书记，他说该找的地方都找啦，没找到。"父亲说："你桑杰阿爸现在干什么？"梅朵说："校长和公社主任肯定当不成啦，畜产品站也勒令撤销啦，他就在生产队放羊。"又问起其他人。梅朵说韩朴是跟桑杰阿爸一起出来的，看了两个月大门，现在又恢复成设计研究院的工程师啦，上个月还来家里打听父亲的消息。韩朴说梁辉又回到了师院附中，还是校长，周莉老师也回到了原单位，好像是报纸的编辑，他们那个叫梁仁青的女孩在附中读书。哈风老师调到北京去啦，他来青海以前就是清华大学的老师。李志强李教务长不仅恢复了工作，还升了，是省政府的正秘书长。父亲说:"这个我知道,你桑杰阿爸、韩朴和我能提前出来,就是靠了他。"梅朵问:"别的人呢,砖瓦厂的头、水泥厂的头、建筑工程队的头、沁多县小卖部的主任顿珠?""亏你还惦记着他们,早就出来了吧? 我是罪魁祸首,我都出来啦。"吃了饭,父亲问:"你不上班可以?"梅朵说:"我们现在排练和演出很少,好像大家都不看节目啦。我待会儿去叫央金,市歌舞团还行,还在深入工厂农村。"父亲在西宁的家里就待了一天。这一天他刮了胡子,洗了澡,换了衣服,又去设计院看了看韩朴,和姥爷、姥姥、央金、梅朵说了许多话,晚上只睡了一会儿,就早早地去了长途车站。梅朵送父亲到车站,给父亲买了票,又拿出十块钱,硬是塞给了父亲。父亲坐着最早的一班长途客车,忧心如焚地回到沁多县去了。

　　沁多县还是老样子,只是骑着马来来去去的牧人好像多了些。父亲来到医院的宿舍自家的门前,看到门还锁着,就下意识地摸了摸口袋。锁还是原来的,钥匙却不知丢到哪里去了。他找来一块石头,砰砰砰地砸锁,引出了隔壁的宋医生:"强巴校长?"父亲扔掉石头,取下锁,黑着脸问:"有你们苗院长的消息吗?"宋医生说:"我正想问你呢。"父亲进屋,随便看了看,就出去了。他来到县委,说要见见由县长升任书记的旦增。办公室的人请示了旦增后说:"你的事不归县委管,你应该拿着释放证明去派出所报到。"父亲立刻明白,以自己现在的身份,是不能走进这座楼的。他退出来,去了派出所。所长说:"你肯定是被冤枉的,要不然不可能提前六年释放。"父亲点点头:"我现在该怎么办?""待着呗,不要去远地方,非要离开县城的话,得提前给我们打招呼。""我现在就打招呼,我要去找我的爱人——医院的苗院长。"所长说:"这个我们得请示上级。"在等待请示结果的两天里,父亲去了医院,见过了现任院长马秋枫。马秋枫说:"苗院长一点消息都没有,我晚上一做噩梦就会想到她,是不是人已经……我是个做医生的,容易往那方面想。"父亲凄然一笑,转身出来了。走回宿舍的路上,他遇见了原来的小卖部主任顿珠,赶紧弯下腰来:"对不起,连累了你,你是无辜的,什么也没做。""我听说你回来啦，憋了一肚子火想朝你撒，但一见你又撒不出来啦。我关了半年，你关了两年，比我可怜多啦，老婆找见了没？"父亲摇头："你呢，现在干什么？""公家人是做不成啦，别的本事也没有，就会开小卖部，我现在还是主任，自己给自己当。""这么说现在县上有两个小卖部啦？""一个是县小卖部，一个是顿珠小卖部。""有事做就好，不过你自己开小卖部，公家能允许？""我也天天想这事，好像即使不允许，也不全于犯法吧？我问过派出所，他们说你先悄悄开着，别声张，让你关你就关。有一次我在县委门口碰到旦增书记，问他私人做买卖的事，他说现在的方针是'不支持，不参与，不过问'。"父亲问："公家要是不支持，你的货从哪里来？""还是老渠道，从省商业公司批发，不过现在不用介绍信啦，也不问你是公家还是私人，拿钱就行。"父亲若有所思："是这样啊？那也得有本钱。""说对啦，草原只长草不长钱，我也只能开个小卖部。"父亲说："草原不长钱吗？那牛羊肉是什么？只有牛羊肉能不断地消耗掉，也能不断地生出来。""你是说贩牛羊肉啊？这个可不敢。"

父亲离开县上时，并没有等来任何请示结果，但他已经等不及了，去顿珠小卖部用梅朵给的钱买了些吃的，穿上自己最厚的衣服，端着一根坚硬的枣木棍，裤带上吊着一把七寸藏刀，走向了沁多草原。草原黄一块白一块，厚厚的旧雪上，被阳光穿出的小窟窿就像铺了一张偌大的筛子，天上零星而懒散地飘着雪花，似乎都会准确无误地落入那些小窟窿，眼看着积雪又变得光滑而匀称了。孤独的雪野跋涉让父亲有些害怕，他的眼光一刻也没有离开过那些突然冒出来的动物，有鹿，有藏野驴，有藏羚羊，也有狼群。狼群一直跟踪着他，看着他走向有人居住的地方，住一夜，再走向新的人居之地。父亲在向所有遇到的牧人打听：角巴家的帐房在哪里？狼群跟了三天，父亲跋涉了三天，距离越来越近，只差二十多米了，都能听到狼群呵呵呵的喘息声。帐房，帐房，好不容易看到的帐房似乎就在前面，却又是遥不可及的，背风的山麓下，不断增厚的雪让他每走一步都得停一下。他估摸至少还得走一个小时，而一个小时对狼群来说足够用来袭击并吃掉一个人。他杵着棍子，拔出了藏刀，回头看着分散开的狼群，突然坐下了，数了数，大大小小二十多只，叹口气说："你们能不能不吃我？我是一个好人。"好像狼群是听话的，也跟他一样停下来，卧的卧，站的站，没有龇牙龇鼻的举动，也没有扑跳发生。安静的来临就像雪原本身，眼睛与眼睛的观察和对峙中，父亲又说了许多求情的话，狼群居然退了，而且很快，那只始终处在中间的壮狼一声嗥叫，撒腿就跑，所有的狼都跟着跑起来。父亲正在纳闷，就听一声沉重的吼声从身后传来，是藏獒梅朵黑的声音，接着又是日朵的嘶鸣，是角巴的喊叫："强巴啦。"父亲后来说，三天中狼群吃掉他的机会太多啦，但想象中的危险并没有发生，该来的恐惧始终没有到来。也许他并不是等来了救援，也许狼群根本就不想吃掉他，而是在护送他，因为只要它们跟着，别的狼群或者雪豹就不会再有企图了。

在角巴家的帐房里，穿着藏袍的米玛端上了酥油茶和糌粑。父亲狼吞虎咽地吃着，问道："有肉吗？"米玛赶紧给他拿肉，有风干肉，也有煮熟的肉。父亲吃惊地说："真的有肉？"角巴赶紧解释，本来他是跟着米玛吃素的，隔一段时间就会去州上买些米面和萝卜白菜洋芋回来，后来米玛看他一提到肉就流口水，就说干脆我随你吧。她开始试着吃肉，吃了就吐，吐了一个月，渐渐就不吐啦，现在她虽然还是以素食为主，但不忌讳他吃肉，自己每天也会吃一点。父亲点点头，倏一下把手伸向了肉。角巴说："你怎么在这个季节乱跑，也不借匹马？""一回到县上我就待不住啦。""怪我怪我，我和日朵去县上等着你就好啦。"父亲用牙齿撕扯着羊肋巴说："你怎么等？又不知道我什么时候出来。"角巴问："你能猜到才让的阿妈去了哪里吧？"父亲点点头。角巴说："知道狼舌头是暖胃的，你也不能去狼嘴里咬舌头。其实当初想抓她的那些人也能猜到，但就是不敢派人去找。我也去过，也不敢走进去，就在生别离山口扎起帐房等着。米玛说你不去我去。我说那就把日朵骑上，见到了就把她带出来，草原这么大，躲藏的地方我给她找。但是才让的阿妈不出来，米玛怎么劝都没用，说是在里头给病人看病，做些自己想做的事就很知足啦，虽然是逼的，虽然见不到亲人回不了家让她难过得经常淌眼泪。她让米玛给我带话，看能不能给些糌粑，那里的人已经很多年吃不到糌粑啦。这么着我们也就死心啦，从生别离山口搬到了这里，主要的事就是用牛羊换糌粑，家里的自留畜都换没啦，偷着用生产队的羊换，说是狼吃掉啦。县上就派人去打狼，狼是冤枉的，就像我，像你和才让的阿妈。我和米玛过一段时间就会送一些糌粑过去，每次都是我在山口等着，米玛进去送。"父亲想说声谢谢，觉得说出来有些别扭，就把话咽了下去，又问："家里的其他人呢？""我们是分开住的，离这里不远。"父亲没有再追问，他知道这一定是米玛的主意，她不想给别人带去不安，也不愿自己因为常进生别离山而遭受嫌弃。角巴说："真是吹大的羊肺肺非瘪不可，老才让调走了你知道不？"父亲淡漠地哦了一声："我听说王石从西宁回来主持工作，不知道他身体怎么样？""我是不是应该去看看他？""你怎么去？我可是来借马的。""什么借不借的，日尕本来就是你的，家里还有马。"米玛过来在父亲的碗里添满酥油茶。父亲喝着，止不住打起了哈欠。角巴往炉灶里添了些干牛粪说："睡吧睡吧，看你熬得眼睛都要淌血啦。"

一觉醒来，吃了米玛端来的糌粑糊糊，父亲就要走了，说他想去看看桑杰和家里的其他人。角巴说："我跟你一起去。"然后叮嘱梅朵黑，"好好守着，米玛走到哪里你跟到哪里，我要出去几天。"梅朵黑叫着，表示听明白了主人的话。米玛说："你放心去吧，这里什么都有，桑杰也会隔三差五过来看看。"两个人牵着日尕，朝着一座覆雪的高冈走去，翻过高冈，走进一条宽敞的沟谷，就看到了一顶长方形的大帐房。当周吼叫着奔跑过来。父亲朝它扬扬手，它朝父亲扑来，看到父亲猛然一蹲，便从头上凌空而过，又转过身来，把前爪摁在了父亲身上。父亲抓着它的前爪，让它站起来，挠挠它的头毛，揪揪他披纷而下的鬣毛："扎西德勒。"当周舔了一下父亲的脸，又朝角巴吼一声，算是问候，然后扑向了日尕，日尕玩笑似的身子一摆，尥起了蹶子。当周转身就跑，轰轰轰叫着报信去了。

桑杰走出帐房，望了望这边，快步走来。父亲迎过去说："桑杰啦，对不起啦，你好着吧？"桑杰悲伤地哭起来："好着呢，好着呢，你呢，也好着吧？""我能来看你，就说明好着呢。"普赤跑过来，鞠着躬说："强巴叔叔啦，扎西德勒。"父亲问："普赤你好，你没去上学吗？""放假啦。""哦，对啦，该放假啦。"父亲说着突然意识到他已经对学校十分淡漠了，坐牢时，出来后，居然很少想到它。学校是他呕心沥血的结果，是他用自己的全部智慧凝结成的草原的未来，是无数个焦虑、郁闷、展望、欢喜的夜晚之后抬头看到的一片曙红，也是他自己的印证——他活过，做过，失败过，也成功过。但是现在他已经把它丢开了，一丝丝沾沾自喜的感觉也没有了。他用一种超然而异陌的口吻问道："你现在上高中了吧？毕业后想干什么？"普赤说："我要去西宁，像央金姑姑和梅朵姐姐那样。"父亲说："要去西宁就得好好学习。""噢呀。"说着，他们走进了帐房。正在炉灶前忙活的卓玛回过身来，朝角巴和父亲弯了弯腰："扎西德勒。"父亲问："尼玛和旺姆呢？"卓玛说："放牧去啦。"父亲说："这样的天气还能出去？"普赤说："阿爸说不去的话消息听不上。""什么消息？"角巴说："这个传那个传，说是要把牲畜和草原分给牧人。我说索南是公社主任，连主任都不知道的事，你们急什么？"父亲说："学校有电话，索南可以直接打电话问问县里的旦增书记，还可以问问西宁的人，看报纸上有没有这样的消息，没有的话可不敢乱说。"父亲和角巴在桑杰这里坐了一会儿，喝了些酥油茶，就出发朝生别离山走去。父亲骑着日尕，角巴骑上了家里的大黑马。

母亲病倒了。一进入生别离山，她就感觉到了身体的不适，两腿困疼，浑身疲软，头晕脑涨。作为医生她知道这是为什么，疲惫加上紧张，免疫力严重下降，汗一出，风一吹，生病是必然的。她牵着原本属于角巴的枣红马，走进医疗所的铁栅栏门，马都没来得及拴，就扑向治疗部有床的地方。她吃了药，躺下就睡，以为过两天就会好，结果越来越严重，开始发高烧，一会儿冷得发抖，一会儿热得发烫，摆子打得就像忽上忽下的秋千，还拉肚子，吃药不管用，很快脱水了。她知道拉肚子是因为她一直在喝生水，医疗所还没有开张，既没有火也没有锅，去哪里烧开水？忍着，只能忍着，加大药量对付发烧和泻肚。渐渐地，泻肚似乎止住了，她昏然睡去，一睡就是一个星期。醒来的原因是饥饿，她浑身无力地爬下床，在帆布口袋里找食物，什么也没找到，才想起还没进入生别离山，东西就已经吃完了。她扶着墙壁，颤颤巍巍往外走，一打开门，就被一根柔软的棍棒打翻在地，是阳光，阳光似乎瞬间驱散了她身上的寒气，也驱散了她仅存的力气。她瘫坐在门口的阳光里，很久才抬起头，看到枣红马正在院子里吃草，一堵半人高的牛粪墙照壁似的挡在院子中间，墙前有泥砌的火炉，炉口坐着一口陶锅，木头锅盖的缝隙里冒着热气。炉台上放着一只有豁牙的瓷碗和一把木勺。她起身，跌跌撞撞过去，掀开锅盖，一股肉汤的香味扑鼻而来。她吃起来喝起来，不顾冷烫地吃了一碗，才觉得有些蹊跷：谁在这里盘锅垒灶？猛地抬起头，看到栅栏墙的外面，阳光的斜射中，黑压压立着一些人。她明白了，是他们在献吃献喝，是麻风病人在欢迎一个一直关注着他们并企图治疗麻风病的医生，尽管他们并不相信自己的病可以治好，是扎西头人的新营地在揣摩这个外来的人跟他们的距离到底有多远。母亲走了过去，麻风病人纷纷朝后退去。母亲说："别走啊，我们是见过面的，扎西头人请过来说话。"扎西头人和所有麻风病人都没有过来。母亲想追上去，但身体虚弱，只能扶着铁栅栏门，歪起身子瞭望。那些人很快消失了，消失在平阔如毯的洼地深处流淌着蓝色阳光的地方。

麻风病人总是偷偷地来，在夜深人静时把牛奶和肉食放在炉台上。母亲想客气一下都没有可能，因为他们不让母亲看到自己。她的身体渐渐恢复着，感觉有点力气了，可以随便行动了，便带了些食物，骑马走向了生别离山口。原路返回的路上她走得很慢，有时甚至会在牧人的帐房里住上两天，尤其是靠近县城时，她拉着枣红马迟疑了许久才走过去。她直接去了邮电局，从那里拨通了索爱的电话。索爱惊讶地说："你怎么出来啦？赶紧回去，他们还在找你。"又说了"强巴案"的详细情况，所有涉案人的判刑以及强巴的八年，"抓住你的话至少也得判六年"。凄厉的风吹过眼前的世界，冬天的寒冷夏天就来了，所有的都在发抖。她心说怪不得她忘了把两个药箱带回来，忘了把帆布口袋和里面的衣服带回来，不，不，不是忘了，是预感左右了她的思路，她早就知道自己已经回不来了。母亲扭身就走，骑着马飞快地离开了县城，悲伤地寻思：我在生别离山至少要待到强巴出来，我待在里面干什么？万一我也成了一个麻风病人怎么办？强巴这时候在哪里？远在西宁的家里人会怎么想？一个大活人，就这样生死不明了。泪是止不住的，几天后回到生别离山医疗所，又开始接受麻风病人不显踪影的关照时，母亲的哭泣成了她唯一可以信赖的伴侣。哭声里她想到了死，也许是天意吧，让她必须死在雪山的照耀里，死在茫茫大草原一个令人心生恐惧的地方、一个鲜为人知的医疗所。既然如此，那就不应该再有一星半点的犹豫了，向死而生的人还有什么可怕的？是的，她不再犹豫了，当她擦掉眼泪决然走向麻风病人的时候，她是那样地义无反顾。

她先来到洼地里帐房聚集的地方，用汉话喊着："我来啦，我来啦，有吃的吗？"最先从帐房钻出来的是扎西头人，他很奇怪：送去了足够的食物，她怎么还要吃的？母亲问："你们这里谁会汉话？"扎西说："我会一点点。"母亲就跟他说吃的，才发现岂止一点点，她希望他说的他差不多都能说。"我知道你们好长时间吃不到糌粑啦，那么还有别的吗？除了肉和奶。"扎西说："没有啦，再没有别的啦。"母亲说："这个样子是不行的，尽管能吃饱，但仍然是营养极度缺乏。"又拿出一沓处方纸和一支笔来，从扎西开始询问：姓名、年龄、性别、发现病状的日子、疾病延续的历史、目前的状态以及婚姻、家庭、亲友、生活能力、生育能力等等。她想给所有的病人建立档案。问完了扎西又问别人，扎西自然成了翻译。就这样开始了，生别离山医疗所的工作在一个没有太阳的日子里迈出了第一步：我要知道你们一个个都是什么样的麻风病人。新营地七十二个人，建立七十二份档案，母亲花了半个月。然后便央求扎西带着她，走向了洼地那边孤起的雪山，扇形的山麓下是被麻风病纠缠已久的老营地。母亲吃惊地发现，年龄最大的麻风病人仓木决已经六十八岁了，他二十岁得病，三十岁时掉了鼻子，三十五岁时掉了一只手，然后就开始干枯结疤，其他地方再也没有溃烂过。扎西说"仓木决"是终止的意思，叫着叫着病就终止啦。一个可以终止病情的人自然是吉祥的，所以仓木决就成了老营地的头人。仓木决说起老营地的历史，举起那只完好无损的手，伸出五个指头翻转了好几下。扎西说："他说老营地的存在已经一千多年啦。"母亲问："他怎么知道？"扎西问了以后指着不远处一个隆起的巨大草丘说："当年第三十代吐蕃藏王仲念德日得了麻风病，让人在雅砻河谷的营地琼吉祥达修建起墓地，他在墓穴中度过了余生。多少年后又有一个藏王的儿子得了麻风病，就送到了这里，过一种与世隔绝的生活，王子墓可以证明。后来便成了习惯，只要发现麻风病人就都往这里送。"母亲问："那是不是说，营地这个名字，借用了藏王度过余生的地方？"扎西一连说了好几个"噢呀"。母亲走向牧草茂盛的王子墓，内心的苍茫几乎要淹没山原的苍茫，苍茫的历史，苍茫的麻风病，有多少代多少人被这种怪异的病折磨而死，或者生不如死。再看看仓木决身后那些形态各异的人，心说一千多年里难道就没有人想过应该治好这种病吗？她来到那些人跟前，借着扎西的翻译，粗略地问了问，一种说不出的感觉让她沉默良久：所有的时间里，生别离山里的病人都是自生自灭，有得了病不久就死去的，有像仓木决一样带病活了很久的，也有从小生活在老营地却没有得病的。母亲意识到有许多问题她必须搞清楚：为什么仓木决在得病之后，又活了四十八年，并且还将不落人后地继续活下去？扎西说："雪山大地保佑。"仓木决说："念诵祈福真言不断，保佑就会不断。"母亲眼睛一晃便忽略了他们的回答，又问：除了肉和奶，你们还吃什么？除了河里的水你们还喝什么？除了放牧牛羊你们还做什么？除了麻风病你们还得过什么病？除了我这个医生你们还见过哪个医生？除了单身病患还有没有家庭病患？除了两世同堂还有没有三世四世同堂？很快就问累了，母亲默然离开，第二天又来了。这样来来去去重复了许多次之后，她问了所有想问的问题，得到了所有满意或不满意的回答，同时给老营地的一百八十三个人包括十二个健康人建立了档案。最大的收获是，她的藏语水平突飞猛进。一开始接触病人她就意识到，不能时时刻刻拉着扎西做翻译，她必须学会藏语，否则很难一直走下去。她把跟病人的谈话当成了学习语言的机会，不断地重复询问，渐渐地，她学会了，不需要扎西就可以想说什么说什么了。

草籽丰盈、微黄盖地的秋末时节，母亲把新老营地的病人分成了两部分，一部分是健康的和基本健康的，包括有病但创面已经干枯和结疤的，一部分是病状持续和病情正在恶化的。她说服了扎西和仓木决两个头人，两个头人又说服了营地的人，冬天来临时，所有病状持续和病情恶化的人都不再劳作，住进了医疗所的住院部。这里至少是温暖的，吃进去的食物可以转化成热量再转化成抵抗力，而不至于被寒风冷雪全部消耗掉。母亲认为对环境的抵抗力也应该是对麻风病菌的免疫力。她拿出药箱里的抗菌素，开始试着注射，又拿出维C、维B分给病人吃，天天期待着好转，观察脓烂和溃疡，居然有了惊喜，半个月当中所有病人的病情都出现收敛，尤其是斑疹和肿块，已经有了减少和缩小的迹象。但很快，惊喜消散了，大部分病人的溃疡又出现溃堤似的浸润。母亲没有停药，直到把两个药箱的药全部用完，得出的结论是：对百分之八十的患者现有的抗菌素都没有效果，只有少数病患会有敛水干结的反应。她安慰自己：这也是不错的，能治一个算一个。更大的沮丧应该是，医疗所已经不可能再有医疗，连治感冒的退烧片也一粒不剩了。

母亲每天望着那些亟待医治的病人而无能为力，可又不能把自己的无力和无奈传染给别人，进进出出还得微笑，还得说些轻松愉快的话，什么都没干，却显得疲惫不堪，好像她才是真正的病人。终于有一天她不再假装了，用一整天的独处和静坐宣告了她的失败。她怀疑自己的存在并毫不隐晦地告诉他们：药已经用完，我没有任何办法，你们爱去哪里去哪里。然而住院部的病人哪里都不想去，就想继续待着，毕竟冬天了，大雪纷飞，比起四面透风的帐房，牛粪火烘烤的房子温暖如春。接着就是藏历新年，住院部的病人，联合新老营地的所有人，来到医疗所的院子里，举办了篝火晚会。牛粪火燃烧起来，人们的情绪燃烧起来，烧没了过往的悲伤、恐惧、痛苦、死灭的感觉，烧没了对未来的担忧、对人生的诅咒，只有对新年的祝福与当下的快乐，只有歌唱、跳舞、互相的问候以及面向天空的呼喊："扎西德勒，扎西德勒。""卡卓洛淘，卡卓洛淘。""拉加啰，拉加啰。"母亲受到隆重的邀请，他们给她戴上洁白的哈达，围绕着她，把最潇洒的舞蹈和最美的歌声献给了她。母亲潸然泪下：原来他们并没有放弃生活，并没有被苦难打倒，并不是从此就消失了快乐与期待——至少他们还会盼望下一个新年的到来，然后纵情歌唱和疯狂跳舞。数百年甚至上千年这里的麻风病人似乎都这样。而她，一个医生、一个健康人，竟不如这些疾病缠身的人更加乐观。母亲擦着眼泪唱起来跳起来。她把自己的歌声混同在大合唱里，把身影消失在集体舞中，轰轰轰的跺脚声、哗哗哗的摆动声、响彻云霄的男人和女人的合唱声：

> 我是阿尼玛卿雪山的尖顶，
> 太阳给我戴上闪耀的金冠；
> 我是满天星星最亮的一颗，
> 黑夜给我穿上宝石的衣裳；
> 我是草原母亲健壮的孩子，
> 糌粑在眼前耸起一座座山；
> 我是雪水河滩的一泓温泉，
> 洗走了所有的所有的忧伤。

2

新年还没有结束，母亲就骑着枣红马，再一次走向老营地，重新访问十二个健康人，想破解那个一直萦绕在心的谜：他们多数是有家庭的，跟麻风病人吃住在一起，麻风病菌怎么就绕开了他们？冬天，有雪，他们不出牧，就待在自家的帐房里，烤火，喝茶，抽烟。十二个健康人只要不睡觉，就都在喝茶和抽烟。母亲每见一个，就都要瞧瞧他们的茶碗，家里都很穷，连牛奶都喝不起啦，满碗都是黑汪汪的茶。在一个高个子中年人面前，母亲忍不住问："没有酥油茶你受得了吗？""受不了也得受啦，酥油茶的味道已经忘记啦。""可是哪来的茶叶呢？你们根本就没有机会出去。""生别离山里有王子茶。""不会吧，这么高寒的地方怎么会长茶？"高个子从一个羊皮口袋里抓出一把晒干的茶给她看，像茶又不似茶。她拿了一点闻闻，又尝尝，苦得舌头都麻木了，呸呸地吐了出来。以后的几天，母亲又走访了包括扎西头人和仓木决头人在内的所有疑似痊愈者，发现他们只要坐在火炉旁，也都在喝茶和抽烟。她问："你抽的烟是哪来的？"仓木决解开一个羊皮口袋给她看："生别离山里有烟叶。"她抓出来一点看看："这不就是你们喝的茶叶吗？"尝了尝，又一次苦麻了她的舌头，却没有吐出来，而是一直嚼着。再看对方的茶碗，也是半碗黑汪汪的苦茶："你是头人，怎么连你都喝不上酥油茶？"仓木决说："我已经习惯喝这种茶啦。"母亲说："没有酥油，也可以放点奶子嘛。""放了奶子味道反而不好。""就是说你不是没有奶子，而是不愿意放奶子？""噢呀。"他打开木桶上的皮盖子让她看，里面是白花花的半桶牛奶。母亲的调查转向了喝茶和抽烟，发现新营地和老营地的人都在喝这种自制的茶，也都会把茶叶当烟抽，不同的是，有人天天顿顿喝，基本不喝酥油茶或者奶茶；有人岔开了喝，解渴时喝苦茶，吃饭时喝酥油茶；有人冬天牦母牛枯奶时节喝苦茶，夏天旺奶时节喝酥油茶；有人则以酥油茶为主，苦茶只是星星点点地喝。令人振奋的调查结果出来了：十二个健康人和所有创面干枯和结疤的疑似痊愈者，都是长年累月喝苦茶，喝了至少二十年的人。"王子茶长在什么地方，能带我去看看吗？"

仓木决先带她来到王子墓那个巨大的草丘上，扒开积雪说："看啊这就是。"草茎半拃，叶子细长，一株多茎，一茎多叶，虽然色泽枯黄，叶片却是完整的。母亲采挖了好几株，放进了衣袋。又问：

"哪里还有？"仓木决带她往前走。孤起的雪山脚下，一道葫芦形的平谷赫然在目，葫芦里布满了覆雪的高丘，积雪下面，牛毛草的包围中，到处都是王子茶。仓木决说："这种草太苦，牲畜是不吃的。""枯黄的草也能喝吗？""噢呀，苦味道还是有的。"母亲决定，从现在开始，鼓励所有的人包括健康的人多喝王子茶。而她就要离去了，当然是暂时的，她告诉病人们，她一定会回来。她骑着枣红马走出了生别离山口，想去县上时又拐道去了州上：与其冒着被认出的风险去县邮电局给索爱院长打电话，不如直接去找他。她虽然去过州上，但见过的人毕竟少而又少。她向牧人打听从这里去州上的路，然后快马加鞭，在遇到的帐房里借宿了三个夜晚后走进了州府的街道。

母亲奔向了州邮电局，对着电话说："我来了，我必须见到你。"索爱院长紧张地说："千万别来医院，我去找你。"见面的地点在州府街头的草原上，太阳就在头顶，低俯的云翳朝山那边滚去，积雪的反光带着风的节奏哗哗地闪动，刺得她眼睛又酸又痛。她不停地用手绢擦着眼泪，从衣袋里拿出王子茶说："你是藏医，看看这是什么草，治什么病？"索爱接过去看了看，摇摇头："没见过。"又尝了尝说，"这么苦？还有点辣，一定是带毒的。"她说起自己的想法，这种生长在生别离山里的植物很可能对麻风病菌有抑制作用，就是不知道药名、药性和毒副作用。索爱说："我找人问问，阿尼玛卿草原的藏医数阿尼琼贡的最厉害。"母亲说："要快，越快越好。""为什么？""想想病人的痛苦就知道啦。"又说她想知道传统藏医对麻风病有没有预防和治疗的办法，什么藏药有消炎、抗菌、活血、生肌和强壮身体的作用？有的话请给一些。索爱说："有合成的甘露散，恐怕不起作用。""拿来吧，配上王子茶看看。"另外她还需要青霉素、链霉素、红霉素、四环素等所有种类的抗菌素，需要用以辅助治疗的各种维生素片，需要从改善麻风病人的食物结构入手，增强他们的免疫力，具体地说要有糌粑、面粉和大豆，有蔬菜和水果，有各类维生素的合理摄入。索爱说："你说的食物需要大量供应，我没有办法，药我现在就去给你拿。"说着拉马就走。母亲叮嘱道："多多益善。""知道啦。""对啦，还需要一些处方纸和油笔。"两个小时后，索爱院长牵马回来，鞍鞯两边吊着两个鼓鼓囊囊的大手提包。母亲接过缰绳就要启程。索爱院长从腰里摘下一个布兜："拿着，吃的。"又问道，"想不想见见你儿子，想的话我现在就去叫他。"显然母亲已经想过这事，断然说："不见，你也不用告诉他。"索爱说："也好，汲取'强巴案'的教训，不要一个串一个。""但你我是非串联不可啦。"索爱苦笑一声："这都是命里的事，我也就认啦。想想你和强巴，还不都是为了藏族人。你要保重，和病人接触一定要小心。""知道，我走啦。""布兜里有水壶，酥油茶是热的，你赶紧喝。"母亲说："噢呀，谢谢。"

生别离山医疗所的治疗又开始了，母亲从健康人中挑了两名年轻点的做助手，每天都会定点定量把药送到病人跟前。病人的用药不一样，有的用甘露散和王子茶，有的用青霉素，有的用链霉素，有的用红霉素或四环素，有的则是联合用药。都在实验阶段，母亲给每个人都做了详细的观察记录。过了几个月，她又去了一趟州上，用老办法再次见到索爱院长，补充了一些药，还得到了几页珍贵的资料。索爱说他去省上开基层医院先进代表会，认识了一个兰州麻风病研究所的人，资料是托他寄来的，显示了国外治疗麻风病的情况以及兰麻所对麻风病病理的分析。母亲追问王子茶的事。索爱说他找了两个原属阿尼琼贡的曼巴，都说不认识。母亲回到生别离山的第二天，就见到了来看她的米玛。米玛说我是角巴的妻子，我来带你离开这里。母亲知道角巴完全有办法给她找一个新的藏身之地，安全而舒适，也不必为这么多病人操心，更不用担忧自己被传染上恶疾，但她拒绝了，她跟父亲一样，生来不是为了安全和舒适活着。她是那种天生的医生，骨子里带着慈悲，血液里流着济世，一见病人心里就痒痒，就想扑过去施展医术，尽管她知道自己的能力非常有限且有些医术迄今并没有被发现。但米玛的到来还是让她惊喜万分，她相信糌粑能增强人的免疫力，也相信角巴和米玛一定会让生别离山里的病人重新尝到糌粑的滋味。可亲可敬的角巴是个为信任而活着的人，不久医疗所就有了独特的糌粑疗法，把碾成粉末的维生素和甘露散混在糌粑里，发给病人，每人每天二两。

又有一天，从山口那边骑马走来一个戴眼镜的人，他说他是阿尼琼贡的藏医，人称"眼镜曼巴"，是强巴校长的好朋友，来看看强巴的女人苗医生。母亲紧张地问："谁告诉你我在这里？"眼镜曼巴说："索爱院长要是不说你在这里，我就不会来啦。生别离山口是谁敢进的？就你，下来是我。我再不进来藏族人的脸面、曼巴的脸面就没地方放啦，就算进来是人，出去是鬼，也比不进来就抹下人脸变成鬼强一些。"他看到了无比美丽的雪山、草原、河流，看到了拔地而起的医疗所，看到了那么多住院的病人，连连说着"啊啧啧"，惊讶得都把眼睛翻上了脑门：事情干得这么大，外面的人居然不知道。然后他也让母亲有了惊讶，他说他不走啦，要和母亲一起治疗麻风病啦。他拿出一些藏药作为见面礼，有龙魔金刚杵、唐古特大黄、梵天诃子、瑞香狼毒、黑白苾苕、双歧繁缕、手掌盘龙、冬虫夏草、沙鸥罂粟、银粉背蕨、玉毛得金、雪莲花、黑秦艽、羌宝草、铁棒锤、马缨子、天竺黄、丁子香、豆蔻果、风毛菊、碧凤石、绿松石、蓝宝石、五灵脂、龙胆籽、委陵菜、金露梅、仙鹤草、藏红花、牡鹿血、犀牛皮、赤芍、熊果、商陆、乌头、珍珠、珊瑚、贝壳、金粉、银粉、红铜等等。他一一指给母亲看，最后拿出王子茶说："是你交给索爱院长的吧？我从来没见过，煮着喝了几口，像是有毒，却没有不舒服的感觉。有的毒就是毒坏人不毒好人的，不信你试试，肯定也不毒你。""是不是也可以理解为毒病不毒人？""以毒攻毒的藏药很多都是这个样子的。"母亲问："这些药都是治麻风病的？""没有一样能治，但配起来就不一定啦。我试着配一配，慢慢看有没有效果。"眼镜曼巴的到来标志着生别离山医疗所西医和藏医联合治疗麻风病的开始，效果渐渐明显了，但接着反复又出现了，浸润和反浸润、弥漫和反弥漫、溃疡和脓烂走向干枯和结疤的道路艰难而曲折，所有的努力都是为了肉芽和皮肤的再生，希望和绝望同时出现在畸形和残废仍在持续的过程里，时间在祈祷恢复、信仰健康的虔诚中慢慢划动。母亲说："显然我们已经找到了一种治疗的办法，但这种办法远远不够，肯定还有更好的办法，如果我们找不到，病人对医生的信任就会渐渐失去。"她又要出去了，想去一个更远的她寄予最大希望的地方。她说："眼镜曼巴啦，你好好守在这里，我这次出去可能得一个月。""去吧去吧，我听说汉地也有这种病，而所有的事都是汉地比藏地先进。"

母亲先骑马来到州上，把索爱院长约出来说："你说你认识一个兰麻所的人，能不能写信介绍一下，我要去找他。""那么远，你怎么去？""可不可以从你这里借些买车票的钱？"索爱看看天色说："我现在还要去上班，六点钟医院下班以后你来找我。"她在背静处磨蹭到天黑才拉马走向医院。等在门口的索爱带她来到一间无人的病房，给了她半口袋酥油糌粑、一百块钱、一封信和一张车票："明天一早你自己走，我就不来送你啦。最早一班发往西宁的长途客车七点开动，千万不能耽误。"母亲叮嘱道："麻烦你关照一下枣红马，它喜欢喝水。""放心好啦，我是个藏族人，知道怎么养马。"

三天后母亲到达了西宁。和这座高原古城一起来到的还有犹豫：到底去不去呢——家里，家里？姥爷姥姥、梅朵和琼吉，还有央金，面影亲切到就像阳光下的融化，就像最适宜的温度、最柔美的风，就像眼泪本身，一想起来就止不住夺眶而出。可是悲伤的水已经深沉已经平静，掀起波浪的冲动只会让创痛决堤然后一泻千里。她实在不想以一个逃亡者的身份出现在亲人面前，然后一顿哭泣，再去逃亡，那会受不了的，亲人受不了，她也受不了。绝望的见面、凄惨的分手，又有什么可期待的？更何况还有被发现被告密的危险，还有把亲人陷入罪错的可能——一经发现，她就只能自首，隐瞒和包庇将会让残缺的家庭更加残缺。母亲从长途客车停靠的汽车站直奔火车站，像一阵风、一个幽灵，从亲爱的人、温暖的家的身旁轻轻划过，没留下一丝痕迹和一滴惊扰。她买了票，在候车室过了一夜，又带着希望奔兰州而去。

母亲没想到索爱认识的那个人不在兰州，麻风病研究所拒绝接待她，因为她没有单位介绍信，差不多是个盲流。她沮丧得在门口坐了一个小时，才想起应该问问那个人去了哪里，得到的回答是：甘南夏河医院。"他什么时候回来?""不知道。""他去干什么了?""还能干什么?你看看我们的牌子。"这就是说他是出差,是为了麻风病。母亲又打听甘南夏河医院怎么去,然后来到了兰州长途客运站。还不错,赶上了一辆连夜上路的车,她可以在路上睡觉,不必再花住宿的钱啦。又是一夜一天的路程,吃着索爱给她的酥油糌粑,喝着用自带的陶瓷茶缸从路边人家要来的开水,母亲就像个讨饭的。有人甚至问她:"讨饭的还坐车?"她说:"讨饭的怎么就不能坐车啦?"那人说:"你去夏河医院就对啦,诺布曼巴会把病人送给他的食物舍散给大家。""除了诺布曼巴和讨饭的,那儿还有什么?""麻风病人,诺布曼巴是治疗麻风病的神医。"母亲不再说话,兴奋地想:见不到她要找的人,能见到这个诺布曼巴也算不虚此行。客车于傍晚到达,晚霞照耀的夏河医院就像一片燃烧的火焰,在呼啸的大风中猎猎起舞。母亲走向路人,问他们哪里有麻风病人,找到了麻风病人,又向他们打听诺布曼巴。显然甘南夏河医院是母亲的福地,她在天黑之前不仅找到了诺布曼巴,也见到了索爱院长认识的那个人,他们两个正好在一起。那人看了索爱的信后说:"我叫赵冰,听索爱院长说起过你,一个女医生能这么做真不容易,先住下吧。""我身上没钱,住不起旅馆。""那就住在医院,让诺布曼巴给你找地方。"

空空荡荡的夏河医院到处是可以住人的房舍。母亲一待就是半个月,天天跟在诺布曼巴后面问这问那,学他如何问诊,如何配药,如何治疗。诺布曼巴休息时,她就跟赵冰聊天。赵冰是兰麻所派来做调查的:都说诺布曼巴是神医,到底神在哪里?用的是什么药?有没有已经治好的病人?治到什么程度才算治好?麻风病人的数量及其现状等等。有一天诺布曼巴突然说:"你该回去啦,回到需要你的地方去。"母亲说:"老师啦,虽然你教导了很多,但我仍然不知道回去后该怎么做。"诺布曼巴从一个紫檀木的匣子里拿出一沓经纸说:"数一数这是几张。"她数了,是八张。诺布曼巴说:"我给了你八个配方,你好好看看。"母亲看起来,将信将疑:好像都是一般的草药,没有什么特殊的,能行?诺布曼巴说:"这八个配方要是治不好,那就是雪山大地不保佑。"赵冰看她有些疑惑，便说："符合我调查的结果，诺布曼巴用的就是这些药。"

赵冰和母亲一起告别了诺布曼巴。回到兰州后，他带她去了兰麻所，介绍了一些情况，送给她很多资料，又请她吃饭，安排她在一家小旅馆住了一宿，然后给她买了票，送她上了火车。母亲心情复杂地来到了西宁，又一次跟她的家、她的亲人擦肩而过。几天后回到州上，她在邮电局下班之前扑向电话，叫出索爱院长在老地方见面。"你必须用最快的速度配齐这些药，州上没有，就派人去西宁，越多越好。"说着把八个配方给了他，"别忘了，还有缸和酒。"索爱笑道："你这是在命令我，好像你才是院长，我是你的采购员。不过你真要是成了大院的院长，我也没什么不服气的。""我是直来直去，免得浪费时间。马呢？我现在就得走。""下次你不用再跑啦，等配好了药，我给你送去。"母亲骑着枣红马，在晚霞辽阔的衬景里，走向了生别离山。眼前的草原是橘色的，阳光不是消失了，而是跑到旱獭洞里去了，所有的旱獭洞都是金色的，都是大地朝向母亲的火眼金睛，友善地望着这个为铲除麻风病而来的女医生。马蹄沙沙地响，草势旺盛到能淹没兔子，绿得发沉发黑的地平线上，野花恣意烂漫，几只藏羚羊在花间伫立，安详得如同石雕。一座座草冈列队而来，簇拥着一顶孤独的帐房。母亲下马，走进去喝了一碗酥油茶，就又上路了。帐房的主人目送着她，直到看不见了还在说："走夜路的人，不累吗？住下来多好啊。"

一望见山口崖壁上的"生别离山"几个藏文字，角巴就不走了，他从大黑马上下来说："一个藏族人只能到这里啦，你去吧，我等着。"父亲说："你能等到什么时候？我要是一年不出来呢？""那我就等一年。""可我丢不下你。""你丢下我的时候还少吗？坐牢时你就丢下了我。"说着捶了一下日朵的屁股，日朵扭头冲他喷了一口气，像是瞧不起的意思。风呼呼地横扫着，即将落地的雪花又回到天上去了，感觉它们远远地飘来，能成为草原的一部分实在不容易。积雪在慢慢地增厚，再下一阵，挖雪窝子睡觉就不成问题啦。父亲说："好吧，我尽快出来找你。"说着打马而去。日尕理解父亲的心情，没等到催它就开始风驰电掣，雪粉被踢扬而起，组成了一道看不透的白色帷幕。一个多小时后父亲来到了医疗所的门口，那是母亲的门口，穿着白大褂的母亲门柱一样亭亭地立着。他们克制着久别重逢的激动，半晌不说话，似乎也半晌不喘气，只有眼泪默默地滚下来，让瞧着他们的病人悄然无声。突然，母亲笑了："有个病人说远远的有一匹马朝这边跑来，我出来一看就认出是你，你瘦啦，就像风吹来了一片叶子。"父亲说："你好像没变。""是吗？我知道你要来，不是今天就是明天。""谁告诉你的？""梦，我梦见一群人字形的大雁飞过了草原。"父亲丢开日尕，跟着母亲走进了医疗所。这一夜，他们说了许多话，各自的经历都让对方唏嘘不已。又说到角巴，说到眼镜曼巴。母亲说："角巴给医疗所供应的糌粑一直没断过，一定得把他请来。"父亲说："让眼镜曼巴去请，他肯定有办法。"

　　父亲走后，角巴在大雪中坐了一会儿，又去马褡裢里拿出风干肉吃了几口，便开始挖雪窝子。他觉得可能会待很久，便拔出藏刀，把积雪下面的草皮也揭掉了，再把周边的积雪扒过来，垒起了一道椭圆形的墙，这样会暖和些，待上十天半月不成问题。没想到的是，他只睡了一晚上，就被人吵醒了。"角巴啦，起来起来。"他爬出雪窝子，一看是眼镜曼巴，吃惊地问："你来这里干什么？""找你。""你从哪里来？""我从里面来。"眼镜曼巴说着指了指生别离山口。角巴打了个冷战："里面的地狱你见啦？"眼镜曼巴呵呵一笑说："甲木萨下凡啦你不知道？这里以前是地狱，现在不是啦。你看看我，进去是人，出来呢？就不是一般的人，是雪山大地加持过的神医啦。再看看我的手，大不大？这只手捏过麻风魔，这只手攥过疫病鬼，哈哧一声甩到太阳上烧死啦。""啊嚏，那就跟格萨尔王一个样子啦。""下凡的甲木萨对我说啦，所有进到生别离山里的人，将来一转世就是天上的神，不信吗？不信你去问问她。"眼镜曼巴说着一把拽住了他。角巴一阵哆嗦，甩着胳膊想摆脱对方。"角巴啦，我越来越瞧不起你啦，你不配你的名声，也不配你的女人，更不配让甲木萨天天念叨你。甲木萨说啦，角巴要是再不进来，我们就不吃他送来的糌粑啦。"眼镜曼巴说着，把手中的缰绳塞给了角巴。角巴一看，才发现眼镜曼巴骑来了日尕。"甲木萨让你骑上日尕，让我骑上你的大黑马。""为什么？""骑上你就知道啦。"角巴还在犹豫，脚却不由自主地抬起来，踩住了马镫。大黑马跑起来，日尕也跑起来——铁哨的嘘嘘声逆风而来，虽然因为遥远而变得就像蚊蝇的翅鸣，但对一匹良马来说，就已经是如雷贯耳的召唤了。一瞬间日尕驰过了生别离山口。角巴无能为力，就算是鬼窟尸林，他也只能硬着头皮往里闯了。

　　雪雾一层层地加厚着，遮去了眼前的一切，视野变得只有几十米。两匹马停止奔跑，打着响鼻，穿行在大雪中。角巴四下里张望着，看不清却能听得到，先是隐隐的，接着就亮了，是歌声，是许多人的歌声，还有节奏明快的脚步声，一听就是豪迈的土风舞。"啊嘘。"他惊怪得叫了一声，在马上使劲挥着手，像是要把雪幕拨拉开。雪幕听话地朝两边退去，渐渐清晰了：平阔的旷野上，雪花的舞蹈、人的舞蹈，混合成天和地的舞蹈，那么多人排成了好几列，动作整齐得就像被风推来搡去的牧草，更有歌声飞升而上，搅动得漫天雪花疯狂而喜悦：

> 是高山上的雪莲花送来芳香，
> 远方尊贵的客人请留步；
> 是草原上的百灵鸟发出鸣叫，
> 亲爱的朋友请接受祝福。
> 如果说一声扎西德勒还不够，
> 我愿借助云雀和仙鹤的啁啾。

　　扎西头人和仓木决头人并肩而来，捧着哈达站在角巴面前。角巴赶紧下马，看着两个没有鼻子、都少了一只手的人，吓得连连后退。父亲过来，呵呵笑着，拿起哈达戴在角巴的脖子上。角巴哆嗦了一下："这怎么好？"父亲说："让你来你还不来，是不是地狱你自己看。"母亲过来了，向他鞠躬问候："你是才让和江洋的爷爷，我当然不能说谢谢你，但病人们要说，谢谢你的糌粑，那可是治病的良药，还有你的枣红马，我一直骑着它，已经离不开啦。"角巴摇着头说："真不好意思，这么长时间啦，我都没有进来看看你。"母亲说："差不多进来啦，米玛每次来都说是代表你。"舞蹈停止了，歌声消失了，麻风病人夹道欢迎。母亲和父亲带着角巴走进了医疗所的院门。眼镜曼巴跟过来，指着母亲说："有什么不相信的你赶紧问，这就是下凡的甲木萨。"角巴瞪他一眼说："草原上长西瓜，冰山上种庄稼，云彩上骑大马，阿卡嘴里的话。她是不是甲木萨我比你清楚，她给我说什么就不用你操心啦。"

他们来到接待室，母亲从健康人中挑选的两名助手端来了酥油茶，又用一个牛皮的盘子拿来了糌粑。母亲说："酥油茶是我们的，糌粑是你送来的，不过请你都尝尝，糌粑里头放了药，还放了糖。"角巴不敢喝也不敢吃。父亲说："你没饿吗？我饿啦。"端起碗来就喝，拿起糌粑就吃，"酥油茶太香，糌粑太甜，啊啧啧，好吃死啦。"角巴想：要是这个世界上我连强巴都不相信，还能相信谁呢？他瞪着父亲说："谁说我没饿？你怎么把我的也喝掉啦？"两名助手赶紧又端来两碗酥油茶。接下来是参观医疗所。母亲和眼镜曼巴带着父亲和角巴，从治疗部走向住院部。看到病房里都放着大水缸，父亲问："这是干什么的？"母亲说："浴疗设施，我让索爱院长运来的。现在的治疗是多种办法一起上，西药、藏药、中药，有内服的，有外敷的，还有洗浴的，加上改变食物结构，提高免疫力。""管用吗？""当然管用。麻风病有好多种，结核型、界线型、瘤型、交叉型、未定型等，我们需要摸索的是，哪一种处方对哪一型更有效。"他们来到药房，看到地上放了许多铁桶，每个上面都写着字："柳枝方""地骨皮方""草乌方""羌活方""防风方""大黄方""荆芥方""玄参方""龙魔金刚杵方""瑞香狼毒方""冬虫夏草方""碧凤石方""乌头铁棒锤方""黑白莨菪方""熊果商陆方""王子茶方"。母亲说：

"有的是洗浴的，有的是口服的，有的效果明显，有的不明显，明显的一般都有反复，不明显的好一点是一点，有根治的可能，就是慢。"父亲问："目前有没有治好的？""有啊。"角巴说："啊嘘，草原上的麻风病叫你治好啦？"眼镜曼巴说："天晴了你再好好看看，甲木萨下凡的地方到底是不是地狱。"

两天后天气放晴，父亲骑着日尕，角巴骑着大黑马，带了些食物，朝远方走去。洼地形同一个巨大的圆盘，结冰的河扭来扭去，似一条奋舞的龙直走山外，河两边尽是平整的滩地，扒开积雪，就能摸到虽然枯黄却依然丰厚的牧草。新营地在洼地中央，老营地在山麓那边，远远地看就像两个翘起的野牦牛头。倾斜的冲积扇托举着孤起的雪峰，莹洁的峰顶酷似一朵朝天盛开的花，阳光扑过去，在花瓣里照出了一道巨大的光柱，冲天而立。父亲说："在整个阿尼玛卿州，除了夏瓦尼措，就数这里风景好啦。"角巴说："幸亏这里有麻风病人，不然沁多部落又得死几个人啦。""什么意思？""从前部落跟部落打仗，不是抢牲畜，就是夺草原，年年都会死人。"他们转悠了三个白天，拜访了两个营地，在雪窝子里睡了四个夜晚，才回到医疗所。又待了一个星期，角巴说："我要走啦，回去再给这里搞些糌粑来。"父亲说："要走你一个人走，我回到县上没事干，不如就在医疗所打打杂帮帮忙。"角巴走后三天，一辆救护车开进生别离山口，停在了医疗所的院门前。

索爱院长从车里走了出来，遇到的病人都向他鞠躬问好，显见他们对他已经很熟了。他见过了父亲，惊讶地说："这个时候你怎么还能待在这里？好像什么事也没有。"父亲说："能有什么事？我能干事的日子已经过去啦，今后就是混日子啦。"索爱说："不能吧？"母亲问："上次给你说的东西没忘吧？"索爱说："哪敢忘，病人的褥子、床单、毛巾、纱布都带来啦，我还给你带来一个好消息，赵冰来电话，让你赶紧去一趟兰州，说是有了治疗麻风病的新药，是从国外进口的。""是美国吗？"母亲几乎跳起来，因为她从资料上知道美国治疗麻风病世界领先，已经基本消除麻风病造成的肢端残废。索爱说:"这次你去,不能再偷偷摸摸的,一定要光明正大地去一趟州委,找王石书记汇报工作,提出条件,改善待遇,辛辛苦苦这么干,一分钱的工资也没有,像什么话?然后让州上派车送你去兰州。"母亲又是摇头又是摆手。索爱说:"你不好意思说,我替你说,有点良心的人都不会拒绝。"母亲望着父亲说:"我们一起走。"父亲说:"还是你一个人去,我留在这里。"母亲说:"你留下干什么?这里有眼镜曼巴,我很放心。"索爱说:"恐怕没办法让你放心啦。"又转向眼镜曼巴说,"上个星期香萨主任来州上开政协会,让我带话给你,阿尼琼贡要成立藏医院,希望你赶紧回去。"眼镜曼巴惊叫一声,迫不及待地去院子一角拉起马,就要离去。父亲说:"急什么,过两天再走嘛。""奶子一过夜就不新鲜啦,好事一耽搁就变成坏事啦,阿尼琼贡是我的家,我得回家看看啦。"母亲过去拉住了他的马,又吩咐人去厨房拿了些吃的塞给了眼镜曼巴。大家送他走出医疗所的院门。母亲问:"曼巴啦,你还会来吗?"眼镜曼巴想说什么又没说。母亲感叹一声:"看来你是不会再来啦,谢谢你陪了我这么长时间,谢谢你的药、你的治疗办法。""颠倒了颠倒了,是我应该谢谢你。"说着骑上马,朝着大家说了声"扎西德勒"。母亲望着他走去的背影,很久才回过神来。索爱说:"我知道你这里缺人手,如果需要藏医药方面的人,我从医院给你派。"母亲答应着。索爱又说:"今天来还有件事,有个人,不知道你们想见不想见,不想见就不要见啦,她跟我马上回去。"父亲问:"谁?"索爱看看母亲。母亲说:"快说嘛,黏糊什么?"索爱说:"张丽影。"

3

母亲没想到张丽影就在车上,拔腿跑了过去。张丽影出狱了,好像也是提前释放,但提前得并不多,最多几个月。她先去了沁多县医院,见过了马秋枫院长。马秋枫说:"回来就好,咱医院正需要人。"

张丽影说:"我还有脸待在县上?""可你现在是个没工作的人,不来这里还能去哪里?""回西宁。""回西宁干什么?""拾破烂,卖冰棍,扫马路,饿不死就行。"她判刑不久丈夫就跟她离婚了,如今已是孑然一身。马秋枫说:"不行,你不能破罐子破摔。"立马打电话给大院的索爱院长,请求帮助。索爱院长说:"你说得对,总得有口饭吃,就让她来州医院吧。不过也得给她打个预防针,毕竟果果从前是州上的干部,他的事这里的人都知道。"于是张丽影去了州上,听说了母亲的生别离山医疗所后突然就变得很兴奋,一定要来看看。母亲哗啦一声拉开了车门,看到一个头面清丽、表情呆板的女人坐在里面,愣了一下说:"为什么不下来?"张丽影扑向了母亲,哇的一声号啕大哭,哭够了又问:"你要不要我?""什么意思?你要来生别离山医疗所?""我还能去哪里?这里是最好的地方,谁也不认识我。"母亲推开张丽影,审视着她:"你想好。""不用想,大不了传染上麻风病死掉呗。""建立这个医疗所可不是为了让谁死掉,是为了让所有病人活下来,而且活得不比一般人差。""你能做到?""我一个人不行,现在有了你,差不多就可以。"母亲拉起张丽影朝医疗所走去,又问:"果果有消息吗?""没有。""以后你打算……""等他。""他怎么想?""不知道。"

索爱看着两个女人,突然就有些感动,揉了揉眼睛,大声说:"是我把人送来的,你们怎么把我忘啦?我到现在连一碗酥油茶都没喝。"母亲站在门口的台阶上说:"你进来嘛,生别离山里最多的就是酥油茶。"喝了茶,索爱就要走了,他说不得不走,州委办公室的人通知他,明天上午王石书记要找他谈话。母亲本来打算暂停治疗,跟索爱一起走。但现在又改变主意了:有张丽影在,为什么要暂停治疗?目前住院治疗的有一百多人,类别很多,差不多一个病人一种疗法,还要做好治疗记录。她想花几天时间把这些都交代给张丽影。索爱说:"那我在州上等你,你直接来医院,不必再去邮电局打电话啦,我带你去见王石书记。"

张丽影学得很快,没用两天就掌握了所有应该掌握的。母亲说:

"这里就交给你啦。"张丽影说:"没想到这么快我又成了一个医生。"父亲和母亲骑着马离开了生别离山医疗所,两天后出现在州医院的门口。索爱从窗户里看见了,跑出来把他们接到了办公室。正赶上吃午饭,他让医院食堂多炒了两个菜,又从柜子里拿出一瓶青稞酒,说是给父亲和母亲接风。接了风,索爱就要带母亲去见王石书记。母亲说:"今天就算了,你喝了这么多酒。"索爱说:"就是为了见书记才喝酒的,不喝酒有些话不好说。"母亲对父亲说:"你也去吧?顺便看看他。"父亲摇头:"以后再说吧,完了去见见儿子,让他晚上来米玛的小院子找我们。"

索爱院长想替母亲打抱不平,想替她诉说这些年的冤屈和经历,想请王石去沁多县医院看看,那是母亲和父亲以及角巴建起来的;想拉他去生别离山里头,看看也是母亲和父亲建起来的医疗所,看看那些病人,那些能够怀着希望唱歌跳舞的麻风病人。但他打着酒嗝来不及说什么,就被王石堵回去了。王石客气地让母亲坐下,还倒了茶,不客气地让索爱站着:"喝了酒的人我这里不欢迎,你要么走人,要么老老实实站着别说话,给苗医生当一回保镖。"索爱说:"我就是来说话的。""那就等我说完了你再说。"王石说,"那天我找你谈话,问你苗医生适合不适合当领导,你说适合,理由是既能干又肯干;又问你适合干什么,你说就适合给人跑跑腿,没想到你这么谦虚。现在这两件事州委已经定了,你,索南爱国,就给大家当个跑腿的公仆,把医院的担子卸给别人,准备到州上来。"索爱问:"到州上干什么?""过几天人家叫你索爱局长时,你就知道干什么了。""书记是想让我当卫生局的局长吗?那医院怎么办?""苗医生出任州医院的院长,这个你没意见吧?"索爱愣了片刻,呵呵呵笑起来:"我本来就是这个意思嘛。"王石说:"不过得先平反,后任命。"母亲说:"平反是需要的,任命就算了,我肯定干不了。"王石没有接她的茬,又对索爱说:"州上的工作现在千头万绪,提拔你是为了把工作一项项干起来。"索爱说:"噢呀,怎么干你指点就是啦。"母亲站起来说:"你们谈吧,我去看看儿子,他在几楼?"王石说:"已经谈完了,我陪你去吧。"母亲说："我还没谈呢。"王石说："好，那你现在说。""我不当州医院的院长，我就当生别离山医疗所的所长，你只要把医疗所正式合并到州医院，有拨款有编制，再把我转成国家干部，我就万分感激啦。""为什么？""麻风病的治疗刚刚有点起色，我一离开就半途而废啦。"王石说："可以让别人负责嘛。""除了我谁能负责？你问问索爱院长。"索爱院长皱起眉头想了想说："还真没有。"王石说："索爱你不是说去了一个人吗？叫张什么，就是和果果有关系的那个。"母亲说："她是因为无脸见人才来医疗所的，加上跟我关系好，我要是不在，她是待不久的。""你再考虑考虑，先别急着做决定。"母亲苦笑一下："不考虑，关于我的所有变动都要等到治好了那些麻风病人以后再说。这个话我不想说第二遍，书记的话我也不想听第二遍。"母亲的断然拒绝让王石和索爱都有点尴尬，半晌没有反应。索爱说："苗医生就是这样一个人，直来直去，她考虑病人比较多，书记你就原谅。"王石摆摆手，笑道："谈不上原谅，我跟强巴是兄弟，自家人。强巴呢？"母亲说："对了，强巴的事你得管管，他总不能没事干吧？""你放心，不会让他闲着的。不过得有点耐心，再等等。"

　　这天晚上，在米玛的小院子，我和父亲、母亲团聚了。我的眼泪、母亲的眼泪，哗啦啦的。父亲没有流泪，但伤感似乎比任何人都要深广，带着疼痛的沉默让他就像一座从远古的风霜里走来的山。王石书记来了，尤狩带着其他几个寄宿班的同学也来了。一直居住在这里的藏红花和官却嘉阿尼为大家做了一顿汉藏结合的晚饭，有糌粑和酥油，有米饭和炒菜。我发现父亲和母亲只吃糌粑和酥油，而其他人尤其是我们这些年轻人则更喜欢吃米饭炒菜。王石说："你出狱这么长时间了，为什么不来找我？"父亲说："我一个投机倒把分子，找州委书记干什么？""你说干什么？不想工作了？""想又怎么样？"王石凑到父亲耳旁说："你再耐心等一段时间，我已经给省上写了报告，提出给'强巴案'平反，一旦平反就好办了，你可以回学校当校长，也可以去县上。""继续当售货员？""我想用你把沁多县的旦增书记换掉，他这个人不是坏人，但就是干不成大事。"父亲冷笑一声说："吃一垅长一智，我更干不了，大事小事都干不了。"看王石还想说什么，赶紧扭转了话题，"儿子，你怎么样？"我说："好着呢，就是有点迷茫。上个星期才让给我打电话，说高考已经恢复啦，他和洛洛都想考大学，问我考不考，我说不想考。"母亲问："为什么？"我说："上大学有什么用？"父亲说："怎么没用？我和你阿妈都是大学生。再说这种事才让最清楚，他考你就考。"我说："我还得跟梅朵商量。"王石说："才让和洛洛只能考一个，都走了学校谁来管？很快索南就个会兼任校长了。"尤狞说："我们这些人呢？是考好还是不考好？"父亲一下子变成了当年的校长，打了尤狞一下说："你必须考。"又指着另外几个寄宿班的学生说，"你们几个，都必须考，而且要考上。"王石说："我支持，但藏红花得留下。"父亲问："为什么？"王石不说。尤狞问："是不是要让她当妇联主任？"官却嘉阿尼说："那她就是人上人啦，藏族人几辈子积德才能做一个这样的人。"父亲说："当初你还拦着藏着不让她上学。"官却嘉阿尼赶紧站起来，朝父亲鞠了一个躬："多亏你啦，我那时就像个傻子。"藏红花说："你不傻，你是害怕我跑掉，我当时也拿不准，也害怕自己远远地跑掉。"

这个夜晚的聚会很快结束了，我们的心情变得格外游移不定，前面的曙光、未来的诱惑让我们怦然心动，好像一切又要重新开始，却又开始得不那么干脆利落，总有黏滞让我们后顾，让我们缓行。我给市歌舞团的团长办公室打电话，这个电话总能找到央金，央金也会及时把梅朵找来。我说："事情急得很，你今天就让梅朵给我打电话。"梅朵的电话就像来自天上的音乐，在我抓起话筒的瞬间，我听到了仙女下凡的脚步声。我说我好不容易盼到排挤我的才让州长离开啦，又结束了总务科的打杂，调到了州委组织部。我的人缘不错，加上现在的王石书记是父亲的好友，我被重用被提拔的可能性还是有的。但要是考上大学，这一切就没啦。梅朵说："最重要的是结婚也没啦，我想今天晚上就跟你结婚。""可要是不考大学心又不甘，毕竟现在到了知识就是一切的年代。"我没有说出父亲和母亲的意见，只想听听她的意见。她说："你就会瞻前顾后，你当干部我爱你，你考上大学我

302

也爱你，对我来说一点点区别都没有，我只要你跟我快点结婚。”梅朵坚定的语气让我顿时觉得没有什么比结婚更重要。我说：“好吧，先结婚，结了婚再想别的。不过没有房子怎么办？”梅朵沮丧地咂着嘴：“我也不知道。”

只有父亲和母亲是不会瞻前顾后的。母亲去了兰州，王石书记提出派小车送她，她没有拒绝。路过西宁时她回了一趟家，让姥爷姥姥以及家里的其他人都知道，她已经不是逃犯了，她很好很好，好得就跟那些可以坐着小汽车自由来往的领导干部一样。跟她一样好的还有强巴，好得想干什么就能干什么，只是因为太忙太忙，才没有跟她一起回家来看看。母亲说服梅朵：不仅要支持江洋考大学，她自己也应该赶快投入复习，唱歌跳舞毕竟有年龄限制，而大学的学历将管你一辈子。至于结婚，推迟，一定要推迟。梅朵噘着嘴说：“阿妈你真是的，不理解人，要是江洋是个姐姐就好啦。”“为什么？”“那我就不会想她啦，我会踏踏实实考大学。大学也坏透啦，非要在我想结婚的时候让我们考。”母亲动员央金：既然已经跟洛洛结婚，就应该想办法安个家，如果安在市歌舞团，洛洛就必须隔一段时间来一趟；如果安在沁多学校，你就必须隔一段时间去一趟。央金说：“姐姐啦，你说安在哪里好？”“能安在西宁当然是最好的，毕竟这里是省会。”“那我就天天催我们团长，让他给我分房子。”母亲又说：“你也应该考大学。”“我？考不上吧？”“你怎么知道？抓紧复习，试试。”“噢呀。”母亲告诉琼吉，从现在开始，除了吃饭睡觉就是学习，不能再玩啦。琼吉说：“我没有玩。”又说，“阿妈你就别管了，才让哥哥说我的学习他负责。”母亲问：“才让来信啦？”“噢呀。”母亲带着姥爷姥姥在西宁转了一圈，让他们尝了尝坐小汽车的滋味，她丢下他们太久太久啦，就在她看不见他们的日子里，他们渐渐老啦。之后她恋恋不舍地离去，来到兰州麻风病研究所，接受了赵冰给她的三种药：利福平、氨苯砜、氯苯吩嗪。“这些药据说疗效都不错，刚刚在甘肃境内试用，我给你争取了一些，用药后的反应随时写信告诉我。”“可是我没钱，生别离山医疗所到现在还是个民间医疗机构。”“试用药都是免费的。""那就太谢谢啦。"而在这个时候，父亲却以少有的坚定，骑着日尕来到了角巴家，住了两天后又去找公社主任索南，说他想成为沁多公社的一个社员，终生在草原上做一个牧人。索南高兴地说："强巴阿爸啦，这样想就对啦，做牧人是最不会犯错误的。"父亲说："但我不想住在家里，想单独过，可不可以？""住家里的好处是省心，挤奶烧茶做饭有卓玛，背水拾牛粪有旺姆，放牛放羊有桑杰和尼玛，你骑着日尕到处转一转就可以啦。""这个我知道，所以才要单独过嘛。""那我就得给你准备帐房啦。"

幸亏母亲拒绝了王石让她出任州医院院长的好意，因为直到三年多以后的一九八一年春天，才从省上传下来一纸关于"强巴案"的平反通知。之后便是补发工资，便是对母亲的任命，任命她为生别离山医疗所的所长，与此同时医疗所被提升为国家事业单位，隶属州医院。但是父亲的任用却一拖再拖，不是州上的王石不积极，也不是县上的旦增使绊子，而是父亲自己有些不愿意，总是给派来落实政策的人说："算了吧，当一个牧人有什么不好，我现在这样挺知足的。"人们都说他已经萎靡不振、难求进取了，过去是胆大妄为，现在是胆小如鼠，就算给他压个担子他也挑不起了。王石有些生气，坐着吉普车亲自来找他："你的事州委已经研究过了，省上也知道你的情况，位置你可以挑，沁多县的书记和州畜牧局局长。"父亲说："你看我这帐房，上个月才换了新褐子，你屁股下面的毡也是过新年时刚换的，炉子里有火，铜壶里有茶，袋子里有酥油，匣子里有糌粑，这么好的一个家，怎么能说丢就丢？听说马上要包产到户啦，我算了一下，我是一人一户，至少能分一万亩草场，六十只羊、十头牛、两头牦母牛，眼看着财富到手啦，你让我现在离开是什么意思嘛？""你就甘心做一个牧人？就不想让全阿尼玛卿州的所有牧户都实行'大包干'？让你到县上也好，到州上也罢，就是为了推动联产承包责任制。""州上有你，县上有旦增，我精力有限，就想踏踏实实干点力所能及的事。""旦增反对，他才不愿意搞呢。""既然上面已经有政策啦，只要牧人想搞，谁也拦不住。"王石一想：也对，生产队是核算单位，分不分牛羊和草场，权力不在旦增手上。王石没有说动父亲，父亲执拗地做了一个牧人，一个有大学学历和不凡经历的牧人。但是他有牧人的散淡却又不是一个超然于世的隐逸者，当这个大变动的时代颠颠簸簸来临时，他以阿爸兼老师的身份，说服公社主任索南，在半个月之内快刀斩乱麻地分掉了沁多公社的全部牛羊和草场，他自己也如愿以偿地得到了一万亩草场和一群羊、一群牛。等旦增书记闻讯赶来，怒气冲冲地打算制止这种愚蠢的行为时，牧人们已经赶着自己的牲畜散向了自家的草场。旦增带着县公安局的人来到索南家里，要拿索南是问，得到的回答是："索南去州上啦。"他又让司机开车来到父亲的帐房前，喊父亲出来，质问道："索南怎么会有这么大的胆子？是不是你的主意？"父亲说："内地有些地方'大包干'都一年啦，粮食不是增产就是翻番，我们这里还这么守旧。要不是形势所迫，谁有这种胆子？""我们面对的是自由散漫惯了的牧人，都把牲畜和草原分掉啦，以后谁还会听政府的？""那怎么办，再收回来？我见着索南给他说说。"

　　旦增书记走了，朝着不远处的吉普车，把一双光亮的马靴踩得砰砰响。父亲突然喊一声："等等。"追上去，拉住旦增书记说："有一件事想求你。""你还有事求我？""我一个牧人，天天都得求人。县委书记登门拜访，我能放过这个机会？沁多学校有个叫萨木丹的老师你知道吧？"原来几年前才让和洛洛都参加了恢复高考后的第一届高考，也都考上了。他们没等王石书记发话，就决定只走一个。谁走呢？才让叫洛洛走，洛洛让才让走，最后两个人商定：掷骰子，让命运来决定，结果是才让走。同时考上大学的还有昭鸽和另外两个寄宿班的同学，萨木丹也参加了考试，但没考上。才让离开草原的同时，洛洛被州委正式任命为沁多学校的校长。他上任不久就免掉了萨木丹教务长的职务。萨木丹不甘心做一个普通的教师，干了几年后想换个地方，比如沁多县委或县政府，曾找过旦增书记。旦增书记说："虽然县上需要有文化的藏族干部，但不能从学校调，学校更缺人。"萨木丹毫不隐晦地说起往事，说起他和同学洛洛并不融洽的关系，表明即便他待在学校，也发挥不了一个藏族知识分子的作用。旦增书记说："强巴这样的人你也敢扇，连我对他都得客客气气的，一个耳光已经把你的前途扇掉啦，不要再来找我。"萨木丹懊悔得捶胸顿足，回学校的路上差点驱马跳到悬崖下面去。他骑的是学校的斯雄，斯雄在离悬崖几步远的地方戛然止步，然后转身就跑，一跑就很远，远得萨木丹都有些害怕了。他觉得斯雄是在由着性子跑，斯雄觉得是在按照土人的命令跑，等到一顶炊烟袅袅的帐房出现时，人和马都有些惊讶：怎么到了这里？萨木丹赶紧下马。这是一个细雨飘洒的黄昏，帐房边的日杂发出了几声嘶鸣，父亲走出帐房，一看是萨木丹和斯雄，惊喜地说："一听日杂的叫声就知道是熟人来啦，原来是你们。你们是路过，还是专门来看我的？"萨木丹赶紧弯下腰来："我是来求老师的。""有什么事进去说。"父亲端酥油茶，上糌粑，拿手抓，按照牧人的习惯接待着萨木丹。萨木丹哭了，说起那些对不起父亲的往事，以及待不住也调不走的难处。父亲说："洛洛我了解，他是个嫉恶如仇的人，我劝也没用，倒是旦增书记面前我可以说说，你学出来不容易，千万不能荒废掉。"这些日子父亲正想着如何去找找旦增书记，没想到他自己来了，便把一个老师对学生的关爱全部说了出来。旦增书记哼了一声，钻进了吉普车，一副既不给父亲面子，也不原谅萨木丹的样子。父亲知道旦增是个刀子嘴豆腐心的人，冲着吉普车喊了声"谢谢啦"。一个星期后，萨木丹接到了调他去县政府文教局工作的通知。洛洛知道后专门去了一趟县上，向旦增书记陈述萨木丹不可用的理由。旦增说："老师的知识要学，老师的为人也要学，虽然你现在是校长，但跟强巴老师比还是差了很远。"洛洛又去找父亲，当着羊群牛群的面，呼哧呼哧喘着气发了一通牢骚："我是想为老师报仇，老师怎么反过来拆我的台？你好坏不分可以，不计前嫌也可以，但我不能，爱憎分明、扬善惩恶也是你教给我们的。"父亲一直笑着，等他发泄完了问："梅朵红好着吧？它要是再生了小藏獒，你给我留一只，我现在这么多牛羊，需要个帮忙的。"洛洛说了声"不给"，走了。父亲喊道："你什么时候去西宁看央金？去的话别忘了来我这里拿肉。"

市歌舞团两年前就给央金分了房子，是筒子楼里五楼的一个套间。姥爷找人把房子粉刷修理了一番，又帮她买了床桌椅凳、锅碗瓢盆，安装了电灯插销、门锁窗帘什么的。开始有半年，洛洛跑得勤些，每个月一定得去一趟，慢慢就拉长了间隔，两个月、三个月，后来就只有假期才去了。忙，他是校长，在一个知识超越一切的年月，谁比一个校长更忙呢，入学、升学、考试、毕业、生源、师资、逃学、打架、工资、奖金等等，数千名学生、一百多个教职员工，总有数不清的事纷至沓来。央金说："就你忙就你忙就你忙，好像全世界的工作都让你干啦。"她的幽怨就像等待浇灌的花草，带着开放的空茫和无助的惆怅，带着对昙花一现的担忧和枯萎前的伤感：洛洛呀，我一等就是半年你知道吗？我住在没有男人的家里跟以前住宿舍没有区别你知道吗？歌舞团的人说，既然是守空房，不如把房子让出来给两口子天天在一起的人住。而姥姥却在不断提醒她："该是怀娃娃的时候了，你不怀，梅朵就不好意思结婚怀孕。"央金有一次生气地说："阿妈啦，不是我挡了梅朵的路，是梅朵正在上大学不能结婚怀孕。你要是再这样埋怨我，我以后就不回来啦。"姥爷就赶紧数落姥姥："你说这些干什么？都是干工作的人，忙得顾不过来嘛，你连这个都不知道。"姥姥说："强巴不回来，苗苗不回来，梅朵不回来，才让不回来，江洋不回来，琼吉不回来，现在你又不回来了，我们这个家还像家吗？"说着就哭了。央金又赶紧安慰姥姥："我说我不回来啦？我不回来的话谁吃你扯的拉面、揪的面片？"当年母亲督促央金抓紧复习，试着考大学，她试了，也考上了，是青海民族学院，但歌舞团的团长不放人："你是团里的台柱子，你走了歌舞团怎么办？演员靠的就是青春年华，等上完大学再登舞台，观众谁认你？一照镜子，鱼尾纹都出来了，连你自己都嫌弃。再说了，我一直拿你当苗子培养，只要我是团长，我就拿你当副团长，几年后你就是真正的副团长。我们两个把住歌舞团，想排什么就排什么，想上哪里演出就上哪里演出，舞蹈没人看，咱就唱歌，民族的没人听，咱就唱通俗的。我一个朋友有一台录音机，让我去听过几次磁带，都是外国音乐，叫什么摇滚，哎哟，吓死人了，有时间我带你去听听，看你能不能学，我是学不来，但以后恐怕就得唱这种歌。可要是等你大学毕业了再去唱，黄花菜都凉了。"央金跟着团长去听了一次，瞬间就决定不去上大学了。她问团长的朋友，能不能把录音机和磁带借她几天，那人不肯，她就隔几天撺掇团长带她去听一次，直到她模仿出了里面的声音。有一天，团长送给她一台砖块一样的录音机，又有一天，送给她几盘磁带，有港台歌星的也有外国歌星的，她边听边学，痴迷得都忘了吃饭睡觉。

央金的生活就这样持续着，等待着学校放假，等待着洛洛，等待着提拔她为副团长，等待着有一天允许她上台唱摇滚，唱民谣，唱邓丽君。好在歌舞团一直有演出，尽管是断断续续的。因为这个城市目前还没有几户拥有电视机的人家，市民们对只收五角钱门票的歌舞依然保持着浓厚的兴趣，各个单位也热衷于邀请歌舞团免费来单位演出，所花的成本也只是演出后管一顿饭，更何况还有元旦、三八、五一、六一、国庆等节日的官方演出，有时市政府接待比较重要的客人也会在接待计划中写明：观看市歌舞团的演出。演出后的吃饭总是很晚，总要喝一些莫名其妙的庆功酒，央金似乎不知道酒会醉人，只要是敬酒她都喝，喝得头晕目眩时就由团长送她回家。其实团长也醉了，一对在酒精的引诱下摇摇晃晃的男女互相搀扶着，走过午夜街头的情形越来越频繁地留在了行道树的浓荫里、街灯下的昏黄中。其间的酒后真言也会耳热心跳地飞出团长的口："我喜欢你央金，我一见你就喜欢上了你，你第一次来我办公室打电话，我就恨不得把你搂在怀里一辈子不松开。"她说："团长你不要胡说八道，洛洛要是听见会杀了你。""我就是大喊大叫他也听不见，他根本就不在乎你，心里只有工作，他是个严重缺乏情趣的人，他要是有一点点浪漫你今晚就不至于跟我在一起。"翻来覆去地说着，她发现已经踏上筒子楼，已经回到了五楼的家。她说："你走吧。"他不走，把她推倒在了床上。

她推搡着他，一次次地推搡着他，从开始推搡到结束。几个月过去了，她好像每一次都在推搡他，但每一次的结果却都是越来越缠绵的拥有。来自人类开端的欲望左右着她青春激荡的肉体，在这个干燥的季节里，一再地芬芳馥郁。有一天，央金意识到该来的例假没有来，忧心忡忡地去办公室找团长。团长说："别紧张，我在医院有熟人，万一怀了孕，打掉就是了。"央金可没有他那样轻松，在草原牧人的习惯里打胎跟杀人是一样的："不行，我要生下来。""洛洛一算日子就知道孩子不是他的，再说还有长相，万一像我呢？你知道我有老婆孩子。就你我这种情况，打掉是唯一的选择。""会遭报应的。"央金痛苦了一个月之后，在团长的强迫下去了医院。引产后不久，她就坐公共汽车去了塔尔寺，在大金瓦殿前光滑的木地板上，磕了一天的长头，虔诚地念着祈福真言，忏悔着杀人的罪孽，流泪满面。擦干眼泪的瞬间，她知道自己跟团长结束了。

那时我们都不了解央金的情况，我和梅朵在兰州，我上的是兰州师范大学中文系，梅朵上的是艺术系，才让上的是人民大学，一年后琼吉又考上了地处西安的西北大学英语系，学习紧张得气都喘不过来，怎么还有闲暇去发现央金的移情别恋呢？洛洛当然也不可能知道，他第三次向州教育局提出了申请：至少派三个得力的副校长来协助他，一个管后勤，一个管教学，一个管学生。教育局请示王石书记后给了他这样的回答：只能给你派一个，而且是暂时的，州上有好几个考上大学的，等他们毕业回来后，再选择合适的任命，如果现在让不合适的占住位置，将来就不好办了。在王石书记的眼里，未来的副校长人选，有我，有尤狩，有昭鸽，有其他几个父亲的学生。这么着，已经成为州妇联副主任的藏红花被平调到学校做了副校长。官却嘉阿尼骄傲地说："我家的藏红花，草原上的女人里没有谁能比过她。"藏红花的到来给洛洛帮了不少忙，却丝毫没有让他的闲暇变得多一点长一点，他还是一个学期跟央金团聚一次，而且时间很短，只有两三天，因为开学后的工作是淌成河的，假期里的工作是摞成山的，只有处理完摞成山的工作，淌成河的工作才能水到渠成。当初是没有父亲就没有学校，现在是没有洛洛就没有学校。洛洛说："我跟强巴老师是一个样子的，他顾不上家，我也顾不上家。"他以此为自豪，并没有更多地想到央金的苦，甚至觉得一个藏族人，上了学，进了城，有了工作，分了房子，整天唱歌跳舞还拿着旱涝保收的工资，有什么苦？知足吧，央金。

第九章

团
圆

这里有流不尽的水，长河无限，
这里有说不完的话：扎西德勒。
一句话的长河汹涌了多少年？
滚动的是爱波、明亮的是情漪。

1

父亲说服索南分掉牛羊和草场后过了两个月，州委通知全州生产队以上的干部汇聚沁多公社参加现场会。王石书记在会上把沁多公社大大表扬了一通，说它给阿尼玛卿州的牧业改革带了头，引了路。督促所有生产队三个月之内必须完成草场的划分和牛羊的分配。旦增书记虽然反对，但也只能装在心里，表面上还是点着头，算是强迫自己维护了王石书记的威望。王石说："现在一大二公的集体解散了，牛羊是自己的，草场是自己的，生活也是自己的，谁能把日子过好，谁就是英雄好汉；谁家的牲畜多、牛奶多、酥油多、帐房大、皮袍新，谁家能定期足量完成上交的菜畜定额，谁就是模范牧人。"此后的分畜分场就像一阵风、一场狂飙突进的运动，仅仅过了二十天，阿尼玛卿州就在全州范围内基本实现了联产承包责任制。王石派人把父亲和索南叫到州上，在一个刚刚开张的回族人饭馆里请他们吃饭，碰杯的时候说："感谢二位，真是帮了大忙，全州六个县，四个县反对'大包干'，两个县虽然不反对，但不知道怎么搞，问我具体的办法，老实说我也不知道，只能拿你们做样板。你们的分配是合理的，办法是成功的，闹事的提意见的没有，牧人除了高兴还是高兴。"索南说："我哪里知道什么叫'大包干'，都是强巴阿爸的主意，我就是照他说的，给牧人一户一户地讲道理，遇到难缠的非要跟别人抢夺一等草场的，我就把角巴爷爷搬出来，我说我是角巴德吉的孙子你们不知道吗？不服气你们就去找他申冤，看他到底向着你们还是向着我。"王石说："看来是强巴的办法、角巴的权威、索南的嘴。"索南说："噢呀噢呀，书记说得好。"王石又问父亲："你就打算这样下去，真的不当干部不要工资了？""我有这么多牛羊，还顶不上工资吗？""顶是肯定能顶上，但前提是风调雨顺，万一遇上旱灾雪灾呢？""既然要做牧人，那就得不怕灾难，大不了一贫如洗，从头开始的事我还做得少吗？""那就随你，我算是仁至义尽了。"说着，从提包里拿出两个半导体收音机："这是奖励，是我私人送给你们的。"索南不敢要。父亲说："拿上。"索南说："那我得送书记一头牛的要哩。"王石说："已经送了。"

但父亲毕竟不是一个传统的牧人，或者说他是整个阿尼玛卿州最具先锋意识的牧人，至少他不是人们司空见惯的那种牧人。两年后，父亲的牲畜翻了一番，变成了一百多只羊，二十多头牛，其中五头是带牛犊、能挤奶的牦母牛。有一天他骑着日尕，带着洛洛送给他的一只两岁多的铁包金藏獒，在自己承包的一万亩草场上走了一圈，粗略一算，便抓住两只肥羊，牵到帐房跟前，用绳子绑住嘴，憋死了它们，然后扒皮掏脏，用羊皮包了起来。第二天，他留下藏獒多吉守护牲畜，自己带着羊肉，飞马去了沁多县。他来到顿珠小卖部，跟站柜台的顿珠聊起来。顿珠说："你看现在货架上的货物，是不是比过去品种多啦？因为进货渠道多啦，除了省商业公司，还有西宁糖酒副食品公司和阿尼玛卿州贸易公司。""哪一家便宜？""都是公家单位，给的价差不多，市糖酒有时会便宜一分两分，那还得看人，是老客户才行。""小卖部要是能直接从生产厂家进货，肯定便宜多啦。""那我绝对不敢。'强巴案'不就是直接跟厂家打交道的结果吗？""我天天听收音机，现在好像没有投机倒把这一说啦。""人家把帽子藏起来等着你伸头呢，千万不要上当。"父亲沉默了一会儿又说："我是个牧人，再过三年，我的羊就会增加到六七百只，还不算牛，可我的草场是不会增加的，只能越来越紧巴。""那怎么办？""屠宰，然后卖掉，这是唯一的办法。我宰了两只羊，想在你这儿试试，卖不掉等于我送你，卖掉的话我们四六分。"顿珠摇头："你又想害我啦？分给我四成，万一怪罪下来，我就有四成的罪。""那咱们一九开，你只有一成的罪。""不干，一成的罪也担不起。"父亲再三说服，顿珠再三拒绝，气得父亲转身就走，又返回去："借一把斧头总可以吧？"他拉着日尕，拎着斧头，去草地上把两个羊壳郎卸成碎块，插上自己的藏刀，抱到县政府门口，在羊皮上摊开，吆喝起来："羊肉羊肉，谁要羊肉。"便宜加上新鲜，一个小时后羊肉告罄。但对父亲来说，重要的还不是这么快就卖完了，而是这几年县委县政府进了不少外来的干部，买羊肉的基本都是这些人。他收起羊皮正要走，就听有人在身后问："羊皮卖不卖？"扭头一看是个年轻人。"你要？""不是我要，是有人来小卖部打听有没有羊皮。"原来此人是县小卖部的主任。"强巴案"发生后小卖部的主任换了好几任，换来换去都不认识父亲了。父亲问："是你先给我钱，还是你把羊皮卖了再给我钱？""我不知道给你多少钱。""一张八块，两张都要的话十五块，你可以十块钱一张卖出去。""行啊，我也这么想。""羊肉要不要？""价钱不能高，而且还得新鲜。""那当然，我们是牧区，到处是羊，价高了谁吃你的？就是今天我出手的这个价，一斤七毛。""六毛吧，我八毛卖出去，赚两毛的差价。"父亲接过羊皮钱，扮出一副吃亏受损的难过样子说："好吧好吧。"

三天后，父亲再次来到县城，直奔县小卖部，看到柜台上已经没有了羊皮，就知道卖出去了。年轻的主任晋美说："我还得给你两块钱。""为什么？""我说十二块一张，寻思人家会讲个价，没想到那个人放下钱，拿起皮子就走。小卖部我承包啦，赚多赚少都是个人的，赚太多的话，雪山大地会不高兴的。"说着把两块钱放在了柜台上。父亲收了钱说："那你就叫晋美小卖部嘛。""晋美"是无畏无怖的意思，他觉得那是吉祥的。晋美说："我正在给县政府说，要是同意我就改掉。"说着，跟父亲出去，从马背上卸下了两个羊壳郎和另

314

外两张羊皮。过了几天，父亲又来小卖部时，羊肉和羊皮都没了。晋美问："这次你带来多少？""一个羊壳郎一张皮。""太少啦，多送点的要哩，羊肉牛肉都可以。"父亲问："没有人干涉吧？""我们又不欺行霸市，谁会干涉？"父亲就像跟人争辩一样说："对啊，我一个牧人卖自己的羊肉又怎么啦？只要价钱公道卖给你卖给他又有什么区别？难道非要我卖给公家再由公家卖给老百姓才行得通？"晋美瞪着他问："谁说你什么啦？""没有，我自己说我自己呢。"一个月以后，顿珠小卖部也开始出售父亲的羊肉、牛肉和羊皮、牛皮。父亲了解到，要是两个小卖部一起卖他的肉，一天就能卖掉四个羊壳郎、两天就能卖掉一个牛壳郎，说明整个县城的牛羊肉需求量大着呢。可是他已经不想宰杀自己的牛羊了。

父亲的飞马奔跑让日尕有些莫名其妙，怎么可以把风撞得唰啦啦响？很久以来没有这样的声音了，没有了和空气急速摩擦时的疯狂，没有了草原在蹄下迅速消失的欢畅，日子平庸得有些憋闷，连大喘息、大嘶鸣、大出汗的机会都不见了。但是今天，久违了的鞭子又开始凌空旋转，主人的大腿一次次夹紧，它的亢奋和爆发就像从主人心里腾起的风，推动着阳光的暖流，让所有的金色朝着一个方向前进。它感到主人的情绪里微妙地混杂着忧愁、焦急和希望，于是它也拿出了一匹马的忧愁、焦急和希望，让脸肌尽量绷紧，让眼睛里的忧郁透过一层潮湿的薄膜变得莹光朦胧，让四蹄的摆动节奏分明，疾速而不狂妄。它看到漫漫草潮像两条并行不悖的河，涌动着激浪，带着夏天的清爽和温度，从不断掉下地平线的太阳里溢出，咆哮而来，浩浩而去，漂浮在上面的是盛放了一层的奇形怪状的花。父亲说："日尕啦，你说这样行不行？"到底什么行不行，他并不说出来，好像日尕天生就能揣度主人的心，他一想，它就知道了。父亲不时地抬起头来，望着草潮铺上天空时的浩茫，望出了绿色地毯被黑牛群和白羊群折断时的遗憾，望出了草原由于各家承包而被草皮墙和铁丝网隔断的促狭。天上的云多，还是地上的羊多？都是白色，一片又一片，这边的云多，那边的羊多。牧草的蔓延依然无边无际，但中间总有黑色和白色的凸起，有牛羊也有土石，草原烂了。

　　终于见到了角巴的帐房，他滚鞍下马，丢开缰绳，让日尕去吃草，示意跑过来的梅朵黑不要声张，然后仰躺到草地上，冲着天空喊道："角巴啦，角巴啦。"凭感觉他知道角巴走出了帐房，又说，"你现在变得没出息啦，整天守着你的牛羊和米玛，牛羊生了不少它们的儿女，却不见米玛也生下你的儿女。"角巴说："米玛，你快来听，这个天上掉下来的人在胡说八道什么，你给他说，你的肚子里是什么？"米玛来了，微挺了肚子，笑着把一碗酥油茶放在父亲的头边。父亲扭头闻了闻热腾腾的香气说："酥油放得太少啦，难道你家的牦母牛还没有喂大牛犊就已经不下奶了吗？"角巴家的牲畜多数在桑杰那里，他和米玛只放养了一小群羊、两头牦母牛和三头牛犊，父亲指的是他家的牛犊太多，超过了养育能力。角巴说："天上的雨水有多少，我家牦母牛的奶水就有多少。你操的心比牛毛还多，没有一个跟你相干。"父亲坐起来，端碗喝了一口酥油茶说："我没说错吧？你现在没出息啦，人这辈子操心的事有多少是跟自己相干的？"角巴瞪起眼睛说："草动是为了招风，花开是为了留种，我知道你是个难得消停的人，又有什么事想到我啦？赶快说。""现在不说，到了桑杰和索南跟前一起说。"父亲一口气喝干酥油茶，想单手撑地站起来，结果又坐下了，伸手让角巴把他拉起来，又说，"走吧，马褡裢里有两瓶青稞白酒，我们去桑杰那里喝个够。"角巴摇摇头说："你强巴带给我们藏族人的都是好东西，就是这个白酒，不怎么样。""你不是也喝过吗？""喝了我才知道，肚子还没胀，就开始晕三倒四啦。""那也不是我带来的。""州上的我不知道，沁多县第一次有白酒，就是你从省上进到小卖部的。"父亲想想：也对。喊道："梅朵黑，好好守着米玛肚子里的小角巴，大角巴要跟我喝酒去啦。"梅朵黑照例轰轰轰地回答着。

　　虽然都在自家的草场，但夏天的游牧走得远，父亲和角巴骑马走到黄昏，才看到桑杰一家的大帐房。当周吼叫着扑过来，父亲下马，抓住它的两只前爪，看看帐房一边的牛羊说："当周啦，桑杰的牛羊真多，你以后就不要管啦，让狼吃掉一些才好。"当周汪的一声咬住了他的胳膊，却不真咬，抯着皮袍袖子摇头晃脑。桑杰走出帐房，快步迎过来，对角巴弯了弯腰说："阿爸啦好，扎西德勒，西天的云彩落到你脸上了吗？气色这么好看。米玛阿妈好吗？她肚子里的娃娃好吗？我已经到阿尼琼贡献了一羊肚子酥油，官却嘉阿尼说雪山大地祭坛前的灯会一连点上七天，投胎角巴家的这个娃娃吉祥得就像草原本身，长长的没有头，宽宽的没有边。"又转向父亲说，"我看到日尕喘的是白气，使了太大的劲才会喘白气，连日尕这样的马都驮不动你啦，你发福啦。"父亲说："我虽然胖了点，但也没有胖成一座山，倒是你胖得眼睛睁不开，看不清人和马啦，日尕根本就没有喘气嘛，你是心里高兴才这么说。""噢呀，日子一舒坦话就多啦，快快快，帐房里坐。"回头一看，角巴丢下大黑马，已经进去了。刚刚放牧归来的索南把几头牦母牛拴到挡绳上，跑过来，从地上捡起大黑马的缰绳，又从父亲手里接过了日尕的缰绳。父亲说："由它去吧，不要拴它。"索南说："我担心它会去别人家的草场上找母马。""那还不好？""又不是人，有什么好？要是人家的草场上繁殖起日尕的后代，到处都是好马，超过了我们怎么办？"父亲上下打量着他，奇怪地问："你开始放自家的牛羊了吗，怎么有这样的想法？""公社变成乡啦，主任变成乡长啦，听起来好听，就是越来越没事干啦。""为什么？""牛羊和草场都是各家各户自己管自己，集体没有啦，政府也用不上啦，我过问多了人家还会嫌弃我，不如回家放自己的牛羊。"父亲点点头说："光放牛羊可不行，你可以腾出手来干别的。""别的还有什么？""我今天来就是说这个的，坐下来说吧。"父亲回身从日尕背上卸下马褡裢，抱着进了帐房。索南取掉日尕和大黑马的嚼子，放开大黑马，在挡绳上拴住了日尕。日尕拒绝这样的待遇，它从来都是自由而放浪的，同时也严守着一匹乘马天生的纪律，主人一旦需要，喊一声或吹一声铁哨，就会丢开自由包括爱恋母马的自由奔跑而来。它又是甩头，又是拉扯，没等索南走远，就已经脱缰而去。索南追了过去，日尕撒腿就跑，边跑边冲他噗噗噗地放屁。索南说："你这个没良心的，强巴阿爸把你惯坏啦，等你让我家的母马全部怀上了驹子，我就给强巴阿爸说把你骗掉。现在你给我听着，到了别人家的草场，吃草可以，留种是不行的。"

父亲把两瓶白酒拿出来，先用牙齿咬开一瓶，斟满卓玛拿过来的四个碗，端到角巴、桑杰、索南面前，又对卓玛说："姐姐啦，先上点风干肉下酒吧。"角巴说："别给他上风干肉，等一会儿吃新鲜的，把曲拉端上来。一把曲拉，一堆手抓，两碗糌粑，五碗酥油茶。"他说的是曲拉能开胃。"那就曲拉，不吃风干肉也好。"父亲说着，端起碗，用右手无名指蘸一点朝上一弹，再蘸一点朝身边一弹，又蘸一点朝下一弹。角巴说："这就对啦，人手上无名指用得最少，也是最干净的，给雪山大地敬酒最吉祥，可是有的人现在开始用又长又脏的中指蘸酒啦，不懂规矩。"父亲说："其实都一样，最要紧的是心诚。"说着双手捧碗，"我们四个人，难得在一起吃饭喝酒，是第一次吧？"角巴说："亲人疏，疏人亲，狼和狼不吃，狗跟狗不食。"桑杰说："要是尼玛在就好啦，家里的男人就全啦。"角巴说："就算尼玛在家，男人也不全，还有才让、江洋、洛洛，还有西宁城里的姥爷。"父亲说："噢呀，我们这是一个大大的家，藏族汉族都有，什么时候能把人凑齐就好啦。"又问，"尼玛去哪里啦？"索南说："到县上接普赤去啦。"普赤是青海民族学院藏文系的大学生，放假后会去姥爷姥姥家待几天，再由姥爷或者央金把她送上回沁多的长途客车。"怎么光说话不喝酒？"父亲说着喝了一口酒，其他人也都喝了一口。桑杰脸上的肌肉朝一起撮去，难看得就像一摊有螺纹的牛粪。父亲说："不至于吧，这么难受？"桑杰说不出话来，半张了嘴，呵呵地往外吐气，像是嗓子里正在着火。索南说："阿爸是第一次喝白酒，我也是第一次。"角巴说："我第一次喝的时候也是这个样子，但这个酒还是要喝的，以后人和人打交道，不会喝酒恐怕人家理都不理你。"父亲说："我也是这个意思，所以就开始喝啦。"角巴问："汉族人为什么把酒酿得这么猛，不会绵软些吗，就像我们藏族人的青稞酒。"父亲说："汉族人喝白酒有几百年的历史，藏家醪糟喝着不过瘾。"桑杰咳嗽起来，他好像对白酒格外排斥。索南小心翼翼又喝了一口，哈着气说："我就不信啦，它能把我辣死？看我把它一口喝到肚子里，打个滚儿变成水，一泡尿尿掉。"

说话间，卓玛和旺姆已经煮好了羊肉，是刚刚煮掉血丝就捞出来的那种。父亲说："姐姐啦，能不能再回锅煮一会儿？"又对几个男人说，"现在牲畜多啦，牛粪羊粪烧不完，肉还是煮透煮烂为好，开两滚就捞出来的肉虽然香，但没有熟透，吃多了会生病。"索南说："会生什么病？我们一直都这么吃。"角巴说："听强巴的，米玛也不吃不熟不烂的肉。"端上来的手抓又回了一次锅，大家这才吃起来。父亲问："怎么样？"索南说："软得就像奶皮子，还没嚼就下去啦。"桑杰说："肉的味道都煮掉了嘛。"角巴说："慢慢就习惯啦，我现在吃的肉也是煮了又煮的。"父亲说："这就对啦，以后风干肉也要少吃，毕竟是没煮熟的，要多吃熟肉、糌粑和米面。"索南问："米面呢？"父亲说："买啊。"索南说："哪有钱。"父亲说："啊啧啧，这就是牧人的现状。我们家的草场是按人口分的，不算我的，也有几万亩，羊现在少说也有五百只了吧？再加上牛，加上奶和酥油，多大一笔财富。但你们——我说的是所有的牧人，舍不得吃舍不得卖，辛苦了这么多年，守着望不到边的草场，数不清的牛羊，日子却越过越穷。角巴啦你是头人你知道，过去的部落时代，富足的人，那些大部落的头人，是不吃风干肉的，就像歌里唱的，老爷的手抓，流浪汉拿去风干。现在反倒天天离不开啦，为什么？"索南说："牧人的日子不是头人的日子，不吃风干肉吃什么？谁家会修那么大的碉堡仓？要是每个月都杀牛宰羊，羊群和牛群就变不大啦。"父亲说："变不大就变不大，变大了有什么好？羊群越大日子越难，知道不？"索南说："强巴阿爸啦，不是这样的，羊群不大牛不多的话就没脸见人啦，看着人家的牲畜从东山漫过西山，自家的牛羊绕帐房一圈还绕不过来，这样的日子还有什么意思嘛？"父亲说："你养牛养羊又不是让人看的，是为了自己幸福自己享受。"索南说："幸福就是让人家羡慕，就是用多多的牛羊把别人比下去，叫邻居嘲笑、叫牧人小看的日子是最最难过的，在这个世上，只能由我笑话人，不能让人笑话我。"

父亲说："现在许多牧人家的牲畜都比我们家多，我算过，按照五亩草场育肥一只羊的比例，草场不够的问题在别人家会发生得更快。"索南说："现在承包啦，单干啦，我们管别人家的事干什么？"父亲说："我和角巴可以不管，但你不能不管，你是乡长，你应该知道，牛羊再增加下去，过不了几年，草场就没啦，各家各户都没啦。"索南说："不会的，吃掉的草还会长出来，吃一次长一次，吃两次长两次。"父亲说："要是连根都吃掉呢？"角巴说："俗话说水逼山开，风逼雪来，只要饿啦，蹄子都是吃草的。这个我知道，你就说怎么办吧？"父亲说："桑杰要重新出山，把畜产品站恢复起来。"索南说："啊嘘，一次牢还没坐够吗？阿爸是不会干的。"父亲说："你，索南乡长，从现在开始要行使你的权力，说服沁多乡的所有牧人月月屠宰，出售菜牛菜羊、牛皮羊皮。"索南问："这是什么意思嘛？"父亲说："只要愿意买卖，牲畜的存栏率就会减少，只要保证牛羊每年不重复踏进同一块草场，牧草的恢复就会很快，草场自然就增加啦。"索南拍了一下头说："强巴阿爸啦，你糊涂啦，一个牧人指着草场说，你看我家的草长得多好啊，有什么意思嘛？他只有让别人看到他家的牲畜比谁家的都多，尊敬的狐皮帽子才能戴到他头上。"父亲打了索南一下说："你不要再说话，我是你的老师你听我说，我的计划是这个样子的，索南劝说牧人卖牛卖羊，桑杰成立畜产品站负责收购，我联系渠道批发出去。现在县上的晋美小卖部和顿珠小卖部都愿意卖我们的肉，我再去州上和省上看看，大地方人多嘴多吃头大，愿意卖肉赚差价的买卖人和商店肯定有的是。"索南说："这样的事我做不来，牧人一句话就能把我顶回来：你家的牛羊为什么不卖掉？"父亲说："谁说不卖掉？只要你是乡长你就得率先卖掉，也得劝大家卖掉。"索南把吃肉的刀子插到肉上说："那我就不当乡长啦。"父亲说："当初分草场分牛羊搞'大包干'时，我一说你就通啦，动作麻利得就像狗咬骨头，现在怎么啦？我不是你的阿爸兼老师了吗？你可以不听我

320

的，在座的还有两位长辈，你总不能不听吧？"父亲望着角巴和桑杰，希望他们助自己一臂之力。他们互相看看，几乎同时端起了茶碗，嘘嘘地喝着。

突然，角巴说话了："强巴啦，我知道你希望我向着你，可要是向着你的话我心里就不舒坦啦。驴叫是想回家，马叫是想母马，鸟叫是想春天，狼叫是想娃娃，我是驴是马是鸟是狼，你看着安顿。从前我受马魔王的欺负又打不过，就把赶走马魔王的人当成了救命恩人，拥护啊，服从啊，送羊送牛啊，都是无条件的，一送就是数百万亩草场，玛沁冈日牧马场到现在还是政府的，对我也是个安慰。人民公社化时我把部落交给了公家，公家给了我些荣誉，我心里也是舒坦的，总觉得做了贡献办了好事。没想到公社一夜之间垮掉啦，你跟索南一商量，把沁多草原喊里喀嚓分掉啦，我心里就有些不高兴，我赠送的草原部落公家不要啦，不要就还给我嘛，为什么要分掉？是因为部落消失啦，头人没有啦，还是公家把我这个可怜的捐赠人忘掉啦？后来看着牧人一个个欢天喜地的样子，我也就把想不明白的话咽了下去。这些年，想不明白的委屈太多啦，我要是一件件都在乎，就活不到今天啦。我现在有米玛，有这个家，知足得很，看着儿孙们放羊的放羊，上学的上学，工作的工作，我除了祈求雪山大地保佑他们，还能干什么？吃进去的草要嚼三嚼，反刍是牛羊的本能，经历的事要想三想，小心是人的习惯。吃后悔药的事我再也不做啦，我不做就是不让你做，我不吃后悔药也是不让你吃。我们是什么关系？兄弟也好，父子也罢，总之是一家人。你不想生别离山里的苗医生我在想，你不想西宁城里的姥爷姥姥我在想，还有大大小小的孩子，那么多亲朋好友，我一一都想到啦。俗话说山有山道，水有水路，扎西不吉祥谁吉祥，德吉不幸福谁幸福？牧人烧香磕头，祖祖辈辈盼望的，不就是牛多羊多吗？为什么要卖掉？就算将来草场会紧张，那也是牧人自己的事，到时候牛羊自然就少啦，没草吃了他们还养什么？见了黄河才知道水，穿了皮袍才知道暖，鸟儿不尿尿，各有各的窍，你操那么多心干什么？听你的话其实你操心的不是牧人的将来，是谁的将来我不好意思说出口。你让索南利用乡长的身份鼓动牧人出售牲畜，通过桑杰的畜产品站，最后交到你手里，让你去赚钱，这样的事只有坏人才能想得出来，你怎么也开始学模学样啦？你现在不代表公家，只代表个人，你赚了钱是谁的，公家的还是个人的？"父亲说："当然是个人的。""那不行，这样的事万万不能做。尽管你是索南的阿爸和老师，但他是牧人的乡长，不是你的乡长，他不能说服大家为你赚钱，要说服你自己去说服。"父亲说："不光是我赚钱，是大家赚钱，收益最大的应该是牧人。""不管谁赚钱，只要是赚钱就不对。赚钱就是欺骗，你不骗人家，能赚来那么多钱吗？再不要扯上牧人啦，牧人遇上钱，就是兔子遇上骨头，互相不认得。眼下的日子，从来没有这么好过，有吃有喝有穿有住，这就行了嘛，牧人要钱干什么？你去问问他们，他们要是能说出个一二三四五来，我角巴就把头割掉。天上的老鹰，人只看到它的翅膀，雪山大地的眼睛就在鹰头上看着呢，报应是迟早的事，我要对你负责，对全家人负责，不许你这么干。强巴啦，千变万变，人品不能变，过去你是为大家好，我角巴鞍前马后为你忙，现在你是要大家为你好，我角巴可不能糊里糊涂把你往火坑里推。"

父亲万万没想到角巴会这样说，呆愣了半天问桑杰："你怎么想？"桑杰挠挠头说："强巴啦说得对，阿爸啦说得也对，我是个听人说话的人，到底怎么办，还看你们怎么说。"父亲固执地说："我知道你这个人就是一摊水，怎么开道怎么走，一遇到堵，就不知道方向啦。但是你现在必须选择，要么听角巴的，要么听我的。"索南说："阿爸啦，听爷爷的。"桑杰说："不知道尼玛是怎么想的？等他回来再说吧。"角巴说："他是我儿子，自然听我的。"桑杰说："卓玛，快把茶添上。"父亲把另一瓶白酒拿过来，还用牙齿咬开瓶盖，先给自己斟满，再给其他人斟满，双手端起酒碗说："干了吧。"然后一仰脖子，咕嘟咕嘟喝完了碗里的酒。角巴看着："慢点，喝醉了怎么办？"桑杰和索南端着碗没有喝，呆呆地望着父亲，或者说望着父亲的眼泪。父亲潸然泪下，他知道自己干了这碗酒的意义，既有分手的悲怆，也有惜别的难过。从此他就要自己干自己的啦，就将失去角巴这座靠山，失去这个温暖而牢固的家给他在物质和精神上的巨大支撑啦，或者说曾经父亲跟他们是一家人，但是突然之间好像不是啦，他被隔离在了外面，又被疏离在了远方，那么遥远的远方，想法和想法之间的距离，竟是如此地难以走近。他突然感到眼前一片苍茫，一阵孤独而凄凉的感觉袭遍了全身，就像整个人被埋在了冰雪里。他擦掉眼泪，呵呵地笑着，站起来说："不早啦，我该回去啦。"桑杰说："住下不行吗？"父亲说："家里只有藏獒多吉，狼来了怎么办？盗牛贼来了怎么办？"说着转身出了帐房。所有人都追了出来。角巴大声说："强巴啦，听我一句劝，放弃你的想法，老老实实做一个牧人，有你吃不完的肉喝不完的酒。"回答他的是一阵铁哨的疾响。父亲朝前走去，日尕从远处跑来，会合的时候，日尕惊讶得长嘶一声：怎么了主人？眼泪，眼泪，怎么会有这么多的眼泪？

　　白亮的月光洒在草原上，就像洒了一层珍珠，草叶上的反光串连在一起，凸凹不平地铺向了青黑的远处。风从前面吹来，清透的空气里弥散着花香，弥散着雪山的清爽。原野已不再是一望无际，有阴影的阻拦，还有波荡起伏的地形送来的错觉，马蹄总是在翻越一排排柔软的栅栏。日尕的奔跑一如既往，它有夜视的能力，所以对夜晚的理解与黑暗无关，不过是一段野兽可以大胆靠过来的时间。但它是不会惧怕的，它几乎没有躲避野兽的习惯，总是扑过去，在狼和熊惊慌闪开的时候，一掠而过。最得意的是有一次它居然把马蹄踩向了一头熊的肚子，那头熊正在坑窝里仰面躺着蹭痒痒，等它踩过去之后，黑乎乎的大哈熊就带着一个巨大的创洞永远待在那里了。日尕有些迷惘，它不知道主人怎么啦，也不知道主人的意图，就凭着自己的心思绕过了藏獒多吉看守的家，直奔生别离山。第二天，在正午滚烫的阳光下，它停在了医疗所的铁栅栏门口。父亲下马，丢开缰绳，走向了母亲的办公室。正在给一个新病人清理糜烂的母亲说："你去宿舍等着，我就来。"父亲和母亲一起吃了午饭，他差不多一个月来一次，每次来都会吃饭，然后住一晚上，或者两晚上。医疗所的病人跟从前一样多，多数是旧有的，少数是新来的，但重症患者明显少了，很多人身上已没有了脓疡，浸润和弥漫正在干枯，肢端的残废虽然还是不可避免的，但麻木性的皮肤损害和神经粗大正在消退。几乎在同时，兰麻所的赵冰给母亲的利福平、氨苯砜、氯苯吩嗪已经从试用变为常规使用，而那些或口服或外敷或洗浴的草药方，那些或藏医或中医的治疗，因为渐渐掌握了更合适的配伍和剂量，掌握了有针对性的因人而异的方法，效果明显起来。结论是令人鼓舞的：早发现，早治疗，可以根治，已经延误了治疗的老病号可以控制，下一步摸索的就是如何对暴露创面进行植皮和对畸形者进行矫形手术。医疗所的从医人员已经增加到了二十多个，除了母亲、张丽影和最早从事护理的从十二个健康人中挑选的两名助手，州卫生局局长兼州医院院长的索爱又用行政分配的方式，给医疗所调来了几个医生和一些护士，又配备了一辆救护车和一个司机。调来的人有的愿意，有的不愿意，愿意是因为工资比外面的同类医护人员高百分之三十，不愿意是因为治疗的毕竟是麻风病，听起来有点刺耳，恋爱结婚恐怕就不会那么顺利啦。母亲说："分配来的能不能男女比例均等？"索爱说："尽量吧，还得看他们有没有缘分。"

吃饭的时候，父亲把自己的想法和角巴一家的态度告诉了母亲，问母亲怎么办。母亲说："当初你不接受任何工作任何提拔，就想当一个牧人，我是支持你的，除了承包以后的牧人不缺吃喝，甚至比国家干部更富有之外，最重要的是当牧人安稳，不犯错误。但是你现在又不想安稳啦，又想折腾啦。这件事你可要想好，它不比从前办学校、建医院、盖房子，那个时候办法尽管不对，目的是好的，是为了别人为了公家，就算把你抓起来坐牢，个人心里还是亮堂的无愧的，别人面前也不丢脸。现在你要干的就很难说啦，钱最后都是要装到自己腰包里的，装多装少你把握不住，你肯定会说该装的装、不该装的不装，可是哪一笔该装哪一笔不该装你分得清楚吗？何况你天生不是个商人，缺乏精明，也不会算计，就算公家不限制，到头来吃亏的还是你自己。这次你肯定错啦，角巴说得对，你要听他的，他怕你吃亏，更怕你再次坐牢。"父亲没有反驳，只是笑了笑。母亲知道他没有听进去，想留他住一宿，晚上再劝劝。但父亲就像逃跑一样，快快地走了。走时他笨拙地拥抱了母亲，似是而非地亲了亲她，然后就义无反顾地走了。他忘了夫妻的爱里有一种叫体贴，还有一种叫满足，满足对方的等待和旷日持久的荒凉背后永远不肯吐露的要求，忘了一个男人的爱并不仅仅是藏在内心深处的暖意，也是一种浮在面上的表达——把柔声细语流淌在卷起脆骨的耳边，把温存留在对方打着哈欠就要闭上的眼睛里，把离别后的念想置放在他那整夜都不肯缩回去的臂弯中，而枕着臂弯的是她散乱的秀发。他好像是来向领导请示工作的，一得到回答就急急忙忙走了。动荡而焦忧的内心催促着他，他没有想到自己的表露过于直白：你不同意我就走。他和母亲已经有了隔膜，而这样的隔膜会增添母亲的心思而让她的举手投足沉重起来，会让她在寂寞而封闭的工作中失魂落魄从而影响到一切。母亲很后悔：她为什么要反对呢？他想干什么就去干吧，出了事再说，更何况还有一种可能叫万事如意。一连几天母亲都会时不时发呆，好几次她正在给病人割除脓疡，手术刀却拐着弯扎到了自己手上。有一次张丽影看见了，惊呼起来："你想什么呢？都出血啦，哎哟，好几处呢，这样很危险知道吗，万一传染上怎么办？"赶紧拿来酒精棉球给她擦。母亲躲闪着，习惯性地不想让别人看出她的心思，但真正躲开的却不是思想而是肢体，是被她自己在除疡的过程中扎破的手。她烦烦地说："你去吧，别管我。"张丽影走了。母亲就接着除疡，接着发呆，接着一次次扎破自己的手，连病人都喊起来："苗所长啦，你怎么啦，瞌睡了吗？赶紧睡觉去。"

2

父亲这一次给了日㞗明确的指令：县上。日㞗的奔跑如行云流水，舒畅而简洁，它没有一丝疑惑，没有一次走多余的路，它选择更便捷的路就像选择更可口的牧草，轻松而随意且不会有任何失误。黎明刚刚被冲破，黑暗还披在身上，父亲就站到了邮电局门口。他让日朵去吃草，自己靠着邮电局的门睡着了，醒来时他成了这一天的第一个顾客。他占据了刚刚建起来的打长途电话的小阁子，想着北京，想着才让。才让从人民大学提前毕业后，考上了清华大学物理教授哈风的研究生，读了硕士又读博士，现在已经是第二个学年了。他先打114查号，再打清华大学，打哈风老师，打了十几通才打到哈风教授家里。哈风一听是父亲，惊喜地说："什么时候来看我？今天吗？""我就是坐飞机也来不及啦。""我以为你来北京了。"又说了一些话，哈风说："等着，我马上去找才让。"父亲等了半个小时才等来才让，择要说了自己的想法，问才让什么意见。才让说："阿爸啦，你现在什么也不是，就是一个牧人，能失去什么？又不是杀人放火，有什么不可以干的？干吧，我从来没觉得你错过。"父亲的眼泪滚落而下，哽咽着说："谢谢啦，幸亏你这样说，要是你说的跟别人一样，那我就该撞南墙啦。"又说，"你已经两年没回来啦，什么时候回来？"才让说："过年一定回，江洋说他跟梅朵要结婚，我这个当哥哥的再不回就不像话啦。""江洋要结婚我怎么不知道？""他怎么给你说？帐房里又没有电话。"就在同一天，父亲来到了晋美小卖部。他说："你的名字里有无所畏惧的意思，不知道是不是真的无所畏惧？"晋美说："什么事你就直说，拐着弯儿干什么，卖弄你能说会道吗？"父亲又来到顿珠小卖部说："顿珠的意思是事业有成，命中注定你要发大财啦。"顿珠说："你是算命的还是放牛放羊的？"父亲说："不想再放牧牛羊啦。"之后他走进了一家回族人开的饭馆——回族人越来越多地来到了草原，州上有，县上也有，差不多都是做生意的。他饿了，要了两大碗牛肉拉面，带着响亮的声音吃起来，听到有人在厨房咚咚咚地剁肉，扭头一看，放下筷子不吃了，起身走过去，呆看了一会儿才说："果果？"果果抬头一看："强巴校长啦？"

果果出狱已经两年多了，不可能再有拿着固定工资的工作，又因为是城镇户口无法成为一个可以分到草场牛羊的牧人，只能在县城里混饭吃。他干过屠宰厂的工人，干过运输站的修理工，最近又来到这家刚刚开张的饭馆打杂，挣钱不多，仅仅是为了吃饱肚子而已。两个人坐下来说话。果果说："这就是我的命，早知道会这么丢人，不如当初不当干部，老老实实做个通信员的话，兴许就没有胆量干犯法的事啦。"父亲问："你见过张丽影啦？""见过。""是你去生别离山找的她？""那地方我怎么敢去？是她来找我的。""她怎么说？""还能怎么说，等我一辈子呗。""等什么？""等我有好一点的工作，有自己的房子，我过去住的是公家的房子，现在连一张床都没有啦。"又说了些别的，父亲问："你还能不能找到更好的工作，饭馆一个月才给你六十五块钱，怎么够？""我干来干去这是最高的工资啦。""那还不如跟我干。""强巴啦，跟你干什么？"果果的语气里明显带着期望的兴奋。父亲说："做买卖，你敢不敢？""只要跟女人没关系，我什么都敢。"

以后的几个月里，随着天气渐渐变冷，父亲带着果果陆续屠宰了自己的所有菜牛菜羊，然后把还没长大的羊羔和带犊的牦母牛以及藏獒多吉委托给桑杰，抛下自己的一万亩草场，来到了县上。晋美小卖部和顿珠小卖部已经挂起了批发兼零售牛羊肉以及牛皮羊皮的牌子，它们的名字也不再是"小卖部"，而是"晋美商店"和"顿珠商店"。父亲说："沁多县小卖部的历史从此结束啦，我们的商店是沁多草原的第一批商店，要做出好样子来给人们看看。"晋美和顿珠都问："什么是好样子？"父亲说："多多地来，多多地去。我明天就去西宁，看看有没有市场。另外，这段时间我们怎么联系？"顿珠说："邮电局的人跟我熟，有急事你让他们找我。"

父亲本来打算直接去西宁，想着春节就到了，不如跟母亲一起回，就骑着日朵去了生别离山。母亲说："今年的藏历新年比汉族人的春节早了将近十天，你等等，等我跟病人一起过了新年再走，到时候可以让医疗所的救护车送送我们。"父亲说："等不及啦，春节前我必须回去，万一放了假我连人都找不着。""你找谁？干什么？""联系销售牛羊肉和皮张的渠道。""你还是没听我的。"父亲不吭声。母亲又说："随你吧，既然干起来啦，就不要瞻前顾后，我的话不算什么。"父亲说："江洋和梅朵想结婚，这个春节是不是给他们办了？"

"来不及准备，推到'五一'怎么样？""这个得问问他们。"父亲离开时，看到院子里停着两辆几乎一样的救护车，随便问了一句："又增加车啦？"母亲说："那一辆旧的有毛病，本来就是州医院快淘汰的车，里面的急救设备基本不管用，卫生局正好有一笔事业费没处花，就买了一辆新车拨给了我们，算是对生别离山的照顾。其实拉病人的机会不多，新病人都是用马送来的，我们的车主要是跑后勤。""有毛病的能不能开？""开当然可以。"他痴迷地望着那辆车说："要是我会开就好啦。"父亲回到县上，把日杂交给果果代管，找了一个编织袋，在晋美商店装了些羊肉牛肉酥油糌粑什么的，坐上长途客车去了西宁。两天后到达，他没想到西宁已是今非昔比，等待他的是一片既惊又喜的喧嚣，是一根鞭子的抽打：你怎么还不跑啊？你是马，你是日杂，你居然如此地怠惰，慢条斯理得如同爬行的乌龟。

父亲从长途车站出来，提着编织袋边走边看：商业气氛十倍百倍地浓厚起来了，就连一些相对僻静的街道，也星罗棋布地开着店铺。更多的买卖人是没有店铺的，就把货摊摆在街面上，拿个马扎坐着，笑眯眯地望着来来往往的人。不时有人停下来讨价还价，然后掏钱买货，能感觉到人与人之间、人与货物之间突然出现了一条开阔的河，无数的人民币在哗哗流淌。货物大多是年货，吃的用的数不胜数，也有来自牧区的羊肉、牛肉和酥油。他问货主多少钱一斤，牛羊肉自然比沁多县贵了许多，又问好卖不好卖，得到的回答是：赶紧买几斤回家过年吧，明天来就没有了。父亲寻思：我要是给西宁批发，多少钱合适？零售自然更划算，但去哪里开设店铺呢？他一路走来，满头大汗回到家中，看到姥爷正在跟一个络腮胡子的人说话，两个人同时站了起来。络腮胡子笑嘻嘻地盯着父亲放在地上的编织袋。姥爷指着父亲说："说曹操曹操就到。"络腮胡子赶紧说："我叫马福禄。"原来自从父亲当了牧人，就会一两个月寄一个包裹回家，无非是些肉食和奶食，一来顶替过去挣工资时给姥爷姥姥的赡养费，二来算是报个平安——自从他有了牢狱之灾，姥爷姥姥对他就不那么放心了，总有些莫名其妙的担忧。但现在家里吃饭的人少，寄来的东西吃不完，姥爷就会交给马福禄卖掉。马福禄住在这条街上，在西宁最热闹的西门口开着家杂货店，什么都卖，只要有货。他今天就是寻货来的，汉族人藏族人过年，回族人赚钱，市场上紧俏的就是牛羊肉和酥油。姥爷说这会儿没有，正要打发他走，父亲进来了。马福禄禁不住弯腰摸了摸编织袋。姥爷说："这个恐怕你拿不走，我们家过年也要吃肉嘛。"马福禄说："你们家好办，都是牧区的人，这个不带那个带，少不了的。"姥爷说："哪里都是牧区的，我们家有北京的，有兰州的，有西安的，要是都回来，我拿什么给家里人吃？"父亲突然插了进去："没关系，你可以拿走，就是不知道够不够，也不知道价钱多少。"马福禄说："这一点算什么，一个小时就能卖完。价钱嘛，就是你家姥爷平常出的价，我给你羊肉一斤一块二，牛肉一斤一块五，酥油一斤两块，我多少钱卖出去你们就别管了。"父亲说："噢呀，太好啦。"父亲没想到一回到家，连口水都没喝，就做起了生意。他跟马福禄聊起来，才知道如今的西宁，任何一个人只要愿意都可以成为批发牛羊肉的代理，用不着去找国营的商业单位比如省商业公司、西宁糖酒副食品公司等。父亲问："不需要手续？"马福禄说："办个执照就行。""难不难？""肯送东西就不难。""不送呢？""那就得找关系，正常办也能办下来，就是时间长一些，大概两三个月吧。""不说这些啦，什么时候去你的杂货店看看。""现在就走。"父亲去了，感觉还行，告诉马福禄，以后自己跟他的所有买卖都是一手钱一手货，不能等他卖完了再给钱。马福禄同意了。又敲定了需要量，父亲觉得暂时用不着去找别的渠道，杂货店既可以零售也可以批发，另外马福禄还有一些同样开店的朋友。目前父亲除了自己的牛羊肉，没有别的来源，供应量不会太大也不会太久。他吸着冷气，皱着眉头，想着以后的事，又是兴奋又是发愁，回家吃了姥姥做的拉面，去街上的澡堂洗了澡，换了一身干净衣服，就朝大十字邮电局走去，到了跟前才发现已是傍晚，邮电局的绿色大门正在关上。

第二天一早，父亲再次来到邮电局，拨通了沁多县邮电局，麻烦他们帮忙找一下顿珠商店的老板，说过一会儿再打过去。半个小时后顿珠才赶来。父亲说："我现在需要一车肉，一半羊肉一半牛肉，得赶快送到西宁来，能不能办到？"又说了卸货的地址，就是马福禄的杂货店。顿珠说："屠宰好的肉都囤在晋美商店的库房里，关键是没有车。""你去把果果找来，我问问他。"果果来了，焦急地告诉父亲："日尕不见啦，找得我嗓子都冒烟啦。"父亲说："别着急，它丢不了，肯定是去找我啦，找不到就会回来。"又问道，"你不是在运输站干过修理工吗，能不能雇到车，还要便宜一点。"果果说："我觉得可以，运输站的大部分车都闲着。""太好啦，你抓紧。还有件事，比这更重要。你能不能在县上找个司机，跟他学开车，越快越好，这个新年你就别打算闲着啦。""那还是得麻烦运输站的司机。""有没有关系好的？你给他说，也不白教你，我们给他报酬，一天三块。""太多啦。""那就两块。""我看一块他就会高兴得跳起来，又不是自己的车自己的油，全是公家的，他就是花点时间而已。""那就好，等我这次回去，希望能看到你开着车到处跑。""这个恐怕不能吧，我怎么可以随便开出去？""又不是运输站才有车。"

打完电话，还不到中午，父亲就走着去了省政府。传达室的人给办公厅打了电话，请示了秘书长李志强后才放他进去。到了办公厅接待室，来迎他的人说："李秘书长正在开会，让你等着，中午一起吃饭。"说着便领他去了秘书长办公室。等到中午过后，李志强才出现。父亲从沙发上站起来说："你这么忙，打搅啦。""不忙，就是开个会，我主持的，不好离开。你瘦多了，听说你什么也不干，就想当个牧人，可惜啦。""现在牧人也不好当啦。"父亲说起正在迅速增长的牲畜和必然会缩小的草场，说起他的担忧和准备办个畜产品贸易公司的想法。李志强说："那就办呗。""我靠什么办？既没有注册资金，又没有商店地址，但要是没有公司，事情就做不起来。""你这样的情况，通常的做法是找个挂靠单位，企业和事业单位都行。"父亲说："公司的名字我已经想好啦，就叫'沁多贸易'，但在沁多县很难找到挂靠单位，就想在西宁凭空办个公司。""怪不得你会来找我，我得打听打听，看符合不符合政策。"正说着，秘书送来了饭，是政府食堂特意做的四菜一汤：红烧黄河鱼、鱼香肉丝、葱炒鸡蛋、醋熘白菜、西红柿紫菜汤。两个人对着茶几吃起来。吃了一会儿，秘书进来说："他来了。"李志强说："下午有个约见，不能一直陪着你，你以后不要有事才来找我，没事也可以来，有机会大家聚一聚，把梁辉、周莉、韩朴这些在沁多学校待过的人都叫上。"父亲放下筷子说："机会我来找，你等着就是啦。""你再吃点，剩这么多。""饱啦。"李志强送父亲出门。父亲路过接待室时，不经意地朝玻璃墙望了一眼，发现里面等着的人有点像老才让，心说这个人好长时间没听说啦，来这里干什么？他不想搭理，扭头就走。

几天后，李志强的秘书来家里寻找父亲，带他去了成立起来不到两年的省工商管理局。在一间四壁立满了绿色铁皮柜子的办公室，有人问了他一些问题：经营方式，公司目标，现有资产，人员配备什么的。他如实回答，还提到了三个合作商店：沁多县的晋美商店和顿珠商店、西宁市的西门杂货店。对方没表示任何意见，就让他填了表，然后发给他一张盖了钢印和大红章子的营业执照。父亲捧在手里看了半晌才意识到，事情办成啦，也就是说沁多贸易公司宣告成立啦。

"沁多贸易"成立的当天，家里有了姥爷姥姥的笑声，这样的笑声消失了很久，当它出现时连两个老人都有些吃惊。姥爷说："你在笑，笑什么？"姥姥说："你也在笑，你笑什么？"他们的笑声当然跟"沁多贸易"无关，而是才让回来了。才让穿着一身蓝色卡其布的中山装，一双棕色皮鞋，头发剃得很短，戴着一副黑色玳瑁框的眼镜，看上去又斯文又精神。他用藏族人的礼节，分别抱住姥姥、姥爷和父亲，嘴对嘴行了接吻礼，然后打开一个黑色的旅行包，拿出一些果脯、茯苓饼、金丝小枣和京都酥糖，捧到姥姥怀里，又拿出两瓶桂花陈酒、一只用油纸包着的烤鸭，捧到姥爷面前说："酒和鸭子是哈风老师送的。"才让上大学之前已经有四年以上工龄，按规定可以带工资，加上他成绩优异，一直拿着奖学金，不仅不需要家里供他上学，还能像从前一样给家里贴补钱。姥爷姥姥把礼物放起来，说是人齐了再吃。以后的几天，家里不断会出现笑声和彼此的问候声：母亲回来了，当她从救护车上下来时，才让正好在往家里挑水，看到母亲后，放下水桶就扑了过去："阿妈啦，阿妈啦。"他抱着母亲行了贴面礼，又行了接吻礼，惹得过路的人都停下来观看。汉族人只亲吻小孩，成人之间没有这样行礼的习惯。母亲冲路人笑笑，拿着行李，叫上司机，快步进了小巷。才让挑着水追上母亲说："阿妈啦，听说生别离山医疗所越办越好啦。"母亲说："噢呀，你什么时候去看看。""过完春节我跟你一起回吧，在北京我梦见桑杰阿爸啦。"母亲的回来惹出了姥姥的眼泪，虽然所有人的离家远去都会让姥姥心存悲伤，但母亲的长年累月不回来却超越了她的承受能力，她见了哭，走了也哭，一种先天的因牢固而敏感而疼痛的母子情分，在她这里变成了一泓泉水，随时都会冒出来，漫漶而去。母亲也哭了，拉着姥姥的手说："对不起，我本来应该守着你们。"姥爷说："你哭什么？苗苗已经是坐小汽车的人啦。"才让说："姥姥啦，你流的是高兴的眼泪吧？我尝一尝，是甜的还是咸的？"说着抱着姥姥舔了舔她的眼睛说，"味道好得很嘛，又咸又甜。"姥姥笑了："还有甜的眼泪？你刚刚吃过糖了吧？舌头黏糊糊的。"母亲说："赶紧做饭吧，司机还要回去呢。"

晚上，央金来到家里。父亲问她春节是在西宁过还是去沁多学校过，她说她就是来问问的，江洋和梅朵结不结婚，结的话就让洛洛来西宁，不结的话她就去沁多。母亲说："结不结等江洋和梅朵回来了再说，你还是让洛洛来西宁吧，一大家子都在这，等过了初五，你再跟他回沁多，才让也要回。"央金说："噢呀，我听姐姐的。"母亲说："你脸色不太好，最近是不是太忙啦？""也没有。""那是不是身体不舒服？""好着呢。"吃了晚饭，央金就走了，她差不多还是一个星期来一次，从来不住，尽管姥姥恳求过许多次："你住下吧，这里离单位也不远。"两个老人操劳惯了，很希望平时家里有人，让他们今天揪面片，明天扯拉条。他们说不动央金，也说不动普赤。普赤上的民族学院在西宁东郊，远了点，交通不便，不可能每天来回跑，最多一个星期来一次。琼吉已是大四学生，再有一个学期就要从西北大学毕业了。

过了一天，普赤放假了，她秉承了阿爸阿妈的天性，是个文静勤快的姑娘，每次回来都要抢着干活，好像这里是帐房，她是帐房里的年轻女人，活儿就得由年轻女人干。姥姥看她想干又不会干，就手把手地教她：和面、擀面条、包饺子、蒸馒头、烙锅盔、择菜、切菜、炒菜等等。两天后，琼吉回来了。姥爷姥姥又意外又高兴："你不是不回来吗，说假期要去北京旅游？"琼吉不回答。普赤说："才让哥哥回来啦，她去北京干什么？"琼吉见了才让后突然就不说话了，像个哑巴，甚至都不会多望一眼。但所有人都看得出来，她跟才让的距离不是远了，而是更近了，在她尽量回避对方的眼睛里，有着爱恋者的羞涩和矜持，有着藏起来的热情和奔放，有着把真爱一点点给予的收敛和节俭。她似乎知道，只要她和他互相望一眼，彼此就都是一种含情脉脉的射击，击中的不是眼睛而是心。父亲和母亲对视着，会意地笑了。姥爷在厨房里大声说："琼吉你过来，把这几瓣蒜剥了。"才让说："我来剥。"普赤："你们两个一起剥吧。"剥蒜的时候才让问："你什么时候回学校？"琼吉低着头说："还没想好。""这样吧，我们一起去草原，看看家里人，然后我送你去西安，再回北京。"琼吉甜蜜地答应着。

最后回到家中的是我和梅朵。我们从兰州师范大学毕业后，梅朵留校成了艺术系最年轻的声乐老师，我选择了回阿尼玛卿州，因为我喜欢那种一出州委就能看到辽阔草原的感觉，还因为州上有王石书记的关照，我有足够的时间复习功课考研究生。考兰师大的古典文学研究生是梅朵的主意，她希望我能跟她在一起，永远，一辈子。这当然也是我的希望，只是有些遗憾，我必须离开草原。考上后我说："我为你做出了重大牺牲，放弃了整个阿尼玛卿草原。"梅朵说："好像草原是你的。""难道不是吗？草原上的雪窝子，那是我们最初的天堂。"梅朵说："小时候我听阿爸说，天堂在人的心里，你在哪里，天堂就在哪里。"我上大学是带工资的，读研究生也带着工资，每月五十多元。我习惯于把每月从州上寄来的工资交给梅朵，梅朵秉承了藏族人对待金钱的全部态度：不看重，不积攒，不细算，有多少花多少。花掉的钱里包括了我俩每月寄给姥爷姥姥的二十元赡养费，尽管姥爷姥姥也许并不需要我们的钱。这些年父亲和母亲依然是这个家的经济支柱，母亲的工资大部分是要寄回家的，父亲虽然没有工资，却用从不间断的包裹改善着家里的生活，还用"强巴案"平反后补发的工资，承担了家中最重要的一笔开支：琼吉和普赤的学费和生活费。梅朵在学校有单身宿舍，但按照学校规定，我不能在那里过夜，作为研究生我必须回到集体宿舍，作为青年教师，梅朵必须拿出结婚证才可以避免干涉。所以我们总是在白天见缝插针地完成我们的青春嗜好，性急而匆忙地延续着我们越来越美妙的柔情蜜意。我们的打算是：我研究生一毕业，马上结婚。后来主意又变了：这个春节必须结婚。学校正在盖教师住宅楼，梅朵结了婚，说不定就能分一小套。所以我们回到家中的第一件事，就是告诉大家：我们要结婚了。

母亲说："这个春节来不及，你们可以先把结婚证领了，'五一'时再办婚礼。"我看看梅朵。梅朵说："阿妈啦，哪有这样的，要是不办婚礼就把结婚证给别人看的话，我们会不好意思的，心里也会难过。"我说："我们是藏族人，大家的祝福、喜庆的歌舞才是幸福的开始，光凭一张结婚证算什么？"父亲说："这是大事，你们应该提前跟我们商量。"我有些憋不住了："我们到哪里去跟你们商量？这些年都是各忙各的，我们很难见到你们，你们也没有时间过问我们的事，我们只好自己决定。说实在的，本来早就该结婚啦，就是因为谁也不催谁也不问，推到了现在，可是阿妈说还要推，那就是反对我们结婚啦。"梅朵说："就是，人家的阿妈见女儿大了，就会今天准备这个，明天准备那个，没等结婚，嫁妆就摆满了帐房，还有婚礼上穿的彩色藏袍、花氆氇靴子、蜜蜡的项链、玉石的镯子、绿松石的戒指，天天念叨着雪山大地为女儿祈祷，给女儿洗澡洗头梳辫子。可是我的阿妈就知道往后推，春节推到'五一'，到了'五一'谁知道又会推到什么时候，哼。"说着，眼泪汪汪的。就这样我们没来由地说了些不该说的话，但我跟梅朵是有区别的，我是真的有些埋怨父母，而梅朵却带着女儿的撒娇，似乎在表达一种更深的爱恋和更彻底的托赖，不仅听不出一丝的怨一丝的恨，反倒让人觉得她比亲生的还要亲，她在向阿爸阿妈传述一个亲生女儿最最单纯的愿望：结婚一定要高兴，我们自己高兴，也要让所有人高兴，不办婚礼就看不到别人的高兴，看不到别人的高兴，光我们自己高兴有什么用？我们自己也就不高兴啦。姥姥说："你们每次回来，我都问你们什么时候结婚，哪里没催过？是你们自己拖着不结。"梅朵说："姥姥你别说啦，我说的不是你和姥爷，我说的是阿爸阿妈。"父亲说："我们的确有忙不完的事，你们要理解。"而母亲用一个女性的细腻和温柔，体察到了我的隐衷和梅朵话中贴心贴肺的感动：生养了她的阿妈已经去世啦，那个叫赛毛的女人为了营救一个叫强巴的人被洪水冲走啦，这孩子从此不是没有了阿妈，而是有了一个新阿妈，一个跟亲阿妈一样的新阿妈。母亲说了声"对不起"，一声哽咽，眼泪夺眶而出。这之后，母亲和父亲对视了一下，便决定了我们的婚期：马上，立刻。

全家人都忙起来。父亲准备卖给西门杂货店的一卡车肉昨天来了，马福禄已经付了钱。本来父亲打算把这些钱全部投到生意上，现在拿出了一部分，让母亲领着梅朵去买衣服，买梅朵提到的蜜蜡的项链、玉石的镯子、绿松石的戒指。梅朵一看项链和镯子那么贵，死活不要，说她就想要两身衣服，一身红颜色的汉服，一身有点草原气息的藏袍，当然还有高跟鞋和两条漂亮的纱巾。母亲买齐了这些，让梅朵在家里试衣试鞋。父亲见了说："好看，好看。"又轻轻摇头，私下里对母亲说，"女人没有好的首饰，就像好马没有好鞍子。项链、镯子、戒指是增福的物件，不能少了，藏族人讲究这个，再说对梅朵来说这里既是娘家又是婆家，不能缺了主要的，还是给她买了吧。"母亲说："花多了你的钱，我怕影响你的生意。""没关系，钱花了再赚。"母亲就又去买了回来。当她拿出蜜蜡的项链、玉石的镯子要给梅朵戴上时，梅朵抱住母亲亲了好几下，然后激动得哭了。绿松石的戒指是我给她戴上的。她说："你别想得太美，我不会感谢你。"说着还是扑过去抱住了母亲。藏族人的习惯里单数吉祥，婚礼便定在初三，酒席订了五桌。父亲说："我们不能越活越不体面，当年洛洛和央金的婚礼是在院子里办的，这次我们一定办到饭店里去。"然后催促央金，再给洛洛打电话，让他初三以前务必赶到。但电话不是央金打的，是央金在邮电局央求琼吉打的："我已经打了五次啦，催他赶紧回来，他总说忙，我知道忙也是真的，那么大的学校的一个校长，但我讨厌的就是他的忙，我不想再理他啦。"琼吉大惊小怪地说："是不是他不爱你啦？"央金说："那倒不会。"琼吉又问："你爱他吗？"央金想了想，没有回答。琼吉说："要是你爱他，就应该义无反顾地回到他身边去。""我爱他也爱西宁，西宁毕竟是省会城市。"琼吉用她特有的尖嗓门大声说："一座城市就能把爱情顶替掉，那算什么爱情？"央金摇摇头说："你是不是觉得世界上没有比爱情更重要的东西？""那当然，为了爱，我可以舍弃一切，包括这个地球。"央金说："你连地球都肯舍弃？那你要去哪里？上天吗？"琼吉说："不是上天，是上天堂，人间不能爱，就去天堂里爱。"央金打了个寒战，开始拨电话，通了以后把话筒交给了琼吉。琼吉说："洛洛叔叔，你什么时候来西宁？"洛洛说："快了。""就是说哪天启程你还没定？洛洛叔叔你听好了，我给你打电话是最后通牒，如果你明天动身，我们保证你将继续幸福地拥有央金，如果你初三这天才赶到西宁，不仅我们不会理你，你也将惨痛地失去央金，因为你必须带着央金出现在婚礼现场，还因为你们要带着自己的爱情去祝福别人的爱情，否则就算你们出席了，也不会带来好结果。"洛洛是个实在的人，听不出琼吉的话里半真半假的夸张成分，半晌不吭声，突然问："后天启程行不行？""不行。""噢呀，我听你的，明天就动身。"琼吉又说："我们在等你，央金在等你，都望眼欲穿了。"她放下电话，对央金说，"威胁生效了。"央金说："行啊，挺会说的你，到底是大学生。"洛洛把手头的工作交代给了副校长藏红花，两天后赶到西宁。初三到了。

3

婚礼很热闹，也很排场，因为酒席上了鱿鱼和海参，这是那个年代古城西宁非凡饮食的标准。来的人有院社邻居，有韩朴、梁辉、周莉、李志强这些老沁多学校的，有回西宁和家人团聚过年的王石，有在西宁的寄宿班的同学，有省歌舞团梅朵曾经的同事，有马福禄。梅朵问央金："市歌舞团的人呢？"央金说："不想请他们。"洛洛和央金坐在一起，才让刻意过来坐在洛洛身边，想听听沁多学校的事。洛洛说：学生都一万多啦，整个阿尼玛卿州的学生都往这里跑，牧人送孩子上学差不多已经成了习惯，越往后越多；教师这几年也在不断增加，但还是不够；考试成绩和上大学的人数有起伏，总的来说是往上走的。下一步打算扩建，盖两座教学楼和一座办公楼，都是三层，规划已经出来，正在向州上省上申请经费。再就是呼吁政府把原来的简易公路修成正式公路，这么大的学校，不能不通公共汽车，起码应该通到县上州上。最大的问题是忙，有处理不完的事，焦头烂额。才让说："这些事你给强巴阿爸说了吧？""说啦，他说干得好，就是规划还不够大胆，教学楼至少应该有五座或者七座，楼层最低五层，将来慢慢要把平房全部淘汰掉。我给阿爸说，这次回去就重新商量，修改规划。"韩朴说："别光顾着说话，你们也吃点。"洛洛拿起筷子吃了一口。韩朴小心翼翼地说："你吃的是鱼。"洛洛说："我还以为是肉呢，不过没关系，吃不吃鱼那得看时间和地点，过去是绝对不吃的，有羊有牛，吃鱼干什么？杀生有罪，只要饿不死，能少杀就少杀，再说了我们藏族人崇拜水，水是圣洁的，是生命之源，水里的生物自然也是圣洁的。现在有些人慢慢地开始吃啦，据说营养比牛羊肉好。像我们，在草原上在沁多学校是绝对不吃的，但到了西宁嘛，有时也吃一点，不犯什么忌讳。"琼吉说："央金姨妈最爱吃的就是鱼。"洛洛哦了一声："她爱吃鱼我还不知道呗。"琼吉说："你不知道的太多了。"洛洛承认道："确实，我跟她一起吃饭的时间一年加起来不超过半个月。"央金说："说这些干什么？来，喝酒，都干啦。"洛洛说："酒你也喝？"琼吉说："又是一个不知道吧？你还是她丈夫呢。"所有人都举起了酒杯，才让和洛洛只抿了一点，央金一饮而尽。

我和梅朵正在敬酒，尽管那时已经开始流行婚纱，但梅朵按照自

337

己的愿望拒绝了那种一生只能穿一次的服装，穿上了母亲给她买的洒着细碎金花的湖绿色夏季藏袍，让她显得身材高拔，线条起伏流畅，加上五官匀称的脸庞，漂亮得就像唐卡里的文成公主。她说过，她要穿一种什么时候想穿就能穿，还可以上台演出的结婚礼服，今天的这身藏袍正合了她的心意。我们是唱着歌敬酒的，草原上的敬酒歌出现在城市的厅堂里显得有些容纳不下，满满的每个角落都是声音，尤其是当大家合起来唱时，总有震颤让窗户玻璃发出轻微的响声，让装饰在房顶的彩带和彩球跳荡摇晃。歌唱是灵与肉的绽放，当血肉之躯需要像花朵一样盛开时，声音的旋律就会飘扬而出。我和梅朵唱道：

> 请喝下这杯酒，我是来自天上的姑娘，
> 喝一口驱除寒冷，喝两口神清气爽；
> 请喝下这杯酒，我是来自雪山的国王，
> 喝三口赶走邪祟，喝四口贵体安康。
> 捧着忘恨泉的琼浆，它是酒神的酿造，
> 从爱情山走来的伴侣带着花神的芬芳。

大家合起来唱道：

> 恩爱相随胜过了金玉满堂，
> 白头到老胜过了所有宝藏，
> 扎西德勒便是草原的太阳，
> 卡卓洛淘便是雪山的月亮。

寄宿班的同学跳起来，省歌舞团的人跳起来。藏汉混搭的婚礼让人们感到新奇而兴奋，藏人汉歌，汉人藏歌，就差一个可以让歌声飞得更远、舞蹈跳得更开的大场子了。不过拘束有拘束的好处，藏舞不知不觉变成了交谊舞，身挨着身，手拉着手，又是另一番情趣了。我们敬了一圈，唱了一圈，准备坐下来歇会儿，饭店的服务员过来说，门口有人要见我。我去了，一见之下竟有些迷茫和惊叹，好像她比所有过往的人都更遥远，好像她的出现一下消除了时间对人的改造，让我恍然回到了那个懵懂无知的从前。达娃没变，一点点都没变，还是寄宿班的那个样子，胖胖地漂亮着，健健康康地漂亮着，憨憨厚厚地漂亮着，岁月的流逝绕开了她，不管水浅水深水清水浑，她都是中流砥柱的那座少女石，而且还穿着藏袍，西宁市的青年藏族人，除非遇到特殊场合或者节假日，一般都是汉服，她却绝不一般地穿着一身半旧的藏袍。我说："进去吧。""不去了。"达娃递过来一串去掉包装的檀香木手链，"给你的。"然后姐姐一样拉过我的手，帮我戴上，又从绣着莲花的坤包里拿出一个盒子，打开，是一对镶着玛瑙石的银耳环，"不知道梅朵喜不喜欢。""谢谢啦，肯定喜欢，走吧，你去见见她，好多人你都认识。""我已经在这里看了一会儿，看到了所有我认识的。强巴老师瘦啦，头发也掉了不少。""阿爸这些年经历坎坷得很。""我听央金说啦。""你呢？现在干什么？"她说她几年前就转业了，本来可以去西安歌舞团，觉得没意思，还是回到了西宁，在第一中学当音乐老师。我说："能当音乐老师的人都得会乐器。""我在部队学了一点钢琴和大提琴。""太棒啦。"又说了一会儿话，她就告辞而去。我那时还不知道她是特意来看望父亲的，她已经十多年没见父亲了，跟寄宿班的同学，她也只跟央金有联系，是为了方便知道父亲的情况吧？也许那个时候央金知道达娃内心的牵挂，但央金从来不说。

吃席的人陆陆续续走了，最后只剩下了韩朴、梁辉、李志强、寄宿班的嘎沙和俄霞——嘎沙考上了大学，毕业后又回到了实验中学；俄霞是梅朵在省歌舞团的同事，没考大学，一直在唱歌跳舞。他们几个连同父亲和姥爷一起在喝酒，喝得一个个舌头大了才离开。母亲带着我和梅朵去了饭店的六楼，打开一间房说："进去吧。"我和梅朵有些纳闷：干什么？母亲说："这是新房，你们在这儿住两天，不许回家。"梅朵欢呼起来。我自然也是喜出望外，送走了母亲，抱着梅朵滚翻在床上。我们住了两天三夜才离开，回到家中时没看到母亲，问

339

起来，父亲说："已经回去啦。""怎么这么快？""说是婚礼上有人找过她，医疗所有急事。"梅朵的眼睛顿时潮潮的："我都没送一下阿妈啦。"父亲说他本来想去送，母亲不让，理由是来接她的车停在西门口，还要在那里采购些吃的用的带回去。

母亲走得有些蹊跷，但谁也没有在意，我们太马虎了。后来才知道，母亲是发现了身上突然隆起的斑疹后匆匆离开的。她是医生，以她多年的治疗经验，知道自己传染上了什么病——麻风来了，来跟它的克星相依为命了。医生的道德不允许她在确知病情后还去乘坐人挤人的长途客车，她去了省防疫站，请求那里的人把她送往生别离山。生别离山医疗所的治疗效果和苗所长的努力在业内早有传闻，人家待她很客气，但是"十五"没过，领导和司机们都还没来上班，只能等着。母亲不想等，就把电话打给了索爱。两天后，索爱坐着州医院的救护车亲自来接她。母亲走了，家里的所有人包括父亲都不知道她已是一个麻风病人。她坐上救护车，望着窗外徐徐划过的街景，突然想：这会不会是她最后一次来西宁呢？不禁酸楚逼心，怆然泪下。我们没有送送母亲，许多年后我和梅朵都在后悔：当我们埋怨劳累的没有私怀的母亲对儿女关心不够时，当润物无声的关心在不经意间一次次来临，而我们理所当然地接受也理所当然地遗忘时，母亲却带着巨大的悲痛怀想着我们：好在孩子们已经大啦，而且都那么有出息——哑巴才让成了博士，以后一定是个了不起的科学家；江洋和梅朵已经结婚，可以自己管好自己啦；琼吉和普赤也都成了大学生，就等着毕业后分配工作啦。感谢孩子们，成长得这么好，我用不着再去操心啦，而且都那么知恩知德，不可能不照顾好姥爷姥姥，再说还有强巴，强巴好一切都好，他会不好到哪里去呢？现在和以前不一样啦，做生意不再是见不得人的事啦。就这样，我们还没来得及表达丝毫的感恩，母亲的感恩却长河流水一般流淌在她的身后。她拖着这条长河悄悄地走了，以最快的速度回到了生别离山。从此她不再是一个单纯的医生，她还是一个病人，一个在任何时代都会让外人悚然发怵的麻风病人。而我们只会这样安慰自己：我们不知道，不知道母亲是在发现麻风病缠身后匆匆离开了我们。

我和梅朵回到家中的当天，洛洛走了，走前央金跟他大吵一架。那天他们都来家里吃饭，央金希望洛洛再待几天，跟大家一起回沁多。他很为难，坚持要走，说是吃了饭就去买票，票买到今天今天走，买到明天明天走。央金突然就爆发了："你把我当什么人啦？西宁有没有你的家？你急着回去干什么？是你把学校当成老婆啦，还是你另有一个老婆？"洛洛没见过也没想到央金会如此发怒，愣了半天说："那……你跟我一起回？""我又没有假期，回去还得请假，请假会扣奖金你不知道？再说我回去干什么？每次你都是让我一个人守在宿舍里，我天天等你等到凌晨两点才能睡。"洛洛说："你可以去外面转转嘛，看看草原，骑骑马。""你有没有脑子？我大老远回到沁多就是为了看看草原骑骑马？我是冲着骑马回去的吗？""那是你的故乡，看看又怎么啦？""故乡有什么用？它能让我高兴吗？能让我怀上孩子吗？能让我感觉到我有一个实实在在的男人吗？"两个人吵得不亦乐乎，谁也劝不住。洛洛嘴笨，吵不过，就准备离开。央金撕住他："你是不是不要我啦？我早就知道你不想要我啦，我要跟你离婚。"牧人的习俗里，没有女人提出离婚的，洛洛像受了奇耻大辱，胳膊一甩打了央金一下，央金扑上去还手，却被洛洛推倒在地。央金呜呜地哭起来。洛洛转身就走。除了姥爷姥姥留下来安慰央金，我们都追了出去："洛洛，洛洛。"洛洛不听我们的，看着父亲要拉住他，撒腿就跑。梅朵喊道："你欺负我央金姨妈我饶不了你。"洛洛没买到当天的票，却还是踏上了当天出发的长途客车。司机说："没座位啦，你要是愿意站着，就补一张票。"他补了票，先是站着，站累了就坐在过道里。站着难受，坐着也难受，他干脆躺下，呼呼地睡着了。沁多很遥远，草原不近便。

父亲是唯一一个洛洛走了以后还想跟他说话的人。就在估计他已经回到沁多学校的那天，父亲去邮电局给他打电话，差不多说了一个小时，直到洛洛一连说了好几声"噢呀"。他知错了，按照父亲再三再四的叮嘱，抛开了一切，骑着斯雄直奔县上。他要返回西宁，要向央金道歉，要多陪她几天，力争让她怀上孩子。

两天后我们也要上路了，心情激动，目标一致：去草原，去角巴爷爷和桑杰阿爸的家。父亲、才让、琼吉、普赤、梅朵和我，这么多家人第一次一起出行，互相拉扯着，叽叽喳喳走出了小巷，又一次把姥爷姥姥撂在了家里。姥爷姥姥流着泪送行，才让、梅朵和琼吉也流着泪，我好像无所谓，因为我跟姥爷姥姥在一起的时间没有才让和琼吉多，也不会像梅朵那样动不动撒个娇要个赖，让姥爷姥姥万般怜爱。我们穿过西宁的街道，来到长途车站，上了车，按号入座，车厢中间的一小片地方顿时成了我们的领地。我们说要是母亲和洛洛不提前离开就好啦，就会占据更大一片座位。我们说角巴爷爷和桑杰阿爸不知道我们回去，见了我们一定会把眼睛惊愕到脑门子上。我们说琼吉是第一次去草原，你不会藏语的话草原上的动物就不会理睬你，车上赶紧学的要哩，而且身上还得抹点酥油，不然大藏獒梅朵黑、梅朵红、当周会咬你的。琼吉嗯嗯地答应着。车开了。父亲说："安静一点，别影响别人。"我们顿时不说话了，但只过了一小会儿，就又控制不住地喧嚣起来。车里大部分是藏族人，有的摇着小经筒，有的扣着念珠，好像吵闹不存在似的，默默而专注地念诵着祈福真言。父亲跟身边的一个藏族人小声聊起来，说的都是牛羊的事，原来那人是班玛县马可河乡的，班玛县在阿尼玛卿州南边，靠近四川，海拔稍低，有森林有草原，牛羊格外肥硕。父亲问："牧人富不富？""比过去富多啦。""怎么个富法，是牛羊多还是钱多？""当然是钱多。""那就是说他们肯出售牛羊？""噢呀，不出售牛羊哪里来的钱？""看来你们那里开放多啦。"我们望着窗外。才让说："看，陵墓。"不再荒凉的湟水河滩里，高高矮矮坐落着许多建筑，先祖的陵墓依然完好，周围种满了柏树，那些柏树跟一片茂密的松林连在一起，形成一道苍绿的防风林带浩荡而去。

一过树林，路上的车就少多了，长途客车加快了速度，不到半天，梅朵就喊起来："草原，草原。"这里是乡村与草原的南部分界线，一座平缓的山把大地分割成了两半，我们前去的视野里，再也看不到排列着青稞茬的农田了，金黄的草原上覆盖着一片片白雪，像是光身子的大汉穿上了褴褛的皮袍，因为是天然的搭配，褴褛也变得美丽起来。阳光是花色的，照在枯草上是金色，照在积雪中是白色，照在远处赭石的山上，就变成了红色，而阳光的根部却是宝石蓝色。第一群羊的出现让琼吉兴奋不已，她发现很多羊有草不吃，却贪婪地舔着光秃秃的柏油路。才让说："羊的身体缺少盐，路面上的盐碱多少能补充一点。"车停了，坐乏了的乘客纷纷往下走。才让走在前，刚到门口，就听琼吉说："才让等等我。"但回过头来的却是一个老男人。琼吉身后的父亲愣了一下，低下头不想理睬，那人却站起来说："啊嚱，这不是强巴吗？"父亲和老才让不期而遇了。老才让显得非常热情，说话的口气既放肆又亲热，好像他跟父亲曾经是最好的同事，好像他从未做过坏事更没有坑害过父亲。父亲勉强应付着，不停地打着哈欠，希望对方意识到话不投机，赶快闭嘴。老才让说他这些年一直没好好工作，先是在党校学习，后来又在民委享了几年清福，这次回阿尼玛卿州，是去接手牧马场的。父亲说："牧马场轮到你啦？""没想到吧？过去的牧马场是个提供国家用马的地方，现在有汽车啦，马派不上用场，变成了一个烂摊子，省上派不出人来，问我去不去，我说去，哪里艰苦哪安家。""那就祝贺你啦。"老才让得意地一笑说："欢迎你来做客，我知道你现在是个牧人，但在我眼里，你可不是一般的牧人。"父亲哼哼哈哈地应付着："我去方便一下。"蹭着对方的身子，下车去了。

再次上路时，大家吃起了东西。我们带了一堆路上吃的，糖酥饼、焜锅、馓子、干果、蜜枣、牛奶糖、黑大豆、香肠，还有姥爷姥姥煮的肉、烙的饼、腌的辣酸菜和花菜。琼吉看到刚才父亲跟老才让说话，拿了吃的让老才让吃，还一口一个伯伯，我一个劲地使眼色她都看不出来。吃了东西，大家都困了，车厢里安静下来。我靠着梅朵打了个盹，然后看着窗外的风景，竟有些伤感：又回来了，我的草原。路一直是往上的，海拔越来越高，枯草变得矮小，积雪渐渐厚了，雪山一峰挨着一峰，就像我们家的人，总是这个靠着那个。迷蒙的远方，有动物倏尔出现倏尔消失，流星划过夜空似的。风在积雪上游走，白色的蟒蛇在积雪上游走。云彩正在堆积，像是又有新雪了。几只鹰跟着汽车，盘旋得那么优雅自如。一顶帐房和一群牲畜扑过来抓住了我的眼球，接着是一匹奔跑的马，就在路边的草地上，超过了我们，又停下来等着，然后再一次超过我们。我惊叫起来："阿爸，阿爸。"为了避免跟老才让交谈而假装睡觉的父亲睁开了眼，看着窗外也惊叫了一声："日尕？"日尕离开果果去找父亲，找了这么久，终于找到了，这就是说没有它找不到的，无论主人去了哪里。它的感觉告诉它父亲就在车上。不，也许是超凡的听觉让它听到了父亲的呼吸和心跳，敏锐的嗅觉让它闻到了父亲的味道。它开始呼唤主人，迎着长途客车，扬起脖子发出一阵阵嘶鸣。父亲站了起来："停车，停车。"父亲下去了，一个人骑着日尕，跟着汽车奔跑在草原上，马背上没有鞍鞯，但对一个好骑手，没有鞍鞯算得了什么？对一匹好马，靠着弹性的脊梁就能让主人拥有稳坐鞍鞯的舒适。晚上了，长途客车停了一会儿，就又上路了。雪轻轻落下，在窗户玻璃上问候着我们，也提醒着我们：必须连夜走，否则会困在半路上。好在有两个司机，可以轮换着开。冬天上路的长途客车都会做好一口气开到底的准备。而父亲——才让的阿爸、梅朵和我的阿爸、琼吉的阿爸，肯定也是普赤的阿爸，却骑着日尕奔跑在夜色深沉的草原上，奔驰在一个雪沃大地的时刻——我们回家的路上。风雪呼啸，天寒地冻，就像无情的鞭子抽打而来，就像无数银针横扫着一切试图冲破它的活物，就像突然活跃起来的风的生命要阻止所有别的生命。但似乎就需要这样，才能让人和马感觉到：日尕是父亲内心的慰藉，父亲是日尕唯一的伴侣；它是父亲的灵魂，父亲是它的爱人。

　　长途客车在沁多县城放下我们后，又去了州上。我们没有停留，跟父亲和日尕会合后，在正午的晴光里朝草原深处跋涉而去。雪还是下着，好像它不是从云层中产生，而是从太阳里出来。白花花的雪攀附在一株株的阳光上，绕着弯儿落下来，旋转的模样如同一朵朵串起的珍珠编织的花。脚下嘎吱嘎吱地响，风力不匀、地势不平的缘故，积雪时厚时薄，厚的地方能挖雪窝子，甚至会有深深的雪阱，薄的地方只能没过鞋面。好在我们有日孕，它驮着带给家里人的礼物和才让走在最前面，总能找到积雪最浅的地方带我们过去。一行人的脚印弯弯曲曲延伸在草原上，回头看就像一条黑铁的锁链牵拽着我们，不让我们沉入风雪的底部。父亲走在最后面，防止任何人掉队和被狼偷袭，他不时地扭头警惕地观察着雪原，还不时地扒开积雪看看下面的草。我望着远方，把所有的发现告诉大家：那里有几头白唇鹿，那里有一群藏羚羊，那里有几只狼。琼吉问："狼不会吃掉我们吧？"梅朵说："你小心点，要吃肯定第一个吃掉你。"才让在马上说："你快点走，靠近日孕就保险啦，日孕一蹄子能把狼踢到天上去。"

不到天黑我们就停下了。琼吉累得喘息不迭，走几步就要坐下来歇会儿。她在平均海拔两千二百六十米的西宁长大，显然不适应这里四千多米的高度。父亲说："反正今天是走不到啦，休息吧。"我们寻找积雪深厚的地方开始挖雪窝子，一人一个，先给普赤、琼吉挖好，再给我们自己挖好。我小声对梅朵说："又可以进入天堂啦。"她笑笑，做了个鬼脸。我们等所有人消失在雪窝子里后，才欢天喜地地进入了自己的雪窝子。

第二天早晨，我们支起三石灶，扒开积雪，捡来干牛粪，用父亲带着的铁茶缸化雪烧水，每人喝了几口，随便吃了点东西，就又上路了。漫舞的雪花稀稀疏疏地笼罩在头顶，风是迎面的，却已经不那么尖硬有力，甚至是柔软的，跟雪花一样，跟丝绸一样，跟我们自己的肌肤一样。日孕驮上了琼吉和普赤，父亲牵着它走在前面，走不多远，就见白茫茫的地平线上出现了几个蚂蚁大的黑影，渐渐清晰了，原来是桑杰和索南，他们带着家里的全部五匹马，带着藏獒当周，在一望无际的雪原上找到了我们。无比温暖的拥抱就像云层下面出现了太阳，就像桑杰和索南带着燃烧的牛粪火。"扎西德勒"和"卡卓洛淘"响成一片，"阿爸啦"和"哥哥啦"响成一片。才让拥抱了当周，又把它带到了琼吉跟前。琼吉有点怕，摸都不敢摸。当周却大大方方地一跃而起，舔在了琼吉的肩膀上。梅朵问："你们怎么知道我们要来?"索南说:"洛洛说的,他骑着斯雄要去县上,再坐车去西宁,拐过来通知我们一声。"六匹马、八个人、一只藏獒,又要出发了。索南和普赤骑一匹马,梅朵和我骑一匹马,父亲骑一匹马,桑杰阿爸骑一匹马,才让和琼吉骑一匹马。还有一匹没人骑的马,驮上了我们带给家里人的礼物。

雪停了,云雾的散去就像卷心菜的剥离,一层一层地消失着。太阳的出现有些突然,哗的一下,洒来漫天的晶莹,又哗的一下,从无可回避的大地上射来尖锐的雪光。我们顿时闭上了眼睛,赶紧从衣袋里掏摸墨镜。才让跳到地上,扑向那匹没人骑的马,从他带给家人的礼物中摸出两个眼镜盒,一个给了桑杰,一个给了索南。桑杰和索南也都戴上了墨镜,远远近近地看着。琼吉关切地说:"才让哥哥你也戴上。""我以为我戴上啦,怪不得这么刺眼。"才让这才掏摸自己的墨镜。我们迤逦而行。突然,就像刚才太阳出现那样,梅朵放开歌喉唱起来:

> 遥远的从前爷爷说过一句话:
> 下雪啦,就回家。
> 那个时候月月下雪,天天下雪。
> 过去了多少年,
> 我想起了爷爷的话,
> 我等待寒冷等待下雪,
> 等来的却是一个个无雪的冬天。
> 我问路过的人这是为什么,
> 他们对我说,想想看,你有没有家?

我和才让跟着唱起来:

> 你没有了家,你没有了家。
> 你是一个流浪的孩子,

哪里都不是你的家。
你没有了家，你没有了家，
你是一个远去的孩子，
天涯才是你的家。
你没有了家，你没有了家。
你是一个有福的孩子，
哪里都是你的家。

索南和普赤接着唱起来：

不要说流浪找不到家，
太阳的背后就是你的家；
不要说草原没有家，
翻过那座山就是你的家；
不要说下雪的日子才回家，
夏天的白地梅正等你回家。

父亲和桑杰唱起来：

金子的家银子的家，
我家才是最好的家；
羊皮的家牛皮的家，
我家才是最暖的家；
天堂的家牧人的家，
我的家才是你的家。

大家唱起来，连琼吉也跟着唱起来：

家里有爷爷，今年一百八；

家里有奶奶，人说她是活菩萨；

家里有阿爸，喝酒啃肋巴；

家里有阿妈，挤奶挤出个金疙瘩；

家里有姐姐，明天要出嫁；

家里有哥哥，自称尊贵的放羊娃；

家里有妹妹，面貌美如花；

家里还有我，一个不会说话的小巴扎。

  我们一直唱着，梅朵、才让、索南的歌喉都是第一流的，大概是遗传的缘故，下来是普赤，再下来是我，毕竟我在寄宿班时天天跟同学们又唱又跳，是经过磨练的，最后是琼吉，她为了跟上别人的高音，在拼命地唱，加上有点缺氧，又是吼喘又是咳嗽。父亲开始跟桑杰商量事："你跟角巴再合计一下，家里牛羊太多确实不行，我这一路走来，扒雪扒了好几次，很多地方已经没草啦，有的话也是牙长的一点点，牲畜至少吃了两茬。往年的冬天可不是这样的，雪下面都是草，又厚又高，很多都是牲畜没吃过的带着尖叶子的草。不信你割一回干草试试，过去前后左右一乌朵（抛打石头的距离），能装满一个牛粪仓再高高地冒出尖来，现在能不能把牛粪仓的地面铺严实都还不一定呢。"桑杰说："草少了不能不管，牛羊多了也不能不管，但管的人不是你也不是我。"父亲说："是索南，他是个没有远见的人。索南，我在说你呢，听见了没有？"索南说："强巴阿爸啦，听见啦，但是又忘啦，日子都是过一天是一天，想那么远干什么？"父亲说："想得远就越过越好，想不远就越过越穷。"索南说："有那么多牛羊能穷到哪里去？"父亲说："牛羊再多，变不成钱就什么也不是。"索南说："钱再多，没有牛羊就什么也不是。"父亲说："你就会跟我犟，不听老师言，吃亏在眼前。"

  下午的斜阳里，我们到达了桑杰家。当周热情地叫着。寄养在这里的父亲的藏獒多吉箭一般飞过来，扑向了父亲，然后又依次扑向了才让、普赤、我和琼吉，独独漏掉了梅朵。梅朵踢了一下多吉说："你怎么这么偏心？不知道我是谁吗？我是强巴阿爸的儿媳妇。"多吉跳起来，扑倒梅朵，摁住她在她脸上使劲舔了一下。我们哈哈大笑。角巴和米玛已经提前过来了，带着卓玛和旺姆，在新搭的迎客帐房和旧有的帐房之间迎接我们。我们排着队，按照先小后大的顺序，跟他们拥抱，行接吻礼。角巴说："不是大雁不回来，不是苍鹰不归山，我的这些儿孙们，都是带翅膀的，忽地去啦，忽地来啦，扎西德勒。"大家齐声说："扎西德勒。"父亲问："尼玛呢？"又看看帐房四周，"带着梅朵黑放牧去了吗？雪这么厚，牛羊能吃到什么？"角巴说："我家的草场上，有个地方雪一落就化。"才让说："说不定下面有温泉，挖一挖就知道啦。"角巴说："不能挖，挖破了雪山大地的衣裳，它会冷的。"帐房里传来一个孩子的哭声。梅朵问："谁在哭？"索南说："你小叔叔格列。"米玛生了，是个男孩。我突然想，这是一个多么奇怪的家，奇怪首先表现在辈分上：索南、才让、梅朵、我、琼吉、普赤是一辈，这一辈最大的是索南，最小的是普赤，相差十多岁；父亲和母亲、桑杰和卓玛、尼玛和旺姆、洛洛和央金以及格列是一辈，最大的是父亲，最小的是格列，相差竟有四十多岁；姥爷姥姥、角巴和米玛是一辈，最大的姥爷和最小的米玛，相差有三十多岁。如何才能形成这样一个奇怪的藏汉混搭的家，真是说不清楚啦。它有感情、习俗、婚姻、血液的交融，还有声气呼吸的交融，而一切交融都基于这样一个条件：向善而生。父亲说："幸亏我们是藏族人，是大草原上的牧人，不然的话就没有格列啦，'计划生育'会早早地把他拿掉。"角巴双手合十说："雪山大地始终保佑着我们，这么多人回家来啦，一起去阿尼琼贡朝拜一次的要哩。"父亲说："噢——呀，我正想说这件事呢。"才让、普赤、梅朵和我都欢呼起来。琼吉追着问："我们要去干什么？"才让说："串亲戚。"

说着话，我们把各自的礼物交给卓玛和旺姆，然后按照年龄分开，进了两顶帐房。酥油茶早就烧好，糌粑也已经摆上，还没吃几口，热腾腾的手抓肉就上来了，接着是血肠和面肠。是昨天杀的羊，今天吃起来正好。男人们自然要喝酒，是父亲带来的六十度的青稞白酒。吃着，喝着，说着，笑着，唱着。门外牛哞羊咩，放牧的尼玛回来了，一一问候过了所有今天到家的人，然后就要跟我们这一辈在一起。我们把他推了出去。梅朵说："尼玛舅舅在的话我们就拘束得不会唱不会说啦，请到长辈的人堆里去吧，请让我们自由自在地喝酒吃肉吧。"尼玛笑着去了另一顶帐房。吃着，喝着，说着，笑着，唱着。够了，够了，不能再喝酒喝茶了；饱了，饱了，不能再吃肉吃糌粑了。我们来到帐房外的雪地上，点起了一堆牛粪火。欢快的风、跳动的火苗，呼啦啦响着的是雪夜大地上的亮堂，是弥漫在冬日草原上的暖流。所有人都来了，连襁褓里的格列也被米玛揣在怀里来到了篝火边。先是索南、才让、琼吉、普赤、梅朵和我这一辈拉起了手，接着父亲、桑杰、卓玛、尼玛、旺姆这一辈拉起了手，然后两辈人互相拉起了手，没跳几圈，就把角巴和米玛这一辈裹挟进来了。我们拉起手来旋转——顺时针旋转流畅得就像河里的涡流，这是献给雪山大地的花环；逆时针旋转漂亮得就像飞起来的瓷盘，这是献给雪山大地的礼赞。我们踢腿扬手，把靴子跺得砰砰响，把袖子抖得哗哗响，把头发甩得呼呼响。琼吉不怎么会，却一点也不影响兴致，学着才让的样子跳，很快就能跟上了，姿势也渐渐优美起来。我们弯腰向前，鞠躬向后，用曼妙的舞蹈向牛粪火膜拜，感谢黑金一样的宝贝烧热了牧人的家；向帐房膜拜，感谢它把冬天阻挡在了门窗外面；向牛羊膜拜，感谢它们的繁衍和奉献，让牧人的心情如此畅快；向草原膜拜，感谢它恩赐了青青牧草、皑皑白雪、飞禽走兽、蜜蜂蝴蝶。索南的舞跳得最狂最美最有力量，跳着跳着禁不住唱起来，梅朵跟了上去：

> 狐皮的帽子为什么是金黄，
> 是星星落在了哥哥的头上；
> 我家的草场为什么起波浪，
> 洁白的牛奶流淌在草原上。
> 在这月光洒满大地的时候，
> 走来一个美丽善良的姑娘。

直到后半夜，我们才踏灭牛粪火，回到帐房里。继续吃着喝着，不知不觉我和梅朵互相依偎着睡着了，醒来时就听日尕在嘶鸣，梅朵黑、当周和多吉在叫唤，是那种提醒主人快出来的声音。我抱着梅朵把她轻轻放在毡铺上，走出了帐房，喊一声："叫什么？"回答我的不是日尕，也不是藏獒，是一个谁也想不到的声音："央金出事啦，央金出事啦。"我毛骨悚然，看到一匹马气喘吁吁地伫立在暗夜里，一个黑影跪在马头前的雪地上，便惊叫起来："来人哪，来人哪。"首先跑出来的是梅朵，之后是才让和琼吉。才让首先认出了那个人，大喊一声跑过去："洛洛，你怎么啦？""央金出事啦。"洛洛说着呜呜呜哭起来。

第十章

春天了

是雪狼用奔跑的姿势告诉我，
是哈熊用沉闷的吼声告诉我，
是雪豹用凝视的眼睛告诉我，
所有的都需要爱需要扎西德勒。

1

父亲在电话里给洛洛说了许多，但只有一句话让洛洛猛然醒悟："你不是一个好藏族人，你会让妻子从你的怀里跑掉。"他不知道父亲为什么这样说，只是感觉到刺激的锋芒梭镖一样猛烈地扎向了心底，寻思我怎么不是好藏族人啦？妻子有什么理由离开我的生活？又一想：不管什么原因，妻子跟他闹成这个样子，他不是好藏族人的事实已经有啦。草原上的习惯就是这样，把"好藏族人"作为褒奖，把"不是藏族人"作为贬抑。一个有知识有文化且已经是校长的人，怎么可能连自己的妻子都不喜欢呢？他当机立断：必须放下所有的事情，回到央金身边去。转瞬之间，央金成了唯一，重量居然超过了整个沁多学校，超过了一万多名学生。他回到宿舍拉开抽屉看了看：工资的大部分都在这里，因为没有花钱的习惯，更因为吃住都在学校，除了扣除少量的伙食费，用不着别的花销，他几乎想不到自己还有这么多钱。他摸了摸口袋，又低头看了看自己，这些年他跟大部分当干部的藏族人一样平时只穿汉服，汉服虽然方便，但口袋实在太小啦。他用几乎拽掉纽扣的动作，脱掉上衣，从柜子里拿出叠得整整齐齐的皮袍，穿了身上。皮袍是黑色条绒面和羔皮里子的，包着绿色的袍边，袖口和下摆镶饰着一拃宽的鹿皮，是几年前去州上参加先进代表大会时，王石书记亲手递到他手里的奖品。他扎好红棉布的腰带，把钱全部塞进宽大的胸兜，戴上羊皮帽，来到了外面。穿过校园的时候，那些钱在脑海里变成了艳丽发光的首饰，好看得有些晃眼有些眩晕。心说自己真是个傻瓜，怎么早一点没想到，钱是可以换东西的。牧家出身的女人，一见漂亮首饰，天大的怨恨也就没有啦。

他骑着斯雄，先拐向草原告知角巴阿爸，西宁的家人就要到来，又快马加鞭来到县上，把斯雄交给了在县政府上班的喜饶。喜饶从沁多学校毕业后，又去西宁上了两年畜牧中专，毕业后被分配到了沁多县畜牧局。他陪洛洛去车站买了第二天一早去西宁的长途客车票，又请洛洛在一家清真面馆里吃饭。洛洛说："我今天想喝点酒呗。"他想起了白酒那种不堪承受的辛辣，就想喝几口驱散心里的难过——他心里真是难过死啦，因为是第一次想起：自己的妻子，一个远方的女人，长年累月看不到丈夫的面影，更别说得到丈夫那种热腾腾的怜惜和关爱啦。而他直到妻子暴怒了还不觉醒，还会推她倒地，弃她而去。清真面馆不出售酒水，喜饶便去顿珠商店买来一瓶青稞白酒，也不用酒杯，两个人就对着瓶口你一口我一口地喝起来。都是平时很少喝酒的人，甚至都不知道人为什么需要喝烈酒，没喝几口就有点迷糊了。洛洛哭起来："央金，央金。"喜饶说："央金是女人里的尖子，是红雪莲不是白雪莲，是一匹跑得最快的母马，一跑就跑到天边去啦。骑手的一生就是寻找爱人的一生，洛洛啦，你是不是骑手？""我是不是骑手见了央金就知道，我要给她说，请喝酒，喝下这瓶酒，然后再听我说。""你要说什么？""我要说央金啦，我人的不是，我要多多地住些日子，我想有我们的孩子。"喜饶激励着他："好得很，有女人的人就是不一样。"吃喝了一通，洛洛跟着喜饶来到他的宿舍，睡了一夜，第二天一早踏上了长途客车。喜饶用一个网兜装了些路上吃的，除了肉和馒头，还有昨天喝剩下的半瓶酒。

路上有雪。车轮的碾轧，瓷实的积雪，滑溜溜的路面，慢悠悠的长途客车，防滑链欶啦啦响。皓白的原野让眼睛失去了意义，除了不能久视的白光，什么也看不到。姑且闭上眼睛，却又发现眼光也是

关系。尼玛在低声祈祷:"是我们的酥油灯不够亮吗?请雪山大地睁开眼睛看看,我的这个妹妹怎么这么苦命啊?"卓玛和旺姆都在哭。才让说:"洛洛啦,你骑马去西宁,把央金驮回来的要哩。"索南说:"为什么要他去驮?是他逼死了央金吧?"角巴说:"老鹰的心思山崖知道,云彩的心思蓝天知道,洛洛的心思我们不知道,恐怕得说清楚吧?"父亲说:"光有草原没有雪山的地方是不牢靠的,水迟早会干掉,草迟早会枯死。不要给洛洛施加压力啦,赶紧睡觉,明天早早地起来,除了留下守家放牧的,都去阿尼琼贡祈求雪山大地超度央金。我去西宁,尽快把央金驮回来。"角巴说:"越快越好,肉体发臭的话灵魂也会发臭,上天就难啦。"

奔跑是日尕的生活,是它的命,命该如此的全部理由便是,它的一切都必须跟主人的需要息息相关。事实上,比起主人需要它,它似乎更需要主人的驱使,更需要天赋异禀的血肉按照主人的律令时而收缩时而偾张,更需要主人的意志烙印在心灵的感应里,变成一个个能动的行为和一个个恰如其分的目的。它多少次猜测主人的内心,几乎每猜必中,主人的热情、焦急、忧伤、愤怒等情绪,都是它与生俱来的拥有,而且是唯一的拥有。它有完美的身躯,有劲健的蹄子,有行动的耐力,有奔涌的气势,有狂热的激情,有爱人的心灵,有牺牲的精神,有确定的目标,有从不迷失的方向和从不多余的对路线的选择。就像现在,当黎明前的夜晚送来一阵阵新鲜的清寒,它就知道自己又要驮着主人跑向草原之外,路的尽头,那个迷蒙嘈杂的城市了。它踏破均匀而松软的积雪,在冬风的浩荡里穿山过原,像闪电划过,像流星划过,像时光划过,又稳又快地沉浸在完美的驰骋里,还能有什么不尽如人意的举动让主人感到些微的不快呢?它把眼睛微微闭起,防止空气中飘动的杂物飞进眼球;把本来就比一般的马更大的鼻孔张到最大,让掀动的肺叶尽量顺畅地吐气吸气;把牙齿轻轻咬住,不让滑来滑去的嚼子弄疼舌头、磨烂嘴角;把脖子降到几乎跟身体平直,尽量减少逆风前赴后继的阻拦和掀打。它浑身的肌肉水浪一般柔和地隆起而后迅速滚动,伸缩出音乐般的节奏,迸发着难以想象的力量。它始终保持着身体的前冲，绝不让蹄子平平落下，瓷实地踏向地面，而是蹄尖点地，划水一样朝后用力，忽一下就出去了，每一下都是跃然而上的起跑，又都是射向终点的冲刺。它翘起主人挽了疙瘩的尾巴，灵活地忽左忽右，让身体在直行时保持柔韧的弯曲，在曲走时保持坚毅的直行。它在狂奔，只要感到胸前有一丝汗津津的凉意，就会立刻放松，它警惕极限的到来，时刻都在提醒自己，不能用完所有的力气。在松弛中毫不减速，在奔跑中适度休息，轮换着使用肌肉，让力量的收敛和再生伴随整个跑程，似乎这才是它的看家本领。它超过了草原的风，羞辱了城市的风，它是来自喜马拉雅深处最强劲的风。看到那些被它超过去的汽车和飞鸟，那些跟它赛跑的藏野驴和藏羚羊，它会高兴得长嘶一声，还会朝它们响亮地放屁。它只用了一天半时间，就到达了西宁，途中停顿了几次，因为主人需要吃喝拉撒。每当这种时候，它就会尽快舔几口雪，啃几口枯草，却并不期待主人用糌粑或干粮喂饱自己。

　　上午惨淡的阳光照耀着城市的街道，每一条街道的阳光都不一样，形状、味道、颜色各有差别，甚至大相径庭。父亲走过阳光不同的街道，来到了家里，气没有喘一口，就又要走了。他把日尕留到院子里，让姥姥去买些胡萝卜和豌豆喂它，叮嘱道："让它歇一会儿再喂，胡萝卜多些没关系，生豌豆一碗就可以啦，再撒一撮盐。"马爱吃甜食，跑出了汗又喜欢补充盐。父亲又说："阿爸带着我，央金家我没去过。"姥爷姥姥还不知道央金的事，有些奇怪。姥姥说："这么急着去找她，有事？让她来家里吃饭吧。"姥爷带着父亲，坐了几站公共汽车，来到市歌舞团的筒子楼前。父亲停下了，问清是五楼的东边，就让姥爷先回去。姥爷觉得蹊跷，问道："出什么事了？""没事，她跟洛洛不是吵架了吗，洛洛忙得来不了，让我来替他说些好话。"姥爷回去了。父亲绕着筒子楼转了一圈，看几个人在瞅他，便有些不自在，赶紧钻进楼门，上了楼梯。他没想到，等在这里的只是一个消息，并不是央金，而那个消息就跟央金一样带着花的芬芳和雪的纯粹，带着意外的烂漫在冬天的冷风里腊梅似的绽放着：央金最终还是被歌舞团的人送到了医院，医院有太平间，但是她没去，她在去太平间的路上突然呼出了一口气，于是推着停尸车的人又急转折回，把她送进了抢救室。洗肠，给氧，输液，她活了。似乎无常也有光，它万里挑一地沐浴在了央金的头上，头动着，眼睛睁着，嘴巴张着，她居然又活了。父亲跑向邮电局，把电话打到了沁多，先找顿珠，再找果果："麻烦你务必找到角巴家的人，把这个消息告诉他们。"

去阿尼琼贡的这天，桑杰和卓玛以及多吉留下来守家，尼玛和旺姆以及当周和梅朵黑留下来看家放牧，其余的都去了。家里的五匹马不够骑，路过邻居家的草场时，角巴又借了一匹。一路上角巴骑一匹，米玛抱着格列骑一匹，索南和普赤骑一匹，洛洛骑一匹。我和梅朵骑一匹，才让和琼吉骑一匹。一路都是沉默，本该唱歌的时候我们却在叹息，渐渐连叹息都没有了，一个个如同生铁的铸像，喑哑到让天空窒息，云翳凝滞。细碎的雪花无声地飘下来，像无数蚊虫环绕着我们。风从地上扫过，满野都是翻卷的雪浪，汹涌的海也不过就是这个样子吧？落地的雪粉重新扬起，纠缠在我们脸上身上，能听到搓揉丝绸一般的沙沙声。我们变成了雪的一点，也在飘，也在摇，也在风中无家可归。冷寂而孤独的草原就像被地球遗弃的一角，正在滑动，朝着脱离太阳的地方悄然远去。好在我们没有迷失方向，走在最前面的角巴爷爷总会拨开迷蒙的雪雾，把行进的路线始终对着阿尼琼贡。此刻，阿尼琼贡就是我们的太阳，那里有我们祈愿的殿堂，有来自雪山大地的神圣关注，有绝望之后的寄托，有把命运踩在脚下让它化雪成水的可能，有央金解脱、灵魂上天的恩准——在我们心里，她已经是一个蓬飘在天上的亡灵了，亡灵的离去神圣而机密，带着投奔来世的孤独和激动，带着生命离开今世时半是悲惨半是喜悦的回眸。我们要去给她送行，真诚而庄严。

阿尼琼贡到了，阳光把云雾豁开一道口子，艰难而吝啬地洒下一丝丝珍贵的温暖，雪还在飘，拌和在阳光里，就像天上挂起了一瀑一瀑的白糌粑，多么香甜的白糌粑，捎带着阿尼琼贡浓郁的酥油味，吸一口就能饱人，就能强身健体。多长时间没闻这样的味道啦？我简直要醉啦。我们在山前的草场上拴好马匹，仰头看着一片从山腰漫向山脚的建筑群，竟有些不相信自己的眼睛：阿尼琼贡不一样啦，消失了多少年的亮堂再一次出现，金瓦流泻，祥鹿翘首，一座座新漆过的方基尖顶塔煌然排列，蓝白红绿黄的旗幡在空中飞来飞去，组成了一幅幅古老的太阳图，就像宝殿华丽而虚空的饰顶，蓝天、白云、火焰、绿水、大地荟萃在这里，交织缠绕，互为映衬，加上阳光的涂抹和晴日飞雪的点缀，显得既富丽又朦胧，既烂漫又苍茫，让我们觉得一下马就到了天上。遗憾的是我们心事重重，一点也高兴不起来。角巴低沉地说："上吧。"我们沿着弯弯曲曲的石阶迤逦而行，脚步滞重得几乎要陷进去，原本应该是心旷神怡的游赏，变成了沉甸甸的祈求。虔诚是我们唯一的情绪，念着祈福真言，祈祷亡灵的转世，为了央金，也为了自己的忏悔从内心翻腾而出，又在神情里凝固，就像角巴说的：一滴水脏了，顶罪的是一条河；一只羊染了瘟疫，顶罪的是所有的羊。一个人的坏是全家的坏，一个人的好是全家的好。世上只有孤零零的幸福，没有孤零零的苦难，更没有孤零零的罪孽。

我们一个殿堂一个殿堂地点灯、献供、磕头、祈祷，又给雪山大地的祭坛献上了有彩色青稞和糌粑山的祭品，最后来到香萨主任居住的精舍，见过管家，供献了两坨酥油和一条金色哈达，请求主任的祝福。管家引我们走过甬道，进了里间。香萨主任一看是角巴一家，立刻从坐榻上起身迎过来："是你们吗？为什么不提前打个招呼？万一我不在呢？"角巴说："扎西德勒，能碰上就是缘，提前说了让主任等着，心里过意不去。"香萨主任说："这就是你见外啦，当初让我们去学校当老师，你们可是半点见外都没有。家里人好吗？牲畜好吗？草原好吗？所有我想到想不到的都好吗？"角巴哭丧着脸说："本来好好的，就想高高兴兴来看看主任，还没来得及动身就又不好啦，麻烦主任为家里的亡人送送行的要哩。"又把央金的事简单说了。香萨主任闭上眼睛，默想了一会儿，突然一掌拍在自己大腿上："谁说你家有亡灵？我怎么看不到？"我们紧张得面面相觑。香萨主任呵呵一笑说：

"吉祥的人请出来吧。"果果从窗帷后面闪了出来，带着一个令人释怀的消息，我们瞠目结舌：真的吗？

"是真是假，雪山大地说了算。"香萨主任说着，把格列抱在怀里，亲了又亲，说了许多吉利的话。大家的脸上这才荡漾起了喜气，感谢着主任，正准备离去，就见厨房端来了热腾腾的酥油茶、糌粑和肉食。角巴说："啊喷喷，颠倒啦，颠倒啦，我们是何等下贱的信徒，敢让主任为我们备饭？"又对我们说，"主任把我们当人，我们把主任当雪山大地保佑的天人，这样的食物是不能拒绝的，吃吧，多多的福气有哩。"然后带头端起了酥油茶。大家都饿了，一个个贪馋地吃起来。吃饱了就要跪拜着告辞，香萨主任又给我们每人戴了一条祝福吉祥的哈达，把我们送到了王石居住过的南厢房前。早有眼镜曼巴和官却嘉阿尼等在这里，手里也都捧着哈达。我们又是一番膜拜和祈祷，回赠我们的是一阵代替了千言万语的祝福，亲人般的抚慰就像春风拂面，暖暖的柔柔的，从身体的表面一直浸润到了血肉、五脏、骨子里。才让单独给香萨主任跪下说："主任啦，我虽然是一个俗人，但好歹也做过你的亲炙弟子，不知道往后还能不能叫你上师？"香萨主任笑着说："不一定在阿尼琼贡才是我的弟子，你是个善良和智慧兼备的人，不想做我的弟子我还不肯呢。你的路很长很远，要慢慢地走，好好地走，走到哪里告诉我一声就可以啦，我在阿尼琼贡为你祈福。"才让赶紧磕头，眼里唰啦啦地流着泪。

我们骑着马连夜返回，到了雪厚背风的地方，挖雪窝子睡了半夜，第二天继续赶路。角巴说："我做了个梦，一对白得不能再白的仙鹤从香萨主任手上飞起来啦，在天上旋了一圈，落到了阿尼琼贡的金顶上。香萨主任说，去吧，到西宁角巴家的亲人那里去吧。说着，仙鹤飞起来就不见啦。"才让说："你梦见的仙鹤我也梦见啦，不过它们没有去西宁，去了草原我家的帐房。"梅朵说："肯定是先去了帐房，后去了西宁。"角巴说："噢呀噢呀，梅朵说得太对啦。那我们为什么还要当哑巴呢？唱起来吧，梅朵起个头，大家唱起来吧。"梅朵犹豫着，一时不知道唱欢快一点的好，还是忧伤一点的好。毕竟央金姨妈并不是什么事都没有。索南"啊嘘"一声，扯开嗓子抢先唱起来：

> 阿尼琼贡一朵花，有个主任叫香萨。
> 香萨主任一朵花，黄坎肩里红袈裟。
> 他说扎西扎西，扎西变成了酥油茶，
> 他说卡卓卡卓，卡卓变成了羊肋巴。

梅朵接着唱起来：

> 人心开的什么花，这位歌手请回答。
> 你要说是大红花，我就说是牡丹花，
> 你要说是格桑花，我就说是德吉花，
> 你要说是仙鹤花，我就说是大雁花。

我和才让唱起来：

> 草原上开的是什么花，这位歌手请回答。
> 你要说是龙胆花，我就说是不如枣红马，
> 你要说是野菊花，我就说是不如白金塔，
> 你要说是牡丹花，我就说是不如小卓玛。

普赤跟着索南唱起来：

> 我家开的是什么花，这位歌手请回答：
> 请不要说是酥油花，最好的花朵是阿爸，
> 请不要说是曲拉花，最艳的花朵是阿妈，
> 请不要说是没有花，含苞待放的是达娃。

角巴呵呵笑着说:"琼吉你跟着我唱,我唱得慢。"

> 哈拉也说它是花,起了个芳名叫旱獭,
> 天上飞过一枝花,原来是东山一老鸹,
> 地丸也想要开花,满草原都是黑疙瘩,
> 到底你们是不是花,要看会不会笑哈哈。

所有人都笑起来,洛洛也禁不住笑了。我突然想,草原上的日子其实并不轻松,甚至可以说比任何地方都要苦。牲畜的瘟疫和牧人的疾病,没有任何预防措施,冬天的雪灾和夏天的旱灾,更没有任何抗衡的办法,风吹雨打,寒冷缺氧,除了逆来顺受,剩下的就只有以死面对。还有数不清的意外、数不清的人祸,要是没有雪山大地的保佑,我们该怎么办?坦然和欢乐从哪里来?信心和力量从哪里来?家里出了这么大的事,洛洛和央金今后怎么办还是个悬而未决的问题,可我们已经开始唱着笑、笑着唱啦。相信祈祷的力量,相信雪山大地的照应,竟是这般神奇地左右了我们的灵魂,让我们敢于乐观地面对一切灾难。我对洛洛说:"不用再愁眉苦脸啦,该干什么干什么,把一切交给善念和时间。"洛洛答应着。才让说:"江洋说得对,头磕啦,祈祷啦,雪山大地祭奠啦,下来就是听天由命,相信福报会来,扎西德勒是随着我们的。"梅朵说:"洛洛叔叔啦,你还没唱歌呢。"大家都喊:"洛洛唱一个。"洛洛一笑,咳嗽了一声,吐了一口痰,亮开嗓子唱起来:

> 我最喜欢的雪莲花雪一样飘洒,
> 看我悲伤便在我胸前轻轻敲打,
> 我把它捧在手里叫一声雪山啦,
> 它说睡一觉醒来就是漫天红霞。

我发现洛洛还像在寄宿班时那样,歌编得好,唱得也好。洛洛说:"歌一唱完,我就要跟大家分手啦,这儿离公路不远,看能不能拦到去西宁的车。"梅朵说:"这就对啦,赶紧回到央金身边去。"说罢便唱起来:

> 骏马走过的草原上,
> 有一个开满鲜花的地方,
> 路过的小伙子静静瞩望,
> 花影里是等待他的央金姑娘。

父亲在医院见到央金时,她已经彻底清醒了,挂在腮边的眼泪就是清醒的标志:"强巴老师啦,我要跟你回家。""医生说再观察一天,完了姥爷姥姥会来接你。""我是说我要离开西宁,离开市歌舞团。"父亲琢磨了一会儿说:"再想想,虽然你也可以去沁多学校教学,但这里毕竟是省会,有几个草原人能变成有户口有住处的城里人?不能有一点点不顺就放弃。"央金沉默着,泪不流了,接着又开始流了。父亲陪伴了几个小时,看央金渐渐睡去,便回家告诉了姥爷姥姥。两个老人赶紧往医院跑,都没有顾得上给就要去草原的父亲拿些吃的。父亲拉上日朵,走过一条繁华的街道,喃喃地说:"辛苦了日朵,我们又要回去啦。"日朵听着,加快了脚步,像是说也该回去啦,我想我的草原啦。一人一马顺道去了一趟西门口的杂货店。马福禄拉住父亲不让走,非要请他吃饭。父亲便拴了马,从马背上取卜包,跟他进了一家就近的清真饭馆。马福禄说:"肉已经卖完了,再来一卡车吧?"父亲说:"慢着,你先说你挣了多少。""没挣多少。""没挣多少你还想再要?"马福禄嘿嘿一笑:"那我就实话说了吧,我挣的比你少不了多少,我卖的是高价。""那不犯法啦?""肉价是要涨一起涨,卖家们都一样,不怕的。国营商店也在涨,我们为什么不能涨?"父亲说:"下次给你肉我也得涨一点啦。""一斤可以涨一毛。""两毛。""行。"饭馆门口突然一阵喧哗。有人喊:"马踢人了。"父亲赶紧出去,就见日朵瞪起眼睛望着周围的人,不停地转动着屁股。马福禄向熟人打听，原来有人想偷马，解开缰绳拉出去没几步就被日朵踢倒了。许多人围着看，日朵不知道这些人想干什么，尥起蹶子一再地威胁着。父亲过去拉住了日朵的缰绳说："差不多也吃好啦，该走啦。"马福禄返回饭馆，拿了父亲的包递过来："别忘了啊，肉，我要肉，有句话怎么说来着？多多什么善。"父亲笑道："多多益善。"

2

返回沁多的路上，父亲放松缰绳，把走与跑的权利交给了日朵。日朵不想走，只想跑，它就像一支自动发射的箭，带着毛发的鸣响、风的嗯哨，飞翔而去。但这次它不是飞向了父亲的目的地，而是飞向了自己的同类——一个庞大的骒马群。它的生命就在这一刻变成了一道雄性的灵光，凭借天地的根本、自然的精华所育成的疯魔之性，暴风雨一样来到了马群前。父亲跳下马背说："你不知道我有事吗？怎么到这里来啦？"又一想，自己的事再重要，也比不过一匹马的生命延续，日朵除了飞溅汗沫，还应该飞溅宝贵的精血，飞溅子孙后代以及生命的未来。他上前拿掉了鞍鞯、缰绳、笼头以及嚼子，在它屁股上捶了一下："去吧，需要时我叫你。"日朵感激地咴咴了几声，转身离开，走了几步就跑起来，轰隆一下钻进了马群。就像山崩水漫，风吹云飞，马群动荡起来，日朵的挑选开始了，它并不是见骒马就喜欢，它只喜欢年轻壮硕、矫健发情的，当它直起脖子左顾右盼，猎艳的目光扫来扫去时，许多够条件的漂亮的骒马便自动走来，把那些瘦弱而自卑的骒马挤到后面去了。日朵甩头嘶鸣，然后扬起前蹄，直立而起，向着那些情欲缠绵的骒马，举起了自己辉煌挺拔的生命之根。求爱与征服在这一刻难分难解。

父亲登上一座雪冈，坐下来看着，有些奇怪：这是谁家承包的草场，怎么会养这么多的马？马对草场的要求很高，破坏性也很大，采食加上蹄子踩踏，个体牧人是养不起马群的。在整个阿尼玛卿草原，草高半扠、草密苫土的普通草场一般是五亩养活一只羊，十二亩养活一头牛，至少二十二亩才能养活一匹马，养马比起养牛养羊奢侈多啦。他想数数这群马的数量，数了不到一半就被马的移动打乱了，只好大致估一下：一百五十匹到两百匹。他顺手挖开身边的积雪，摸了摸地面，没有草，只有土，不禁眉头一皱，已经是癞痢头的草原啦，怎么还能让马群来糟蹋？不错，是糟蹋，对草原的索取超过了它的付出能力就是糟蹋。他起身看看四周，放马的牧人呢？就见马群朝山坳那边缓缓移动着，把一匹灰色马丢弃在原来的地方，再一看，灰色马是辔了鞍鞯的。他走过去，看到浅浅的洼地里，一个牧人正躺在积雪上呼呼睡觉，凉飕飕的空气里充满了酒被肠胃消化后的臭味。父亲大声吆喝着："起来，起来，盗马贼来啦。"

牧人迷迷糊糊坐起来，看了一眼父亲说："啊啧啧，怎么是强巴校长？"父亲仔细一瞅，也认出了对方，原来是喜饶的阿爸。喜饶的阿爸爬起来，哈腰致礼："多谢啦，多谢啦。"父亲诧异道："莫名其妙谢我干什么？"对方唠唠叨叨说起当初他怎么认识了父亲，父亲又是怎么说服他送儿子上学。"幸亏听了你的话，不然我们做梦也想不到喜饶会变成公家人。喜饶现在好得很，县政府里住，县政府里吃，还能天天见到县长县委书记。"父亲说："这算什么，喜饶要是干得好，以后他自己就是县长县委书记。""啊啧啧，那我得好好念祈福真言拜雪山大地的要哩。如今的草原上，旱獭见了我也会磕头作揖，将来你扶持他当了县长，哈熊豹子也得给我弯腰吐舌头啦。"他好像不知道父亲如今只是个跟他一般无二的牧人，父亲也不想多解释，又寒暄了几句，便问起马群的事。原来马群是玛沁冈日牧马场处理给牧人的，牧人们没钱，就用承包的草场交换，他的这群马换走了他家承包的一大半草场。父亲惊讶地问："把草场给了人家，你怎么办？这么大的一群马，吃不了几天，草就没啦。我敢保证，你家现有的草场，春天长出来的草到不了夏天就会连根消失。"喜饶的阿爸满不在乎地说："到时候办法就有啦，大不了赶着马群远远地去呗。"又指着远方绵亘不绝的山脉说，"山里有的是草场。"父亲着急地说："不可能，那里很多地方都在雪线以上，光秃秃的没有草，有草的地方早就被人占啦。""我多多地念祈福真言，雪山大地自会保佑。""雪山大地只保佑做对了事的人，对做错了事的人，一定会惩罚。"喜饶的阿爸还是听不进去，父亲追问道："用草场交换马匹是谁牵的线，是公家还是私人？"喜饶的阿爸自豪地说："是我家喜饶，他给这片草原上许多牧人都说啦，放牛放羊的话牲畜增加得慢，你们几年才能富？现在一倒手，草场换马匹，几天就富起来啦。"父亲火了："喜饶是我的学生，还是沁多县畜牧局的人，怎么这么糊涂？"他又气又急，想立刻骑着日尕前往县上痛骂喜饶一通，拿出铁哨就要吹，又把气憋了回去。这么多年了，日尕始终是一匹春情激荡的儿马，总是趁主人不用它时，跑向早已相中的目标速去速来，它是那么善于克制，时刻把主人的需要放在首位，从来不会在母马身上花很多时间恣意放浪，今天是它有生以来第一次，第一次遇到了这么多母马，作为主人他怎么忍心打断它呢？父亲喘口气坐下来，望着由于日尕的存在，不时掀起波浪的马群说："明年这个时候马群至少会增加五分之一，草场就更显得不够啦，唉，你们哪，互相攀比也没错，但不能只比牲畜不比草原，草原比牲畜重要得多，牲畜没了可以繁殖，草原没了可就连命都没啦。"

这天晚上，父亲为了日尕，住在了喜饶的阿爸家。翌日一大早，当他用铁哨把日尕叫出马群时，日尕依然精神抖擞，生命之根居然还是勃起如前。父亲给它喂了些糌粑，搭好鞍鞯，拴紧马肚带，上了笼头和嚼子说："对不起啦，我们该走啦。"又捋着它的鬃毛问，"累不累啊？"日尕扬头打着响亮的鼻息回答了他。尽管如此，父亲还是只让它慢慢悠悠地走着，它屡屡试着要跑起来，但都被父亲制止了：悠着点吧，精血的再生是需要时间的，一旦伤了元气，再恢复就难啦。走一阵休息一阵，天黑后才到达桑杰家。梅朵黑、当周和多吉同时欢叫着扑了过来。父亲卸了鞍鞯嚼子，让日尕去刨雪吃草，一转头，就见一堆黑影站在帐房门口。

一家人围着父亲，听他讲央金脱离危险的过程。角巴说："流水一长就细啦，草叶一长就老啦，腰带一长就瘦啦，时间一长就淡啦，

367

慢慢地就会好起来。"梅朵说:"我们赶紧回西宁的要哩,去陪陪央金姨妈。"角巴说:"回西宁需要什么你们就从家里拿。"父亲趁机说:"家里除了牛羊奶子还有什么?城里生活最需要的是钱,钱家里有吗?"角巴说:"没有。"父亲不客气地说:"那你还不赶快想办法把牛羊变成钱。"索南说:"一万个不可,牛羊变成钱的话,钱没啦,牛羊也没啦。"父亲说:"这么多牛羊除了让你脸上光彩之外,什么作用也起不了。"索南说:"人没有了光彩,还活什么?只有牲畜才不需要光彩。"桑杰说:"索南,不许你给强巴阿爸用这种口气说话。"索南说:"那你们说嘛,你们说了我就不说啦,少了牛羊就是要了我的命。"父亲说:"不是别人要你的命,是你在要草原的命,你要了草原的命,就是要了自己的命。"索南一脸懵懂。父亲又对桑杰发起脾气来:"当初索南在学校好好的,我还准备培养他当班干部呢,你们非要让他回家放牧,说是产冬羔的羊群和产春羔的羊群不能混放,结果呢,把大事耽搁啦。他要是把学上出来,就不会说这种无知的话啦。"又瞪了角巴一眼说,"都是你怂恿的,连草原重要还是牛羊重要都分不清楚。不跟你们讲啦,睡觉。"梅朵说:"家里人吵架啦,我们这些做晚辈的不好说什么,但道理是明白的,强巴阿爸说得没有错,索南哥哥你要听话。"才让说:"要是举手表决的话,我也会站在强巴阿爸一边。"索南生怕大家表决,赶紧说:"强巴阿爸已经说啦,睡觉。"

又是一个告别的日子,告别草原的家,告别那些浑身散发着酥油味的亲人。我们这些又要远去的人,一一跟角巴爷爷、米玛奶奶、桑杰阿爸、卓玛阿妈、尼玛舅舅、旺姆舅母拥抱接吻,一一跟梅朵黑、当周和多吉拥抱祝福,一一走向这些日子给我们提供了酥油茶、酸奶、曲拉的牦母牛,摸了摸它们的头,说了声"扎西德勒",最后我们都亲了亲米玛怀里睁着大眼睛咿咿呀呀说话的格列。父亲和索南将送我们去县上,家里的五匹马出动了四匹,再加上日朵。就要上路了,"扎西德勒"喊成一片,伤感的眼泪流成一片。送行的人都在说:"什么时候再回来啊?"大家都说:"等你们想我们的时候我们就回来啦。"只有普赤说:"我大学毕业了就回来。"梅朵问:"你回来是探亲呢，还是打算到县上工作？"普赤嫣然一笑，给了大家一个出乎意料的回答："回来结婚。"

琼吉问："普赤姐姐啦，你跟谁结婚？"普赤大大方方地说："我跟索南哥哥结婚。"除了几个长辈，我们这些人都惊讶地"哦"了一声。我说："真的没看出来，你们两个已经好上啦？"才让说："不是没看出来，是没有意识到。"我想也对，就像才让跟琼吉的关系，索南也是从小看着普赤长大的，抱过她，背过她，一起玩，一起睡，再没有比这更加水到渠成的爱情啦。父亲故意大声说："你比索南小了至少十岁，跟索南结婚合不合适你想好。"普赤说："强巴叔叔啦，这样的事没想过。"父亲说："那就现在想，想好了就不能后悔。"普赤说："没想过是因为不用想，后悔是不会有的。桑杰叔叔娶了卓玛姑姑，他们后悔过吗？才让跟琼吉一起长大，他们后悔过吗？"父亲又问普赤："也不会嫌弃吧？你可是个大学生。"普赤说："大学生又怎么啦？索南不会嫌弃我的。"父亲说："我是说你会不会嫌弃索南，他只是个牧人，识字不多。"普赤说："只要是我的人就好，管他是牧人还是城里人。"父亲呵呵笑着："大家都听好了吧？索南也听好了吧？"梅朵说："家里的帐房听好了吧？咩咩叫的羊哞哞叫的牛听好了吧？梅朵黑、当周和多吉听好了吧？"才让说："望不见头的草原听好了吧？刚刚出来的太阳听好了吧？白闪闪的雪山听好了吧？"角巴说："别人听好没听好我不知道，反正我是听好啦。"大家一起说："听好啦，听好啦。"父亲说："那就是天、地、人一起作证啦。"索南双手合十望着父亲，感激他发起了这场几乎等于盟誓的订婚。父亲又问："结婚以后呢，打算怎么办？"梅朵快嘴快语地说："打算养娃娃。"父亲瞪她一眼说："养娃娃也得选地方，是在草原上养，还是在城里养？"索南和普赤一脸茫然地互相看看，好像压根没想过。父亲说："应该在城里养，城里养的娃娃就是城里人，你们最好也变成城里人。"索南似乎还没反应过来，普赤就说："噢呀。"说着话，我们打马朝前走去。梅朵黑、当周和多吉跟着我们，一直到帐房和目送我们的人看不见了才回去。

我们第二天到达县上，在清真面馆一人吃了一碗拉面，索南就带马回去了。父亲领我们来到车站，买了第二天去西宁的长途客车票，又把我们分散在县政府喜饶的宿舍、顿珠商店、晋美商店睡了一夜，然后送我们上了车。之后，他去县委找旦增书记，想给他说说牧马场用马匹交换牧人的承包草场的事，旦增不在，他就在收发室把电话直接打给了王石书记。王石说："正想你呢，你能不能来一趟？""有什么事吗？""老才让去了牧马场，又开始胡乱折腾，对付起来有点棘手，想跟你商量一下。""跟我商量，我算老几？""八仙过海，有神通就是老大，你到底来不来？"父亲知道王石肯定遇到了难办的事，不然不会想到他。他骑着日孜当即出发，奔跑了一天，晚上到达，直接去了王石的住处。

　　大概是心肺功能渐渐适应了吧，王石的高原反应轻了许多，加上阿尼玛卿州离不开他，他也就不想着再往西宁调了，春节过完后，把妻子接了过来。王石让妻子炒了几个菜：西红柿鸡蛋、羊肉辣椒、牛肉炖洋芋，拿出一瓶青稞白酒招待父亲。父亲吃了几口菜，喝了几口酒，问道："快说说正事吧，老才让怎么啦？"王石说："他把牧马场当成自己的地盘了，想吞并周边的草场，牧人不答应就抢占，已经发生了好几起草山纠纷。他想干什么？明明国家已经不需要那么多的马匹了。""不光是周边的草场吧？离牧马场老远的草场他也在往怀里揽。"父亲说起用马群跟牧人交换草场的事。王石说："你不说我还不知道，那问题就更严重了。旦增为什么不给我汇报？""你打算怎么应对？"王石给父亲斟满了酒说："你跟李志强关系好，写封信，告他。再把角巴拉进来，整个牧马场是角巴贡献的，现在打仗都是坦克飞机，马没用处了，加上草山纠纷不断，他可以借口往回要。虽然草原已经国家化，不可能再给他，但也能影响上面对老才让的看法，制止牧马场对草场的吞并。"父亲摇摇头说："我给李志强写信没问题，但恐怕他说服不了老才让。角巴就更不能掺和到这里来啦，他当初贡献牧马场，虽然什么也没得到，但名声是好的，现在又伸手往回要，就连那一点名声也没有啦，面子是地名声是天，让角巴鸡飞蛋打，这是害人家。"王石无奈地叹口气:"我知道你们是一家子,肯定护着他,白叫你来了。"父亲说:"这么办,信我写,写了给州上,州上再反映给省上。"王石低头琢磨了一会儿说:"就这么办。"继续喝酒,父亲醉了,第二天睡到很晚才起床,一起床就说:"赶紧赶紧,我要回去。"

父亲回到沁多县城时天已经大黑。他敲开晋美商店的门,对守夜的售货员说:"你回家去吧,这里我守着。"售货员说:"要不要我去叫老板,说你来啦?""不要。"他卸掉马具,从货架上找了些糌粑,拌了少许盐和糖,喂饱日尕,自己也吃了些,然后放开它,让它去旷野里过夜,睡觉也行,刨雪吃草也行。他自己用牛粪火烧旺火炉,和衣躺在了柜台上,一觉睡到早晨晋美开门进来。父亲说:"我梦见你对我说,羊肉粉汤做好啦,吃吧吃吧,正要端碗,你就进来啦。"晋美说:"想吃羊肉粉汤了吗?这个好办,街上新开了一家清真饭馆,粉汤香得一顿能吃三碗。"父亲说:"我两碗就够啦,顺便把顿珠和果果叫来,开个会的要哩。"晋美便去买饭叫人,回来时说:"日尕在街上跟县政府的母马交配,男的女的都围着看,县城的人就是少见多怪。""县政府的母马?""最近机关里进了些马,说是配备给科以上干部的。"父亲哦了一声说:"肯定是牧马场不要的马,我得去问问,是不是有什么交易?马现在多余啦,有点眼光的人都不要。"

说着话,正在吃,果果和顿珠就来了。父亲拿出沁多贸易公司的执照让他们看,说从今天开始,我们几个就都是"沁多贸易"的创始人,执照就放在晋美这里,顿珠那里也可以挂个牌子。"沁多贸易"主要经营畜产品,我把住草原这一头,负责供货,晋美和顿珠负责县上的销售,果果负责联系西宁的销售。又说起西宁西门杂货店的马福禄还需要牛羊肉的事,问果果能不能去。果果说:"那有什么不能的?""我是说你能不能开车去?""能吧?要是有车就能,我这些日子天天在运输站学车,换挡、停车、前进、后退、打方向盘,已经很熟练啦。""太好啦。""车呢?""藏在深山里,就是不知道你敢不敢去开。"果果拍着胸脯说:"只要你敢我就敢。"父亲指着晋美和顿珠说:"你们作证,男人说话是要算数的。"果果说:"绝对算数。"父亲说:

"那我们今天就去生别离山医疗所。"果果跳起来："不去，这个地方我绝对不去。"父亲说："我完全可以请别人去生别离山把车开出来，但为什么非要你去呢？因为那是张丽影工作的地方。"果果遗憾地叹口气说："她哪里不能去，非要去生别离山。""她不去那里去哪里？工作你给她找啊？那是个最需要医生的地方。""可是一提起生别离山藏族人没有不害怕的，我的心突突地往外跳，就像撞了鬼，怎么还能过日子？""你最爱的人在那里做医生，我最爱的人在那里当所长，都好端端的，你害怕什么？有爱人在那里，你都不敢去看看，是个男人吗？嘴上说爱她，你爱个屁。我算看透你啦，你这个人，根本就不配有爱人。张丽影喜欢你，一直等着你，算是等错人啦。我明天就去告诉她，别等啦，你把果果想错啦，他不是蓝天上的雄鹰、草原上的骏马，而是一个自私胆小的瞎眼鼠兔，连你工作的地方都不敢来，怎么还能跟他结婚？这样的人，我们'沁多贸易'也不一定要。"父亲说罢，走出晋美商店，扬长而去。果果追上去说："强巴啦，你去哪里？""你管？""别生气嘛，我听你的，现在就跟你去生别离山。""不用你去啦，我一个人去。"父亲拿出铁哨，嚯嚯地吹起来。果果讨好地说："不用吹，我去找日尕。"正说着，日尕小跑而来。

父亲带着日尕，回到晋美商店鞴了马具，又拉它来到邮电局门口。果果一直跟着，父亲不理他，进去拨通了州医院索爱院长的电话，问候了几句，便提到了停在生别离山医疗所的那辆快淘汰的救护车。"听说里面的急救设备都不管用啦，你们是要丢掉的，能不能卖给我？"索爱说："你要那辆破车干什么？""想做点小买卖，拉拉货。"索爱沉默了一会儿说："你等几天吧，等到了报废期，医院就收你一点废铁钱。""等不了啦，我是个牧人，不做点生意的话肚子吃不上。"最后说好，"沁多贸易"送一些草原缺乏的大米、白糖、茶叶和白酒给医疗所，就可以把车开走。父亲放下电话，对靠在门口的果果说："你快去准备，除了日尕，至少还得两匹驮马。"这天下午，果果从县上熟人那里借了三匹马，两匹驮着物资，一匹由他骑着，跟在父亲和日尕后面，朝生别离山走去。第三天早晨到达，张丽影站在医疗所的铁栅栏门口迎接着他们。

张丽影穿着白大褂，手插进衣兜里，脖子上挂着听诊器，笑吟吟地望着父亲说："远远地就看见你们啦，两个人四匹马，驮了这么多东西？"又扫了一眼果果，表情立刻有些凄婉，仿佛说：我日思夜想的人，你怎么才来？果果不好意思地低下了头。父亲说："我把你的人带来啦，你今天要好好招待他。我的人呢？她怎么不出来接我？"张丽影说："苗所长去老营地做愈后访问啦，至少也得一个星期，你来得不是时候。"父亲说："那我就等不了啦。"然后拉着两匹驮马去厨房卸货，留下果果跟张丽影说话，等卸了货回头再看时，两个人已经不见。父亲在厨房吃了饭，找到司机拿到了破烂救护车的钥匙，想去母亲的宿舍睡一会儿，宿舍却莫名其妙地上了锁，只好上了救护车，斜靠着座椅闭上了眼，还没睡着，果果就来了。父亲说："别急嘛，你可以待上整整一天。"果果叹口气说："强巴啦，我知道你的好心，但我已向雪山大地保证过，不结婚的话就不能再有亲近的举动啦，连抱一下都不能。""有志气，她怎么说？""她说听我的。""只要她不觉得你是在故意冷淡她就好。在这里工作的人，不容易，你要心疼她。""噢——呀。"

果果开着"沁多贸易"的第一辆车，父亲骑着日尕，拉着另外三匹马，离开了生别离山医疗所。父亲说："马上天就要暖啦，我们没有冷库，肉放不住，你要辛苦一点的要哩。"果果说："辛苦一点没什么，你吩咐就是啦。"以后的日子里，除了晋美商店和顿珠商店继续销售牛羊肉之外，果果连续跑了几趟西宁，把囤在晋美商店库房里的大部分肉交给了马福禄。当这个冬天的最后一场雪不期而至时，临时担任会计的晋美把大家叫到一起说："'沁多贸易'已经盈利啦，钱怎么办？"父亲说："其中一部分要交给索南乡长，牧业承包户每年须得上缴十五只绵羊和两头牦牛，如今牛羊没有啦，我就只能交钱啦。"晋美说："这个我知道，已经除掉啦。"父亲说："剩下的钱，除了给我们几个发工资，都要用在进货上。"晋美和顿珠都说："道理是对的，可是去哪里进货呢？除了你，阿尼玛卿草原上没有哪个牧人会把自己的牛羊卖给我们。"父亲说:"公司的经营已经上路啦,销售是不能断的,晋美、果果,你们两个出趟差的要哩。"又说起了班玛县的马可河乡,"那里的牧人知道钱的好处,养牛养羊不是为了脸上光彩。我们先把他们的牛羊买来,虽然可能赚得不多,但赚一点是一点。""噢呀。"父亲又说:"这边的牧人就交给我,看我能不能说服他们。"

父亲当天就骑着日朵出发了,他开始说服牧人出售牲畜的这天,雪哗哗下着。雪朵大得出奇,就像无数白蝴蝶在风中滑翔、碰撞、争艳、斗奇。忽而又变了,深阔的天幕变成了一架偌大的织机,不停地摆动着,把羊毛一样的雪花瞬间拧成了线,又瞬间织成了氆氇,这是多大一块洁白的上等氆氇,任凭父亲肆意剪裁,然后缝制成世间需要的一切。寥廓无际的草原,织着白氆氇、铺着白氆氇的草原,可以沿着氆氇的经纬线走向远方的草原,正在寒风里歌唱。父亲和日朵被裹挟在氆氇里,就像氆氇的一部分,横一下,竖一下,突然不动了。一顶帐房出现了,一声藏獒的闷叫出现了,一抹挤出门帘的酥油灯的光亮出现了。

父亲在帐房里待了不到一个小时,就被主人扔了出来,一男一女两个牧人抬着父亲,把他从帐房里扔了出来。父亲在雪地上滚了一下,就要爬起来,牧人的藏獒扑过来摁住了他。不远处的日朵大吃一惊,长嘶一声跳了过来,转身的同时,尥蹶子就踢。藏獒后退了几步,轰轰地叫着。父亲懊丧地坐在积雪里,不明白自己的哪句话激怒了对方,竟至于让天性好客的牧人把他扔出了帐房。日朵守在藏獒和父亲之间,也有些不明白,眼睛扑闪扑闪的:怎么了主人,你不是一向都会受到牧人的欢迎吗?这家的藏獒也不明白:闻着看着是个好人,怎么会偷东西呢?在它的认知习惯里,只有偷东西的人才会受到这样的待遇。父亲站起来,慢腾腾往前走,身子沉沉的,腿在雪地上陷得很深,忽一下歪倒了,怕日朵担忧,回头看了一下,赶紧爬起来。父亲走了很长时间才骑上日朵。雪的飞翔正在加速,风急了,带着洪亮的嘶吼,原野上的骑影很快变成了雪人雪马,变成了属于荒雪自己的一景一物,行走显得更加孤独和凄凉,也更加吃力和缓慢,每迈出一步都意味着陷入，松软的厚雪和强劲的风都成了大自然的堵挡，即使像日孕这样矫健的马也不能自由行走。而远处的狼嗥就像雪山大地送来的问候，温暖着父亲孤寒的心——在这寂静而苍茫的雪原上，毕竟行动的并不只是他和日孕，毕竟狼不会抛弃他，相反，它们肯定会千方百计地接近他。那就来吧，吃我还是听我说？或者先听我说再吃我。我为什么要说那些话？因为我只能那样说，那是实话、真话、非说不可的话。日孕啦，你这是要去哪里？回县城还是回角巴家还是回我们自己的草场？怎么离狼嗥越来越近了呢？不是一只狼，是十几只狼，我们会完蛋的。哈哈，日孕，总有一天你会带我走向死亡，但不是今天，今天我还要说，说那些实话、真话、非说不可的话。请听我的话：离开狼群，去牧家，去牧家。父亲在心里狂叫着，只听呼啦一声响，大风撕开了遮天蔽地的雪幕，牛奶河一样的地平线汩汩而来，一顶帐房清晰可见。好啊日孕，原来你一如既往地知道我，知道我即使一千次被扔出帐房，也还是要去面对牧人的冷脸，那些雪原一样没有色彩的冷脸。父亲看到，狼嗥和帐房离得不远，中间隔着牛群和羊群，海海漫漫一大片，两个牧人和一只藏獒根本顾不过来，只能把住一端，让出另一端，似乎是说：那就吃吧，狼狼狼，吃饱了赶紧走。父亲和日孕跑过去帮忙，好不容易赶走了狼，留下来说话的时间已经不多了，天正在黑下去。

大概是看在了帮忙驱赶狼群的面子上，这一家没有把父亲扔出去，但拒绝用饭食招待他，只让他喝完了说话之前端给他的那碗酥油茶。主人做出请的手势说："我家的帐房实在是太狭窄啦，请倒卖牛羊的人去找更宽敞的帐房过夜吧。"父亲拉着日孕来到不远处，挖雪窝子睡觉的时候说："日孕啦，我拖累你啦，害得你连口糌粑都吃不上。这么大的雪，到哪里去吃草啊？"日孕呼哧呼哧张大鼻孔，向着四野闻了闻，噗噜噜打了个响鼻，像是在安慰主人。父亲丢开它，打着哈欠钻进了雪窝子，一闭眼就睡着了。他梦见日孕流浪在雪原上，找不到草吃，扑通倒下就死了。他哭醒了自己，爬出雪窝子一看，天已经放亮，日孕正在一群牛的中间。几头牛不断把反刍后本该再咽下去的食物吐到地上，日尕伸长舌头，一点一点把热腾腾的食物卷到自己嘴里。父亲惊呆了：原来动物之间还能如此？日尕肯定是这样表达的："我饿啦，走不动啦，但我还得带着主人走下去，请给点吃的吧。"牛们肯定说："请原谅，大冬天我们吃进去的也不多，只能每个吐一点点给你。"就是不知道它们用的是什么语言——肢体的、神情的还是声音的？日尕的肚子圆溜溜的，一百多头牦牛一头吐一点，那也是不老少的一堆食物。

这一天，父亲和日尕又访问了五户牧家，结果都一样：拒绝买卖，拒绝他的说服纠缠，而且都不那么客气："'沁多贸易'是什么？没听说过呗。你不会是骗子吧？都说做买卖的人是骗子。""你说什么，把我们的牛羊给你，你拿去卖钱？凭什么呢？别说你不是公家人，就是公家人说了也不顶用，承包啦，牛羊和草场都归自己啦。你卖了钱，再把钱给我们，为什么要这样？你图个什么？再说你要是躲起来不见面，我们去哪里找你？""你说也可以先给钱，再把牛羊拿走？那也不行，我们要钱干什么？能剪下羊毛来还是能挤出牛奶来？"等他告诉对方自己也是一个牧人后，人家又有了别的想法："你是不是看着我们羊多牛多心里不好受？你怎么不卖掉你自己的？什么？已经全部卖掉啦？胡说八道，我不信。别向雪山大地发誓啦，全部卖掉的话你就是个不安分的牧人，就是盗马贼一样的坏蛋，草原上容不下你这种人，走吧，我们忙得很，没时间坐下来跟你流水一样长长地说话。"态度好一点的会招待他一碗酥油茶，但糌粑和肉食就别想啦，似乎牛羊越多牧人越小气，似乎他真的是一个可怜的骗子，在被牧人一眼识破的尴尬中，啰里啰嗦狡辩着。天黑后父亲和日尕来到了第六顶帐房前，父亲滑头起来，先不说来意，讨要了些酥油糌粑，垫了垫日尕的肚子，钻进帐房，吃了喝了，在人家的毡铺上睡到第二天早晨，又舔了一碗者麻，才说起自己是来收购牛羊的。主人瞪起眼睛看着他，似乎意识到竟然让一个盗马贼一样的人留宿了一夜，招呼儿子过来，放倒父亲，抬起来，又一次扔出了帐房。

父亲蹊跷得挑眉毛瞪眼睛：牧人守旧，不知道钱的意义，把牲畜当作唯一的财富，不肯出售牛羊，这也在意料之中，没什么大惊小怪的。但怎么会变得如此野蛮，不仅不招待吃喝，还会动不动把他扔出帐房呢？太过分了吧？他爬起来，冲着帐房门口的主人喊道："我是香萨主任的朋友，你这样对待我，就不害怕我去阿尼琼贡告你的状吗？"主人蹲下身子，抱着自家的藏獒不让它扑向父亲，哼了一声说："我们见了香萨主任磕响头，咚咚咚地响九下，见了坚赞曼巴也磕响头，咚咚咚地响九下。都是平起平坐的高人，你要是告我，我也会告你，坚赞曼巴的法力你又不是不知道。"父亲愣了：他听说过坚赞曼巴，是个不属于任何地方的游方藏医，哪里有不好就会出现在哪里。一定是他给牧人说了什么。父亲说："坚赞曼巴我不认识呗，要是你让我相信他的法力比香萨主任高明，我就不再到你家来啦。"主人惊慌地说："你还想来啊？我告诉你吧，曼巴说啦，钱是世界上最大的魔鬼，会夺走牧人的灵魂，现在魔鬼已经放出来啦，已经开始往草原上到处乱跑啦，最大的灾难就要降临草原，你们要小心一点，谁给你们提到钱，你们就把谁抬起来扔到帐房外面去。"原来如此，之所以不请他出去而是扔他出去，是把他看成了一个带来灾难的魔鬼，扔掉他就等于惩罚了魔鬼也远离了灾难。父亲说："请告诉我坚赞曼巴在哪里，我去向他请教的要哩。"主人说："虽说曼巴的家乡是我们白唇鹿草原，但谁也不知道他在哪里，有时候正在放羊，一抬头就见他从云端里下来啦。"父亲又是一愣："你说什么？我来到了白唇鹿乡？"怪不得没有人认识他，雪太大，迷路啦，一口气走到了白唇鹿乡，而他还以为自己在沁多乡转悠呢。心说那就不找坚赞曼巴啦，还是回沁多草原继续他的说服和收购吧。

3

雪还在下，白花花的牛奶还在下，下到地上就不是液体的牛奶了，是凝冻的酸奶，是提炼出的酥油，是结块的奶酪，是粘连在一起的洞隙密布的奶皮，是溶解后的曲拉。雪还在下，白花花的牛奶带着天上的芳香，不尽不绝地覆盖着草原，没有不白的地方，气度恢弘的冬天总是在告别的时段以最强劲的力量提醒人们牢牢记住它。父亲说："记住啦，赶紧去吧，已经变成灾难啦。"这香喷喷的灾难，伴随着父亲的走家串户，很快变成了对生命的诅咒——漫长的冬天里体质已经很弱的牛羊开始死去。父亲心痛地看着那些冻硬的牲畜说："只要不是病死的，我都收。"但牧人是不要钱的，并不仅仅是因为沁多草原的许多牧人都认识父亲，更是出于习惯：牲畜的冻死意味着牧人的亏欠和悲痛，怜惜来自他们对生活的谨小慎微，来自对牛羊的尊重和依靠，怎么还能卖出去呢？牛羊跟人是一个样子的，一生都在施舍，施舍奶水，施舍皮毛，施舍血肉，原本是施舍给人的，如今因为牧人的照顾不周而冻死饿死啦，再去吃掉的话就连良心也没有啦。保持良心的办法就是把它们的尸体变成另一种施舍，施舍给狼和秃鹫，施舍给雪豹、猞猁、雪貂、狐狸等食肉动物，而食肉动物吃了这些施舍的牛羊，就不会再去吃别的小动物了。牧人们不知道父亲收去后是要运到城里卖钱的，还以为他行善行到了家，要把牛羊的尸体运送到动物密集的大山里。父亲明白牧人的心思，再也不说给钱了，也不说买卖了，好像他要背着牧人偷偷地卖掉。

云散了，雪霁了，风清日朗，没见过如此亮丽的天空，天上是照耀，地上也是照耀，金光和白光交融起来，组合成一种浅蓝色的坚硬的光芒弥漫而去。唯一需要的就是把辫起的头发散开，把盘起的头发放下来，耷拉在眼前，遮住强烈的日光和雪光。牧人们行动起来，按照父亲的吩咐，把冻死的牛羊用牦牛运到了可以通车的地方，然后便去放牧了。父亲骑着日尕回到县上，等了两天，便等来了去班玛县马可河乡出差的晋美和果果。如同父亲说的，班玛县的牧人知道钱的好处，养牛养羊就是为了出售。他们不虚此行，收了一车冻肉，就是路不好走，还费油，途中又没有加油站，要不是拦住过路的车，高价买一点，就回不来啦。父亲问："成本算了没有？"晋美说："算啦，班玛县的一车肉运到沁多县，能赚一千多，运到西宁的话，差不多能赚三千。"父亲说："不少啦。"晋美说："人家一听是沁多县的，就说你们沁多县的草场比我们大，牛羊比我们多，肉是最肥最香的，怎么还跑到我们班玛县来买肉？"父亲说："你说实话啦？"晋美说："果果差点说实话，我挡住啦。"父亲说："那就对啦，说了实话，人家会瞧不起沁多县的。牧人宁肯草原超载，也不愿意卖牛卖羊，这样的事，估计班玛县的人想不到。"晋美说："对着呢，人家的销售渠道多，还都是直接和内地人打交道。"父亲说："以后我们恐怕少不了往那里跑。"看着雪消了许多，父亲便要果果再辛苦一趟，立马跟他走。果果说："我瞌睡死啦。"父亲说："你慢点开，可以边开边睡，反正草原平坦得很，不怕撞上，不怕翻掉，只要方向不偏就可以。"果果拍着肚子说："那得先加油，还得吃肚子，听见了没有，打雷的声音。"父亲说："你快去加油，完了去拉面馆，我和晋美等你。"

　　父亲丢下日尕，坐着这辆破破烂烂的救护车走向了雪原。一上路果果就开始打盹，果然是边开边睡，父亲不断纠正着方向，一直走到天黑。车停了下来，他们在车上睡了一觉，第二天中午才到达堆积着牛羊肉的地方。果果跳下车，惊喜地叫了一声："这么多？"两个人装了满满一车，还剩下一半。父亲说："再来一趟吧。"汽车启动之后，父亲指着远处的山脉说："往那里开。""干什么？""你不是藏族人吗？"果果诧异地瞪了父亲一眼。父亲说："牧人不吃冻死饿死的牛羊，连藏獒都不吃。""我们可以运到西宁，吃肉的都是城里人。""原本我也这么想，现在又改变主意啦，城里人当然可以吃，但我们不能卖，我们是买卖人，一分本钱不花就去赚大钱的事不能做，要是我们一开始就投机取巧，以后肯定会有大麻烦。再说啦，要是卖掉的话，草原上狼豹的食物就少啦，活着的牛羊就要遭殃啦。"果果说："你一会儿是买卖人，一会儿又不是，什么时候'沁多贸易'变成动物保护组织啦？"他们把车开上了一道平缓的山梁，朝两边的沟里扔了一些牛羊，又开上另一道山梁，又扔了一些。回来再拉剩下的，又向别的更远的山梁开去。狼跟着他们，秃鹫和黑鹰跟着他们，乌鸦跟着他们，后来又看到雪豹和猞猁跟着他们，再后来又看到漂亮的火狐狸和更加漂亮的雪狐狸跟着他们，连百灵鸟也跟着他们。

　　春天了，积雪的消融变得迅速起来，潮湿的土地散发着被蒸晒的气息，一层厚薄不匀的岚光飘逸在草原之上。太阳的脚步虚虚实实地踩踏着岚光的小路，留下了一串串蜂窝状的坑窝，延伸到远方，那是各个方向的远方，就像一张无规则的网。鲜洁的草色闪动着嫩黄的光泽，在风的摩擦中啦啦歌唱。尽管一无所获，父亲在沁多草原的说服却一点也没有放松，还是在走家串户。他已经学乖了，一进门先不介绍"沁多贸易"，也不说买卖牛羊的事，而是扯东扯西地拉家常："你这件皮袍穿了多少年？二十多年？已经不暖了吧？硬邦邦的面子上全是油，里面的毛也掉得差不多啦，还钻满了虱子。你养了这么多羊，就不会换一件新的？当然啦，光有皮子还不行，还得买面子、里子、扣子、镶边的绸子，得买缝皮袍的黑线、白线、红线、绿线，还得有水獭皮的领子和袖子，花一些钱的要哩，别光心疼牛羊啦，也要心疼心疼自己啦。你说什么，没有钱？卖掉几只羊不就有啦？你看，你的皮袍要换，妻子的皮袍要换，儿子儿媳的皮袍也要换，还有孙子的皮袍，三年前做的，已经小啦，睡觉时盖不住脚啦，蜷缩得就像一团硬糌粑，多难受。过去的草原，只有流浪汉、穷光蛋才会一辈子只穿一件皮袍，如今你有这么多牛羊，既不是流浪汉，也不是穷光蛋，来钱容易得很嘛，为什么还要过这种苦巴巴的日子？你说你们老两口苦惯啦，但儿子儿媳也苦惯了吗？一生下来就把阿妈的奶哑得肚皮胀的孙子孙女也苦惯了吗？还有靴子，都露出脚指头了你还穿，花钱做一双嘛，只要卖掉三四只羊，全家人就能一人做一双。换了靴子再换帽子，自己做也行，买现成的也行，县城商店里有的是狐皮帽、羔皮帽、毡帽、礼帽、金花帽，还有汉族人的单帽和棉帽，都可以戴，唯独现在你头上的这顶帽子，都能拧出脑油来，不能再戴啦。"
　　到了另一家他又说吃的："怎么还是老三样，糌粑、风干肉、酥油茶，就不能换个花样？比如大米、白面、豆子、黄米、黑米、花生、蔬菜、水果、点心，世上能吃的东西多啦，几百种几千种，只要有钱就能买得到，你们不打算尝尝？什么，没听说过，不愿意尝？也行，但总得吃点糖吧？你活了五十多岁，好好的糖都没吃过一口，那不是白活啦。告诉你，天天吃一勺糖，念出来的祈福真言都是甘甜的，雪山大地听了也喜欢；你光吃老三样，祈福真言的味道早就不新鲜啦，雪山大地已经听烦啦，再也不想听啦。本来雪山大地是要保佑你们的，可老三样把你们吃得营养严重缺乏，不是这个病就是那个病，寿命不长，保佑不了啦。不信我的话是不是？我是知道牛羊和牧草的，一头壮牛每年吃进去的牧草不下一百种，有的草吃叶，有的草吃秆，有的草吃花，有的草吃籽，有的草吃根，除了草，牛还会吃很多地里的盐碱、花里的粉末、裹在草里的昆虫和昆虫的排泄物，这个样子它才能长出力气，长出寿命来，羊也一样。可人怎么能一年四季就吃这老三样呢？你们也知道，沁多草原上很多人活不过马，四五十岁的马不老少，可是人呢？平均年龄只有三十五岁。除了高寒缺氧，更主要的就是缺乏营养。要是你们这个吃一点那个吃一点，样数一多，营养就全啦，身体里不光是蛋白和脂肪，还有各种维生素和微量元素，病就少啦，寿命自然就长啦，雪山大地的保佑也就跟着来啦。你再看人家城里人，为什么身体好寿命长？不就是因为吃的样数多吗？过去牛羊是生产队的，再过去牛羊是头人的，现在这么多牛羊是自己的，为什么不能把它们变成钱呢？不要说你们过上了几辈子都没过过的好日子，好什么？这几年牧人的生活也就是吃得饱而已，离吃得好差远啦，你们连牛羊马匹知道的事都不知道，守着财富吃不好，望着就要繁殖出灾难的牛羊穷高兴，我看着都急死啦。学学城里人吧，这么多牛羊，一出手就是钱，再到县城的商店里买回大米、白面、水果、蔬菜，多好的事啊。"

再换一家，他又说用的："你家的毡倒是新的，还铺了两层，剪下的羊毛用不完是吧？都擀成毡啦。为什么不换成钱呢？县城里的顿珠商店和晋美商店就可以收购羊毛。你问我换成钱干什么？看看你家的家什就知道，酥油桶旧得都快要散架啦，一看湿漉漉的就知道在渗水；水桶死沉死沉的，背着空桶就很累，还要装满水，让家里的女人背来背去，就不怕把腰压断？再说木桶不好清洗，也不卫生，怎么就不能换一换呢？商店里有更轻便的铁桶和塑料桶，很便宜的。还有这锅、这壶，都变形啦，黑得擦不出亮光啦，木碗也糟得有缺口啦，为什么不去商店里看看，换口锅，换把壶，换几个漂亮的瓷碗或陶瓷碗呢？用不了几个钱的，不就是卖掉几只羊一两头牛嘛。我知道你们从来没有过这么多的牲畜，珍惜得很，吃都不敢多吃，但牧人养牛养羊，不就是为了过好日子吗？不能财富是现在的，日子还是几百年以前的。再说啦，有多大草场养多少牛羊，你家的草场，我看过啦，牧草又低又稀，已经衰退啦，最多能再吃两年，两年中你家的牛羊至少还会增加三分之一，肯定吃不饱，吃不饱就没膘，没膘就无法过冬，一场大雪下来，会死得干干净净，到时候你就哭吧，雪山大地会告诉你，这是对你的惩罚。"可是雪山大地怎么会惩罚好人呢？牧人生气了，差·点又把父亲扔出帐房。

有时候父亲会发现自己来到了学生的家里，便故意摆出老师的架势，希望人家能听他的劝。牧人对孩子的老师很给面子，除了殷勤地招待吃喝，还会赠送一两只羊。至于老师一再强调的出售嘛，人家连头都不会点一下。父亲说："我不是来乞讨的，我是来挽救草原的，也是来让你们过好日子的，送的羊嘛我就不要啦。"尽管拒绝是不礼貌的，甚至都有可能得罪人家，但父亲必须这样，他不能让任何人认为他是一个贪财的人，否则下次别想再来啦。

父亲苦口婆心的劝说显然失败了，半个月以后，他从草原回到县上时，没有一户牧人愿意出售一只羊一头牛给他。父亲迷茫了两天，趴到桌子上写了一封寄给所有学生的信，希望他们能劝说自己的家长，出售现有的牛羊，减少草场的载畜量。他骑着日尕，来到沁多学校，让副校长藏红花帮他打印了一下，又让她尽可能地提供了在他当校长期间毕业学生的联系方式。他回到县上后，去邮局买了几百个信封和足够的邮票，把所有的信发了出去。顿珠和晋美都说他是在浪费钱财，还不如多跑几趟班玛县的马可河乡。父亲摇摇头，耐心等待着，等来的却是一个让他匪夷所思的结果：沁多县在县城前的姜瓦草原上召开牧业大会，表彰由各村选出的二十个牲畜最多的尖子户，旦增书记亲自向他们颁发了锦旗和奖品——一对牡丹花卉的铁皮热水瓶。他说从目前汇总的数字看，沁多草原去年的冬羔和今年的春羔相加，增长率创下了历史最高水平，全县的牲畜存栏率也创下了历史最高水平。大会之后两个警察突然来到"晋美商店"，把父亲带进了派出所。他们询问发信的事，询问他在草原上走家串户煽动牧人买卖牛羊的过程。原来有人告发了他，说他干扰牧人的正常生产，破坏蒸蒸日上的草原经济。好在父亲是不怕的："别给我上纲上线，现在不是从前，开放啦，我是有执照的生意人，不谈生意谈什么？"他摆出一副豁出去的架势据理力争，警察自然说不过他，警告他不要多管闲事，牧人卖不卖牛羊跟他没有任何关系。他说："我天生就是个多管闲事的人，哪一条法律规定多管闲事是违法的？拿来给我看。"

父亲被毫无理由地拘留了两天后放了出来。他不服气，闯进县委，来到旦增书记办公室，控告派出所的警察非法抓人。其实他并不是想跟警察争个你高我低，他是想用这种办法告诉旦增：我知道是你下的命令，也知道为什么，我今天来就是想说你错啦。旦增假装吃惊地说："他们想干什么？你又没干犯法的事。"父亲说："书记这样认为就好，我就是打出旗号来，公开反对你们盲目提高增产率和存栏率，你也不能把我怎么样。"他说起草原的不堪重负，说起牲畜泛滥的恶果，说起牧人不买卖牛羊的愚昧。旦增耐心听着，突然说："你说的也不是没有道理，但我作为一个县的父母官，不能挫伤牧人养牛养羊的积极性，也不能忽视县委县政府的工作成绩。""你在乎的恐怕只是你的成绩吧？谁也不喜欢说自己起早贪黑其实什么也没干或者干错啦，想给自己贴金情有可原，但你不能用草原的未来作代价，沁多县的'历史最高水平'是灾难的前奏难道你没有意识到？"旦增正色道："我意识到的只是牧业发展的大好形势，是在县委县政府的领导下一再刷新的生产指标。""你的指标应该是提高牲畜的商品率和牧人的生活质量，而不是让牛羊泛滥。"旦增气急败坏地吼道："难道这些年牧人的生活没有提高吗？你不要睁着眼睛说瞎话。你现在只是一个普通牧人，过好你自己的日子就行啦，不要管太多，小心重犯以前的错误。""吓唬谁呢？我不在乎，你要是不听，我就去州上省上反映。"且增哼了一声说："上个星期省政府还下发了'千方百计发展牧业'的文件，你去北京去天上告，我也不怕。你走吧，我还有事要处理。"

　　风的抚摸似乎让草原的心情格外愉快，沙啦啦沙啦啦的。雪已经消尽的地面上，牧草鹅黄的嫩芽从枯根下面冒出来，害羞地瞧着天空和近旁，牧人坚实的靴子总会轻轻绕过嫩芽出头的地方，左一脚右一脚地踩向别处。很少有人骑马，因为马蹄会伤害草色的泅出和蔓延。但牛羊是管不过来了，它们会不顾一切地扑向婴儿般的新草，让嘴唇和地面摩擦而过，身后的草原就依然又是冬天的颜色，丝毫不显青春的气息了。以往这种时候，牧人总是提前把牛羊赶向高处，宁愿让它们暂时饿着，也要把低洼地和川道里的草保护起来，因为这是下一个冬天的食物。但是从这个年份丌始，在所有被承包的草场，牧人已经做不到合理地按季轮牧了。壮阔的地面上，是宏大的畜群，是控制不住的饥饿的膨胀，是牧草还没长大就被掐头咬根的无奈。父亲拉马走过草原，揪心地看着埋头尝鲜的牛羊，张大嘴发出了一声粗闷的吼叫，就像绝望的老虎面对正在失去的山林，轰隆隆地哭泣着。日尕附和似的长嘶一声，弯过脖子来，怜悯地看着父亲，用鼻子咴咴地说：赶快骑上去吧，吼叫有什么用？父亲听话地跨上了马背，还没有把缰绳在两只手中拉扯均匀，日尕就跑起来。父亲说去州上，找王石书记。日尕瞪他一眼，像是说知道啦。

　　父亲到达州委时，王石正在开会，让他在办公室等着。他等到中午，王石来了。父亲说起草原、牛羊、牧人、且增书记、沁多县的"历史最高水平"等等。王石听着，有点漫不经心的样子："这才承包几年，就出现了这样的事，你是不是把问题看得太严重了？目前对牧人的生产积极性还处于鼓励阶段，车正在半路上，还没有到达目的地，就要喝令人家刹车，不太合适吧？"父亲激动地问："那目的地到底是什么？"王石一时不知道怎么回答。父亲说："是把草原糟蹋掉，还是让牧人过上幸福生活？牧人依靠的就是草原，草原没了，幸福又在哪里?"王石摆摆手说:"这么给你说吧,不是你不对,也不是你担忧的事不会发生,而是现在还没有发生,怎么给牧人说,怎么给上面汇报?上上下下都是注重眼前的,眼前最大的事就是富起来,别的都不能考虑。至于牲畜和草原的矛盾,等尖锐到不可开交时,上面自然就重视了。所有的县所有的州都在增加牲畜的数量,你不增加你就落后了,乡里不增加在县上没面子,县里不增加在州上没面子,州里不增加在省上没面子,一级一级都是做给人看的。你突然说草原受不了,牲畜要限量要减少,谁都觉得你是在找借口,比不过就比不过嘛,说草原干什么?这么大的草原,怎么可能说没了就没了?""地球、宇宙都有可能说没了就没了。""你是知识分子,一想就想得那么远,什么地球、宇宙,其实跟一个牧人没多大关系。"父亲沉默了,从桌上随便拿了一个杯子,倒了开水,咕嘟咕嘟喝起来。王石说:"不烫啊?"父亲不回答,站着说:"其实这事也不难,只要有权就能制止。这样行不行?给我个官儿当,你以前不是说了,我当沁多县的书记也行,州畜牧局的局长也行。"王石说:"以前这么说是诚心实意,现在再这么说就是开玩笑喽。你已经当了几年牧人,又搞起什么'沁多贸易'成了生意人,怎么可能再让你干书记干局长?""'沁多贸易'我可以让给别人。""那也不行,任命干部不能随心所欲。"父亲长叹一声,什么话也没了。王石说:"走吧,去家里吃饭。"父亲断然摇头。王石说:"那就在这里吃。"说着出去,吩咐办公室的人去食堂搞几个菜,拿一瓶酒来。

吃饭时王石说:"我现在正在全力对付老才让,牧马场对草场的吞并还在继续,草山纠纷频繁发生,过去草场是集体的,一旦有了纠纷,是一个大队或者一个公社跟牧马场抗衡,人多势众还能对付,现在大包干啦,所有的纠纷都是一户牧人对抗整个牧马场,基本上是受人家欺负。听说牧马场的马群大部分已经交换出去了,我们损失了大量的草场,而牧人们还高兴得以为得了什么便宜。你写的信州委专门开会进行了研究,又对受伤挨打的牧人做了统计,以州委的名义上报了省委省政府,催问的结果是,牧马场是国营单位,要注意搞好团结，有了纠纷协商解决，不要动不动把责任推给省上。可见上面还是在祖护老才让，毕竟牧马场正是重整旗鼓的时候。既然这样，那我们就自己想办法让他老实一点。当初他们收购州医院的三座楼，改造成了办事处和场部人员的宿舍，我们为什么不能断水断电？他们的人和车进进出出都得经过我们的地界，走我们的路，为什么不能设个卡子，查查他们？"父亲对王石准备抗衡老才让的话兴趣不大，哼哼哈哈地应付着，突然问："老才让为什么要大量吞并牧人的草场？牧马场已经没有了马群，牛羊更少，完全用不了那么多草场。"王石冷笑一声："他这种人，就是头人意识，到哪里都想占地为王。""那也犯不着跟牧人过不去啊。""他就是想跟我过不去，我迟早会让他明白，没有光占便宜不吃亏的事。"说着端起酒杯猛喝了一口。

父亲也喝了一点酒，又匆匆吃了几口菜，便告辞出来，骑着日尕走过了街道。州府外的草原上，黑麦草的嫩芽柔和地延伸出一条条浅浅的绿线，铺了一地的狗舌草已经结出小小的蓓蕾，把藏不住的橙红一滴滴地露出来，在风中急速地抖颤着，报喜似的给春天缀上了缨穗。虽然冬天宏壮的荒凉依然盘踞在远方近处，但温暖和色彩已经不可遏制地诞生了。父亲的眼睛一亮，看到九尽草已经扒开僵硬的土壤，缠绕在阳光上，尽情地攀升着，好像瞬间就能长高长阔。没有牛羊的提前采食，这里的牧草自由而放松地生长着，让草原显得平静而柔曼。父亲骑在马上慢慢地走，小声问："日尕啦，你觉得应该去哪里？"日尕没有回答。太阳渐渐掉下去了，天空在深蓝的沉默里抓住了夜色，无边的寂静送来声声远方的鸦叫。父亲在路过的牧人帐房里住了一夜，第二天中午来到了阿尼琼贡。

香萨主任在精舍前迎接着父亲和日尕，笑着说："早晨看到山林里的雾气如同挽起的哈达，就知道有贵客要来，酥油茶已经准备好啦。"父亲说："主任吉祥，贵客是来了还是没来？""一见到你，再谁来都不算贵客啦。""噢呀，主任让我受宠若惊啦，不过主任要是听了我的话，就知道这个贵客最好还是不来为好，他带着麻烦，一大堆解决不了的麻烦。""人的日子里什么时候没有麻烦呢？"香萨主任笑了笑，摸着日杂又说，"你的天马看着越来越好啦。""人却看着越来越衰败啦。""哪里的事，你没有变，还是当校长时的那个样子。""主任啦，我知道你指的是我的心。"他们穿过甬道，来到打坐祈福的里间，坐下来喝茶吃糌粑。父亲说起草原和牛羊的事，说起了自己的请求：香萨主任如果能出面说服那些顽固的只顾眼前的牧人，让他们尽量快尽量多地出售牛羊，那就再好不过啦。香萨主任沉默着，半晌才说："草原渐渐不好啦，这我是知道的，但这跟牛羊有什么关系呢？人有命，草原也有命，该发生的事一定会发生，你也好我也好，拦是拦不住的。人有了伤才知道疼，没有伤你告诉他将来你的这个地方会疼，谁会在乎呢？就算相信也是这个耳朵进那个耳朵出。对有些事，我们既不能预防也不能治疗，只能等着，等到黑云消失的时候，太阳自然就出来啦。有因才有果，主宰草原的从来不是牧人，更不是牛羊，是什么呢？你看着我干什么？不是我，也不是我身后的这些铜像泥像，不是人，不是神，是一个依附在雪山大地身上但我们又看不见的东西，我心里明白却说不出来。唵嘎别辣嘎莎哈，我天天念的经让我心里亮堂，你问我是什么意思，我只能说请问太阳为什么给我们热乎乎的光，请问雪山为什么给我们清粼粼的水，请问大地为什么给我们绿油油的草？"父亲迷茫得就像走进了冰天雪地的夏天，浑身缩了一下说："主任啦，你的意思是说这种事不用我们操心？""寂灭无处不在，操心无用，不会有人听我们的。你和我的这一辈子都是为了别人好，静静地祈祷就可以啦。再说还有个放虎吃人的后果，这个虎你不能放，我也不能放，放了就收不回来，它要是回头咬你一口，那就是担不起的灾难。谁能放呢？那要看谁能收回来。"父亲听不明白，也不好多问，正在纳闷，就见香萨主任一阵咳嗽："主任病啦？我去叫眼镜曼巴过来看看。""你见不着他，半个月前他被人请去生别离山，捎话回来说暂时不来阿尼琼贡啦。""是不是生别离山医疗所的病人又增加啦？""大概是吧。"父亲想很久没见妻子啦，得去生别离山看看她啦。这时厨房端来了手抓，父亲吃了两块，不忍心过多打搅香萨主任，便团了一块糌粑拿在手里，站起来说："这么热情的接待，让我都不好意思再来啦。"

　　父亲来到精舍门外，用手托着糌粑让日尕吃了，然后说着辞别的话，朝香萨主任弯腰行礼。香萨主任说："从这里离开，你的心思就应该了啦，好好地去吧，扎西德勒。"他"噢呀"着，拉马而去，心里沉甸甸的像压着整个草原，脚步也滞重起来，慢腾腾的，半天才走出阿尼琼贡。算了吧，听香萨主任的，不去管什么牛羊多草原少的闲事啦，他压根就没有能力管，也不该管，可要是不管，他又何必要卖掉自己的牛羊，成立什么"沁多贸易"呢？曾以为自己的行为可以给牧人带来希望，可以扭转正在急速颓败的草原，事实却相反，他体会到的只是自己的渺小和无能，是被生活的抛弃和一种跟别人前所未有的隔膜。他失望于自己，也失望于草原，仿佛这似绿非绿的大地是没有希望的，他看不见自己一再祝愿过的未来，看不见任何赖以走向明天的保障，触目而至的都是现实的迟钝和愚蠢，是即将失去和永远失去的景色。几只百灵鸟翩然飞过，这种飞不远的鸟儿正在寻找那些刚刚苏醒的昆虫，一旦找到，就会鸽在嘴上飞过去送给别的鸟儿——大概是情鸟吧。鹰在盘旋，用翅膀画出一道道黑色的弧线，它们知道冬眠的鼢鼠就要出洞了。一只狼旁若无人地匆匆跑过，看得出它是只外出猎食的母狼，惦记着家里的狼崽。乌鸦在天上流浪，似乎永远没有目的地，飞到哪里吃到哪里，就像父亲。父亲不知去干什么，就骑上日尕，把选择交给了它，胸腔里一路都在翻腾——浓浓的酸楚、浓浓的惆怅、浓浓的颓唐，几乎要哭了，却还是忍着。好在日尕依然亢奋，并且坚定地知道自己应该去哪里，还知道前去的地方到底发生了什么。它跑起来，跑向了黄昏，跑过了夜晚。

　　明亮的晨曦洗浴着沁多县城，早晨的太阳把最新鲜的光柱打在晋美商店前的场地上，一大群羊和一大群牛挤在那里叫声不断。父亲惊呆了，跳下马来，瞪着畜群，问一个迎着自己走来的人："这是干什么？"那人说："你去哪里啦，怎么才回来？"父亲眨巴着眼睛仔细一看，居然是桑杰："你怎么来啦？"桑杰说："我把我的牲畜赶来啦。""你的牲畜？""我们分家啦。""分家？""我跟角巴分家啦。"桑杰说着，一声哽咽，泪崩而出。父亲哭了，抱住桑杰，也滴滴答答流出了泪。

　　分家是角巴提出来的，主要是想把桑杰一家分出去。桑杰猜到是为什么，心里虽然难过，却又不得不同意，看到卓玛哭哭啼啼不想跟阿爸一家分开，就也跟着妻子淌起了眼泪。尼玛有些疑惑，提醒道："阿爸啦，分家的话牛羊、草场、帐房都得分开。"角巴说："就是这个意思。"索南坚决反对，但他是孙子辈，而且还没有结婚，在分家的问题上说话是没有分量的。不过他可以选择，是跟着阿爸桑杰走，还是继续留在角巴家。桑杰说："你那么舍不得牛羊，就留下吧。"角巴也说："你跟着你阿爸的话有打不完的仗，再说你是乡长，角巴家的乡长说话才会有人听。"索南留下了。分家的细节都是角巴拍板：最好的草场、所有大牛肥羊都给了桑杰，又想给他最好的帐房，桑杰拒绝了："雪山大地看着我呢，要是我不带走最烂最小的帐房，我和卓玛以后的祈祷就不灵验啦。"角巴通情达理地说："弯腰不如给笑，给笑不如听话，那就照你要的，最不好的帐房拿去吧。"又分了做饭、背水、打酥油的家什，角巴坐着不动，尼玛和桑杰抢起来，都抢破的旧的不好使的。桑杰说："好牛好羊好草场归我啦，别的好东西我就没道理再要啦。"尼玛说："求求你啦，别让我们心里不好受。再说啦，你把好的留给我们，以后见了面，我们的头就重得抬不起来啦。"桑杰说："你们人多，重量分开的话一个人只重一点点，头还是会抬起来的，我们就两个头，同样的重量压下来，那就真的抬不起来啦。"角巴说："听桑杰的。"分到藏獒时他又说："当周和梅朵黑走啦，几天前走到山那边去啦，再也没有回来，它们知道自己快要死啦，是不想让我们伤心才走的，再说死在这里的话，狼就会闻到，家里的牛羊就要倒霉啦。"说着两行泪水滚落而下，又说，"现在只剩下多吉啦，它身强力壮正是生儿育女的时候，就跟着桑杰去吧。"大家就这样让来让去地分妥了，又坐下来吃了顿分家饭。桑杰给角巴和米玛磕了头，和尼玛拥抱着行了贴面礼，卓玛抱着嫂嫂旺姆哭一会儿，抱着阿妈米玛哭一会儿，最后把格列揣在怀里，亲了又亲，直到格列受不了这种过于沉重的亲吻哭起来。角巴说："过得好了你们就自己过，过得不好了再回来，过一阵我去看你们。"

桑杰和卓玛赶着畜群，用牦牛驮着帐房家什，走向了自家的草场。那里平坦低洼，气候温暖，草新花艳。他扎起帐房，垒起炉灶，安顿好卓玛，让牲畜美美吃了两天增膘的露水草，就赶着它们来到了县上，只留下了几头挤奶的牦母牛和几只用于吃肉的菜羊。父亲说："角巴啦肯定知道我的事啦，满草原求爷爷告奶奶，一根羊毛也没有求来。他看我太难啦，就把你分出来，想让你帮帮我。"桑杰说："噢呀，所以把最好的草场、最大的牛和最肥的羊都分到我的名下啦。我就是不明白，角巴为什么自己不把牛羊赶来？"父亲感叹道："他不是个守旧的人，也不是不知道钱的好处，最早的时候还让你办过畜产站，后来他受了委屈，你和我又都因为投机倒把坐了监狱，他就害怕啦，谁也不相信啦。他想把后路给我们留着，一旦政策有变，不让经商做买卖啦，还能回去。要是他出来，别人守家，以后家门还能不能朝我们开，他就拿不准啦。"桑杰擦着眼泪说："那也可以不分家嘛。""不分家的话牲畜怎么分出来？索南这一关就很难过，现在分出来啦，他的是他的，你的是你的，他就管不上啦。"桑杰点着头说："我不是角巴我不知道。你把牛羊收一下，我现在就回去啦。"父亲拉住他说："你是办过畜产站的，怎么能走？我这里正需要你这样的人。"

第十一章

酥油风

如果鸟的一生只保留一声啼叫，
如果天的一生只保留一阵雷鸣，
如果爱的一生只保留一句话语，
我不知道除了扎西德勒还会是什么。

1

　　父亲把桑杰留下了，负责牛羊的屠宰和皮张的鞣制。桑杰雇请别人，自己也动手，一个月后把他赶来的活牛活羊全都变成了可以批发零售的肉，接着又让送肉的果果从西宁买来几个大铁盆和芒硝、明矾什么的，开始将干硬腥臭的生皮变成柔软光亮的熟皮。父亲说："我们积累的皮张太多，你恐怕得长年累月干下去啦。这样行不行，你挣的钱已经不老少，就在县城盖一座房子吧，把卓玛和多吉都接来，你白天上班，晚上回家，多好啊，就像城里人一样。"桑杰一向听从父亲惯了，想都没想就说："噢呀。"父亲就去圈地和雇人挖地基，果果在运输站雇了卡车，去西宁拉运砖瓦木材，还请了木匠和泥瓦匠。一个月不到，桑杰的新家就起来了，坐北朝南一溜儿三间平顶的藏式碉房，外带廊檐和右耳房，耳房是桑杰要求加盖的，他希望父亲住过来，天天睡在晋美商店总不是个事。挨着耳房是敞开的牛棚和马厩，还修了封闭式的厕所。之后又规划了院子，修了院墙和院门，还在门楣上雕了几朵莲花和两个象宝的头。来来往往的人都好奇地看着，有打听谁家盖房子的，却没有一个人过来干涉，即便政府的人、派出所的人，也只关心盖房子得花多少钱，然后就是感叹："你们哪来这么多钱？"草原的辽阔、人口的稀少、地表的荒凉，让人很容易忽视土

392

地的价值，只要不占用牧人承包的草场，盖几间房算什么？县城周围，到处都是芨芨草没膝的空地，包括政府在内，没有人说那是不能动的。父亲打电话把喜饶从县政府叫出来，让他找机会故意在旦增书记面前提到有人盖房子的事。反馈的信息让他呵呵一笑，旦增书记说："县城又大了一点点，人口又增加了几个，好啊好啊。"父亲觉得既然没人管，何不接着再盖呢？他对顿珠和晋美说："你们要是有钱，就先把房子盖起来，现在是最好的时候，谁知道将来会怎样。"又对果果说，"你挣的钱呢，想干什么？拿出来变成房子吧，不够的话我再给你添些，张丽影不能一年四季都住在生别离山，休假时你得把她接到县城来。"果果说："苗医生呢？你就不想把她接出来？""她跟张丽影不一样，她是所长，一两天可以，出来时间长了肯定不行。"果果又去过几次生别离山，放心大胆而又规规矩矩地跟张丽影接触着。父亲坐着他的车也去过一次，还是没见到母亲。张丽影说："我们所长把预防看得比治疗更重要，又去跟牧人在一起啦，到底去了哪里我们也说不上。"父亲很失望，也没有多想，跟一直在生别离山医疗所的眼镜曼巴说了些话，就又回到了县上。

父亲和桑杰把卓玛接来了，一起来的自然还有多吉、几只羊、几头牦母牛。卓玛没来过县城，走过街道时胆怯得都不敢多看，头一直是低着的；多吉有些紧张，敌意地瞪着迎面走来的人，紧紧跟在父亲身边。父亲给它说着话，要它千万别扑过去咬伤了谁。倒是牛和羊显得见多识广，该哞就哞，该咩就咩，见到路边的草，还会撕扯几口。进了院子后父亲说："多吉啦，你现在是县城的藏獒，不能再自由散漫，跑来跑去啦，得把你拴住。"多吉反抗了几次，才允许父亲用绳子套住脖子，拴到院墙角落的一块石碓上。卓玛是第一次住房子，这儿看看，那儿摸摸，不知如何是好。桑杰拉开了窗帘，明净的玻璃让她惊叫一声，又教她如何用牛粪点着铁炉子，如何使用桌子和椅子，如何关门开门。父亲说："让央金回来教教你，你就什么都会啦。"晚饭是父亲做的，一大锅羊肉面片，配上辣椒和醋，吃得卓玛满头大汗。吃完了她望着地面说："没有铺的毡，怎么睡觉啊？"桑杰拍着

393

镶了木边的火炕说："你眼睛不会往上看吗，这里才是睡觉的。"卓玛摩挲了一下炕毡，又捏了捏叠起来摆放在一侧的被褥说："你过上头人的日子啦。"她想起从前，角巴家也是有花被子的，沿着帐壁摆了长长的一溜儿，后来被子代替毛毡成了铺地的，几年后就变得又糟又烂，搬家的时候拢不起来，只好扔掉了。这天晚上，卓玛第一次睡在了炕上，总感觉悬在半空里，翻来覆去一晚上没睡着。桑杰说："慢慢就会适应，炕里冬天要煨火，睡几年，你的关节就不疼啦。"卓玛说："旺姆不光腿疼，腰也疼，家里要是有炕就好啦。"桑杰说："以后我要让全家都睡上炕，你信不信？"

第二天吃了早饭，父亲便撺掇桑杰带卓玛去了晋美商店。他们在那里买了脸盆、毛巾、肥皂、牙刷、牙膏、衬衣、衬裤等，就要走，父亲说："别急啊，你让卓玛自己再看看，还需要什么？"卓玛看来看去挑了一条翠绿的头巾、一把梳子和一个圆镜。父亲灵机一动：百分之九十九的牧家女人没有机会来县上进商店，但并不能证明她们什么也不需要。要是把货物运到牧人的帐房前，她们还能视而不见？关键的一步是不要牛羊只要钱，要让牧人们看到钱的意义。也就是说，"沁多贸易"完全可以一边收购牛羊，一边出售货物，你不愿意卖掉牛羊，那就别想得到货物。父亲让卓玛先别走，又去把顿珠和果果叫来，大家商量了一通，都觉得这个办法好。晋美说："正好果果有车，可以开着走家串户，但恐怕还得一个人。"父亲说："我看还得两个人，你们觉得谁去合适？"顿珠说："那还有谁，你和我，或者晋美。"父亲说："你和晋美都是商人，满脸虚笑，牧人一看就不敢靠近啦，最合适的两个人应该是桑杰和卓玛。"桑杰和卓玛惊讶得面面相觑：我们去？父亲说："第一你们是牧人，牧人相信牧人；第二你们是第一批有了钱的牧人，可以起个示范作用，言传不如身教嘛。"桑杰说："可是我们不会做买卖。"父亲说："谁说你不会，你比谁都会，当初的畜产品站，谁能想到赚了那么多钱，办了那么多事？"桑杰哭丧着脸说："我不是畜产品站我不知道，当初扣了一顶投机倒把的帽子，受审坐牢，低头认罪，吃辛吃苦，没消停过，现在想起来还害怕。要去的话你得跟着，我一个人怎么敢？"父亲说："噢呀，我也去。现在要做的事，就是置办服装，桑杰、卓玛、果果，你们三个人要穿上最好的皮袍和靴子，戴上最好的帽子和首饰，让牧人们一看，不用说就明白，还是有钱了好，这叫样板展示。至于货物嘛，卖多卖少不要紧，要紧的是要让牧人们愿意卖牛卖羊。"但是父亲最终没有去成，洛洛来了，带来一些麻烦事，他得帮他拿主意。"沁多贸易"名噪一时的流动买卖和样板展示主要还是桑杰、卓玛和果果搞起来的。

洛洛在西宁待了一阵子，惦记着学校，就往回跑，回来上了两天班，又放不下央金，整天混混沌沌什么也干不成，就又去了西宁，没待几天，想着学校这个阶段的工作无头无绪，该结束的没结束，该开始的没开始，又急急忙忙回来了。回来干什么？脑子忽而空白忽而麻乱，晚上想着明天如何如何，醒来又想算了算了。扩建的事、修公路的事、通公共汽车的事就都搁置了起来。学校就一个副校长藏红花，教务长一直空缺，能维持正常的教学和生活就不错了。到了这边想那边，天平渐渐倾斜，央金越来越重了。他和央金都说着同样的话："我对不起你。"然后就是真相浮出水面，她诚实地告诉了他一切——她跟团长的关系、堕胎的巨大阴影、悔恨的日日夜夜。他沉默着，既没有指责，也没有宽恕，但内心的波浪却能让生活变得颠三倒四却又目标明确。他发现自己从来没有像现在这样在乎过央金，在乎过她的爱的纯洁。但又觉得这不是她的过错，他对她只是一种剥夺幸福的存在，而不是给予和成全，而她却像犯了罪一样一再地追问："你能原谅我吗？"他先是不回答，后来又说："是你应该原谅我，我留给你的时间太少太少啦。"这之后，似乎两个人再也没有一点点互相的埋怨，默契的眼神，默契的动作，默契的心灵依托，好像他们之间从来都是这样，带着阳光雨露的清透，没经过迷雾和风暴，不知道惊惧和吹打是什么。只要有机会，央金就会化骨成水，缠绕在洛洛身上，柔曼地表达她的忏悔和爱意，她发现自己从来没有不爱过洛洛，就像她从来没有真爱过别人，临时的驿站永远不能代替长久的家，流水是流水，湖海是湖海。洛洛啦，我爱你。她用城里人的表达一再地让洛洛惊异和陶醉。洛洛说："我来啦，你就什么也不用怕啦。"央金说："我不怕，我现在天天都是正大光明地进进出出，谁能说我什么？我挺着，挺着，好像已经挺过来啦。"挺挺拔拔的央金，穿着一双洛洛送给她的藏式马靴的央金，这个阶段打扮得格外漂亮的央金，总是在歌舞团那些惯于说闲话的人面前仰头走过。藏族人是好面子的，草原人是活脸皮的，至于打胎后的赎罪以及祖先的教诲，就像一块值不了几个钱的糌粑粑，该是丢掉的时候啦。央金啦，你别捡。洛洛啦，你别捡。央金朝那些人微微一笑，带着洛洛送给她的坦荡，娉婷而来，袅娜而去，碎了一地的闲话突又重新组合，指向了团长。

团长黯然退场，他离开市歌舞团，调到别处去了。来了一个新团长，女的，喜欢鸟鸣一样说话，大家就叫她鸣团长。她把全团人员召集到排练厅里说："目前歌舞团的日子已经不好过了，民间团体的演出越来越多，他们灵活、自由、开放、多样，了解演艺市场，老百姓尤其是年轻人喜欢什么他们演什么，加上卡拉OK的兴起，挤得我们喘一口气都很难了。而大家好像什么感觉也没有，仍然以老大自居，瞧不起这个瞧不起那个，不仅没有一点点危机感，还闹出许多乌七八糟的事情来。我今天告诉大家，上面已经有精神，所有的文艺演出单位都不可能旱涝保收，大锅饭的时代就要过去了，谁不挣钱谁就是给国家添麻烦，省歌舞团已经开始精兵简政，还规定了三不演，不演观众不欢迎的节目，不演不挣钱的节目，不演只为少数人服务的小舞台小剧场节目。我去看了人家新近排练的几个节目，请的是北京导演，不看不知道，一看吓一跳，原来舞台上演出的也可以不是艺术，那些人就像疯了，乱吼乱叫，乱蹦乱跳，服装就更不用说了，从来没见过。我傻呵呵地问，你们没有演出服装是不是经费有限。导演说不穿服装是最好的服装。看来我们落后了，得打起精神来，迎头赶上。"之后她轮番把包括央金在内的几个骨干叫到办公室谈话，让他们好好上班，拿节目，拿效益，拿知名度，对于一个演出单位和一个演员来说，知名度就是一切。然后指着央金说："尤其是你，能力那么强，不能再浑浑噩噩，要么你给团里争来荣誉，要么给我走人，我不在乎你跟前任团长的关系，但你也得拿出行动来彻底跟过去决裂。"

这番话说得央金立刻萎靡不振了，让她内心焦虑的还有似乎放下了其实并没有放下的赎罪感，打胎等于杀人的祖先遗训总会跑出来纠缠她，让她噩梦连连。恰好洛洛在西宁，无意中发现她的枕头底下再次出现了安眠药，便追问起来。央金说了鸣团长的话，也说了她的抑郁。洛洛半晌无语，知道该是自己做出决定的时候了，要么丢开西宁的牵绊，不顾一切地回学校继续当校长，实现他扩校建校的全部计划，要么离开沁多，来西宁陪伴并成全央金，让悬空的爱落实在大地的巢穴里。夜深人静，他从窗户里望着黑蓝的远方，望着星空用金色的网格连缀起来的无限渺茫，心说他怎么可以放弃学校呢？闭上眼睛都是满地活蹦乱跳的孩子，那些扎着紫色腰带的小藏袍们、换上汉族人的衣服裤子跑起来更加敏捷的捣蛋鬼们，就像落地的星星闪着亮眼的金光。课间休息时那一片平地而起的喧哗迷人而眩晕，声音的碰撞斑斓到七彩纷呈，尖叫，呐喊，歌唱，欢笑，自发的见缝插针的锅庄和伊舞，手拉手组成的圆圈越来越大，两圈、三圈、四圈、五圈，尘土飞扬，一个个把小靴子踩得就像他们的阿爸阿妈，突然上课铃响了，一哄而散，像下课时争先恐后跑出教室那样，现在又争先恐后跑回了教室。校园一下空旷了，似乎只剩下了一个人，在迅速落地的尘埃里环视着寂静的校园，那就是他，他总会在这个时候匆匆穿过校园，有那么多事要办，他得抓紧。可是到了下一个课间，他又会放下手头的一切，从办公室出来，让孩子们的身影在眼前身后窜来窜去，听听不时传来的喊声："校长好。"他答应着，想起从前自己做学生、父亲当校长时的情形，会心一笑。喧腾的地方还有食堂，还有周末的操场舞会和上午的课间操——是他的编创，带着舞蹈动作的广播体操让女同学婀娜多姿，让男同学刚健有力，身体就像随意的云、任性的风、自由的水。但所有的喧腾加起来似乎都不如那些来自阒寂深处的诱惑，静静的校园在午夜的黑色里有一种生命萌动时的喜悦，泛滥着希望与充实，如同沃野里覆雪下的春草，带着柔弱的坚韧，朝着阳光奋猛而上。作为校长他习惯于夜游，零点以后总会走出去，披着一身月色或星光，来到学生宿舍前，路过一扇扇关闭的门，听着如波如浪的鼾息穿门而来，心情舒爽得如同满地都是醇酒，醉了。时常他会碰到巡夜的校工，会碰到同样也在巡夜的梅朵红。梅朵红老了，它是这所学校从无到有的见证，比谁的校龄都长，它的巡夜经年累月，从无懈怠，没有一天是缺席的。可如今它不可挽回地老啦，按照人的年龄它差不多已经九十岁啦，巡夜变得有些力不从心，蹒跚而行时，会让人觉得它即刻就会倒下，但又从来没有倒下过，吃力中有着挺拔，摇晃中有着稳健。每当遇到梅朵红，他都会蹲下，抱住它，抚摸它，跟它碰碰头说：“算了吧，就在这里卧下来休息吧。”每次它会挣脱他的搂抱，倔强地朝前走去，继续它悄无声息的巡夜。它老啦，老得再也发不出闷雷般的吼声啦，但眼睛依然警惕地观察着四周，耳朵一刻也没有放松过谛听，自信它不会漏掉校内校外的任何可疑动静。对一只藏獒来说，懈怠就是罪过，巡夜似乎刚刚开始，每一个夜晚都是刚刚开始。整夜的走动会在太阳出来时停息，它卧下了，那么多孩子跑过去跟它打招呼，给它喂水喂吃的——不是骨头不是肉，是掺了肉末的糌粑糊糊。大家都知道它老了，只能舔一点流食了。洛洛突然觉得自己是可耻而可悲的，连梅朵红都在坚守岗位，他怎么可以放弃呢？

夜更深，人更静，窗户外的黑蓝深沉到无边，星空渐渐消退着，金黄而耀眼的天幕又罩起一层朦胧的白纱，渺茫似乎浅显了，道理也更加明白了。他擦掉糊了一层的眼泪，转过身去说：“明天我要走啦，不得不走啦，这里又剩下你一个人啦，没事的时候多去看看姥爷姥姥，或者让梅朵过来跟你一起住吧。”已经睡下的央金似乎早有准备，平静地说：“你早该走啦。”静悄悄的夜晚，连呼吸也变得过于轻巧，生怕一丁点声音会被对方误解为叹息，为什么要叹息呢？不敢面对的不是对方的冷酷和自私，而是对方的心软和后悔。两个人的胸襟里满满的希望都是别人的自由自在。央金说：你去吧，去吧，你是校长，是沁多县乃至整个阿尼玛卿草原所有孩子的指望，怎么可以拴在渺小而有污点的妻子身边呢？我一个人可以的，我得到了你的宽容就已经够啦，知足得都不知道说什么好啦。洛洛说：为什么我是你的丈夫，如此心疼地爱恋着你？为什么我是一个校长，如此迷醉地爱恋着我的故土我的学校？为什么两种爱恋要针锋相对，搞得我如此疲惫如此为难又如此狼狈——无论朝哪里走都是逃跑，懦弱地逃向了西宁，现在又要懦弱地逃向沁多了。刮着心灵风暴的这一夜，安静到极致，空气都能踏出脚步声来。第二天洛洛果然走了，没有丝毫的犹豫。央金要送送他，他说："不用啦。"然后拉开门，跑下楼梯，快步走向了长途车站。

两天后洛洛回到了学校。又过了两天，他出现在沁多县，气喘吁吁地走到了晋美商店父亲的面前："强巴老师啦，梅朵红去世啦。"父亲打了个愣怔说："你为什么要跑来说？可以打电话到县畜牧局，让喜饶告诉我嘛，现在还来得及回去吗？"洛洛跺着脚说："来不及啦，连我都没赶上。不过送葬时学校降了半旗，全体学生到校门外的草原上给它送行。藏红花叫来了官却嘉阿尼，给它念了经，又拉马驮着它，去了雪山脚下。"父亲低下头，沉默了一会儿，把手放在眼睛上，揉湿了手掌说："心里一直想着它哪一天就会离开我们，一旦离开感觉还是没有想到，梅朵红一走，它那一代的藏獒就全部离开我们啦，整个沁多草原也不会再有这样好的藏獒啦。"洛洛说："强巴老师啦，为什么你的眼泪比我多？是心比我软还是心比我硬？我心一软就笑，心一硬就哭啦。"父亲说："你是话里有话，想说什么就说吧。"洛洛低下头去，双肩一抖，哭了。他说他把学校的一切交给了藏红花，他已经辞职啦。他给州教育局打了电话，请他们另派校长。教育局问他还有谁适合当校长，他说才让和江洋都适合，但才让是个一定会远走高飞的人，能把江洋叫回来再好不过，正好江洋的研究生马上就要毕业啦，他要是回来，应该是全州学历最高的一个。他鼻涕一把眼泪一把，希望父亲尽快去一趟州上，向王石书记推荐江洋当校长。父亲等他不哭了才说："江洋是我儿子，我怎么能推荐他？"洛洛说："那又怎么样嘛，你是为学校又不是为你个人。"父亲说："你呢？都想好啦？辞职可不是件小事，没了工作就没有收入，你以后怎么生活?"
洛洛说:"我怎么生活不重要，重要的是央金需要我。学校没有了我，
还会有人代替，央金没有了我，就没有歌声没有舞蹈啦，就不像一个
藏族人啦。"他擦干眼泪，站起来，用拳头搓着肚子说，"给你这么一
说我心里通畅多啦，我已经几天没好好吃饭，现在突然饿啦。"父亲
带他去拉面馆吃饭。他拐向县政府收发室，打电话把喜饶叫出来，带
着喜悦的声调说:"我要去西宁生活啦，你请我吃饭的要哩。"喜饶
说:"那不能光吃饭，还得喝酒。""酒就不喝啦，我还要赶路。""快
到中午啦，你赶什么路? 长途车早走啦。"洛洛对父亲说:"我要骑着
日尕，撵上去西宁的长途客车，再让日尕自己回来。"父亲知道洛洛
是个急性子，想了想说:"日尕还是没有汽车快，我让果果送你去，
让他顺便去马福禄那里催催账。""太好啦，那就可以喝点酒啦。"喜
饶赶紧跑向近处的顿珠商店去买酒。吃喝的时候父亲叮嘱洛洛:"你
和央金的事就算过去啦，除了你们两个互相照顾好对方，还得多抽点
时间去家里看看，姥爷姥姥毕竟老啦，不能再是他们照顾我们，而应
该是我们照顾他们啦。"洛洛说:"这个不用你说，有我在西宁，就是
不吃饭不睡觉，也不能难为了两个老人。"

　　洛洛走了，从此离开沁多草原去城里生活了。第二天，当他再
次出现在央金面前时，央金扑到他身上，呜呜呜地哭起来。洛洛说:
"放心吧，我再也不走啦。"这天晚上，筒子楼五楼的家里响起了歌
声，久违了，歌声。洛洛的心里充满了陪伴爱人的踏实和快乐，觉得
能够有机会这样，真是太好啦。

　　　　星星从夜里长出来，天空从此就远啦;
　　　　波浪从水里长出来，河流从此就宽啦;
　　　　牧草从地里长出来，草原从此就绿啦;
　　　　欢喜从心里长出来，做人从此就善啦。
　　　　风儿吹掉头顶的帽子，从此我清醒啦;
　　　　雨儿打湿脚上的靴子，从此我稳重啦;

皮袍的胸襟敞开啦，从此我就坦荡啦；
帐房的褐子裂开啦，从此我就亮堂啦。

　　那天送走洛洛后，父亲把喜饶带到晋美商店，问起牧马场用马匹换草场的事。喜饶说："是旦增书记决定的，派畜牧局的人下去说服牧人，我开始以为这件事很难，没想到一说到马匹，大家都觉得太合算啦。俗话说羊铜牛银马黄金，草原的牲畜里，马的地位最高，过去只有头人家才养得起马群，身份高不高，地位显不显，就看马群大不大。如今草原和牛羊都归个人啦，再有了马群就跟头人没两样啦。"父亲不客气地说："看来你的学白上啦，连今非昔比是什么意思都不知道，说的尽是糊涂话。老实告诉我，你把你的糊涂病传染给了几家？""县东部那一片草原我都说啦，大概有十几家吧。""这样行不行，你去把他们再说回来，包括你阿爸，退掉马群，要回草场，你是县政府的干部，说话还是有分量的。""这个不能吧？旦增书记说啦，牧马场是国家的，把草场交给牧马场就等于交给国家，只要牧人愿意，我们只能支持不能反对。""你能不能替牧人替你阿爸想一想，那么多马匹采食下去，等待他们的还有多少好日子？还是畜牧局的干部，连这点常识都不懂。"喜饶几乎要哭了："强巴老师啦，对不起，道理我不是不懂，就是做不来。牧马场给县委县政府送了些马，科级以上的干部一人配了一匹，还在县委马厩留了十几匹公用马。县上本来就缺马，出行不方便，这样的事大家都叫好，我能对着干吗？"父亲说："这是行贿你知道吗？我都可以告他老才让。"喜饶抖了一下脑袋说："老师千万不能告，一告就把自己的学生扯出来啦。这件事情来回跑腿的是萨木丹，他调到牧马场去啦，说在县上他一辈子都是个一般干部，而且搞文教一点权力都没有。他去了两趟牧马场，不知道老才让看上了他的什么，很快就把他调去啦。他说用草原换马匹的不光是沁多县，还有巴颜县，出头办事的是县委办公室主任彭措。"父亲叹口气说："早知道他们会变，我就不培养他们啦。"喜饶说："有的人越培养越好，有的人越培养越坏，老师应该早知道。""你呢，是好啦还是坏啦？"喜饶笑道："我做错事的时候有哩，但肯定还是好啦，因为我做对的比做错的好像多一点，再说错了我会后悔，会认错。"

父亲和喜饶分手后，骑着日孕去了州上，第二天下午到达，直奔王石书记的办公室。王石一见他，茶都没来得及倒，就忍不住说起来："最近一个月，牧马场跟我们的牧人已经有大小十二次草山纠纷，每一次都是牧人吃亏，被打伤的六个牧人还在州医院躺着。我们不打算再忍啦，已经通过公安局警告了牧马场，如果以后还有霸占草场、抢夺牛羊、偷窃财物、殴打牧人的，我们将采取严厉措施：对牧马场的办事处和宿舍断水断电；对他们的车辆设卡检查；州医院拒绝给牧马场的人看病开药。"父亲问："非得这么干吗？给老才让好好说说不行？"王石愤愤地说："他根本就没把州委放在眼里，我给他说什么？我是阿尼玛卿州的父母官，牧人的利益总不能不维护吧？""倒也是，这种时候除了你，谁还能为牧人说话？不过你的严厉措施还是要慎重，站在第三者的角度，我觉得你们做得没有道理。断水断电和设卡检查只能让牧马场的人更加反感，州医院更不能拒绝牧马场的病人，在海拔这么高的地方工作，得了病会加倍难受，又不是他们跟牧人过不去。"王石说："我就是想让牧马场的人明白，是老才让使他们失去了用水、用电、走路、看病的机会，只要他们把老才让赶走，一切就会好起来。"父亲大摇其头，还要劝，王石起身一边给父亲倒茶一边说："洛洛辞职了，推荐江洋当校长，我让教育局直接跟江洋联系，了解一下他本人的想法。"父亲说："洛洛给我说啦，我今天来就是想说说这事，能不能先缓一缓？""为什么？""我当然希望江洋回来当校长，他本人肯定也没问题，我了解他，喜欢草原就像喜欢天堂。但家里人是不是得商量一下？尤其是得征求一下他阿妈和他妻子梅朵的意见。万一两个女人的想法跟我相反，我就只能尊重她们，反过来说服江洋不要回来当校长，毕竟兰州是大城市，海拔也低，对他们的将来更好些。""这种话不应该是你说的，你想说的肯定是不愿意老校长的儿子当新校长，免得别人说闲话。""对啊，既然你已经想到啦，就不能不顾及。"王石不容置辩地挥了一下手说:"这是个重要任命,不容商量。偌大一个学校,又关系到草原和牧人的未来,没有一个得力放心的人怎么办?我的想法是,几年以后阿尼玛卿州不能再有文盲青年,所有的青年藏语汉语都得会,我是说会听会看会写会算。我们这边抓紧跟江洋本人沟通,你去做通他阿妈的工作,至于妻子嘛,只要他本人态度坚决,我看不会有什么问题。"父亲沉默着,突然站了起来:"那我现在就去,去生别离山医疗所找他阿妈。"

　　日朵的枣红色在蓝绿的背景上就像一堆燃烧的牛粪,是行动的牛粪,是飞翔的燃烧在天际线上描画而过,一抹波荡起伏的斜线带着敏捷和力量,插向天空和草原的缝隙,在那里马是一团云、一片从太阳中撕下来的日影、一个关于光可以弯曲向前的传说。而马背上的父亲则是一朵红艳艳的马先蒿,高傲地绽放在红风绿岚里。他看到遍地都是姹紫嫣红的牛羊,牛在盛开,羊在吐香;看到这些咩咩哞哞的有声花朵经过草原时留下了一摊摊无草的黑色荒地,那是能够挤奶驮物的花朵,是能够奔跑游走的花朵,是让他格外揪心的灾难的花朵。花朵向着地角天边蔓延而去,日朵舞动的蹄子下面,荒芜的持续让父亲一次次惊心:怎么这么多啊——无草的黑土滩、退化的秃斑地?飞快增长着的还有鼠兔,在马蹄前窜来窜去。这种啮齿动物视力不好,为了预防鹰和狐之类的天敌,只能生活在少草或无草的地方。也就是说,它们的出现是个极坏的兆头,说明草原的挣扎已经到了极限,很快它就会放弃,放弃绿色放弃生机也放弃"草原"这个称谓,去迎接荒漠的曙光——假如死寂把荒漠看作曙光的话。父亲晃动着马鞭,希望日朵飞过荒芜。日朵诧异地瞪着他:主人啦,我已经最快啦,是风的速度啦。父亲说:我要你跟光一样快。日朵凌空而起,蹄不沾地,朝着不断往下掉的太阳,电闪而去。

　　一进入生别离山,父亲就让日朵慢下来,顾望着四周,心里顿时舒服了许多:这里的草势真不错,似乎一年比一年好,整齐得就像种出来的庄稼,仔细看又是千姿百态的,光蒿草就有好几种:细小的矮生的毛状的水色的高大的卷叶的，更有近处的象草、远处的赖草和更远处的冰草，层层叠叠让密生的牧草一任铺排，奢侈地占据着大地。绿色之上更吸引眼球的当然还是花，绥草花紫了一地，红门兰红了一片，软紫草黄了一摊，蜂蝶不是一只一只的，是一层一层的。作为一个从畜牧草原学校毕业的人，一个曾经以牛羊植被为工作对象的人，父亲不期然而然地陶醉了，姹紫嫣红洗涤着他，清风白日抚慰着他，让他的眼睛变得跟孩子一样清澈，能看懂草的表情、花的神态，超然而宁静。如今的阿尼玛卿草原，最漂亮的竟是生别离山。他想着，手搭凉棚看了看不远处绿浪环绕的医疗所，滚鞍下马，打了一下日朵说："去吃吧，想吃什么吃什么，所有品种的牧草都在这里。"

医疗所治疗部的前厅里，穿着白大褂的张丽影拦住了父亲。她说："看样子又得让你失望啦。"父亲叹口气说："又去基层搞预防啦？又不在医疗所？去哪里啦？我去找。""我们也不知道去了哪里。""不就是新营地和老营地嘛，我去过的，一个在河边低洼处，一个在孤起的雪山那边。""早就迁徙啦，牧人的生活你又不是不了解。""没关系的，我有日朵，它的鼻子灵，能闻到牧人在哪里。"父亲转身就走。张丽影跑过来再次拦住他："你一个人去很危险，碰上狼啊熊啊怎么办？"父亲满不在乎地挥挥手："有日朵，什么也不用怕。""不行，你不能去，去了也是白去。"父亲诧异了："你怎么知道？""她要是回来呢？你肯定会和她走岔。""你的意思是我在这里等着？也行，反正这次我必须见到她。"张丽影没辙了，好奇地问："你有事？"父亲点点头，又说："没事我就不能见她啦？她是我妻子，从春节到现在我们就没见过面。你和果果能这样吗？果果多长时间来一次？你们什么时候结婚？我让他在县城盖房子，他也同意啦，你们以后就是两个家，这里一个，县城一个。"张丽影苦笑一下，看父亲要走，一把拽住说："你去哪里？""你们所长的宿舍，我想睡一会儿。""门锁着。""就不能撬开吗？""不行。"父亲瞪大了眼睛，望着对方沮丧的神情，突然意识到了什么，甩开张丽影，大步走去。张丽影追上他，却没有再拦他。

2

母亲宿舍的门从里面锁死了，敲了半天才打开，里面有人，是个陌生的人。不，不是陌生的人，她就是母亲。裹着白色头巾和大口罩的母亲，只露出黑汪汪的眼睛，闪着忧郁悲伤的热乎乎的亮光，盯着父亲。父亲浑身战栗，一开口嗓音就变了："你怎么啦？"说着就哭了，"我早该想到你是这个样子的，可我怎么就没想到呢？苗苗，你受苦啦。"说着就要扑到母亲跟前。母亲躲开了，小声而严厉地说："你别过来，传染上怎么办？"灿烂的阳光透过窗户洒在地上床上，屋子里亮堂极了，而居住在这里的人却显得暗淡无彩，是阳光照不上的黑影，任何人走进这间屋子，都会变成黑影，围绕并挤压着黑影的是浓烈的草药味，是一股烫人灼人的凄凉。张丽影也哭了："对不起苗姐姐，我拦不住，也不想再拦啦，总得让家里人知道吧？"母亲说："我又没怪你。"张丽影擦着眼泪出去了。关门的声音一响，父亲就扑到了床上，抱着叠起的被子，就像抱着母亲大声号起来："太晚啦，太晚啦，我知道得太晚啦，我整天忙这忙那，忙什么呀？'沁多贸易'、牲畜超载、草山纠纷，跟我有什么关系啊？妻子都成这样啦，我居然这么长时间没管她，我混蛋，我还是人吗？还是你丈夫吗？苗苗，你一个人是怎么熬日子的？你就会苦你自己，为什么不给我说一声？"父亲一边哭一边埋怨自己。从心底讲，他并不谴责带给母亲苦难的麻风病，那是不可回避的命运，是一个医生的职责连带而来的危险，他只谴责自己，自己的自私和寡情。似乎比起母亲的病，他更在意自己的漠视和疏淡，更在意时间和距离的隔绝——都在阿尼玛卿草原，却没有及时出现在母亲面前，更在意由于他的疏忽让母亲一个人度过了漫长的黑夜，没有陪伴，没有帮助，没有分担，没有亲情的抚慰。但是他很快便知道，就算他真的是自私的寡情的，那也是母亲的期待。母亲说："你为什么要见我？"

父亲待了一个星期就走了，是母亲赶他走的。母亲冷静地说：

"既然病已经找上了我，不见亲人是最好的，见了又能怎么样？面对面哭一场？能把病哭走我就见，可是你知道，遇到任何事，最不顶用的就是眼泪。不如远远的不见，就在黑夜里想着，这个人在干什么？别忙得顾不上吃饭睡觉啊。你来啦，能天天见到你，我不想啦，可我的负担就重啦，愧疚就多啦，难过时不时就来啦。我还得躲着你，还得把自己捂得严严实实不让你看到，还得小心翼翼地关照你的饮食起居，生怕亏待了你。还是去吧，远远地离开这里，就让我一个人静静地治疗，静静地工作。我还在工作，你也看见啦，诊断，开药，做手术，那些病人离不开我。"父亲看到，母亲跟她的病人已经没有丝毫的避讳和设防了，都是病人，都要被折磨；都是牛羊，都要被宰掉；都是牧草，都要被践踏。他想知道母亲的病到底严重到了什么程度，母亲不告诉他，更不肯摘掉头巾和口罩让他看。他只能猜测：已经毁容啦？眉毛掉尽啦？鼻子没有啦？皮肤溃烂啦？身上脓疮啦？病灶浸润啦？损害弥漫啦？神经粗大啦？各处麻木啦？好在还看不出肢端的残废，看不出生命走向衰败的迹象。父亲问："你不是治好了那么多麻风病人嘛，怎么就治不好自己呢？"母亲说大概是因为她长期接触治麻药物的原因，对别的病人有效的药，对她丝毫不起作用，包括藏药。药物在她身上不仅有了耐受性，而且有了严重的交叉耐受性，也就是不光对一种药耐受，对所有的治麻药物都失去了敏感，迟钝得就像细胞死了。她曾经决定给自己加大剂量，但直到中毒，也没有产生预想的治疗效果。为此索爱院长带着张丽影去了一趟"兰麻所"，带回来一些新药，似乎有点作用，但很小很慢。眼镜曼巴离开阿尼琼贡再次来到医疗所，就是为了专门用藏药给母亲治病。最近索爱院长又把自己的师父坚赞曼巴请到了医疗所，正在用药，还未见效。母亲说："我现在已经不着急啦，治好治不好对我都一样，反正已经无法恢复原貌，不能再跟你和别的亲人见面啦。"父亲明白了，病情很严重，至少已经毁容啦。父亲去后面的住院部找到了眼镜曼巴和坚赞曼巴，问起来，他们都说，雪山大地会保佑苗医生的。父亲双手合十，不停地念叨着："雪山大地保佑，雪山大地保佑。"

一个星期里，母亲一再地说，几乎天天说："去吧，去做你的事，待在这里干什么，你又不是医生，不仅帮不了忙，还妨碍我。再说我怎么能放心你在这里吃住？虽然你不跟我住在一起，但这里是医院，到处都是传染源，万一你传染上了怎么办，以后谁去照顾姥爷、姥姥和孩子们？"母亲是对的，父亲没有理由不同意，在他离开的时候，他用眼泪洗了脸，洗了心，洗了整个生别离山医疗所。母亲说："别告诉孩子们，免得他们牵挂，万一跑来看我怎么办？""那我怎么说呢？"母亲跟他同样咽着眼泪，口气却是坚定的，是深思熟虑的那种，是许久的思考积淀而成的决定："随便你怎么说，说我已经去世了也行，车祸遇难，或者暴风雪中失踪。""那不能，他们会伤心死，尤其是姥爷姥姥。""对啦，去看看两个老人吧，我不能去啦，你要多回去啊。""噢呀，噢呀，一定多回去，他们见不到你啦，不能再见不到我。""再就是，你还没老，还是身强力壮的时候，而我已经不能尽到一个妻子的责任啦。我们，离婚吧。"父亲吼一声："这个你别想，我永远是你的丈夫。"父亲骑着日尕一步三回头地离开了医疗所。草原上各色花朵一如既往地盛开着，从花海里飞来一只鸟，盘旋在头顶，宛转地叫着：扎西德勒，扎西德勒。

一切如愿，我和梅朵结婚不久，学校的教师住宅楼也起来了，梅朵分到了一个小套。在我们简单做了装修，买了家具，放了鞭炮，欢天喜地住进去的这天，梅朵说："我现在什么也不想干，就想要个孩子。"我说："等我留校的事定了以后吧。""什么时候定？""毕业前就能定吧？最多还有一个月。""太漫长啦，我不管，我现在就要孩子。"说着扑到了我身上。其实留校是研究生毕业后才定的，因为突然有了几个来自其他学校的竞争对手。学校为了选留最出色的，又增加了一次面试和业务考核，我的压力大得就像扛起了皋兰山。但最终我还是胜出了，也就是说我不光在我们兰州师范大学是出色的，跟别的大学同等专业的硕士生比起来，也有不容小觑的实力。接到留校通知的这天，我和梅朵在家里庆祝了一番。我们喝着酒，唱着歌，然后上床要孩子，梅朵拍着自己的肚子说："你给我明天就大起来。"我说："唱一首《快出来》，孩子就有啦。"我们唱起来，歌声把整座楼都震撼了。第二天碰到同楼住的老师，都问我们：你们唱的是什么歌？那么好听。梅朵止不住又唱起来：

> 汉人叫作娃娃孩，藏人叫作普，
> 请问普从哪里来？他说从远古。
> 不对吧？那是你的祖父和祖母。
> 我找遍远古没看到祖父和祖母，
> 只看到吉祥的誓言写满了经书：
> 快去人间投胎吧你是山的灵物。
> 我们来自水族，来自湛蓝的湖，
> 我们来自雪山，来自一群猕猴，
> 我们走啊走，走过烟瘴的迷途，
> 变成一滴白血来到母亲的肚屋，
> 变成一团肉一个阿爸一样的普。
> 快出来，快出来，你是我亲族，
> 我们盼着你的来等着你的啼哭，
> 我们捧起哈达捧起裹你的氆氇；
> 快出来，快出来，不管你是鹿，
> 或是一只羊一头牛一只小灰兔，
> 都有人喜欢你喂养你为你祝福；
> 快出来，快出来，不管你是狗，
> 或是一只虎一匹马一只小老鼠，
> 都有人带你走向遥遥远远的路。

现在我是兰师大中文系教古典文学的老师，梅朵是艺术系教声乐的老师，生活就像暖洋洋的日光下一条源自温泉的清溪，带着欢快的歌唱叮叮咚咚往前流淌，知道前面是大海，是太阳的故乡，有浴光沐水的幸福，就缠绵地期待着。我们是两个只盯着前面忘记了身后的行路者，突然有一天，当有个声音对我说希望你回来，你一定得回来，你不回来我们就没指望了时，我都不知道该如何回答了。声音来自阿尼玛卿州教育局，来自我真正的故乡，我从来没有抛弃过的草原牧区。我说："真的还是假的，不是开玩笑吧？"对方说："未来的校长啦，你会给别人开这种玩笑吗？王石书记说啦，先给你打个招呼，再派组织部的人去兰州请你。""千万别来人，我承受不起啊。""那你到底答应不答应嘛？""答应答应答应。"我这样说着，其实是应付。我跟梅朵都没有商量，也没有征求学校的意见，这么大的事怎么能说答应就答应？明天我就打长途电话过去："经慎重考虑，我不能回草原，沁多学校的校长另请高明吧。"晚上回家，跟梅朵说起来。梅朵说："你想得对，明天回绝掉，兰州多好，除了才让，我们算是从阿尼玛卿草原出来后走得最远的吧？多么难得。"我说："你忘了昭鸽，昭鸽在北京。""他还在读研究生，能不能留在北京还很难说。"我灵机一动："昭鸽总有一天要毕业，我可以推荐他，让他回去当校长。"梅朵愉快地"噢呀"了一声。

然而我一夜未眠，夜深人静时，有个声音不停地对我说：你为什么不想回去？为什么要在如此紧要庄重的邀请面前，戏谑地应付人家？其实你并不喜欢草原，不喜欢沁多，也不喜欢曾经的一切，包括你的经历以及父辈的努力，因为你不是一个真正的藏族人，你轻而易举就对从前的感情做了直截了当的否定，你所有的依凭所有的骄傲都等于零。我说你说得不对，我一连说了三个"答应"，第一个是应付，第二个是认可，第三个是告诉人家，我真的答应啦。我也没打算再打电话回绝，就是觉得太突然啦，得稳一稳，想一想，看看城市和草原之间哪个更好。不不，不是哪个更好，而是我选择的一定更好。那个声音说如果是这样，那我就放心啦，你现在要考虑的并不是走与不走，而是怎样说服梅朵同意你走。婚床上的伴侣、亲密的爱人，你们恐怕要两地分居啦。我说可是可是，谁会心甘情愿放弃大城市呢，而且是有工作有住房有妻子也许还会有孩子的大城市？一个城里人和一个草原人的区别，就在于城里人是活好，草原人是活着，人不能只是活着，更要活好。那就不去啦，听梅朵的，毕竟我们是人，人的生活里，有许许多多拥有，但最重要的是拥有家。声音说可怜的江洋、懦弱的孩子，草原的牛羊喂肥了你的身体，却没有养壮你的感情，你忘恩负义还不如一只吃了羊羔后不会再吃母羊的狼。你忘了是酥油抹亮了你的皮肤也抹亮了你的生活，是藏族人给了你活着的意义和往前走的能量，是你烙下足印的积雪和踩掉枝叶的牧草给了你真正的渴望和思想。你本来就是一只羊，是雪山崩落的一块冰，是只能在高寒带盛开的一朵格桑花，可你却像苍蝇一样喜欢坐着温暖的汽车往外跑，还满不在乎地对人说：草原是什么？跟我有什么关系？我翻来覆去地纠结着，听着梅朵舒畅的呼吸，就像听着一首苦涩的歌。

第二天一上班我就去办公室给阿尼玛卿州教育局打电话，我想说我回不去啦，这里更需要我，我强烈推荐昭鸽，他比我更适合当校长。还想说对不起，我愧对草原，愧对一阵阵熏染我长大的酥油风，愧对父亲的沁多学校。我想哭，想以我的无奈我的悲伤让对方通情达理地接受我的拒绝。但一听对方的声音我就崩溃啦，不知道该说什么啦。对方激动地说："我们把你答应回来的事汇报了王石书记，书记非常高兴，说你不愧是沁多草原的儿子。"我说："这事还没定哪。""知道知道，日子肯定还无法确定，需要办调动手续嘛，定了以后请及时通知我们。另外王石书记要亲自跟你通话，你等等，我去叫。"我没等，迅速把电话扣了。又是一个晚上，我对梅朵说："我决定啦。""不是已经决定了吗？""我是说我要回沁多草原去啦。"

梅朵的反应是不理我。上了床，我想抱她，她一阵乱蹬把我蹬下了床。我只好用四把椅子拼了一张床，平躺着仰望熄灯以后暗淡的房顶，刚要睡着，就听床上一阵响，被子掀到天上去啦。梅朵趿拉着拖鞋跑过来，揪着我的鼻子让我坐好，瞪着眼睛说："刚有了房子，有了工作，好日子这才开始，你就又要走啦？沁多学校重要还是我重要？一听说让你当校长就不得了啦，连妻子都不要啦。我喜欢好看的衣服，两地分居的话我穿给谁看？我爱吃兰州拉面，喜欢逛商店，我在艺术系混得不错，很快就是副主任啦，我已经喜欢上这座城市啦，我发誓我哪里也不去。央金是怎么出事的？两口子一分开就是悲剧，你难道不明白？"说着，她扑到我身上，又捶又打。我抱着头，连声求饶，后来又抱着她说："梅朵啦，请原谅，我是一个草原上的藏族人。"梅朵说："我也是藏族人，但我更是一个城里人。""我有什么办法呢？我要是不去，就等于抛弃了学校，要是去了，并不等于抛弃了你。""那你是要我守空房啦？我才不守呢。"她说着哭起来。

几天后我就走了，学校的放人还算痛快："好啊，我们学校可以跨省界输送人才了，研究生一毕业就是校长，校长有号召力，以后让你的学生多报考我们学校。"走的时候梅朵仍然不理我。我说："我走啦。"梅朵摔门而出。我在楼梯口追上她，赔着笑说："送送我，你今天又没课。"她大声说："我去找校长。""我调动手续都办妥啦，已经不是兰师大的人啦，你找谁都没用。""你以为是为了你的事？我是为了我，我要让校长给我介绍对象。""千万别无理取闹，印象不好。""丈夫都不要我啦，我还管印象干什么？我豁出去啦。"我一个人去了火车站，一个人回到了西宁，一路上郁郁寡欢，心里泪汪汪的，难受极了，好像不是我离开了她，而是她离开了我，让我瞬间觉得一无所有。

西宁正在迅速繁华着，差不多已经跟兰州不分上下了。我出了火车站，坐上公共汽车，看着窗外的变化竟有些眼花缭乱。马路宽了，新起的楼鳞次栉比，大多是商店、酒店和住宅楼。在旧城和新城的交界处，到处都是推土机，原来是拆挖城墙的。我心说西宁的城墙也有七八百年历史了吧，怎么说拆就拆啦？城墙遗址上已有高楼起来，好像人们必须拥挤在这里，好像老城外大片闲置的土地是不可以利用的。我下了车往西走，快到家时才想起我这次来竟是两手空空，什么也没有给姥爷姥姥带，赶紧拐进一家水果店，新疆的葡萄、兰州的白兰瓜、陕西的苹果、山东的枣，买了一堆。一到家，姥爷姥姥自然高兴得不得了，转眼就端上几盘菜来。姥爷问我："吃面还是吃米？"我犹豫着。姥姥说："拉面也扯了，米饭也做了，想吃什么都可以。"正好央金也在，说："等等阿爸，一起吃，他去挑水啦。"原来父亲也回来了。央金问："你打算在西宁待几天？""明天或者后天就走，州上催得急，说是学校没有校长不行，我待着也不踏实。"央金说："明后天肯定不能走，洛洛要跟你谈谈学校的事，再说你也得见见普赤吧？""洛洛呢？""我下个星期有演出，没有自己的歌，他在家里帮我写，还不知道能不能写出来。"父亲挑水回来了。我赶紧接住，把水提到厨房，倒进了水缸。父亲问："梅朵好吗？"我正要回答，央金说："你不用担心她，她在哪里都很好。"我说："阿爸啦，怎么就你一个人回来啦，阿妈呢？"父亲说："她太忙啦，病人太多，又都是离了她不行的。"我想我已经很长时间没见到阿妈啦。央金吃了饭，从姥爷手里接过一个装满饭菜的饭盒，走了。我送她到街上，想给她说说我跟梅朵的事，她却抢先说："我真羡慕梅朵，凡事都能按照自己的想法去做。"我说："可有时候人是需要互相迁就的。"央金不接茬，摆摆手，走了。

第二天，洛洛来了。他说起自己没有实现的理想以及再也无法弥补的遗憾，说得眼泪汪汪的。"想想强巴老师那会儿，多难哪，一个一个往里拽，好不容易拽来了，又担心跑回去。现在好啦，阿尼玛卿州的孩子们都往这里跑，一万多学生啦，课间操的时候五颜六色一大片，比满草原的花骨朵还好看。真是习惯成自然啦，要是还有人不让孩子上学，就跟养马不让跑、喂牛不挤奶一样是叫人想不通的。下一步你要下大力气多进些高水平的老师，好老师还是少，这是考试成绩起起伏伏的主要原因，一定要保证考上大学的学生年年有增加。办学就是爬冰山，下滑容易上坡难，你咬紧牙关、不吃不睡的要哩。还有学校的扩建，原先的规划已经推翻啦，照强巴老师说的，教学楼至少是七座，楼层最低五层，起来后就要把平房全部淘汰掉，还有通往学校的公路，一定要把简易的变成正式的，增加通往州上和各县的公共汽车。再就是电话，学校要有总机，一个教研组至少得有一部电话。"所有的这些他不用说我也会知道，但他想说，我也希望他说，让他再有一次表达不舍的机会，让他带着情意绵绵的惜别和追怀往事的伤感，把所有的寄托都表达在这个非正式交班的瞬间。他是提着空饭盒来的，吃了饺子后，又带上了一饭盒饺子，说是央金今天开始排练。我送他出门，他又说："家里你就放心，最近强巴老师来啦，我管得少了些。他要是回了沁多，我至少两天来一趟，挑水搬煤的体力活，我包啦。"我说："看来姥爷姥姥就得靠你和央金啦。"他轻松地说："靠吧靠吧，靠得住的，我们现在是离家最近的。"

接着是个星期天，在青海民族学院藏文系上学的普赤回来了。傍晚时分，快吃饭的时候，我们听到央金的声音从院子里传来，但首先走进家门的却是梅朵。梅朵瞪了我一眼，亲热地扑向姥姥，再扑向姥爷，又扑向父亲，按照藏族人的礼节又碰额头又亲嘴。央金笑着对我说："不走就对了吧？"我这才意识到，洛洛给我谈学校的事，普赤回来见我，都应该是央金的安排，目的是为了让我在这里等着梅朵，梅朵肯定给央金打电话啦。梅朵一会儿笑一会儿怒，叽叽喳喳说起来："一听说要让他当校长，激动得走路都不会啦，横着走退着走，就是不会往前走。我让他等我，他不等，非要抢先回来，回来顶什么用？姥爷姥姥又不喜欢你，他们喜欢的是我。我不回来他们睡不好吃不好，你不回来他们照样睡照样吃，是不是姥爷姥姥？"姥爷姥姥赶紧说："是的是的。"梅朵说："你们应该说噢呀噢呀。"姥爷姥姥又听话地说："噢呀噢呀。"梅朵又说："我说我想要个孩子，姥爷姥姥年纪大啦，肯定天天盼着抱重孙，他一听转身就跑，跑来这里躲着我。你当我没胳膊没腿不会追？你会坐火车我就不会？你跑到西宁我就追到西宁，跑到草原我就追到草原。姥爷姥姥啦，你们给我做主，我想要孩子错了吗？他还老欺负我，不让我吃兰州拉面，不让我睡床只让我睡椅子，动不动不理我，有这样没良心的吗？我想跟他回草原，他说你就待在兰州吧，大城市多好啊，我离开你远远地清净，谁也不干扰谁。"她谎话连篇，胡说八道，但是我喜欢，喜欢她在姥爷姥姥的同情面前哆哆地说话，喜欢她的这种和解方式——创造性地给自己铺一条下台的阶梯。我坏坏地笑着，想戳穿她："到底是谁不理谁啦？你压根就不想让我回草原。"梅朵哼了一声说："我是考验你呢，看你对我到底是不是真心的。再说了我就是草原，我在哪里草原就在哪里，你凭什么要离开我？""你生那么大气，我给你说不清楚。""我生气是因为你没有央求我跟你一起回来，你让我留在兰州，说什么从今往后就可以两地分居啦，好像你巴不得似的。我们是两口子，分居不分居是你一个人说了算的吗？"说着她抹起了眼泪，"姥爷姥姥啦，江洋要抛弃我，还说一辈子不理我。你们说我多可怜，哭都没地方哭，只好去找校长。我说看在我们是年轻夫妻的分上，请不要让我们分居吧。通情达理的校长说，我给你一个咒语，你一念他就永远离不开你啦。"说着从包里拿出一个信封甩给了我。我掏出信瓤一看，愣了：原来是她的调动介绍信。她凑过来说："是不是咒语？分居的阴谋没有得逞吧？哼哼。"我心里顿时轻松了许多，一股清新的暖流潮涌而起，真想即刻把她抱在怀里，用最缠绵的语言说说我的感动。我说："你不会后悔吧？"她说："家具我已经处理啦，房子的钥匙已经交给学校啦，后悔也来不及啦。"

我被震得浑身摇晃了一下，眼泪差一点滴出来，内心的感动里又掺和了浓浓的佩服：她就这样把好不容易分到手又装修好还买了家具的房子还给了学校，就这样离开了她骨子里眷恋着的繁华都市，要跟我去草原牧区的沁多学校啦。我惭愧得低下头，心说她不是为了学校，不是为了工作，也不是为了草原，只是为了爱，她是一个为了爱而不顾一切的人。相比之下我的爱就没那么纯粹了，附带着许多条件：你是藏族人，你是草原的酥油精灵、美丽的格桑花，我爱你；你给我牧草恋土般的柔情蜜意，你跟我走东走西如同羽毛随着风，你是我的影子是能让我骄傲的陪衬，我爱你。但如果你不是呢？——你执意留在兰州，留在大学声乐教学的讲台上，你为离别哭泣而不是哭泣着取消离别，那我的爱还会像现在这样拥有酥油般的鲜香和梦幻般的甜蜜吗？其实我已经动摇了，就在从兰州到西宁的火车上，我似乎觉得我的离开就是你对爱的诀别，觉得那种让我瞬间一无所有的感觉背后，是爱情幻灭后的一丝杂念：幻灭的只是一次，不是一生，我还可以从头再来。对不起啦梅朵，跟你的差别是那样清晰，我不是一个像你一样可以为对方舍弃一切的人，我现在之所以轻松而高兴，是因为

414

我又将是一个地道的草原人啦，又将在浓郁的酥油味的熏陶下绽放我生命的花骨朵啦，而且陪伴我的是雨露般滋润我的梅朵。我问自己：草原和校长真的比爱更重要吗？爱如果仅仅是一种虚荣的陪伴和点缀，是不是意味着随时都会消失？

说着话，父亲要去挑水。梅朵抓住扁担说："我去我去，我是女的。"又问，"阿妈呢，她怎么没有回来？"父亲说："她丢不开病人，太忙啦。"梅朵说："我想她啦，梦见她好几回，有一次她说，梅朵你要好好的，我可能见不上你啦。说得我心里惨兮兮的。"父亲笑笑，没说话。我有些疑惑：父亲看我们的眼神怎么总是躲来躲去的？话也说得机械而僵硬，就这么一句"太忙啦"，好像是提前背好了的。父亲变了，这次回来，发现他突然之间苍老了许多，鬓发斑白，眉纹皱起，也瘦了，更黑了。梅朵挑着空桶出了门，我追上去说："还是我来，街道上的人会笑话我们，怎么能让一个女人挑水？"梅朵瞪我一眼："原来并不是心疼我，而是怕人笑话。""看你说的，我能把心疼挂在嘴上？""那就两个人一起去，你挑一段，我挑一段。"梅朵说着，就像她的名字，冲我嫣然一笑，是粉色的笑，是蓝色的笑，是带着花的香气、花的妩媚的笑。我顿时有些陶醉，小声说："你真好。"梅朵突然又是一脸嗔怒："好什么好？你得赔我？""赔什么？"她噘着嘴说："赔我一双白皮鞋，要跟儿特细的那种。我想去看看过去省歌舞团的同事，可是你看我这双鞋，跟我在兰州买的那一身宝石蓝的藏袍搭不上。""明白啦，蓝天白云是最好的搭配，明天上午我们就上街。""再给姥爷姥姥和阿爸一人买一件毛衣，我这次来什么礼物都没带。""那还有普赤呢。"梅朵笑着说："她不挣工资，最缺的肯定是钱，我已经准备好啦，见了面给她五十。还有，回草原时也得带礼物，我把兰州银行里的钱全部取出来啦。""那得逛半天的商店，来不及了吧？""我们是回家，没有礼物怎么可以？就耽搁明天一天，上午我们去买东西，下去我去省歌舞团。""好吧，听你的。"梅朵把扁担架在我的肩膀上说："我已经想好啦，给角巴爷爷买一对保护膝盖的皮筒子，给米玛奶奶买一件毛衣，给桑杰阿爸和尼玛舅舅一人买一件衬衣，给卓玛阿妈和旺姆舅母一人买一双皮鞋，给索南买一双皮手套，给格列买一个电动玩具，还要给所有人一人买两条秋裤，可以换着穿。"那还有多吉呢。""谁让你说啦，我还没说完呢，多吉好办，买一袋卤鸡腿就可以啦。现在就是没想好给苗苗阿妈的礼物，对啦，苗是绿的，应该给她买一条最好的绿头巾。"我说："我们买的这些过去在草原都是用不上的。"梅朵感叹地说："日子不能比，现在是现在，很多东西已经离不开啦。"

梅朵着意把自己打扮了一番，娉娉袅袅地去了省歌舞团，跟曾经的同事一起吃了饭，喝了酒，唱了歌，天黑以后才回来，惊慌失措地说："完啦完啦，我被他们盯上啦。"我问："谁盯上你啦？""团长和副团长。他们看我不答应，就说明天要来找你和阿爸，你赶紧躲起来吧。"梅朵详细说起来，我们才明白省歌舞团正在改革，精兵简政完了又开始吸纳人才，听说梅朵已经离开兰师大准备回沁多草原，就极力想把她挖进来。父亲说："用不着紧张，这件事本身并不坏。"梅朵说："还不坏？又是两地分居。"我说："你就说你这辈子最大的愿望就是生个孩子，做贤妻良母，没有出人头地的想法，让他们死了心吧。"梅朵说："姥姥你把枕头给我，我要装成大肚子。"我说："他们已经见过你啦，今天没大，怎么一夜之后就大啦？"梅朵哭丧着脸说："那怎么办？"父亲看看已经睡下的姥爷，打着哈欠说："赶紧洗了睡吧，明天再说。"说着就开始解扣子脱衣服。姥姥拉着梅朵去了西厢房。我睡在姥爷和父亲中间，想着梅朵的事，烙饼一样翻腾了好一阵才进入梦乡。

第二天上午，省歌舞团的益西团长和俄霞副团长果然来到了家里。我一见俄霞就喊："原来是你啊？"扑过去紧紧抱住了他。当初从寄宿班分到省歌舞团的有好几个，现在只剩下俄霞了。俄霞因为喜欢演出，放弃了考大学，想不到已经是副团长啦。俄霞使劲推开我，过去给父亲鞠躬问好，又向姥爷姥姥鞠躬问好，然后问梅朵："你说了没？"梅朵把头一扬："说啦，大家不同意。"姥爷说："坐吧，坐吧。"姥姥赶紧去倒茶。益西坐到椅子上，迫不及待地说起来：前个时期他们在大剧院推出了"流行音乐周"，搞了几台通俗歌舞晚会，效果非常好，歌舞团已经开始挣钱啦。但他发现他们的演出正在走向歧路：喜欢的观众越多，就离艺术越远。团里不缺乏台柱子，但缺乏真正的能为艺术献身的好演员，缺乏那种外形好唱功好台风好的艺术家，正商量着四处招聘呢，梅朵出现了，她还不是艺术家，但绝对有培养的潜质，又是老熟人，歌舞团怎么能放过她？从哪个方面讲，她都是最好的苗子，不在城里，不上舞台，实在太可惜啦。下一步他们打算排练一台大型的歌舞剧《青藏高原》，女主角昨天晚上已经确定，就是梅朵。梅朵说："那有什么用？我现在想的就是生孩子，就是跟江洋在一起。"俄霞说："你别犯傻，做演员是名利双收的，而且很快，有时候一夜之间就是天上地下，一棵草唰一下变成了一颗星。"我说："梅朵不适合成名成家，她天生就是一个普通人。"益西不接我的茬，继续说："梅朵的待遇是这样的，分一套房子，中套的，两室一厅，工资按一级演员对待，保证两年之内正式评上一级演员，如果不满意，条件还可以提。"梅朵跺着脚说："待遇我不稀罕，我就要回草原。"我也想说同样的话，父亲开口了："这件事太突然，给我们点时间考虑考虑吧。"益西说："慎重一些是对的，我也是个藏族人，懂得珍惜，上辈子积德，这辈子收获，命运给了我们这么好的机会，千万不要错过。"俄霞说："我这个水平已经是我们团最好的演员，梅朵比我强多啦，来了就是珠穆朗玛峰，不能再犹豫。要不我去给洛洛和央金说，让他们来劝劝你们？"梅朵和我都说："他们来劝？"意思是正因为央金出了事，分居才显得那么可怕。又说了一会儿话，益西和俄霞起身告辞。梅朵说："对不起啦，让你们白来啦。"

3

送走了客人回来，父亲说："名利双收又不是犯罪，你们怕什么？沁多学校培养人，不就是为了让学生有出息吗？你们一个当校长，一个做演员，我看挺好，不要轻易回绝，免得将来后悔。尤其是江洋，梅朵不拖你的后腿，你也不要拖人家的后腿。"我说："我们是两口子，总得一个拖着一个。"父亲说："我和你阿妈就不是两口子啦？我们谁拖累过谁？要是梅朵真成了歌星，那就是沁多学校和整个阿尼玛卿草原的骄傲，也是我们家的骄傲。想一想到底是你的需要重要，还是学校、草原、家的需要重要？"我觉得我不应该把学校和草原放在首位，但又不敢说。梅朵心直口快地说："谁的需要都不重要，我自己的需要最重要。"父亲问："你需要什么？"她一愣，想说又说不出来，着急地喊了一声："我的需要只有我知道。"父亲说："听我的劝，把那些摆不到桌面上的需要暂时放一放，你就考虑你喜欢不喜欢唱歌跳舞，想不想献身艺术？"梅朵说："喜欢，所以我要回去，沁多是歌舞之乡。"父亲说："那里只有草原，没有舞台，艺术是需要舞台的，还需要大众欣赏，需要一座城市的掌声。"我听着有些心动，突然觉得父亲好像是对的，梅朵有歌舞的天赋，我不能因为不想两地分居就扼杀她的天赋。明星、艺术、舞台与掌声、了不起的名声、辉煌的事业，这些先前被忽略的词汇，纷纷然出现在脑海里，带着金色的抛物线，魔幻般地缠绕在一片瓦蓝而高远的背景上，那里有闪亮与荣耀，是学校和草原的荣耀，更是我的荣耀，是梅朵自己的荣耀。没有人会对可望又可即的荣耀失去兴趣，包括我。我说："也许阿爸说得没错，我们是得考虑考虑啦。"梅朵说："考虑什么？"我说："你留在西宁，做一个演员。"梅朵说："你又不让我跟你去啦，怎么总是出尔反尔？"我惭愧地笑笑：真是说变就变啦，就像地球之于月球，拉着它走又推着它不让碰上。父亲安慰道："这是好事情，高兴都来不及，生什么气？"梅朵说："苗苗阿妈为什么不在西宁？她还不是想离你近点。大人都不想两地分居，我们年轻人就更不想啦。"

接下来的时间里，父亲和我轮番劝说梅朵留下来。后来姥爷姥姥也加入了进来，他们的劝说似乎更有说服力："你在西宁，常来家吃饭，我们也少一些冷清，天天听你叽叽喳喳，就是一只喜鹊在家里，心里喜欢得很。还能分到房子，很多人没房子住你不知道吗？一个中套，两室一厅，那是很大的，等我们老了，就搬过去一起住。再说你要是在西宁，江洋回来得就勤些，你要是不在，一年两年他都不来看我们。"梅朵哭了，知道她不得不留下，就伤心得号哭起来："我的命怎么这么苦啊，江洋不要我啦，我穿了衣服给谁看，我唱了歌给谁听？姥爷姥姥啦，你们要说到做到，给我做好吃的，我想吃什么就做什么。"姥爷姥姥赶紧说："你放心，我们天天给你做。""还有，你们已经老啦，我分了房子就搬过去住，我喜欢热闹，你们不来我跟谁去热闹？江洋你听着，我不是央金，你也不要做不回家的洛洛。""我保证，一定多回来看你。""你向谁保证？"我倏地举起了拳头："向雪山大地保证。"梅朵用手绢擦着鼻涕说："不行，你得写保证书，我要贴在墙上。""好好好，一定写。""现在就写。"转眼之间，我和梅朵跟过去的洛洛和央金一样了：一方是校长，一方是歌舞团的演员，都在分居，还都是年轻夫妻。不同的是我有保证书，上面明确写着"保证一个月回来一趟"。我把保证书念给梅朵听。她一把夺过去说："这可是你说的，我没有强求你。对了，你还要写上必须天天打电话。""这可就难了，你身边又没有电话。""有没有你别管，反正我要天天听到你的声音。"就这样梅朵留在了西宁，她给省歌舞团提了一个条件，家里必须安一部电话。益西和俄霞都说："噢呀，没问题。"

　　西门杂货店的马福禄来了，晋美打电话要他转告父亲："沁多贸易"的名声已经出去啦，流动买卖和样板展示走到哪里都受欢迎，卖牛卖羊的牧人多起来，牛羊的来源现在不愁啦，但大晴天后面总有阴雨天，上个星期去巴颜县流动，牧马场的人把果果和车扣住啦，只把桑杰和卓玛放了回来，你赶紧回来的要哩。马福禄是骑着摩托车来的，说了该说的，又炫耀地说："怎么样，我现在有一辆货车，最近又有了这辆摩托车，都是买卖牛羊肉挣来的。我想把杂货生意撤了，专门经营牛羊肉，就是不知道你那边能不能保证货源？"父亲心不在焉地摇了摇头。马福禄紧张地问："不能？"父亲沉默了片刻，突然说："谁说不能啦？放心吧，没问题的。不过你得把皮张加上，最好能批发生皮，零售熟皮，还有其他畜产品，酥油、奶皮、奶疙瘩什么的。""好好好，我加上。"父亲突然盯上了那辆闪闪发光的蓝色摩托车："这东西怎么样嘛？""好得很，有路没路都能走，没有比它更方便的，还便宜，几千块的事。"父亲点点头，觉得自己也该回去了，他待在西宁既是为了陪伴姥爷姥姥，也是为了让母亲放心，但现在这里已经有了陪伴的人，他就想回到离母亲更近的地方去。再说他天生不是一个容易消沉的人，该做的事还是要做，连身患恶疾的母亲都没有放弃工作，他怎么可以整天无所事事呢？他去省政府拜访李志强，说起牧马场和周边牧人的草山纠纷，说起老才让的为人和利用淘汰的马匹大量吞并牧人草场的事。李志强说："牧马场金矿的黄金是省财政收入的一部分，老才让上任以后产量比过去增加了两倍。我们是个穷省，到处需要钱又到处没钱，好不容易有了一个能创造利润的单位，不能因为你说的这些原因就把它撤销吧？""场长总可以撤换吧？现在是坏人当道。""好坏不是你说了算，政府自有衡量的标准，是王石让你来的吧？你不要什么话都听他的。"父亲生气地说："你怎么替老才让说上话啦，忘了他当初是怎么害你害学校的？""消消气，晚上我请你喝酒。""戒啦。"

尽管梅朵不回沁多草原了，但她还是上街买齐了原先准备带给家里人的礼物，一再叮嘱我："到了沁多草原先回家再去学校。"我和父亲拎着两个大帆布提包，一起离开了西宁。姥爷姥姥送我们出了巷口，梅朵和洛洛送我们去了长途车站。父亲说："两个老人就托付给你们啦，一定不能再让姥爷挑水，更不能让姥姥太劳累，她说她的心脏有时候咚咚咚跳得快，我估计是劳累的缘故。"梅朵发愁地说："要是做饭也会劳累的话，那我就吃不上好饭啦。"父亲说："做饭不要紧，姥爷也会做，你可以洗碗。"梅朵说："这个我会。"洛洛说："放心吧，还有我和央金呢。"一路上父亲很少说话，忧郁的眼神带着草原的雨色，就像车窗外的滴答是从他眼里出来的。我说："牧马场没有权力扣留人和车，他们是违法的，阿爸不用发愁，报案就是啦。"父亲摇头。我说："你跟王石书记关系那么好，让他出面不就行啦。"父亲还是摇头。我说："也可以去找萨木丹帮忙，他不是在牧马场吗？"父亲突然扭过头来，问了一句我没想到的话："你想你阿妈不？"我一愣："太想啦。""想了就去看看吧。""噢呀，我先去角巴爷爷家，完了就去生别离山，梅朵还给阿妈买了一条羊绒的绿头巾。"父亲望了一眼窗外，雨大了，雨柱像是铅色的藏银雕铸的，一根根地斜立着，黯郁从远方汹涌而来，又被水的亮光打成了一张张巨大的筛子。草原正在接受清洗，所有的牧草都像新长出来的，唰啦啦地抖动着欢呼天降甘霖，牧人们、动物们、昆虫们，猫在不至于湿透和淹没的地方，等待着云层后面被洗过的太阳出现，那时候他（它）们将以极大的喜悦倾巢而出，在新生的阳光下和潮湿的蒸汽里重新忙碌起来。父亲突然扭过头来说："算了吧，你不要去啦。""为什么？"父亲不回答。

草原的雨下得频繁，却不会持久，一到沁多县城，雨就停了。父亲带我走向晋美商店。晋美远远看见了，跑过来说着"扎西德勒"，接住了父亲手里的提包。父亲焦急地问："到底怎么回事？"晋美说："气人得很，还是听桑杰给你说吧。"我们没有在晋美商店停留，走到日朵跟前，鞴了鞍鞯，让它驮着两个提包，去了桑杰的家。日朵打着响鼻伸过头来，埋怨父亲去西宁为什么不带着它，这么长时间才回来。它本来是要去找他的，却被可恶的晋美天天拴着，连去草原上吃草饮水也拴着。父亲宽慰地摸着它，从耳朵一直摸到鼻子上，又从口袋摸出两块水果糖，剥了糖纸，用手掌托到了它嘴边。它把头朝一边一扬，像是赌气不吃。父亲说："你不吃我吃啦。"手正要缩回，就见日朵忽地低头，舌头迅速一伸，把两块糖卷进了嘴里。父亲拍它一下，把缰绳缠在了它脖子上。只要父亲在，不骑它的时候，缰绳的意义就不大了。我们朝桑杰家走去，日朵紧紧跟在后面，生怕父亲再次消失。

大概是占了第一的缘故，草原上新起的定居房——桑杰阿爸的新家在我眼里有些生涩和唐突，就像流畅的语言里突然有了几个谁也看不懂的词汇。湿漉漉的绿色奔涌而来，牛毛草衔接着芨芨草，又有雨水打不败的花朵——雪青的紫菀、明黄的甘菊、深红的刺儿菜什么的，环绕着灰色的建筑，有些长河受阻的感觉。但父亲是兴奋的，告诉我沁多县城将要慢慢大起来啦。离桑杰阿爸的家不远，是果果的房子，也是一溜儿三间平顶的藏式碉房，外带廊檐和右耳房，不过还没有完全竣工，耳房还差房顶，院墙只砌了一半。果果的房屋后面，更高一点的地势上，是顿珠的碉房，他圈起的院子更大，五间正房、两间耳房。更靠后的是晋美的碉房，正在挖地基，看上去至少也有五间。晋美说："强巴啦，给我们居住的地方起个名字吧。"父亲说："江洋起。"我说："还是阿爸起。"父亲想了想说："就叫扎西平措吧。"晋美说："噢呀，我明天就做个牌子立在这里。"父亲说："藏文汉文都写上。"晋美把手伸过来说："汉文怎么写？"我掏出钢笔，在他手掌上写了"吉祥圆满"几个字。

还没到院门跟前，院子里的多吉就激动地吼起来。桑杰出来了，看到父亲后弯了弯腰，伸手做了个请的姿势，接着眼泪就出来了。父亲赶紧过去，抱住他，跟他碰了碰额头。我也快步过去，在雕了莲花和象宝头的门楣下叫着"桑杰阿爸"，说了声"卡卓洛淘"。桑杰阿爸抱着我又亲吻了我。我说："再亲一下嘛，梅朵虽然没来，但跟来了是一个样子的。"阿爸就又亲了我一下。大家进了院子。卓玛阿妈在房门口弯腰迎接着，多吉则又蹦又跳，几乎要挣断拴着它的铁链子。父亲跑过去，蹲下来抱住它，任凭它的舌头在自己脸上舔来舔去，然后掏出一块牛肉干，撕掉塑料包装，放进它大张着的嘴里。它用舌头顶出来，看父亲打了它一下，赶紧又卷了回去。虽然西宁商店里的牛肉干并不适合做狗粮，但父亲总觉得不带礼物是不好的。卓玛阿妈抱着我亲了两下，我便去日尕背上卸下提包，提进房屋，拿出了礼物，桑杰阿爸是一件衬衣，卓玛阿妈是一双皮鞋。他们把礼物双手接过去，放在享堂前面，念着祈福真言说："雪山大地看见啦，江洋和梅朵孝顺我们，带来了这么好的礼物。"晋美望着说："以后'沁多贸易'也要多进些男男女女各式各样的衣服和皮鞋。"父亲说："对着哩，汉式的要多样，藏式的也要多样，尤其夏天的单袍和夹袍，还有各样的靴子、帽子，既然是商店，货物齐全是最重要的。"然后坐下来喝茶。桑杰说起果果和汽车被扣的经过：他们开车从一片草场经过，突然冒出一帮牧马场的人，说是碾轧了牧草，要求赔偿一万块。果果吓了一跳：你们是不是藏族人？想钱想疯啦？不就是轧了一下嘛，草又没死，居然要求赔偿，而且这么多？再说牧人的草场与你们牧马场有什么关系？那帮人说草场是马匹换来的，这一带的所有草场都已经归属牧马场。说着就把果果摁倒在地绑了起来，又让桑杰和卓玛回去拿钱，说是不给钱就不放人放车。桑杰说着瞪了一眼晋美："钱重要还是人重要，我让你赶紧拿钱把人赎回来，你非要让强巴回来做主，耽误了这么久。"晋美说："钱是辛苦挣来的，能不给就不给，一万块不老少，我们给不起，让强巴回来就是要想想别的办法。"父亲说："不给是对的，凭什么要白送钱？这次一万，下次就是两万三万，让狼尝到甜头更倒霉的就是羊。我明天就去牧马场，把果果换回来，你们该怎么干还怎么干。"父亲不想给王石添麻烦，也不想找任何可以疏通的关系，选择了自己去见老才让，当面跟他论理，也是先礼后兵的意思：牧马场是非法拘押，这等于绑架，还兼带着讹诈，罪上加罪，他不怕跟他们打官司。桑杰说："要是为了换回果果，那还是我去吧，我是坐过牢的，那种苦我吃得消。"父亲说："只能我去，他们对待牧人和对待我是不一样的，尽管我现在也是个牧人，但毕竟当过干部，还有些关系。"

　　说着就开始围着炕桌吃饭，酥油茶、手抓肉、甜米饭。父亲说："已经不一样啦，城里的牧人能吃到甜米饭啦，慢慢地，吃的东西就会更多。"卓玛说："噢呀，昨天我们吃的是白菜萝卜糌粑糊糊。"父亲问："好吃不好吃白菜萝卜？"卓玛说："不好吃，但你说一定要吃，我们就吃啦。"父亲说："羊肉汤煮白菜萝卜再放些洋芋、粉条、花椒、辣子就好吃啦。桑杰啦，你以后要多带卓玛嫂子下饭馆，看人家是怎么做的，回族人的饭为什么好吃，因为样数多，搭配得好，调料也全。"桑杰答应着，又说起流动买卖和样板展示，说起还有些买到手的牛羊寄存在原来的主人家，羊是活着往回运，牛是宰了往回运，现在车被扣啦，拉不回来，只能去赶啦。父亲说："就算救护车能跑，恐怕也得雇人赶，不能把所有的牛都宰啦，我们没有冷库，肉坏了怎么办？"又问晋美"沁多贸易"账上的钱，觉得买一辆卡车有些吃力，当机立断：贷款。又说："你们每个人都要学会开车的要哩，不是开卡车，是开摩托车。桑杰我算了一下，养摩托车比养马划算。晋美和顿珠没有马，更要买，以后住在扎西平措，去店里上班，走来走去得一个小时，摩托车几分钟就到啦。再就是可以在草原上到处跑，有点沟沟坎坎也不怕，拿了钱去牧人家买羊，再骑着摩托车把羊赶回来，好几天的事一天就能办完。最重要的是骑着摩托车说明你有钱，现在这个社会，有钱人的身份是不一样的。"晋美说："我去给顿珠说，让他先买。"父亲说："你比顿珠钱多，你应该先买，做个样子给大家看嘛。这样吧，你们三个谁要是先买了摩托车开着到处跑，'沁多贸易'给他报销一年的油钱。"晋美说："那你为什么不买？""日孕日行千里，气都不喘一下，你们有吗？再说我怕日孕吃醋，一蹄子踢坏了怎么办？"桑杰小心翼翼地问："摩托车是什么？"晋美哈哈大笑："你真是个老牧民。"我说："阿爸啦，就是机器马。"

这天晚上，我和父亲睡在了右耳房的炕上，被多吉的叫声吵醒时天已经大亮，有人来了，是顿珠。他站在窗口说，店里的售货员病啦，他自己正在忙活碉房的粉刷和装修，顾不上，想请桑杰帮他站一天柜台。看到父亲从屋里出来，他愣了一下："你回来啦，我怎么不知道？"父亲说："正要去找你呢。""不会吧，是见了我才这么说的吧？"顿珠觉得父亲跟别人比跟他关系更近些，很担心有什么事瞒着他，或者把他落下。父亲笑着说起学开车和买摩托车的事："赶快动手的要哩，以后谁的速度快谁就挣钱多。"顿珠说："能报销一年的油钱，我当然要争一下啦。"大家都来到院子里。桑杰说他不能去站柜台，今天要带着我去角巴阿爸家。父亲说："那就让卓玛去站柜台，卓玛，你去。"卓玛紧张地说："我不会，钱我算不来。"父亲说："慢慢就会啦，以后家里是桑杰管挣钱，你管数钱，不会数钱就等于不会吃饭。"又对顿珠说，"你教教她，一教就会，她聪明得很。"顿珠说："卓玛啦，强巴已经说啦，你不去也得去啦。"卓玛说："啊啧啧，钱数错了怎么办？"父亲说："一遍不放心数两遍，两遍不放心数三遍。"顿珠说："再就是记账，十个数字，好写得很，我教你。"桑杰也说："只要用心，一点点也不难，当初在公社办畜产品站时，我开始也不会，慢慢学就会啦。"

早饭后卓玛去了顿珠商店，桑杰阿爸和我骑着他家的两匹马，带着礼物去了漂泊在草原深处的角巴家。父亲骑着日杂去了牧马场。桑杰说："强巴啦，小心点。"我望着父亲匆匆远去的背影，感觉阳光就像一抹拉扯孤儿的手，爱惜地摩挲着他，他显得那么孤单，甚至有些凄凉。桑杰默诵着祈福真言，双手合十，朝着父亲消失的地方拜了拜，祝他平安吉祥，这才翻身上马。我们朝南走去。已经没有波浪起伏的草潮了，也没有了连片的结着草籽的穗头齐崭崭弯腰鞠躬的景象，草场的退化也是晚夏的退化，风显得不那么绿了，清透中飘扬着缕缕的浑浊。花倒是不减颜色，艳丽的依然艳丽，缤纷的依然缤纷，只是稀疏了许多，间或有狼毒花以馒头的形状摇曳在草墩子之上，让人一阵阵惊心难过：狼毒花是牧草衰败的证明，只要它长出来，草原的好日子就不多啦。我们在旷野里住了一夜，第二天中午在承包草场的西端遇到了角巴爷爷家。角巴不在，说是到生别离山看望母亲去了，早晨才走。我一下子就觉得特别特别想见见母亲，越快越好，委婉而悱恻的愿望里，深埋着一种自责：属于草原的必然是温情和哀伤的，你的温情哪里去啦？连作为长辈的角巴爷爷都坐不住啦，你怎么还好像无动于衷？父亲、母亲、学校、草原——我发现一回到沁多就有了这么多需要我牵挂的，就像我是一棵草，随风摇曳着属于大地的明亮与悲伤。我要告诉母亲，我回来啦，我离她越来越近啦，而梅朵留在了西宁，虽然离我远些，却可以天天见到姥爷姥姥。我给米玛和其他家里人送上了礼物，吃了饭，看天色尚早，便要骑马去追撵角巴爷爷。桑杰也急着要离开，他说自己好像已经跟草原没关系啦，所有的事都在县城等着他去办。匆匆告别家里人，我和桑杰阿爸一东一西上路了。索南骑马追上了我："路你不熟，还得住一夜，我陪你到山那边。"还没到山那边天就黑了。我们在背风处睡了一夜，第二天早晨翻山而过。索南指着前面说:"看见了吧,那座雪山?望着雪山一直走,就能到达生别离山。"

　　下午,我果然看到了雕刻在山崖上的"生别离山"几个藏文字,穿过山口,踏向原野,就看到了角巴爷爷。他是看过母亲后往回走的,见了我有点吃惊:"你怎么来啦?"我下马过去,恭敬地抱了抱角巴爷爷的腿。角巴爷爷摸摸我的头说:"草跟草结伴,云跟云相连,连成了片,堆成了山,就能遮住太阳啦,今天的太阳呢,好像没有啦。"我看了看天上,太阳明明高高地照着,角巴爷爷怎么这么说?"爷爷啦,你的眼睛过去比星星还要亮,现在呢?"角巴爷爷说:"不亮啦,看不见太阳啦。""真的?""我是说心里的太阳没有啦。"又问我,"谁让你来的?""我自己。""好啊好啊,我是见了去夏瓦尼措采药、路过我家草场的眼镜曼巴,才知道必须来一趟。赶紧去,我在这里等你。""你不用等我,我肯定要住一晚上。"角巴爷爷摇摇头,下了马,一声叹息,仰倒在柔软的草地上。我又说:"爷爷啦,别等我。"角巴爷爷挥挥手:"去吧去吧,我不等你,我等天黑。"我继续往前走,草原本该有的丰盈和秀丽便滚荡而来,是浓到滴油的绿,是绿到窒息的草,没有一处是疤癞,也没有一处没有花,不是狼尾泛波,就是鹅冠起伏,紫花苜蓿是一溜一溜的,蓝花针茅是一方一方的,圆穗的蓼草无风起浪,毛状的蒿草哗哗奏响,花的群落蔓延开来,红一片,白一片,黄一片,蓝一片,走着走着马蹄下面就会蹿出几只鸟,啁啾着飞上头顶。我说你是百灵我认识你,你是朱雀我也认识你,你是……什么鸟,我怎么没见过?草原坦坦荡荡,连接着远方一列列的雪山。我一直翘头看着,还没看够,就见母亲的医疗所被滚滚绿浪推送而来。

　　我打马跑起来,跑进了敞开着的铁栅栏门,滚鞍下马,正在寻找拴马的地方,就见一个白大褂走了出来,定睛一看是张丽影。她说:"你怎么也来啦?角巴走了不多一会儿你没碰上?""碰上啦。""那他还让你来?"我不明白她的意思,问道:"我阿妈在哪里?""就在她宿舍里,但是你不能见。""为什么?"她愣了一下:"你不知道?""我知道什么？"她沉默了，半晌才说："原来你阿爸没告诉你。"张丽影说起来，母亲的麻风病，比所有病人都难以治愈的母亲的汉森氏病，也叫"leper"，知道这个单词的指代吗？——被社会憎恶和遗弃的人，避之唯恐不及的人。我的惊讶我的泪，我的不知所措，我的张口结舌。她说："你赶紧走吧，万一传染给你怎么办？这里到处都是传染源。"我转身离开，慢腾腾走出了铁栅栏门，走向了草与花的海洋，突然想到忘了马，又回头拉在了手里，正要走，缰绳就像逃逸的蛇使劲从我手中滑落了。你就这么害怕自己被传染上？都没有走进医疗所，没见到生病的母亲，就要逃之夭夭。我抬头看着张丽影，她不是好好的吗？而且显得比从前更漂亮啦。我走过去，声音低沉地说："我要见阿妈，必须见到。""不可能。"她的回绝如此坚定，让我不禁一怔。"不是我不让你见，是你阿妈不想见，她谁也不想见，尤其是子女。""可我不能白来。""你只能白来，赶紧回去吧。""不。"我说着就要往里闯。她拉住我："别胡来，别让你阿妈再伤心啦，她本来就够难受的。"我伫立着，想了一会儿，乞求地说："我能不能站在阿妈宿舍的门口，给阿妈说几句话？"张丽影说："我去问问。"几分钟后，我被张丽影带进了医疗所，带到了阿妈宿舍的门前。我潸然泪下："阿妈啦，我来啦。"里面不吭声。我又说："阿妈啦，我是江洋，我来看你啦。"母亲咳嗽了一声说："回去吧孩子，你不应该来见我。""可是我想你。""孩子你想想，阿妈为什么不见你？就是为了让你在想起阿妈的时候，阿妈跟过去一样好看，一样健康，她没有任何变化，没有经受疾病的折磨，没有痛苦和被人憎恶的外表。回去吧孩子，不要告诉任何人，就说我很好，说我忙得离不开，的确也是这样，有人给我治病，我也在给别人治病，真的很忙。还有，照顾好姥爷姥姥，照顾好你阿爸，他是个干起事来不要命的人。"我还要说什么，听母亲又说，"不早啦，你赶紧走，还能追上你角巴爷爷，两个人一起走，我放心些。"我用额头在母亲宿舍的门板上叩了几下："阿妈啦，我走啦，你保重。"我的声音不是哭，但眼泪却哗哗地流着。我明白啦，父亲为什么先是让我来看看母亲，后来又反悔不让我来啦。他内心的纠结是：让子女知道好，还是不知道好？知道的人多了会不会给母亲带来负担，会不会增加她的伤感，让她动不动就以泪洗面？可是父亲，母亲是我的母亲，来不来看她，还是应该由我做主。现在，父亲的纠结又变成了我的纠结：对别人说不说？母亲说不要告诉任何人，但我怎么能瞒着梅朵呢？我把梅朵给母亲买的羊绒绿头巾挂在门把手上，揩着眼泪后退着，走了。

太阳就要落山时，我看到了角巴爷爷，他知道母亲会撵我离开，就一直等着。我们一起上路，谁也没有再提起母亲，他生怕我崩溃，我生怕他伤心，彼此都有敏感而深沉的痛楚，都不想去轻易碰触。角巴问起梅朵，问我什么时候回西宁，我说起了沁多学校，说起了校长的职分。他高兴地说："好啊好啊，儿子接班啦，沁多学校办来办去还是强巴的学校嘛。"又说他好多年没去朝拜阿尼玛卿冈日啦，今年必须去，阿尼玛卿冈日属马，是吃草的，所以从今天开始他就不能吃肉啦。我知道他是为了母亲，为了母亲角巴爷爷要去转山朝拜啦，用虔诚的心和敬畏的肉体，祈求雪山的保佑，让母亲快快好起来。除此之外，他还能做什么呢？我说："角巴爷爷啦，我替母亲谢谢你啦。"角巴爷爷吃惊地瞪着我："你谢我？难道你们不是我的家里人？难道苗医生不是我的女儿，强巴不是我的儿子？"我愧疚地说："爷爷啦，我说错啦，请你在转山的时候也疼惜疼惜自己。"说罢我唱起来：

> 请染绿了我的草原，也染绿我的日子吧，
> 我们经过了多少失望的明天，
> 但还是会等下去的——明天，明天；
> 请染蓝了我的天空，也染蓝我的阿妈吧，
> 阿妈走过了多少崎岖的山路，
> 但还是会走下去的——山路，山路；
> 请照亮了我的雪山，也照亮我的亲人吧，
> 亲人送来了多少醉人的温暖，
> 但还是会送下去的——温暖，温暖；

请暖热了我的太阳，也暖热我的心灵吧，

心灵度过了多少寒冷的夜晚，

但还是过下去的——夜晚，夜晚。

阿妈啦，你善良的微笑在哪里？

阿妈啦，你孤独的身影在哪里？

阿妈啦，今后的每一天都是等你，

阿妈啦，从此我有一颗流浪的心。

当你像一只白天鹅归来的时候，

流浪的孩子才会有真正的家。

　　角巴爷爷把我送到沁多县城后就回去了。我把马匹还给桑杰阿爸，住了一夜，就坐长途客车去了州上。虽然我也可以直接去沁多学校，边工作边等待州上的人去学校宣布对我的任命，但要是先到州上报个到，见见王石书记和组织部、教育局的人，也许更好些。草原又一次缠绵地拥搂了我，车窗外恣意的平阔里，藏野驴的行踪格外多，一群一群的，有奔跑的，有走动的，它们是以自由为幸福的天之骄子，永远不知道会奔向哪里走向何方，活蹦乱跳的姿影会出现在海拔五千米的雪线以上，也会出现在深度洼陷的河谷地带。我久久地望着它们，直到汽车的疾驰让它们消失，直到一阵荒风把阳光吹冷，把雪山那边的草原搬运到眼帘里。突然就有些疑惑：怎么我从来没见过这片草原？草呢？草呢？草呢？仔细一瞅，不是没见过，是见过的草原改头换面啦，草没啦，雪线也没啦，洁白的山顶冒出冰面、露出岩石啦。这里半头藏野驴也没有，只有牧人和牛羊在缓缓移动。没有了草它们吃什么？难道牛羊会吃土？我有点费解啦。

第十二章 赛马会

从一朵花的绽放中我看到了你，
从一株草的茁壮中我认识了你，
从一颗星的陨落中我离别了你，
你若不是我的爱人，为什么会叫扎西德勒？

1

很不巧，王石书记到省上开会去了。我去组织部和教育局报到，说了些学校改建扩建的事。第二天，州教育局长陪着我，坐着小车去了沁多学校。一路颠簸，司机说是一条简易公路，但也简易得太过分啦，有的地段根本就没路，连车辙都看不到，全凭司机凭着感觉走。大概走错了，或者有些雨后的泥泞，从太阳升起走到太阳落山，居然还没到，一直走到午夜，才看到繁星下面有了几点跟星光不一样的光，那是灯光，偌大的草原只有学校才会有的灯光。当即我就说："这样的路我们坐着小车都这么难走，学生和老师怎么走嘛？沁多学校需要改建扩建的项目很多，但当务之急是路，一定要先把正式公路修起来，尽快通车。还有电话，我听说这么大的学校只有一部电话，那怎么可以？兰师大一个系至少有两部直接对外的电话，虽然中学和大学不能比，但在沁多学校设一个总机，挂一些分机总可以吧？"局长说："别着急，事情得慢慢做，扩建费用是省上拨款，修路安电话是州上拿钱，州上哪来的钱？王石书记也操心过通往各县和学校的路，有钱的话早就通啦。"我心说怎么才能搞到钱呢？得问问父亲，当年他干的许多事也不是有了钱才成功的。

一进入玛沁冈日牧马场的地界，就感觉大地的绿是厚墩墩的，草密了，也高了，或者说哪里草厚绿深哪里就是牧马场。父亲和日尕的精神几乎同时好起来，都是扬头眺望的样子。父亲说："尝尝，多新鲜的草啊，这样的细叶莎草，在别处是没有的。"日尕便低下头来，轻轻撕了一口，用舌头顶着嚼子吃起来。但也只能尝尝，有嚼子就不能吃个痛快。再往前走，又看到了大片绿得汪水的苔草和羊茅，看到已经结了籽粒的大黑穗一棵棵弯着谦卑的腰。父亲不舍地跳下马，取了日尕的嚼子，让它无所顾忌地吃起来。一人一马慢悠悠移动着。不远处的雪山清俊超拔得就像美男子，排着队一座座相连，雪线如同鬼斧神工的描画，飘带一样舞动着，向着蓝天和白云缠绕而去。天地一任清透，洗得人和马也亮丽起来，洗得眼睛放射出两道柔软的荧光，照耀着草原的内部。父亲似乎忘了他是来干什么的，悠闲地坐下来，在心里唱起一支古老的歌："香巴拉你在哪里，我骑着马儿找遍了大地。"但很快他就变得十分不安，坐在高崖上，看到下面的河水蜿蜒流淌，两岸的草场竟也是秃斑连着秃斑。牛羊，牛羊，所有的秃斑地上都移动着大群的牛羊。他站起来，心情沮丧地喊一声："走啦。"埋头吃草的日尕，忠于职守的日尕，嚼着牧草跑过来，看到主人要给它上嚼子，就把来不及咽下去的牧草吐掉了。一人一马很快到了场部。父亲很久没来了，跟外面一样，这里也有翻天覆地的变化，什么都是新的：围绕着三层的场部楼，有一座四合院式的招待所、一座很大的马厩、一家商店、一家饭馆，甚至还有理发店、澡堂和邮局。而记忆中的牧马场的场部，除了一排办公住宿兼用的平房，再就是几间也是平房的客舍。分散在各个牧业点的，则是一些简陋的土坯房和更加简陋的帐房。父亲骑着日尕走向场部楼，看到几个人在门边闲聊，下马问道："才让场长在哪里?"那些人不回答，都死死地盯着日尕。有个穿皮袍的突然朝楼门内跑去。父亲奇怪地望着，听那些人在悄悄议论他的马："就是这匹，名叫日尕。""我听说日尕比闪电还要快。"

　　下午的阳光有些毒，加上雪山冰光的反射，脸上微微有点刺痛。父亲躲避着阳光，丢开日尕的缰绳，突然又把缰绳拾起来，缠在了马腿上。日尕驮着鞍鞯吃草去了。父亲正要走进楼门，就见有人跑出来说："场长来啦。"老才让一见父亲，脸上绷紧的肌肉顿时松弛下来，笑道："你终于来啦？我就等着你呢。"父亲低了一下头，又迅速把头扬起来，神情严肃地说："我来领我的人。""钱带来啦？""我们没钱。""我就知道，有钱的话你不会亲自来。上楼吧，去我办公室坐坐。""我的人呢？""急什么？死不了。""我得先见到他。""也好，我带你去见。"他们来到招待所，看到"沁多贸易"的救护车就停在院子里，果果正在房间里睡觉。父亲晃醒他问道："他们把你怎么样啦？"果果起身说："没怎么样，绑到这里就松开啦，还给吃给喝，就是不让走，车钥匙没收啦，我心疼我的车，他们开着到处跑。我说车是报废车，很容易坏，坏了就得赔新的。今天才停到这里来。"老才让感叹道："果果给我当过部下，我让他来牧马场继续跟我干，他说这辈子除了强巴谁也不跟。可见他对你的忠心不一般，跟藏獒一样。"果果说："雨跟着雷走，羊跟着狗走，好人跟着好人走。"老才让问："我不是好人吗？"果果说："扣车抓人，说是车轱辘轧了你们的草，必须交钱放人，哪个藏族人会这么不讲道理？好人是强巴这个样子的，不是你这个样子的。"老才让也不生气，呵呵一笑："以后你就不会说我是坏人啦。"说着出了招待所。父亲以为要带他去办公室，没想到却把他引向了不远处的大马厩。

还没进大马厩的门，里面就传来一阵轰鸣，一听就是藏獒的叫声。他们进了门，看着四周整整齐齐的敞棚、料槽和马匹，那藏獒反倒不叫了。老才让说："狗比人好，它没忘记你啊。"父亲愣了一下："你是说奔森？"说着大步朝藏獒走去。奔森见父亲走来，激动得跳了几下，拽得铁链子哗啦啦响。它的个头比阿爸当周和阿妈梅朵红还要大，浑身漆黑，只在胸前飘扬着一片火炭似的红毛。父亲蹲下来跟它拥抱，它却把父亲扑倒在地，用前爪使劲摁着，伸出舌头深情地望着，似乎在说：我把你看作我的第一个主人，一直想着你，你能不走吗？父亲使劲推开它，爬起来，也把它摁倒在地说："你好吗，扎西德勒，长得这么结实，你阿爸阿妈都比不过你啦。"它声音低低地回应着。老才让走过来说："谢谢你强巴啦，送了我一只福獒。在民委享清福那几年，我想把它送人，送走一次，跑回来一次，一跑就是几十公里。它现在帮我守着这些马，都是好马，看看吧。"

他们沿着敞棚走过去，欣赏着里面的马：身高体壮，皮毛闪亮，一匹匹都是好马，有河曲马、浩门马、格吉花马、蒙古马，更多的则是由草原人的祖先培育出来的耐寒耐缺氧的青海骢。父亲说："原来你没有把牧马场的所有马都拿去换草场，还留了一些尖子马。""我留下这些马是想培育新马种，将来做马的生意。""马现在用处不大，役用和骑乘都已经被机械代替，连骑兵都淘汰啦，又不能养马吃肉，加上对草场的破坏力大，马生意做不起来。""可牧人还是离不开马，再说还有赛马和马术。你知道一匹好赛马多少钱？就是我让你们赔偿轧草费的那个数。"父亲警惕地瞪他一眼："不可能吧？"老才让一笑："我还少说了呢，你没有钱不要紧，把日尕留下，它是一匹不错的种马，我给它配最好的母马，等有了后代我可以送你一匹，肯定不比日尕差。""原来你在打日尕的主意？可以啊，你把果果放了，先让他开车回去，家里还有急事。"父亲觉得日尕的缰绳没有拖在地上，他们抓不住它，等果果一走，他只要吹响铁哨，日尕就能跑来驮着他奔逃而去。老才让说："同意得这么爽快？看来你是真的没钱。"他们走出大马厩。老才让对场部楼门边的几个人说："把钥匙还给果果，他可以走啦。"父亲等果果从招待所出来，看着他开车离开，才松了口气，跟着老才让走向了场部楼。

老才让的办公室在二楼，很大，皮沙发、木茶几、写字台、老板椅、博物架、五斗橱、高低柜，加上鹰、鹫、狼标本的摆设和羚羊角、野牛头的悬挂，给人一种膨胀狂妄的感觉。父亲说："看样子才让场长不信雪山大地。""我信它干什么？工作了这么多年，祖宗的虔诚早就还给祖宗啦。坐，给你说件事。"父亲坐在了沙发上。两个姑娘进来，一个提着铜壶，一个端着龙碗，给父亲倒上了浓浓的酥油茶。"你应该知道我们用马匹换了很多草场。""我正要问呢，牧马场要那么多草场干什么？""养牛养羊啊。""够吃够用就行啦，你养那么多干什么？再多就成灾啦。""在牧人那里是灾，在我这里可不是，是钱。"父亲一惊：居然也有一个跟自己想法一致的牧区领导？紧问道："你们的牛羊现在已经开始卖啦？那就卖给我们'沁多贸易'吧？""少不了，但现在还不是时候。""牛羊积攒太多，会直接导致草场颓败。""现在牧马场就想解决这个问题，我去过内蒙和新疆，那里是高草区，牧草比我们低草区的要高大厚实几倍十几倍，人家是一亩草场养活五只羊，我们是五亩草场养活一只羊。我想引进草种，大面积种草，你看可不可以？"父亲愣了，他从未想过这种事。老才让又说："你是畜牧专家，知道的肯定比我多。""这得通过试验才能回答。""试验得多久？""三四年，五六年。""我等不了那么久，不就是种草嘛，干起来就是啦，大不了失败，也还是现在这种一层牛毛草的样子。"父亲的犹豫就像阳光下不肯融化的冰："种草要翻耕土地，就怕一旦失败，就回不去啦。""你放心，没有不长草的土地。我们现在说说别的，出售牛羊得有渠道，你那个'沁多贸易'能不能合并到牧马场？"父亲想都没想就断然拒绝："不能。""真的不能？"看父亲坚定地点着头，又说，"那你能不能调来我们牧马场工作，负责良马的培育和牧草的引进种植？""也不能。不过你说的都是好事情，难得你会这么做，我可以帮你。""还是调来吧？""我怕跟你合不来，我是个不受限制的人。""我知道你这个人，干什么都是由着自己，合不来是肯定的，那就我们出钱，请你帮帮忙？"

父亲心动了，这个曾经的西北畜牧草原学校的学生，曾经的玛沁冈日牧马场马匹培育方面的专家，曾经的州畜牧兽医站站长、沁多县畜牧科科长，在这一刻感受到了无比强烈的专业诱惑，相比之下，似乎创办沁多学校、帮着建立沁多县医院和生别离山医疗所、搞起"沁多贸易"已经不算什么啦。他甚至看到没膝的牧草正在原野里汪洋恣肆地蔓延着，茂盛得就像漫溢的大水，淹没了阿尼玛卿草原所有的地表，藏在里面的小羊羔是只闻声音不见身影的。不尽的牧草、自由的牛羊、比日朵还要优秀的日朵的孩子们，在飞驰过地平线的时候畅快地发出了雷鸣般的嘶喊。他心说本来觉得这辈子做做生意，把"沁多贸易"搞起来，生命就算到点啦，没想到还有回过头去搞业务的机会，而且在一个灾难即将来临的时刻，带着挽救草原的目的，肩负着临危受命的责任。父亲假装贪婪地说："你给多少钱？""跟我一样怎么样？""你是多少嘛？""厅级干部的工资加上地区补贴和缺氧费，都快超过五千啦。""噢呀，倒是挺优厚的。""但是你得尽心尽力，还得听我的。"父亲点点头："什么时候开始？""越快越好，培育良马和种植牧草都要抓紧，具体事项我让萨木丹跟你联系。"父亲想了一会儿说："种草再抓紧也得翻过今年，现在主要是了解土壤、气候和适应性强的草种，可以多选几种。培育良马现在就可以开始，主要是先把好儿马和好骒马挑出来，按品种分开喂养，还要建立档案，查阅资料，检查马匹身体，从长远考虑还应该组建实验室。""行啊，不愧是专家，一套一套的。"父亲喝干酥油茶，起身说："我回去先做个计划，过一阵让萨木丹来沁多县找我。"

老才让没有挽留，送父亲下楼。父亲来到场部楼外，一边向主人告辞，一边摸出了铁哨，说："我可以帮助你培育良马，但不能搭上日尕，日尕不能和牧马场的任何母马交配。"老才让蛮横地说："它已经是我的马啦，这个你管不着。""谁说是你的马？"父亲大步朝前走去，看四下无人，嚯嚯地吹响了铁哨。很快就有了日尕的回应，嘶鸣忽高忽低就像华丽的音乐，但不在原野上，而在大马厩里。父亲跑了过去，大马厩的门关着，日尕杂沓的蹄音从里面传来，它找不到出口，急得东跑西颠。父亲使劲推搡着门，推不开，又用拳头砸。里面的人在喊："套住，套住。"父亲一拳打在门框上，完蛋了，自己被算计了，他怎么就大意到了这种程度？大马厩里有许多母马，气味弥漫在空中，连人都能闻出来，就算人家不把日尕往里赶，它自己也会跑进去。父亲回过身来，愤怒地瞪着老才让。老才让诡诈地笑着："强巴啦，别跟我玩花招，你那点心眼谁不知道？"父亲哼了一声说："是啊，狡猾方面我不如你。不过你留下日尕没用，它对陌生环境很排斥，我不在，它一门心思就是找我，不会腾出时间来交配，我在场，就又会阻止它交配，它会听我的。""看来你还是不肯真正帮我的忙，我劝你不要把它当宝贝,它不一定是最好的马。""这个你说了不算,马自己说了算。""我也这么想,那就比一比。"父亲冷笑一声,大马厩里的马他都看了,无论儿马还是骟马,各方面都不可能超过日尕:"怎么比?你说。""赛马呗。""那得有证人,而且还得公道。""赛马会上所有的眼睛都是证人。""你要举办赛马会?""不是我,是你,你可以给王石说,举办一次全州赛马会,日尕赢了,我就依从你,我的马赢了,日尕就归我。"父亲打量着对方,想这个阴险诡诈且飞扬跋扈的人不知又在打什么算盘,想不明白就答应了,他想到了赛马会的好处,想到了自从有了日尕,竟没有参加过一次赛马,太对不起它啦。再说他必须把日尕从大马厩解救出来,为了这个目的,什么条件他都得答应。"好,你把日尕给我,我现在就去找王石。""等接到了赛马会的通知,你才能把日尕带走。""那我怎么回去?"老才让喊起来:"拉一匹马出来,让这个人走。"里面好几个人都在答应:"噢呀。"

分手时老才让又叮嘱道:"不要告诉王石赛马会是我的主意,他一听我的名字大概就会晕过去。我现在是他回家路上的狼,他正在全力以赴对付我。"说着便开始大骂王石,说他给牧马场在州上的办事处和宿舍断了水断了电,又在路上设卡不让牧马场的车通过,州医院也不给牧马场的病人看病,连起码的人道主义都没有。"是不是以后牧马场的孩子连沁多学校也不能上啦?""那倒不至于。"父亲没说现在的校长是他儿子,自己不会让儿子这么做。他没再吭声,只是出于感情在心里替王石申辩着,却又觉得不怎么理直气壮,便拉上那匹借给他的灰骟马,匆匆离开了。一路上想:老才让拘押人和车的目的就是为了让我来这里,就是想谋取我的日尕,还想让我给他做事,他的目的至少达到了一半,我怎么这么轻易就上钩了呢?是上钩却不算上当,毕竟是好事,是我心甘情愿做的。一条河在它流向远方时也许会经过一片烂泥滩,却不能因为烂泥滩散发着恶臭而停下,或者回去,回不去啦,不答应他就等于违背自己,那又何苦呢?

接下来的几天,父亲奔跑在沁多县和州府之间,游说赛马会的事。旦增书记有些犹豫,牧人喜欢赛马会,参赛的、观看的、会亲访友的，人来得肯定很多，但如果在沁多县的地界上举办，出了问题就得由他负责，他很快要升任州委副书记啦，不想在这个时候做任何有风险的事。他说："能不能放在别的县，我们积极参加？"父亲说："沁多县有阿尼玛卿州最平坦的姜瓦草原，老年间的赛马会都在这里开，要是交给别的县，那就太丢人啦。再说恰好这片草原属于县上，没有承包给牧人，怎么踩踏都不要紧。"旦增还是不肯点头。好在有喜饶的支持，他是刚刚上任的副县长，精神头大，干劲足，恨不得一天有一百零八个小时都扑在工作上。他按照父亲的意思，给旦增书记说："要是你让我牵头，我保证不出一丝一毫的麻烦，尤其是治安方面，出了事你把我抹掉。"县上的治安由喜饶副县长分管。这么着，旦增书记勉强同意了。州委的王石书记倒是非常支持，一来有父亲的说项，二来他也知道赛马会在牧人生活中的重要程度堪比过新年，他可以借此露露面——讲讲话，发发奖，献献哈达什么的。父亲说："在过去的部落时代，赛马会是头人与头人交往、议事、联姻的机会，几乎年年举办。公社化以后大部分马匹归了集体，分给个人做自留马的都是劣马和老马，赛马会也就销声匿迹啦。如今拾起来再办，说明日子好啦，牧人高兴啦，政府的工作有成效啦。"王石笑道："就是这个意思。"又问，"这是州上举办的赛马会，牧马场怎么办？"父亲说："按规矩是挡不住的，谁都可以参加，就算老才让亲自骑马奔驰，决出名次来你也得认可，如同过去的部落时代，敌对的部落也可以闯进比赛，甚至会把赛马当作战胜对方的重要行动。"王石点点头说："参加可以，但不能让他们出风头。"

等赛马会敲定，州政府已经给各县下了通知后，父亲骑着灰骒马去了一趟牧马场。灰骒马是一匹不错的马，走动和奔跑都很有章法，有章法就不累，就会产生几倍的耐力，能看得出牧马场的驯马员也一定很优秀。草原已是秋天的景致了，绿色显得老旧了许多，没被牛羊吃掉茎秆的针茅草和早熟禾探出紫色和灰色的籽粒，一会儿趴下一会儿起来，让风的存在变得有点邪恶。遍地都是正在失去美丽的风毛菊，狗舌草的花朵却依然开得鲜艳，像是最后的挣扎，有点发怒的样子。照耀父亲的太阳比平时更快地掉进了山谷，他在马上打着盹儿，连夜行走，第二天下午到达，丢下灰骒马，跑进场部楼，一步三阶地上了楼梯，一进老才让的办公室就说："我今天来是要骑走日尕的。"然后拿出赛马会的通知，放了老才让面前。老才让拿起通知仔细看了看，哼了一声说："你要做好输的准备。"父亲不客气地说："你也同样。"两个人说着，来到了场部楼的外面。父亲看大马厩的门开着，便急不可耐地吹响了铁哨。日尕跑来了，不是从大马厩，而是从草原上。父亲奇怪地咦了一声。老才让说："它踢伤了一个驯马员，踢伤了好几匹我们的马，我们怕它没完没了地踢下去，就把它放了出来。""那它为什么不去找我？""我们也奇怪，好像它知道你还会来。"日尕身上的一根马肚带断了，鞍鞯歪斜着，被嚼子磨烂的嘴角流着血，缰绳只剩下了三分之一。可以想见它争取自由的搏斗是多么激烈。父亲疼爱地卸掉嚼子，抚摸着它，接上马肚带，扶正了鞍鞯。回去的路上，他没有再上嚼子，就由着日尕自己走，说："饿了你就吃，渴了你就喝，不急，慢慢走，你自由啦，就应该自由地对待自己。"

　　每年每年，草原总是从山腰的高处开始黄起，总会在同一时刻，自上而下地铺排着明黄、浅黄、淡绿、浓绿、老绿这几个层次，淋漓酣畅地涂抹着色彩，度过一段温差急剧拉大的日子，然后用无数蜂蝶顺着草皮低低的不甘退场的飞翔告诉人们：夏天结束了。但是今年没有，该浅黄的没有浅黄，大家都一起老绿着，突然就淡了，而淡绿也不仅仅是颜色的消退，更是牧草的稀疏，是土壤的裸露。每年每年，草总是从叶尖上开始黄起，然后等待着霜降，迅速地走向整体的枯黄。但是今年，很多草是从根部开始变黄的，牛羊几次三番的撕扯，让草根从土层里升高了几厘米，等不到霜降，就先自下而上地黄起来，好像不是天凉了，而是地寒了。黔鼠和鼠兔前所未有地活跃着，它们虽然喜欢牧草稀疏低矮的草场，却又需要获取大量的带籽牧草储备过冬，所以就跑来跑去地格外忙碌。但似乎除了父亲，没有人注意到草原正在说话，仔细倾听牧草的语言对那些激动地等待赛马会的牧

439

人来说，就像要求饥饿的牲畜克制进食、节约吃草一样不现实。好在还有老才让种植牧草的计划，还有父亲准备豁出去一试的决心，还有一个秘密——赛马会也将成为牛羊大收购的集会。

父亲已经让果果和桑杰出动了，开着车和摩托车满草原跑，告诉所有遇到的牧人：如果你需要茯茶、香烟、白酒、冰糖、干枣、白米、糌粑、氆氇、布料、汉衣、藏袍、水桶、脸盆、毛巾、肥皂等日用品，就请把钱准备好，"沁多贸易"将在赛马会的现场提供最齐全的货物、最周到的服务。很多牧人问：没有钱怎么办？"你家这么大的羊群和牛群，不是钱是什么？就像流动买卖一样，'沁多贸易'会一边收购牛羊，一边出售商品。""噢呀，噢呀，知道啦。"痛快的答应说明了他们对钱的认可，钱终于跟牛羊一起变成了真正的财富。果果和桑杰兴致勃勃地回来后又开始担忧：要是牛羊太多，该往哪里放？父亲便和他们一起去赛马会会场的周边看了看，确定东边珠姆山的昂欠谷作为临时的屯畜之地。昂欠谷像个大陶锅，里面长了不少鬼箭锦鸡儿，这是一种毒草，有它的地方不可能成为牧人的草场，牛羊一般也不吃，它们的识辨能力比人强。父亲说："赛马会以后得忙一阵子啦，雇人宰杀，雇车运输。桑杰你去给晋美说，让他赶紧和西宁联系，让马福禄做好接收准备。""噢呀。"桑杰骑上摩托车就走了。谁也没想到，第一个学会驾驶并委托马福禄订购了摩托车的，不是顿珠也不是晋美，而是桑杰。照他自己的说法："来到城里才知道，好好活人的时候到啦。"他的意思是，过去活得再好别人也看不见，最多有一两个邻居，还得逢年过节，骑着马走半天才能到达，这时候新帽子已经旧啦。可是在城市，人的任何变化随时都会让人看见。穿得好是给人看的，吃得好是让人羡的，说得好是让人赞的，活得再好别人看不见那不是白活了嘛。桑杰的想法应该是许多牧人的想法，父亲高兴他们能有这样的想法，样板展示的作用越来越大啦，好日子就要开始啦，尽管草原一天天地衰败着。每天每天，当桑杰开着摩托车，带着卓玛，从家驶向"沁多贸易"的大本营晋美商店时，县城街上的人都会定定地看着，起初是惊讶，后来便毫不吝啬地把羡慕的眼光、欢快的吆喝与响亮的口哨献给了他们。父亲说："桑杰啦，赛马会上你表演一下的要哩，把油加足，再准备一副头盔。""头盔有，买摩托车时人家送的，就是不喜欢戴，戴上头盔别人就不认得我啦。""那就不戴啦，顿珠商店里好像有风镜，你去买一副。"又说，"角巴啦还得专门去接一下，就用你的摩托车，让他和米玛也坐坐。"桑杰说："我已经去过啦，阿爸和阿妈朝拜阿尼玛卿冈日去啦，说要多多地转几圈，肯定回不来。索南会来，还说要参加比赛。尼玛要照顾牲畜，旺姆要照顾格列，都来不了啦。"父亲问："角巴和米玛怎么突然去转山啦？是不是有什么事？""没有吧，有的话家里人会说。"父亲又问："索南劈刺怎么样？还有射击？得好好练一下的要哩。"桑杰说："我不是索南我不知道，我就知道他舞跳得最好。"

没有阴雨绵绵的赛马会，没有大雪纷飞的赛马会，草原上的所有赛马会好像都是丽日长天，因了马的高贵，天总是眷顾着它们。太阳从珠姆山上升起，把金亮的光洒在了沁多县南侧平坦开阔的姜瓦草原上，"姜"是野驴，"瓦"是鹿，这里本来就是奔逐竞跑的天地。主席台是提前三天搭好的，敞棚下彩色的卡垫摆了一排，搭了红绸的桌子放了一张，麦克风上系着洁白的哈达，绘着金龙的瓷碗里盛着清澈的青稞酒；跑道是检查过五六遍的，填实了所有会别断马腿的鼢鼠洞、鼠兔洞和旱獭洞，有射击道、劈刺道、障碍道、跑马道、哈达道，白石灰画就的起跑线和终点线上，都有一个大大的卐或卍字，它是太阳的象形字，是吉祥光亮的意思。藏族人都知道，这个字必须写端写正，中间的十字一定不能歪斜成×，那样就成邪恶的象征啦；帐房在不断增加，一个星期里天天都有新帐房出现在跑道四周的原野上，多数牧人是提前到达的，等到各县扎起政府帐房，试图把自己县的牧人拢到一起时，已经来不及了，一望无际的帐房城正在覆盖姜瓦草原。赛马会组委会主任喜饶副县长坐着一辆草绿色的北京吉普，到处跑动着，想劝说牧人们以县乡为单位重新选址扎营。父亲见了说："这又何必呢？夹杂有夹杂的好处，大家互相不熟悉，要是一个县一伙一个乡一帮，反倒容易起哄闹事。"喜饶想想也对，就照这个意思给王石

441

书记说了。王石深以为然:"你年纪轻轻的,想得挺周到。"王石是提前一天到达的,心情放松地走动在帐房之间,跟这个聊,跟那个笑,和蔼可亲得像个与世无争的老牧人。

赛马会上午十点开幕。各县的领导加上州委的领导,满满地坐了一主席台,卡垫不够,就干脆坐在了台沿上。开幕式由旦增书记主持,王石书记讲了话,最后端起金龙瓷碗,用右手食指(而不是无名指,角巴见了肯定会纠正)朝上朝右朝下弹了三下,以示敬了天地人,然后放在嘴边抿了抿。组委会主任喜饶宣布比赛规则,规则连带着习俗,其实是不用说的,牧人们都懂得。之后,沁多学校的学生在赛场中心表演了歌舞,这是喜饶给我打电话后,我让藏红花挑人排练的,也让她带着学生去了。

节奏明快的伊舞里又加进去了一些卓舞的动作,豪迈中有优雅,雄健中有柔美,从始至终伴随着或激越或舒缓的鼓点,跳得观众一个个热血沸腾,情绪高昂,都在赛场外面三五一堆地跳起来。喜饶激动得在台上蹦跶着,完全不像个领导。他说当年强巴老师当校长时我们就跳过这种伊卓混搭的舞,大家都说好,现在跟过去比,又有进步啦。歌舞刚刚结束,学生们正在下去,就有一群骑手奔驰而来,从主席台前跑过,跑出去一圈又回来,笔直地站在了马背上,而奔马的速度却丝毫未减,顿时引来一片喝彩声。接着又是马上倒立、钻马腹、倒骑和躺骑等表演。王石问:"这是哪个县的?"喜饶说:"不知道,按程序没有这个表演。"王石笑了:"踊跃得很嘛,自动参加。"又问各县的领导,"是你们谁的骑手? 挺厉害嘛。"领导们互相看看,都说不认识。王石奇怪地嗯了一声。旦增书记说:"你们看,那匹青花马,简直挑不出毛病来,还是匹儿马。"青花马的骑手纵马来到主席台前,一脚踩镫,一脚钩住鞍头,探出身子,一伸手端走了金龙瓷碗,将王石抿剩下的酒一饮而尽,然后绕着圈跑回来,把碗轻轻放回到桌子上。看到的人为他叫好。王石不禁问道:"你是哪里的?"骑手喊一声"拉加啰"算是回答,然后扬长而去。其他几个骑手跟上他,很快消失了。王石扭头望了一眼随他来的州公安局的局长,小声说:"你派人去了解一下。"

开幕式后县上来的领导都回到各自的帐房里去了，主席台上只剩下了州委的领导和沁多县的领导，大家你推我让地开始喝酒。喜饶来到起跑线上组织比赛，骑手们漫不经心地做着赛前准备。不参加比赛的牧人则去了"沁多贸易"分布在赛场周围的四个购销点，卖牲畜的卖牲畜，选货物的选货物，钱在这边进，又在那边出。大家挤来挤去，举着钱互相传染着购物的欢喜，很多人都是看别人买什么自己也买什么，等两手提满了东西，才想起自己原本只是想买一块肥皂。可是既然卖牛羊得到的钱还能买些别的，就完全没有必要把钱装在身上了。再说很多时候并不是需要或者缺少在帮助他们挑选货物，而是羡慕，尤其是当他们瞧着桑杰和卓玛时，就再也没有能力拒绝购物的诱惑了。眼睛和嘴巴都在说：桑杰啦或者老板啦，你的这一身穿相好呗，深紫的条绒饰面的羔皮藏袍，袍襟、袖口、下摆都有一拃宽的仿狐皮镶边，腰带是墨绿绸子的，扎了两圈还有余，一边挂着玛瑙珠镶饰的腰刀，一边挂着也是玛瑙珠镶饰的火镰，中间是绿松石嵌面的银质子弹盒和护身的嘎乌，伞盖形的嘎乌镀了金，镶着珊瑚，嵌着珍珠。头上是软硬适度的白色礼帽，金红的云纹绸箍着帽筒；脚上是闪闪发亮的牛皮直筒马靴，美观大方，一看就是蒙古人制作的上等好货。更有脖子上的项链让他变得格外尊贵：一串是蜜蜡石的，一串是松耳石的，一串是檀香木的。再看卓玛，本不是天上的人，但穿上了天上的衣袍，也就变成天上的人啦。轻软光滑的獐皮藏袍上，是水獭皮的镶边，腰里系着耀眼的铆嵌着银铐的皮带，一圈缀着七颗艳红的玛瑙石，皮袋上垂吊着银质的刻有属相的珞热和雕有祈福真言的珞珑，还有同样也是银质的奶桶钩，嵌着两颗蜜蜡石的嘎乌则是心形的，戴在齐腰的地方。她把细密的发辫装在丝绸的琥珀球装饰的辫套里，头戴昂贵的金华帽——浅黄花纹的绸子蒙面，藏狐皮围檐，脚穿牛鼻子靴，红氆氇做靴筒，软羊皮做靴脸，黑油牛皮做靴头，靴口还有彩缎缨穗的装饰。但相比于她的项链，这些都不算什么，项链戴了九串，分别是丝线翡翠的、红色珊瑚的、绿色松耳石的、淡红琥珀的、黑色猫眼石的、白色珍珠的、纯色青玉的、金链狼牙坠的、棕色虫石（昆虫化石）的。她的佩戴几乎就是个珠宝店，牧人们迷醉地欣赏着，看到被欣赏的宝物货摊上都摆着，就赶紧挑选，纷纷掏钱。

但据说在整个赛马会上穿戴最好的还是果果，他在崭新的羔皮、獐皮、水獭皮合一的藏袍上挂上了比别人更多的佩饰，有嘎乌、腰刀、火镰、子弹盒、珞热、珞珑、针线盒、袍扣、奶桶钩、印章盒、镊子盒，以及用于解绳结的银子包嵌的黄羊角解锥，且都是镶嵌了宝石金银的。有人问："你怎么把女人的也戴上啦？"他说："男人眼里我是女人，女人眼里我是男人，好看不好看？把牛羊多多地卖掉的要哩，你和家里人戴上这些宝物，才算真正的幸福啦。"前来卖畜购物的牧人，男男女女多数穿的是光板老羊皮袍或粗氆氇袍，佩饰也简单，嘎乌、腰刀、奶桶钩而已，看到人家披挂了这么多，心里就痒痒起来。果果的购销点上，生意做得最好。下来是穿戴第二的顿珠和穿戴第三的晋美，桑杰和卓玛穿戴第四，购销点上的生意也是红火第四。但桑杰和卓玛已经很知足了，仅仅过了一个多小时，挣来的钱就多得鹿皮口袋装不下了。他们后悔没有多制作几个鹿皮口袋，因为只有在鹿皮口袋里装钱，钱才会越积越多。在果果的购销点，有人贪馋地盯着他的鹿皮口袋大声说："我什么时候有这么多钱就好啦。"果果说："只要肯卖掉牛羊，你的钱肯定比我多。""后悔死啦，牛羊没有赶来。""你可以赊账，也可以去县银行贷款。""赊账和贷款是什么意思？"赛马会悄然普及着钱的意义，让牧人们看到，原来自己也可以过一种比过去别人更好的生活，更好生活的来源不是牛羊而是钱，啊啧啧，钱。不断有雇请的员工把收购的牛羊赶往珠姆山的昂欠谷。果果望着远去的牛羊，盘算着这些牛羊经屠宰运往西宁后还可以挣一大笔钱，高兴得跳了几下锅庄，扑过去打开了卡车的音响。崭新的卡车是贷款买来的，已经跑了好几趟西宁。购销点上响起了歌声，是一首欢快的藏歌：

在飘起炊烟的时候，草原刮起一阵风，

把炊烟一时吹到东山，一时吹到西山。

在想起爱人的时候，心里刮起一阵风，

是东山的爱人好，还是西山的爱人好？

2

雄壮的牛角号吹响了，比赛就要开始。牧人们纷纷过来，簇拥到了赛场周围。起跑线后面，马头攒动。每项比赛参加的人数不一样，最少的有七组，最多的有二十七组，每组都是七个骑手，七是单数，单数为祥。最先开始的是走马赛，大走一百米，小走一百米，碎步流火一百米，快步健走一百米，剩下的距离是自由行走，以没有走错步子且最先到达者为胜。参加这个项目的一般都要参加最后的也是最为紧张激烈的跑马赛，跑马赛的第一名才是整个赛马会的第一名，所以走马赛基本是赛马会的热身和亮相，最好的马都将在这里出现并让人们记住，以便加油或者打赌。父亲抓阄抓到了第四组，他骑着日孕一进入观众的视野，就引来一片议论声。许多人还记得，二十多年前初出茅庐的日孕就是在姜瓦草原的赛马会上取得了第一名，那时候它好像还没长熟，是个驹子，有些胆怯和害羞，一惊一乍的，却还是凭着一种浑然天成的能力，在角巴德吉的驾驭下，超过了所有的好马。而现在的日孕，已是岁月里的中年人，成熟、老练、高视阔步而又含颉收敛。人们富有节奏地喊起来："日孕，日孕。"日孕知道在喊自己，不时地看着马背上的父亲，像是说：瞧瞧，我的名气有多大。而父亲的注意力却在别的马上，好几匹马他从未见过，是邻县牧人的，还是牧马场的？好像跟牧人无关，那匹青花马的骑手，藏袍上怎么系着黄腰带？黄腰带应该是牧马场刚刚建立时公家的配给。可要是这些好马都属于牧马场，他在大马厩里怎么没看到呢？他浑身一抖，顿时就醒悟了：还有更出色的马匹被老才让藏在了大马厩之外。他抓起一把日孕的鬃毛，又甩到马脖子上："日孕啦，我们大意不得，恐怕要拼一拼啦。"尤其是那匹青花马，个头、毛色、身段、四肢的优秀以及睥睨一切的样子，都不亚于日杂。

随着一声吆喝，第一组的比赛上场了。七匹马的大走和小走速度几乎一样，但到了碎步流火走，青花马就一下超过了所有的马，接着是快步健走，青花马依然领先，到了自由行走阶段，就成了一马当先，余马望尘莫及。很快轮到了父亲的第四组，日杂一直走在最前面，它的胜出毫无悬念。等到走马赛二十一组全部结束，已是太阳西斜，二十一匹小组第一名，开始了新一轮角逐。日杂似乎有点漫不经心，大走时步幅开阔，稳健流畅，却怎么也无法走在最前面，稳稳当当走在最前面的是一匹伟岸健硕的枣骝马。到了小走，领先的又变成了青花马。等到了碎步流火走，领先的又换成了枣骝马。但是日杂正在超越，它的四蹄之下是真正的流火，一如激水奔涌，哗哗地动荡着，追上了，就要追上了，突然步伐又变得大气而紧凑，父亲给它的快步健走的指令让它忽地扬起了头颅，就像一座山的移动，是最沉厚的山，是最快捷的山，是引领众山的第一座山。接着是自由行走，日杂摇晃着尾巴慢下来，眼睛后视着，看到骑手正在挥鞭加速，枣骝马和青花马就要撵上来，便抬腿奋蹄，以风过山谷的姿态，带着鼻息的呼啸，大步流星朝前走去。终点线的石灰上，灿烂的阳光和庄严的卐字符同时照耀着它，它张大鼻孔，咴咴地叫着，告诉人们，它是第一，走马赛的第一。它走向有人捧过来的哈达：戴上吧，给我；戴上吧，给我的主人。

观众的嗯哨就像风的鸣叫，"日杂"声喊成一片。主席台上，王石站了起来，他的兴奋带着内心的真诚，发光的眼睛里满满都是对竞争者的轻蔑：比下去，比下去，一定要把挑战者比下去。公安局长已经了解清楚，那匹挑不出毛病的青花马，那个在开幕式上喊着"拉加啰"离他而去的骑手，来自牧马场。因为有牧人可以证明：就是这些人抢了他家的牛羊，占了他家的草场，他恨不得扑上去拼命。王石说："你们盯着青花马，看牧马场的人把帐房扎在哪里。"局长派人去了，很快就回来复命：跟丢了，一比赛完，牧马场的人就奔驰而去，消失在密密麻麻的帐房人群里。王石眺望远方，姜瓦草原这么大，人和马这么多，消失几个人几匹马就像云天里消失几朵云。但他还是想试试看："多派几个人，继续找。"局长问："找到了怎么办？总不能阻止人家参加比赛吧？""当然不能，但要是他们得罪了牧民群众，牧人合起来跟他们斗的话，我们就只能劝他们离开了。"

牛角号再次响起来，下一个比赛项目是障碍赛，赛马们纷纷走向早已设立好障碍的跑道。只见远处烟尘升起，几匹快马奔跑而来，渐渐近了，便看清是矫健的青花马，跟着它的还有走马赛中表现不凡的枣骝马和一匹第一次出现的豹子花。日孓一见它们就亢奋得跳起来，几乎掀翻父亲。父亲拉紧缰绳，瞧着那匹豹子花，跟日孓一样心里一阵激动：眼似铜铃，耳如杨柳，胸廓疏朗，腹下平满，肋部穹隆，肌肉滚直，看上去是比青花马还要完美的一匹儿马，相比于日孓，怎么说呢？老虎对老虎，狮子对狮子。牧马场居然藏匿着这么好的马，看来老才让不是吃素的。喜饶一一询问骑手："哪里来的？"等问到青花马的骑手，得到的回答是："从雪山来。""哪里的雪山？阿尼玛卿州有几百座雪山。""不，只有一座，那就是玛沁冈日。"接着，枣骝马和豹子花的骑手也都说来自玛沁冈日。喜饶望了一眼父亲。父亲说："别磨叨啦，抓阄吧。"结果父亲和青花马都抓到了第一组，枣骝马抓到第八组，豹子花是最后一组。父亲来到起跑线上，望着前面的障碍，再看看隔着两匹马的青花马，小声说："日孓啦，我不担心你的快，也不担心你的稳，就担心你的轻敌。你不是最好的，不是最好的。"日孓听懂了，不服气地伸伸脖子，张大鼻孔，呼出了一口粗闷的气。有人喊："一、二、三。"之后尖厉的吆喝再次出现，所有的马几乎同时冲了出去。青花马跑在最前，跨过第一道障碍木头的高栏后仍然领先。第二道障碍是陡坡，中间有一处几乎是直立的高坎，也就是说在上坡奔走的同时还要跳上高坎。几匹马在高坎前失败了，只好中途退场。青花马跳起来，轻松地跨上高坎，然后奔腾而下，紧随其后的自然是日孓。日孓直冲前面的深沟，深沟宽约五米，它必须飞起来，把长而密的鬃毛当作翅膀，再甩起尾巴保持飞翔的平衡。它做到

447

了，等它稳稳落地时，同样飞起来的青花马却一个趔趄差点摔倒。最后的障碍是牛粪点燃的火网，日孕迅疾穿过，青花马虽然还在跑，却已经落下了一马之遥。

分组赛在牧人们兴趣不减的观赏中继续着，当太阳西斜、黄昏的血色布满了西天边际时，最后一组中轻松胜出的豹子花威风凛凛地站到了决赛的行列里。日孕乜斜着它，急不可耐地捯动着蹄子。父亲说："稳住，稳住，一定不能出现青花马那样的失误，它是想飞得更高更快，结果就落地不稳啦。"日孕的左边是枣骝马，右边隔着三匹马是豹子花，也都是迫不及待的样子。喜饶喊着："往后往后，蹄子都踩线啦。"日孕被父亲指挥着，原地转了一圈，重新站到了起跑线上。几乎在同时，比赛开始的吆喝出现了。豹子花豹子一样蹿了出去，还没到高栏跟前就一跃而起，它跃起的跨度很大，落地时远远离开了高栏，继续往前跑，陡坡和高坎对它几乎不是障碍。但是它有豹子般的花纹，似乎也有豹子般的脾气，对始终紧随其后的日孕和枣骝马十分气恼，竟发出一声嘶喊想威胁它们停下。枣骝马吓了一跳，明显地落后了。但见过世面的日孕并不吃它这一套，就在它发脾气的瞬间，腾飞而起越过了五米宽的深沟。豹子花的飞起比它还要早，但也许就是早了一点的缘故，落地时右后蹄踏在了沟沿上，它没有趔趄，也没有摔倒，速度却因为自信心的受损而慢下来。日孕转眼领先了，风中的火网在跳跃中迎接着它，它冲了进去，又一次毫发无损地冲了出来，黄昏就在这个时候用黑红的云雾遮去了太阳的光辉，终点线上的卐字符被日孕的前蹄踩得粉碎，它所蕴含的吉祥随着溅起的灰土扑到了马肚子上。又是第一，日孕啦。两个人跑过来，给日孕和父亲戴上了哈达。父亲摩挲着哈达，骄傲地望着观众。观众喊起来："日孕，日孕。"日孕精神抖擞，带着父亲趾高气扬地走向人群，又走向所有到达终点的参赛马。豹子花和枣骝马都有些沮丧，尤其是年轻的豹子花，低着头，嗅着地上的牧草，假装饿了要吃草顾不上理睬别人的样子，而湿汪汪的眼睛却羡慕地瞅着浑身没出一滴汗的日孕。父亲看着豹子花，心说多好的马呀，可惜没有般配的骑手。马和骑手是这样的：当一匹天赋异禀的好马从头到脚都在流淌骁勇强悍、逐日追风的气质时，骑手就必须训练出它的另一种品行——沉着、内敛、稳健、忍耐、忠主、友善、大度、厚道，否则就是有马威而无马品，而马品一定是骑手人品的体现。豹子花不是速度不及，而是马品不及。他想问问牧马场的骑手：你们的场长老才让来了没有？豹子花的骑手扭头不看他。有人催促道："快走吧。"青花马带领着枣骝马和豹子花飞驰而去。不远处，两辆吉普车跟了上去。天缓慢地黑下来，这一天的比赛结束了。

夜晚的赛马会变成了酥油灯和牛粪火的海洋，天空把点燃交给了大地，星宿连着星宿，在姜瓦草原的坦荡里，组成了无数个太阳系和偌大的银河系。马匹在安静地吃草，不时地打着响鼻，那是在向同类打招呼。在地底下猫藏了一整天的鼢鼠、鼠兔和旱獭大着胆子走出洞穴，在帐房之间警觉地窜来窜去，有时也会停留在马腿下面，好奇地打量着缓缓移动的蹄子。一只受到惊吓的兔子飞窜而去，闯进了帐房，一看不对劲赶紧又跑出来，被一只藏獒一口咬住了。藏獒的叫声此起彼伏。牧人们围坐在帐房里或露天地上，吃着糌粑和肉，喝着酥油茶和酒，欣赏着白天从购销点买来的货物。尤其是买了珠宝的人，爱惜地摩挲着，发现那些宝物在灯火下变成了另一种色泽，神秘而亲切。他们喜欢翡翠的软滑、珊瑚的柔硬、绿松石的凹凸、琥珀的绵润。他们把猫眼石举在眼前看了又看，久久地盯着猫眼，猫眼也盯着他们；把珍珠贴肉放在胸脯上，揉来揉去，觉得这样就能使它把福气带给自己；把狼牙的坠子捂在脸上，从额头划过下巴，以为这样就能让避邪禳灾的作用发挥到极致，并给自己增添霸气。他们不理解石头里怎么会有虫子，只用一种崇拜神奇的心情，把它当作有生命的灵物，轻轻地捏起，看了又看。从古到今，都是宝石抚慰着藏族人的心灵，照耀着他们努力发光的生命，都是宝石滋润着他们的幸福，让人生的色彩变得坚固而多样，都是宝石带着华丽而芬芳的气质，装扮着生活的面影，消解着无尽的悲苦和艰难，让日子在流逝中滤净暗淡、杂乱、失望，只留下纯粹和光亮，附丽着他们对生活的珍惜和对明天的信任，勇敢地走过今天。今天的宝石是最美的，请让我捧在手上，请让我挂满胸膛，请让我把它藏在爱人的眼底和心的甜蜜里；今天的笑声是最敞亮的，能听得见心的喜悦在汩汩流淌。他们无休无止地谈论着今天的一切：开幕式、"沁多贸易"的购销点、赛马的情形，日尕，日尕，还是日尕。不过他们也看好青花马、枣骝马和豹子花，都有痛彻心扉的遗憾：我怎么就没有一匹这样的马？说着免不了跳舞唱歌，一丛丛的伊舞之花盛开在夜空下，歌声却飞翔而起，都能听到拍打翅膀的声音：

> 长长的河水浪里有浪，
> 绵绵的山脉峰中有峰，
> 蓝蓝的天上云后有云，
> 灿灿的夜空星外有星，
> 众生的世上人上有人，
> 草原的骏马骏中有骏。
> 我是一朵浪在激流里自由跳荡，
> 我是一座峰把白帽子挂在天上，
> 我是一片云无拘无束飘过草原，
> 我是一颗星只在夜晚发出光亮，
> 我是一个人骑着格萨尔的骏马，
> 我是一匹马跟着主人流浪远方。

只有一个地方既没有吃喝，也没有歌舞，那是牧马场的营地，是一群牧人联合进攻的目标。他们悄悄摸过来，砍断了帐房的支杆和绳索，牛毛褐子塌下去铺了一地，被盖在下面的人翻滚着，想掀掉褐子，却被马鞭打趴在地上。几个牧人骑马跑来，纵马踏过，立刻传来阵阵惨叫。突然，从另一顶白帆布帐房里跑出萨木丹来，冲向不远处的青花马，跃上马背，又牵着枣骝马和豹子花奔逃而去，消失在满地灯火的迷蒙闪烁里，一辆吉普车加足马力尾随而去。牧人们又冲向那顶白帆布帐房，同样让它匍匐在地，然后一阵踩踏，人的靴子和马的蹄子让下面的人喊声不断："死人啦，死人啦。"牧人们四散而去。这时缓缓驶来一辆吉普车，下来几个警察大吼小叫着："干什么的，站住。"牧人们散得更快了。警察掀起褐子和帆布，救出盖在下面的人。那些人呻吟着，诅咒着，互相搀扶着，丢下帐房，走出了有人群的地方，走向了姜瓦草原黑暗寂静的另一半。

父亲唱着歌，任由日尕带着他走向他想去的地方："日尕啦，你的嗅觉灵，好好闻闻。"走了大约一个小时，他就知道已经很近了，东边的狗叫、西边的獒吼、四面八方的吠鸣，仔细谛听就能分清，有个声音是他熟悉的，也是冲着他来的——呼唤就像老朋友的思念，带着雄性的干脆和落拓的缠绵。日尕跑起来，它感觉到了父亲不可抑制的急切，在跑向藏獒奔森时，竟有些没来由的忐忑：主人啦，你要去干什么？还没到跟前，父亲就勒马停下了。他看到几匹马嘴上吊着布兜正在吃料，一定是精饲料，青稞、燕麦，或者豌豆，看到青花马、枣骝马和豹子花并排站着，昂扬着头，一副警觉惕厉的样子，看到一顶大帐房前牛粪的篝火还在燃烧，却没有一个人享受篝火的诗意，没有唱歌也没有舞蹈。拴在帐房前的奔森友善地吼叫着。萨木丹从大帐房里出来，看到父亲后愣了一下，没有打招呼就又回去了。父亲喊道："才让场长啦，你果然来啦，为什么不露面？"老才让出现了，似乎早就预感到牧马场的人会遭受袭击，自己单住着。他冷冷地笑着说："我是不想被打死，你来干什么？打人吗？"父亲说："想知道你还藏匿了多少匹好马，我就来啦，我是马的情人，一见好马就控制不住啦。原本以为有了日尕不看马，现在看来别处的马可以不看，你这里的马不能不看。""谁知道你到底想干什么，你是怎么找到我的？""我有日尕，你有奔森，奔森给我通风报信啦，找你并不难。"父亲丢开日尕，来到豹子花跟前，仔细打量着，不住地点头称赞，又看看青花马和枣骝马，突然惊呼一声，盯上了那几匹吊着布兜吃料的马，一匹匹都是出类拔萃的赤兔和乌骓，尤其是那匹雪骝马，颊骨圆圆的，耳朵如同削竹，脖子长而弯曲，脊背阔而平直，肌肉紧凑，方圆得当，四肢健长，前直后弓，蹄子奇圆，尾骨高端，简直就是天马来世。"这几匹马今天怎么没上场？看来是明天的健将，日尕啦，你危险啦。"日尕听到说它，凑了过来，用鼻息哧哧地跟几匹没见过面的马打着招呼，它是被岁月淬炼过的良马，懂得礼貌，而那几匹马都是血气方刚的儿马，年轻给了它们至高无上的优越感，也给了它们无知与傲慢，它们理都不理它。老才让说："是不是不用比啦？你可以把日尕直接给我。""我来就是想把日尕给你的，但又想看看它们是怎么跑的，太想看看啦。"说着摸了摸雪骝马几乎拖在地上的鬃毛。"那还是比赛吧，赛马会有赛马会的好处，我就不信他王石能一手遮天，撵我们走，没那么容易。"这时萨木丹出来了，讪笑着朝父亲弯了弯腰。父亲大度地说："你现在找到满意的位置啦，那就好好干。"说着蹲下去，摸了摸藏獒奔森硕大的头。奔森张大嘴，在他怀里呵呵呵地撞了几下。父亲告辞了，他有些累，打着哈欠骑上日尕，朝着沁多县城走去。

但是父亲没走多远就又停下了。不远处，闪烁迷蒙的灯火之间，一片黑压压的人群正在移动，一辆吉普车走走停停地跟在后面。父亲警觉地下马，丢开缰绳，悄悄过去，看到好几个人手里攥着明晃晃的马刀，便在心里惊叫一声。马刀不是砍人的，牧人们从来不会砍人，却可以毫不手软地砍伤甚至砍断马腿。再说伤人犯法，伤马就不一定了，为了抢夺草场，牧马场的人伤了多少牧人的牲畜。他拔腿就走，回到日尕身边，骑上去，驱马奔向老才让的帐房。几分钟后，牧马场的人牵着那些让人眼馋的马，匆匆离开了大帐房。老才让走在最后，小声对父亲说："强巴啦，谢谢你，我不会永远都是个忘恩负义的人，你这是第二次救我。"

炊烟和太阳一起升起，太阳跟往常一样只有一个，而炊烟却是万道齐升。没有风，烟都是圆圆的直线，升了很久才消失，变成了云，变成了阳光缠绕的立柱，白色和金色交相辉映，就像一条条龙在攀援而上。突然，风从赛场吹来了，炊烟摇摆着，如同从天宫垂下来无数金亮的彩绸，仙女们开始跳舞啦，赛马会开始比赛啦。人们迎来了又一个激动人心的日子，早早就簇拥到了赛场的边缘。有人问："先是什么赛？"喜饶说："自然先是劈刺赛，后是射击赛啦。"劈刺道的两侧，五百米的赛程上，伫立着十三个木头人，劈倒最多速度又能保持前三名者为第一。抓阄的结果是日尕排在了第十五组，而骑手已不再是父亲而换成了索南。父亲几乎没使过马刀和叉叉枪，不难想象他上场后的情形：日尕速度越快，他越发劈不上也射不准。索南很自信地说他可以，第一也许拿不上，取个名次酥油里抽毛容易得很。父亲知道，索南脑子里的对手都是牧人，而作为骑手的年轻牧人都跟他一样，舞刀弄枪的机会不多，不像部落时代的人，经常要打仗，使用刀枪跟穿衣戴帽一样随便。父亲没告诉他，他的对手、所有牧人的对手，都是牧马场的人，那些人虽说也没打过仗，但为了参加比赛，有的是时间专门训练劈刺和射击。但父亲并不沮丧，日尕已经赢了走马赛和障碍赛，就算劈刺赛和射击赛落败，也只是二比二，还有捡哈达赛和最后的跑马赛，日尕的胜算仍然很大。比赛一组挨着一组，每一组的第一名虽然也都是藏族人，但父亲看得出来，他们多数不是牧人，而是牧马场的牧工。轮到日尕上场了，它疯奔而去，到了木头人跟前就又会慢下来，尽量让索南有足够的时间避免失手，然而索南的劈刺还是没能做到尽善尽美，只有九个木头人应声倒地。好在这一组中没有牧马场的人，作为牧人的对手也不怎么强硬，他勉勉强强成了第一名。父亲说："能进入决赛就已经喜出望外啦，别的不用指望，跑下来就行。""噢呀。"索南嘿嘿嘿地笑着。每个项目的名次是取前三名和第十三名，传说在吐蕃王国的一次赛马会上，藏王松赞干布只得了第十三名。藏王说我前面的人固然可嘉，但落后而不懈怠者也应该赞美。所以阿尼玛卿草原上，一千多年以来，所有的赛马会都会奖励第十三名。决赛下来，索南的名次恰好是第十三名。他说他本来可以进入前十名，是他故意压住了日尕的速度。"哈哈，落后有落后的办法，松赞王的名次也不错嘛，再拿一个第十三名就好啦。"索南和前三名一起，接受了观众的喝彩和哈达的祝福。父亲看到，前三名都是牧马场的骑手和马。

但接下来的射击赛并不像索南想象的那般简单，飞驰而过的马背上，骑手必须丢开缰绳，两腿牢牢夹住马肚，双手端起至少七公斤的叉叉枪，死死盯着半身靶，在坐骑腾空而起的最佳时刻，瞄准射击。索南一发未中，在小组赛中就被淘汰了。日朵觉得太没面子，生气得都不想理睬索南，怎么驱策都不走。索南只好下来，拉着它走，它还是不走。"怎么了你？是不是鞍子下面进了石头，硌得你不舒服？"他手伸进鞍鞯下面正要摸一摸，日朵跳起来就跑。它独自跑过人群，回到了父亲跟前，埋怨地咴咴直叫：为什么你不上场？连那匹矮个子骒马的名次都在我前面。父亲安慰地拍拍它："你已经不年轻啦，还这么争强好胜，消消气，看比赛。"很快到了决赛，结果跟父亲预测的一样：前三名都归了牧马场。

现在，父亲上场了，这一次是捡哈达赛。跑道一侧，五百米的赛程上，每隔十五米放着一条哈达，跟前一项比赛一样，也是捡拾最多速度进入前三名者为第一。父亲是第二组，他在裁判的吆喝声中打马而出，左手拽紧缰绳，左腿扳住马鞍，右腿一边踩牢马镫一边支撑着腰际，身子探出马背，朝右歪斜成水平，右手摸地，捡起第一条哈达，以极快的速度搭在了胳膊上。以后的捡拾都是第一次捡拾的重复。日朵后视着父亲，看他的捡拾流畅麻利，毫不费力，就把速度控制在全组第一的位置上，匀速而进。父亲的捡拾没有遗漏，当最后一条哈达被他用手指钩起时，日朵的奔跑突然加速，一晃眼就是马踏终点石灰起了。父亲和日朵轻松自如地拿下了小组第一，告诉观众他是真正的骑手，它是真正的千里马，奔跑是他们的生活，是生命内在的需要，他们曾经无数次从沁多学校跑向散居着学生的草原深处，无数次跑到州上，跑到县上，跑到西宁，跑到生别离山，跑了无数时间无数公里，超过了所有的人所有的马。奔跑中他成了日朵的一部分——一根永远长在身上的毛，一块永远都在产生力量的肌肉，即便他很少有捡拾哈达的训练，也能随心所欲地把身子探向空中探向地面。一条不落，小组赛中没有人能做到。跟父亲和日朵相比，牧人和牧马场的牧工其实并没有多少长途奔驰的机会，人和马的默契、那种心照不宣的律动、天然合一的托赖，因为欠缺磨合的时间而大大地打了折扣。观众喊叫着，嗯哨声不断，似乎已经是决赛了。不错，记忆中的赛马会上，即使是决赛，也没有全部捡起又保持第一的。

小组赛继续进行，没有人超过父亲和日朵，青花马跑了第一，但骑手只捡了十条哈达；枣骝马也是第一，骑手却表现得更差；豹子花和雪骝马均是第一，但跑完以后回头看，哈达落了一地。而落了一地的不光是洁白的明光闪亮的哈达，更是哈达所象征的运气、福分、吉祥如意。也就是说，父亲和日朵拥有了所有的福运和所有的吉祥。"扎西德勒"喊成一片，"日朵日朵"喊成一片，"强巴强巴"喊成一片——很多人认出了他。接着是决赛，父亲和日朵在第四道上，第四道就成了锋线上凸起的部位。大概是骑手们都想多捡拾几条哈达吧，青花马、枣骝马、豹子花、雪骝马这些善跑欲飞的马一匹匹都被甩在了后面。倒是一匹小黄马和一匹黑骝马跑出了几乎超过日朵的速度，但还是差了一头，且骑手捡起的哈达不足半数。父亲和日朵笑对观众，再一次接受了大家的欢呼。喜饶捧着一条金色哈达，带着两个用木盘托着碗的姑娘，走了过来："强巴老师啦，你就是马神。"父亲说："这样的荣耀降临不到我头上，日朵才是马神。"喜饶献了哈达，又要敬酒。父亲端碗过去，递到了日朵嘴边。日朵闻了闻，嗤地吹口气，瞪了一眼父亲：什么东西啊？我才不喝。父亲又换了另一只碗端给它，它伸嘴就喝，这是一碗献给优胜马的冰糖水。

喜饶又说："你到主席台前去一下的要哩，王石书记要见你。"父亲拉马去了。王石说："我已经打听清楚，威胁到你的都是牧马场的马，赶他们走他们不走，看样子要决战到底了。""没想到牧马场有那么多好马，你看那匹小黄马，差不多就是日朵年轻时的模样啦。""我看最有可能超过你的是那匹黑骝马，叫你来就是想问问，最后的跑马赛你有没有把握拿第一？""这个不好说，我只能尽力而为。""不行，你必须拿第一，这关系到阿尼玛卿州的声望，也关系到我们跟牧马场到底谁是草原的老大，牧人的心你是知道的，自从有了格萨尔赛马称王，所有拿了第一的人都是他们心目中的王。"父亲呵呵一笑："你担心什么？就算牧马场的马赢了第一，也不是老才让当骑手。""骑手是可以把荣誉让给老才让的。"父亲寻思：倒也是，过去的部落时代，赛马会上拿了第一的骑手，只要喊出头人的名字，再把奖励自己的哈达敬献给头人，草原就会把头人的名字传扬开去，部落内外的牧人就会像敬畏格萨尔一样敬畏这位头人。王石又说："你要是没把握，那我就要采取行动了，逼他们放弃比赛，决不能让老才让拿第一。""这恐怕不行吧，赛马会怎么可能没有第一名呢？""你就是第一名，走马赛赢了，障碍赛赢了，捡哈达赢了，少了牧马场的干扰，跑马赛肯定也是第一，四个项目的第一加起来，你就是整个赛马会的第一。""失去了对手，我还要冒充第一，那我就无脸见人啦。""你无脸见人总比阿尼玛卿州无脸见人好些。"父亲摇摇头，转身要走，突然又停下，口气坚定地说："千万不要有什么行动，我能赢，一定能。"

牛角号的声音有些沉闷有些凄厉，就像消失在天边的雷鸣，就像鹰鸟晚归的叫声。而骑手和马却充满了热阳之下正欲奋发的亢进，抓阄之后，竟然有马抢先跑起来，骑手勒都勒不住。父亲瞧着，竟是豹子花。人的心就是马的心，有心急意切的人就有心急意切的马。但不能在这个时候责怪任何人任何马，又有谁能稳得住呢？父亲和日朵也不过如此，都是假装的镇静、表面的淡定，插进马鬃的手滑来滑去，就像挠着痒痒，可日朵并没有痒痒。日朵用蹄子刨着地面，三下又四下，似乎它知道抓到的是第七组。第七组怎么还不到呢？比赛激烈地进行着，豹子花胜出了，青花马胜出了，黑骊马胜出了，第五组胜出的是枣骊马，第七组到啦。父亲和日朵站到了起跑线上。观众的嗦哨响起来，裁判的吆喝响起来，一千米的赛程，眨眼就过去了三分之一。日朵是落后的，起步时就慢了半秒，现在落下了一大截。疾风的蹄子、闪电的身影、飞鸣的跑动，能参加跑马赛的马都是匪夷所思的快马，包括日朵，它先是太慢了，之后又太快了，超越，超越，不是所有的骏马能在只剩下最后一百米时超越疾风、闪电和飞翔的鸣叫。第一啦，小组赛还没结束，父亲就回头喊了一声："再见啦，你们。"

日尕跑过终点线，又跑了几十米才停下。它瞪着父亲说：你怎么不指挥我？奔驰的整个过程里，你都没有驱策过我，难道你不会使用鞭子吗？

　　参加跑马赛的马最多，一共二十七组，半天才赛完，已经是下午了。阳光灿烂得有些夸张，镀金了所有的马所有的人，草原在热腾腾的气氛里温暖着人心，这是一年里最后的温暖，在盛开着帐房之花的姜瓦草原上，衬托起芬芳的蔚蓝，秋意是那么地通透辽阔，风在提醒：凉啦，凉啦，虽然天和地还是热的，但就要凉啦。进入决赛的有豹子花、青花马、黑骊马、枣骝马、雪骝马、小黄马。日尕望着它们，挺起的腰突然塌了一下，像是有点疲倦，它一直都在比赛，晚上又被父亲驱使着忙这忙那，没有足够的休息时间，疲倦是正常的，但最后一跑就要开始，就算正常也不能在这个时候塌腰。父亲从口袋摸出一块酥油，递到日尕嘴边。日尕拒绝了，忽的一下又把腰挺起来：放心吧，我没问题。起跑线上，所有的马都很激动，奋挺着脖子的，摇晃着头颅的，捯动着蹄子的，前腿一次次扬起的，嘶鸣喊叫的。喜饶知道让它们毫厘不差地停在起跑线后面是不可能的，便发出了最后的命令："开始啦。"裁判的吆喝顿然响起，刹那间，箭镞齐发，蹄音雷动。这一次日尕的起跑几乎跟吆喝同时发生，一开始就领先，尽管只有半个头，紧挨着它的先是青花马，五十米之后变成了枣骝马，接着又变成了豹子花，豹子花四蹄如风，差不多已经飞起来，却还是飞不到最前头，日尕一路领先。雪骝马追上来了，似乎比豹子花还要快，半个头的距离眼看就要消失，却又不容置疑地存在着。超越，超越，所有的马都想超越，却一直没有超越，日尕始终跑在最前面，半个头的距离就像天和地的距离一样难以消除。跑出去五百米之后，豹子花再次超越其他快马，紧紧跟在了日尕身边，然后是小黄马，又上来了黑骊马，三马并齐，奋猛追撵，却依然有半个头的距离。很快，半个头变成了一个头，日尕的奔跑就像一脉光的传递，无声地朝前射去。耐力的作用出现了，它是速度的保证，更是自信心的源泉，日尕有惊天的爆发力，更有惊天的耐力。它张大鼻孔嘶了一声：下去吧。

黑骊马、小黄马和豹子花便纷纷落在了后面，一头之遥渐渐成了一马之遥。而日朵却还想加速，它比父亲更了解身后的赛马，对它威胁最大的直到这个时候才开始发力，那是一匹骅骝马，等它超过所有的马，来到日朵身边时，父亲惊叫一声，看到那个拼命挥动鞭子的人，居然是萨木丹。骅骝马疯狂地摆动着蹄子，步幅大得可怕，眼看就要超过去了。父亲没想到老才让还雪藏了这样一匹绝无仅有的好马，就像是他的杀手锏，想以最后的残酷无情，逼退父亲和日朵。父亲从腰带上取下了鞭子，在整个比赛中，他第一次使用鞭子。当鞭子打在日朵身上时，日朵本能地晃了一下，似乎晃出了一股崭新的力量，唰的一声飞向前去。现在，日朵和骅骝马开始齐头并进，就像两匹马牢牢绑在了一起，而赛程只剩下不到一百米。观众一个个瞪起眼睛，安静得就像死了，他们想看清楚，到底谁会抢先越过终点线。终点线风扫而来，一眨眼就要结束，就会响起爆炸般的欢呼，就将登上草原荣誉的顶峰，迎接王者的盛典。鹰来了，高高地盘旋，瞧着地面：到底谁的脖子佩戴第一名的哈达？就在这个流星划过天空的瞬间，父亲再一次挥鞭打马，日朵和空气的摩擦发出一声嘶鸣，两匹绑在一起的马突然松绑了，又是半个头的领先，又是一个头的领先，接着又成了整个身子的领先，日朵，日朵。终点线上吉祥的卐字符飞升而起，破碎成祝福和狂喜，洒在了父亲和日朵身上。父亲趴在马身上，哗哗地流着泪：日朵啦，你赢了，你依然是草原之王，我的马神。

父亲和日朵都没有听到牧人们的喝彩和嗯哨，据说响了很久很久。王石带着州上和各县的领导走过来，亲自献上了青稞酒。父亲下马喝了酒，也给日朵喝了冰糖水。有人把哈达递到王石手里。王石看了看围观的人群说："颁奖会上再献哈达，现在不能献。"父亲抱着日朵的脖子，用它的鬃毛擦着自己满头满脸的汗，小声说："日朵啦，比赛还没有结束，你得跟摩托车比一场，但是不能超过它，听我的控制，好吗？"日朵不以为然。喜饶飞跑而去，喊着："桑杰啦，桑杰啦。"半个小时后赛马会的第一名父亲和日朵重新站到了起跑线上，身边不远处是桑杰和他的摩托车。比赛在人们的呐喊声中开始，一千米奔驰，一直是摩托车领先。日尕几乎要哭了，张大被嚼子勒出血的嘴，噗噗地吹着气：为什么，为什么，你不让我往前跑？父亲安慰地拍着它："那不是马，那是机器，你永远不要想超过机器，机器是制造出来的，冷冰冰的没有感情，而你是生命，懂得我的心，我需要你的帮助。"日尕似乎明白了，调整姿势，把赛跑变成了追逐，而追逐永远是一种甘于落后的奔跑。

3

夕阳西下的时候，颁奖会开始了。本来所有项目的前三名和第十三名都应该上台领奖，但跑马赛结束后，牧马场的人已经迅速离开赛马会，恰好王石也不想看到老才让的人和马，所以本届赛马会只宣布了一个总的第一名——父亲和日尕。奖品除了获奖证书，还有一丈大红的缎子和三千块钱。最后是给父亲和拉上台的日尕戴哈达。父亲接受了王石献给自己的哈达，又从脖子上取下来，在麦克风前喊了几声"王石书记"，又把哈达回献给了王石。王石捧着哈达，笑眯眯地挂在了自己脖子上。台下的牧人齐声喊起来："扎西德勒。"王石也说："扎西德勒。"现在，王石就是那个在赛马称王中脱颖而出的草原之王了，他通过父亲的转让理所当然地戴上了最后的哈达，享受到了最高的荣耀。他感激父亲，他需要这种荣耀的加身，虽然它跟权力没有关系，却能让他变成威望的一部分，变成尊敬的同意语而备受赞美且向时空深处飞快地流传。而父亲以为自己并不需要这些，他只是一个普通的牧人，只是一个开始经商且又不能专心致志还想种草养马的藏族人。是的，在他骑了三十多年骏马、吃了三十多年酥油，在他参与了整个赛马会并且获得了第一名，在他拥有了对马的狂热和为草原的焦虑难过，在他的妻子我们的阿妈为了藏族人的疾病而被困死在生别离山之后，他觉得自己已然是一个真正的藏族人了。

高音喇叭里响起了歌声，是藏语的情歌，是召唤人们跳舞的信

459

号。眨眼间，赛马场动荡起来，被称作土风舞的集体舞就在牧人们的随意参与中开始了。这个自由而散淡的民族，这个在辽阔中习惯了孤独自足的群体，这个每一个个体都能代表整个族群的人众，舞出了惊天动地的整齐划一，没有提前演习，没有事先告知，就那么随随便便地加入着，几十、几百、几千、几万，姜瓦草原上，赛马会的尾声、牧人的聚会，原来就是几万只靴子同时踩向地面，几万只衣袖同时甩向天空，地震着，天摇着，直到头顶星汉灿烂，直到所有的星星掉下来，只剩下一轮明月依然牢固地挂在空中。喇叭消音了，人们唱起来：呀拉索，巴扎嘿。

> 那空中的飞鸟，领头的是凤凰，
> 那草原的奔马，领头的是日尕，
> 那英武的骑手，头一个是强巴，
> 那美丽的姑娘，头一个是达娃。

父亲看到索南的舞蹈潇洒得如同野马奔驰、雪豹跳跃，看到一匹年轻漂亮的黑母马来到了日尕身边。日尕矜持地扬着头，假装不理的样子。黑母马围着它转了一圈，想用鼻子蹭蹭它的鬃毛，却被它躲开了。黑母马讨了个没趣，悻悻而去。突然，日尕扬起了脖子，盯着黑母马看起来，还不停地张大鼻孔嗅着对方浓烈的气息。黑母马停下来，撒了一泡尿，又朝前走去。日尕跟过去了，很快消失在夜色里。父亲不想在这个时候让日尕离开他，拿出铁哨吹了一下。日尕奔跑而来，瞪着眼睛问：怎么啦，又要比赛吗？父亲从地上拾起缰绳说："你难道不累嘛？该回去休息啦。"日尕不舍地回望着黑母马消失的远方，跟上了父亲。

赛马会似乎耗尽了草原的热气，天突然冷了，风也硬得变成了刀子，连续几天都是白花花的晨霜覆盖着大地。牧人们推迟了放牧的时间，尽量不让秋霜变成解渴的水。俗话说草籽长肉霜拉膘，拉膘是因为霜气的寒凉会让牲畜拉肚子。牛羊马匹正在从高山草场下来，在山麓间的秋窝子里盘桓，但和往年不一样，陡增的牲畜已经在春天和夏天两次光顾过秋窝子，那里的牧草早就短如苔藓，很少有结出草籽的，抓膘是不可能了，掉膘倒是迫在眉睫，赶紧往下赶，赶到了川道平野里的冬窝子。饥饿的牲畜开始抢吃抢喝，只几天工夫，本来应该采食一冬的草场光秃了几乎一半，尤其是有马群的牧户，忧郁地望着正在迅速消失的牧草，知道这个冬天很难顺利度过了，所有的牲畜都将面临饥饿乃至死亡的威胁。好在牧人们现在已经开始接受牛羊换钱的事实，"沁多贸易"的流动买卖和样板展示以及把赛马会变成交易会的做法，大大宣示了钱的作用和力量，也让牧人们明白：牛羊只能带来温饱，但钱可以带来一切。至于马，如果卖掉一些牛羊的话，兴许是可以保留甚至增加的。几十年未开的赛马会，突然又火爆起来的赛马会，唤醒了牧人们作为马背上的民族的爱马意识，勾起了他们对远古祖先的回忆，已经被时间冲淡的对马的崇拜和信仰，就像干燥的牛粪仓里投进了火苗，先是慢慢地氤，然后就轰然腾起，霎时成了炫天耀地的焰火。一方面是出售牛羊，一方面是买进马匹，已经跟牧马场做了草场换马匹生意的牧户愈发地庆幸了，除了宝贝已有的，还在贪心未有的。没有换到马匹的牧户开始向牧马场的人打听：还有没有马啦你们？人家说："有啊，玛沁冈日后面的宗宗盆地还有我们的几千匹好马。"宗宗是黑颈鹤的意思，人们听说过那个美丽神奇的地方，却都没有去过。人家又说："你们不是要跟牧马场过不去吗？怎么又来求我们啦？"因为草山纠纷，因为纠纷中牧人屡屡受欺受辱，牧人的恨就像冰川的融水，凝冻是可以的，消失是不会的，夏阳一晒就又是有声有色的流淌。但是马，马是来自远古的诱惑，是没有英雄而渴望英雄的牧人借以安驻灵魂的载体，是自由舒展、孤傲灵动的象征，怎么可以因为仇恨就放弃呢？而且是草场换马，草场是承包来的，将来到期了就不是自己的啦，而马的归属却永远要跟主人连在一起。他们一趟趟走向牧马场，负责此事的萨木丹便以苛刻的条件再次让牧马场得到了许多草场。牧人们惊呼："过去是三亩草场换一匹马，现在

461

怎么变成十亩草场换一匹啦？"萨木丹说："我们的马不多啦，涨价也是应该的。再说人民币涨啦，马也就跟着涨啦。""人民币是什么？它涨不涨的，跟马有什么关系？""人民币就是钱。""钱涨的事我们不知道呗？""迟早你们会知道，不跟你们这些无知的老牧人啰嗦啦，到底换不换？不换就走开。"大部分牧户在短期内都增添了马匹，加上已有的马，牧人们说，阿尼玛卿草原的马多不多，数一数星星就知道啦。父亲想，继续用马匹换草场，大概就是老才让撺掇他去给王石说项，举办一次全州赛马会的真实原因吧？而不仅仅是为了得到日孕。马多了，越来越多了。但父亲对草场退化的担忧似乎正在冷却，是赛马会的第一名鼓起了他对马的空前热爱，还是牧人出售牛羊的热情高起来，松懈了他的警惕，或者是老才让引进草种、改良牧草的办法让他看到了草原复苏的希望？

很快，冬宰时节到了。"沁多贸易"的两个门店——晋美商店和顿珠商店前，排起了长长的队伍。牧人们把准备出售的牛羊赶到姜瓦草原，让桑杰验收，然后拿着父亲专门印制的有风中飞马图像的卡片，来这里领钱。晋美商店发钱的是晋美，顿珠商店发钱的是卓玛——这个过去几乎没接触过钱的女人，现在已经可以一沓一沓熟练地数钱给钱啦。一只羊一张小卡片，一头牛一张大卡片，往往卡片太多，牧人手里攥不住，就放到胸兜里，一把一把往外掏。父亲高兴极了，对排队的牧人说："你们已经尝到钱的好处啦，以后的好日子就都是你们的啦。"赛马会以后，"沁多贸易"的人忙得不亦乐乎，宰畜，运输，买进卖出，一直持续到现在。珠姆山的昂欠谷既是牲畜集散地，也是宰牲场。每天都能看到桑杰骑着摩托车，穿过县城，驰向那里。不久又增加了两辆摩托车，那是晋美和顿珠的坐骑。父亲的激将法卓有成效："连桑杰都会开啦，你们是城里人，怎么还不会？"晋美和顿珠说："已经订货啦，来了就学。"他们是先有了摩托车再学着开，发现让它比马更快地跑起来其实比骑马还要容易些。又不久，县城街道上出现了第四辆、第五辆摩托车，两个喜欢往县城跑的年轻牧人成了父亲理想的实践者，"沁多贸易"的摩托车代理就这样开始啦。

接着就是雨后春笋，赛马会上超过了第一名日尕的摩托车，能够轻松自如地驰来驰去让人看着眼红手痒的摩托车，不知不觉成了牧人们追求的目标：有马的人生是让人亮堂而得意的，有摩托车的人生是让人惊羡而佩服的，活着让别人看得起，这是件无比重要的事。牧人们开始有了对时髦的感觉，有了对迥异于旧习惯的新生活的接受。渐渐地也许是迅速地，草原上有了开着摩托车放马放牛放羊的牧人，他们对别的牧人说："这个方便得很，不用吃草，不用饮水，加点油就可以啦，而且省力，往外拧就快啦，往里拧就慢啦，嘟嘟嘟一响，可以追上最快的头马啦。"车轮碾碎了最后的花朵，草场上第一次有了横七竖八的辙痕。牲畜们不服气地瞪着主人：傻了吗？摩托车虽然不吃草，但也不贡献肉和毛。

冬宰时节的繁忙过去之后，就有了一场不大不小的雪，所有的花朵在这场雪中失去了绽放的自由，所有的牧草在初雪的拍打下不可逆转地走向了枯黄。父亲让果果去西宁送肉时顺便把马福禄接了来，又把大家叫到一起说："早就应该开个会啦，一直拖到现在，不能再拖啦，到底今后怎么办，得赶紧定下来。"一直兼任着会计的晋美公布了财务报表。父亲说："我们赚了些钱，这些钱是一人十几万分掉呢，还是用在扩大'沁多贸易'上？我想听听大家的意见。"大家都说："我们听你的，你的主意大。"父亲又说："'沁多贸易'不过是刚刚起步，我希望我的想法跟大家一样。"他说出了自己的想法，别人有赞同的，有补充的，最后商量的结果是，成立由顿珠担任经理的销售部、由桑杰担任经理的畜产品收购部、由果果担任经理的运输部、由晋美担任经理的百货部、由马福禄担任经理的"沁多贸易"西宁分部、由卓玛担任主任的财务部、由父亲兼任经理的基建部。父亲一直是"沁多贸易"的法人代表，重大决策自然还是由他决定。卓玛说："什么叫财务？我现在就学会了数钱和记数，别的不会。"父亲说："你把钱数清楚，进了多少，出了多少，先一笔一笔记下来，下一步就是尽快从沁多学校的毕业生里招两个会算账的充实到财务部。西宁分部的财务是独立的，是赚是赔你就不用管啦。"马福禄说："不能不管，我仔细琢磨过，西宁分部还像以前独立的话，挣得肯定多，但是风险也大，万一你们把我一脚蹬掉，去找别人呢？眼馋我跟你们的关系，想把我挤掉的人有的是。要是不独立，每一笔挣得肯定比现在少，但风险也小，也不用担心摊子铺开了，突然一天断了货怎么办。我看你们还是把我当成自己人，我想天长地久地做下去。赚的时候少赚些，赔的时候就是公司赔不是我个人赔。"

父亲想了想说："你是想旱涝保收？不可能，但要是跟以前一样继续独立，也不好。大家再想想，要是变成股份制会怎么样？"晋美说："我想的就是入股，没敢说。"父亲知道他没敢说的原因是股份不可能均等：晋美商店规模最大，占股应该最多，下来是顿珠商店和马福禄的店，毕竟都是实体加入，然后应该是他和桑杰，他们都是把自己承包的牛羊，当作生意的本钱，大部分用在了"沁多贸易"的经营上。果果的参股资格是他会开车的技术，那辆救护车勉强也可以放在他的名下，但他一定排在最后。父亲说："有什么不敢说的，你的股份最多，你就是董事长。"晋美说："我也可以让股，把三分之一让给你，你就是董事长啦。"父亲说："这样也成，股份算我的，但收入我不拿，还是归你。"果果说："我不跟你们比，有事做，还能挣这么多钱，已经很知足啦。"父亲说："股份少的可以买股，我的意思是最终我们几个应该是平均的，这样才会各尽所能，不起纠纷。"大家觉得这个办法好。父亲又说："现在最关键的是'沁多贸易'要综合发展，必须在晋美商店的基础上盖一座大百货商店，就叫尼玛村康（太阳商店）怎么样？顿珠商店以后要从百货上撤下来，专门经营畜产品，肉食、皮张、奶制品等等。还要在珠姆山的昂欠谷建立屠宰厂和冷库。我们的资金不够，需要贷款，对啦，尽快把买卡车的贷款一次还清，再贷的话就好说些。还要招聘一些人，现在人手严重缺乏，每次都临时雇人不是个办法。"果果说："你是'沁多贸易'的董事长，又是基建部的经理，这些难办的事就靠你啦。"父亲说："我还想把你拉进来，运输部你负责，但不一定亲自跑，雇两个司机，救护车跑短途，卡车跑长途，你腾出时间来，把基建部的副经理兼上，我在牧马场还有些重要的事，不得不花些时间。"大家问什么事。父亲兴致勃勃地说起良马的培育和牧草的引进种植。晋美说："怪不得牧马场那个叫萨木丹的找你好几回。"果果说："强巴啦，你干的事太多啦，还都是在雪山大地的保佑下才能干成的事。"他一句话提醒了父亲。父亲沉思着说："看来我得去一趟阿尼琼贡啦，不能忘了雪山大地的祭坛。"晋美和顿珠也想去。果果说："干脆大家都去，我把车开上。"父亲说："也好，不骑马啦。"这些日子他天天看到年轻漂亮的黑母马出现在日朵面前，两匹马的恩爱几乎到了形影不离的地步。他想明确黑母马是哪里的，问了好几个人都说不知道，也就算了。"日朵啦，给你放几天假，好好度你的蜜月吧。"

　　这一天，除了卓玛和售货员留下来守候不得不开门的顿珠商店和晋美商店，"沁多贸易"其余的人都去了阿尼琼贡。马福禄说："阿尼琼贡保佑了生意，自然也保佑了我，我也得去看看，只当是参观一下。"车就是快，天气也好，路上没有雪，早晨出发，中午就到了。他们首先走向雪山大地的祭坛点灯祭拜，之后父亲和大家分手，来到了香萨精舍。香萨主任正在往外走，一见他就说："强巴啦，你好吗，家里人好吗，生意好吗，你心里牵挂的一切都好吗？刚刚听管家说你来啦，正要去迎你。"父亲说："哪里敢劳顿主任，好长时间没来啦，不用问，主任肯定好得很，头上带着光，就像顶着太阳。""是阿尼琼贡的光，不是我的光，我的光下一世恐怕都难有。"香萨主任带父亲进去，把自己的坐榻让给他坐。父亲哪里敢坐，站着说："今天来是想请主任多多指点，我还有什么做得不够，怎么做才能得到雪山大地的保佑呢？""尊贵的人坐下说，不坐的话连茶也没办法喝，我也只能站着跟你说话啦。"父亲赶紧坐在坐榻下首客人的卡垫上，双手接住了管家端过来的酥油茶。香萨主任说："我知道你心里想的是什么，是苗医生吧？眼镜曼巴一直在生别离山，听说坚赞曼巴也去啦，他们的医道，加上苗医生的善德善缘，什么样的灾疫鬼能侵害得了她呢？她是给草原和牧人带来好处的人，雪山大地不会对不起她。""主任的话我记住啦。"父亲又说起州政府跟牧马场的矛盾，说起赛马会上的日孥，说起"沁多贸易"的现状和未来，忽而叹息忽而高兴。香萨主任说："我现在潜心修行，俗世的事知道得越来越少啦，赛马会上的第一名都带着格萨尔王光彩照人的影子，恭喜你啦。州政府和牧马场的矛盾既是水与火，又是兄与弟，只要爷爷奶奶阿爸阿妈一出面，自然就解决啦，你不用担心。'沁多贸易'好不好，问问牧人就知道啦，好好做下去，福报多多的有哩。""噢呀，噢呀。"父亲虔诚地答应着，不想过多打搅香萨主任，一口喝完酥油茶，便起身告辞。

在大雪覆盖草原之前，父亲骑着日孥去了一趟生别离山。母亲不见他，通过张丽影的拒绝虽然残忍却很有道理：见一面有什么好？到底是你安慰她，还是她安慰你？有点耐心好不好？你越想见面，苗姐姐的压力就越大，最好暂时把她忘掉，等她病好啦，突然出现在你面前，那是多大一个惊喜啊。父亲想，怎么可能忘掉呢？人不可能连马都不如吧？去生别离山的路上，黑母马一直跟在后面，日孥走它走，日孥跑它跑。日孥也挺关照它，怕它跟不上，走得不急，跑得很慢，不时地回头瞧瞧它还有多远。父亲想快快地到达，看人家两个情意绵绵的样子，只好从心里慢下来：不赶路啦，干脆你们两个肩并肩一起走吧。他下马过去，想抓住黑母马，黑母马把头一甩，躲开了。父亲说："挺警觉的嘛，你到底是哪里的马？光顾着恋爱，不想见主人啦？主人肯定急死啦，这么好的母马怎么不见啦？"回来的路上恋爱的温度持续增高，两匹马耳鬓厮磨，一路缠绵。父亲看着它们，凄凉地赞叹着。回到沁多县，心里实在放不下母亲，就只好写信，完了去邮电局买信封和邮票，一打听，才知道邮电局从来没有给生别离山送过信，也不知道它在哪里。父亲说："那就从现在开始送吧，生别离山有医疗所，还有几百个牧人组成的老营地和新营地。"邮电局的人说："这个不能吧？它不属于县上的投递范围。""怎么不属于？那么大一片地方，现在差不多是阿尼玛卿州最好的草原，抢都抢不来的。"他在邮电局给旦增书记打电话，反映这件事。旦增书记说："邮电局是对的，生别离山不属于沁多县。""那它属于哪里？""恐怕没有一个县愿意认领，那种不干净的地方，谁都是嫌弃的，要解决通邮问题，你得找州上。"父亲心情晦暗地离开了邮电局：为发一封信居然还得找州上？找就找，这不是一件小事。在他心目中，生别离山是殊胜而亲切的，不仅仅是因为那里是病患聚集地，有个他亲手建起来的医疗所，是母亲工作的地方，也不仅仅是因为那里雪山高峻，草原美丽，跟世外桃源一样，更是因为自从作为医生的母亲也成了麻风病人后，她的生命就跟生别离山融为一体了——母亲就是生别离山，生别离山就是母亲。生别离山附丽着他的情感和爱意，他为它着想就是为母亲着想，上天入地做什么都行，去一趟州上算什么？

去州上的这天他起得很早，先拿着铁哨，在桑杰家的院门前呼唤日尕。日尕竟然没有来，这好像是第一次：铁哨吹了半天，日尕却不见踪影。马的听觉超过人十多倍，它能跑多远才会听不见？父亲疑惑着，看到果果走出了自家的院门，便走过去问："你昨天见没见日尕？"果果说："见了呀，就在草原上，跟黑母马在一起。"父亲说："那就再等等吧。"果果问找日尕要去哪里，父亲就把生别离山不通邮的事说了。果果说："你把信交给我，反正我要去。"他差不多半个月就会开车去一趟生别离山。父亲固执地摇摇头："我想的是生别离山的正常通邮，跟你没关系。不通邮就说明政府已经抛弃它，这是不应该的。"拿着铁哨还要吹，忽又问道，"房子盖好都这么久啦，你还是一个人住，什么时候把张丽影接来？""等结了婚吧。""我就是问你什么时候结婚？不要以为还年轻，慢慢悠悠老牛走路一样不着急，人这一辈子，短得很，眨眼就老啦，好日子越早越好。"父亲又吹了一通铁哨，回屋等着去了。但他没等来日尕，却等来了萨木丹。

萨木丹来跟父亲商量培育良马和引进种植牧草的事，其实也就是传达老才让的意见。父亲先前做了一个种草计划，还是坚持先小规模实验，再大面积铺开。老才让的意思是：牧马场有的是草场，要搞就轰轰烈烈地搞，争取一年成功，两年旧貌换新颜。这个原则不能变，要是父亲不愿意，那他就只好请别人搞。总之对他来说时间很重要，一两年不见成效的事他绝对不做，原因很简单：草原承包是全省全国的事，承包以后盲目追求牲畜存栏率，引起草原退化、牧业受阻也是全省全国所有牧区的事。他老才让就是要尽快做出个样子给上面看：到底谁能扭转这个局面？说透了也就是想继续进步，官位高一点，再高一点。父亲说："我理解他的想法，怕就怕引进的牧草水土不服长不起来，到时候草原还不如现在的样子怎么办？"萨木丹说："才让场长说啦，这个不用你管，他是场长他负责，其他人拿钱干活，听命令就是啦。"说着把这个月的工资放到了父亲面前，"强巴老师你数数，新加了物价补贴，都快六千啦。"父亲迟疑不决：并不是他想额外挣些外快，这件事的诱惑早已超过了钱的概念，更何况只要给钱，请人是不难的，也就是说无论是期待的结果还是担忧的结果，有他没他都会出现。可是毕竟要翻耕草场，万一失败了呢？他把钱推给萨木丹说："工资就先不拿了吧，我再想想。"萨木丹说："还有培育良马的事，到底什么时候开始？""这事我已经想好啦，牧马场现在有那么多好马，搞培育并不难，就是不知道除了参加赛马会的那些马，你们还窝藏了多少好马？听说你们在玛沁冈日后面的宗宗盆地还有些马？""噢呀，总不能都换掉草场吧。"父亲点着头说："将来的好马会越来越多，需要大量的草场，牧马场的草场都能派上用场。"他这么说着，突然就决定了：听老才让的，干，就算赌一把，雪山大地会保佑的。"你回去告诉才让场长，过两天我就去找他。""今天不行吗？"父亲果断地说："不行，今天我得去州上，解决生别离山通邮的问题。""那工资我就放下啦，带回去等于我没完成任务。"

父亲把萨木丹送出来，看日朵还没来，又摸出铁哨吹了几声，自语道："这家伙去哪里啦？别误了我的事。"萨木丹知道他是在呼唤日朵，就说："老师在等着骑马？那就骑我的吧。"父亲瞅了一眼萨木丹骑来的豹子花说："那你怎么回去？"萨木丹有点炫耀地说："我去找旦增书记，让他派车送我一下。"父亲愣了：让县委书记派车送他回牧马场，那得多大的面子？以前旦增不喜欢萨木丹，要不是自己说情，连出路都不想给，现在怎么变得有求必应啦？

父亲惦记着日朵，骑着豹子花去了州上。豹子花既能走又善跑，骑着倒还算得心应手，就是有些生硬，不怎么默契，似乎它是匹个人主义蛮严重的马，自我表现有余，理解主人不足。不像日杂，第一次骑它时就给人一种完全可以托付依赖的感觉，你的想法就是它的想法，你的生命也是它的生命，灵魂的合而为一在那一刻显得自然而贴切。好在豹子花的后天训练让它显得还是蛮有灵性和教养，很快就理解了父亲的急切，跑动变得快速而均匀，这是打算一直跑下去的意思，除非主人强令它停下。父亲晚上到达，找旅馆住了一宿，第二天上午先去了州邮电局，在得到跟沁多县邮电局几乎一样的答复后，他来到了州委书记王石的办公室。

王石本来和颜悦色地在打电话，一见父亲进来，脸色立刻变得十分严肃，放下电话说："有事吗？"父亲觉得不对劲，却还是用老朋友的口气说："没有事我找书记干什么？""那就快说，我还要出去一趟。"父亲坐在办公桌对面的椅子上，舔着干裂的嘴唇说："连茶也不倒一杯吗？""自己倒，没有茶，只有白开水。"那就不喝啦。想着，便说起生别离山的重要和不通邮的现状。王石说："这么重要的事你找我干什么？去找老才让啊。"父亲一脸茫然："什么意思？该州上管的我找老才让干什么？"王石冷笑一声："听说你现在跟老才让打得火热，为他培育良马，为他引种牧草，为他升官发财鞍前马后地跑来跑去，你不知道这是在冲我挖坑扇我耳光吗？"父亲倏地站起来，觉得这样的传扬肯定是老才让有意的，但也没什么不对啊，好事情一经过人际的扭曲，怎么就变成小人捣鬼啦？王石又说："为人要讲义气，不能朝三暮四，左右逢源。"父亲气得有点哆嗦，又不想做任何解释，转身就走。王石说："你给我回来。"父亲用一声响亮的甩门回应了对方。王石长喘一口气，无奈地摇摇头："脾气还挺大。"说着拍了拍自己的脑壳：烦恼归烦恼，吃醋归吃醋，父亲的事还是要办的，苗医生为生别离山付出了那么多，人都陷到里头出不来了，丈夫连封信都寄不到，这确实不像话。他抓起电话打给了邮电局。局长说："我们从来没有给生别离山送过信，现在就为了满足一个人的需求，专门安排一个邮递员，路那么远，不合适吧？"王石火了："你邮电局不就是负责送信吗？安排一个邮递员又怎么了？那是一个机构，有医生，有病人，那么多，看着人家与世隔绝而不想改变它，你是不是不想当这个局长了？而且也不光是送信嘛，还有送包裹送报纸送杂志，你不要说那里没有订报纸，我给生别离山订一份，现在就订上，钱我马上让人送去。"

豹子花不亚于日尕的连续奔驰，让父亲第二天早晨就回到了沁多县。他下马穿过县城街道，拿出铁哨，嘿嘿地吹起来，一直吹到扎西平措，还是没有日尕的动静。父亲有些不放心了，再次骑上豹子花，走向了草原。他吹着铁哨，走了很远，找了很久，心说是不是遇到了狼群豹群或者猞猁群啦？带着藏獒来找就好啦。赶紧又回去，从桑杰的院子牵出多吉，松了铁链子，对它说："日尕日尕。"多吉疑惑地望着他，一动不动。父亲骑上豹子花，驰马而去，不停地吹着铁哨。多吉从小就熟悉父亲用铁哨召唤日尕的情形，顿时就理解了，跟着父亲跑起来。父亲有意慢下来，让它跑在了前面。很快，多吉找到了一堆马粪，嗅了嗅，又朝前跑去，还是来到了一堆马粪跟前。就这样沿着不断出现的马粪的标识，他们走向了沁多河的上游。上游是一片漫漠的浅滩，多吉停下了，茫然望着那些或流或不流的水。从这里可以走向原野的四方，但最重要的是也可以走向牧马场。父亲陡然一惊：黑母马的出现会不会是老才让的陷阱呢？为的就是引诱日尕，让日尕为牧马场留下后代，要不然如此标致的正在青春期的骒马，为何没人来寻找？他想到了赛马会上老才让的失败，他可不是一个容易认输的人，从他跟王石的争斗看，让他甘拜下风比登天还难。父亲驱赶着豹子花，带着多吉，直奔牧马场。

初冬的草原显示着生机受阻的疲惫，枯黄是宁静的，等待着雪的掩埋，等待着来年的再绿。而在更多的地方，却是无法宁静的泥土的裸露，黑色的焦黄的青灰的裸露让地表的伤痕格外难看，泥土和沙砾争相面世，干燥随风而来，上一场雪的痕迹早已被蒸发得一干二净，灰土从石头间飞起来，风正在掏空土地的粘连和弥合，空气已经不怎么透明了，泛滥的尘埃改造着大气，影响了鹰的敏锐，盘旋低了许多，一只岩羊老死在深谷里的尸体，搁到干枯才被发现。而在往年，这个时候这些地方都被雪色抹得一片皎白，如同处子的皮肤干净而秀美。父亲有些倦怠，就跟草原一样，需要休息了，更重要的是他又渴又饿，急需要补充能量。他走向一顶帐房、一些牛羊，看门前没有藏獒，跳下马来喊着："你好，扎西德勒。"多吉也跟着喊起来。主人出来了，拿着一把藏刀问："干什么？"父亲说："路过了你家吉祥的帐房，就想见见尊贵的主人。""主人正要告诉你，你不就是想吃点喝点吗？没有。""买一点总该有吧？"那人扬头望着天说："为了不饿死你，可以卖给你一碗酸奶，拿碗来。"出门太急啦，父亲忘了揣上自己的木碗。那人便进去，端了一碗扣着铁勺的酸奶出来，酸奶稠糊糊的，散发着诱人的香气。父亲伸手去接，那人往后一缩："钱。""多少钱？""二十块。"父亲几乎惊倒，心说怎么变成这个样子啦，祖先的好习惯这么快就丢掉啦？贪也不能这么贪，二十块钱都可以买一张老羊皮，钱的好处还没有尝到，人就已经变坏啦。他转身要走。那人说："那就五块吧。""五块也太贵，不吃啦。"多吉也感觉到了对方的不友善，轰轰地叫着。父亲说："多吉我们走，去找老才让。"那人把酸奶放到草地上，也不顾多吉会咬他，拿着藏刀追了过来："老才让是你叫的？"父亲赶紧蹲下来抱住多吉，问道："那他叫什么？""叫才让场长啦。"父亲心说别看老才让蛮横霸道，倒是笼络了不少人，牧马场的人还挺护他。

第十三章

牧草的黄昏

飞扬的雪花在问候谁？

起舞的蜂蝶在思念谁？

奔驰的羚羊在向着谁？

都说着扎西德勒你在爱着谁？

1

　　饥寒交迫的父亲在旷野里过了一夜，第二天下午才到达牧马场的场部。场部楼前站着几个人，见他过来就接住了豹子花。父亲问才让场长在不在？然后从马褡裢里拿出一根备做马肚带的牛皮绳，把多吉拴在门边的铁栅栏上，摇摇晃晃走进了场部楼。办公室里，老才让正在开会，看推开门的父亲又要出去，招手道："进来进来，就完啦。"父亲进去，坐在了一边，听老才让做最后的总结，他说了金矿下个月必须完成的产量，说了给所有作为种马的儿马和用作培育的母马拍照片印画册的事，说了催问发货的事——已经从洛阳拖拉机厂购买了十台东方红拖拉机和十台可以拖挂的播种机，大规模的翻地种草就要开始啦。会散了，没等人走完，父亲就扑过去，趴到办公桌上问："你把日尕弄到哪里去啦？还给我。"老才让瞪起眼睛问："你说什么？"接下来就是老才让和萨木丹坚决否认牧马场偷了日尕，而父亲坚持认为日尕的失踪就是牧马场搞的鬼。老才让说："好吧，那你就去大马厩看看，到底有没有？""你们还有藏马的地方。""你是说宗宗盆地？你去看就是啦。"父亲拔腿往外走，一个趔趄差一点倒地，萨木丹赶紧扶住他。他来到楼门外，牵上多吉，跟着萨木丹去了大马厩。守护着马匹的奔森吼起来。多吉挣脱父亲的拽拉朝它跑去。萨木丹紧张地说："要打起来啦。"父亲说："不会吧？"奔森也朝多吉跑来，两只藏獒一靠近，就很有礼貌地站住了，互相审视了一会儿，多吉便主动凑过去嗅了嗅对方的鼻子。萨木丹说："我想起来啦，它们都是梅朵红和当周的后代。""对，奔森是哥哥，虽然它们没见过面，但气味是一样的。"说着父亲走过去，一个马槽一个马槽地看起来，看到最后，发现没有日孕，身子便晃了一下，啊嘘一声倒了下去。

父亲饿昏了，等他从老才让办公室的沙发上醒来时，窗外已是漆黑一片。守在身边的萨木丹端来了糌粑、酥油茶和羊肉汤。老才让说："吓我一跳，你脸白得就像死人。"父亲喝光了酥油茶，又喝了几口羊肉汤才说话："过去也饿过肚子，忍一忍就过去啦，现在怎么搞的，一饿头就晕。"萨木丹说："老师出门还是要带些食物。""找不见日孕心里急，忘啦。"老才让说："现在我们也急，日孕是最好的种马，不能就这样不见啦。"父亲没再提宗宗盆地，他看得出日孕的失踪的确跟老才让没关系。父亲在招待所休息一夜，第二天离开时去给萨木丹说，想再借几天豹子花。萨木丹说："老师你客气什么，场长说啦，所有的马现在都归你管。"父亲匆匆离去，原本是想回沁多县，突然又改变主意，走向了角巴家。角巴熟悉沁多草原上的大部分牧人，那匹黑母马是谁家的，他应该知道吧？

直到第二天傍晚，父亲才找到角巴家。索南说："爷爷奶奶转山还没有回来，我去看过一次，送了些食物，说是今年新年就不回来啦，阿尼玛卿冈日看着有人陪伴他过新年，心里一高兴，就会多多地赐福。"父亲说起日孕，问索南和尼玛认不认识一匹漂亮到无与伦比的黑母马。他们都说不认识。父亲吃了喝了，提到家里的牲畜和草场，索南兴高采烈地说："冬羔已经接过啦，没有一个死的，春羔就要开始接啦，我家的牛羊明年肯定能超过邻居家。"父亲说："要是草原能超过就好啦。"又从旺姆怀里接过格列来，逗着玩了一会儿，心事重重地躺在了毡铺上。一觉醒来，父亲舔了一碗旺姆端上来的者麻，带了些食物，便告辞而去。

阿尼玛卿冈日似乎很近，近得它就在人心里，又很远，远得几乎无法抵达，因为没有一个藏族人敢于登上主峰，脚踏冰岩，只能在绵绵不绝的山群里，沿着逶迤而行的转山道，虔诚地膜拜，远远地瞩望。父亲望着雪峰走了整整三天，才看到匍匐在地、艰难转山的人，一打听，知道角巴和米玛就在前面，便继续往前走去。在藏族人的传说里，阿尼玛卿冈日是开天辟地的九大造化巨人之一、整个雪域高原的东方守护者、格萨尔王的寄魂山、强大刚猛的苯教战王等等。"阿尼"在这里指的是崇高无畏的先祖，"玛卿"意为雄丽至尊，"冈日"就是雪山，说它是"至尊祖先的雪山"再恰当不过。阿尼玛卿冈日属马，每逢本命年，远远近近的藏族人就会拖家带口来这里，一圈一圈地转，骑着马转一圈得五天，步行转一圈得十天，磕着长头转一圈则需要近三个月。今年不是马年，转山的人少多了，零零星星的，隔几千米才会有一个。但柏香、山花、酥油、糌粑点燃的煨桑还是随处可见，那是守护雪山的善心人尽心尽职的结果，桑烟升起的地方，祈福真言石经堆覆雪而立，四周是拉起的旗幡和风马旗，转山人的心愿会通过它们飞升而去，直达雪山大地的顶部——人心的天堂。

　　就在冰冻的沁多河拐出一个阔水湾的地方，父亲看到了正在休息的角巴和米玛。角巴一见他就高兴地喊起来："强巴啦，你怎么来啦？是想我啦还是想阿尼玛卿冈日啦？""望着你说想你，望着山说想山，望着米玛阿妈时却不能说想米玛阿妈，因为这个阿妈又年轻又漂亮。"米玛咕咕咕笑着。角巴说："你是个聪明的人，这样就对啦。米玛想儿子时，第一个想到的就是你。""多谢米玛阿妈想我，我还没问你们好不好，白天好不好，晚上好不好？"角巴说："白天好不好，你问太阳就知道，它把我们晒暖就可以啦，为什么还要晒成两个黑头藏族人？我们太热啦，热得都把冰雪烤化啦，你没听到它叮咚叮咚响个不罢？晚上好不好，你问冰窟窿雪窝子就知道，它让我们睡到天亮就行啦，为什么还要把人世间的所有舒服都给我们？我们睡得都不想起来啦。至于我好不好，你问米玛就知道啦，米玛好不好，你问我就知道啦。你还可以问问守护雪山的善心人，给了我们多少祝福，问问阿尼玛卿冈日，对这两个虔诚磕头的人是不是保佑得更多一些？"父亲听出来了，角巴是说已经是冬季了，他们白天受冻，晚上难熬，但转山是肉体和心灵的祈祷，越苦难就越灵验，所以心里是高兴的，脸上是光彩的。角巴突然咦了一声："你骑的是谁的马，日尕呢？"父亲说起日尕的丢失，说起那匹可疑的黑母马。角巴说："这样的黑母马我没见过呗，肯定不是牧人家的，牧人丢了马能不找吗？见了日尕能拴住不放吗？"父亲想：也是，日尕要不是被人控制住，不会这么多天不找他。米玛从三石灶上端起锅，把里面的酥油茶全部倒进角巴的碗里，然后端给了父亲。父亲一口气喝完，呆呆地望着前面。前面是海拔六千二百八十二米的主峰，环绕着主峰，浑莽的山势层层叠叠，冰的伟岸和雪的拔起像是戳破天的利剑，锋锋银白，光耀在宇宙一角，这一角应该是最明亮的吧？天有多远，峻峭的排列就有多远，磅礴无极的山势逼视而来，人显得无比渺小，还不如一只蚂蚁，不如一块冰石，蚂蚁是看不到高山的，冰石是感觉不到时间的。存在的理由显得如此脆弱，好像立刻消失才应该是对的。而就在这样的氛围里，角巴和米玛的转山坚韧地持续着，已经好几个月了。角巴说："酸奶不酸是时间刚好，煮肉不老是牛粪刚好，你来得正是时候，赶上了过山门和雪门，看见了吧，前面，那两个冰洞，不管你信不信，来了就得过。"说着，收起吃饭的家什，又要往前朝拜。父亲说："信，怎么不信？"他把豹子花的缰绳拴在腰带上，跟着角巴和米玛磕起了长头。

山门就像方形的天堂之门，冰清玉洁里又有高处的寒凉，风从门洞中穿过，站着欲倒，趴着又起不来，灵性的光辉随风而至，一切都是透彻的，包括人。山门边上又有雪门，据说那是甲木萨的女儿把守的门，能够消除人的灾难之源——怨恨。父亲磕着头过去了，怨恨真的没有了，不过他好像始终都没有怨恨，从前和现在都没有。突然想，让王石和老才让也来转转山过过雪门就好啦。再往前行进，匍匐了两百多米，就又是无量关了。一个狭窄的岩石隙口，能过去就说明你有善心善德，好报好运，要是卡住就意味着你恶业累累，在劫难逃。角巴说："我们已经过了一次，松快得很，石头像是软的。"父亲看看他胖大的身材，又看看隙口："不可能吧，你怎么能过去？"米

476

玛笑道："他就是过去啦。"父亲说："那我就更不成问题啦。"他想边磕头边过，试了一下没过去，又站起来侧着身子过，还是没过去。父亲的脸色顿时煞白：难道我是个坏人，没有好报？角巴说："不可能过不去啊，你做的尽是善事。挤一挤，使劲挤一挤。"父亲挤了挤还是没过去。角巴说："不是你人不好，是你心不诚。你肯定想得太多，脑子乱啦。"说着来到隙口前，念了一声祈福真言，祈祷着："阿尼玛卿雪山保佑，驱散我家的病疫鬼，让才让的阿妈好起来吧。"然后斜着身子，先过头，再过胸，再过屁股，再过腿，忽一下就到了隙口那边。父亲说："我再试试。"他试了几次，直到脱了衣服才过去。角巴说："只要过来就是有福气的人，你仔细听听，听见了吧？""听见什么啦？""别说话，你听。"父亲听着，是风的脚步声，是雪水破冰而出的流淌声，是雪落地面的歌唱声，不，哪里是雪的歌声？是人，是从冰山裂缝中烟云一样袅袅传来的仙女仙人的歌唱，伴奏着如梦如幻的琴音。父亲惊喜地叫了一声。角巴和米玛笑着，都说我们也听到啦。三个人都感觉自己是最幸福的人，都享受着天籁的恩赐，把膜拜和祈祷变成了送给亲人的礼物，都想到了一个远方的病人，那个因为在生别离山治病救人而使自己变成病人的女人。他们不停地念叨着：生别离山的病人，所有的病人，生别离山的花朵，所有的花朵，健康而夺目地绽放。突然角巴不听了，直起脖子，凝视着前方。阿尼玛卿冈日的眷顾是周到的，要是耳朵聋了听不见，还可以看见，在雪山群落中拔地而起的主峰，在主峰冰白莹洁的立面，能看到雪山化现天上的格萨尔：头戴金冠，一身白氅，右手紫螺，左手伞盖，龙马为骑，不怒而威。米玛问："看见了没？"角巴揉揉被雪光刺痛的眼说："要是看不见我做看的样子干什么？"父亲也看起来，看了半天才辨认出形象来，但好像不怎么清晰。角巴说："米玛看得最真，连伞盖上挂着几个铃铛，法螺不是左旋是右旋，都能看得一清二楚。"父亲说："你们都比我有福。"他还想看，发现再看下去眼睛受不了，便绕过岩石隙口，把豹子花拉过来，跟在角巴和米玛身后，继续磕头朝拜，直到夕阳西下。

该是休息的时候了。角巴支起了三石灶，米玛用铝锅端来了冰，干牛粪是背着的，抓出来用火镰打着，就开始化冰烧茶。晚饭很简单，酥油茶和糌粑。角巴正吃着，突然啊嘘一声说："我怎么把他忘啦？"又看看米玛，"你怎么也把他忘啦？"两个人几乎同时说："秋吉？"角巴用手掌抹着黧黑粗糙的脸说："你再让我想想，会不会是遇到了夹巴窝（强盗之家）的盗马贼秋吉？"父亲说："我没看到什么盗马贼。"角巴说："他们放出妖马偷你的马，贼是看不见的。"父亲惊叫一声："妖马？"早就听说过妖马，它是马界里的狐狸精，是迷倒魅惑儿马的母马精怪，现在又加上"夹巴窝的盗马贼"，到底怎么回事？角巴说起来：当初米玛为什么到了草原？就是夹巴窝的盗马贼秋吉把她抢来的。秋吉路过沁多草原的"一间房"时，被沁多部落的头人角巴德吉撞上了。角巴可怜这个哭哭啼啼的女孩，用三匹好马把她换了过来，想放她走她不走，说她家是海东地方的大庄户，秋吉为了抢夺她家的马群，害死了爹娘哥三口人。她现在一个亲人也没有了，回去怎么活？角巴只好让她留下来。渐渐地，就在"一间房"里，她成了他的女人，虽然不是妻子，但跟妻子是一个样子的。后来米玛认识了旦巴画师，就毅然决然地跟着他离开了沁多，不是她水性杨花、喜新厌旧，而是她不想让角巴倒霉，因为就算角巴的妻子能宽宏大量地容纳她，新社会的风气也不会允许她继续跟角巴在一起。父亲倒吸一口冷气："原来是这样？盗马贼秋吉还在夹巴窝？夹巴窝在哪里？"角巴说："夹巴窝就像牲畜的窝子，满草原移动，见了人就躲，谁知道在哪里？"父亲说："我要找，一定要找到。"米玛突然就像换了一个人，跳起来，咬牙切齿地说："你要是找到他，我就给你磕头。"角巴紧张地问："你要干什么？忘掉吧。"米玛说："这个仇忘不掉。"

　　父亲回到沁多县的第二天，县邮电局的人就来找他，说是州邮电局来了通知，他可以给生别离山寄信，不过递送得绕一下，先从县上到州上，再从州上到生别离山。父亲赶紧把上次没发的信交给了来人。从此他和母亲开始了旷日持久的通信联系，并用这种方式维持着他们越来越深的爱情。他知道这是王石干涉的结果，感激地想：下次再去看他，一定坐下来跟他好好吃顿饭，光喝酒不说事，一说事就起矛盾，现在的王石和他，都跟过去不一样啦。也是在这天，他去了一趟喜饶副县长的办公室，先提到电话，说在别的地方大街上都有电话啦，可是在我们县上，电话依然是政府和邮电局的专利，实在是不方便。喜饶当即拿起电话，问邮电局有没有可能在县城普及电话。对方说："那得增加交换机，还得埋电缆，架线路，谁掏钱？"喜饶说："当然是政府掏钱啦，然后通过电话费收回来。""恐怕收不回来，我们县用电话的人太少啦。"父亲在旁边大声说："不会少的，只能越来越多。"喜饶说："听见了吧，这是群众的呼声。"放下电话又说，"老师啦，县财政确实没钱，行政开支太大，国家的拨款哪里够，不贴补不行，一贴补别的事就别想干啦。电话的事恐怕还得再商量。"父亲说："我就知道是钱的事，你让邮电局做个预算，不太多的话三分之一由'沁多贸易'出。"喜饶高兴地说："噢呀，我就知道老师会这么说，我抓紧办。"父亲又说起贷款建造尼玛村康、昂欠谷的屠宰厂和冷库的事。"本来我想直接去县银行谈，但这次贷得多，没有政府的担保恐怕不行。""我不知道政府可不可以出面担保，就算能，也得请示旦增书记。""那就尽快。"喜饶有些为难地说："不能心急，我得找机会，等他高兴的时候再说。""他有什么不高兴的？""旦增书记当了这么多年县级领导，一直说要提拔到州上，他也做好了走的准备，但到现在省上也没有音信，他牢骚大得很，脾气不好。"

两天后喜饶来晋美商店找父亲，说是旦增书记想见见他。父亲说："要是有电话多好，说一声我就去啦，现在你还得跑来跑去。"到了旦增办公室，旦增不在，等了一会儿才回来。"强巴啦，你又开始管闲事啦，你要用电话，长长地拉一根线就行啦，出那么多钱干什么？有几个钱就烧包得慌，就不会存到银行里去？坐，你们两个都坐。"父亲说："我没有多少钱，也不是烧得慌，就是觉得大家为一句话跑来跑去地说，既浪费时间又浪费精力，没有速度，不讲效率，看着忙忙叨叨，其实是原地踏步。"旦增哼哼一笑："说得好，我也想讲效率、有速度，可就是由不得我。"喜饶讨好地说："要是大家都讲速度和效率，旦增书记早就是州上的大领导啦。"父亲说："不对吧，要是火箭速度的话，应该是地球的球长啦。"旦增说："你别挖苦我，再挖苦就别想在我这里办事。"父亲赶紧说："我的意思是，你早就应该是州长啦。""不扯我啦，说正事，这个电话嘛，我早就想让全县人民人手一部啦，就是钱不凑手。这样好不好？'沁多贸易'再多出一点。""多出多少？""出一半。"父亲犹豫着。旦增又说："你心肠善，你是活菩萨，你叫强巴，应该是出得越多越高兴才对啊。实话说，县上出三分之二的话，还得拖，一拖就拖到猴年马月去啦，一半的话，立马就可以办。"父亲一巴掌拍到桌子上："那就说定啦。"又用双手抓住自己的胸口，"阿嘘，我心疼死啦，'沁多贸易'没有多少钱，想往前走吧，钱袋子是瘪的，好在还有银行，能够贷款。"旦增说："贷款的事我听喜饶副县长说啦，又是尼玛村康，又是冷库，县银行肯定贷不出来，你得去找州银行。至于屠宰厂，县上本来就有一个，你还办什么？"父亲说："收费太高啦，屠宰不起。我们收购一只羊，再去县屠宰厂屠宰，成本就会高出两个百分点，还得把皮张、下水和头尾留下，亏吃大啦。"喜饶说："旦增书记的意思是，你可不可以把县屠宰厂吃掉？"父亲喊起来："我没有那么大胃口，吃不起。"喜饶说："不需要你花钱，只要你能给工人发工资发退休金就行。"父亲沉默着，一想就明白：屠宰厂是个亏损单位，发不起工资，成了县上的包袱。旦增说："强巴啦，活菩萨，今天把你请到这里来，就是为了解决这件事。"父亲说："这个我得好好想想，还得跟大家商量。"旦增说："我等你回话。"其实父亲是高兴的，县屠宰厂的设备还可以，接收它比建一座新屠宰厂要划算得多，再说本来"沁多贸易"就需要人，新招的还得培训，不如全盘拿来，还都是熟练工。他问："退休的人有多少？"旦增说："厂子历史短，能有多少？加上厂长，才三个。"父亲假装苦着脸说："我这个人最大的缺点就是脸皮薄耳朵软，一辈子改不了。""千万别改，改了就不是强巴啦。"当天晚上父亲就把晋美、顿珠、桑杰、果果叫到一起说了这事。大家很高兴，果果问："要不要喝酒？"晋美和顿珠都说："要。"

父亲和喜饶副县长很快签了转让合同，之后他骑着豹子花再次来到州上，进商店买了两瓶酒和一些糕点水果，在一个凄美如梦的黄昏来到州委大院，找到一块有草的墙角拴好马，走向了王石的家。王石刚下班，见了父亲不吭声，只是默默地开了大门。父亲笑嘻嘻地进去，大声问："嫂子呢？我来啦，喝酒的人来啦。"王石的妻子从厨房出来，笑道："他给你打电话了？""没有啊。""那你怎么来了？他这两天老念叨你。"王石说："谁念叨他了？"父亲放下礼物，坐下来东拉西扯。菜很快好了：洋芋牛肉、辣椒炒羊肉、蒜泥茄子、凉拌黄瓜。父亲开瓶斟酒。王石说："你又有什么事？先说清楚，不然我不敢喝酒。"父亲为难地叹口气："本来我是想好光喝酒不说事的，免得又吵架，但你既然问起来，我就不好隐瞒啦。"父亲说起"沁多贸易"的发展，说起贷款修建尼玛村康和冷库的事。王石说："我是真想帮你，但就是帮不了，前天我让教育局和银行联系，想以明年的教育经费作担保，贷出一笔款子来，修好通往沁多学校的路，再给学校多安些电话。你猜行长怎么说？你让书记把我撤了吧，银行的存储不多，只能维持正常营业，我没办法答应你们。当时你儿子就在我办公室等着，我只能让他失望。""江洋也来找你要钱啦？沁多学校不是正在扩建吗？""扩建费是专款专用，不包括修路和安装电话。"父亲猛喝了一口酒，闭上眼睛沉思起来，突然说："做一个拿不出钱的领导，挺难受吧？""那你以为？家长不好当。"父亲没有兴趣再聊什么，匆匆吃饱了肚子，打着酒嗝，起身告辞。王石说："住下吧？""还是回吧，明天有些事要办。嫂子，谢谢啦，你做的菜真好吃。"

父亲骑着豹子花连夜往回赶。寒星在天上眨眼，奇怪这个晚上应该睡觉的动物怎么还在走？深邃的黑蓝里，关注着地面的还有紧一阵松一阵的风，时而尖锐时而笨钝的风不停地推搡着人和马，马鬃飘扬着，衣服哗啦啦响，风的暴虐迎面而来，让你知道在一个寒冬腊月的夜晚，还有比暴雪更严酷的事实，那就是无雪。无雪的路上，雪窝子变得温暖而遥远。父亲后悔了，在炉火熊熊的王石家里睡一夜该多好？天太冷啦，往年可不是这样。也许不是比往年更冷，而是他身上没有了火气。没有火气的牧人，就得管羊皮叫阿爸啦。看样子我得穿厚一点，缝一件皮袍的要哩。再就是犯困，要是骑着日杂，他可以在马背上睡，把安全把方向都交给它。可是豹子花不行，它还不熟悉从州上到县上的路，也不一定能机警地躲开沟壑、狼群和旱獭洞，看主人不用缰绳指挥它，就停下不走了。好在远处传来了藏獒的叫声，引导着父亲走向了一顶比黑夜更黑的帐房。藏獒是懂事的，光叫不咬。父亲下马，望着帐房站一会儿，就见有个黑影走了出来。父亲说："扎西德勒，没穿皮袍的人冻得受不了啦，走夜路的人困得走不动啦，你家的藏獒真是好，它远远地说，来啊来啊到我家来啊。"那牧人说："虽然藏獒叫你来啦，还得看它让不让你进帐房，它要是让你进，帐房里的牛粪火和酥油茶就都是你的啦。"父亲拴了马，卸了鞍鞯，取下嚼子，走向了帐房，门边的藏獒丝毫没有阻拦的意思。牧人说："藏獒不咬的都是吉祥的人，进来吧，我家的毡铺说，这里有草原最香甜的睡梦。"父亲弯腰进去。女主人赶紧起身，要捅着炉灶烧酥油茶。父亲说："不用啦，嘴巴就像眼皮沾到一起啦，你没听到客人是打着呼噜进来的吗？"女主人说："牛粪火不架旺，尊贵的客人睡不踏实。你是哪里的嘛，这么辛苦地走夜路？"问着，却又丝毫不关心他的回答，弯下腰来嘘嘘地吹着炉灶。火苗升起来，茶壶吱吱地响。父亲打着盹喝了一碗滚烫的酥油茶，说了声谢谢，躺下便睡。

父亲第二天回到县上，正吃着卓玛做的面条，晋美、顿珠、果果就来了。父亲说："你们也吃一碗吧？比街上饭馆里的还要好，放了羊肉，还放了西红柿、小油菜、葱花和鸡蛋。"又冲着厨房喊道，"卓玛啦，你进步太大啦，这么香的面条都能做出来。"大家都说刚吃过。果果说："后悔死啦，刚才不吃饭就好啦。"卓玛从厨房出来说："那就再吃一点嘛。"果果说："吃一点就吃一点。"晋美和顿珠问起贷款的事，父亲就把经过说了。晋美说："这么说尼玛村康和冷库要吹啦？"父亲说："还不一定，我再想想办法。你们干你们的，每个部门的事只能干好不能干坏。"桑杰端上酥油茶来。大家信任地望着父亲，都说有办法就好。

父亲说的办法就是去找老才让。过了几天，当他再次站到老才让面前时，心里就已经不把自己当外人了。他说："才让场长啦，我是来报到的。"老才让说："你也该来啦，拖拉机和播种机过几天就到，怎么干不用我说了吧？""不用，一边培养驾驶员，一边考察草场，草场得按先低后高的顺序排列出来，草种的引进我得去省上的牧科所，估计问题不大。至于良马的培育，随时都可以开始，先按品种、公母、岁口、毛色大致分一下，再量尺寸，高低、长短、腿、臀、背、头、颈、肚等，然后登记造册，专马专喂，得多喂些能刺激发情的草料，为三月份开始的交配做准备。"老才让大感兴趣："你快坐，有这样的草料？""肯定有。"父亲坐下来又说，"你知不知道夹巴窝的盗马贼秋吉？日尕很有可能就是他盗走的，引诱日尕的黑母马明显是匹妖马，只有盗马贼才会培育这样的马。"老才让略感惊讶："秋吉？听说过这个人，他还活着？还在阿尼玛卿草原？他手里肯定有好马。""我也这么想，不过他的马再好也好不过日尕，不然他不会对日尕下手。"父亲说着，做出欲言又止的样子，长叹一声。老才让问："还有什么事？""你以前问过我，'沁多贸易'能不能合并到牧马场？我说不能，现在看来还是不能。但'沁多贸易'光靠自己是走不远的，我们面对草原牧人的需求必须建造一座尼玛村康，面对外面对畜产品的需求必须要有自己的冷库，做不到就只能垮掉。""那就做呗。""没钱怎么做？""呵呵，你跑来给我哭穷，什么意思？"父亲干干脆脆地说："借钱，或者由牧马场给我们贷款。"老才让不吭声了，想了半天才说："钱我们有，但不能借，只能入股。""我知道你的意思，到时候方便吞并我们。"父亲说着站了起来，"看来我得躲远一点。""你早不说晚不说，等我买了拖拉机和播种机你才说，是想要挟我吧？""就算是吧。""你也学得狡诈起来啦。"老才让摆摆手，示意他坐下，"看在你两次救我命的分上，我可以先把钱借给你，等你肥了再吞并你。"父亲坐了下来："你这样说我就不想谢谢你啦，我等着你来吞并我。""好，我们一言为定。"

又说了一些"沁多贸易"目前的经营状况，父亲突然变了话题："还有件事，我想了几天，不知道该不该给你说，该的理由是，既然我在给你干，就得为你考虑，你的形象也是我的形象。不该的理由是，你百分之九十会拒绝，因为这是州上该管的事，不是牧马场的事。"老才让警惕地瞪着父亲："你又想说什么啦？""还是钱，这是你唯一的资本，这次不是借，是捐。""哪里的乞丐，我不感兴趣。""就算是乞丐，也是你求之不得的乞丐。现在去沁多学校只有一条又窄又烂的土路，基本不算路，学校想把路修好，再通一路公共汽车，州上没钱，解决不了，一直拖着。学校现在办得不错，名气很大，你要是能把路修好，既是雪中送炭又是锦上添花。"老才让一脸狡黠地盯着父亲："谁不知道你儿子是学校校长？""所以我才把好事揽过来了嘛。你想想，老师来自四面八方，学生遍布阿尼玛卿草原，这些人会怎么说？州上办不了的，才让场长吹口气就办啦，那你的名声就好听死啦，到处都有人举着大拇指念叨你。"老才让站了起来："你走吧，快点走，再不走的话，不知道又会冒出什么名堂来，又是给'沁多贸易'借钱，又是给沁多学校捐钱，光鲜话说了一大堆，还都让人没办法拒绝，收获不错呀，你来这一趟。我到底还是没有看错你，是个人才，居然能把我老才让说动。不过我还是要提醒你，别老盯着我的钱，给我好好干。""我是不好好干的人吗？"第二天，父亲给我打来电话，让我尽快去一趟牧马场，最好能带上预算，直接找老才让。我高兴地说："谢谢啦，阿爸，扎西德勒，阿爸。"父亲又问："你新年在哪里过？"我说："我想去看阿妈，又想回西宁。""你还是不要去生别离山，你阿妈不希望有人打搅，回西宁吧，我也回，不回的话姥爷姥姥会担心，再说你阿妈也希望我们多跟老人在一起。"

下雪了，沉思的草原放弃了显现，选择了隐藏，来自天上的飘洒又一次把荒凉和寂静凝固在大地之野，同时洒向人间的还有忧郁和悲伤：牛羊和马匹被困在积雪里，饥饿和寒冷以夺命的方式袭击而来，死亡正在发生，草场退化，秋膘不足，冻死是很容易的，一夜之间就是尺雪埋尸。牧人们尽量把羊羔抱进帐房，想喂孩子的母羊就里三层外三层地围着帐房咩咩地叫。牦牛还好些，披纷的长毛在这个时候发挥了无与伦比的作用。马们挤在一起，瑟瑟地发抖，强健一点的就用蹄子刨挖覆雪，但很多时候刨挖是无效的，下面并没有期待的牧草。在牧马场忙完草场考察和马匹登记的父亲，不顾大雪的堵挡回到了沁多县桑杰的家里，第一件事就是跟销售部经理顿珠和畜产品收购部经理桑杰商量：牧人们还是老习惯，不吃不卖冻死的牛羊，"沁多贸易"能不能在冻死之前就去收购？顿珠说："这时候收购的牛羊又瘦又弱，来了就得宰杀，怕来不及，运到西宁后价格肯定上不去。"父亲说："上不去没关系，少赚一点就是啦，我给马福禄说。"桑杰说："宰杀得快，收购也得快，我们人手不够，跑不过来。"父亲说："我跟喜饶商量，看政府那边能不能帮个忙。""沁多贸易"的几个头面人物家里都已经安装了电话，打电话的结果是，喜饶副县长说了十几个"噢呀"，既是答应也是赞美："这样的话牧人的损失就少多啦。我们两家联合起来跑，越快越好，路现在还能走，天气预报说，雪会越来越大。"父亲放下电话说："桑杰你问问卓玛，我们有多少现金，都带上。"又给果果打电话，要求运输部今天就出发。运输部已经从县运输公司挖过来两个人，果果完全可以不必自己去，但他说雪天里出车他不放心，只能让张丽影委屈几天啦。父亲才知道果果把张丽影接来了，就说："我去看看她。"

父亲就是想问问母亲的近况。张丽影说："我还是给你说实话吧，创面有干枯的有结疤的，说明治疗不是没有一点效果，但新的脓疡还在出现，每个星期都有浸润和弥漫，说明效果不理想，麻木性的皮肤损害和神经粗大又在增加，很可能会出现肢端残废，苗姐姐已经做好思想准备，家里人也得接受这个现实。"父亲忧虑的脸色变成了黑夜，眼泪几乎掉下来："西药不顶用，藏药也不顶用，怎么回事嘛？""我们还在想办法，旧的方案淘汰了几次，新的方案会不断跟上，苗姐姐和我们都不会放弃。"父亲沉默了一会儿，突然抬起头，勉强一笑："结婚的日子定了没？"张丽影说："日子好办，你只要给果果放几天假，什么时候都行。"父亲说："你们把日子定下来，果果随时都可以请假，但最多只能请一个月，不能太多。"张丽影惊喜地说："够多的啦。"望了一眼果果，又说，"领了证，请大家吃顿饭，婚礼就不举行啦。"父亲说："不行，'沁多贸易'的人怎么能偷偷摸摸结婚？生别离山是你的娘家，在那里吃上马席，在县上吃下马席，婚礼主要在县上，饭馆订最好的。"果果和张丽影都说："不不不不。""为什么？"果果说："当初我们的事别人都还记得，名声不好。"父亲说："现在看来不过是个婚外恋，法律管不着。再说正因为有过去的事，才要在县上办，而且要隆重，让别人看看，跌倒的人不仅爬起来啦，还挺得这么直，站得这么高。你们听我的。"果果和张丽影对视了一下，没再说什么。父亲说："走吧。"果果问："你也去？"父亲说："你不放心车，我不放心你。"

2

　　县上出动了六辆卡车，"沁多贸易"出动了一辆卡车和一辆救护车，县上一路由桑杰带着，"沁多贸易"一路由父亲带着。无边的原野上是无边的皓白，雪帘一层比一层厚，地面上消失了路和草原的区别，迷蒙的前方不再有熟悉的山影与河流，天正在掉下来，雪花像是天塌时的粉末，带着新鲜的宇宙的气息，也带着迷惑你走下悬崖走进河流的阴险。好在司机们都是跑了许多次的，轻车熟路，而且冬天牧人的帐房都扎在平坦的川道里，只要不迷失方向，就能听到若断丝连的藏獒的叫声，看到影影绰绰的帐房。他们一次次停下，一次次收购，三天后回到县上，已是车厢满满，再也装不下了。父亲当即决定：免了屠宰，直接运到西宁出售活牛活羊，价钱不变，连皮带毛，或许人家会买了去，育肥了再宰。父亲和果果留下了，由晋美押着车往西宁赶，因为他恰好要去批发市场进些商品，为晋美商店和顿珠商店准备足够的货源，几乎挨在一起的藏历新年和农历春节就要到了。

父亲长喘一口气，好好睡了一觉，等他醒来时，我到了，我想和父亲一起去西宁。吃晚饭时，父亲问桑杰打算去哪里过新年，桑杰说："在县上的话就我们两个，太冷清啦，想回家吧，角巴阿爸和米玛阿妈又不在。我和卓玛商量，干脆把家里人请到这里来。"父亲说："他们来不了，索南和尼玛得照顾牲畜，旺姆得照顾两个男人和格列。这样好不好？我们一起去西宁，西宁人多，热闹，再说卓玛还没去过西宁，你应该带她去逛逛。"桑杰犹豫着。父亲说："卓玛你说，想不想去？"卓玛说："想去是想去，我看他。"我说："桑杰阿爸啦，去吧，你不想梅朵吗？梅朵还想你呢。"桑杰点了点头。父亲说："让果果和张丽影也去吧，开着车方便些。"然后抓起了电话。那边，果果有些迟疑，他似乎喜欢跟张丽影单独在一起。父亲说："张丽影多长时间没去西宁啦？带她去看看吧，变化有多大。再说你们也得为结婚做准备啦，至少一人得买几件新衣服吧，西宁的样式多，还时髦。你问张丽影她结婚时穿藏袍还是穿汉装，穿藏袍的话必须到西宁去买，皮的、单的、夹的，各种颜色、各种料子都有，随便挑。"果果说："你别挂，我这就跟她商量。"片刻，果果拿起话筒高兴地说："噢呀，我们去西宁看看姥爷姥姥，多长时间没见他们啦。"父亲说："就是这个意思，看了姥爷姥姥，让张丽影回医疗所给苗医生讲讲，苗医生会高兴的。"

隐藏了几天的太阳出来了很久，雪才不情不愿地停下来。救护车从西宁回来了，卸了货，果果便去维修和加油。我们开始准备礼物：顿珠送来了羊身上最好吃的胸叉肉和牛身上最好吃的肋巴肉，羊胸叉肥而不腻，香嫩脆滑，牛肋巴肉细鲜香，松软易烂，水煮炒菜都不会柴。晋美送来了两丈细氆氇，可做被面也可做衣服，还有一瓶藏红花和一个麝香。果果带上了一布袋上等的蕨麻，还拿了好多冬虫夏草，说是从牧人手里要的："他们说马吃了以后膘肥体壮，我自己也吃了一点，精神大，开车不累，还那个。我想给姥爷姥姥带去，让他们当茶喝。"桑杰带上了一些细糌粑、一些粗糌粑、几张羔皮、一羊肚新鲜酥油和一些奶皮。父亲说："够啦够啦，现在不缺吃不缺穿，带多了浪费。"腊月二十七这天，我们坐着救护车，踏上了去西宁的路。消停了几天的雪又开始洒落，一落就很冲，急雪弥漫，天上波涛汹涌，风在雪海里乱跑，掀起坚硬的高山深谷，一次次想把我们掩埋吃掉。地上的雪浪一浪比一浪高，我们的车变成了船，舵手是果果，船长是父亲。张丽影担忧地说："这么大的雪，恐怕到不了家吧？困在半路上就麻烦啦。"父亲说："放心吧，不会。"果果说："能让你困在半路上的，一定不是真正的男人。"张丽影笑道："那就多谢啦，真正的男人。"我说："近朱者赤近墨者黑，你也会说'啦'啦？"张丽影说："以前说'了'，听他整天'啦啦啦'的，不知不觉就跟着'啦'上啦。"我说："果果啦，唱一首歌吧，献给跟你'啦'上的这个人。"果果唱起来，我也跟着唱起来，大家都唱起来：

> 我知道我知道哪里会有盛开的花朵，
> 当我偷偷把它摘去时它却没有枯缩，
> 戴在妹妹头上比长在地上更鲜艳吗？
> 我闻到一阵阵芳香它来自你的脸庞。

> 你别说你别说你是远方山上的小鸟，
> 有人悄悄把你捉去了你却没有逃跑，
> 在哥哥的笼子里比自由飞翔更好吗？
> 我听到房檐下爱死你爱死你的呢喃。

　　急刹车让我们的歌声戛然而止。大家都瞪起眼睛：怎么了前面？雪幕后面，耸立着一座山，不，是一辆覆雪的卡车停靠在路边。果果说："这种时候路上还有车？"父亲说："那我们不是也在路上吗？"果果扭转方向盘，从卡车身边经过。我们都望着卡车，发现车头盖是打开的，有人正趴在上面修着什么。父亲说："停下停下。"父亲下去了，跟那人说了几句话，又过来问果果："发动机出问题啦，你会不会修？"果果说："只要没坏我就会修。"张丽影说："没坏的话我也

488

会修。"果果笑着下车过去，帮那人捣鼓了一阵，回来说："他比我还不懂，我都没办法，他肯定修不好。"父亲说："是牧马场的车，得通知老才让，赶快派人来修，或者派车拖回去。"果果说："那我们赶紧走，到了西宁就给牧马场打电话。"父亲说："这么大的雪，我们最快明天晚上才能到达西宁，再通知牧马场的人赶到这里，抛锚车至少要在这里等三天三夜。要是我们返回去，让我们的卡车来拖，最多一天就能到县上，到县上人车就安全啦。"张丽影说："这样不好吧，我们冻死八活地在大雪里跑来跑去，出了事怎么办？我现在恨不得马上去到西宁，不想回县上啦。"父亲说："果果你决定吧，听我的还是听你未婚妻的。"果果不吭声，开着车慢腾腾地朝西宁走去。走出去大约两百米，张丽影喊起来："果果你疯啦，你不是藏族人吗，怎么能听我的？"果果说："我不听你的听谁的？"张丽影说："我是在考验你呢。"果果哈哈一笑："我也可以考验考验你嘛。"说着掉转车头，加快速度，直奔沁多县。我们回到县上，果果叫上另外一个司机，又开着"沁多贸易"的卡车，去拖拉牧马场的抛锚车，我也跟去了。我们于午夜回到县上，把抛锚车停在晋美家的门口，嘱托他照顾司机。司机一再地双手合十，说着谢谢。果果说："好好念叨雪山大地吧，人的福气来自天上。"我们于第二天早晨再次上路，雪还在下，车的行驶有些勉强，不过还不至于困在半路上。三天后到达西宁，已是除夕之夜了。

一听到巷口有停车的响动，家里人就都出来了。有姥爷、姥姥、才让、梅朵、洛洛、央金、普赤、琼吉。他们没想到一下子回来了这么多人，一个个惊叫起来。才让和梅朵扑到桑杰和卓玛身上，激动地喊着："阿爸啦，阿妈啦。"又规规矩矩行了接吻礼。巷灯虽然很亮，但姥爷姥姥还是把张丽影认成了母亲，流着眼泪说："你怎么才回来？"我赶紧介绍："这是张丽影阿姨，是果果叔叔的未婚妻，跟阿妈在一个医疗所。医疗所的病人太多，阿妈忙得来不了，就让张阿姨来看看你们。"姥姥凑到跟前看了看张丽影，失望地哎哟一声："还是没来呗。"姥爷生怕张丽影不自在，赶紧说："不管是谁，来了都一样，都一样。"梅朵又把桑杰和卓玛拉过来说："这是我的亲阿爸。"姥爷说："他来过，我还记得。"梅朵又说："这是我草原上的阿妈。"姥爷说："这个阿妈没来过呗？"卓玛把手里的两条哈达分别挂在姥爷姥姥脖子上，用汉话说："我是第一次来，扎西德勒。"姥姥叹口气，对父亲说："人家都是一对一对的，你们怎么老是不一起来？"父亲说："以后吧，以后吧。"我赶紧说："阿妈好得很，姥姥你就别操心啦。"才让说："天这么冷，进屋去说吧。"大家提着东西往里走。我和梅朵手拉着手，她使劲掐了我一下，小声说："怎么才来？想死我啦。"

从草原回来的人都坐在了炕上，西宁的人都坐在了椅子凳子上。炕桌上摆着瓜子、核桃、糖果、油炸的馓子、花花（一种彩色的片状面点）、油饼、焜锅、切成片的大月饼——带面花的表皮下是一层油瓤、一层红曲、一层香豆、一层姜黄，好看得都不忍心吃它。姥爷姥姥进了厨房，梅朵和央金也去帮忙，菜陆续上来了，除了年年都吃的手抓羊肉、红烧牛肉、酸菜粉条、油豆腐炒肉、蕨麻大枣甜米饭，还有这几年才开始兴起来的炒花生米、韭菜炒香肠、辣椒炒火腿肠、松花蛋、灯影牛肉、粉蒸猪肉、辣子鸡块、鸡蛋羹、紫菜丸子汤。每样菜都盛两份，一份放在炕桌上，一份放在临时支起的紧挨着炕沿的长条桌上。从远路上来的人都饿了，有的吃着馓子，有的吃着花花。梅朵说："动筷子吃菜啊。"父亲说："等姥爷姥姥。"梅朵就喊："姥爷啦，姥姥啦，快来。"姥爷说："就来了。"端着一盘辣炒刀豆丝洋芋丝走出了厨房，姥姥跟在后面，不停地在围裙上擦着手。央金接过菜放到桌子上。梅朵先把姥爷扶上了炕，又解掉姥姥的围裙说："姥姥，我抱你上去吧？"姥姥说："抱得动你就抱。"梅朵使劲抱了一下，姥姥咕咕咕笑着，没见到母亲的不快就在这一阵笑声中烟消云散了。才让从堂屋桌上拿来一瓶二锅头，显然是他从北京带来的，又让琼吉拿酒盅。琼吉问："酒盅在哪？"梅朵说："我来。"走向堂屋正中一角的矮柜，取出了早已准备好的酒碟、酒壶和酒盅。

年夜饭正式开始了。一个葱绿的碟子里放着三个葱绿的小酒盅，父亲先敬了姥爷，后敬了姥姥；然后才让代表我们这一辈敬了桑杰阿爸、卓玛阿妈、强巴阿爸、央金姨妈、果果叔叔、张丽影阿姨。剩下的人互相敬了酒。"扎西德勒"喊成一片，连姥爷姥姥也不说福气多多、恭喜发财之类的话，而说"扎西德勒"了。姥爷从怀里摸出几个早已准备好的红包。父亲说："磕头啦，磕头啦，姥爷散年钱啦。"琼吉问："有没有我的？"才让说："不能再有你的啦，你已经开始挣钱啦。"她假装失望地噘起嘴，哼了一声。琼吉已经从西北大学英语系毕业，回到省上后分到师院附中当老师。才让希望她边工作边复习，准备考北京外语学院的研究生，她觉得也应该这样，但就是静不下心来。这边，普赤已经上炕跪下了，磕了头，说着"谢谢"从姥爷手里接过了年钱。琼吉说："还有才让，才让也没有工作。"才让说："我不要，我有奖学金。"姥爷说："那又不是工资。"说着从炕后叠起的被子底下摸出一个红包，欠起身子递过来。才让赶紧接住，也跪下磕了一个头，然后说："姥爷姥姥啦，你们自己舍不得吃舍不得穿，把钱省下来给我们，谢谢啦。"姥爷说："这个寄一些，那个给一些，我们花不完，攒着干什么，又不能带到阴曹地府去。"琼吉说："才让哥哥的红包怎么比普赤的厚？"姥爷说："才让要出国，手头宽裕些好。"父亲说："普赤将来要是能考到国外去，红包比枕头还要厚。"普赤笑道："强巴阿爸啦，你说话可要算数。"我有些奇怪：本来打算尽快去美国斯坦福大学深造的才让怎么到现在还没有出去？问起来。他说："哈风老师的研究项目遇到了难题，我一直在参与，不能丢下不管。再说项目完成的话，对我也有好处，就好比先前是从地球到月亮，哈风老师的项目会让我登上月亮，再登上火星。"我说："噢呀，那就太好啦，什么时候能完成？"才让说："还不一定，顺利的话两三个月，不顺利的话拖上两三年也很正常。"父亲说："那就祈求雪山大地保佑你们，顺顺利利完成吧。"桑杰说："我去一趟阿尼琼贡的要哩。"卓玛说："噢呀，噢呀，我也去。"果果说："现在方便，开上摩托车很快就到啦。"张丽影说："我也想学开摩托车，以后就不用你去生别离山接我啦。"果果说："你骑上电马肯定很威风，摩托车我给你买。"

张丽影说:"不用,我的工资花不完,放着也是放着。"我生怕张丽影再提生别离山,赶紧说:"阿姨啦,你就没想过改个名字,就像强巴阿爸和我一样?""果果也说让我改,还没来得及请教医疗所的曼巴。"梅朵说:"也可以自己起,让强巴阿爸起一个吧。"父亲说:"桑杰起一个,最好不要跟家里人重复。"桑杰想着。卓玛小心翼翼地说:"卓嘎素喜?"才让说:"吉祥的白度母手里捧着洁白的哈达,阿姨正好是穿白大褂的。"洛洛说:"好得很,简称素喜。"央金问:"怎么样?"张丽影说:"可以啊,太好啦。"又征询地望着果果。果果说:"那就干杯。"大家欢呼张丽影改名成功,都端起了自己面前的小酒盅。普赤说:"我跟大家已经见过面啦,明天我想回草原。"琼吉说:"你傻了,这里这么热闹。"普赤说:"就是因为太热闹,我才想回去。"说着,眼圈就湿了,"我想我爷爷我阿爸我阿妈啦。"桑杰说:"角巴阿爸和阿妈转山去啦,不回家过年,你去了也见不上。"普赤说:"那家里的人就更少,只有阿爸阿妈啦。"央金说:"你忘啦,还有格列和索南?"梅朵说:"她才没忘,是故意不说的。"又拿出手绢给普赤擦眼泪,"你是想你的索南哥哥了吧?"普赤说:"想就想啦,又不丢人。"梅朵说:"既然不丢人,为什么不说出来?"普赤扑到梅朵身上又捶又打。梅朵嘻嘻哈哈地说:"阿爸啦,你们怎么不把索南也带来?"

外面突然响起了鞭炮声。才让说:"我们也去放。"正要去堂屋桌上拿鞭炮,梅朵抱起鞭炮、火柴和香就往外面跑。姥姥喊道:"把外衣穿上,小心感冒。"家里的年轻人都开始穿衣服,然后来到了巷口。卓玛没见过放炮,素喜差不多忘记了鞭炮,也都出来看热闹。先是梅朵点着了一挂铺在地上的炮,响过之后,才让点着了二踢脚。我拆了挂鞭,一只手掐着小炮,一只手拿着香,用香点着小炮后,伸直胳膊,扭过脸去,咚的一声响,手被震得有点麻。梅朵也学着我的样子放起来。普赤不敢拿在手里放,就跟着才让去放立在地上的二踢脚。姥姥拿着梅朵的棉衣出来,披到梅朵身上说:"赶紧穿好,看你冻得都吸溜了。"梅朵套着袖子说:"姥姥啦,我忘了拿竹竿。"姥姥就捯着小脚回去给梅朵拿竹竿。才让说:"必须每个人都放。"然后把手中冒烟的香给了洛洛，又把二踢脚顺着马路立了一排。洛洛放了一个，接着普赤、琼吉、央金和我依次放了一个。梅朵把一挂鞭绑到竹竿上说："卓玛阿妈啦，你放这个，举着，我给你点。"卓玛就用双手举起了竹竿。梅朵点着后，噼里啪啦一阵响，吓得卓玛扔掉就跑。大家哈哈大笑。梅朵捡起来继续放。我说："谁敢把二踢脚拿在手里放？"才让说："我敢。"然后用手举着放了一个，一声响在地上，一声响在天上。梅朵把最后一挂鞭绑在竹竿上说："素喜阿姨啦，这次该你啦，你可不能像阿妈一样扔掉。"素喜笑着接过了竹竿。梅朵点着了，又扑过来攥住了素喜的手。鞭炮就在她们两个人的手中噼里啪啦响到最后。院子里别家的人也都出来放炮。大家说着笑着问候着。姥姥站在巷子里喊："快回来，冻死了。"卓玛、素喜和央金率先朝家走去。洛洛和普赤意犹未尽，但也听话地跟了过去。琼吉继续跟院子里的人玩着。梅朵跑过去，扑到姥姥怀里说："姥姥啦，我都发抖啦。"姥姥赶紧搂住她。才让不想让姥姥操心，催促琼吉回家，看她不听，就拉起她的手往家里拽着。梅朵挣脱姥姥的怀抱跑过来，以嫂子的口气说："你给我听话，回去。"琼吉笑道："才让的力气太大了，梅朵姐姐，你抱住我的腰，看他还拉得动不。"梅朵说："我才不呢。"说着从才让的手里接过琼吉，拉她往家里走。琼吉不服气地哼哼着，却还是乖乖地跟在了后面。

大家回到家里继续吃喝说话。凌晨时分，姥爷姥姥下炕，开始拌馅和揉面。一会儿撤了碗碟，开始包饺子。果果一路开车，累了，歪在炕上，打起了呼噜。父亲、桑杰和洛洛也都高一下低一下地打着盹儿，有些撑不住了。姥姥说："大家迷糊一会儿，饺子不用你们管。"梅朵说："那怎么行？姥爷姥姥你们到西厢房躺着去，饺子我们包。"央金也推搡着两个老人："去吧去吧。"姥爷说："我们瞌睡少，睡不着。"梅朵说："那就大家一起包，不会的，跟着学。"姥爷和才让擀皮，姥姥、梅朵和央金熟练地包着，卓玛、普赤、琼吉和素喜跟着学起来。梅朵不停地指导着，炫耀地说："姥姥啦，我跟着你包了两次就学会了是吧？"姥姥说："你和央金的手都巧。""但是你得说谁最巧。"姥姥说："你最巧。"又笑道，"她什么事都想占先。"梅朵还不肯，把自己包的一只饺子放到央金包的饺子旁边，"你们说，她的好还是我的好？"卓玛说："央金的好，馅儿多，像一只只麻雀，好看。"梅朵又问另外几个徒弟："你们说。"素喜说："都好。"琼吉说："才不是呢，就是央金姨妈的好。"普赤说："梅朵姐姐，你包得太快啦。"梅朵说："姥爷姥姥啦，你们说。"姥爷说："你的好你的好。"梅朵说："姥爷姥姥啦，你们对我太偏心了吧？其实我也知道央金姨妈包的比我好。"央金笑着，没有吭声。才让说："普赤你去睡一会儿，明天还要上路呢。"

第二天早晨吃了饺子，姥爷姥姥便又给普赤准备路上吃的和带去家里的礼物。梅朵说："姥爷姥姥啦，肉就不要带啦，草原上全是肉，就带家里人很少吃到的，馓子和大月饼。"姥爷说："不行，草原上的肉都是水煮的，没有酱牛肉、卤肘子、红烧甜排骨，再说普赤路上也得吃。"姥姥说："带些大米吧？"父亲说："不用，家里有，现在县城商店里都能买到。"姥爷又说："那就把炒花生米带上。"父亲说："这个好，花花和核桃也带一点。"临走时，普赤掂了掂沉甸甸的帆布旅行包说："太多啦，我都提不动啦。"父亲说："到了县上你就去找晋美叔叔，他会开着摩托车送你到家里，就是不知道大年初一西宁发不发长途客车。"果果开着车，拉着父亲、桑杰、卓玛、梅朵、才让、素喜和我，送普赤去了冷冷清清的长途汽车站，到了窗口一打听，不禁长舒一口气，初一是照常发车的，车就要启动。

送走了普赤，我们又去了省歌舞团家属院我和梅朵的家。家在二楼，两室一厅的中套，加上厨房、卫生间和阳台、阴台，感觉挺大的，两间卧室摆了两张大床，小间是梅朵和我的，大间是给姥爷姥姥准备的。但姥爷姥姥不肯搬过来住，四合院老房子的产权属于房产局，要是不住人，就会收回去。姥爷说："以后吧，等平房住不成了再搬家。"西宁的大部分四合院都是解放那年从地主门宦、商贾财主手里没收来的，从来没有维修过，已经很旧很破了，墙酥顶塌的不少，街道上总有人说："恐怕要拆了吧？"姥爷说的"住不成了"指的

494

就是拆迁。姥爷姥姥不来这边住，梅朵就只好去那边住。两个老人自然高兴，变着花样给她做好吃的。也就是说，只有我回来时，梅朵才会住自己家。按照保证书上写的，我每个月都会来一趟西宁，待一天就走；也会每天给她打电话，互相听听对方的声音。省歌舞团没有食言，给她的房子里安了电话，只要不外出演出和紧急排练，她每天中午都会待在电话旁。电话在客厅，那儿挂着几幅雪山草原的画和一个镜框，镜框里就装着我的保证书。在梅朵看来，我的保证书跟雪山大地同样重要，都是她的精神主宰。大家参观了一下房间，就坐下来说话。父亲拿起电话，打给了晋美，双方都说着"扎西德勒"，按照新年的规矩祝福了对方。晋美说："噢呀，我会去汽车站接普赤的，再送她回家。"梅朵说："桑杰阿爸和卓玛阿妈就睡姥爷姥姥的大房间，果果叔叔和素喜阿姨睡小房间，我跟江洋睡客厅，可以睡沙发，也可以打地铺。"没有人客气，都说"噢呀，噢呀"。房子里有暖气，热得桑杰和卓玛赶紧脱皮袍。梅朵把卓玛带到卫生间，教她如何使用抽水马桶，如何使用淋浴开关，可能教了半天卓玛还是不得要领，梅朵说："等一会儿我们两个一起洗澡，洗一次你就会啦。"父亲说："睡到下午，你们就过去吃饭。"果果说："我把你们送回去。"父亲说："你太累啦，坐你的车心是悬着的，快睡觉吧。"说着和果果一起打了一个长长的哈欠。

初一的晚饭姥爷姥姥做了臊子面，还把年夜饭的剩菜也端了上来。大家吃得很开心。梅朵说："姥爷啦，我想吃酸菜。"姥爷又去切了一盘辣面酸菜，吃得大家满头冒汗。卓玛赶紧请教：臊子面怎么做？梅朵就抢着给阿妈讲，不时地问姥爷姥姥："对不对？"姥爷姥姥说："对，对。"才让说："既然你什么都知道，你为什么不做？"梅朵急了："姥爷姥姥不让我做。"央金说："下次回草原你做，没有人不让你做。"梅朵说："可以啊，但是没有你的份。""为什么？""因为你年龄比我大不了多少就让我叫你姨妈，我已经吃亏啦。"吃了饭，央金说也可以分几个人到她家去睡，她家是套间，里间外间都可以睡人。梅朵说："那我和江洋过去吧，我们睡里间。"果果开车先送洛洛、央金、梅朵和我去了市歌舞团，再拉着桑杰、卓玛、素喜去了我家。四合院这边，姥爷、父亲、才让睡在了东厢房，姥姥和琼吉睡在了西厢房。这一夜，所有人都睡得很香。

初二这天，我们还是在姥爷姥姥这边集合，吃了早饭，就互相拉扯着上街去了。我们先来到西门口，正在往百货商店走，就听有人大喊一声："大老板来了吗？强巴，强巴。"大家都回过头去，只有父亲不理睬，继续扬头往前走。马福禄追上来，挡在父亲面前，一边后退一边说："怎么了，不认识我了？"父亲说："我最怕的就是让你看见，我们过年你们忙，不想打搅。"马福禄说："你来视察一下，怎么会是打搅？走走走，到店里坐坐。""就不去啦，人多。""你必须去，看看我的门市，已经不是杂货店了。"父亲就招呼大家跟着马福禄去了他的店。店面比过去阔多了，隔壁的两家同样做杂货生意的商店被他并了过来，门楣上挂着一个很气派的匾额："福禄寿贸易公司"。我们进去，看看里面的货物，主要是"沁多贸易"的牛羊肉和皮张，批发和零售兼顾，顾客挺多。又去了公司后面的院子和仓库，随便转了转，最后来到马福禄的办公室。办公室很大，沿墙摆着一溜儿红色皮沙发，我们十几个人都没坐满。他又叫人端茶倒水，拿果品招待。父亲说："不用啦，我们还要去逛商店，买东西。"马福禄说："你们需要什么？给我说。"父亲说："我们需要两斤羊肉。"马福禄哈哈一笑："嫌我的公司没有你看上的，那我给你们指路呗。"梅朵说："叔叔啦，我们要买衣服。"马福禄说："那就一直往东走，除了西大街百货商店和大十字百货商店，还有一些服装专卖店，过了大十字往东，是姊妹商店和民族用品商店，再往东是聚福海。"梅朵说："别的都知道，聚福海是什么没去过。"马福禄说："聚福海是吃饭的，西宁最好的回族菜都在那里。"父亲说："我们不去吃饭。"马福禄说："去，必须去，我马上打电话订一桌，不然的话我算什么？连顿饭都请不起吗？"梅朵说："不行，我们得回去吃，姥爷姥姥还在家里忙着做呢。"马福禄说："这有什么难的？你们逛你们的，我开车去通知姥爷姥姥，让他们消停一下，再把他们接到聚福海，等着你们。"梅朵愣了，不知道好还是不好，看着我们。我们也不知道。父亲说："那就让姥爷姥姥今天休息，我们听你的，谢谢啦。"马福禄说："还是大老板干脆。""啊嗫。"梅朵欢呼起来。父亲又说："不过你的摩托车两个老人怎么坐？""已经不是摩托车了。"马福禄拉着父亲来到窗口，指着院子里的一辆白色轿车说："怎么样，尕汽车？我的。"父亲吃惊地问："私人也可以买轿车啦？"

　　我们从西往东一路逛下去，该去的商店都去了，每个人都多多少少买了些东西。素喜给果果买了双皮鞋，央金给洛洛买了件外衣，琼吉给才让买了件毛衣，梅朵给姥爷买了一件外衣、一双布棉鞋，给姥姥买了一件毛衣、两条内裤，给桑杰阿爸买了一件衬衣、一双皮鞋，给卓玛阿妈和苗苗阿妈也各买了一件毛衣、一条外裤，又要给父亲买，父亲说："你别乱买，我什么也不需要，就需要一件藏袍。"可藏袍是最难买的，西大街百货商店品种太少，大十字百货商店品种虽多，但都是来自康巴地区的货，大而肥不说，也太艳，大红、水绿、明黄、宝石蓝的居多，还都是单袍。到了民族用品商店，大家这才觉得来对了地方，那么多藏袍，还有各式各样做藏袍的料子。女人们开始挑选，试穿，比较，评价，互相征求意见，男人们坐在商店中间的沙发上聊起了天。卓玛突然喊起来："桑杰啦，你过来看看。"桑杰赶紧过去给卓玛拿主意。她看好的都是夹袍，在草原上春夏秋都能穿，一件枣红的、一件果绿的、一件深绿的，深绿的给米玛，果绿的给旺姆，她自己想要枣红的，又觉得深绿的更好看。桑杰说："你喜欢的话枣红和深绿都买上。"卓玛说："太贵啦。"桑杰说："心里舒坦就好，贵不怕，我身上装着钱。"卓玛还在犹豫。桑杰卷起藏袍说："钱我装来了就不打算装回去啦，你不要白不要。"卓玛说："都花完了怎么办？""过去我们没有钱，不是也照样过嘛。""噢呀。"卓玛说着，瞅了一眼素喜，不禁赞叹起来："太漂亮啦。"素喜选了两件，一件夹袍，一件皮袍。墨绿色的皮袍尤其好看，海棠牡丹锦的花纹，水獭皮的镶边，显得她高挑袅娜。她一再地走到镜子前，又一再地看看缀在上面的价格。果果说："别担心钱，我挣了就是为你花的。"素喜说：

"钱我有，工资都攒着，可一件衣服就几千块，还是舍不得。"说着，脱下来放到了柜台上，"不要啦，就把夹袍给我包上。"果果说："素喜你去给央金参谋一下。"素喜过去了。果果悄悄对售货员说："夹袍和皮袍都包上，我付钱。"央金想给洛洛买一件男夹袍，洛洛喜欢深蓝的，央金却选了紫红的，两个人正在争执。央金说："紫红的穿上才像个男人嘛。"素喜说："你还是听洛洛的，他自己的衣服他喜欢才好。"央金说："不对吧，衣服是别人喜欢才好。不过他喜欢深蓝就深蓝吧，也挺好的。"洛洛想了想，突然又变卦了："那还是要紫红的吧，央金在城里待的时间长，眼光应该比我好。"

之后，央金又给已回草原的侄女普赤挑了一件浅绿的夹袍，付钱时琼吉抓住了她的手："我给普赤买，我已经挣钱啦。"她知道洛洛没有固定的收入，央金的工资是两个人花的，肯定有点紧。央金想说她除了工资还有一些演出收入，又不想争来争去惹人注意，也就罢了。付了钱，琼吉想给自己买一件藏袍，挑了件梅花锦的夹袍，看了看价钱，又放回去了。卓玛正好站在她身后，说："我看看，漂亮不漂亮？"拿着梅花锦的夹袍在自己身上比划了一下，走向柜台，对售货员说："这个样子的，同样大小的，还有什么花色？"售货员一一指给她看：有海水的，有兰花的，有仙鹤的，有宝相花的，有菊花的，有雷纹的，有荷花的，有扎西达杰（八吉祥图）的，有诺布恰顿（七政宝图）的，有雍仲拉曲（卍字不断）的。卓玛说："那就再来一件宝相花的，一件菊花的。"琼吉跟在身后问："你也看上了？""噢呀。"卓玛说着，让桑杰过来付钱，然后把梅花锦的夹袍塞给了琼吉，把宝相花和菊花的夹袍捧在手里说："这两件一件给米玛阿妈，一件给旺姆嫂嫂。"琼吉说："卓玛阿妈啦，怎么能让你给我掏钱？"卓玛说："我给我的女儿买一件藏袍，请不要拒绝，拒绝的话我会伤心的。"琼吉吐了吐舌头："那就谢谢啦。"这时梅朵喊起来："强巴阿爸啦，你过来试试这个。"父亲过去了，被梅朵拉着一连试了好几件，但都不是很喜欢。他说："我就想穿一件地道的牧人穿的那种藏袍。"梅朵说："你说的是老羊皮袍，这里没有。"父亲说："那就算啦。"又对卓玛说,"还得麻烦你给我做一件,就做成桑杰穿的那个样子的。"卓玛说:"噢呀。"梅朵失望地说:"汉族人叫乡巴佬,藏族人叫老牧民,说的就是强巴阿爸。"说着顺手拿起一个细氆氇的蝙蝠纹围裙说,"这个我要啦。"素喜说:"你要它干什么?又不能当衣服穿。"梅朵诡谲地一笑:"我要送给姥爷姥姥,让他们好好做饭给我吃。"然后,梅朵、央金和卓玛不约而同地走到了帽子柜台前,挑了四顶礼帽,酱色的是给角巴的,蓝色的是给尼玛的,白色的是给索南的,灰色的是给桑杰的,付钱的时候都要抢,父亲在不远处说:"钱我已经交过啦,你们想想,还有谁没给买礼物?"三个女人同时说:"格列。"她们给格列选中了一件儿童藏袍,自然要抢着付钱。梅朵顺口说:"我们今天买了这么多东西,这件小藏袍就送给我们吧?"没想到从柜台里传来一声爽快的回答:"好的。"梅朵没给自己买藏袍,她有,她是台柱子,省歌舞团会给她定做包括藏袍在内的演出服。我们大包小包地走出了民族用品商店,往东走了几百米,就见硕大的聚福海的金字招牌出现在十字路口。

<h1 style="text-align:center">3</h1>

这是一家回族风格的饭店,门窗玻璃一律是彩色的,垂吊着金银丝的华贵窗帘,石膏浮雕的穹顶上,布满了开瓣的石榴果和花卉,大厅墙上是意境开阔的马赛克绘画,阳光、蓝天、海洋、沙漠、骆驼、龙血树、椰枣林。马福禄等在大厅里,见了我们就说:"怎么样,这里不错吧?"然后带我们上了二楼,楼梯上铺了红色波浪纹的地毯,衔接着通向各个房间的花色瓷砖,墙上一溜儿都是风景和人物的黑白照片。马福禄订的房间很大,四壁的装饰画又是纤丽多姿的风格,有紫荆、蔷薇、风信子、郁金香、菖蒲,有葡萄藤似的曲线组成的棕色图案。姥爷姥姥已经来了,坐在细密画似的布艺沙发上显得有点不自在。梅朵过去,一屁股坐到姥爷姥姥中间,朝后一躺,喘了一

口气说:"累死我啦。"话音未落,又跳起来,拿出毛衣让姥姥试,拿出外衣和鞋让姥爷试。姥爷姥姥一边高兴地试着一边说:"不让你买你还买?我们穿不完的。"梅朵扣着姥爷的外衣扣子说:"那就撂上了穿。"姥姥说:"你给我买的三件毛衣都是厚毛衣,怎么撂?"大家围着中间的大圆桌纷纷坐下。央金拉着姥爷,梅朵拉着姥姥,坐在中间的席位上。马福禄问:"喝什么茶?除了酥油茶,什么茶都有。"父亲问大家:"那就上熬茶(一种放了花椒和盐的熬煮的茯茶)吧?"梅朵抢先道:"噢呀。"大家也就不再说什么。两个漂亮的女服务员伺候着,上了茶,又问是不是现在就上菜。马福禄征询地望着父亲。父亲说:"你听我的肚子,咕噜噜的,本来逛商店的中间是要吃一点的,一想到你要在高级饭店请我们,就都忍住啦。"马福禄说:"那就赶紧上。"又说,"这里没有酒,我要了葡萄汁和哈密瓜汁,行不行?"又是梅朵抢先说:"太好啦,酒的话就男的喜欢,我们女的不喜欢。"姥姥打她一下:"你让别人说。"父亲说:"就让梅朵说,她是我们的代表。"梅朵说:"姥姥啦,我不说的话主人就不知道怎么办啦。"菜很快上来了,盘子都很大,每上一道菜服务员就会报出名字来,有孜然羊肉串、大汗羊排、番茄牛腩、富贵烤羊腿、新疆大盘鸡、亚克西牛舌、葱爆羊肚、麻辣腱子肉、酥合丸、红烧茄子、高香汤,又上了三样甜品娜帕里勇、巴克拉瓦、密多维,上了一人一小碗羊肉面片。大家举着葡萄汁和哈密瓜汁干杯,然后就埋头吃起来,都饿了,再加上饭菜是那么诱人。梅朵和央金不断给姥爷姥姥夹着菜,两个老人就不断地说:"够了,够了。"虽说够了,但还是吃着,毕竟他们也是第一次来这么高级的饭店吃饭。

初三这天,大家各行其是。我去了市歌舞团的筒子楼,跟洛洛说了半天学校的事:扩建是按照新规划进行的,七座五层教学楼的地基已经挖好,今年一解冻,马上开工,全部改建两年内完成。牧马场答应捐款解决学校通往外界的公路,钱已经到位,学校增加了总机和电话,收发室和各个教研组以及校级领导办公室都有一部。修路通车会慢一点,但再慢也要在今年十月份以前完成,也就是接通州级公路和省级公路，不然一上冻，就又得歇工，一歇就是小半年。洛洛感叹着："在你手里有了这么大的变化，了不起。"我说："基础都是你打的，我就是往上摞砖。""哪里是我，是强巴老师的功劳。考试成绩怎么样？""去年还不错，考上大学的人数达到了历史最高，但我觉得还是少，一大半学生高中毕业就到顶了，学校的目标应该是百分之七八十的学生能上大学。"洛洛兴奋得站起来说："能达到这个目标，阿尼玛卿草原就应该给你造像立碑啦。"中午央金做了饭，我们一边吃着一边接着聊。我问他对生活的打算，他说："只要你喜欢什么，什么就不会亏待你，现在央金和音乐是我的一切，我不想再分心啦。"

一过初三，人心就往回收了。才让买好了初五返京的火车票，告诉大家：如果两三个月之内哈风老师能够破解难题，完成研究项目，他就会立刻去斯坦福大学读博，没有时间再回来向家人告别。说完了，不免有些伤感，想在初四这天多陪陪姥爷姥姥，陪陪所有来西宁的亲人，却被梅朵支使了出去："你和琼吉去我家一趟，把我买的辣酱拿来，我要让大家尝尝。"他不太想去，看着琼吉期待的眼光，就又去了。半路上琼吉说："才让啦，你这一走，也许我们很长时间都不能见面啦，我心里有点不踏实。"她在他面前很少直抒胸臆，似乎那些深埋在心里的爱从来没有变成过语言，但是今天，当离别的哀愁把以往和今后混淆在一起，当她觉得语言是唯一的拥有，而她的克制几近于浪费青春之后，她的表达就像势必要消融的冰山，就像消融之后奔涌而下的山水，就像山水对堰塞、对高坝的冲毁，不再隐忍，毫无顾忌。她说着哭起来，因为太爱太爱她控制不住地哭起来。他也流泪了，听着，一再地流泪。最后她说："你能不能给我一个保证？我祈求你给我一个保证。"才让不回答，只是拉着她走，走进了梅朵的家："我能有什么保证呢？我爱所有的亲人，这些爱加起来就是我的天，现在我把我的天全部压在了你心上，我就不知道说什么啦，在爱情面前语言是无力的，它不配表达我对你的爱我怎么给你说？我能给你的就是我的心，心在这里你要不要？"她说"要"，于是她看到了他浓烈到燃烧的爱，得到了他健美而结实的肉体在她面前赤裸裸的表白。他说："这算不算保证?"她哭着点头:"算,算。"两个人手拉手回到姥爷家,琼吉红着脸告诉梅朵:"我们找遍了厨房,没看到你说的辣酱。"梅朵说:"对不起我忘啦,已经拿来啦。"才让一头钻进厨房,一边拉风箱烧火,一边跟姥爷姥姥说话,虽然都是些云淡风轻的家常话,但两个老人和才让都感觉到那种熟悉而厚重的温暖从来没有消失过。之后他又跟桑杰阿爸、强巴阿爸和卓玛阿妈说了许多话,跟所有人说了许多话。就在他觉得有些话永远说不完、也表达不尽的时候,便小声唱起来:

> 鹰的家乡在山崖,山崖上开的是白雪莲,
> 羊的家乡在草原,草原上开的是铁线莲,
> 马的家乡在远方,远方的湖里开着水莲,
> 我的家乡在哪里?请问哪里开着并蒂莲?

梅朵立刻跟上了自己的亲哥哥:

> 白雪莲的山崖凉冰冰,刮着刺骨的寒风,
> 铁线莲的草原冷清清,长着蜇手的山荽,
> 长水莲的远方雨淋淋,走过孤独的哈熊,
> 并蒂莲的地方热烘烘,就在你我的心中。

琼吉抱着梅朵说:"你唱得太好啦,歌词也好,教给我吧。"梅朵就教起来。琼吉很快学会了,一遍一遍地唱,唱着,还加进了自己编的词:"美丽的仙鹤快快飞啊,前面有清澈的湖水,微风吹起耀眼的涟漪,倒映着你的伴侣。"第二天一早,果果开着车,带着父亲、桑杰阿爸、琼吉和我,把才让送到了火车站。

送走才让的第二天,桑杰、卓玛、果果、素喜和我也都要返回草原了。西宁的家人在巷口送我们上车。姥爷姥姥不免又要掉泪。梅朵喊道:"江洋啦,别忘了保证书。"我笑道:"噢呀。"之后,父亲开始

忙自己的事，主要是去省畜牧厅牧业科学研究所联系牧草。他跑了三趟，才见到所长。所长一听父亲要在玛沁冈日种草，吃了一惊："那是一个长草的地方，还用种？"父亲说："就得种，已经开始没草啦，牲畜超载，草原的再生性受到破坏，正在退化，速度惊人，你根本想象不到。""种草并不简单，不是想种就种的，得有科技人员。""我也算是吧。"父亲说了他的母校——西北畜牧草原学校，说了他在草原的工作经历。所长说："原来你是前辈，老草原，不过你觉得那么高寒的地方会有种植的条件？""又不是种庄稼，不会那么难吧？很多植物海拔低了是乔木，海拔高了是灌木，在别处能长一米的草，在玛沁冈日怎么着也能长半尺吧？半尺也比牛毛草高了一倍。"所长兴奋起来："我们也有过这样的想法，但又觉得没有必要，现在看来不是这样，要是种植成功了，那可是了不起的大成就大突破，会改变整个青藏高原高寒带草场利用率低下的现状。"父亲点点头，这也是老才让的想法，他要创造奇迹，要以草原的奇迹证明他的能力，虽然目的不纯，却也是歪打正着的好事，能挽救草原的都应该是好事。所长问："草种确定了吗？""今天来就是想听听你们专家的意见。""目前牧科所对草种的研究和实验还停留在小面积培育阶段，品种有玉米草、松香草、高丹草、菊苣草、甜高粱，效果都还不错。"父亲摇摇头："这些草既不耐寒也不耐旱，对环境的要求比较苛刻。"所长一笑："说得对，不愧是老草原，这些都是喜温喜水的草，只适应河滩川道地区，海拔一上三千米就很难活了。""有没有效果好的高寒带草种？""有啊。"所长从身后的文件柜里拿出一本《高原牧草检索》说，"你自己看。"显然所长是在考验父亲，看他能不能在数百种牧草中，挑选出自己需要的品种。父亲从头看到尾，说："有些草种本来就有，生长稀疏低矮，虽然比较容易活，但挽救不了草原，没有播种的价值。""你就挑选加了黑点的，那都是杂交过的，有第一代也有第二代。"父亲说："这个送我一本吧？"又要了一支笔，在上面勾出了几样草，有黑麦草、紫花苜蓿、百喜草、燕麦草、披碱草、扁穗冰草、老芒麦。所长看了说："我再给你加上两样，杂交的狼尾草和皇竹草，生命力特别强。""关键是有没有草种。""有的我们有，有的没有，搞杂交培育的不光是我们一家，你还可以跟兰州牧科院联系一下，他们的草种应该比我们齐全。"

父亲当即就要联系，所长替他拨通了电话。兰州那边说："草种有，但大部分是前几年的，有点陈。"父亲说："最好是去年的。""从去年开始我们已经不培育牧草了。""为什么？""没人哪，科技人员有的下海经商，有的内调，留下来的都是没本事的，能守住摊子就不错了。""陈到什么程度？不会发霉吧？""那倒没有，绝对没有。"父亲犹豫着："我还是去看看吧，眼见为实嘛。"对方捂住话筒停顿了一会儿，大概是在跟人商量，完了说："你要多少，什么时候来？""多多益善，今天星期三，我明天就去。""明天后天都不行，我们这里没人，下个星期你来吧，不过虽说是陈的，价钱不会便宜。""你只能便宜，要不是我们买，你库房里的草种恐怕只能当饲料啦。"父亲知道牧马场并不缺少买草种的钱，但他是商人，讨价还价是他的习惯。

星期天一过，父亲就去了兰州牧科院，抽检了草种，感觉还行，品种多，数量大，没有他担心的霉点和陈芽，也都很饱满，几乎没有瘪的。当时就订了五吨。人家说："给现金的话还可以便宜些。"父亲给老才让打电话。老才让说："现金和支票都方便，这种小事你定就是啦，不用问我。"父亲就决定现金付款，这样不仅能节约成本，还可以派人来监督发货，保证草种质量。他从兰州回到西宁，打算立刻返回草原。俄霞来了，滴里当啷提着一大堆礼物，说是来给强巴老师拜个晚年，又说："昭鸽从北京回来啦，我们是不是搞个聚会？把强巴老师在西宁的学生都叫来。"父亲说："那人就多啦，一般的饭店接待不了，还是范围小一点吧。"梅朵说："那就我们寄宿班的几个。"俄霞说："也行，我现在就去打电话。"

聚会的这天正好是十五。地点是俄霞定的，在一家名叫喜马拉雅的新建酒店。俄霞来得最早，在雅拉香波厅里等着大家。接着，嘎沙和昭鸽一前一后走了进来。嘎沙还在实验学校，已经是副校长；昭鸽博士研究生毕业后，留在中央民族大学工作了一年，特别想回来，这次就是来联系工作的。他本来就身强力壮，现在又添了不少肉，走起路来虎虎势势的。之后到达的是父亲、梅朵、洛洛、央金和普赤。普赤刚从草原回来，想见见给她上过课的昭鸽老师。她叫着"老师"，跑向昭鸽，深深地鞠了一个躬。昭鸽拍拍她的肩膀说："你越来越好看啦，快毕业了吧？"普赤说："快了，还有半年。""毕业后想干什么，考研还是工作？""不想再上学啦，也不知道干什么，但肯定不会离开青藏高原。""这就对啦，哪里都没有家乡好。"又说了一会儿话，普赤就走了，她要去学校，青海民族学院的大部分学生已经返校，今天有篝火晚会。最后进来的是尤狩和达娃。达娃跟大家联系得少，见这么多人望着她，显得有些害羞。尤狩说："我专门去叫她，她还不来，我说你不去的话同学们都会拉上强巴老师来看你。"尤狩从西北民族学院毕业后，回到了省上，本来想去阿尼玛卿州，却被分配到了省政府办公厅。他见人就说："机关越大越没意思，不是弄材料，接电话，就是参加会，看报纸，整天坐办公室，我怕自己坐出毛病来。"大家说着话。俄霞和梅朵去大堂点菜，很快就是酒菜满桌。大家给父亲敬酒，父亲给大家敬酒，然后互相敬酒。

父亲问："怎么样达娃，你还在一中当音乐老师？"达娃坐在父亲对面，跟梅朵小声说着什么，突然抬起头来，望着父亲笑了一下："对啊，我还能去哪里？"父亲说："挺好的，工作没有好坏，就看你喜欢不喜欢。""当然喜欢，不然我怎么能干到现在？"梅朵说："我刚才给她说，让她到我们团里来，俄霞是副团长，我再跟益西团长说说，估计没问题，可是她不来，为什么？"达娃似乎想回避这个问题，问央金："听说洛洛开始写歌啦，他写的歌是不是只有你才有资格唱？"央金说："谁都可以唱，也包括你。"嘎沙说："达娃不去歌舞团就对啦，她腼腆老实，去那种单位肯定吃不开。"梅朵说："那种单位是什么单位？好像我们都是不老实的人。"嘎沙说："反正不是一般人待的地方，至少你们胆子比别人大，能把自己豁出去。"梅朵说："什么意思嘛？"央金说："他的意思是现在的演出太前卫啦，其实不是我们太前卫，是观众的欣赏太前卫，他们就喜欢摇滚、蓝调、说唱，喜欢披头士、麦当娜、重金属，我们不过是投其所好而已。"梅朵说："嘎沙你错啦，不是所有的演出都是这样的，我就不唱奇奇怪怪的歌，不跳扭屁股晃奶子的舞。央金姨妈啦，你以后也不要演，你的形象和唱功那么好，穿着藏袍往舞台上一站，随便亮亮嗓子就能征服观众。"央金说："你年龄比我小，怎么这么守旧？再说啦，我们市团也是跟你们省团学的。"省歌舞团在大剧院举办的"流行音乐周"一直在持续，它的演出五花八门，什么时髦演什么，或者说什么流行就模仿什么，演员个人的收入和单位的收入哗啦啦的。报纸上说，按人口比率，这个城市的娱乐消费超过了北京上海这样的大城市。但梅朵并没有加入，这是她本人的愿望，也是益西团长的意思。益西说："我先让一部分人闹腾起来，有时间演出，有机会挣钱，进进出出像个人，但这不是我最后想要的，我想要的是真正的经久不衰的艺术和艺术家。"省歌舞团去年举办了几场以美声唱法和民族唱法为主的音乐会，梅朵不负众望，作用越来越重要，有时几乎是她的专场。另外她还是大型歌舞剧《青藏高原》的女主角，这个剧受到政府文化部门的资助，现在已经演出了十一场，效果很不错。梅朵虽然还没有名利双收，也没有红遍天下，成为人人仰慕的明星，挣的钱也没有别的演员多，但益西团长和梅朵本人是满意的。俄霞说："在我们团，有点委屈梅朵，她要是唱流行歌曲，肯定大火，但《青藏高原》把她拴住啦，光排练就用了半年。眼看它要成为保留剧目啦，以后年年都得演，她就得年年陪着。"洛洛说："你们用艺术绑架了梅朵。"梅朵说："我愿意。"父亲说："我喜欢梅朵的态度。"

洛洛问昭鸽："你工作联系得怎么样啦？"昭鸽说："还在打听，主要是我不想再当老师，想干点别的，所以路子就窄啦。""别的是什么，经商还是走仕途？""都可以。"父亲说："你能读到博士生毕业，很不容易，这么高学历的藏族人并不多，自己要珍惜。"尤狩说："还是回阿尼玛卿草原吧，西宁堵得慌，一出门，往哪里望都是钢筋水泥，看不见雪山、草原、奔马、牛羊，就跟看不见阿爸阿妈是一个样子的。我现在莫名其妙就会淌眼泪，尤其是傍晚太阳落山的时候，心里总是酸酸的。"达娃说："那你就回去呗，去州上工作多好。"尤狩说："你让我辞职我不敢。"父亲说："可以要求调动，但我不赞成你现在就离开办公厅，先历练几年吧，真要是回去，就不能仅仅是一个只会弄材料、接电话的一般干部。"尤狩说："那我还会干什么？"梅朵说："当个大领导，把老才让换掉。"嘎沙说："这个主意好。"父亲说："我看不一定好，阿尼玛卿草原需要人的地方多啦。"俄霞说："你们慢慢吃慢慢喝，我先去把账结了。"嘎沙说："凭什么你结账？聚会都应该是AA制，除了强巴老师。"父亲说："为什么要把我除掉？那我下次就不来啦。"俄霞说："又不是我个人掏腰包，我能报销。"父亲说："那就更不可以，让公家掏钱的饭吃多了不好，雪山大地会怪罪的。"说着掏出了一张五十块的钱，"一人五十，够了吧？"俄霞说："用不了。"大家继续吃着喝着说着，最后唱起了歌：

> 在我心里留下悲伤的，是草原的牧草，
> 你听到了吗，风吹着它又在唰啦啦响。
> 在我心里留下思念的，是洁白的雪山，
> 你看见了吗，蓝天下依旧白花花闪亮。
> 我膜拜过家乡的太阳，思念它的温暖，
> 我驱赶着可爱的牛羊，祝福它们吉祥，
> 我要到山那边走亲戚，骑的是白骏马，
> 亲戚家的姐姐，是我美丽善良的念想。

尤狩把自己唱哭了。嘎沙说："你该结婚啦，有没有相好的？"俄霞说："他到哪里去找？省政府里没有藏族姑娘。"父亲说："你们可以给他介绍嘛。"央金说："我们团有一个，挺合适的。""如果是穿着比基尼跳舞的就算啦，"梅朵说，"我让普赤介绍，民族学院有的是美丽善良的姐姐。"尤狩赶紧说："别别别，不需要，谢谢啦。"俄霞说："那还有我呢，还有嘎沙和昭鸽，都没有结婚。"嘎沙说："你们歌舞团那么多女的，你又是副团长，怎么也还是单身？"俄霞说："想跟我好的不是没有，但我是有条件的，我喜欢什么她也得喜欢什么。"嘎沙问："你喜欢什么？"俄霞说："草原、雪山、帐房、阿尼琼贡，我说'扎西德勒'她也得说，我念祈福真言她也得念。"嘎沙说："那你就难啦，你只能找藏族姑娘。我给你介绍一个，她叫梁仁青，上过沁多学校，也算是半个藏族人吧。"俄霞说："我知道她，她是梁辉老师和周莉老师的女儿，藏族的名字汉族的姓，挺漂亮的，她现在哪里？"嘎沙说："大学已经毕业，在省人民医院当医生。"尤狩擦干眼泪说："那你先得问问她，随着俄霞的喜欢行不行？"嘎沙说："噢呀，这是必须的。"昭鸽说："既然你认识，你为什么不跟她好？"嘎沙说："我不敢追，我比她大七八岁，俄霞跟她差不多，而且还一表人才。"俄霞说："你也不丑啊。"梅朵拍了一下嘎沙说："还是让普赤给你介绍。"嘎沙说："那就拜托啦。"央金说："近在眼前，远在天边，你们怎么把达娃忘了？达娃也没有结婚。"大家都望着达娃。达娃脸红了："别说我，我现在不考虑这事。"梅朵说："不会不考虑吧？是不是你心里已经有人啦？告诉我。"达娃站起来说："该散了吧？"

应该是这个冬天的最后一场雪吧，下得恣意妄为，先是晴空飞雪，接着乌云密布，黑天白雪再一次占据了荒阔而广袤的空间，不甘寂寞的冬季似乎想把剩余的晶体、最后的寒冷全部倾泻到地上，似乎想填平一切，覆盖一切：原野、高山、沟谷、生命的痕迹、不屈不挠的人类、饥肠辘辘的牛羊马匹，世界的末日就是这个样子，宇宙的原初就是这个样子。而在厚重的绝无遗漏的死寂无边的掩埋之中，灵性的思想的气息依然在动荡——父亲突然有了一丝庆幸，也许这是天意的制衡，是优胜劣汰的规律正在挽救草原，多冻死些牛羊马匹也许更好些，因为太多啦。然而，天晴了，一晴就晴得毫无遮拦，阳光赶走了云雾，送来了温暖，丽日长天之下，所有的蔚蓝都开始蒸发和吸纳地面上的水分，平整而丰盈的积雪很快变得丑陋不堪，到处都是阳光掏挖出的大大小小的窟窿，是一道道滴水的雪沟雪壑。一个星期之后地表就开始裸露，牲畜们疯了似的走向原野，不等牧人和藏獒的驱赶，就开始大面积移动，不死的牛羊，泛滥的牛羊，代表着情欲，代表着旺盛的繁殖力，成了牧人的希望，也成了草原的绝望。回到草原的父亲又开始忙碌了，他对自己说，都是牛羊逼的，不跟着老才让不行啦。他把"沁多贸易"的人叫到了一起，商量了加大力度收购与销售畜产品以及增加民族用品的进货渠道的事。他说："所进的货包括藏饰、藏画、唐卡、皮袍、靴帽、布料、藏药以及各类工艺品，工艺品不一定是藏族的，也可以是伊斯兰风格和印度风格。晋美啦，你得去一趟拉萨八廓街，那里有什么我们这里也应该有什么，然后再卖到西宁和更远的地方去。"晋美说："噢呀噢呀，是应该去一趟拉萨啦。"最后父亲布置了最重要的：修建尼玛村康和冷库。果果除了把运输部的事管好，主要精力要放在基建上，马上要做的是联系设计研究院的韩朴，委托他尽快把工程图纸拿出来。基建的大部分资金已经到位，是从牧马场借贷的，剩下的由"沁多贸易"自筹，只要收购部、销售部、百货部正常运作，就不会有什么问题。父亲说："我们陆陆续续进了一些人，要好好用起来。卓玛啦，财务上还得靠你，那几个从沁多学校毕业的学生虽说算账的能力比你强，但忠不忠诚就不知道啦。"卓玛说："记账的记账，管钱的管钱，进和出虽然是他们经手，但必须给我说清楚，我点头才行，不敢点头的就问你。"父亲说："这就对啦，你要监督他们。"又说起他自己，很抱歉要把主要精力放在牧马场的培育良马和种植牧草上啦，尤其是种草，对草原来说是天大地大的事，他不想推辞，希望大家谅解。桑杰说："强巴啦干的事都是大事，我们帮不上忙，把自己的事做好，就是最大的帮忙啦。"顿珠说："你放心，我们就是不吃不喝，也得叫'沁多贸易'一步一步往上走。"晋美说："强巴啦又不是不管我们啦，拿起电话随便问，问不清楚就发动摩托车，去牧马场不到一个太阳起落就到啦。"果果说："屠宰厂我们已经有啦，冷库最好在它的边上，这样的话昂欠谷我们就不用去啦。"父亲说："我正要说这件事，虽然冷库和屠宰厂挨在一起比较好，省得屠宰了还得运输，但是昂欠谷离扎西平措很近，谁也不知道将来会有多少人盖房子，盖着盖着说不定就会盖到昂欠谷，我们把冷库建在那里，再修上围墙和门，就等于那一片大地方是我们'沁多贸易'的啦。"桑杰首先叫好："噢呀噢呀，这就好比牧人占草场，草场越大牛羊越吃得开。"顿珠说："那要是以后没有人盖房子呢？"果果说："大不了再买一辆车，专门拉运屠宰的肉。"父亲说："我也是这个意思。"晋美竖起大拇指："太好啦。"

忙忙碌碌中父亲没忘了给母亲写信，告诉她家里人的情况。信发出去后还不放心，又打电话给生别离山医疗所，向素喜打听母亲的近况。素喜说："还那样，不好不坏，情绪倒是比较稳定，再说她也很忙，顾不上抬头抹泪低头思念，我们这里的病人并不是外面人想象的那样，整天唉声叹气，哭哭啼啼。""那就麻烦你多给她说说家里人尤其是姥爷姥姥的情况。""已经说啦，也不能天天说。我觉得给她少提，让她少想，才是对的。""你看着办，有什么变化及时告诉我。""噢呀。"除了牵挂母亲，父亲还在牵挂日尕，两块巨大的石头压在父亲心上，越压越沉重，而他除了夜夜祈祷，没有任何办法。

藏历三月末，草原开始复苏，有牧草的地方，枯叶里露出了星星点点的嫩绿，低洼地与河边的滩地上，抢先冒出来的不是往年一片片的鹅黄与鲜亮，而是零零星星的狼毒和醉马草的苗芽，说明这里已经不会再长别的草了。解冻的河水哗啦啦的，鸟鸣随风而来，不时有雪崩的轰响从山谷深处传来，惊醒了还在冬眠的旱獭和哈熊。但让它们大吃一惊的是，破静为动的早春的气息里，还有一种从未听到过的突突突的吼叫，一种被人驾驭着的大怪物正在缓慢地走动。十台东方红拖拉机已经开始工作了，阿尼玛卿草原上，牧马场原来的地界和新增加的地界里，出现了前所未有的翻地松土。二十个拖拉机驾驶员和副驾驶员都是从牧马场的员工中挑选出来的，因为机灵，因为有文化，更因为他们大多是沁多学校的初高中毕业生。面对指挥他们的父亲，他们显得恭敬而听话，也都肯学肯干，让聘请来的师傅教了半个月，就都可以在没有障碍的草原上跑来跑去了。不到一个月，所有地势低且已经不怎么长草的草场，都被坚硬的犁铧耕了一遍。与此同时，带着现金和卡车去兰州牧科院购买草种的萨木丹回来了，五吨草种卸在了场部的大马厩里，加上此前从省牧科所购买的草种，能够覆盖的草场面积已经相当可观。播种开始了，为了在谷雨期间、立夏之前全部种完，父亲让机械和人工同时上马。他带着播种机，萨木丹带着一百多人，把草种尽情地撒在了被开垦的处女地上，然后再用拖拉机和人力拉着柳条磨子把隆起的犁浪一一磨平。播种还没有进行到一半，马匹的交配就迫在眉睫了。发情不等人，儿马和母马都显得急不可耐，嘶喊的，蹦跳的，胡乱爬跨的。父亲把播种交给萨木丹负责，自己赶紧去大马厩指导配种。

所有划在培育良马范畴内的儿马和母马都提前一个星期喂了草。父亲给一直在生别离山治病的眼镜曼巴打电话，希望他帮帮忙，带着牧马场的人采一些配种必备的药。眼镜曼巴说，那就只能去夏瓦尼措啦。夏瓦尼措是阿尼玛卿草原的珍宝之地，奉献了父亲需要的所有草药，儿马喂的是磨碎的锁阳、肉苁蓉、巴戟天、仙茅和冬虫夏草，母马只喂仙茅和女贞子。这种办法父亲当初在牧马场搞马匹培育时就用过，只不过又增加了一味冬虫夏草。父亲拿着详细分类的马匹花名册，一一清点之后，又按照发情的强弱状态，大致排了名次，然后让骑手使用套马索，把能够交配的和准备交配的马全部控制起来，按顺序拴到一南一北两个交配桩子上，也就是说有两个场地在同时进行交配，每个场地都有八个人在做马匹的助理，有的控制母马，有的负责儿马能顺利爬跨。交配持续了半个月才消停，参加过赛马会的豹子花、青花马、黑骊马、枣骝马、雪骠马、小黄马、骅骝马，都按计划完成了它们繁育优秀后代的使命，那些精心挑选的母马最后都开始躲避儿马，说明它们已经感觉到了受孕的成功。父亲遗憾地想：可惜啦，最好的儿马缺席了这次配种，它的名字叫日朵。配种告一段落后，父亲又去关注播种。萨木丹说："已经结束啦。""犁起的土浪都磨平了吧？撒下去的草种都埋住了吧？""埋住啦，埋住啦。"父亲看看天："现在就等着雪山大地保佑啦，只要下一场雨，草种几天就能发芽。"

几乎被累瘫的父亲来到老才让的办公室，想说说种草和配种的情况。老才让说:"都知道啦,干得不错。"原来萨木丹已经抢先汇报了。父亲说:"这里暂时没事啦,我要回沁多县几天,丢下'沁多贸易'这么些日子,总有些不放心。""我给你配辆车吧,来去方便。""不用,我还是喜欢骑马,豹子花已经跟我很熟悉啦。""那就随你啦,日尕到现在还没有音信吗?""没有啊,我正想求才让场长帮我找找呢。"老才让点点头:"其实我已经在派人打听,你的事就是我的事,我的事也是你的事,你要尽快回来,这里的工作还多着呢。""噢呀。"

第十四章

荒芜的处女地

掩埋草原的雪崩、吃掉牛羊的豺狼，
制造灾难的朋友、扼住喉咙的命运，
请用一万声扎西德勒向我们告别，
让我们相信在慈祥面前你也有情爱。

1

就像一阵疾雪席卷而来，上面对王石和老才让的矛盾终于做出了裁决。想一想并不突然，早就应该有这一天了，只是这个结果是谁也没有想到的，父亲有些大惑不解。裁决抹去了有关王石的所有事端——对牧马场办事处和宿舍断水断电，对他们的车辆设卡检查，州医院拒绝给牧马场的人看病开药等；也没有提及有关老才让的事端——制造草原纠纷，抢夺骗取草场等。它只是一纸任免文件：任命老才让为阿尼玛卿州州委书记兼牧马场场长，免去王石现在的职务，前往省委党校学习，等待另行任命。省上的态度好像是倾向于老才让的，毕竟他是让牧马场扭亏为盈、东山再起的功臣，是给省财政上交了不少利润的财神爷。既然阿尼玛卿州和牧马场已经闹得不可开交，那就让这个有能力的人把两个地方都管起来，看他还能偏袒谁？一个阿妈的两个孩子，冤枉了谁都不好，谁出了事这个阿妈都是有责任的。同时发生变化的还有：沁多县的旦增书记升任州委副书记，喜饶由副县长升任沁多县委副书记、县长，昭鸽回来了，担任阿尼玛卿州州委办公室副主任。所有这些都是喜饶告诉父亲的，还告诉他一些别的人事变动，但父亲只关心他熟悉的人。父亲知道王石肯定不好受，骑着豹子花直奔州上。

父亲先去了王石的办公室，又去了他家，都不在。他住院了，看来气得不轻。问王石的妻子，说是喘得厉害，还头晕，差点摔倒，医生量了血压，都一百八十多啦。父亲骑着马，捎带上王石妻子做的病号饭，直奔州医院。王石一见父亲就说："老才让告我不懂畜牧业生产，导致了草原严重退化，说他用马匹换来大量草场，是为了挽救草原，为了让草原少一点糟蹋。真是颠倒黑白，其实大家都明白，引起草原退化的罪魁祸首就是贼喊捉贼的老才让，不是因为他吞并草场，牧人的草场就不会减少，就没有马匹糟蹋草场的事，现有的牛羊也不会这么快就超载。你以后见到李志强，一定要把真相告诉他，他现在是副省长，我说了不管用，虽然我跟他是战友。老才让给省政府立下军令状，说他有办法三年之内阻止草原退化，恢复自然生态，把黑土滩变成绿草场，把秃斑地变成牧窝子，同时还要增加牲畜的存栏率和商品率，他不就是要翻地种草吗？他懂个屁，靠的就是你，你可不能再给他干了，万一种草不成，翻地翻出祸害，你就是第一个被他卖掉的替罪羊。"父亲嗯嗯啊啊答应着，心说已经来不及啦，就算我认同你的警告，知道自己的处境，也得硬着头皮干下去啦。正说着，索爱院长敲门进来了，客气地跟父亲打着招呼，又说："不能让王石书记生气啦，他的血压、血脂、血糖都有问题，现在一定要静养，最好到西宁去，只要海拔一下来，很多毛病就会自然消失。"王石说："不用你赶，我明后天就走，他见我烦，我见他也烦。"父亲说："谁赶你啦？索爱院长是好心。吃饭吧，都凉啦，这么香的面条，我都流口水啦。"

　　父亲离开州医院后，在州委招待所住了一夜，翌日天不亮就往回赶，刻意拐着弯看了看播种的牧草，都还没有出来，一棵都没有，包括低洼地里较为温暖的草场。他不断看着天，眼睛都看疼了：雨啊雨啊，现在就需要一场雨。但雨的习性往往是这样：你需要时它决不来，不需要时它一定来。种下去已经半个月了，天天晴日，似乎连云也开始作对，少了，越来越少了，故意稀薄着不想为父亲的草种、大地未来的绿芽遮出一片阴凉造出一天雨来。他三番五次地下马，扒开磨平的土壤，看看下面的草种，失望地发现，种子还是种子，一丝芽苗也不见。他大声说："雪山大地啦，你可千万要保佑我，让我的种草如愿以偿。"完了便高声朗诵祈福真言，然后又说，"种子们，请听听祝福的声音，请欢欢喜喜出头露面吧。"路过没有翻起表土的地界，他就打马疯跑，这样可以多看几块播种的草场，快一点回到沁多县，已经开工的尼玛村康和冷库扯着他的心，尽管两边的工地上果果整天跑来跑去地盯着，但它们是"沁多贸易"的未来，他绝对不能掉以轻心，保证质量还要加快速度，主体建筑的工程最好赶在十月底封冻前完成，不然就会拖到明年，时间是拖不起的，明年有明年的事。

回到沁多县桑杰的家时，已经是晚上，有个电话等着父亲回复，是老才让的，他立马拨了过去。老才让说："听说你到了州上，怎么不来看我？""你现在又管州上又管牧马场，肯定很忙，我怎么可以随便打搅？""下次来州上，一定得到我办公室来，别人不来可以，你不行，想躲是躲不掉的，过去躲不掉，现在就更难啦。"老才让半开玩笑半认真，父亲感到很不舒服，却还是打着哈哈："噢呀噢呀，一定去。""怎么样，你种的草？""不是我种的草，是牧马场种的草。""牧马场种的就是你种的，出来了没有？"父亲如实做了回答。老才让说："那就再等等吧，会出来的，我成了阿尼玛卿草原的一把手，草原总得给我点面子吧？我这个电话你记住，有情况随时向我汇报。"父亲问："电话号码怎么这么长？""这是我的手机。""手机？""有了这个东西，走到哪里都能打电话，你以后也得有一个。"父亲放下电话，就去了果果家，两个人喝着酥油茶，吃着糌粑，说了半天尼玛村康和冷库的事，就听桑杰在外面喊："强巴啦，电话。"

电话是李志强打来的，寒暄了几句，就问父亲能不能尽快来西宁一趟，有事情要谈。父亲问是什么事情，李志强说："很重要，还是见面说吧。"父亲心想是不是跟"沁多贸易"有关？就说明天一早就出发。李志强叮嘱道："一到西宁就给我打电话。"但父亲去西宁的日期推迟了一天，原因是角巴来了。角巴和米玛已经结束转山回到家中，头一件事就是寻找日尕。他骑马来到县城，就是想告诉父亲：有个牧人说他见过一匹像是妖马的黑母马，黑妖马同样想迷惑他的黄儿马，被他赶走啦。父亲问："他怎么知道它是妖马？"角巴说妖马会把阴户翻出来，发出一种刺鼻的怪味道，儿马一闻就控制不住自己，会一直跟着味道走。妖马不会放弃它看上的儿马，肯定还会来。"我告诉牧人，来了就通知我，到时候黄儿马会跟着妖马，我们再跟着黄儿马，就能知道秋吉的夹巴窝在哪里啦。""噢呀噢呀，太好啦。"角巴在桑杰家吃了一顿饭，被父亲陪着，去晋美商店和顿珠商店转了转。父亲问他需要什么，他说什么也不需要。父亲就买了些糖果、糕点、手套、头巾什么的，说是送给家里人的。然后他们骑马参观了一下尼玛村康和冷库建设工地，角巴就走了，怎么留也留不住。

父亲是坐长途公共汽车来到西宁的，下了车，往家走的路上就用公用电话打给了李志强，是秘书接的电话，说李副省长正在会见外商，完了他一定转告。父亲回到家中，随便吃了几口姥爷姥姥端上来的锅盔，喝了一杯熬茶，正想着要不要再去街上给李志强打电话，忽听有人在院子里喊"强巴"。他出去一看，吃了一惊："大省长怎么来这里啦？快进来坐。"李志强对身后的秘书说："你在车里等我。"父亲说："我家不好找吧？""好找，这条街上没有人不知道你的，都说你是个藏族女婿。"李志强的到来让姥爷姥姥有些惊慌失措，沏了茯茶，又觉得应该沏花茶。幸亏是星期天，梅朵回来了，撤了花茶说："伯伯啦，你炕上坐，我家的酥油茶是全西宁最地道的。"李志强说："你怎么知道我爱喝这个？"梅朵说："当然知道，来找阿爸的，差不多都是喝过酥油茶的。"李志强说："老实说我忙得还没顾得上吃饭呢。"梅朵说："那你就来对啦，我姥爷姥姥做的面食全世界最好吃，你吃拉面还是吃面片？"李志强说："面片吧。""羊肉的？""当然。""家里有新炝的辣子新买的湟源陈醋，你多多地调上点。""噢呀，我的口水都流出来了。"梅朵倒了酥油茶，就去厨房帮着姥爷姥姥做饭："多做点，外面车上还有人呢。"姥爷说："那赶紧叫进来。"梅朵说："不用，李省长跟阿爸肯定有事情要说。"

东厢房里，李志强坐在炕沿上，喝着酥油茶，直截了当地说：

"这件事情本来应该由组织部门或者老才让给你谈，担心你会拒绝，就让我出面先通通气。你恐怕不能再做生意了，现在到了你必须忍痛放弃'沁多贸易'的时候。""为什么？""牧马场和阿尼玛卿州都需要你，老才让坚持要让你出任牧马场的副场长和阿尼玛卿州的副州长，王石也有同样的提议，两个互不团结的人都在推荐你，省上不得不重视。"父亲笑道："我一个老牧民就会数牛数羊，牛羊多了还好好数不过来，这么重要的职务我命里没有，也从来没想过。"李志强严肃地说："我可不是开玩笑。"父亲摇摇头："我肯定不行，一是能力不够，二是'沁多贸易'离不了我。""你比比看，到底'沁多贸易'重要，还是阿尼玛卿州和牧马场重要？""羊已经离群啦，牛已经失散啦，我现在只能顾好我自己啦。'强巴案'平反那会儿，我给落实政策的人说，我就想当好一个普通牧人，挺知足的。他们说我萎靡不振，不求进取。后来眼看着草原开始衰败，一天不如一天啦，我给王石书记建议，必须限量和减少牲畜，看他不听，就又想要个官儿，觉得只要有权，挽救草原并不难。后来才发现并不是这么简单。我是一个犯过案子的人，后来放了几年羊，现在又在经营'沁多贸易'，仕途上的资历已经清零啦，要干得从小科员干起。"李志强挥了一下手说："组织上考虑的问题你就别操心了。"梅朵从厨房出来，用一个木盘托着一碟绿莹莹的芫荽、一碟腌制的花菜和油泼辣子罐、醋罐、盐罐，一一摆到炕桌上。父亲说："先吃饭，我去叫他们，干不干的以后再说。""不行，现在就得定下，我不能白来。""总不能饿着肚子说话吧？等你一吃饱我的决定就出来啦。"

父亲出去，从停在巷口的小汽车里请来了秘书和司机。李志强脱鞋上了炕，秘书和司机便坐到炕沿上。梅朵把面片用双手一一捧到他们面前。李志强端起来往嘴里扒拉了几口说："确实好吃，你以前怎么没把我往家里叫过？"父亲说："这不怪我，怪你自己，官位太高，我不敢叫，房子挤，来了就得坐炕，还怕你不习惯。"李志强说："只要饭香，站着吃也行。"秘书和司机笑起来。李志强又问："放的是循化花椒吧？味道这么好。"梅朵说："马福禄叔叔送来的，他老家就在循化。"三个客人每人都吃了两大碗。姥爷站在厨房门口说："再吃些吧，还有哩。"李志强拍着肚子说："我饱了，你们再吃。"秘书和司机都说："我们也饱了。"这时铃声响起来，秘书从包里拿出一个小东西，喂喂了几声，递给了李志强。等李志强打完了电话，父亲问："这就是手机吧？"李志强点点头说："走了，还有事，快说你的决定。"父亲说："我说了你别生气，目前'沁多贸易'处在最关键的时期，我不能丢下不管，副场长和副州长就算啦，我这个人，上不了台面，受不得拘束。"李志强板起面孔说："你可要想好。"父亲说："想好啦。"李志强下炕，出门，给送行的姥爷、姥姥和梅朵说着告别的话。司机跑过小巷去开车门。秘书朝大家弯下腰来，一再地说着谢谢。父亲一脸抱歉地笑着："再来啊。"就要上车的李志强回过头来说："我不认为你这是最后的决定，再想想。"父亲固执地摇了摇头。

　　父亲离开的这天，洛洛、央金和梅朵给他送行。在长途车站等车时，梅朵说起省歌舞团的改制，除了保留演出大型歌舞剧和音乐剧的人员之外，所有参加"流行音乐周"的演员，都不用再把一部分收入交给单位，而是挣多少自己拿多少，同时单位也不再负担他们的基本工资和其他任何费用，这就等于固定在大剧院的"流行音乐周"宣告解体，演员都要自谋生路啦。父亲说："益西团长不是搞得挺好吗，怎么说散架就散架啦？"央金说："正因为搞得好才会这样，大部分演员希望离开，他们名气已经出去，消费人群已经培育起来，这样做只会让他们更自由也更有前途，收入依旧是哗啦啦的。"父亲说："他们能做的，你们就不能？"央金说："我也不想在市歌舞团待啦，但出来的话就得把房子交回去，条件有点不成熟。"洛洛说："我现在写歌，只要能演出，市歌舞团就会给一些稿酬，尽管很少，但毕竟还是有的，出来的话稿酬就没有啦，我的名气还没有出去，观众又是认熟不认生的，所以就有些犹豫。"父亲说："路是要往前走的，年轻人闯一闯是应该的，万一失败了就给我说，'沁多贸易'正在发展，很多地方都需要人。"梅朵："这样的话，洛洛和央金就没有后顾之忧啦。"央金说："阿爸啦，你永远都是我们的靠山。"其实她想说的是说不定哪一天她就会下海，因为她受不了鸣团长经常性的酸言酸语的伤害，最近的一次是这样说的："这不是情歌你却唱出了情歌的味道，到底是有过复杂经历的人，跟别人就是不一样。"她内心的阴影越来越厚重了，偶尔一个机会，听别人说，鸣团长是前任团长妻子的妯娌，这才恍然大悟：怪不得她放不过自己，便觉得再待下去就没意思了。

　　长途客车晚点了，还没有来。梅朵问："阿爸啦，阿妈什么时候回来？我有顶顶重要的事想问她。"父亲问："什么事？""不想给你说，说了你也不懂。""她还在忙，暂时回不来，还得过一段时间。""多长时间，一个月还是两个月？"父亲摇头道："两三年？或者三四年？""这么久？我不等啦，我要去找她。""什么事我转告还不行吗？"梅朵皱起眉头说："不行，男的怎么转告？我得检查。""怎么啦，你生病啦？""阿爸啦，看来一个女儿光有阿爸没有阿妈是不行的，阿妈在的话看都看出来啦。"父亲上上下下打量着她："你是不是怀孕啦？"梅朵生气地跺着脚说："反啦，做阿爸的就是没用，看都不会看，不是怀孕啦，是怀不上孕。""那得到医院去找专门的医生。""我不想让别人知道，又不是什么光彩的事，我要悄悄问阿妈。"父亲知道在牧人的意识里，怀不上孕是很丢人的："那就……"车来了，父亲竟没有说出自己的意见，就匆匆踏进车厢，举起了告别的手。

　　因为修路，长途客车颠颠簸簸绕了一大圈，第二天半夜才到达沁多县。父亲回到桑杰家，吃了卓玛做的羊肉汤泡米饭，正要睡觉，桑杰说："老才让来过电话，说你一到家就给他回话。"父亲想，这么晚了，明天吧。又想，他不是有随时可以通话的手机吗，便拨了过去。老才让一听是父亲的声音就吼起来："你终于回来啦？去草场看了没？我可是看过不止一次啦，这个草怎么啦，还没有出来？"父亲说："我得看了再说，天天盼着草原下雨，看来还是没下。我明天就去草场，地势低的高的都看看，把情况了解清楚。""你要快，我等你，一定要搞明白是暂时没出来还是根本就出不来啦，万一出不来补救的办法是什么？阿尼玛卿州阻止草原退化、恢复生态平衡的办法已经传出去啦，很多人都盯着，我们失败不起。"父亲寻思：八字没有一撇的事你乱嚷嚷什么？搞得连退路都没有啦。

第二天一早，父亲正要出门，角巴来了，他是连夜赶来的，满目风尘，一脸疲倦："强巴啦，好消息，年轻漂亮的黑妖马又出现啦，牧人一通知我，我就去现场盯着，前天黑妖马不见啦，牧人的黄儿马闻着味道一直往西，走进了玛沁冈日后面的宗宗盆地。""后来呢？""我过去看了看就回来给你报信，宗宗盆地那么大，马又多，几千匹马的海，黑妖马和黄儿马混在里头就是一滴水，看着全是它们，到了跟前又不是。""那也得找啊。"角巴嘿嘿一笑："我估计日尕也在那里，现在轮到强巴上场啦。"父亲一惊："你是说黑妖马属于宗宗盆地？宗宗盆地可是牧马场的地盘。""所以我没敢再往里走，走也没有用，现在你得找老才让解决问题啦。""照你的说法，是老才让偷走了日尕？""现在还不敢这么说，你去一趟宗宗盆地就水落石出啦。"父亲心说对啊，日尕一见我，或者我用铁哨一吹，肯定会跑过来。只要我找到日尕，就能证明黑妖马跟老才让的关系。父亲想着又是一惊：难道盗马贼秋吉的夹巴窝就是牧马场的宗宗盆地？父亲什么也不想了，把角巴让进自己睡觉的右耳房，又让他上炕坐了，端了碗酥油茶让他喝。角巴一口气喝干，卧倒在炕上就要睡。父亲给他盖上被子说："当年你把日尕给了我，现在又帮我找到了它，谢谢啦。"他拿了自己的木碗，来到正房要卓玛给他带些吃的。卓玛说："要走远路了吗？那就把皮袍穿上。"父亲反应了一下才说："皮袍做好啦？我怎么没看见你做？"卓玛拿了吃的，又去拿皮袍，一股被酸奶鞣过的皮毛的香甜气息扑面而来。

照父亲的身量，做一件皮袍得八张大羊皮。羊皮是去年秋天的，今年才鞣制出来，好像还带着绵羊的体温。父亲摩挲着深紫的氆氇饰面说："我要个光板老羊皮袍就行啦，你还给我加了面子。"卓玛说："虽说你是牧人，但也是身份高贵的牧人，不能穿得太随便啦。"父亲说："那你也得给桑杰做一件，他更是身份高贵的牧人。"桑杰说："做这样的藏袍费工夫，明年再说吧。"父亲再看看领子和胸口，紫红的条绒衬着洁白的羔皮，轻柔的卷毛如同闪光的丝绸。卓玛指着前襟和下摆的边缘解释说，这个地方只是粗略缝了一下，得穿上一两个月，等皮袍完全定型后，才能镶饰袍边，免得出现不平展的波浪。桑杰说："水獭皮已经买好啦，到时候缝上就可以啦。""那就谢谢啦。"父亲知道用水獭皮镶边不光是为了美观和华贵，更重要的是它茸毛紧密，不沾湿不渗水，能够杜绝草叶上的露水和白霜的浸蚀，防止皮袍板结受损。他穿上皮袍，看到下摆盖过了脚面，赶紧提了起来。桑杰过来把一条长两米、宽约三个拳头的印花绸带缠在了他腰里。他把手插进腰带，试了试松紧，然后脱掉右臂，让袖子垂吊在腿上，来回走了走："怎么样?"卓玛笑着。桑杰说："好看得很。"这是父亲的第一件皮袍，要不是心里有急事，他肯定会走到街上去炫耀一番，然后邀请朋友喝酒庆祝。

父亲骑着豹子花，直奔牧马场的场部，从那里可以走便捷的路绕到玛沁冈日的后面，他从未涉足过的宗宗盆地应该就能看到啦。他第二天到达场部，第三天来到玛沁冈日后面，第四天中午才看到山谷豁然开朗，一片葫芦状的洼地出现在眼前。走过洼地，又是一片逐步下陷的开阔地，山影迅速后移，渐渐被云雾遮去了。脚下的牧草尽管稀疏，却增高了至少一拃，风在笑，也就是说比在山上暖和了许多。再看草种，有禾本科的梯牧草、鸭茅、六月禾、羊茅，也有豆科的紫花苜蓿、三叶草、救荒野豌豆、鸡眼草什么的，正是放马的好牧场。走了一个小时后他听到了马的嘶鸣，继续往前走，就是马影幢幢了。他策马而去，摸出了铁哨，吹响的刹那，靠近他的几匹马奔跑起来。他驱入马群，使劲吹着。越来越多的马跑起来，它们十分敏锐的听觉习惯于雷鸣电闪、风声雨声，却从未听到过如此尖厉的哨音，呼啦啦啦，敲鼓的马蹄集体发作，大地的鼓音如浪如涌，烟尘升起，黄云翻滚，弥漫了视域，渐渐远了。近处的马的奔跑引发了远处的马的奔跑，天昏地暗，而父亲还在奔跑，哨音还在穿云破雾。他发现这里尽管有草，但也生长在草场退化的临界点上，很快就要草败沙化了；发现马群的奔跑并不是朝着一个方向，而是东西南三个方向，说明这不是一群马，而是多群马，不是只有一匹头马，而是拥有许多头马，大群不是群，小群才是群，要是儿马多，而且都优秀，就会形成这样的局面；发现所有的马都是惊慌失措的样子，并没有一匹马把哨音当作呼唤朝他跑来。他鞭打着豹子花跑向了马群深处，铁哨响得跟狼嗥一样。突然，滚滚烟尘里头，传来一声吆喝："干什么的？"一阵马蹄声由远而近，有人出现了。

那是一个面孔狭长、一双小眼睛上几乎不长眉毛的高大牧人，说话的口气如同狮子咆哮："哪里来的盗马贼，竟敢在牧马场的领地上逞能？"父亲说："你是牧马场的人？我也是，我来找我的马。""你的马怎么会在这里？""它叫日孕，赛马会的第一名。""日孕？我怎么没听说过？"父亲不想啰嗦，打马就走，继续吹着铁哨。那人追上来说："你来我的马群里捣乱，不向我请安问好，连扎西德勒都不说，就算找到你的马，你也是带不走的。"父亲知道自己急切之中失礼了，赶紧说："你好，你传遍草原的名字是什么请告诉我。""阿旺是哩。"父亲知道"阿旺"是语自在的意思，便奉承道："这么吉祥的名字是哪个智者给你起的，不会是香萨主任吧？他可是我的朋友。"阿旺说："怪不得今天的太阳这么灿烂，原来是主任的朋友来到了宗宗盆地。请问贵人的名字叫什么？"两个人说着，再看马群时，已经四散而去。父亲吹着铁哨追了上去，很快就沮丧了，意识到这里没有日孕，方圆之内，顺风十里开外，逆风五里左右，只要日孕在场，绝对不会听不见，也绝对不会听见了不照面。他回到阿旺身边问："宗宗盆地只有你一个牧人、只有这么多马吗？""噢呀，要那么多牧人干什么，马又不会跑散，这么多马还嫌少？宗宗盆地的草场，也就只能养活这几千匹马啦。""可是我听说这里是黑颈鹤的故乡，怎么看到的只有黑鹰、秃鹫和叫天雀？""主任的朋友啦，黑颈鹤搬家时没告诉你吗？那你问问主任不就知道啦，宗宗盆地的沼泽哪里去啦？"马群停止了跑动，烟尘正在落下去，渐渐清晰的远方近处，绿一片黄一片的地面上，马群以家族的形式分布着，有的十几匹一群，有的几十匹一群，有的上百匹一群。群与群的间隔几乎是相等的，似乎马们商量好了楚河汉界的距离。父亲问:"宗宗盆地有多大?从这里走一天能走到头吗?"阿旺说:"三天一个头,不知道你要走到哪个头?""走到不能走的头。""那是没有的,就算到了天边,也还是能走的。""有没有喝的,我渴得很。"父亲四下里望望,"怎么看不到你家的帐房?""我没有家,哪里会有帐房?吃的在马背上,喝的在马蹄子上。"

阿旺带着父亲来到一条已经断流的河边,下马,垒灶,从马背上取下铁锅,舀起河床石块间的积水,捡来俯拾皆是的干马粪,煮起了酥油茶。父亲问:"打听个人你知不知道?""说吧,凡是人知道的我都知道。""有个盗马贼,他叫……"阿旺立刻接上说:"秋吉。""噢呀,果然知道。他的夹巴窝在哪里?""他还有夹巴窝?他不是死了吗?""你怎么知道他死啦?""我听多嘴的百灵鸟说他死啦。"父亲知道百灵鸟指代的是过路的人,便问:"百灵鸟还说什么啦?说没说秋吉死在哪里?他的妖马去了哪里?""说啦说啦,说他死在盗马回来的路上,他的妖马去了有儿马有雪山的地方。"父亲哼哼一声说:"这个百灵鸟恐怕老了吧,他的话就像漏铜瓢舀水,说了等于没说。"父亲摸出自己的木碗,喝了酥油茶,吃了自己带来的拌了碾碎的风干肉的糌粑,身子一仰,躺下睡着了。阳光在空气中散热,在石头上发烫,在草丛里游走,分割出一滴滴小黑影,在他脸上柔柔地发力,挤出一层油汗,衬着黧黑的底色闪闪发光。后来太阳不见了,马群和阿旺都不见了。当轻风把父亲叫醒时,他看到了黑暗的天穹和低得怕人的大月亮,看到了站在身边闭眼睡觉的豹子花。他后怕地想:我忘了拴它,它居然没有跑远?又知道从此他不用再拴它了,好马都这样,不管有没有缰绳的牵绊,都会负责任地待在主人身边。在豹子花眼里,他已经是它的主人了,尽管它跟着他的时间并不久,也知道他整天心猿意马地想着日尕。他起身撒了一泡尿,像是给日尕留下问候和提醒:我来这里找过你啦。然后骑上豹子花,朝黑暗的旷野走去。不多一会儿,他便吹响了铁哨,希望午夜的寂静和毫无阻滞的荒风能把他的呼唤送得更远。直到破晓,太阳跳出洪波涌动般的地平线,一无遮拦的原始的荒凉出现在眼前,哨音才有气无力从嘴边消失。父亲顾望四周，心说这还是宗宗盆地吗？没有马，没有其他牲畜，也没有牧草，坦坦荡荡的原野里飘过阵阵狼嗥，却看不见狼的影子。秃鹫是不怕人的，就在三五米之外摇来晃去，一队斑头雁低低地飞过，证明不远处很可能有湖泊或者沼泽，有黑颈鹤翔来翔去的美丽。但湖泊和沼泽一定不是马匹的选择，他也不该再往前走啦。他掉转了马头，朝着来路上的玛沁冈日，沮丧地夹了夹双腿。

不可企及的白雪组成了玛沁冈日的一座座峰顶，在峰顶之间或窄或宽的褶皱里，是巍峨嶙峋的冰川，是遥远而静谧的白色宫殿。每一次看到它，父亲都会虔诚地下马，在浑莽的冰碛原的寒冷中步行一段路程。大概是雪山大地的地位在他心里越来越崇高的缘故，他觉得自然是那么伟大，时刻激发着他的敬畏和感恩，激发着他对人类自身的认知：渺小而孤独、脆弱而无知。他变得越来越小心翼翼，走着走着就会有一种即将消失、迅疾雪埋的恐惧，有一种丢开尘世、走向永恒的感觉，让他不得不做出尽快逃离的决定。就像今天，在他翻身上马的同时，他嘶哑地喊了一声："我还有很多事要干呢。"豹子花跑起来，风驰电掣地带动着父亲的意识，那里已经没有了寻找日尕的忧急，只有新鲜而明亮的牧草染濡着大地的鹅黄和嫩绿，只有播种成功的消息伴随着马蹄踢踏草枝草叶的声音随风而去。

父亲终于站到了被开垦的土地上，呆呆的就像山石的影子。草呢？鹅黄呢？嫩绿呢？黑麦和苜蓿葳蕤的消息呢？草还是没有出来，是因为这里有名副其实的高旷寒冷吗？那就去地势低一点的地方，去夏季暖风的怀抱里。拜托了豹子花，请开路，请飞扬起来，我需要最快的速度，就像在赛马会上那样。然而豹子花的快捷无非是让他更加迅速地从一个噩梦进入了另一个噩梦：还是没有新草的踪迹，就像冬眠的虫子。可现在是夏天，就算种子也会冬眠，风暖地暖的气候也不会允许它安静得就像石头。干旱，这么长时间不下雨，草种是需要湿润的，雪山大地啊，你不是法力无边吗？怎么就连一场雨都恩赐不了呢？或者是雪山大地对他的眷顾还留有余地，不想灵验他的祈求。可他的祈求也是所有牧人的祈求，是大草原的祈求，雪山大地怎么可以漠视牧人和草原呢？或许还有别的原因，不是雨，不是雨。很快父亲看到了干旱之外的另一种灾难：噗噜噜噜，又是一阵噗噜噜噜噜，是群集的百灵鸟被豹子花轰上天的声音。怎么这么多百灵鸟啊？全世界的百灵鸟都来了吗？你们好，谁告诉你们这里不到秋天就会有香喷喷的草籽？只不过它不在草枝草叶上，它埋在土里，用爪子刨一刨就能吃到啦。父亲走南走北，发现只要是播种过的草场就都有一群群的百灵鸟。跟百灵鸟竞争的，还有鼢鼠、鼠兔、旱獭和野兔，它们毫不掩饰自己的偷窃行径，当着父亲的面扒开土壤，捡食草种，一群一群地争先恐后，像是说：草原已经没有草啦，我们不吃这些吃什么？更让父亲惊怕的还不是天旱无雨，不是鸟吃兽食，而是风，荒风不是吹过，是真正的刀刃一样地刮过，刮跑了干燥的土壤，刮得天上尘土飞扬，可天上是不需要长草的，土你跑到半空里干什么？整个阿尼玛卿草原的土层本来就不厚，平均只有十多公分，有的地方甚至在五公分以内，干土一扬，立刻就见沙砾。风在天天刮，土在天天扬，被翻起来的失去了草根抓连的虚土，扬不了几天就没了，就是沙砾裸露了，很多地方已经成了砂地或沙地。他赶紧骑马往川谷里跑，那里的播种尽管也有干旱的威胁，但毕竟靠近河边，土应该是湿润而沉重的，避重就轻的风、欺软怕硬的鸟兽，一定会绕开那里，鹅黄和嫩绿不可能就这么彻底地退出草原。他驱赶着豹子花：快点，快点，再快点。但是豹子花不跑了，停下了。他说豹子花你怎么啦？我要去地势最低的草场要去河边你不知道吗？豹子花说你已经到啦。果然到啦，可是草呢？怎么这里也没有草？只有翻起后磨平的土壤就像死掉了生命的沙漠。他跳下马，趴到地上，把手插进土里，绝望地摩挲着。不错，是有点湿润，还保持了土层原来的厚度，可居然也没有草芽草苗的影子。亲爱的百灵鸟们，以草为食的动物们，怎么连仅剩的希望也要吃掉呢？很快他就发现，这里的荒凉跟鸟兽无关，种子还在，从土层下面抓一把，满手都是草种。他失声喊起来：怎么是这样的草种，都瘪成空皮啦？是原来就瘪了还是埋到土里后才瘪的？

2

父亲骑着豹子花，跑向了牧马场的场部。场部的大马厩里，还有一些剩余的草种。他解开口袋，抓起一把看了看，又抓起一把，一连抓了好几把，然后打开了所有的口袋。他扛起一只口袋，走出大马厩，走进场部楼，来到场长办公室的门口，推门不开，才意识到老才让已经不可能在这里上班啦。他又去了萨木丹的办公室，敲了半天才开门。萨木丹说："强巴老师啦，你怎么来啦？星期天也不休息？""我忘了还有星期天。"一个女人从父亲身边迅速溜了出去。父亲把口袋放到沙发上说："你来看看，这就是你进的草种。"抓起一把放在了桌子上。萨木丹瞪起眼睛不知说什么好。父亲说："当初我让你拿着钱去买草种，你验货了没有？""验了的。""全部验了？""我想想，我去了人家很热情，先请我和司机去吃饭。""还喝了酒？""肯定少不了。""后来呢？""装车时他们打开一只口袋让我验货，我看了看挺好，就没看别的。""别的都是这样的，霉啦，发芽啦，干瘪啦。我们两个都上当啦，联系草种时，牧科院的人拖了几天才让我去兰州，恐怕就是为了造假，我当时抽检的草种也都是好的。"萨木丹叹口气说："老师啦，我知道种下的草没长出来，你不会怪罪到我头上吧？就算兰州牧科院的人骗了我们，但你从省牧科所进的草种也没出来啊。"父亲沉重地点着头："那批草种都种在了高处，没出来是因为干旱无雨和鸟吃鼠害。"他想起播种没过一半，他就让萨木丹负责，自己去大马厩指导良马的配种。也就是说他离开后才开始播种发霉空瘪的种子，是萨木丹没有发现还是他根本就不想发现？他直截了当地问："牧科院的人除了请你吃饭喝酒，还给了你什么好处？"萨木丹愣了一下说："没有，绝对没有。""你发誓，向雪山大地。""没有就是没有，还发什么誓呢？""那就是有啦。"萨木丹居然没有反驳，口气平淡地说："我是你的学生，牧人出身你是知道的，哪里懂得什么犁地播种，老师是专家，草没出来怎么能怪到我头上呢？"

两天后父亲出现在州委书记老才让的办公室。他说起种植牧草的失败，说起天旱鼠害等原因，说到了兰州牧科院对自己的欺骗，却只字未提萨木丹。老才让气急败坏地说："草原竟然不给我一丁点面子，我上任才多长时间，就来了这么一闷棍。快说，有没有补救的办法？""没有，一直不下雨，旱灾、风灾、鸟兽之灾和人灾搅到了一起，我们无能为力。"老才让说："听天气预报，这几天会有大雨。""恐怕已经不顶用啦。"老才让喟然长叹："看来我们牛皮吹大啦，怎么给上面交代？上面还老打电话问。""我说了要经过试验嘛，阻止草原退化、恢复生态平衡不那么简单，得从根底上想办法。""你是不是早就知道会有这一天？""有预感，但也有侥幸，总觉得我们真可以破天荒地让草原变个模样。其实你跟我一样，多少也能想到一点这种后果，只不过你比我抱了更大的侥幸。"老才让冷笑一声说："怪不得我听李志强说你不想当副场长，原来你是不想承担责任。"父亲低下头说："照你的意思，让我当副场长就是为了让我承担种草失败的责任？我的责任我不想推脱，你说吧，怎么惩罚？"老才让吼起来："你一个一身轻松的老牧民，惩罚你有什么用？上面是盯着我的，你说我怎么办？"说着一把攥起办公桌上的手机，"你去吧，我蒙混过关，我检讨错误，都用不着你管啦。"

　　父亲第二天回到县上桑杰的家里，睡了一觉，就爬起来给母亲写信。他详细写了种草的失败和失败后草原上荒凉连片的情形，刚署上名字写上年月日，就又撕掉了：怎么还能给她增添烦恼呢？一个病魔缠身的亲人、一个在自己的苦厄中挣扎着为其他人解除痛苦的医生，已经够不容易啦，不能再让她为他担忧啦，更不能捎带上比他更重要的草原。繁花似锦的草原、万里如茵的草原，也曾是她的希望、依靠和骄傲，这个是不能失去的，不能的，他的忧心如焚也一定是她的肝肠寸断。他拿起笔来重写，想不提种草，又觉得不合适，他已经告诉了她，他正在忙什么。她回信说："草原没有草就不是草原，是沙漠，你做的事太重要啦，会让所有人为你骄傲。注意身体，一定。"她跟他一样，也在等待结果，也是失望不起的。那就不能让她失望，也许她知道自己已经是一个没有希望的人，她的希望就是丈夫，丈夫种植的牧草。他写道："就跟我们期待的一样，翻耕和播种终于有了绿色的回报，到处都是新长出来的牧草，那种鲜艳和明亮是我从未见过的。我等着你的康复，等着有一天带你去处女地一样的草原上到处走一走，听听牧人们是怎么唱的——牧草的种子是谁撒下的？茂盛的牧草是怎么长出来的？格桑花是冲着哪个人笑的？请看阿尼玛卿的儿子草原上的强巴。"信发出去了，父亲的情绪更加低落。他来到尼玛村康的建筑工地，到处看了看，吊车正在运送钢筋，搅拌机把水泥打上去，捣固机响成一片。已经有一层半的高度了，趴在工房桌子上看图纸的工程师告诉他："只要开始往高里走，就快得很，一天一个样。"然后就不理他了。他觉得有些打搅，赶紧离开，又骑马往东走，去了珠姆山的昂欠谷。冷库的工地上果果正在冷着脸训人。父亲问怎么啦。果果说："我听工程师说，墙的厚度不够，差了两公分。""你为两公分发火是对的，一定要保证质量，能补救吗？"挨训的工头说："能啊能啊，一定能。"果果大声说："不能再出类似的问题，你差了我的质量，我就差你的工程款，我说到做到。"父亲说："对，说到做到。"他拉着马立刻离开了那里，心说我要是能补救，能说到做到，就好啦。他去了顿珠商店，见到了桑杰、卓玛和顿珠，想跟他们说说话，最好是一边喝酒一边说，看他们都在忙，算账的算账，打电话的打电话，就又朝晋美商店走去。商店门口停着一辆卸货的卡车，晋美正在忙着清点，都是瓶装罐装的易碎品，他的清点格外仔细。父亲看了一会儿，拿起一瓶刚刚清点过的酒，骑上了豹子花。

　　下雨了，滴滴答答的，很快就唰啦啦的了，就像天气预报说的，是大雨。父亲想回桑杰家，到了门口又改变主意，驱马去了草原，去了连片延伸的开垦地。他下马步行，走过了一片，又走过一片，走累了就坐在被雨水打亮的石头上。他湿了，马湿了，地湿了，所有的都湿了。他俯身瞧着地面，想看到下面的草种是如何在浸泡中发芽、伸头、展叶，想看到它们还能随着他的心愿以顽强的生命挽救草原的过程，想看到绿色的诞生就像孩子的孕育从细胞到胚胎再到绽放的全部。可是它们太慢啦，还不发芽，还不发芽，都下了多长时间喝了多少水啦，怎么还是无动于衷？立刻又明白，不是慢，是他的着急超出了植物生长的速度。大雨如注，奋力浇到他的头上，再往下就是瀑布，就是汹涌。似乎很快就饱和了，大地不再渗漏，不再接纳，水开始奔跑，在草场上，在土壤上面，在沙砾之间，到处都是拉开的沟壑、奔走的河溪。疏松的土壤的颗粒、没有草根拽拉的涣散的泥地，随着水的流淌，迅疾地移动着，很快不见了。搬运是那样地快捷而成功，水土瞬间流失，沙砾转眼裸露，狰狞的石块、闪闪发亮的石块出现了，好像这场雨就是为了给泥土尚存的草原洗个淋浴，把原先诱人的黑色淘洗干净，只留下花岗岩的银白和灰亮，跟漫天的雨光交相辉映，就算草场还有被鸟兽吃剩下的草种，也都一粒不剩地跑远啦，顺着不断下降的地势，跑进了积水的石坑，跑进了奔流的沁多河以及那些突然暴涨起来的支流。父亲没想到，下雨比不下雨还要糟糕，似乎荒凉就等着这场大雨的浇淋，因为它需要加倍的荒凉，它要让人看到退化的不仅仅是草原，而是所有生命的依托。该死的开垦与播种，原来是一次揭掉皮肤的残害，草原的血肉就在那些撕开皮肤的巨大的创洞上，消失了。父亲这才意识到，不是雪山大地不眷顾他的祈求，不保佑草原和牧人，而是根本就不想保佑，不仅不想，还要惩罚，因为这是一片绝对不可以翻耕的土地，就像不能在人和神的皮肤上犁地。他想他那么起劲地诅咒着促使草原退化的牲畜超载，一直在反对和阻拦愚蠢的过度养殖，但真正从根底上祸害了草原，让它变得一贫如洗的，却又是他自己。他是学过畜牧草原的，他是专家，怎么就鬼迷心窍地忘了牧草生产的基本条件，忘了常识，忘了摧毁草原最有效的办法就是把土壤端掉呢？原来他是魔鬼，是在不可饶恕的罪孽中洋洋得意的罪魁祸首——不是老才让鼓动了他，而是他鼓动了老才让，因为老才让对他的信任无与伦比，如果他坚决反对，对方一定会犹豫甚至放弃。但是他却认可啦，不仅认可而且参与啦，不仅参与而且成了灾难的领导者，不遗余力地催化了老才让目的不纯的狂想，并让这狂想变成了对草原对生命的无情毁灭。

魔鬼在大雨中走动，脚下是干净无尘的沙砾。他喝着酒，走过沁多县的地界，走向了牧马场，又绕开场部，走向了没有人烟的荒野。天黑了，又亮了，又亮了，他走着，坐着，有时还会睡着。豹子花始终跟着他，他始终没有骑。到了第三天，豹子花开始用嘶鸣提醒他：危险来啦，危险来啦。他头也不回，跌跌撞撞一直往前走。但是他知道豹子花的提醒为的是什么，他用后脑勺就能看到，用鼻子就能闻到，用耳朵就能听到：狼来了。一个家族组成的狼群，有父母有孩子还有亲朋好友，吃了他不费吹灰之力。他心说那就吃了吧，快点吃了吧。但是狼最终没有听他的，它们退走了，消失了。他说狼不吃我不要紧，还有比它们更凶残的雪豹。他走向雪线之上雪豹的领地，一会儿坐着，一会儿趴着，都没有引来雪豹，就又开始踉跄而行。平日里他经常看到的雪豹一直不肯露面，朝他走来的却是一头哈熊。哈熊你好，你肯定比雪豹更有力量，来吧，一掌扇死我，一屁股坐死我，一口咬死我。他躺倒了，等着，看哈熊迟迟不过来，就滚了过去，鼻子一抽，闻到哈熊就在眼前。他闭上了眼睛：请动手吧，虽然我已经三天没吃东西，但身上还是有肉的。哈熊闻了闻他，绕着他转了一圈，又小心翼翼地从他身上迈过去，走了，呼哧呼哧的声音由近而远。父亲爬起来，绝望地冲着哈熊喊道："你怎么这么笨哪？"继续往前走，他看到了一头野牦牛，硕大的犄角冲着他摇来晃去。他心说原来我的归宿在你这里？我知道你脾气暴躁，力大无穷，敢于冲撞所有的挑战者，哪怕它是弹雨大炮，那就来吧，我是你的敌人，我蔑视你，我要吃掉你。他喊喊叫叫冲它跑去，眼看就要到跟前了，野牦牛突然转身，不屑一顾地慢悠悠朝一边走去。父亲拽着它的尾巴栽倒在地，被它拖了一段，然后松手而止。

　　大雨哗哗下着。父亲走不动了，一直趴着，是睡着了还是累昏了，连他自己也说不清。父亲醒来时是个白天，雨小了，黑云正在升高，颜色减淡了许多。他坐起来，看到豹子花已不在身边，面前是一群狼，就是他碰到过的那群狼。他跪下来号啕大哭："我毁了你们的草原，你们怎么不吃掉我呀？吃吧，吃吧，赶快吃吧。"狼们没有吃，后退了，似乎它们来这里不是为了食物，而是为了保护，为了不让别的动物吃掉他。可这是为什么？一个罪人死起来怎么就这么难？他站起来往前走，不知道要去哪里，也不知道去干什么，等他再次瘫倒在地时，他听到了沁多河的奔腾声。他爬了过去，爬上一座岩山，盯着悬崖下激越的河水看了半天，才意识到他是来跳崖的。死就在眼前，没什么可犹豫的，打个滚儿就下去了，而且说不定也不会有什么痛苦，水一呛就会失去知觉。他呵呵一笑：又是水，他始终离不开水的牵绊，当年要不是赛毛豁出命来救他，他早就是水里的游魂啦。啊喷喷，赛毛，看来你是白救了我，我反正是要死在水里的。可是，怎么能让赛毛白救呢？她用她的命换了他的命，他却一点也不知道珍惜，还好没良心地说她白救啦，那也就是说她白死啦。她救他就是为了让他毁掉草原，然后畏罪而死吗？赛毛，赛毛，我对不起你的救命之恩啊。同样对不起的还有已成麻风病人的妻子，还有把妻子托付给他的姥爷姥姥，还有所有的亲人包括角巴一家。这么想着，他又不想死了，想要回去了。他吃力地掉转身子，爬下岩山，一寸寸地朝着沁多县的方向爬着。但爬着爬着他就觉得自己不死不行啦，离开有人群的地方太远太远，就算有狼群保护他，就算所有的野兽都会宽容地对待他，他也会耗尽力气，饿死或累死。他再也爬不动了，一头栽进一片汪成湖的雨水里，再次昏死过去。

父亲是被人摇醒的，睁开眼睛时，看到了帐房的天窗，那里有一抹清亮的蔚蓝，看到了角巴黧黑多皱的面孔，就像大雨天里密布的乌云。角巴说："羊毛羊皮都在羊身上，胡话真话都是人的话。你说死了变成草的人，能覆盖多大面积？你想死啦？我告诉你，人死了变不成草，因为人不是吃草的，牛羊死了才能变成草。"父亲不知道自己昏迷时说了什么，呆愣了半晌才问："我怎么到了这里？"是豹子花跑回沁多县城用一声声嘶鸣告诉了桑杰：主人出事啦。桑杰又告诉了果果、晋美和顿珠。他们的决定是：发动两处建筑工地的工人，开着车分头去找。桑杰骑着摩托车，找着找着就找到了角巴家。角巴一听说父亲失踪，就知道凶多吉少："这些日子我已经看到啦，雪豹吃掉了雪山，牛羊吃掉了草原，都是靠雪山和草原过日子的生灵，怎么能一刀一刀没完没了地攮呢？攮出了血，攮掉了肉，还能剩下什么？骨头出来啦，再往上贴肉就贴不上去啦，为什么？因为血脉接不上啦。牧马场这么做，我会吓一跳，强巴这么做，就不光是吓一跳啦，就恨不得替他死掉啦。我都想死掉，强巴怎么还能活下去？"他生气地瞪了一眼桑杰又说，"你找我干什么？突突突地电马来电马去，我还以为电马知道强巴在哪里。"桑杰说："阿爸啦，别说气话啦，它怎么会知道？""有知道的你为什么不骑？""谁知道嘛？""豹子花就知道。"桑杰摇头说："这么大的雨，它能闻到什么？又不是日尕。"角巴又说："带上多吉就知道啦，一马一狗的鼻子，胜过千人万人的眼睛。"桑杰用摩托车把角巴带到了县上。角巴骑上被桑杰拴在院子里的豹子花，带上父亲的藏獒多吉，冒雨出发了。桑杰骑着摩托车跟在了后面。角巴对豹子花和多吉的信任，表明人和动物的互相关照在草原的生活中是多么重要，就算大雨会让它们的嗅觉完全失去作用，也还有远胜于人类的本能和直觉，会在生命攸关的时候，拉兄弟一把。多吉和豹子花走着走着就分道扬镳，桑杰只好跟着多吉往南走，后来他们又跟西去的角巴和豹子花会合了，一起沿着沁多河溯流而上，走了整整两天才来到父亲身边。

父亲在角巴家待了三天，觉得自己能走动了，就骑着豹子花离开了那里。走时真有些不舍，但是他知道，既然角巴已经把话说到这份上，他也就没有必要再厚着脸皮待下去，然后乞求原谅啦。角巴说："你比才让的阿妈差远啦，她来到草原，只做好事不做坏事，我们心疼她，为她转山祈祷，阿尼玛卿冈日说，听到啦看到啦，你们的声音和身影，回去吧，我会保佑她的，尽管她的丈夫那个叫强巴的，会豁开我的肉放掉我的血。强巴啦，这可能是最后一次我叫你强巴啦，以后见面，我就不会再把敬语放在你的名字后面啦，我原以为你也是只做好事不做坏事的，就像草原只有好处没有坏处，没想到你变啦，居然会跟老才让搞到一起，开着拖拉机到处犁地，还说是种什么草，草

原的草是种出来的吗？从来没听说过。雪山大地受伤流血啦，疼得啊
嘘啊嘘叫啦。滚下山的石头上不去，流进河的雪水回不来，鸟儿不会
落在上次啄过虫子的草枝子上，你喊一声再把声音装回肚子里的事是
没有的。我要是再把你当成家里人，牧人们就会指着鼻子骂我。强巴
你听着，你是你，才让的阿妈是才让的阿妈，你跟才让的阿妈不一
样，也跟孩子们不一样，我跟他们的关系没有变，但是跟你，变啦，
你不再是我角巴德吉的亲人啦。"角巴说着哭了，"草原没草没土啦，
变成沙子石头啦，你变成了什么我说不清楚，还是你自己去河边照照
吧。"父亲流着泪，知道自己不仅被逐出了家门，还有可能会被逐出
草原，逐出藏族人的群落、牧人的行列。

　　父亲来到县上桑杰的家，感觉桑杰和卓玛一如既往地热情着体贴
着，没有撵他走的意思，这才松了一口气，跟他们一起吃了饭，回到
自己住的右耳房，睡了一觉。第二天一早他要出门，桑杰说："强巴
啦，小心点，最好别出去。"父亲问："怎么啦？""万一碰上不讲理的
牧人，跟你动手呢？"父亲叹口气说："动手就动手，牧人都是讲理
的，不讲理的只有我。"桑杰说："你等着，我们一起走。"三个人出
了门，来到顿珠商店。桑杰和卓玛忙起来，对他们来说永远都是昨天
的事没干完，今天又来了许多事。父亲待着无聊，再次来到街上，没
觉得有什么危险，就去尼玛村康的工地看了看，然后朝桑杰家走去，
远远看到立着"扎西平措"牌子的地方有几个牧人，也没在意，继续
往前走，便被那几个牧人拦住了。有人说："就是他，我在赛马会上
见过。"转眼他被推倒在地，一阵踢打之后，有人说："我们是吃糌粑
的，你不是，我们是穿皮袍的，你也不是，你还是把皮袍脱掉吧，别
装得像个牧人。"说着扒掉他的皮袍，掏出藏刀，在皮袍上割了几刀。
又有人说："你先是不让我们养牛养羊，后来又开着拖拉机毁坏草场，
你是哪里来的魔鬼，存心不让我们活啦。"拿刀的牧人说："今天就在
这里宰了他，草原就吉祥平安啦。"说着举起了刀。桑杰跑来了，大
吼一声："狼儿子们，不要命啦？杀人偿命你们不知道吗？"然后像野
牦牛那样一头顶过去，顶翻了拿刀的牧人。另外几个牧人围上来，撕

534

住桑杰就要打。桑杰说："你们要干什么？脑子叫酸奶吃糊涂了吗？强巴啦办学校，建医院，成立'沁多贸易'，你们有没有上学的孩子？有没有去医院看病的病人？有没有从'沁多贸易'挣的钱、买的东西？不知道跪下来磕头就算啦，还打人。活菩萨一样的苗医生你们不知道吗？所有人嫌弃的麻风病人都成了她的亲人，她把麻风病人变成了真正的人，连生别离山的白唇鹿和藏羚羊都在赞叹。你们打的这个人是谁？活菩萨的丈夫，为了牧人遭罪受难的强巴啦，你们要是敢杀，就先杀了我。"说着挣脱几个牧人的撕扯，又要顶过去。牧人们赶紧往后退。桑杰喊着："雪山大地啊，快来看，这些哈熊吃剩下的人，连活菩萨的丈夫也敢打。"然后扶起父亲，拽上堆在地上的皮袍，一声高一声低地念着祈福真言，走向自家的大门，又回头说："听见了吧，藏獒多吉的声音，让它咬断你们的喉咙才好，不知好歹的黑头人、大老怪，打坏了好人是没有好来世的，不信走着看，我明天就去阿尼琼贡告诉香萨主任，这几个人无法无天啦，连你尊敬的强巴啦都敢欺负啦。"他搀着父亲走进去，关上大门，喊道："多吉啦，救命啦。"藏獒多吉轰轰轰地吼叫着。几个牧人互相看看，悄然离去了。

父亲坐在桑杰新买的沙发上，用桑杰递过来的湿毛巾擦净脸上的血，呆呆地坐着，喃喃地说："也好，别说打一顿，打十顿我也能接受。但是千万别打死，我还有用，还想做点什么。"说着，他挪到电话边，犹犹豫豫拨通了李志强的手机："李副省长啦，你可好？我想请你来家里吃面片，有没有时间？"李志强说："你回来了？来西宁干什么？""想你啦，想你吃面片的样子啦。""恐怕是醉翁之意不在酒吧？对你我还不了解？"父亲半晌不吭声。李志强问："是电话里不好说吗？那就来我办公室。""我还在沁多，你的办公室远得很，去不了。""你还在沁多，怎么请我吃面片？分明是骗我嘛。""我遇到事情啦，想求你，所以连话都不会说啦。""看来不是小事，不知道我能不能办？""你上次说过的话还算不算数？""什么话？""就是让我当副场长副州长的话，我又想当啦。"李志强沉默着，突然问："为什么？"父亲说了种植牧草的失败，说了迅速严重起来的水土流失和沙砾裸露，强调说："已经不是退化而是沙化，大面积的沙化已经出现啦。""那你还当什么副场长副州长？对着南墙往上撞，你不要命了？""我想有一个悔过赎罪的机会，想救它。""你有办法？""还没有。"李志强又一次沉默了，过了一会儿说："我就说嘛，你上次的话不是最后的决定，看来我得支持你。不过这件事我得给上面汇报，结果是什么组织部门会联系你，你等消息吧。"父亲一声哽咽，呜呜呜地哭起来。突然，他身子一歪倒了下去，嘴里噗嗤一声吐出了一口血。

父亲被送进了沁多县医院，马秋枫院长给他做了全面检查。还好，只是断了两根肋骨，吐血是因为一颗牙齿被打掉了，其他地方都是皮外伤，没有脑震荡。马秋枫说："那也得一个多月才能正常活动，你好好在医院待着，这里有护士随时可以照顾你。你是苗院长的丈夫，天使的亲人，跟别人不一样。再说这医院当初还是你跑前跑后建起来的。"她又问起母亲的情况，父亲如实相告，惹得马秋枫眼圈都红了。医院给了父亲最好的治疗和照顾，饭都是食堂特意做了让护士送到床边的。父亲不好意思，拒绝了好几次："让'沁多贸易'的人送吧，随便在街上买一碗面就行啦。"马秋枫说："那不行，我来沁多工作，别的没学会，就学会了一点，人要知恩报恩。"父亲没事了就给母亲写信，写一些假话连篇的信：播种牧草后气象一新的草原，花团锦簇的夏天，丰盈茂密的牧场，活蹦乱跳的牛羊，已经不惧怕牲畜的增长啦，想养多少就能养多少，牧人高兴得天天唱歌跳舞。我跟你一样，享受着工作的快乐和草原给予的荣耀。我很好，家里一切都好，你保重，诸如此类。然后委托常来看望他的桑杰和卓玛把信发出去。直到有一天，我和梅朵出现在父亲的病房里，他编织的谎言才告一段落。父亲诧异道："歌舞团没有演出吗？学校放假了吗？你们小两口怎么来啦？"我说："听晋美叔叔说你住院啦，我们来看看。"梅朵泪汪汪地说："阿爸啦，你为什么不给我说实话？我把你当成跟桑杰阿爸一个样子的阿爸，但现在我糊涂啦，你到底是个诚实的人还是个骗子？"父亲赶紧检讨："对不起啦，就我的知识，我应该想到后果，怎么就分不清好坏成了罪人呢？请惩罚吧，所有的人都可以代表草原惩罚我。"但梅朵说的不是荒唐的种植牧草,是阿妈,她已经知道阿妈是一个麻风病人啦。我们也不是来看阿爸的,而是要去看阿妈的。

　　梅朵因为怀不上孕想来草原找阿妈问问,我不让她来,她就问为什么。我编不出理由来阻止她,只能如实相告。梅朵哭了,然后火了,就在西宁我们的家里,扑到我身上又捶又打:"我不是家里人吗?你居然不告诉我,你从来就没有把我当成自己家的人。"我说:"正因为是自己家的人才怕担忧没告诉嘛,姥爷、姥姥、才让、琼吉、洛洛、央金、普赤,告诉他们了吗?桑杰阿爸和卓玛阿妈是跟我的亲阿爸亲阿妈一样的人,告诉他们了吗?"梅朵一想也对,停止捶打说:"那我更要去看看阿妈啦,现在就走。"说着就开始收拾行李,又说,"去看阿妈时,我要把藏袍穿上。""噢呀,我也穿上。"我头一天晚上到西宁,待了一夜就又带着梅朵往回赶,到了长途车站才想起应该给姥爷姥姥说一声,就去电话亭里拨通了央金电话。央金已经离开市歌舞团,跟洛洛在一家叫"德吉家格桑花"的酒吧打工,做驻唱也做一些端酒递茶的事,酒吧旁边有间小房子,暂时住着,也算是替老板看守店门。央金接了电话,问道:"怎么这么突然?"梅朵说:"想爷爷奶奶啦,想阿爸阿妈啦,要不你跟我们一起回吧?"央金说:"我现在无头无脸,连正式工作都没有,回去干什么?再说你知道我的肚子,这两个星期突然就大啦,也不方便。"梅朵说:"你是丢不下演唱吧?要是我的话就不会再上台啦,你让洛洛接电话。"洛洛接过来说:"我知道你想说什么,说吧,我的耳朵就喜欢听你说话。"梅朵说:"你要是不好好照顾央金姨妈,我就再也不把你当长辈啦,就叫你哥哥,不,连哥哥也不叫,就叫你对不起妻子的洛洛齐加(狗屎)。"洛洛说:"噢呀噢呀,你厉害,你把我吓死啦。"梅朵说:"今天是星期天,别忘了回家,姥爷姥姥肯定做好饭等着呢。""不用你说。"姥爷姥姥已经知道央金和洛洛离开了市歌舞团,却不明白为什么,整天为他们发愁,听说央金有了身孕,又高兴起来,一再叮嘱他们回家来吃饭,毕竟家里的饭又卫生又可口。因此即使晚上在酒吧有演出,他们也会回家吃了再去。央金总说这个娃娃怀得不是时候，肚子一大，她就不能演出啦。洛洛说有我呢，你放心，现在我每天晚上唱两首，以后我可以多唱，老板是藏族人，他不会嫌弃怀孕的。姥姥说什么不是时候？你只要把娃娃生下来，就不用你管了，交给我们。姥爷什么也不说，只是呵呵呵地笑。梅朵噘着嘴说，姥爷姥姥啦，娃娃一出来，你们肯定就不会管我啦。姥姥说谁说不管啦？我们忙得过来。梅朵每次见到央金，都会皱一下眉头，从鼻子里哼一声再说话，意思是：嫉妒死我啦，为什么我就怀不上娃娃？

　　我们在病房里待了一会儿就想走。父亲说："这就算把我看过啦？再说一会儿话嘛。"我只好说起我们来草原的真实目的：去生别离山看望母亲。父亲立刻沉下脸来，望望梅朵，又望望我："她都知道啦？"我说："那还有不知道的，两口子怎么能长期保密？"父亲说："我劝你们不要去，我去过不止一次，江洋也去过，你们的阿妈不想见人，尤其不想见亲人。"梅朵说："她不想见就不见啦？那我们还是不是她的儿女？是的话她说了不算，她不想见，儿女也不想见，才可以不见。"父亲说："那你们就尊重一下她，不要再想了嘛，她都这个样子啦。"梅朵说："可我永远不会不想见自己的阿妈，不管她变成什么模样，变成鬼怪，变成马牛，变成虫子，都是我的阿妈，我一定要见她。"父亲叹口气说："梅朵听话，我们得照顾你阿妈的情绪，她本来就不好，见了子女更不好，何苦要雪上加霜呢？"梅朵说："阿妈觉得见了以后更难受，也只是猜想，真的要是见啦，也许大家都不难受啦，我一定要去试试，不管你们让不让去。"父亲还要劝，梅朵说："阿爸啦，你好好养伤，我还没见桑杰阿爸和卓玛阿妈，我要去看看他们啦。"父亲说："这样吧，现在是中午，你们先去顿珠商店，叫上桑杰和卓玛一起吃饭，完了去工地找果果，请果果把索喜叫来，让她跟你们好好谈谈，你们肯定就不想去啦。"我说："这样好。"梅朵说："阿爸啦，素喜是女人，阿妈是女人，我也是女人，女人跟女人的事，你就别管啦。"又问，"素喜和果果结婚了没？"

　　我们见过了桑杰阿爸和卓玛阿妈，一起吃了饭，又来到昂欠谷的冷库工地，见到果果后说的不是让他把素喜叫来，而是央求他立刻带我们前往生别离山。果果说："噢呀，我也有半个多月没见素喜啦，再不去的话她会跟我算账的。不过我把丑话说在前，你们肯定白跑一趟，你们的阿妈不想见，素喜也不会让你们见，我每次去医疗所，她都是让我直接去她宿舍，治疗部和住院部的门都没进过。"梅朵说："果果叔叔啦，没碰钉子怎么知道钉子是硬的，去了再说嘛，现在说这些丧气话有什么用？你要是不带我们去，我们就自己去啦。""噢呀噢呀，别生气嘛。"果果把工头叫来叮嘱了几句，然后开着救护车，带着我们，来到尼玛村康的工地，又给这里的工头交代了一番，然后直奔生别离山。我们半夜到达，果果把车停在医疗所院子的铁栅栏门边，拉开车厢里的简易急救床说："我要去宿舍找素喜，你们就委屈一下，把车当成家，不管见上见不上你们的阿妈，也是太阳出来以后的事。冷不冷？我把皮袍给你们脱下。"我说："大夏天的，冷什么？快去吧，素喜阿姨一定会说，不会是做梦吧？"

3

我和梅朵搂抱着，一觉睡到天亮。阳光斜射而来，透过窗户舔着我们的脸，就像一只小藏獒温暖的舌头在抚来抚去。车顶上嘭嘭嘭地响，几只跳跃歌唱的鸟儿截断了我们的梦。梅朵揉着眼睛坐起来，看着窗外说："草长得这么好，我们一路走来，好像只有这里才是真正的草场。"我说："以前阿尼玛卿草原几乎所有的地方都是这样的草场，现在牧人的日子好啦，草场却不行啦，真是的。"梅朵对着后视镜抹捋着头发说："可我并不怀念那个时候——草原好着，日子坏着，要是日子好着，草原也好着，该多好。""不会有这样的事。""为什么？""太阳和月亮会一起出来吗？""不会，但雪山和草原会，唱歌和跳舞会，酥油和糌粑会。"正说着，果果从铁栅栏门里走出来，让我们下车："走，吃饭去。"我们来到素喜的宿舍。素喜笑嘻嘻的，拿了

539

一条新毛巾，用脸盆接了水，让我们洗脸洗手，然后摆上早餐来：酥油茶、糖糌粑、大米粥、白馒头、豆腐乳，还有一碟花生米、一碟酱牛肉，藏汉合璧的早餐挺合我们的胃口。素喜说："从食堂打的，还可以吧？"

　　梅朵笑道："素喜阿姨啦，我还没说扎西德勒呗。"素喜说："你一笑就等于说啦，你的笑特别好看。"梅朵说："你是最好看的，不然果果怎么会不顾一切地追你？"素喜说："他哪里不顾一切啦？整天都是'沁多贸易'的事，半个月才想起我一次，要是不顾一切，就该天天来这里。"梅朵说："半个月就不错啦，我们这位，跟我一个月才见一面，还不能按时到达，总是推迟推迟，还想把保证书推翻，延长不来见我的时间，一个月嫌太短，两个月三个月四个月半年一年，才称了他的心。我就说你干脆一次不来才好，我一个人自由自在多幸福。"我吃惊地瞪着梅朵：真正是瞎编乱造，信口开河，我什么时候要推翻保证书啦？想都没想过，不能按时到达，推迟到第二天倒是有过，但怎么就变成"总是"啦？梅朵又说："电话倒是天天打一个，没有一天漏掉，可那有什么用呢？我又看不到人。"素喜说："江洋是校长，忙有忙的理由，推迟也好，不来也好，都说得过去，办学育人可不是小事，要为那么多孩子和老师负责，得操多少心？不像果果，今天挖地基，明天建房子，虽说不是一般的房子，是阿尼玛卿州最大的房子，但谁又能知道你是在造福草原，是在为牧人着想呢？都会说你是为了自个儿挣钱，巴不得你建不起来。"我听着，跟果果一起笑了，两个女人哪里是在埋怨，是变着法儿炫耀丈夫呢。梅朵说："你还替他开脱，就不想我有多苦。阿姨啦，我有件事想求你。"然后瞪着我和果果，"你们出去一下，在门口等着。"

　　我和果果出去了，几分钟后又让我们进去，就见梅朵脸色红扑扑的，低着头不看我。素喜又拉我出去，小声说："怀不上孩子的人多啦，不丢丑的，很多都能治好。我给梅朵说了一个人，是省医院专门治疗不孕不育症的赵医生，你督促她，让她尽快去找，你也得去，跟她一起检查，看到底是谁的原因。""男的也会有问题？""当然

540

会。""噢呀噢呀。"我点着头，跟素喜回到屋里。

梅朵突然问："素喜阿姨啦，你什么时候举行婚礼？"素喜看看果果。果果说："本来说好是春天，春天推到夏天，现在还得往后推，秋天吧，等尼玛村康和冷库盖起来，我们立马就结。""到时候通知我们，我们一定来参加。"梅朵说着，突然拉下脸来，"但要是你今天不让我们见阿妈，那我们就不参加啦，不参加的话就没有人给你们唱歌，不唱歌的话就不热闹，不热闹的话就不吉祥，哪个轻哪个重你掂量，到底要不要我们参加？"素喜拧了一下她的脸："就你会说。我知道你们来干什么，果果已经说啦，但我只能让你们失望，见面是不可以的，我们得尊重苗姐姐，得成全她的心愿。"梅朵说："请你也想办法成全一下我们的心愿，我们的阿妈我们见不上，就等于没有阿妈啦，那我们就只能哭啦，就在这里哭，不淌干眼泪不算完。"说着眼睛便湿润了，便滴答滴答的。素喜爱抚地拍拍梅朵说："其实我跟你一样难受，要是放你们进去见面，我给苗姐姐怎么交代？"梅朵抹了一把眼泪说："你可以不让阿妈知道嘛。"素喜说："这个做不到。"梅朵说："能做到的，我穿上白大褂，戴上口罩，就是一个护士啦，阿妈认不出我来，我看一眼她又怎么样嘛？"我说："对对，这样好。"果果也说好。素喜瞪了果果一眼："好什么好，别起哄。"梅朵的眼泪更多了，河溪一样，我也跟着哭起来。果果乞求道："你就让他们见见嘛。"素喜为难地皱着眉头说："梅朵别哭，千万别哭。"梅朵说："我今天就是来哭的，除非你让我们跟阿妈见一面。"素喜叹口气说："你这样淌眼泪我算是没办法啦。好吧，我答应，但我只能答应你一个人，江洋不能去。而且你进去以后也只能待在我的办公室，从门缝里远远地看，偷偷地看，不能走近苗姐姐，万一认出来呢？还有，你要克制自己，无论看到什么都不能发出声音，叫声和哭声都不能，我们的护士都是见惯了病人的。"梅朵用手背擦着眼泪，扑过去抱住了素喜。

素喜走了，过了一会儿，拿着一套崭新的白大褂、护士帽和口罩回来，把梅朵装扮了一番，便带着她去了治疗部。治疗部的门锁着，防止外面的人随便进去，除了医护人员和病人，病人有时候会去草原上散步和晒太阳，每人都带着钥匙。我目送着她们消失在门内的灯光里，回屋跟果果边聊边等，等了两个多小时，她们才回来。梅朵和素喜都是满脸湿润。我和果果都问："见着啦？怎么样？"后来我知道，梅朵没有遵守约定，不是躲在素喜的办公室，而是控制不住地开门走了过去。她默默地跟在母亲后面，从治疗部走向住院部。母亲在查房，这个病房进，那个病房出，但她又是病人，也需要上药，所以就没戴口罩。梅朵在心里叫着：阿妈啦，阿妈啦。在心里问着：阿妈啦，你的头发怎么啦？你的眉毛怎么啦？你的耳朵怎么啦？你的鼻子怎么啦？你的嘴巴怎么啦？你的脖子怎么啦？怎么可以烂成这样，就像把皮肉翻了过来？是不是身上还有溃烂？阿妈啦，你的腿怎么啦，好像有点瘸？右手怎么啦，小拇指去哪里啦？母亲不停地询问病人，用的是一种藏话夹杂着汉话的语言。梅朵知道，不是母亲藏话说得不地道，而是有些关于病情的词汇藏语里头根本就没有。她听出母亲说话的声音有些沙哑，有些走风漏气的样子，难道牙齿也坏啦？嗓子也坏啦？再看病房里的病人，有的比母亲好些，有些跟母亲一样，但好像没有比母亲更糟糕的。梅朵一直跟着母亲，在住院部查完了房，又回到治疗部。母亲停在了走廊里，小声而平静地问："你怎么来啦？我知道是你，扎西德勒。姥爷姥姥都好吧？家里人都好吧？"梅朵也明白母亲早就认出了自己，哽咽了一声说："都好着呢，就是想你。"说着她泪如泉涌，想抱住母亲。母亲谨慎地后退了一步说："你都看见啦，不要给任何人说起我的情况，就说我很好，不用他们牵挂。""可是你不好，阿妈啦。""谁说我不好？创面正在干枯结痂，病情已经得到控制，离痊愈的日子不远啦。""不远到底是多远？"母亲沉默着，没有回答，突然扬起脸，对不远处的素喜说："你怎么能这样，把家里人放进来，你又不是不知道医疗所的规定，我给你叮嘱过多少回？"素喜说："对不起啦苗姐姐，下次再也不会啦。"梅朵急了："阿姨啦，下次你还得给我开门。阿妈啦，我一定还会来，你知道我这个人，说到做到。"母亲说："你又不是医生护士，你来干什么？别

542

再来啦，照顾好姥爷姥姥。"说罢，走向自己的办公室，从里面关死了门。梅朵扑到门上，喊着："阿妈啦，阿妈啦，开门啦，阿妈啦。"看母亲不开门，突然就唱起来：

> 阿妈你的乳汁是金色的吗？
> 不是金色的是白闪闪的，
> 可是我知道它比金子更宝贵。
> 阿妈你的眼睛是珍珠的吗？
> 不是珍珠的是黑玛瑙的，
> 怪不得它赛过了所有的珍珠。
> 阿妈你的脸庞是月亮的吗？
> 不是月亮的是杜鹃花的，
> 原来山野的美丽是你的容貌。
> 阿妈你的心情是灿烂的吗？
> 不是灿烂的是清冽冽的，
> 草原上的河流都是阿妈变的。
> 金子的阿妈、珍珠的阿妈，
> 月亮的阿妈、灿烂的阿妈，
> 你的干净漂亮是世上没有的。
> 白闪闪的阿妈、黑玛瑙的阿妈，
> 杜鹃花的阿妈、清冽冽的阿妈，
> 你的温暖芳香是世上没有的。

走廊里出现了许多人，有病人有医护人员，都在看，都在听。梅朵把《赞美阿妈》唱了一遍又一遍，母亲记住了，大家都记住了，很多人跟着唱起来，他们唱了一遍又一遍，直到梅朵泣不成声。素喜走过去抱住了她。

我们没有马上离开生别离山。素喜说："既然来啦，我就带你们到处走走，看看那些治好的麻风病人，你们心里就会踏实些。这种病，有的人好治，有的人难治，但再难治也能治好。"我们正要上车，就见两个穿着紫色衣袍的人从草原上走来。梅朵问："眼镜曼巴也在这里？那个是谁？"素喜说："是坚赞曼巴，他们来给苗姐姐治病，现在就都留在这里，成了所有人的医生。西医和藏医结合治疗麻风病在全世界还不多见，苗姐姐和我都希望他们坚持下去。遗憾的是他们不能成为正式的医护人员，发不出工资来。"我问："那他们靠什么生活？"素喜说："牧人的施舍呗，倒也不缺吃不缺喝。"梅朵快步过去，扑通一声跪下说："尊贵的曼巴请受我一拜，你们是给阿妈治病的人，跟雪山大地的保佑是一个样子的，请用斩钉截铁的话告诉我们，阿妈的病绝对能治好。"我也赶紧过去，跪在了梅朵身边。眼镜曼巴认识我和梅朵，也知道我们现在的工作，就说："一个大校长，一个大明星，都是有了功德才出息的人，何必发愁呢？你们阿妈的病，所有人的麻风病，都能治好，不信你让坚赞曼巴说。"坚赞曼巴说："我说的不是我说的，是我们曼巴的祖师爷说的，无病的有病，有病的无病，世事就是这样，你们等着，时候一到，太阳升高，没有不照耀的，光明和温暖大家都有，自然也离不开你们的阿妈。只不过她是阳光本身，需要比她更温暖的照耀。"梅朵说："噢呀，曼巴说的是天上的话，我就听懂了一点点，阿妈还能回家。谢谢啦，扎西德勒。"我们低头跪着，半晌才起来，发现两个曼巴已经不见了。

我们坐着车走向一条辽阔的河，清澈的水就像柔软的碎玻璃的镜子，在太阳的照射下闪着七彩的光。河边不时地升起高高矮矮的祈福真言石经堆，插着彩箭，挂着蓝白红绿黄的旗幡。没有卵石和沙砾的河岸河滩，茂密的牧草便是流水的镶边，宏阔的秀丽仿佛就是从这里开始，就是在水的浸润推动下朝着大河两边蔓延而去。那些醒目的花总是分类聚集着，一片一种颜色，比较多的是雪青、金黄、深红和粉白，开出漫漠的一地，组成了辽远无际的花的海洋。莺飞鸟落、蝶狂蜂舞，就跟它们依附的草原一样，也是姹紫嫣红的。素喜说："看到前面低洼处的那些帐房了吧？那是麻风病人的新营地。"我们朝着一个牧人开过去。那牧人骑在马上，悠闲得就像天上的云朵。一群羊和一群牛在埋头吃草，半天不挪动地方，说明草是很高很厚的。我们停车，因为不忍心踩折了花朵，左躲右闪地站到草原上。牧人赶紧下马迎了过来。素喜跟他聊起来。显然他曾经是个病人，如今已经好啦，变形的鼻子上长着新鲜而光滑的皮肉，只剩三个指头的左手攥着一个兜了石头的鸟朵，挺精神的样子。他说今天是剪羊毛的日子，牧人们大多待在营地，扎西头人总是在这个时候清点各家的牲畜。我问："为什么要清点，害怕少了吗？"牧人说："不是害怕少啦，是害怕多啦。"果果问："多了怎么办？"牧人说："挑出瘦的老的，赶到远处喂给雪豹和狼。"后来我知道，这是一个古老的习俗：牧家的牛不得超过人均二十头，羊不得超过人均五十只。因为牲畜太多的话，羚羊、岩羊、黄羊、野驴、鹿、麝、野兔、旱獭、鼢鼠、鼠兔等这些食草动物就没吃的啦，就会迅速减少，它们一少，雪豹、狼、豺、猞猁、貂等这些食肉动物也要饿肚子，也会自动减少。野牲都是雪山大地的孩子，雪山大地一看自己的孩子越来越少，就会寻根问底把灾难降临到人身上。

我们上车继续往前走，半个小时后到达营地，见到了新营地的头人扎西。他没有鼻子、耳朵和头发，还少了一只手，但脸色却红润得有些夸张，说话声音洪亮，底气很足："素喜曼巴啦，扎西德勒，医疗所好吧？苗医生好吧？两个曼巴好吧？病人都好吧？"素喜按照牧人的习惯回问道："营地好吧？你好吧？牛羊好吧？藏獒好吧？怎么不见它们啦？"扎西说："剪羊毛的日子里，赶羊的藏獒比人还要忙。"我知道剪羊毛必须把羊群控制在一个固定的地点，不能让它们乱跑，人手有限，只能靠藏獒帮忙。扎西又说："就不要进帐房了吧，天气这么好，坐在花朵里闻闻香，自己也会香起来。酥油茶马上就来啦。"素喜"噢呀噢呀"地答应着，从她带着的包里拿出几只铁碗，放在了草地上。一会儿，有人提了铜茶壶过来，倒满了所有的碗，又用双手一一捧给我们。素喜说："新营地和老营地里都有从来没得过麻风病的健康人，招待客人的酥油茶都是他们烧的，喝吧，没关系。"说着自己先端碗喝起来。我们喝了酥油茶，又驱车走向洼地那边的老营地。

孤起的雪山襟抱里，扇形的山麓下，按照莲花的形状扎着一些帐房。我们停车下来，等了一会儿，就见有人摇摇晃晃走来。素喜说："他是头人仓木决，都八十多岁啦，身体还这么好。"仓木决也是个没有鼻子和一只手的人，满脸的皱纹就像大地的沟壑，深得不可窥探，尤其是笑的时候。他一直笑着，问候了我们，又吆喝着把帐房里的人都叫了出来。他说："放牧的放牧去啦，剩下的就这些，你们看看，都好着呢。"素喜走过去，穿行在人群里，一张脸一张脸地看着，然后笑着说："好着就好，扎西德勒。"差不多有一百多人，冲着客人弯下腰，集体回了三句"扎西德勒"。他们都笑着，笑容就像挂在眼角眉梢的健康证明。我们也笑着，坐在软绵绵的草地上，一人又喝了一碗热腾腾的酥油茶。梅朵说："太失礼啦，我们什么礼物也没带。"素喜说："那你就献上一首歌，对他们来说是最好的礼物。"梅朵没有推辞，清了清嗓子就唱起来：

> 河水冲走了我的金花帽，
> 请不要这样，你冲不走我的身；
> 清风吹走了我的红缨穗，
> 请不要这样，你吹不走我的情；
> 山鹰叼走了我的松巴靴，
> 请不要这样，你叼不走我的灵；
> 有人拿走了我的奶桶钩，
> 请不要这样，你钩不住我的心。
> 女儿的心和雪山一样冰清玉洁，
> 女儿的心和草原一样花团锦簇。
> 我给你一颗心就是给了雪山草原，
> 你给我什么宝贝能比过雪山草原？
> 阿爸阿妈的养育之恩，
> 那是雪山草原的馈赠。

梅朵唱的是伊舞的旋律，许多人跳起来，八十多岁的仓木决也跳起来，这些痊愈的麻风病人跳舞时总是笑着，就像这是必须的回报，就像他们痊愈之后就只剩下了快乐和笑。我和果果也跳起来。素喜也跳起来，她跳得很优雅很熟练，可以想见在医疗所，在生别离山，人们是常常跳舞的。梅朵说："遗憾的是没有伴奏的乐器，没有阿妈在场。你说阿妈也会跳吗？她跳舞是什么样子的，我从来没见过。"她说："看他们跳得这么起劲，我再唱一首吧。"我说："就唱《赞美阿妈》。"

下午太阳西斜时，我们才离开生别离山，回到沁多县已是第二天凌晨。我和梅朵在家里睡了一会儿，就各忙各的去了。我坐着已经开通的长途客车朝学校赶去，梅朵坐着桑杰的摩托车去了角巴家。路上，她控制不住地给桑杰阿爸说起了苗苗阿妈的事，吓得桑杰差一点失控翻车："怪不得这么长时间见不上她的面，强巴啦怎么不告诉我？果果也没有告诉我。"到了角巴家，梅朵又说起来，好像母亲那句"不要给任何人说"的叮嘱对她反倒成了说出去的督促。角巴叹口气，丝毫没有惊讶的表示，大家这才知道前个时期爷爷和奶奶的转山就是为了母亲。索南惊慌地说："啊啧啧，活菩萨怎么也会得病？"尼玛说："她是人间的菩萨，不是天上的菩萨，有血有肉，有吃有喝就会得病。"旺姆领着格列赶紧去享堂前祈祷。一只小藏獒跑过来，爬进了梅朵怀里。梅朵说："哪里来的？叫什么？"正在做饭的米玛说："牧人送的，还叫当周。"梅朵住了一夜，第二天就和桑杰一起离开了角巴家。走时她说："等格列长大了就让他来西宁，我让姥爷姥姥给他做好吃的，他以后要在城里生活，你们要早点让他上学。"

父亲出院后一个星期，接到组织部门的通知去了州上，不久就有了省委的决定和州人大的选举，不光是牧马场的副场长和阿尼玛卿州的副州长，还是州委副书记。李志强在电话里说："你没有逃避，迎难而上，这是好事，我们也希望有你这样的人把担子挑起来。"然后父亲回到沁多县，处理他上任前的一些事。他打电话让马福禄赶紧来一趟，等对方一到，立马在晋美商店召开了由他主持的最后一次"沁多贸易"高层会议。他说了自己的去向，说了他必须离开"沁多贸易"的理由，说了准备把自己的股份全部捐赠给桑杰的决定——这样的话，只要卓玛把她的股份也送给丈夫桑杰，桑杰就是持股最多的人，自然也就是新的法人代表和董事长。桑杰坚决不肯，非要父亲继续兼任董事长。父亲说："万万不可，这是违反规定的。"桑杰说："那就应该选举，选上谁就是谁。"父亲想了想说："也好，选一个公正善良勤勉有威望的，大家都服气。"于是就投票，桑杰和卓玛投了晋美，其他人都投了桑杰。晋美说："桑杰啦，这是雪山大地的意思，你不能再推脱啦。"马福禄说："选举就是要少数服从多数，我身后有几十个人在做'沁多贸易'的生意，他们也会投桑杰的票。"顿珠说："桑杰你就当上吧，不就是多操些心、多拿些主意嘛。"桑杰说："操心可以，主意可不好拿。"果果说："你人可靠，这是最主要的，我们信任你。"桑杰皱着眉头犹豫着说："我自己不信任自己怎么办？"父亲说："那就立个誓吧，做不到的时候想一想就做到啦。"桑杰拍了一下额头说："我怎么忘了立誓？"卓玛惧怕地说："立什么誓？你想清楚了再说。"桑杰想了半天不知说什么好。父亲说："这样立誓行不行，不隐瞒，不独利，不偷懒，不背后捣鬼，不翻脸不认人，不不讲义气，不推卸责任？"桑杰说："噢呀噢呀，我当着你们的面说一遍，再去阿尼琼贡说一遍。"说着起身，走过去跪在晋美供奉的雪山大地的吉祥图案前，念了几句祈福真言，又祷祝了一阵，回头对父亲说："你领着我的要哩。"父亲说："不能光是董事长桑杰吧？大家都应该立誓。"果果噢呀了一声，跪在了桑杰身边，晋美、顿珠、卓玛和马福禄也都跟过去跪下了。父亲领着大家念诵起来，除了刚才说的，还加进去了这样几句："以诚实为利，以和睦为贵，以均等为赢，以需要为货，以信誉为贷，以正派为念。雪山大地在上，今日誓言，至死不悔。"之后又研究了一些别的事，最后决定：在尼玛村康和冷库竣工开业时，举办一次全州范围内的赛马会。这次就以"沁多贸易"的名义把通知发出去，奖品也由"沁多贸易"出。"但是要给沁多县政府和州政府汇报，再邀请他们莅临指导。"父亲说，"赛马会是牧人最高兴参加的，连续办上几年，'沁多贸易'就家喻户晓啦。"晋美说："我们办的赛马会也是贸易会，得多准备些货物的要哩。"马福禄说："到时候我也带几个人来，来时拉上这里没有的，去时拉上西宁没有的。"果果提议去饭馆为父亲饯行。大家"噢呀"着。父亲拒绝了，又说："我当年承包的草场不能再是我的啦，桑杰你把它交给乡长索南，让他分给草场退化严重的牧户。"晚上父亲躲在桑杰家，给母亲写了一封信，说了自己的工作变动，也说了一些他的初步打算，信还没写完，就接到了王石的电话。

听上去王石的情绪很好，先是一阵笑，然后说："你的事我听说啦，怎么样？副书记、副州长、副场长，一人三兼，够你忙的，打心眼里为你高兴。我在的时候你就应该这样，但那阵子情况特殊，你不想帮我，我理解你，却亏了阿尼玛卿州。我知道你这个人，有良心也有原则，有能力也有创造性，好好干，将来阿尼玛卿州的发展就得靠你喽。对了，'沁多贸易'怎么办？那可是你的宝贝，儿子一样。丢下不管了？也好，你是个为别人造福的人，就算经了商，自己也富不起来，当不了资本家，不如趁早罢手。"父亲小心翼翼地问："你现在还好吧，身体、工作、心情？"王石哈哈笑着说："从来没这么好过，当初离开州上时对我没有新的委任，我很不满意，现在好了，官复原职不说，缺氧症状也消失了，身体渐渐好起来，吃得多，睡得好，再想起过去在阿尼玛卿的日子，真是苦啊，我都不知道我是用什么支撑到离开的，西宁真好，海拔低真好，氧气多就是好。"父亲又问："你现在的单位是……""你不知道啊？上个月就上任了，畜牧厅的党委书记、厅长。"父亲松了一口气："太好啦，你又可以做些事情啦，州上的工作还得请畜牧厅多多关照。"刚放下电话，又来了电话，是老才让打来的："你尽快上任的要哩，我已经给办公室说啦，他们会安排好一切，办公室啦，专车啦，住所啦，家具啦，你自己也可以催催。"父亲说："办公室肯定是要有的，住所就算啦，跟办公室在一起，我一个人，有张床就可以啦。""不行，房子已经腾出来啦，不住白不住，你必须搬进去。"“专车我不需要，我有跟日孕差不多的豹子花，家具就更用不上啦，有张桌子能写信就好。"“我刚才说啦，你不能搞特殊，副书记该有的你都得有，不然别人的脸往哪里放？好像就你廉洁，就你在为人民服务。"父亲吃惊地瞪起眼睛，好像对方就在面前：“才让书记既然这样想，那我还能说什么？"老才让又说：“你来了嘛，得开个会，把分工明确一下，你也表个态，后天上午怎么样？"父亲说：“书记定的，我服从就是啦。"

之后又是已经成为州委办公室主任的昭鸽的电话，请示他对办公室、专车、住所、家具的要求，他说了两遍自己的要求：简单方便。昭鸽说：“知道啦，但我今天打电话还想说另外一件事，前些日子我跟才让书记下乡，跑遍了全州六个县，最大的感触就是草原不行啦，退化的趋势就像雪崩一样，挡不住啦，没办法挽救，要是书记让你分管草原建设和畜牧业生产，你千万不要接受，出力不讨好不说，还是个陷阱，到时候老师就是替罪羊。"父亲笑道：“谢谢你为我考虑，但我就是冲着草原退化来的，不让我分管我还不干。再说啦，我要是连当替罪羊的价值都没有，那就是废人啦。"昭鸽诧异地“哦”了一声，沉默了片刻说：“看样子老师永远是老师，我还得好好学。"

州委会上的分工让父亲略感意外，他分管的除了草原建设和畜牧业生产，还有教育、商业、交通几个部门。且增副书记分管州委这边的宣传部、统战部、团委、妇联等。既是书记又是州长的老才让抓全盘，同时分管组织人事、财政金融、公检法以及州委和州政府的办公室，还有两个常委兼副州长的，分管卫生、民政、水利、规划、文化、计划生育、信访等几十个部门。轮到父亲发言时，他一开口就是草原退化的严重性，并检讨了自己开垦草场、种植牧草的错误。老才让打断他说：“还不到你检讨的时候吧？你是我请来的，我让你检讨你才能检讨。"父亲说：“不错，当时是你请了我，但现在不是啦，我检讨自己，就是想说，是这个错误把我推到了州上，我是来纠正自己的，干得好，你们就笑一笑，干得不好，你们随时提意见，也可以给省上反映。"父亲双手合十，诚实地朝大家拜了拜。老才让一掌拍到桌子上，瞪起眼睛说："你只能干好，不然的话你首先对不起我，是我把权力给了你。"父亲嘿嘿一笑说："噢呀，你不仅给了我权力，还给了我待遇。"老才让依然绷着脸："你知道就好。"

父亲的待遇好得超出了想象，甚至比二把手旦增副书记的还要好，一间可以召集人开会的大办公室、带个小院的独门独户的有公配家具的住宅、一辆三菱越野，还有一部手机。手机让父亲感到好奇，捣鼓了半天才学会，他问昭鸽："州上花了不少钱吧？"昭鸽说："州上哪里有多余的钱？自从牧马场领导跟州领导合而为一，机关的福利就好起来，手机每个部门的主要领导都配了一部，不过经常信号不好，尤其是在有山的地方。"父亲想：都是沾了金矿的光，钱这个东西就是好，别的州恐怕没这么富吧？我一个人就一辆专车，这在过去是不敢想象的。父亲的工作从坐办公室看材料开始，连着看了几天，看得头昏脑涨，而材料还在不断增加。一天旦增副书记推门进来，兴高采烈地把一张统计表放到他面前。他拿起来看看，吓了一跳，在阿尼玛卿草原迅速退化的同时，全州的牲畜存栏率和商品率均达到了历史最高水平。父亲不解地问："你高兴什么？"旦增说："你刚一上任成绩就有啦，运气不错嘛，但我把话说在前，总结时不能漏掉我，你来之前畜牧业是我管的。"父亲再次看看统计表说："这数字是怎么统计的？""估的吧？不可能一户一户数。""你在沁多县时数过没有？""县上跟州上一样，就是汇总，管畜牧的就那么几个人，哪里数得过来？村报乡，乡报县，都是根据正常年份的平均繁殖率，在去年的数字上增加一些，除非遇到重大灾情，牲畜大面积死亡和减产。""村长不应该汇总吧？他的数字从哪里来？""最多骑马到处走一圈，在牧户的帐房里吃着手抓喝着酒，问问牛羊马匹的情况。还有的是盲算，扎西家多少，洛桑家多少，心里大致有个数，估计差不太多，让识字的人写个数就报上来啦。"父亲吸着冷气说："虽然一户差不太多，但全村全乡加起来会差多少？全县全州加起来会差多少？"父亲哗啦啦地抖着统计表说，"旦增副书记啦，今年总结时肯定要把你漏掉，因为这恐怕不是成绩，是跟成绩相反的证明。""跟成绩相反的是什么？""过失、错误、罪责。说真的，我现在就希望这个数字是假的，至少多报了百分之三十。"旦增不满地摇摇头："你又来啦，还是老一套，什么牲畜越多草场退化越严重，多了怕什么？变成钱不就行啦？""不那么简单，变成钱的牲畜太多，明年就会减产；变成钱的牲畜太少，今年冬天就别想过去，会有大量牛羊冻死饿死。前一种情况，牧人肯定不干；后一种情况，牧人想不到。""那你怎么会想到？"父亲苦笑一声："我不想这些还能想什么？谢谢啦旦增副书记，材料我再也不会看啦，这几天看来看去想不明白，为什么我们要把工作变成一堆材料？现在想明白啦，就是为了骗人。村骗乡，乡骗县，县骗州，州骗省，数字越来越辉煌，钱也越来越多，但紧跟在后面的不是牧人的幸福生活，而是草原的灾难。"旦增生气地说："不跟你说啦，你这个人古怪得很，会上作揖，下来又不给面子，总结里提不提随你的便，我提我自己。"说着摔门而去。

第十五章

丹玛久尼

我看到无数人的脚印，用优雅的弯曲，
在大地之上描画层层叠叠的扎西德勒；
我看到扎西德勒的风姿，以爱的速度，
覆盖着我们的地球不漏掉每一寸土地。

1

父亲再也坐不住了，他知道自己的工作就是奔忙，从这里到那里，然后得出结论，想出办法，开始下一轮的奔忙，而不是坐在办公室里，翻阅这些无聊的文件。和以往不同的是，他不是骑马而是坐车。职位既是自由也是束缚，老才让通过昭鸽告诉他：我们要为你的安全负责，马是不能再作出行工具啦。他只好恋恋不舍地把豹子花还给了牧马场。父亲的司机是个小伙子，叫朗噶，也是沁多学校的高中毕业生，没考上大学，就卖掉几只羊，来到州上，拜汽车站的师傅学开车。州机关车队正好缺司机，昭鸽去汽车站物色人，正好碰见了他，看着他挺精神，又是沁多学校的校友，就让他来试试。朗噶机灵、勤快、阳光，人缘不错，试用不到一个月，就办了正式录用的手续。父亲问："要是不让你来机关车队，你会干什么？"朗噶说："只要待在城里，干什么都行，就是不想当阿爸阿妈那样的牧人。""为什么？""要是上完了学还当牧人，那我上学干什么？"父亲想，看来人心真的变啦，牧人的后代看不起牧人啦。过去这样的想法是要灌输的，现在自然而然就有啦，城市在扩大，吸引力也在扩大，用不着再磨嘴皮子啦，年轻人的未来就在眼前，他自己看看就知道。又琢磨：草原总得有人经营，牲畜总得有人养，如果孩子们上学的目的就是为了离开草原，那以后怎么办？问朗噶，朗噶爽快地说："这个好办，不养了呗。"父亲说："不养的话吃什么？""那就少养一点，自己够吃就行啦。""你是说草原的牛羊肉可以不进城？那牧人的收入从哪里来？"朗噶嘿嘿笑着："是啊，没有钱什么也办不成，我学开车就花了两千多。"朗噶的技术还不怎么样，一遇到没有路的地方就紧张，常常有过不去的坎，蹚不了的河，还会走错路，本来要去扎鄂县，到了才知道是星海县，每当这种时候，他就会给父亲弯腰鞠躬："强巴书记啦对不起。"父亲当然不会在乎，就算经常会停下会绕路会走错，也还是比马快许多。再说他的目的是跑遍全州六个县，先去星海县，再去扎鄂县，也没什么不可以的。三菱越野在有路的地方跑没了路，在没路的地方开出了路，找县长，找乡长，找村长，找牧人，查看草场的消失、沙化的程度，抽检羊群牛群，一遍遍地数数，将近一个月的调查让父亲滋生了绝望也滋生了愤怒：沁多县的沙化最严重，因为比起别的县，它在牲畜超载之外，还有大面积的开垦翻土。但要是仅论牲畜超载造成的破坏，另外五个县一个个都超过了沁多县。统计表上的数字果然是假的，但不是多报了百分之三十，而是少报了百分之三十，全州牲畜的实际存栏率和商品率要比表格上的多得多，也就是说草场的退化和沙化还会更加凶猛地持续下去，牲畜由数量膨胀带来的个体弱化已经成为不可避免的事实，抗病抗灾的能力正在迅速下降，畜牧业的灾难就在可以预期的明天。更让他心惊肉跳的是，他在离巴颜县城不远的巴颜湖边看到了飞来的横祸。

巴颜县的县城坐落在巴颜喀拉山的北部山群里，山群迤逦而行，在临近巴颜湖的地方突然远去，让湖岸和陆地连接成了一片平阔而湿润的台地。父亲来过这里，就在他出任州畜牧兽医站站长的那个年代，台地的壮丽就像明信片上的风景，给了他一种记忆深刻的赏心悦目——牧草像是从天和地的缝隙里挤出来的绿色汁液，漫漶在地表之上，不时地升起一丛丛的矮生灌木，有沙拐枣、虎榛子、金露梅、茶藨等，如同无处流淌的过剩的绿色堆积在台地的沟沟坎坎里，湖边大约一公里宽的台地斜面上，长满了密花蒿、葛缕子、红景天、鸭跖草和棘豆，都是以花耀世的植物，各色花朵铺排得漫无边际。那个时候，似乎草原充满了无比坚定的信心，一定要让牧场大地散发生命的五颜六色，让整个世界都拥有欢天喜地的茁壮、峥嵘、美丽。可是现在，一切都没了，其他地方的过度采食也被复制在了这里，记忆中的花海之上、曾经的浓绿之上、牲畜和牧草相得益彰的背景之上，出现了大片大片的黄沙与灰砾，连被牛羊刚刚啃咬过的黑土滩也不是了，连草色花影的残余都没有了。沙砾的灰色是土表失去后的显现，那么黄沙呢？它来自哪里？虽然这里还不是沙漠，可一旦那些不断升起的黄色丘陵连接起来，那就是草原内部的沙漠了。父亲看着，惊心动魄的感觉让他几次喊朗噶停车。他下去，在沙丘上挖来挖去，看沙子到底有多深，高丘到底有多高。最后一次挖沙，他居然没有摸到底，也就是说看起来一米高的沙丘，却至少有三米深的沙子。父亲哇的一声哭了。朗噶不理解，扶着他问："怎么啦？怎么啦？"父亲这才意识到，草原的退化比他想象的要严重得多，除了牲畜超载，除了开垦翻地，肯定还有别的原因，到底是什么，县上应该知道吧？

黄昏的金红布满了西天边际，宏阔的霞色、艳丽的弥漫里，鸦鸟的叫声有些凄厉，在风中战战兢兢的县城显得孤独而寂寥。沿着一条年久失修的坑坑洼洼的柏油路，朗噶把车开进了县城街道。巴颜县城看上去比沁多县城规模小一些，因为没有医院，没有那么多商店和饭馆，也没有那么多人，包括县委县政府在内，建筑几乎都不是楼房。遗憾的是，父亲没有找到巴颜县的书记和县长，说是去西宁啦，因为两个人的家都在西宁。"不逢年不过节，去西宁干什么？"得到的回答是他们每个周五都会去西宁，周二早晨再回来。也就是说，书记和县长每周至少有一天在家里，差不多有三天在路上，待在巴颜县的时间只有三天，还不一定都用在工作上。父亲闷闷不乐：怎么能这样对待工作？书记叫彭措，是他的学生，却不像是他培养出来的。他们离开县城，来到巴颜湖边，投宿在了一户牧人的帐房里。

晚霞的燃烧带着浅绿的镶边，那是草原不肯褪去的灵秀之色，如同希望的凤凰一样抖动着翅膀。宝石蓝的湖水映照着玫瑰红的天色，明净的空气里穿行着箭羽般的飞鸟，草场平整得就像擀面杖擀过一样。他们坐在帐房前吃着肉粥，喝着酥油茶，等湖面暗淡到看不见了光亮才去睡觉。第二天醒来时太阳已经升起，父亲走出帐房，想去湖边挖个坑，舀了水洗漱，一抬头愣了：这是什么地方？怎么不记得来过这里？好像是梦，是送走了一个梦，还是迎来了一个梦？不见了草场的平整、空气的明净、湖水的宝蓝、绿色的镶边，扑入眼帘的是一座苍黄而巨大的沙山，衔接着湖水，覆盖着草原，占领着天空。他惊慌失措地喊叫着帐房里的牧人。牧人出来了，也有些吃惊，却不像父亲那般慌乱。父亲指着沙山问："这是哪里来的？"牧人说："从天上飞来的。""怎么可能呢？难道还有运载黄沙的白云，就像下雨一样？""有哩。""你好像不是第一次看见？""我们原本在湖的那边，沙山盖掉了草场，只好离开，雪山大地啊，怎么这里也盖掉啦？"父亲喊起来："朗噶，朗噶。"三菱越野带着父亲绕着巴颜湖走了一圈，一天下来，他们看到了六座沙山，一座比一座高大雄伟。环境是越来越不好了，已经出现的沙漠瞄准了这里，借着大风腾空而起，呼啸而来，实行定点覆盖。他要面对的，不仅仅是草场的退化，更是沙山的崛起。他想找到来源，找到那片敢于输送沙山的诡异的沙漠，逆风走了整整两天也没有找到。他仰望苍天：不会是在上面吧？在宇宙的某个云团里？在太阳的光线里？

　　返回州上的时候三菱越野走走停停。父亲似乎有点害怕回去，他想起从前，要是有了解不开的难题，就会在马背上一路思考一路晃荡，晃着晃着难题就晃没了，要么有了淡然超脱的理由，要么有了迎刃而解的启示。可是在车上，尽管也是颠簸摇晃的，怎么就越晃心里越没底呢？空前浓厚的烦恼是：他的调查只表明现状比已知的和想象的更糟糕，却没有得到任何改变现状的办法，似乎每一粒沙尘都像一片巨大的乌云压在心上，让他很难通透地想明白一个问题。朗噶说："强巴书记啦，你发愁是没有必要的，天无绝人之路，雪山大地不会不保佑草原。"父亲说："你还是把副字加上，就等于提醒我天塌下来有正职顶着，用不着我来扛大梁，就不会太发愁啦。不过才让书记已

557

经不信雪山大地啦，祈求雪山大地保佑的话还得靠我，我们拐到阿尼琼贡去吧。""噢呀，先得找一个加油站。"父亲突然想：就像朗噶说的，不养牲畜会不会好一些？也许会，但牧人们干什么，吃什么？

在阿尼琼贡，父亲在雪山大地的祭坛点了酥油灯，先为草原祈祷，再为牧人祈祷，三为母亲和所有的亲友祈祷，然后来到了香萨精舍，给香萨主任说起该说的一切。香萨主任说："强巴啦、副书记啦、副州长啦、副场长啦，你的这些名头是阿尼玛卿草原给你的，都是金子的名头，一个比一个重，要对得起是不容易的。草原的衰败我也知道一些，需要我干什么，你尽管说。""多多地祈祷祝福的要哩。""已经开始啦。""那就好。再就是多给我些指教，这么严重的沙化怎么样才能治好？""我哪里知道，你是强巴，就问问你自己吧。"父亲苦苦一笑："别开玩笑啦，我要是知道，今天就不来这里啦。""你来不来由不得你，是太阳月亮牵着你来的，雪山大地的声音你不会听不见吧？大风抹去忧愁的日子不会远啦，雪山开花的时候，你的办法就有啦。""雪山怎么能开花，是花在雪山上开吧？"

父亲带着司机朗噶在阿尼琼贡的精舍住了一夜才离开，路上接到桑杰的电话，说是角巴阿爸来到县上，要他传话给父亲。父亲听了，终于有了一点饿汉面对糌粑末似的安慰：最近一个月角巴去了三次宗宗盆地，最后一次他走得最远，穿过宗宗盆地，往南进入了一个叫作丹玛久尼的无人区，在那里看到了一群马，马群里居然有黑妖马，好像也看到了日孕，但一晃眼又不见啦，就像跃入天际的一道光，把大片的云翳染成了那种赤炭燃烧似的枣红色。父亲第一次听到丹玛久尼这个地名，觉得吉祥好听又上口，就问道："角巴啦说没说，这个地方和它的名字一样好？"桑杰说："我不是角巴阿爸我不知道。"父亲又说："既然有马群，肯定有草场，牧草茂盛吗？花朵鲜艳吗？是不是也像阿尼玛卿草原一样开始沙化啦？""他说牧草好得很，到处都是水，鸟儿也挺多，花的样子他没说。"父亲当即决定，去州上给老才让汇报完这次对全州六个县的调查后，立刻去丹玛久尼无人区。又问角巴现在哪里。桑杰说五天前阿爸去白唇鹿乡调解草山纠纷，现在应该回家啦。父亲紧着问纠纷的原因。桑杰说当年牧马场用马匹从牧人手里换来的草场大部分被开垦翻耕，不仅没长出牧草，连表土也被大风吹走啦。老才让当了州委书记后，让牧马场把这些荒废的草场返还给牧人，但必须收取一定的费用：一亩草场三只羊或两亩草场三头牦牛，还必须是壮羊壮牛。牧人看着草场已经没草，就不想要。牧马场的人说，不管你要不要，草场已经是你的啦，牛羊必须拉走。打斗就发生在强行拉羊拉牛的时候。父亲说："啊啧啧，按理说有关草场的事我分管，我怎么不知道？恐怕是角巴啦不让我知道吧？他是想暗地里帮我一把。他去了也好，牧人中最有威望的人出面调解，说话肯定比我管用多啦。嘴上说我不再是他角巴德吉的亲人，心里又比谁都疼我。唉，打断了骨头连着筋，一个是水里的奶，一个是奶里的水，分得开吗？"

　　父亲回到州上时天色已晚，大团大团的云朵堆积在西天边际，燃烧是赤诚的，太阳隐藏前的最后爆发显得壮丽而悲观，凄红的光线里，人脸就像一个个正待淬火的不规则的圆球，在火焰里滚来滚去。不知不觉秋天了，南来的风试图吹凉一切，却让穿透云团的阳光烤熟了它，丝丝地散发着焦灼的气息，让人误以为走进了偌大而红亮的牛粪火的炉膛。这就是高原，高原的黄昏。父亲在州委院子里下了车，提着行李，直奔老才让的办公室，却吃了个闭门羹，对方已经下班。他犹豫了一下，便打电话给昭鸽，问老才让此刻在哪里。昭鸽问："这个时候你找他？""不方便吗？"昭鸽迟疑了片刻说："老师肯定有急事，来吧，在仁钦康。"仁钦康是街面上的一家藏式酒店，外观像古朴的碉房，里面却装修得跟宫殿一样，流光溢彩，富丽堂皇。父亲走进挂着"希夏邦马"牌子的包间，对坐在主席位置上的老才让抱歉地笑笑说："才让书记啦，追到这里来说事情，你不会生气吧？""谁告诉你我在这里？"说着瞪了一眼昭鸽。父亲说："你不要怪昭鸽，我是他的老师，逼着他说，他不得不说。再说啦，就算他不说，我还能找不到你？""我今天有重要客人，你的事要么快些说，要么明天说。"父亲瞅了一眼客人，意外地看到落座在主宾席上的居然是那个面孔狭长、小眼睛上几乎不长眉毛的高大牧人，愣了一下说："阿旺？"阿旺笑着，起身朝父亲弯了弯腰算是打招呼。老才让说："你们认识？那就坐下一起吃。"父亲说："不啦，我是来办事的，再说我也拘束，还得麻烦才让书记出来一下。"

包间外的回廊下，父亲说起了牧马场和牧人又起矛盾的事，问道："为什么要把那些沙化了的草场还给牧人？"老才让腆着肚子说："这有什么奇怪的？它没用啦，放着也是放着。""还给牧人也就罢了，怎么还能收牛收羊？""牧马场是公家单位，我们不维护谁维护？这些年我们管得松啦，牧人肥得流油，让他们出些牛羊又不是剥皮抽筋，有什么要紧？""关键是收得不合理，牧人会不服气。""你既是州上的领导也是牧马场的领导，不能光把屁股坐到牧人那里。"父亲还想说什么，老才让摆摆手说："你出去这么长时间，向我汇报的就这件事？"父亲说起自己的调查经过，说起全州六县草原沙化的严重程度。老才让不耐烦地问："是不是已经有了解决办法？""还没有。""那你说这些有什么用？说得越多我心里越不高兴，如果你的工作就是为了让我不高兴，那就趁早不要干啦。"

父亲气呼呼地离开仁钦康，来到州委大院自己家的门口，不禁有些疑惑：走错了吧？怎么里面是亮着灯的？左右看看：没错呀，就是分给自己的小院子。他进了院门，又进了家门，惊愕在白炽灯的光线下："你怎么来啦？"达娃笑着，两手在围裙上擦来擦去："听昭鸽说你下乡回来啦，家里冰锅冷灶的，我来给你做点饭。""我是说你怎么来州上啦？""调来的。""你找谁调，我怎么不知道？""不能让你知道，知道的话你肯定不让我来，你赶紧洗洗吃饭，慢慢给你说。"父亲放下行李，又问："那房门钥匙呢，你怎么会有？""昭鸽给的，他把你家的钥匙留了一套，想着方便照顾。我说你把钥匙给我，以后照顾强巴老师的事就交给我啦。"吃饭时达娃告诉父亲，梅朵把母亲传染上麻风病的事说出去啦，现在除了姥爷姥姥，家里人和他的几个学生都知道啦。达娃听说后，毫不犹豫地来到州上，先找了昭鸽，又让他带她去见了才让书记，说她想调来州上工作。老才让开始还有点犹豫，她便说起了母亲身陷生别离山的困境，说起了她回来的目的：强巴老师是个忙得忘了自己的人，她想以一个学生的身份照顾好老师。老才让沉默了一会儿说，苗医生的事情是真的？我怎么一点点都不知道？那就太应该啦，即便你不来，打个电话告诉我，我也会安排人照顾的。又问她想去哪个部门？达娃说干什么都行，只要离老师近一点，又说了自己的履历。老才让说学校的音乐老师，会唱歌跳舞，还会什么钢琴和大提琴，那就在州政府文化局吧，赶紧回西宁办调动手续。父亲听着，对老才让的愤怒顿时消了一半：这个人，好事坏事都办得很干脆。"可是……"他说，"我并不需要你照顾。""怎么不需要，比如今天晚上，你回来这么晚，又很累，没人给你做饭你怎么办？""凑合着吃呗，我已经习惯啦，有人照顾的话反而不适应。""强巴老师放心，我不会打搅你，你慢慢就适应啦。昭鸽已经给我分好宿舍，一个人一间，我陪你吃了饭，再洗了碗，就回去。"父亲摇摇头："这样不好吧，你不能为了照顾我就放弃西宁。"

父亲在达娃铺好的床上睡了一夜，一大早醒来，吃了达娃昨晚拌好的酥油肉末糌粑和烧好灌在暖水瓶里的酥油茶，给母亲写了封信，去邮电局发了，又去商店买了些糖果糕点什么的，叫来朗噶，坐着三菱越野去了沁多乡。下午时分，父亲在一片了无草迹的黑土滩上看到了角巴家的帐房，他远远地下车走过去，看到角巴坐在帐房前捻毛线，身边是跑来跑去的格列和一只小藏獒。突然小藏獒不跑了，呆呆地望着父亲，它虽然没见过来人，却本能地感觉到他跟这个家有着千丝万缕的联系。角巴不满意地说："当周你傻啦？是不是我家的藏獒？这样的人来啦，你还不咬。"当周叫了一声，朝父亲奔扑而来。米玛赶紧跑出帐房，喊停了当周。父亲鞠着躬，问候了米玛，把手中的礼物交给她，蹲下身子亲了一口格列，想摸摸当周，当周跳开了。父亲感觉有点热，把皮袍的两只袖子脱下来堆在腰里，笑着说："哪里来的这么好的小藏獒？你也给我找一只嘛，要姑娘，我的多吉是个男子汉。"角巴不理他。他走过去坐到角巴面前说："角巴啦，你可好？"角巴没好气地说："好不好你已经看见啦，还问什么？""我看见什么啦?""云黑了要下雨,风大了要变天,天蓝水清,山黑地干。草原不好啦,人能好到哪里去?命根子叫人毁掉啦,我们只能往干土地上淌眼泪啦。"米玛端来酥油茶,笑着对父亲说:"你别跟他计较,他年纪大啦,牢骚大得很。"父亲招呼朗噶过来,见过了角巴和米玛。当周用稚嫩的吼叫威胁着两个陌生人,却没有扑咬。

角巴说:"你现在是州上的强巴大书记,找我这个草民百姓干什么?""来看看你,听说你前些日子去白唇鹿乡调解草山纠纷啦?""这个地方调解好啦,那个地方又起来啦,越调解心里越不舒坦。""有什么不舒坦的,给我说说嘛。"角巴从宽大的袖筒里撕出羊毛,继续捻着线说:"牛羊的事牛羊知道,草原的事牧人知道。牧马场骗走了牧人的草场,又剖肉开膛毁坏了它们,我们这些无权无势的牧人除了祈求雪山大地保佑草原少一些糟蹋,少受些疼痛,还能做什么?如今又要强迫我们用自己的牛羊把骗走的草原赎回来,三只羊顶一亩草场,三头牛顶两亩草场,这是什么道理你给我讲讲。草场流干了血剐光了肉已经死啦,我们要它干什么?我,沁多草原的角巴德吉,不是雄鹰是麻雀,麻雀的脾气你是知道的,比雄鹰还要大,比秃鹫还要暴,鹰可以驯化,秃鹫可以亲近人,麻雀呢?谁有本事让麻雀落到他的肩头上,我就把他当作先人供起来。麻雀是一伙一伙的,我要是再不入伙,再不出面管管牧人的事,那就连扑棱扑棱的麻雀都不如啦。当然啦,我有我的原则,不跟对我好过的公家人过不去。"父亲歉疚地低下头说:"这件事州上做得肯定不对,你没有过不去,你是在帮我。""我是为了对得起我的良心,可不是为了帮你。"说着手一扬,缠好的毛线团滚远了。父亲起身把毛线团拾回来,感慨地望着小藏獒当周:它这么快就跟朗噶混熟啦,撒着欢地奔跑追逐着,人要是跟藏獒一样,心里没有太多的曲曲扭扭就好啦。他说:"不管你怎么说,我心里是明白的,今天来就是想告诉你,你要记个数,牧马场的人收走多少记多少,过些时候一定会退赔给牧人。我不是个说话不算数的人,你也知道。""到处都是南来的风,满天都是冰凉的气,牧人们就是把嘴张得裂开也咽不下这口气啊。""那就看你怎么说了,我知道你会帮我帮到底。"角巴叹口气，不吭声了。

米玛端来糌粑匣子和一皮盘酥油炸的面果子说："饿了吧？先垫一垫，晚上再好好吃。"父亲就喊朗噶过来吃点喝点。朗噶牵着格列的手，带着当周走来。米玛掏出手帕，揩掉了格列拉长的鼻涕。朗噶端了酥油茶，拿了一个面果子，到一边吃去了，喊着："格列、当周过来，别打搅领导谈话。"父亲说："刚才说的是小事，根本就不算什么，目前天大的事是如何制止沙化，挽救草原。"角巴说："老虎能吃天，狮子能吞海，蚂蚁过大河，牦牛顶倒山，你本事大得很，没有什么办不到的，翻掉了种呗，就能种出满山满地的绿油油来，种出世上最好的草原来。""别说反话啦，我之所以丢开挣钱的'沁多贸易'，累死八活当一个副书记副州长副场长，就是为了赎我的罪嘛。""你也就是动动嘴皮子，别的就做不到啦。"风大了，沉甸甸的凉意拍打而来。父亲套上左手的袖子说："啊嘘，你这个人，雪山大地的坦荡慈悲一点点没有，藏族人的不是，我都愁死啦，你就不能为我出个主意？""你以为你穿上了藏袍就是牧人啦？你过去不穿藏袍，骨子里是牧人，现在穿上了藏袍，倒成了牧人不喜欢的人，先是把大家往邪路上引，让他们眼睛里只有钱没有别的，再是开着拖拉机毁掉了那么多草场，现如今又跟老才让一个鼻孔出气，让我们交牛交羊赎回败坏的草场，真就像人说的，鹿不进马群，豹不进狼阵，旱獭不钻老鼠洞，山跟山是拉手的，官跟官是相护的。"父亲懊悔得皱起眉头，使劲抹了抹脸，像要把全部羞愧和内疚一股脑儿抹掉："其实你也知道，虽然胡乱开垦、盲目种草毁掉了一些草场，但最大的原因还是牛羊超载、过度放牧，要不然没有翻耕播种的其他几个县草原沙化的程度怎么跟沁多县一个样子呢？所以请你凭着经验和自古以来祖先实行过的办法，务必告诉我到底怎么办，用什么办法才能把草原挽救回来？""说起来容易做起来难，你还是让我装哑巴好啦。""哑巴装不得，一是草原不允许，二是雪山大地会怪罪你。""真的吗？那我就说个办法，看你们同意不同意，当初牧马场是我献给公家的，整个沁多草原也是我主动让公家分给牧人的，现在能不能把牧马场和沁多草原还给我？"父亲愣了："你要干什么？""我要让牧人听我的，要把他们迁走，迁到有活路的地方去，把草原只留给一直都在关照它的雪山大地。"父亲苦苦一笑：这是什么办法？喝掉的酥油茶不会再回到碗里，变成了力气的糌粑不会还是糌粑，角巴怎么糊涂到这种地步啦？父亲端碗喝干了酥油茶，生气地说："胡搅蛮缠的人，我不跟你说啦。""我，沁多草原的角巴德吉，早就知道你跟我想不到一起啦。"

父亲不想再说下去的原因是放牧的人回来了。先是索南，再是旺姆，最后是尼玛。牲畜多了，分了三摊，每个人都赶着一群牛一群羊。父亲问索南："家里的草场还有草吗？"索南说："有没有草都得放出去，不能等着饿死吧？"父亲仔细看看牲畜，一个个都瘦得皮包骨，便警告索南："一点膘都没有，冬宰后卖不了几个钱，但要是不宰，今年冬天恐怕很难过去。"索南满不在乎地说："到过不去的时候再说。"牧归的人把需要挤奶和喂牛犊的牦母牛拴在挡绳上，又忙着驱赶跑来跑去的羊，三群羊有三个固定过夜的地方，有的怀了冬羔，有的怀了春羔，加上肥瘦不同，年龄不一，大小有别，今天去了近地方的，明天必须去远地方，绝对不能搞混了。父亲帮着忙，心说过去草原上的牧主是极少数，现在就凭牛羊的数量说，家家户户都成了牧主，虽然平等啦，草场却吃不消啦。可要是限制了大家，只让少数人多养多牧，那又是新的不公平，是走回头路，恐怕是走不通的。正想着，就听索南在帐房门口喊："强巴阿爸啦，吃饭啦。"

晚饭是羊肉汤揪面片，放了洋芋和萝卜，米玛的手艺挺不错的。还有一皮盘手抓肉，大家都不吃，只让父亲和朗噶吃。父亲知道虽然牧人有吃不完的牛羊，却还是保持着节俭的习惯，不遇节日和婚礼决不会放开肚子吃肉，因为多吃就得多杀生，那是有罪的。吃到半中腰，索南忍不住说："强巴阿爸啦，你受苦啦，没想到活菩萨也会得病，梅朵说了以后我好几个晚上都做噩梦，魔鬼不是在山上跑，就是在后面追，我回头说你已经祸害够啦，怎么还追着不放？"尼玛说："我现在每次祈祷都忘不了苗医生，草原上的人都说，只要天天说一个人的名字，雪山大地就会记住就会保佑。"父亲说："谢谢啦。"旺姆说:"一家人说什么谢。"父亲说:"那就更要谢谢,角巴啦已经不把我当家里人啦,但你们没有抛弃我,还跟过去一样心里有我。"角巴说:"大家心里装的是才让的阿妈,不是你,你跟她怎么能比?她是活菩萨,你是活魔鬼。"米玛给父亲和朗噶每人盛了一碗酸奶,撒了白糖说:"你别光听他嘴上的,他心里还是把你当家里人的,不然怎么会主动去调解草原纠纷,他说强巴的事就是我的事,我就是再不畅快也得去做。"父亲说:"知道,我就没信过他那些让我不舒服的话。"又问索南,"桑杰阿爸给你说了吧,我原先承包的一万亩草场交给乡里,你把它分给草场退化严重的牧户。""阿爸说啦,我也给阿爸说啦,强巴阿爸是家里人,家里人的草场分出去干什么?我们的牲畜本来就不够吃。"父亲说:"这样恐怕不合适吧?我已经是公家人啦。""角巴爷爷也说不合适,但我是乡长,还是听我的吧,我们可以给阿尼琼贡多送些酥油和肉食,也就顶上多占的草场啦。"尼玛说:"噢呀噢呀,这样的话我们在雪山大地跟前的面子更大些,祈祷时也就更灵验些。"父亲没再说什么。索南又说:"我给桑杰阿爸说,你和卓玛阿妈也有几千亩草场,能不能像强巴阿爸一样送给我们?阿爸一口回绝,说是他另有用场。草场就是放牧的,还能有什么用场?真是的,好像我不是他的儿子。"角巴说:"不用怕,他要不认你这个儿子,我就不认他这个女婿,不就是挣了几个钱,会骑着电马到处跑吗?有什么了不起。"父亲说:"不给草场就是不认儿子啦?你们不要胡思乱想,像桑杰那样的实在人,他要是那样说,就真的有比放牧更重要的用场,我相信他。"

父亲和朗噶在角巴家的帐房里过了一夜,第二天随同出牧的牛羊一起离开,然后直奔宗宗盆地。三菱越野一路颠簸,先到了牧马场的场部,再往玛沁冈日深处走,走不多远就没路了,只能绕来绕去地自己开路。他们停车过了一夜,在一个青雾迷蒙的中午,看到了宗宗盆地的马群。这里的马群少见多怪,一见汽车就惊了,忽南忽北地跑起来。父亲让朗噶追逐着马群开了一会儿,又停车下来,抱着侥幸吹响了铁哨。马群的奔跑更加疯狂了,他什么也没有引来,包括阿旺或者别的牧人。他寻思也许这里只有阿旺一个牧人，他去州上老才让那里还没有回来，马群的看管就只能交给各群的头马啦。丢下马群，继续驱车往南走，还是在一个中午，他们看到了一片突兀而起的红石林，一块峭拔的岩石上刻着一行虽经风化却依然清晰的藏文：丹玛久尼。他明白丹玛久尼是"雪山大地十二位吉祥鹿目女之地"的意思，不禁惊叫起来：啊啧啧，它的大门原来是这样的。他不知道这里还是不是阿尼玛卿州的地界，也不知道自己来到了青藏高原的西边还是东边或是北边和南边，只见草色在青黄之间摇摆，风送来秋天的朦胧，云朵不是在飘，而是在滚，无边的蓝海之上，走动着滔天的白浪。到处都是留鸟的踪迹，是花羽毛的展示，拌和着清越而宛转的鸣叫。水一泓一泓的，汪成了柔软的清澈和不动的莹洁，是沼泽又不是沼泽，是湖泊又不是湖泊，一座龙脊似的天然高坝昂奋地升起，插向远天，插向雪山的怀腹。一群麋鹿奔跑而去，沿着龙脊高坝消失在橘黄和淡紫叠加的气雾里。原始而经典的草原景色告诉他，这里的海拔应该在四千米以下，比起阿尼玛卿州的平均海拔要低一些。他们望着移动的麋鹿，驱车跟了上去，却无法跟到底，高坝上到处都是深陷的大坑，是死亡与粉碎的等待。父亲再次下车，吹响了铁哨，却只是让尖厉的哨音一声声地消失在深远的虚空里，日尕的杳无音信变成了一个揪心的谜。三菱越野从高坝上下来，朝着一片缓波缓浪的草甸往前走，走了不到一天，便遇到了暴风雨，赶紧掉头，沿着车辙原路返回。父亲沮丧极了，觉得他作为日尕的主人还不如角巴，角巴看见了一群马和黑妖马，好像也看见了日尕，而他收获的却只是无端的迷茫和绝望。好在他并不打算放弃：找，就算找不到也要找，哪怕寻找一辈子。

2

回到州上的父亲睡了一天一夜才醒来，去办公室坐了一会儿，看到桌上又是一堆文件，随便翻了翻，害怕老才让进来，问起治理沙化、挽救草原的事，就又回到了家里。他打着哈欠还想睡，手机响了，是老才让打来的："听说你回来啦？怎么不到我办公室来？"父亲说："不敢去，去了不知道说什么。""就是说到现在你还是没有办法？""一点点办法都没有。""那就快点想，什么时候想好什么时候来。""噢呀噢呀，才让书记千万不要催，我不是个懒惰的人，还有一摊子其他事情呢。"父亲正要挂电话，听老才让又说："日杂和秋吉有没有消息？还没有？你现在有权啦，也可以发动群众嘛。"父亲答应着，他的上班开始正常了，跟所有的机关干部一样，每天从家到办公室再回家。达娃天天过来，做饭，洗衣，收拾家，晚上吃了饭再回宿舍休息。父亲总觉得不妥，但又说服不了她，只好随她去了，何况她会做所有姥爷姥姥以及西宁人的家常饭：拉条、面片、米饭、饺子、包子、烩菜、粉汤、蕨麻稀饭、炒茄子、炒辣子、炒酸菜粉条以及炒一切蔬菜，再加上藏式的手抓、酸奶、糌粑和其他肉食，吃了几天，父亲就有点离不开了。她在西安待过几年，有时还会来几样陕西饭：羊肉泡馍、洋芋叉叉、肉丸胡辣汤、肉夹馍什么的。父亲渐渐胖了，里里外外也整洁了许多。有一天吃饭时父亲问："西红柿是哪里来的？"达娃说："街上菜店买的。"父亲惊叫一声："我怎么忘了给你钱，吃饭是要花钱的。"赶紧起身，把达娃带到卧室，拉开床头柜的抽屉说，"钱都在这里，你自己拿。"达娃不拿，他就抓了一把塞到她的衣服口袋里。就是从这天开始，父亲把发信的事交给了达娃："这是我写给苗医生的，明天一定发掉，不要投到州政府门口的邮筒里，我不放心，你直接送到邮电局去。"以后，隔三差五，父亲就会交给她一封写给母亲的信让她送往邮电局。她知道这是有意的，父亲在提醒她：他心里永远只有苗医生。所以每次接过信，她都会平静而坦然地笑笑，想让父亲放心：她没有别的意思——没有偏狭的嫉妒，没有乘人之危的微妙，没有丝毫代替别人的企图，只有助人为乐的愉悦歌声一样唱响在她的心里。父亲不止一次地问："达娃你怎么还不结婚？已经晚啦。"达娃总是笑笑不作回答。只有一次她说："这种事哪里会有早晚，谁知道机会和缘分会出现在哪一天。再说啦，一个人非得结婚吗?"父亲不同意她的想法,却又没有余暇跟她好好谈谈,工作总是被他安排得满满当当。

他把草原建设和畜牧业生产暂时放到一边,听教育局的汇报,说是沁多学校一个学生上体育课时摔倒,没有及时送到医院,差一点死掉。父亲问:"学校不是有医务室嘛?""有些病医务室治不了,必须往县上送,可学校只有一辆生活车,那天正好去西宁拉菜啦。"父亲说:"就这件事你们打个报告,我在才让书记那里争取一下,看能不能给学校再配一辆应急的小车。"父亲拿着报告去找老才让。老才让说:"那就把我的车给学校。""你不坐车啦?""我再买一辆新的。"处理了这事,父亲便去商业部门调研,还把交通局以及下属单位科以上干部叫来开了个会,说的是完善州县乡三级公路交通的事。之后他去牧马场待了几天,一匹一匹查看怀孕的母马,感觉还不错,比起播种牧草来,良马培育的进展都在期待之中。他吩咐萨木丹赶紧联系"沁多贸易",买些胡萝卜、青玉米、甜菜根、蔓菁和食用糖浆,从现在开始,孕期中的母马每天都应该吃到五斤左右的甜食。糖浆是用来拌和青干草的,青干草必须铡碎,俗话说得好,寸草铡三刀,无料也上膘。已经秋天了,青干草的储备还没有开始,这怎么行?必须马上派人去有高草的地方收割,要是阿尼玛卿草原到处找不到高草,就联系"沁多贸易"从外地进货购买,购买的草应该以苜蓿草、西番莲、红甘草、野燕麦为主。萨木丹"噢呀噢呀"答应着。除了喂草,还得加料,黑豌豆还有吧?让马夫仔细些,别把石子混进去,崩掉了牙可不好办。母马的孕期是十一个月多一点,从现在开始就要实行二十四小时看护,多安排些人,轮着来,后半夜到天亮是马睡觉最沉的时间,要勤看着点,让它们尽量站着睡,不要卧着睡,免得压死马驹子,尤其要避免马对马的伤害,要管住那些脾气不好的马,不能让它们靠近别的马。遛马一定要专人专马,饮水要干净,绝对不能沾染马粪和其他牲畜的粪便。父亲又挨个儿检查了那些优秀的儿马,青花马的蹄子有些受损,黑骊马的眼睛正在发炎,骓骝马尖削直立的耳朵被马蜂叮出了一个大包。牧马场的兽医呢,怎么不赶紧治疗?枣骝马、雪骊马、小黄马、豹子花虽然完好无损，但显得没精神，是不是睡觉太多啦？每天上午都要骑一骑，跑一跑。另外它们也该换马掌啦，马掌一定要切平，上次小黄马的右后蹄就没有切平，地上的蹄印都是深浅不一的。光亮和清洁能证明马毛每天梳了没有，大马厩里有偷懒的人，领头的要负起责任来，天天督促检查。离开牧马场时父亲对萨木丹说："培育良马关系到牧马场的未来，不能有丁点马虎。好好干，前途都是干出来的，不是混出来的。"

父亲傍晚回到州上，刚进家门，就接到了昭鸽的电话："强巴老师啦，今天晚上有没有时间？我想去你家坐坐。""有啊，你来吧。"达娃听着，不等父亲吩咐，就多和了一些面。天黑以后昭鸽才敲门进来，拉面已经下好出锅，怕它坨了，拌了很多炸酱，扣在锅台上。昭鸽咽着口水说："饿死我啦。"达娃说："那你为什么不早点来，强巴老师一直等着你，也没吃。"昭鸽说："才让书记不下班，我也只能在办公室耗着。"父亲知道他有事要说，打发达娃去买了一瓶酒。达娃买来酒，摆好饭，就要回去。父亲说："你不是也没吃嘛，吃了再走，我现在已经不喝酒啦，你还得陪昭鸽喝点。"昭鸽说："我原先也是不喝酒的，但跟着才让书记不得不喝，都快成酒辣辣啦。"达娃看他用筷子夹了许多肉炒的青辣椒，就问："不要油泼辣子了吧？""要。"达娃又把辣子罐拿来。昭鸽挖了半勺，用筷子搅了搅，响亮地吃了几口，这才说起来。他说目前州上最棘手的工作就是草原生态的恢复，才让书记很着急，但一点办法都没有。现在大家都盯着强巴老师，这是好事也是坏事，强巴老师一定不能大意，要是也没有办法，就赶紧摆脱。另外牧马场现在最重要的就是金矿，抓住了金矿，就等于抓住了牧马场的权力，强巴老师一定不能疏忽了这一点。没有人知道牧马场的金矿都分布在哪里，规模有多大，除了才让书记和阿旺，因为才让书记上任后投入生产的所有金矿都是阿旺提供的。阿旺说他曾是个靠打猎为生的流浪汉，走遍了玛沁冈日的角角落落，也去过一些别的地方，地上地下有什么全印在脑子里。父亲说："我就说嘛，一个普通牧人怎么会成为才让书记的座上宾？"昭鸽说："阿旺是个不贪不沾的人，他给才让书记帮忙只是为了图个尊重图个快活。"父亲点点头说："这个我能理解，许多藏族人都这样，办事的目的性不是很强。""强巴老师啦，这样的尊重和快活你也是可以给他的。"父亲笑了笑说："我明白你的意思，但我对金矿兴趣不大。我现在感兴趣的倒是你的个人问题，你为什么到现在还不结婚？"昭鸽愣了一下，红着脸低下了头。达娃去了厨房，端来两碗酸奶说："你们吃饱了没有？"昭鸽摸着肚子问："光顾着说话啦，我吃了几碗面？"达娃说："两碗。"昭鸽说："那应该饱啦。"突然端起酒杯，一口喝干说，"不早啦，该回去休息啦。"父亲说："你先把酸奶吃了，等达娃洗了碗一起走，天晚了，你送送她。明天我打算去趟西宁，你给才让书记说一下。"

父亲到达西宁时霓虹灯正在走向午夜的迷乱，斑斓的色彩占据着漆黑的天幕，让蒙了一层尘垢的三菱越野披上了一身光怪陆离的外衣。就像一头误入歧途的牦牛，第一次来西宁的朗噶闯了两个红灯，走错了三条单行线，才在父亲的指点下把车开到了姥爷姥姥家的小巷口。父亲下来，让朗噶原路返回，去刚才路过的阿尼玛卿州驻西宁办事处休息，自己朝路灯照耀的小巷深处走去。"拆""拆""拆"，狭窄的小巷里，两边的墙上写了好几个硕大的黑色"拆"字，能感觉出拆建方的无比急切。他敲开院门，又敲开家门，一股温热的气息顿时扑面而来。开门的是姥爷，一见他就说："喜鹊在房头都叫了一个月啦，你怎么才来？"姥姥爬起来要去做饭。父亲说："这么晚啦，就不吃啦，明天再说。"姥爷说："饿着肚子怎么睡？有昨天晚上揉好没下完的面，煮一碗吃了再睡，菜是炒好的，热一热就行。"梅朵迷迷瞪瞪从西厢房出来，高兴地说："阿爸啦，我就知道你要回来。""你怎么知道？""在姥爷姥姥天天念叨、我能梦见你的时候，你肯定就会回来。"父亲说："这么灵？家里就你一个？"梅朵说："噢呀，琼吉在我们那边，她要复习，那边安静。再说她不喜欢这边的厕所，谁都可以上，有时还得等，她喜欢坐在厕所里看书。"父亲坐下来，朝桌上一瞅，问道："我们家都有电视机啦？谁买的？""我买的。"梅朵打着哈欠说，"我去睡啦，明天还有事。"疲倦的父亲没再问什么，随便吃了些饭，草草一洗，躺在了东厢房的炕上。

第二天起身后，父亲给两个人打了电话，一是李志强，约他来家里吃饭，对方一口答应，只是时间确定不下来："什么时候去我给你打电话。"一是王石，父亲打算去拜访他，对方说："你来家里吧，哪天晚上都行，我们好好喝几杯。"父亲说："还是去畜牧厅吧，看看你的工作环境。""也好，下午吧，上午厅里开党组会。"吃过午饭，他去了，是走着去的，主要是想看看变化了的街景，这才发现，变化最大的不是街景，而是梅朵——沿街的灯箱广告和街头楼面的许多招牌上都有她的形象，不光是演出预告，还有牦牛肉干和藏宝化妆品的代言。她阳光灿烂，笑望着这座城市，一双明澈得如同钻石的眼睛能把所有人洗透洗净。

王石在自己明亮宽敞的办公室里接待了父亲，沏了龙井茶后说："我现在已经喝不惯酥油茶了，那个时候可是越喝越香的。"父亲推开龙井茶说："我还是只喝酥油茶。""我这里没有。""那就不喝啦。"父亲问候了王石的爱人，然后便说起阿尼玛卿草原的沙化，说起了牛羊超载的罪过和他开垦翻耕的罪过。王石说："你打住吧，说罪过干么？别把自己看得那么重要，就算有罪过，跟个人有什么关系？再说我这里不是阿尼琼贡，不需要忏悔。"父亲惊讶地说："啊啧啧，谁能决策草原？谁能左右畜牧业？需要认错的地方可不光是阿尼琼贡。我这次来就是想请教厅里的专家，有没有挽救草原的办法？"王石当即叫来了业务部门的几个处长。父亲把情况详细说了，双手合十，诚恳地朝每个人晃了晃，祈求各位"大仙"出谋划策。所有人都开了口，都说得滔滔不绝，但在父亲的感觉里，自己只是一只皮球，先让它充满希望地鼓起来，再让它噗嗤一声泄掉。父亲鼓了几次泄了几次后，突然站起来，直截了当地说："不听你们说还好，听了你们说就连活着的心思都没有啦，我问的是应该吃什么饭喝什么水，你们回答的是吃饭噎死，喝水胀死，那我们还能干什么？"他责备地瞪了一眼王石，

571

转身就走，又觉得阿尼玛卿草原又不是那几个处长搞坏的，犯不着生人家的气，又回去，在走廊里拦住他们，一一道了歉，然后把头伸进王石办公室的门，客气地说："走啦，扎西德勒。"王石说："有时间家里来。""噢呀。"父亲走出畜牧厅，回味着几个处长的共同结论，真想大哭一场：青藏高原生态脆弱，任何人为的干预只会适得其反，只能等待草原自我完善，牧草自动恢复。他拍打着自己腿说：牧人们还在放牧，牛羊还在吃草，破坏还在持续，怎么可能自我完善？沙化到了头就是沙漠，有沙漠自动恢复成绿洲的吗？也许有，但那是沧海桑田，万年百万年的事，靠我是改变不了的，我又不是雪山大地本身。他一路走回去，又一次看见了梅朵明亮的笑容、干净的眼睛，心情稍微松快了些，出路似乎也有了，那就是不期而至的后悔：既然根本就没有办法，自己为什么还要当这个副书记、副州长、副场长，愧不愧？

晚上梅朵有演出，十一点多才回来。姥爷姥姥一直等着，梅朵埋怨道："我说了让你们别等，你们怎么不听？"姥姥说："每次都等着，已经习惯啦。"梅朵从塑料袋里拿出一个饭盒，打开，亮出几样西式点心，捧到姥爷姥姥跟前说："今天晚上的夜宵特好吃，我给你们带了点，现在只能闻闻，明天再吃。"姥爷姥姥便接过饭盒闻了闻，小心放到桌子上，准备睡觉了。父亲已经睡下，在东厢房的炕上翻了个身问道："我也想吃怎么办？"梅朵说："等姥爷姥姥吃剩下了你再吃。"父亲说："我待会儿起来就吃掉。"梅朵说："阿爸是偷嘴的猫儿变的吗？姥爷姥姥啦，赶紧把好吃的藏起来。"说着拉着姥姥进了西厢房。

第二天是个星期六，我回来了。按照保证书的承诺，我在这个梅朵万分期待的日子里来到了西宁。我先去了自己的家，看到琼吉在那里，便给梅朵打电话，这才知道父亲来啦。我和琼吉一起到家，见过了父亲。一会儿梅朵也回来了，一进门就拿出一沓演出票说："明天晚上有我和洛洛的演出，你们大家都得去，姥爷姥姥也得去。"我说："当然，我就是赶来看演出的。"梅朵拉着琼吉钻进了厨房，一边唱着一边帮姥爷姥姥做饭。父亲说："几个月不见，你姥爷姥姥一下子老多啦。"我说："我虽然每个月见一次，但也有这种感觉，突然就老啦。""不会是他们知道了你母亲得病的事吧？"我摇头："我再三叮嘱过梅朵，让她不要给他们说。""我这次回来有点奇怪，他们也不问你母亲好不好，什么时候回来。"梅朵过来摆饭，我问："姥爷姥姥最近怎么样？"梅朵说："挺好的，就是这条街上所有的四合院都要拆啦，心里不好受。"说着去了厨房，用一个木盘端了三碗拉面出来，"我们先吃，一次只能下这么多。"我说："你不是会下吗？先让姥爷姥姥吃。"梅朵说："别假客气啦，你什么时候见过姥爷姥姥先吃的？再说我还要去体育馆，今天晚上是最后一次彩排。"

我们吃起来。父亲说："梅朵你以前对名啊利啊好像并不看重，怎么一下翻了个个？"梅朵说："我原来觉得不需要这些，对女人来说结婚生孩子最重要，现在我才知道，一个人干什么有什么都是命中注定，人人都应该有的孩子，一轮到我就没啦，别人有的我没有，我有的别人也没有。"父亲有些不明白，询问地望着我。我便大致说了梅朵的情况：她去生别离山看望母亲回来后，听从素喜的话，去省医院找那个专治不孕不育症的赵医生，又是检查又是化验折腾了一番，结果出来后不太好，说她是先天性子宫内膜薄弱和输卵管粘连。她问能不能治好？赵医生说最好忘掉它，好好过日子，要是真有奇迹发生，那也不是等来的。梅朵不是傻瓜，不存在听不懂赵医生的话，伤心得哭了一场。等我知道后想安慰她时，她已经破涕为笑啦。她说阿妈已经成那个样子啦，她都不难过，我活得好好的，难过什么？想想我以后的去处，就算能生孩子我也不想生。我奇怪地问：什么意思，你以后的去处？她说以后的去处只能以后知道。父亲望着梅朵说："别胡思乱想，没有就没有，你现在不是挺好的嘛？献身事业总是要有代价的。"梅朵说："我也不知道当歌星是不是我的事业，好像前面还有什么等着我，我更希望去做那个。"父亲说："我知道你是想出更大的名，好啊，一步一步往上走，反正你有天赋，是个想出名就能出的人。"梅朵说："我本来想，就算想出名也得慢慢来，后来发现这

573

种事根本由不得自己，一夜之间就有那么多人知道我崇拜我，我都来不及感谢雪山大地啦。"我说："主要是两次比赛你都拿了第一，一次是全国藏歌比赛，一次是电视台的歌王争霸赛，一下子火啦。"父亲说："你现在的个人演唱是不是特别多？省歌舞团的《青藏高原》怎么办，还演不演啦？"梅朵说：《青藏高原》是全省唯一的大型歌舞剧，当然得演，但它是不挣钱的，场次只会越来越少。益西团长说一旦有演出他会提前一个月通知我，让我把档期错开。"我说："益西团长挺关照她的。"梅朵说："我想给单位交点钱他都不让，他说歌舞团虽然没钱，但它的演员一个个都很好，八仙过海，都有神通。再说你现在是大歌星，歌舞团已经沾你的光啦，只能做你的后盾，不能做你的累赘，你的目标是走向全国走向世界。"父亲说："他说得对，你好好唱，我们全家、你的所有亲人、整个阿尼玛卿草原，也都是你的后盾。"

　　吃了饭，梅朵就要走，打了一下琼吉说："晚上跟江洋回去。"琼吉说："我不去啦，打搅你们。"梅朵说："不打搅的，你有你的房间，我们有我们的房间。再说啦，这里很快要拆，到时候都得搬过去，我和江洋也得习惯家里有人。对啦，姥爷姥姥啦，你们什么时候搬家，赶快把日子定下来，我觉得越快越好。"姥爷说："等他们走了，我们就开始收拾东西。"父亲说："搬家时给桑杰阿爸打个电话，让他帮帮忙，他现在是'沁多贸易'的董事长，给马福禄说一声，马福禄找车找人都方便。"梅朵说："不用，我身边有的是歌迷，都巴不得给我帮忙。"父亲又说："什么时候把央金他们都叫来，聚一次？"梅朵说："明天不行，后天中午吧。"我说："后天一早我就得回学校。"父亲说："你走你的，不耽误你的工作。"梅朵说："谁通知？阿爸通知一下吧？"我说："我来吧，我明天白天没事。"正说着，父亲的手机响了，是李志强打来的："我明天要去北京，去你家吃饭的事得往后推了。"父亲说："吃饭事小，汇报工作事大，今天行不行？""不行，一会儿有个会，晚上还得准备材料。"父亲失望得叹口气："那好吧。"

虽然不是梅朵的个人演唱会，但体育馆的演出绝对是以梅朵为轴心的。她出现了两次唱了五首歌，一次是跟洛洛一起唱，一次是晚会的压轴节目她的独唱。姥爷姥姥本来说好要去，出门走到小巷口，就要上三菱越野时，姥爷扶着门说头有点晕。姥姥沮丧地说："你怎么这个时候犯病，梅朵就是想让我们看看她在台上唱歌的风光，又去不成啦。"姥爷说："你们去吧，我一个人看家。"姥姥说："那我还得扯心你，不去啦。"父亲就和朗噶去了。我是跟梅朵一起早早地到达演出现场的。琼吉和普赤是自己去的，都说还有同事或同学跟她们一起去。人头攒动，拥挤不堪，家里人互相都没有见面。父亲是第一次经历这样的场面，观众不是静静地看，而是跟着一起唱，尤其是梅朵出场时，所有人都激动得站了起来，摇着手，晃着头，扭着屁股，还有朝台上扔东西的，父亲惊叫一声："小心。"定睛一看，扔上去的是一束花，而更多的花还在不断扔到台上。梅朵挑选一束白玫瑰抱在怀里，唱着唱着，突然扬手扔给了观众。观众一阵尖叫。父亲心说幸亏姥爷姥姥没来，来了肯定会紧张，整个体育馆满满的都是人，都是激情澎湃的声音，要让自己稳稳地不为所动，心脏首先要健康。父亲虽然不会跟着唱，但情绪是跟着观众走的，一阵阵地激动着，昂扬着。尤其让他高兴的是，洛洛的歌也赢得了如雷贯耳的掌声。梅朵的时间开始啦，洛洛的时间也开始啦。人生的奇妙就在于：当你认为已经走到尽头，暗淡来临，悬崖出现，四野荒芜，希望全无时，突然头顶一阵闪亮，月光流淌而来，原来红地毯已经铺到你脚下啦，你只需脱掉泥泞的鞋子，洗净自己，清清爽爽踩上去。演唱会结束后，父亲去了后台，想见见梅朵和洛洛，当面说声夸赞和祝福的话，一打听，两个人早被主办方接走啦。父亲说："这么多观众还没走，他们怎么走啦？"人家说："就是为了躲开观众，他们能把梅朵吃掉。""这么厉害？""崇拜的力量是无穷的。"我一直陪在梅朵身边，很骄傲能有这样一个光彩照人的妻子，心说要不是学校工作忙，真想每次演出都陪着她。

第二天我就回草原了，很遗憾没有参加中午的聚会。聚会本来是由梅朵张罗的，她打电话给洛洛，撒着娇说："我这两天太累啦，白天彩排演出，晚上还要照顾江洋，求求你啦，你来张罗吧。"洛洛说："那行，就在德吉家格桑花酒吧，我通知大家。"梅朵说："我就知道你会选择自己的酒吧，江洋昨天已经通知啦，你和央金姨妈等着就是啦。"洛洛说："谢谢啦。"他知道梅朵并不是累得没有了张罗的力气，而是想给他和央金一个显示自己、满足自尊的机会。他们终于有钱有能力请大家吃饭啦。酒吧只卖酒和零食，洛洛跑出去订了饭菜。挺着大肚子的央金则坐在电话旁，打给这个打给那个：怎么还不来？都说在路上，就到啦。姥爷、姥姥、父亲、梅朵以及朗噶先到，刚坐下，没说几句话，大家呼啦呼啦都来了，有琼吉、普赤、俄霞、梁仁青、嘎沙、尤狩，像是商量好一起来的，一问又不是。洛洛和央金招呼着："坐吧坐吧，都别站着。"

德吉家格桑花酒吧除了大厅，还有两个不算小的包间，从聚会的包间无遮拦的门窗望过去，能看到斜对面厅首的歌台和大厅。大厅里的客人只占去了一半座位，都在喝酒说话，没有人上台唱歌。父亲问洛洛："是不是冷清了点？"洛洛说："冷清跟酒吧不沾边，这才是一天的开始，慢慢人就多啦，到了晚上一座难求，很多人都是站着喝酒听歌的。"父亲问："唱歌的是谁？""我们有个小乐队，主唱是我，偶尔梅朵也会来这里唱一两首，她是想给我们攒点人气。也有客人自己上台演唱的，大多数是城里的藏族人，水平都不错。"父亲问："你们老板呢，怎么没见？"洛洛说："你已经见啦。"父亲问："谁？"梅朵和洛洛几乎同时开口："央金。"父亲问："怎么回事？"央金说："原来的老板不想干啦，要出让给别人，让我们离开。梅朵知道后说这个地点这么好，不如我们自己买下来。她是想给我找点事做，我现在大着肚子，唱不了歌，但站站柜台，招呼一下客人还是可以的。"洛洛说："多亏梅朵啦，买酒吧的钱我们只出了一点点。"梅朵说："说钱干什么？姥爷姥姥知道的话还以为我给家里人放了高利贷。"她又转向姥爷姥姥，"他们说要多多的利息还我的钱，我说也可以，但从此我跟你们就不认识啦。"父亲夸张地说："啊嘘，梅朵要是不认识我们，我们活着就没意思啦。"梅朵说："那就对了嘛，等于我给你们送了些意思。"大家笑着。姥姥说："要说还钱的话，我们也得还啦，这些年家里吃的用的梅朵没少花钱，别人寄给我们的钱没处花，都攒起来啦。"姥爷说："别说钱啦，显得见外。"

梅朵说："那就说洛洛，洛洛现在的演出比谁都多，小舞台能上，大舞台也能上，做酒吧驻唱不光是这里，还有两处，名气越来越大啦，他的歌都是自己写的，将来肯定会超过我。"央金说："他超过了你，你再超过他，三超四超，你们就都是天王啦。"梅朵说："我疯啦我超过我的叔叔？我就不唱啦，天天陪着姥爷姥姥说笑话。好好努力啊洛洛叔叔，让我早点离开舞台。"洛洛说："千万别这么想，你会越来越火，只要听我的，不断变一变。"梅朵问："怎么变？"洛洛说："你现在走的是情歌路线，虽然不错，但其他潜力却被盖住啦。我是说你也可以摇滚，可以蓝调，可以爵士。我现在探索的就是，怎么样在摇滚和蓝调里头加进去藏歌元素，让它有草原的辽阔和忧伤，还有草原的故事，也就是要唱出属于我们自己的藏式摇滚、民族曲风的蓝调。你应该这样，突然有一天，你失踪啦，等再次出现时，观众发现他们看到了一个崭新的梅朵。"梅朵说："那就必须在编曲上下功夫。"洛洛说："这个交给我，还有俄霞。俄霞，帮不帮忙？"俄霞说："我能做什么你吩咐就是啦，反正歌舞团现在也没有新节目要排练，我这个副团长闲着也是闲着。"梅朵说："现在要紧的不是我变不变，是让央金姨妈顺顺当当把娃娃生下来，姥爷姥姥都急死啦，天天算日子。生了娃娃她就可以上台啦，她的高音和低音都比我厚实，也比我更有底气，最适合唱你说的那种藏式摇滚和民族曲风的蓝调。"洛洛说："我知道，但她的表现力不如你，细节方面还得打磨，再说生孩子的事只能等不能催，我现在瞄准的就是你，你必须唱我写的歌，哪怕我自己不唱。"梅朵说："我们两个一起唱，你的就是我的，我的也是你的，别忘了，我有时候也在编歌，尽管我不会写乐谱，但我能唱出谁也唱不出的曲调来。""噢呀，我们互通有无。"

订好的饭菜来了，是一桌藏餐，有手抓羊肉、爆焖羔肉、蒸牛舌、藏式火锅、羊头肉、野葱血肠、肉浆、油拌人参果、油拌面、酸奶米饭、奶渣蜕、红花牛排、青稞酒、酥油茶、糌粑等。大家让姥爷姥姥先动筷子，然后你劝我让地吃起来。父亲说："你们说的这些我不懂，但我觉得挺好，有时候走着走着就得停下，休整，充电，睡一觉，换一身衣服再往前走。"梅朵说："噢呀噢呀，那我明天就失踪，阿爸啦，我跟你回草原吧？"普赤说："千万别，民院要搞校庆，找了我两次，想请你出席。"她已经从民族学院毕业了，分配到民院附中当老师。梅朵说："不就是让我去唱几首歌嘛，去就是啦，洛洛也去。"梁仁青说："那我也有一个请求可不可以说？"梅朵说："不可以。"琼吉吃惊地问："为什么？"梅朵说："什么请求她得让俄霞猜。"俄霞说："我知道，不用猜。"梅朵瞪起眼睛说："那你为什么不替她说？还让人家这么难为情地——'可不可以说'？说吧，我已经同意啦，朝我开口的都是为了唱歌，不让我唱我还憋得慌。"梁仁青说："是这样，前个时期果洛州山体塌方，送来一百多个伤员，全在我们医院，各个科抽了一些人负责治疗，我也被抽去啦，还是个管事的，那些人有的没了老婆孩子，有的没了阿爸阿妈，情绪都不好，我早就想请你去，又不好意思开口，因为……是慰问嘛，所以没有报酬。"梅朵脸色一沉，严肃地说："那就不能去。"梁仁青瞅了一眼俄霞说："我就说嘛，怪不得你不敢开口。"父亲说："梅朵你怎么能这样？"梅朵笑了："我是说不能空手去。"姥姥说："对着哩，礼多人不怪。"姥爷说："一百多个人，带什么好？"梅朵说："最能解决困难的就是钱。"姥爷说："钱我们这里有。"梅朵说："哪里用得上你们的钱。"梁仁青惊喜地喘了一口气："谢谢啦。"梅朵说："你不是一个开朗大方的人吗，怎么扭扭捏捏的？以后这种事你就直说，我们都是信奉雪山大地的，雪山大地面前有什么客气的？"

洛洛说："不要光说话，动筷子，来，喝酒，姥爷姥姥，正宗的青稞酒没多少度数，喝一点不要紧的。"包括父亲，大家都举起了酒杯。父亲望着嘎沙和尤狩说："你们整天都在忙什么，连个恋爱都谈不上吗？我的学生都很优秀，为什么在这方面一个比一个迟缓？"普赤说："强巴阿爸冤枉啦，嘎沙已经开始谈啦，是我给他介绍的。"父亲问："那怎么不领来？"嘎沙说："才见了两面，还没决定呢。"普赤问："谁没决定，你还是她？"嘎沙说："两个人都有一点拿不准吧？"父亲又问琼吉："你复习得怎么样啦？"琼吉说："差不多了吧，到底怎么样我也不知道。"梅朵说："别对自己要求太高，你考北外的研究生就是想出国，想出国就是为了去找才让哥哥，万一考不上，你还是可以出国，我资助你就是了。"父亲说："对自己要求高一点是对的，能自己解决的，就不能依靠别人，包括父母。"琼吉说："我倒是想在阿妈身上靠一靠，可是我的阿妈在哪里？阿爸你为什么不把阿妈领回来，你把阿妈丢掉啦，丢到山里头出不来啦。"她说着眼睛湿了，害怕哭出声来，后退着推开椅子，朝外跑去。姥爷说："这娃娃怎么啦？我去看看。"起身过去，没走几步，突然哎哟一声，靠着包间的门框歪倒在地。所有人都惊叫着扑向了姥爷。

姥爷被大家扶了起来，他说没事，就是头晕。梁仁青问："你血压高不高？"姥爷说："梅朵带我去医院量过，有点高。"梁仁青说："光量血压不行，还得检查别的。这样吧，聚会也该结束啦，我带姥爷姥姥去医院吧？"姥爷姥姥都说不去。父亲说："必须去。"又对朗噶说，"你送一下，完了再送到家里，不用管我。"梅朵说："我也陪着去。"梁仁青说："俄霞也要去，坐不下怎么办？"俄霞说："你们放心吧，交给我啦。"姥姥说："这么多人干什么去？我们又不是不能走。"父亲对梁仁青说："谢谢啦，还没问你阿爸阿妈好不好呢。""好着呢，阿妈已经退休啦，阿爸也快了吧？""身体怎么样？""没什么毛病。""那就好。"三菱越野拉着人去医院了。大家回到座位上。梅朵说："琼吉一哭我也想哭，我们的阿妈回不来啦，不知道她现在好不好。"说着眼泪啪嗒啪嗒的。洛洛说："梅朵去看过啦，我也想去看看。"梅朵说："新年吧，过新年时我们都去。"普赤说："对啊，反正我们要回草原。"央金抚摸着肚子说："我可能去不成啦。"洛洛说："我代表你。"尤狩拍了一下嘎沙说："还有我们。"父亲责备地望着梅朵："你这张嘴，让大家都知道啦，悲伤是越散越多的。"沉默了一会儿，尤狩站起来说："我去一下洗手间。"梅朵问："你手脏啦？"尤狩说："手没脏。"梅朵说："我可告诉你，藏族人洗手的地方和厕所是分开的。"大家笑了。梅朵说："阿爸啦，我带给大家的可不仅仅是悲伤。"嘎沙说："光笑有什么用？你给大家唱首歌吧。"梅朵说："还是洛洛唱，让强巴阿爸听听藏式摇滚，唱着唱着，所有的不好就都会好起来啦。"洛洛说："好，那我就来一首，我唱得不好没关系，还有梅朵。"说着走出包间，走向了歌台。酒吧的小乐队已经上班，正在拨弄着乐器，聊着什么，一看洛洛拿起了麦克风，赶紧振作起来。

夏天的忧愁像那满地的花朵，
五颜六色的苦涩蔓延在草原；
秋天的忧愁像那山谷的庄稼，
金黄一片的思念流淌在田边；
冬天的忧愁像那原野的积雪，
洁白晶莹的痛楚覆盖着大地；
春天的忧愁像那消融的河水，
清澈见底的辛酸荡漾在山间。

一个人的生活就是穿越四季，
丢弃苦难剥离一层层的愁绪。
今天的幸运来自昨天的积累，
山那边是格桑花盛开的大地。

洛洛一首还没唱完，父亲的眼泪哗哗地流了出来，映照在泪光里的是草原和母亲。梅朵也哭了，不过嘴角还是弯着，勉强挤出来的笑意就像挂上去的："阿爸啦，我们可不是为了让你哭。"央金擦了一把眼泪说："洛洛的歌越听越难过，还是散了吧。"大家就都站了起来。

姥爷姥姥的检查出来了，梁仁青给梅朵打电话说："两个人的血压都高，血脂也在指标以上，B超没事，以后饮食上要注意，最好清淡一点，不能太劳累。"梅朵说："我知道为什么，他们就是一点点不肯浪费，每次吃饭，炒菜里头剩下的油汤汤全要喝掉。我就说了嘛，已经吃饱了就别再吃，我以后监督他们。"

<h1 style="text-align:center">3</h1>

父亲回到州上后，去了一趟老才让的办公室，一进门就说："我不是来汇报治理沙化、挽救草原的，才让书记千万别抱希望。"老才让说："不说这件事就没话可说了吗？就你很少到我这里来。""你不是说啦，想好了治理的办法再来。""我不过是催催你罢了，没说不让你来。坐。"父亲坐下来，说起全州各处已经提前开始的宰牲："今年比任何一年都早，膘情不好，如果一入冬再屠宰，就只能是卖骨头啦。但就算现在宰杀，胴体商品率虽然高，但肉类的吨位也还是上不去，肉不肥不香，没人要的话，价钱就会往下掉。我是这么想，屠宰的不能光是老畜弱畜，也得考虑幼的壮的肥的，尽快把全州的牲畜数量减下来至少一半，不然这个冬天过不去。""你的意思是羊羔牛犊也宰掉？""也可以活畜出售，只要是断了奶的。"老才让漫不经心地说："牧业是你管的，商业也是你管的，你看着办就是啦。""我的意思是州上得下个正式文件，督促县乡两级照此办理；各县的商业部门要走出去为牧民群众寻找销售渠道，同时由州政府花钱在报纸和电视上发布广告；还应该以贷款方式支持像'沁多贸易'这样的个体商贸机构收购各类牲畜。""你说的这些都没问题，我的要求只有一个：今年的屠宰率和商品率一定要达到历史最高水平，又不能影响明年的存栏率，明年的存栏率也要达到历史最高水平。""这个不可能。""没有不可能的事，就看你怎么办啦。你不是说牧马场不该在返还草场时收取费用吗？现在知道了吧？我就是要给明年的存栏率和商品率留下余地，现在看来一亩收三只羊、两亩收三头牛还是少啦，当初狠狠心，再加一倍就好啦。"父亲说："牧马场的草场也好不到哪里去，牲畜收

得越多越麻烦，牧人跟牧马场的纠纷也会更厉害。""总比没有一点措施好吧？"

父亲没再争执，改变话题说起了赛马会的事。桑杰给他打了电话，尼玛村康和冷库已经竣工，很快就要开业，问他赛马会安排在什么时候合适。父亲说很快就要下雪啦，自然是越快越好，但这是全州性的活动，需要老才让定夺。老才让说："对着哩，必须赶在下雪前，草原上除了新年就是赛马会，这么重要的事，为什么非要把'沁多贸易'拉扯上？我们又不是出不起奖品，我再提醒你一句，你已经不是他们的董事长啦，偏心了不好。""我就是想给'沁多贸易'多一些机会，但不是为了我自己。目前全州国营商贸的贸易量加起来还不到'沁多贸易'的一半，私营的差距更大，让他们为州上多出些力，有什么不好？""好是好，但名分上还是要政府挂帅吧？""要不这样，州委州政府主办，'沁多贸易'执行，搞个赛马会组委会，你来牵头，董事长桑杰和沁多县长喜饶给你当副手。""这还差不多，你呢，也当个副手吧？""我就免啦，万一再做出什么偏心的事，你又放不过我啦。""那你就代表牧马场参赛，也算是支持'沁多贸易'。""可惜日尕不在，它在我一定参加。""豹子花不行吗？还有青花马、黑骊马、枣骝马、雪骝马、小黄马、骅骝马，都可以嘛。""你对牧马场的马了如指掌，还是你参加比赛吧。""我跟你想的一样，有日尕就参加，现在参加了又不能百分之百地保证第一，那不是丢我一把手的脸嘛。"父亲笑道："那你就忍心丢我的脸？才让书记啦，你没有偏心，但你有歪心。"老才让哈哈一笑："谁的心都不端，不信挖开了看。"

赛马会还是在沁多县的姜瓦草原上召开。四面八方的牧人都是提前一两天到达，照例先要扎起帐房，出售赶来的牛羊。"沁多贸易"派了些人，满草原流动着收购，然后把牛羊赶往屠宰厂，二十四小时轮班屠宰，卡车穿梭在屠宰厂和昂欠谷之间。能够储藏上千吨肉食的冷库像一个吞食一切的巨大怪物，高高耸立在山谷一侧，庆贺开张的红色飘带像怪物的触须，安静地垂吊着，上面是藏文的标语：吉祥圆满、幸福安康。门前是哈达的凉棚，金哈达一座，白哈达一座，从冷库顶部拉下来十三条牛毛绳，上面挂满了五色的旗幡。距离冷库五十米，左右立着两座箭垛，箭垛前是袅袅的桑烟。牧人们络绎不绝地来到这里，供奉一些酥油和糌粑，磕着长头，敬拜死去的牛羊的灵魂，祈祷它们早日转世或者升天。同时开张的尼玛村康则又是一番景象：被门窗玻璃间隔的墙面上，是花瓷砖的吉祥八宝：白伞、金鱼、宝瓶、妙莲、右旋海螺、吉祥结、胜利幢、金轮。到处都是放飞的风马，有飞上天的，有落了地的，白色丝绸的风马旗则环绕在四周，猎猎地发出念诵祈福真言一样的集体轰鸣。旗幡组成的甬道呈丫形连接着县城的两条主要街道，经过甬道便是大理石小广场，中间镶嵌着一个巨大的绿色卐字符，走过去便是开敞的门，门楣上有一排华丽的十相自在图。进了门，先看到的并不是商品，而是一个立体的金属五妙欲：中央宝镜的两旁分别是祥琴、香料、水果、丝绸。再往前，琳琅满目的商品便潮涌而来，牧人们带着鼓鼓的腰包走进去，没等逛完楼上楼下的柜台，钱就没了，什么都稀奇，什么都想买，手里、腰里、脖子上全是东西。冷库是用来收购的，似乎整个阿尼玛卿草原的牛羊都会被瞬间吞没；尼玛村康是售物的，恨不得一晃眼就把所有的货物倾销而去。两种截然相反的耸立——大面积交替发生的卖出买进，象征着巨变的发生，让牧人们动不动就会想：这是怎么回事嘛？他们多少有点目瞪口呆，却还是情不自禁地扑了过去。一个用商品组成的花花世界以巨大的诱惑不可遏制地淹没而来，牧人们正在习惯，有些笨拙，有些惊怪，有些胆怯和迷惘，也有些担忧：不会有什么麻烦吧？这可不是祖先过过的日子。而担忧又会在一声声的祈福真言中消散：既然有雪山大地保佑，还有什么不踏实的？于是就笑了，就又去买这买那了。

父亲发现，骑摩托车的牧人多起来，便对桑杰说："都是你带的头，让马的作用越来越小啦。"桑杰问："这个头带得不好吗？""好啊，但就是不知道那么多马该怎么办，又不能把它们像牛羊一样屠宰掉，'沁多贸易'能不能想想办法？"桑杰说："已经在想办法，但好像要马的地方不多。"父亲说："看来草原的忧愁不光是草原出了问题。"他们是来看房子的。尼玛村康和冷库竣工后还剩一些红砖、钢筋、水泥和木材，桑杰做主，在扎西平措盖了一片三四间为一户的房子，借着赛马会，请父亲过来看看。父亲看了后问："你打算干什么？""想做旅馆，你看怎么样？""会有客人吗？""我不是客人我不知道，试一试吧。"父亲想了想说："卖掉怎么样？""好不容易盖起来，卖掉干什么？""要是能卖掉，'沁多贸易'以后就可以经营房子啦。""房子又不是商品，怎么能经营？"父亲掰着指头说："砖能买卖，钢筋能买卖，水泥和木材都能买卖，为什么把它们摞到一起就不能买卖了呢？"桑杰摇摇头说："这些东西零散着放，是不生根的，可要是把它们摞到一起变成房子，那就有根啦。"父亲激动得跳了一下："桑杰啦，你这么想说明你当了董事长后脑子越转越灵啦，别的地方比如西宁当然不能让你随随便便把钢筋水泥种到地上，但是草原上可以，你的家，晋美、顿珠、果果的家，不是已经种下挪不走了吗？现在整个阿尼玛卿州还没有国家卖地的先例，趁这个机会可以多种一些。以后'沁多贸易'怎么发展？除了畜产品和百货还经营什么？我看买卖房子是最好的出路。""啊啧啧，房子又不是帽子靴子，谁买得起？"父亲拉着桑杰坐到新房院门前的台阶上说："你算算现在一户牲畜最少的牧人，卖掉一半牛羊的话挣多少钱？""没有十几万也得有八万九万。""一院房子是多少，七万值不值？""不值。""为什么呢？因为地皮是不算钱的，就值个砖瓦、钢筋、水泥和人工钱。也就是说，在地皮不算钱的情况下，一户牧人随便可以买一院房子。""牧人都是住帐房的，谁买房子？""你不是住了吗？恐怕将来都得跟你一样。我这么琢磨，就算以后地皮算了钱，房价增加一倍，牧人也还是买得起的。'沁多贸易'要赶紧赚钱，赚了钱就盖房，把扎西平措到昂欠谷这一大片地全盖成大大小小的房子。"桑杰呆愣着，突然说："噢呀，噢呀，你现在是州上的领导，这么说应该没错。"

父亲又问起原先的晋美商店有什么用场，桑杰说："本来打算拆掉，觉得还能用就留了下来。""幸亏没有拆，我突然想起来，能不能把它改造成一个唱歌跳舞的地方？""唱歌跳舞还需要房子？草原这么大。""那你就外行啦，现在时髦的就是把各种高兴的事绑到房子里来，唱歌，跳舞，喝酒，吃饭，谈天说地。"桑杰迷惑地说："这个样子的我没见过呗？""你没见过不要紧，可以打电话问问洛洛和央金，他们现在经营的就是这样一个场所，叫德吉家格桑花酒吧。""噢呀，我今天就打电话。"父亲又问起尼玛村康的布局。桑杰说底层是仓库，一楼是食物，二楼是日用百货，三楼是服装布料，四楼是电器和杂货，五楼是各类商品的批发，六楼原定是"沁多贸易"办公的地方，现在看来有些浪费，就在三楼和四楼隔出了几间办公室，足够用的。父亲说："这样好，六楼是沁多县最高的地方，可以俯瞰全城，加上楼顶平台，办饭店的话人肯定不会少。"桑杰呵呵呵地笑着："这件事我们想到一起啦，晋美和顿珠也这么说，已经包给几个回族人啦，有一家明天开张，果果的婚礼就在那里举行。""噢呀，我正要问你呢，素喜回来了没有？""我问过啦，说是今天下午从生别离山出发，明天早晨到。""那我就不去打搅果果啦，明天婚礼上见。""对啦，角巴阿爸给多吉找了一只小母獒，让索南送来啦。"父亲惊喜地哦了一声："我上次见他，让他给我找个獒姑娘，他不理我，原来是记在心里啦。角巴的小藏獒还叫当周，我们的小藏獒叫什么？是不是也叫梅朵红？"说着他站起来，朝桑杰家走去。桑杰赶紧跟上。

多吉老远就听到了父亲的脚步声，轰轰轰地叫起来。小藏獒梅朵红也跟着叫，稚嫩的声音就像遥远的伴奏。他们推门进去。多吉不叫了，拽直了铁链子，激动地望着父亲。梅朵红跑过来，舔了一下桑杰的靴子，扑向父亲，张嘴想咬，又转身跑回到多吉身边，定定地望着。它从多吉和桑杰的态度中已经明白这个陌生人是不可以敌对的。父亲走过去摸了摸多吉，又俯身抱起梅朵红，仔细看看说："真是一只好母獒。"梅朵红歪过脖子来，温顺地舔了舔父亲的手。

这天晚上，父亲住在了桑杰家，还在睡梦里，就听卓玛敲着门说："强巴啦，该起来啦。"天色就像被过滤的沁多河水，渐渐清亮了。太阳散发着橘色的光，在冒出草原的时候，先把地平线均匀地涂抹了一遍，无云的东方升起黑红的天幕，形状如同草势茂盛的苍茫之野。被思念被留恋的牧草似乎都簇拥到太阳身边去了。生别离山医疗所的救护车卷扬起看不见的烟尘，来到了扎西平措，新娘素喜刚下来，太阳就从背后跃然而起，一束金光平射而来，哗一下搡开了所有残余的黑暗。"沁多贸易"的女员工端着酒杯，把新娘拦在了院门前。卓玛说："请踩灭面前的牛粪火，请喝下香甜的下马酒。"新娘在陪她来的几个女护士的帮助下，踩灭了七堆牛粪火，喝下了三杯青稞酒，正要进门，又被一个女员工拦住了："离别娘家时你的心情怎么样？新娘不唱歌日子不吉祥。"新娘说："拉索。"大大方方唱起来：

> 我离开阿妈给我梳过头的帐房，
> 心里装着思念，眼里闪着悲伤；
> 可恨的舅舅带我来到新家门上，
> 让我给新阿妈道一声贵体安康。

　　唱了歌，抬脚就要进门，却被一个乔装成乞丐的女员工挡住了路："我是来自上天的仙女，来查验这个美丽的新娘到底善良不善良。"新娘说："人心用施舍来表达，善良用银子来说话，虽然我的银子堆成了山，但我力气小，拿不来，只带了一个银簪子，不知道仙女中意不中意？"说着从头发上取下一个藏银簪子，戴在了"仙女"头上。"仙女"哈哈一笑，正要让开，另一个女员工又挤过来，叉着两手，拦在新娘面前呵斥道："好一个没有规矩的新娘，都不知道巴结一下小姑子。"说罢便唱起来：

> 再勤快我也会说你懒惰，
> 再清醒我也会说你糊涂，
> 再美丽我也会说你难看，
> 再心好我也会说你心坏。
> 我家有骏马却不给你骑，
> 我会把鞍子藏在头底下；

我家有珍珠却不给你戴，
我的脖子上一串又一串。

新娘知趣地从手腕上摘下一串珊瑚珠捧了过去。"小姑子"接过珊瑚珠，领着素喜走向用石灰水画在地上的吉祥符：一个卐字、一个金刚星、一对蝎子、一对喜旋。她们在吉祥符之间绕来绕去地走着，"小姑子"突然推了她一把说："这个家里有七个小姑子，不知道你有没有七串珊瑚珠？要是没有就快走，不要让她们再拦住你啦。"新娘抬脚就跑，跑到门槛下，被果果领进了院门。但又一个"小姑子"就等在门内，几乎抱着她说："终于把嫂子等来啦，我可不是好打发的，快拿酒来。"早有人端着酒盘等在旁边。"小姑子"敬了三杯，又要求唱歌，新娘便唱起来：

一只翅膀的鸟飞不起来，
我是你的另一只翅膀，
一条腿的人骑不了骏马，
我是你的另一条健腿。
左手为难右手心疼的是自己，
妹妹为难嫂嫂心疼的是哥哥。

卓玛出来打圆场："已经是你们的嫂嫂啦，就拿出你们的宽厚让她过去吧。""小姑子"们唱道：

过去吧，过去吧，让美丽和善良过去吧，
家里来，家里来，让幸福和欢乐家里来。

新郎和新娘走向新房，院子里的人齐声唱着：

松木的箭杆上拴着永恒的羽毛，

　　　　天上的经卷里印着雪山的祈福，
　　　　一生的恩爱中有着大地的祝福，
　　　　不散的婚姻里藏着互相的体贴。

　　下来是给送亲的娘家人也就是给陪同新娘的几个女护士敬酒，又让她们吃了些肉食和糌粑。人们在院子里又唱又跳，还没跳够，就听桑杰招呼道："走啦，走啦，都去吃酒席啦。"于是大家集体唱起了《婚礼歌》：

　　　　请你相信我，我会带你去远方
　　　　——藏族人梦里的香巴拉，
　　　　那里有宝石镶嵌的帐房，
　　　　那里有金子锻造的天梯，
　　　　天梯的一头亮着一盏灯，
　　　　那是可以走上去睡觉的月亮。

　　桑杰和晋美的摩托车分别带着新郎和新娘，医疗所的救护车和"沁多贸易"的卡车带着大家，走向了彩幡招展的尼玛村康。简化了的藏式婚礼就这样结束了，接下来是汉式习俗的酒宴。父亲看到饭店的金字招牌居然是"聚福海"，便问桑杰："跟西宁的聚福海没关系吧？"桑杰说："怎么没有？我给马福禄打电话，要他给聚福海的老板说，要是能把西宁最好的回族菜搬来沁多县，饭店的租金可以少要些。他们一听条件优惠就来啦。""噢呀，这件事办得好，不过聚福海是不能喝酒的。""我给老板说啦，婚礼嘛应该特殊照顾，入乡还要随俗，喜宴必须喝酒。老板说可以，但你得保证不能喝醉不能闹事。所以今天的酒一个桌上只有一瓶，喝完了就喝我们自己酿的青稞酒。""还酿了青稞酒吗？那我也得喝一点。"吃喝的中间，父亲插空向新娘素喜问起母亲的近况。素喜说："你们不是一直在通信吗，她没给你说？""她说最近的治疗效果还比较好，病情明显好转啦。""那就对了嘛。""我不相信，觉得她是在安慰我。""以前可能是，这次不是，我给你保证，真的好转啦。""太好啦，这么说痊愈有盼头啦？""但还是要有思想准备，毁容和肢端残废是免不了的。""噢呀。"晋美突然喊起来："里头怎么漆黑一片？"父亲走了过去。原来柜台里面放了一台电视机，晋美常去西宁进货，见过，就显能地过去打开了，但除了嗞嗞啦啦的声音和黑幕上的闪电，什么都没有。他又问走过来的老板。老板说："来了草原才知道，光有电视不行，还得有电视塔。"晋美说："那你一起带来嘛。"老板说："我有多大本事能带来电视塔？你带来还差不多。"晋美拍着胸脯说："好，下次吧，便宜的话我送你一个。"父亲哈哈一笑："也送我一个吧？"

　　果果和素喜婚礼后的第二天，赛马会开始了。老才让带着州委和州政府的所有领导出现在开幕式的出席台上，台前是一溜儿桌子，醒目地摆着"沁多贸易"准备的奖品，绸缎、毛毯、钢精锅、暖水瓶、哈达什么的。开幕式由喜饶主持，桑杰说了规则，老才让讲了话并宣布开始。顺序自然还是走马赛、障碍赛、劈刺赛、射击赛、捡哈达赛，最后是跑马赛。观众和参赛的牧人比上一次更多，但在各个项目中胜出的却没有一匹牧人的马，说明他们用草场换来的马都不是一流的好马。牧马场的那几匹良马——豹子花、青花马、黑骝马、枣骝马、雪骝马、小黄马、骅骝马表现依然不凡，基本锁定了各个项目的第二名和第三名，骅骝马还是走马赛的第一名。让父亲吃惊的是，有一匹模样酷似日尕的白额黑马垄断了障碍赛、劈刺赛、射击赛、捡哈达赛的冠军，而骑手便是阿旺。他好奇极了，想问问阿旺宗宗盆地还有多少这样的好马，这样的好马不参与良马培育那就太可惜啦。但阿旺显得很神秘，赛前绝不提前出现，比赛一完就会骑着白额黑马跑得无影无踪。他好像在躲避着什么，最后的也是最精彩的跑马赛正在做赛前准备，赛马们纷纷走向起跑线。父亲来到靠近终点的地方，把自己淹没在人群里，打算比赛一完就拦住阿旺。

　　牛角号吹响了，马蹄的敲打声骤然而起，烟尘弥扬着干燥的粉尘，一千米的距离迅速缩短着，被父亲调教过的豹子花格外耀眼，开始时跟小黄马和骅骝马在一条线上，两百米后开始超越，一超就是半个马身。但要是说它能拿到第一，就得画个问号了。跑在最前面的依然是阿旺，是白额黑马的身影，先是领先一个马头，接着是一个马身，之后就是几米十几米了，倏然到达终点时，后面最快的豹子花落它已有几十米。阿旺高兴地喊叫着："拉加啰，拉加啰。"父亲跳出人群，快步走向阿旺。奔跑的惯性让白额黑马跑出终点线一大截才停下，阿旺掉转马头，眺望着欢呼的人群，在胜利的喜悦中沉浸了片刻，就要离开赛场。父亲迎面喊道："阿旺请留步。"阿旺一看，顿时有些紧张，催马就走。白额黑马冲过来，差点把父亲撞倒。他闪向一边，发现白额黑马正在冒汗，汗水从肚子上流下来，落在地上居然是黑色的，再看马的鬃毛，浮了一层的汗沫子也是黑的。他说："我有事找你，你站住。"阿旺好像没听见，继续驱赶着马，马似乎很不情愿地朝前跑去。父亲追了上去，忽又拐向不远处的豹子花，一把从参赛者手里叼过了缰绳。他跨上豹子花，两腿一夹，使劲甩了甩缰绳。豹子花蹿了出去，敲响大地的蹄音就像急促的擂鼓，似乎在提醒白额黑马：我正在追你。白额黑马以为又是在赛跑，自动加快了速度，距离越拉越大。父亲意识到了追撵的徒劳，泄气地吹口气，突然一个念头闪过他的脑海：刚才白额黑马不是想撞倒自己，而是跑来跟他亲热的，但阿旺使劲拽着缰绳，马嚼子都歪到一边去啦。他急忙腾出手摸索皮袍胸兜，那里有从脖子上垂吊下来的铁哨。自从日尕离去，铁哨就像护身的嘎乌，没有一刻离开过他。他吹起来，嘐嘐的声音尖锐到刺人。只见奔逃而去的白额黑马突然扬起前蹄，一声嘶鸣，强行转过身来。阿旺又是挥鞭，又是踢脚，几乎把缰绳拽断，把马嚼子拽掉。白额黑马不听他的，转着圈，又是一声长啸。父亲大叫起来："日——尕。"日尕歪着脖子，扭来扭去地朝他跑来，铁嚼子被阿旺使劲拉扯着，在嘴角勒出了血，一路飘洒。它好像一直以为自己成为阿旺的坐骑是得到了父亲的允许，但这一刻它如梦初醒：不是这样，父亲正在追寻它，呼唤它，它离开父亲太久太久啦。

日尕跑过来几乎跟豹子花撞到一起。父亲一跃而下，跑过去撕住阿旺，把他从马上拽了下来。阿旺倒在地上，迅速爬起来，扑向了父亲。两个人扭打在一起，父亲显然不是他的对手，被他摁倒在地上，几乎掐死。日尕转身尥了一下蹶子，没踢着阿旺，歪过脖子来张嘴就咬，它咬住阿旺的皮袍，奋力一甩，阿旺便凌空而起，惨叫着跌落而下。父亲站起来，跌跌撞撞走向了日尕。日尕咴咴地叫着，弯下脖子让父亲抱住了它的头。人和马扭结在一起缠绵着，陶醉着，互相的抚摸就像一首柔情蜜意的乐曲，带着手的丝丝滑动，带着嘴唇和鼻子忽而急促忽而舒缓的摩挲，带着清亮的眼泪和久别重逢的激动。躺在地上的阿旺喘息着，慢腾腾弯起右手食指，放进了嘴里。唿哨响起来，开始是低沉的，渐渐清亮了，不一会儿便传来一阵阵响亮的鼻息。父亲抬起头，看到一匹翘着尾巴的黑母马出现在离他很近的地方。而日尕也把埋在父亲怀里的头举了起来，温情地望着黑母马，有些发痴。阿旺的唿哨还在持续，黑母马扭过屁股来，捯动着蹄子，开始撒尿，阴户渐渐翻出来了。日尕张大鼻孔，朝着父亲猛地吹了一下，仿佛是最后的决定，是告别，然后义无反顾地朝黑母马走去。父亲说："黑妖马？这就是黑妖马，日尕你回来。"日尕不听他的，作为一匹好儿马的忠主意识似乎瞬间被摧毁。他拿出铁哨就要吹，突然又停下了，心里一惊：盗马贼？只有最高超的盗马贼才能训练出这样的妖马。他走向阿旺。阿旺以为他是来打架的，赶紧坐了起来。

　　父亲说："你是阿旺，也是秋吉，你叫阿旺秋吉？你是大名鼎鼎的盗马贼，你的夹巴窝就是宗宗盆地？"阿旺不吭声。父亲又说："你把日尕的枣红色染成黑色，又在额际涂上白斑，就以为别人认不出来啦，太把人当傻子了吧？"阿旺哼哼一笑，轻蔑地说："我参加了多少次比赛你才认出来，还说自己不傻。"父亲说："别再玩什么花招啦，今天日尕和你都得跟我走。""恐怕都不能跟你去。冰雪不化是占了地势高，河水不枯是占了雨水多，好好听着，我是攥着宝剑砍断苦难的人，只有我和日尕才能帮你的忙。""你能帮我什么忙？""草原败了是不是？牛羊太多了是不是？但对草原破坏最大的并不是牛羊。""这个还用你提醒？是马群。""马群怎么办？牧人从牧马场换来的马那么多，卖是卖不出去的，总不能杀掉卖肉吧？藏族人不吃马、驴、骡肉，一般汉族人也不吃。"父亲冷笑一声："我都没办法的事，你一个盗马贼会有什么办法？""看山不一定是山，是云彩；看水不一定是水，是镜子。盗马贼可不是一辈子盗马，我有的办法世人都没有，要是把牧人的马群带到别处去的办法不是好办法，那你今天就把日尕带走。""说得轻松，你想带就能带走？牧人们怎么肯放手？""要是让牧人都知道了我再带走，那我算什么盗马贼？悄悄的，夜深人静，连藏獒都不惊动，等第二天牧人发现时，马已经不见啦。""成千上万匹的马，你没有这么大的本事。""日尕有。""嗯？""知道我为什么要骑着日尕来参加赛马会吗？赛马会的第一不光人知道，马也知道，对不对？"父亲点点头："说得不错，马有马语，再说还能闻，第一名的味道、最强健的儿马的味道，跟别的儿马不一样。"阿旺又说："既然这样，就不会有哪个儿马敢跟日尕对抗，牧人更不会拒绝赛马会的第一名进入他的马群，因为还想让自家的母马怀上第一名的马驹。""没错，日尕很快就会成为头马。""会成为所有马群的头马，然后……""再让日尕带走所有的马群？"阿旺得意地笑着："怎么样，还要不要我和日尕跟你走？"父亲说："也许日尕能做到，但要是把那么多马都带到宗宗盆地，宗宗盆地也完啦。""宗宗盆地前面是什么？你不是也去过吗？"父亲想起了一片突兀而起的红石林和那行虽经风化却依然清晰可辨的藏文，脱口而出："丹玛久尼？"他突然意识到，日尕的消失，似乎不是为了让他收获悲伤、迷茫和绝望，而是为了让他知道世上还有个叫丹玛久尼的无人区，能让他从马群破坏草原的困厄中解脱出来。

父亲朝两匹马走去。黑妖马一见陌生人正在朝自己靠近，警觉地后退着。日尕跟着它，不时地回头歉疚地望望父亲。父亲停下了，心说当初是老才让用马匹换走了牧人的草场，现在想利用黑妖马和日尕把马群偷偷带走的，是不是还是他？他突然大声问："阿旺你听着，要想让我成为你的同谋，你必须给我说实话。"阿旺说："噢呀，我就喜欢说实话。""你跟才让书记是什么关系?""山和水的关系,水靠着山流淌,山靠着水滋养。""比如呢?""我知道哪里有金子,我给他指点金矿,他给我宗宗盆地,他靠我发财,我靠他活着。""我想不明白的是,你要那么多马干什么?"阿旺摇摇头说:"我也不知道,我问过自己,也问过雪山大地——为什么喜欢当盗马贼,为什么喜欢马就像喜欢自己的命,为什么非要让日尕把牧人的马都带到丹玛久尼无人区?得到的回答是一阵呜呜呜吹过草原的风,风的意思谁又能知道呢?""看来你是天生的盗马贼,本性如此,而才让书记却一直在保护你。""噢呀,他保护我是为了得到金矿,现在轮到你保护啦,你保护我是为了让我把马群带出阿尼玛卿草原。"一段长时间的沉默。父亲不知道该怎么办了,坐到地上,埋头思考着。等他感觉到四周一片安宁,倏地抬起头时,阿旺和日尕以及黑妖马已经不见了。他平静地望着远方,意识到主意其实是早就有了的:放他们走。

第十六章 日孕

月亮出来了，爱正在庆祝重生，
扎西德勒变成了帐房的宁静，
变成了鼾息中色彩斑斓的梦，
两只藏獒穿过月光，走向羊群。

1

冬天的来临有些羞羞答答，第一场雪飘了几朵，似乎能数得过来，然后就又是晴天，是寒冷的阳光照耀下的苍茫草原。人们把自己委身在清透而可以触摸到冰凉的空气里，一次次用牛粪火燃亮夜晚，燃亮一种没来由的绝望和跟绝望不搭边的希望。第二场雪下了不到一天，远远近近的山慢慢地沉向青白色的深渊，之后便什么也看不见了。没有星星的夜晚让天幕显得不再遥远，风，一种猛烈流动的空气让人心更加窒息，因为牲畜在死亡，大面积的死亡发生在不该发生的时候，还没到最冷的节令，它们就已经这样了，人也好雪山大地也好都不能挽救它们。牧草匮乏的草原让它们轻飘飘的，比空气还轻，倒下去的不是肉体，而是皮毛包起来的骨架。天又晴了，似乎是为了让它们的主人更清晰地看到财富的失去，看到由他们自己酿成的草原的悲剧。比往年加倍活跃的野兽在堆垒的食物面前骤然失去了猎逐的兴奋，懒洋洋地走，慢悠悠地吃，不是站着吃，是卧下来吃，不是抢着吃，是让着吃。牧人们悲叹着，哭泣着，无奈地祈祷着，把祈福真言念得冲破了天，把头磕出了青紫的肿包，恨不得把滴血的心拿出来让雪山大地看看：难道我们虔诚得还不够吗？接着又是一场雪，是叫嚣着扑下来的狂雪，是意图吞噬一切、灭亡生命的大雪。大雪下了一个

595

星期，牲畜的死亡让日子失去了任何滋味。父亲奔走在雪原上，到处查看灾情，一遍遍地问：死人了没有？牲畜的死已经不算什么啦。没有本事天马行空的三菱越野让他几次受困，刨雪，挖堵，寻找周围的牧人推搡抬出，好不容易开动了，又被雪坑陷落了。他干脆丢下汽车，带着朗噶步行前往沁多县。

风大得掀天揭地，就像一把把坚硬的铲子，铲向了所有的雪山。雪崩发生了，轰隆隆隆的，如同惊雷滚地，万丈雪浪席卷而来，冲垮、淹毁了一切。沁多县因为处在暴风雪的活跃带上，成了重灾区，死人的消息接连传来，失去了牲畜和帐房的灾民被集中到了县上，等待父亲的首要难题便是如何安置灾民。县长喜饶说："有十几户的草场就在雪山下面，现在雪山挪了个位置，草场没有啦，不可能回去啦。可要在别处给他们重新划分草场，简直比登天还难，怎么办？不行的话就安排到外县。"父亲说："其他几个县的草场只能比沁多县更紧张，自己县的灾民自己安置，不要推给州上。"喜饶几乎要哭了："怎么办呢？总不能让他们一直住在县委礼堂吧？"父亲说："当然不能，安置是安置他们今后的生活，不光是安置个挡风避雪的地方。""今后的生活，这个怎么安置？""州县两级每年都有救灾款，今年的灾难是前所未有的，一定要增加。""县上的救灾款已经研究过啦，会及时发给牧人，肯定比去年要多些。""发给牧人干什么？尼玛村康里什么都能买到，就是买不到草场，买不到生活的地方。"喜饶踩着靴子说："强巴老师啦，我好不容易把你盼来啦，你就别再绕来绕去啦，有什么办法赶紧说。"父亲脸上的皱纹扭曲着，纵横在上面的除了悲伤和惊骇，还有无奈和疑虑："我还没想好，还不能说。""什么时候能想好嘛？""你等等，一个小时后我找你。"

父亲来到尼玛村康，在办公室里见到"沁多贸易"的董事长桑杰："又来给你添麻烦啦，不欢迎的话就赶紧叫人把我赶走。"桑杰请他坐下，倒了酥油茶说："等麻烦完了再赶也不迟，什么事你说，不要客气。""扎西平措的那一片房子你们卖不卖？""我不是房子我不知道，你说呢？卖就卖吧，反正是空着的。""不要听我说，我现在跟'沁多贸易'没有一丁点关系。"桑杰犹豫着："谁是买主？""灾民。""灾民我知道，他们的牛羊草场都没有啦，拿什么买房子？""钱是公家出，但出的肯定不会多，你们恐怕要亏一点。""你是公家人，你给公家办事，我是'沁多贸易'的人，给'沁多贸易'办事，我要是不同意呢？""那我就求你呗，把账赊着，以后想办法再补上。"桑杰叹口气，接着又笑了："你还是别求我，也别说赊账的话啦，房子你拿走，给多少算多少，我这个人当不了见人要钱的债主。""这样不好吧？""什么好不好，你明明是知道我的，不然你不会来找我。""那就谢谢啦，我尽量让你们少赔一点。"

那是一片三四间为一户的房子，真是天作之合，刚够安排那十几户被雪崩夺走了家园的牧人。父亲喘了一口气，心说不知道他们习惯不习惯，不习惯也不行，这是目前能想到的最好的安置。他记起了香萨主任的话：大风抹去忧愁的日子不会远，雪山开花时你的办法就有啦。莫非雪山真的会开花会绽放，比如雪崩？他觉得自己曾经的理想是让草原上的孩子都上学，可是朗噶却说，要是上完了学还当牧人，上学干什么？他说得没错，学校毕业了再去放牧，从学生的角度讲放牧是浪费，从牧人的角度讲上学是浪费，不浪费的办法好像只有一个，那就是做城里人，在城里工作，在城里生活。至于牛羊，就目前的阿尼玛卿草原来说，是不是也可以不养？畜牧厅的人说：青藏高原生态脆弱，任何人为的干预只会适得其反，只能等待草原自我完善，牧草自动恢复。而角巴的想法却是这样的：让牧人听他的，把他们迁走，迁到有活路的地方去，把草原只留给一直都在关照它的雪山大地。父亲想着，胸腔里不禁激荡起一股热流，一个曾经多次想过却无法确定好坏以及可行性的念头又一次雪山霞蔚般冉冉升起，忽又变成叠加的阴云慢慢下沉着。

雪灾过去了，草原因为清亮和辽阔而更加冷寂，一首没完没了的悲歌在风的推动下颤抖不止，太阳冻得有些苍白，连光线都像是漂洗过的。父亲来到尼玛村康六楼的聚福海，指着柜台里的电视机对老板说："这个东西放在这里就是个摆设，能不能卖给我，便宜一点？"老板说："在你那里就不是摆设了？""也还是，但我就需要这个摆设。"父亲花三个月的工资买下了这台旧电视机，又等了一天，才看到朗噶把丢在雪野里的三菱越野开了回来。父亲问："你累不累？能不能连夜出发？"朗噶说："强巴书记啦，不是我累，是路滑得很，黑天不能走，我得为你的安全负责。"

　　雪路比想象的还要难行，三天后的一个傍晚，父亲才回到州上。他让朗噶抱着电视机，来到老才让的办公室。老才让站起来说："啊嘘，你把什么搬来啦？"待朗噶走后，父亲坐下来说："阿尼玛卿草原唯一的一台电视机，我给你买来啦，你看看，有没有用？""这种东西我见过，西宁宾馆里每个房间都有，能看新闻，还能看电影。""对着哩，想看什么都行，还能看到阿尼玛卿草原正在发生的事情。可是在我们这里，这么好的东西会变成一堆废铁。"父亲插上电源，扭动了所有的按钮，里面除了黑暗就是噪音。"看见了吧？这就是电视机在我们阿尼玛卿州的表现，原因是什么？缺个电视塔。""那你买来干什么？""送给你就是希望你造个电视塔，它就是照亮千家万户的太阳。""那得很多钱吧？""钱少的话我能找你？你是一个有魄力有见识的人，你得让阿尼玛卿州的人说，有了才让书记才有了草原的电视。但要是大家知道强巴副书记自己掏钱买了电视机，希望才让书记修建电视塔，才让书记却置之不理的话，你的名声可就不如我啦。""不如就不如，我偏不建。""真的？那我就把电视机搬走啦。"父亲站起来，把电视机抱在了胸前。老才让说："放下，你还没说正事呢，灾情怎么样？"父亲放下电视机，一声长叹："灾情没什么可说的，我今天是来摊牌的，很可能你会把我一脚踢出去，那就算是我来向你告别，回去继续当我的牧人或者商人。"

　　这是一个寒风凌厉的日子，就算待在炉火燃烧的办公室，也还得皮袍裹身。父亲把进门时脱下的右臂袖子穿起来，抄着手，平静而简洁却非常有力量地说起了他思考已久的想法：建一座城市，分十年把阿尼玛卿州全州六县所有退化草场上的牧人搬迁到城里。城市就建在沁多县，那里有阿尼玛卿州海拔最低、地势最平坦辽阔的县城，那里交通方便，离沁多学校最近，离阿尼琼贡也最近，那里已经开始建造牧人住宅区，叫扎西平措，桑杰应该算是第一户由纯粹的牧人变成的市民。今年扎西平措又盖起一片房子，又搬进去了十几户牧人，虽然他们迫于无奈，是被安置的灾民，但因为草场已经失去，他们就只能永远住下去啦。老才让起身，趴在办公桌上，朝对面的父亲闻了闻："你没有喝醉吧？"父亲没有回答。老才让说："那就是还没有睡醒，做梦呢？"父亲轻轻一笑。老才让说："你觉得谁有本事盖那么多房子，政府吗？""政府和个体企业都可以盖，扎西平措出现的房子，算是'沁多贸易'最初的房地产开发，安置被雪崩夺走了家园的牧人，可以看作是十年搬迁计划和阿尼玛卿草原牧人城市化的开端。今后还会出现大批被灾难被草原被他们自己剥夺了放牧权的牧人，出路也只有一个：进城市，做市民。""想得不错，牧人都是野惯了的，谁愿意当市民住房子？""那要看城市对他们到底有多大吸引力，要是超过了旷野放牧，我就不信他们不来。""可你拿什么来吸引？出门碰墙，抬头见梁，狭窄得连个放屁的地方都没有。""尼玛村康、饭店商铺、电视塔、医院、学校都可能成为吸引力。""我问的是他们干什么吃什么？喝西北风就能喝饱肚子吗？""这个我还在想，出路总是有的，可以大办养殖场，把牛羊圈起来养，可以搞畜产品的深加工，生产酥油、奶粉、各种奶酪、牦牛肉干、各类牛羊皮制品。阿尼玛卿有大量的药材，好好经营的话不比养牲畜差，药材价格现在猛涨，冬虫夏草过去不值钱，现在的收购价是一根五块钱。还有藏式手工艺品，氆氇、藏刀、靴子、帽子、铜器、银器什么的，牧马场不是有金矿吗？一两金子多少钱？打造成金项链、金手镯、金戒指后是多少钱？翻三倍都不止。"老才让摆摆手说："我相信这些你都能搞起来，但牧人都进了城，草原怎么办？抛弃不管啦？""不是抛弃，是让它静养，睡觉，慢慢恢复。""多长时间？""有的地方至少三年，有的地方需要五年或者更长的时间，个别地方两年就可以。""然后呢，再让牧人搬回去，把牛羊繁殖起来？""不是简单的重复，将来都应该是规范草场，有限放牧，也就是根据草场质量制定不同的标准，比如有的草场十亩能养活一只羊，有的十亩能养活三只羊或者更多，能养活一只羊的，隔一年采食一次，能养活三只羊的，每年只能放进去一只，剩下的让给野生动物。千亩草场为一小块，万亩草场为一中块，十万亩草场为一大块，再往上就是特大块，把整个阿尼玛卿的草场都细分一遍，再根据每年的变化做出调整，今年哪里能放牧，哪里不能放牧，哪里人能去，哪里人不能去，全都要清清楚楚，而且要写上承包牧户的名字。"说得轻巧，谁来制定这个标准？谁来搞清楚？""政府啊，畜牧科学工作者啊，不然要我们这些人干什么？除了制定标准，还要制定规章制度，随时检查，照章办事，违背者，给他讲道理，督促他改正。""那要是人家不改正呢？""没有不讲道理的牧人，这个我知道，就看你怎么给他讲啦，讲一遍不行，讲十遍八遍不行吗？我在牧区工作，就是不停地给牧人讲道理，关键是你自己得掌握道理，你为他们好，他们也许当下看不出来，但总有一天会明白的。""我都看不出来好，他们能明白什么？又折腾别人又折腾自己，这种事我不干。""那你可以让别人干嘛。""你这是撞了南墙再撞北山，承包草场你积极，卖牛卖羊也积极，种植牧草还积极，丢掉不管更积极，你这个人，我都没办法说。""那就不要说啦，就说这件事，建一座城市，实施十年搬迁计划，是不是挽救草原的唯一办法？""别逼我，我不说，我是一把手，能随便说吗？""才让书记啦，要是你觉得这不是唯一行得通的办法，或者你觉得要是没有别的办法也可以不干，那我不就是占着茅坑不拉屎啦？""听你的话你想撂挑子？行啊，打个辞职报告，我替你交上去。"父亲苦涩地一笑："你这是在逼我，辞职报告我不打，有什么问题你给上面反映。"老才让厌烦地挥了挥手："我当然要反映，你走吧。"

父亲回到家时达娃正在做饭，暖融融的空气让他浑身一阵松弛，似乎只要说出自己的想法，管用不管用，都会轻巧起来，连脑袋都好像减去了不少分量，照照镜子，脸上也光润了许多，那种皱起眉头为草原忧患焦虑的模样一下子没有了：不是我无能，是一把手不让我发挥出来，那有什么办法？达娃问："你高兴什么？""你怎么知道我下乡回来啦?"两个人都没有回答对方的问题,在父亲是不知道怎么解释,在达娃是不想让父亲知道,作为掌握父亲行踪的办公室主任昭鸽,经常会电话告诉她父亲去了哪里在干什么。达娃说:"我提前下班了一会儿,先去街上买了肉和菜,今年的牛羊肉怎么这么瘦啊?一点膘都没有,猪肉是从西宁运来的,又不新鲜,我买了一只鸡,你吃吧?""你吃不吃?你吃我就吃。"父亲的意思是牧人原本不吃鸡,但今非昔比,要是达娃吃,他也吃。达娃说:"我吃,在部队时,只要下乡演出,老百姓慰问的都是鸡。"又说,"水烧好啦,你先洗洗吧。"父亲提了一壶热水,把自己关在卫生间,洗了澡,换了衣服,出来时,饭已经好了,是鸡汤面,外加两个炒菜:辣子鸡丁、红烧鸡块。他坐下,看到跟饭菜摆在一起的还有几封信,便撕开看起来。都是母亲的信,虽然每封都不长,但对父亲来说,这是唯一绵长的东西,绵长而起伏,就像岁月本身,就像山的姿影。"师母她怎么样啦?"达娃的声音也有些绵长,是那种柔柔轻轻的绵长,害怕惊扰了父亲内心的安静。父亲说:"每次信里都说好一些啦,我想肯定是在骗我,为了不让我担心,上次在果果的婚礼上见到素喜,她说真的有好转,我高兴了好几天。""这就对了嘛,我就不信好人会没有好报。"饭罢,达娃洗了碗,又烧了一壶酥油茶灌在暖水瓶里,拌了些糖糌粑放在一个大铁碗里,叮嘱父亲别忘了吃早饭,就回自己宿舍了。父亲趴在桌子上给母亲写了回信,脱了衣服上床,脑袋一挨枕头就睡死过去。

第二天父亲没去上班,身心一下子放松了,就感觉很疲倦,还想睡,老才让打来电话说:"你去哪里啦?昭鸽说你办公室没有人。"父亲问道:"有事吗?""两件事,一是电视塔谁来建,怎么建,位置在哪里你要尽快定下来汇报,二是有人反映最近牧人的马群丢失严重,我已给公安局说啦,你过问一下,到底怎么回事?"父亲出了门朝公安局走去,半路上接到桑杰的电话,说前个时期洛洛来了一趟,看了晋美商店,出了些主意,他们觉得主意不错,就装修了一番,招了几个人,挂上了"德吉家格桑花酒吧"的牌子,仍然由晋美负责,下个星期开张,希望父亲出席开业典礼。父亲说:"我刚回来,不想再去啦，你找喜饶县长，就说我说的，让他出席一下。"父亲在公安局门口见到局长，局长正要去马群出事的现场，两个人就站在冬日的阳光下，迎着寒风说起来。局长说："我们也接到过牧人的报案，正在调查，好像还不是牧人丢失了马群，而是马群不理睬牧人的驱赶，跑到别人家的草场去啦。""那就再赶回来呗。""不好办，混群啦，扎西家的跟尼玛家的混在一起，两家的又跟巴桑家的和多吉家的混在一起，现在越混越多，越混越乱，马群大得从来没见过，已经分不清谁是谁的啦。那么多马朝着有草的地方跑，疯了似的，谁能拦得住？强行拦截的话会踏死人的。"父亲吸了一口冷气说："都往哪里跑啦？""天天都有动荡，目前还不确定，方向是玛沁冈日，再往前就是宗宗盆地。""原因是什么？""不知道。"父亲想了想说："拦不住就不要拦啦，说不定是一件好事，总算把草场腾出来啦。""可是牧人的损失怎么办？""你还可以这样想，马不能宰杀，又卖不出去，什么也换不来，说是财富，其实不是，就好比你头上戴了顶铁帽子，明明不舒服，还舍不得扔掉。想明白了就知道，走失马群不仅不是损失，反而是挽救损失。""道理是对的，可牧人不明白，乡里县里天天有人报案，我们要是反应慢了，才让书记就会打电话来。""那就以保护人为主，你刚才不是说了嘛，前所未有的大马群谁也拦不住。我走啦，得去修建电视塔啦，可是我不知道我们州上谁对这件事懂行？你懂不懂？"局长说："你得问问省电视台。"

三天后，电视台派来了两位工程师和几个技术员。父亲让自己分管的交通局接待，并协同勘查修建电视塔的地址。父亲说："最好修建两座电视塔，一座在州上，一座在沁多县。"老才让说："不行，只能修建在州上。""为什么？""因为没有人会赞同在沁多县建造一座城市，然后对牧人实施十年搬迁计划。再说了，沁多县建了别的县怎么办？""都建。"老才让挥手否决了，过了一天又打电话说："同时建两座电视塔是不可能的，没有那么多钱，到底先建在州上还是先建在沁多县，我把决定权给你。""真的？才让书记可不能反悔。"父亲毫不犹豫地说，"那就定在沁多县吧。"

阿尼玛卿草原上，大马群疯狂的动荡和聚合持续了将近两个月才结束，其间父亲三次找到大马群，看它们时而移走时而奔涌的身影就像冰崩后雪山的移动，就像山体大面积的滑坡在尘埃的掩护下隆隆而去。有那么一个瞬间，他居然看到了日孕，本能地摸了摸胸前的铁哨，又没有吹响。他目不转睛地盯着它，悄悄地不想以任何方式打搅它。日孕正在专注地工作：扬威，嘶鸣，奔逐，驱赶，爬跨，斗狠。不错，这就是一匹优秀儿马的全部工作——争当一匹统治一切、号令全体的头马。虽然众马也知道日孕是多届赛马会的第一名，虽然作为一匹强健勇武的一等儿马浑身散发着一股独有的霸气横生的雄性气息，虽然它的每一次奔跑、每一回打斗、每一个直立而起的动作，都会引起母马又惊又怕的爱慕，都会诱使它们带着情欲的冲动活蹦乱跳、主动靠近，但许多已经成为小群头领的儿马还是依照本能做了激烈的反抗。失败是必然的，为了必不可少的失败所进行的竞争显得既悲壮又凄凉，因为迎接它们的不光是败北和丢脸，还有再也无马理睬的孤独和随时都可能被逐出马群的提心吊胆。日孕赢了，一次次地打赢了那些不服气的儿马，让所有的儿马和母马都感觉到了力量的存在、首领的威慑和名望的崛起。它们愿意跟着它，服从它，愿意在它的麾下做任何事，包括离开原来的主人、原来的草场，而这正是日孕的意图，或者说是盗马贼阿旺秋吉的意图。父亲跟着它们走到了宗宗盆地，又进入了丹玛久尼无人区的地界，然后让三菱越野停下，站到山包顶上，望着大马群远去的身影，望着一个轰轰烈烈的马的世界在尘烟的裹挟下渐渐消失在暮色的苍茫里，望着日孕的庞大部落就像壮阔的梦幻、绮丽的景观，和晚霞的辉光连接在一起，他感到一阵不舍的悲伤，又感到一阵舍去的轻松——终于消失了，草原的负担，雪山大地的负担。这时他看到阿旺骑马朝他走来，吃惊地问道："你的黑妖马呢？哦，对了，它肯定在最前面，不然日孕也不会跟着去。可是，你怎么没走？"

　　阿旺来到父亲身边，没有下马，那样子像是马上就要离开。父亲问："丹玛久尼无人区到底有多大？"阿旺说："阿尼玛卿草原跟它比起来就像弟弟，我曾经吃光了一牛肚糌粑而没有走到头，害怕走到月亮上去，就又回来啦。"父亲有点累，坐下来，仰望着马上的阿旺说："现在除了你和我，再没有第三个人知道大马群去了哪里吧？""噢呀。""我们现在唯一要做的就是保密，不告诉任何人大马群的去处，也不告诉别人丹玛久尼无人区的存在。""噢呀。""保密当然不是为了我们，是为了雪山大地，我们不能让雪山大地怪罪下来：这个阿旺和强巴怎么出卖了上天的秘密？"父亲觉得这是一个对方必然会接受的理由，期待地打量着那张狭长的面孔和几乎不长眉毛的眼睛。阿旺却说："我已经是一个有罪的人啦，罪多不怕怪。雪山大地盯着的只有你，你可要小心点。""光是一个盗马贼的罪，算不了什么。"父亲说着，突然意识到，日尕已经带着大马群走啦，他给阿旺默许的自由也该结束啦，不能再让这个欠了三条人命的凶手逍遥法外。可是有什么办法控制住他呢？他不仅身量高大，肯定还有一个盗马贼敢于拼命的不凡身手，光靠他和朗噶恐怕很难对付。父亲站起来说："你改天再走吧，我有些事还想请教你，妖马是怎么培养的？良马的配种光有最好的儿马还不行，可我眼力差，相不出一等的骒马，有时看着都好，有时看着都不好，你帮我相相，我们现在就去牧马场的场部。"阿旺呵呵一笑："你的配种我已经看过啦，好得很，都是一等的儿马跟一等的骒马配，年齿、马种、大小、胖瘦、高低，都挑不出毛病，一看就是行家，要是我还在盗马，就一定先把你那些怀了驹子的骒马盗走。"父亲说："最大的遗憾就是没有让日尕留下种子，我想让你挑一匹骒马带走，等它怀了日尕的驹子你再还给我。求求你啦，跟我走吧。"阿旺扫了一眼山包下靠着车头打盹的朗噶说："我来找你，就是要跟你走的，不用你求。"父亲一愣："太好啦，那就走吧，天已经不早啦。"他带着阿旺走下山包，来到三菱越野旁边说，"你坐车我骑马，我好长时间没骑马啦，想过过瘾。"阿旺说："骑马太慢啦，最好我们两个都坐车。""马怎么办？"阿旺下马，从马褡裢里拿出一个鹿皮口袋塞到皮袍胸兜里，然后解开马肚带，把鞍鞯掀到地上，一拳打在马身上，"去吧，你还能追上马群。"父亲诧异地望着阿旺，拉开车门，请他上车。马意识到自己跟主人就要分别，不情愿地打着响鼻，过来用鼻子吹吹他。父亲说："好马。"

天色暗下来，车窗外的景色渐渐消隐，雪山的轮廓像一些飘晃的曲线，勾连着青灰色的堆垒在一起的云天，地表上所有的耸立都被夜影吞没，风梦呓般地呢喃着。父亲和阿旺东一句西一句地聊起来。阿旺说："这些年，我给牧马场提供金矿，金子变成的钱，办了不少事情吧？""数不过来，沁多学校、沁多县医院和尼玛村康都跟金矿有关。""开始两处金矿是我无意中发现的，后来我除了放马，就在草原上到处跑，又找到了几处，都献给了牧马场，算不算功德？""当然算。"阿旺叹口气又说："我培养妖马，引诱日孜，再让日孜领着只有坏处没有好处的马群离开阿尼玛卿草原，算不算功德？""肯定也算。"阿旺庆幸地点点头："那就好。我发现了宗宗盆地，把它开辟成牧马场的牧场，算不算功德？""没问题，算。""我又发现了丹玛久尼无人区，想把它献给已经失去了草原的牧人，但是你说不能说出去，这样的话是不是就不算功德啦？""不献给牧人比献给牧人功德更大，献给的话几年后丹玛久尼无人区就又变成阿尼玛卿草原现在的样子啦，不献的话牧人就会想别的出路，说不定以后就是城市人啦。""这么说我至少有四大功德：献金矿、救草原、送牧场、守秘密。""噢呀，说得没错。""功德能不能抵罪？""能啊，怎么不能？""我的功德能抵多少罪？""那要看什么罪。"阿旺用哀伤而谨慎的口气问："害死人的罪呢？""你害死过人？""害死过三个人。"父亲夸张地惊讶着："啊啧啧，这种事怎么能乱说？""我不是乱说，我给才让书记也这样说。""你是说才让书记知道你害死过人？""他一直在保护我。""不一定吧，他好像不知道牧马场的阿旺牧工就是盗马贼秋吉，一直在督促警察查找抓捕你。""他是想让我知道警察不会放过一个害死了人的大盗马贼，我越是感到危险就越会依赖他的保护，他也就会得到更多的金矿。""你还知道有多少金矿？""还知道七八处有金子的地方，就是不能确定金子到底有多少。""你打算什么时候告诉他？""不能再告诉啦，多养牲畜会毁掉草场，乱挖金子也会毁掉草场，要是满足了人的所有贪心，我就一点点功德也没有啦，来世怎么办？""也好，那就给谁也不要说。""强巴书记啦，我给你说了实话，心里宽展多啦。你打算把我怎么办？放掉我，让我去丹玛久尼无人区跟大马群在一起，还是要把我交给公安局？""你说呢？""请按你的心愿随便处置吧，我不会乞求你。"父亲盯了一会儿窗外的黑暗，垂下头说："我还没想好，先带你去一个牧人家，吃点糌粑喝点酥油茶，然后再说。"阿旺睡着了，过了一会儿，父亲也呼呼睡去。朗噶狠狠地拍了一下头，自语道："我可不能睡。"但很快他就停了下来，趴在方向盘上，打起了呼噜。

第二天下午，三菱越野来到了角巴家的帐房前。三个人刚一下车，小藏獒当周就咆哮而来，冲着阿旺扑了过去，似乎它知道他是个坏人。父亲赶紧抱住它："我领来的人你怎么能咬？"当周朝父亲吼了一声，像是说：我连你也得咬。它张嘴噙住了父亲的手腕，却没有咬合，舔了几下，又放开了。索南跑过来迎接他们，先朝没见过面的阿旺弯了弯腰："你好，你好。"又面向父亲和朗噶，连声问好。父亲说："好着呢，角巴阿爸好吧？米玛阿妈好吧？格列好吧？尼玛和旺姆好吧？你好吧？家里的牲畜好吧？草场和帐房好吧？"索南指着帐房说："我们这里好不好你的眼睛能看见，你们那里好不好，得请你坐下来慢慢说。"角巴领着格列走出了帐房，米玛和旺姆提着奶桶从拴着牦母牛的挡绳那边走来，大家一起向父亲和两个客人问好。父亲问："尼玛呢？"索南说："放牧去啦。""你怎么没去？""雪灾过后没剩下多少牛羊，我去干什么？""我早就说过会这样嘛，你还不信。尼玛去哪里放牧啦？"索南说："有草的草场已经不多啦，就是赶着牛羊走一走，以后的日子怎么过，强巴阿爸啦，你不能丢下我们不管。"牧人索南一般不说灰心丧气的话，但今天他说得眼泪几乎掉下来。父亲想：让他流流泪也是对的，谁让他疯狂地繁殖，不顾一切地增加存栏率来着？而且他还是乡长，追究起来他也是有责任的。父亲过去，抱起格列亲了亲，对角巴说："今天的客人，你好好招待的要哩。"角巴假装不高兴地说："客人来了自然要招待，但在心里，我还是会把毁掉草原的人和客人分开。"父亲说："有罪的人开始悔罪啦，该是帮帮忙的时候啦。"人们朝帐房里头走去。米玛走在后面，拖拖父亲的皮袍袖子，小声问："这个客人是干什么的？"父亲说："放牧的。""叫什么？""阿旺。""阿旺？"

2

晚饭很丰盛，有手抓，有果仁糌粑，有酥油炸洋芋，有羊肉粉汤，有酸奶和酥油茶。角巴开了一瓶青稞白酒，倒在几只有金龙图案的细瓷碗里，让大家随便喝。父亲自然是不喝的，喝得最痛快的是阿旺和索南，还有放牧归来的尼玛。米玛说："我也想喝啦。"端起酒碗，一口气咕了半碗。旺姆说："阿妈怎么啦？从来没见你喝这么多酒。"角巴也说："男人喝酒为了高兴，女人喝酒为了忧愁，你有什么事吗？"看米玛摇头，又说他们最近去了一趟生别离山医疗所，送了些新鲜酥油和蕨麻，米玛是一路哭着回来的。父亲问："见到苗医生啦？她怎么样？"角巴说："她不是为才让的阿妈一个人哭，她是为所有的病人哭。"父亲说："这就对啦，藏族人的眼泪永远都是为别人流。"又问索南，"你想不想普赤？"索南说："怎么不想？想也是白想。"父亲问："为什么不去西宁看看她？"索南说："她说分到了房子就让我去，我就祈祷雪山大地别给她分房子，真是害怕呀，我是个没出过远门没进过城的人。"父亲说："这个不用怕，到时候让江洋带你去，他每个月都得回家一趟，梅朵规定的。"索南说："噢呀，我也这么想，路上有亲戚带着，进了城有梅朵陪着，还有洛洛和央金，他们肯定不会不管我，但我心里还是不高兴，我的女人只有回到草原上我才放心。"父亲说："不可能，她已经大学毕业，在城里又有一份喜欢的工作，回来干什么？"索南说："回来养娃娃。"父亲问："女人就是养娃娃的？"索南说："还可以背水挤奶团牛粪。"父亲说："你让一个有大学文凭的人背水挤奶团牛粪，十几年的学白上了吗？"索南懊悔得揪揪头发："早知道是这样，我就不让她上学啦。""你办不到，让普赤上学是角巴和我的主意。"索南沮丧得唉声叹气。父亲说："普赤是往上走，你是往下走，不能让她迁就你，你得想办法改变自己。"索南说："往上走有什么好？水都是往下走的。"父亲一时语塞，突然就担忧起来：凭他这个样子，以后怎么跟普赤过日子？一点点相似的地方都没有嘛。大家沉默着。喝多了酒的阿旺哼哼唧唧唱起来：

> 我偷拿抢夺的祸害人知道，
> 我半夜三更的怜悯天知道，
> 我是夹巴窝里出色的强盗，
> 我也曾祈求雪山大地关照。

　　米玛再次端碗喝了一口酒。父亲突然想：为什么要带着这个人来这里？难道就是为了让米玛认出他来？然后把他交给公安局？要是认不出来呢？要是她真的相信盗马贼秋吉已经死了呢？是不是就可以放掉他？毕竟丹玛久尼无人区的大马群在成为野马之前，还需要人的关照，而他是唯一能够接近大马群的人。父亲说："米玛啦，这个人对我说过，盗马贼秋吉已经死啦。"米玛瞪着阿旺不吭声。角巴问："你看见啦？"阿旺说："草原上的百灵鸟看见啦，说是盗马回来的路上被马踢死啦。"角巴说："踢得好，什么马能踢死盗马贼，是不是日尕？"父亲正要回答，阿旺抢先道："是的，踢死他的儿马就是日尕。"米玛说："可惜啦，可惜啦，我天天想着怎样杀了他。"父亲说："雪山大地保佑，千万不要这么想。"米玛说："他害死了我阿爸我阿妈我哥哥，我不杀他对不起他们。"阿旺说："你不能杀他，你杀了他你就有罪啦，你得抵命。"米玛说："抵命就抵命。"阿旺说："这样的话就等于他又害死了一个人，你更划不来啦。""我看着他死我就高兴，能让我高兴就划得来。"米玛说着站起来，从皮盘上拿起了吃肉的藏刀。阿旺说："也许你错啦，不是你想的那样，一个盗马贼不会平白无故害死人的。"米玛尖叫一声，用刀指着阿旺吼起来："我怎么会错？不

608

要以为我认不出你，世上再没有一个人的脸比你更窄更长，也没有一个人的小眼睛上不长眉毛，除非他得了麻风病。"反应敏捷的阿旺噌地跳了起来。米玛举着尖刀扑了过去。阿旺一闪，拧住米玛的手腕夺过了刀子，动作麻利得谁也没看清楚。米玛还要扑。阿旺转身冲向了门外。角巴紧紧地抱着格列，用屁股蹭着地面往后挪着。旺姆扑向供奉在帐壁中央的代表雪山大地的吉祥如意宝，跪倒在地，急促地念着祈福真言。索南和尼玛惊呆了，不知道如何是好。米玛瞪起眼睛吼道："你们死了吗？"两个人这才追了出去。无边而厚重的黑暗堵挡在他们面前，掩护着阿旺消失在暗夜深处。同样消失的还有小藏獒当周。它追撵坏人去了，半天没有回来。父亲和朗噶走向三菱越野，打开车灯朝前开去。朗噶说："强巴书记啦，你要是早告诉我，半路上我就能把他绑了。"父亲说："他不会跑远。"三菱越野到处走了走，没发现阿旺的踪影，就又回来了。索南说："你们往里睡，今天晚上我守门。"父亲说："还是我守吧。"角巴说："就该你守门，这样的人你还能领到家里来。"

父亲的感觉是对的，阿旺没有跑远。第二天早晨，醒得最早的角巴起来，跨过还在门口沉睡的父亲，来到晨曦的光亮里，四下看了看。就要升起的太阳把东方染得血红一片，焦火连天的背景上，一个人影跪在雪地上。角巴大吼一声："秋吉来啦。"所有人都跑出了帐房，只见阿旺秋吉抱着小藏獒当周，举着从米玛手里夺走的藏刀，就像一尊狞厉的怖畏金刚。阿旺秋吉大声说："叫米玛的女人你听我说，是你的阿爸阿妈和你的哥哥准备毒死我，然后夺走我的马匹。我趁机把毒酒倒进了饭碗，又借着盛饭泼进了肉锅。你记不记得我当时不让你吃肉，我说我的马褡裢里有糖糌粑你去拿，我是想救你的命。你回来后他们已经死啦，你恨我害死了他们，可我要是不这样，他们就会害死我。我一辈子都在悔罪，我是一个天天祈求雪山大地免罪的盗马贼，如今就要往生啦，请不要诅咒我，好让我有一个不再悔罪的光光亮亮的来世。"说着放开小藏獒当周，扔掉了手里的藏刀。当周跑回来，又跑过去，在很近的地方蹲下来望着他，好像它已经不认为他是坏人了。所有的眼睛都望着阿旺。阿旺从皮袍胸兜里拿出鹿皮口袋，打开，捏出一团糌粑，放进了嘴里，似乎嫌咽得不够流畅，又伏下身子，舔了几口地上的积雪，之后便朝面前的人磕了一个头，又磕了一个头，等第三个头磕下去时，四肢突然一软，歪倒在了一边。他口吐鲜血，面孔痛苦地扭曲着，再也没有起来。盗马贼阿旺秋吉死了。

又是一场鹅毛大雪，连绵的白色再一次让草原失去了活力，平时涣散的牦牛本能地挤到了一起，为了取暖，也为了用牙撕扯同伴披纷的长毛，饿极了的它们见什么都想吞到肚子里去，但不断倒下去的身影说明这样的努力是徒劳的。几乎没有冬羔产生的羊群里，又有一批弱不禁风的瘦羊在寒冷中死去。雪沃大地的现象再也不是为了滋养与恩赏，而是为了让生命萎缩，让草原悄寂。牧人们一户户蜷缩在帐房里，眼睛无神地望着门窗外面，每一朵雪花似乎都会变成一片厚重的乌云，飘在头顶，压在心底，让一切变得暗淡无光，日子和时间已不像过去那样是碎片拼凑起来的，而是一种望不到头尾的沉甸甸的粘连。不时有雪粉乘风而起，飘落成帷幕，隔离着人和世界，隔离着草原和希望。

州委机关各个办公室炉膛里的牛粪火也没有往年那样旺盛，因为作为燃料的牛粪和羊粪出现短缺，牲畜的大量减损和连续不断的雪灾正在剥夺阿尼玛卿草原的温暖，几乎所有人都会发抖：今年的冬天可真冷。但气象站的记录却表明：比起过往的冬天，今年明显是个暖冬。州委办公室主任昭鸽给各县打电话，希望能够给机关调运或者购买足够的燃料，最后还是"沁多贸易"的桑杰伸出了援手，答应用最快的速度雇用牦牛运去五百麻袋干牛粪。昭鸽问："你们怎么有多余的牛粪？"桑杰说："强巴啦当董事长时就开始收购，去年我们提高价格，又收购了几万麻袋，一方面是出售，一方面是为了保证尼玛村康的暖气和县医院的需要，县医院需要的干牛粪一直是我们免费供应。"昭鸽说："噢呀，这个强巴老师，怎么没有给我说起过，害得我打了那么多电话。"

父亲根本不知道州委机关缺少燃料的事，看到日杂带领大马群离开阿尼玛卿草原以及盗马贼阿旺秋吉自杀后，他给公安局长打了电话，然后便去了沁多县城，了解修建电视塔的事，叮嘱喜饶县长一定要抓紧。接着他跑了三个受灾严重的县，了解灾情，寻求解决的办法，正要回州上，梅朵的一个电话让他迅速做出了决定：不能再犹豫了，找副省长李志强汇报。梅朵在电话里说："阿爸啦，姥爷病啦，你得回来一趟。"父亲给老才让打电话请假。老才让说："已经用不着给我说啦，你可以自己做主。"好像有点责怪他：居然在这个时候要离开州上。父亲有点莫名其妙。

　　连日的雪野奔跑让三菱越野的轮胎出了问题，他只能乘坐雪灾后刚刚开通的长途客车，走了四天才到达西宁。西宁也是冰天雪地，冻僵了空气，却冻不僵生活，人和车的繁忙一如既往。姥爷姥姥住了大半辈子的街巷和所有的四合院都已经拆除，废墟的清理也已经进入尾声，倒下去的是房屋，立起来的是记忆，往事就像一幕幕电影，姥爷姥姥操劳的身影拌和着母亲上下班的脚步，才让在默默地挑水，梅朵嘻嘻哈哈地跑来跑去，琼吉正在院子里玩耍，还有我，父亲的印象里我永远都是那个牵着德牧和冈拉穿过门洞的孩子。牧区的人来了，又去了，皮袍、礼帽和骏马在明暗交错的暮色里走进了小巷。父亲不免有些伤感，从公共汽车上下来，张望着，寻找着，看太阳渐渐落下，才又坐上下一班公共汽车走向了省歌舞团梅朵的家。

　　梅朵的家乱了，不光是人多，还有哭声，尤其是见到父亲，几乎所有人都哭了。父亲惊愕在门口，突然丢掉手里的提包，先扑向大卧室，又扑向小卧室：姥爷呢？梅朵哽咽着说："姥爷不在了。""什么时候的事？""就在我给你打过电话的第三天。""为什么？"梅朵说最近这段时间姥爷晕倒了好几次，还住过一个星期的医院，怕父亲担心就没告诉他。前几天又晕倒了，半天醒不过来，这才给父亲打了电话。姥爷是当天晚上进的医院，没想到一进去就再也没出来。父亲哭着说："都怪我，行动这么迟缓，连最后一面都没见上。"又问，"到底什么病嘛？"梅朵说："梁仁青说是高血压引起的心肌梗死，怎么这么快呢？幸亏江洋及时回来啦，我们两个好歹守了一晚上。"我是坐学校的车回来的，早知道父亲要坐长途客车，我可以拐过去接他一下。全家只有一个人没哭，那就是央金的孩子。男孩嘎嘎（可爱的）舒服地躺在姥姥的怀里，夯起两手，望着窗户。一只喜鹊落在树枝上喳喳叫着，嘎嘎咿咿呀呀地模仿着它。父亲走到姥姥跟前，想说些安慰的话，却听眼泪汪汪的姥姥给嘎嘎说起了儿歌：

> 喜鹊喜鹊喳喳喳，
> 我们家里来亲家，
> 亲家亲家你坐下，
> 抽锅烟了再再再……

姥姥把词儿忘了。家里没有按照汉族的习惯设灵堂。梅朵说："设了灵堂姥爷的灵魂就会待在家里不走啦，那怎么行？还是让他快去转世吧，这么好的姥爷，一定是最有福的人，会被雪山大地直接送上天的。"姥姥说："就听你的，他虽说不是藏族人，但他是藏族娃娃的姥爷。"晚饭是央金和琼吉做的，一大锅熬饭，有萝卜、洋芋、菜瓜、粉条、豆腐、羊肉，简单而丰富。吃着，又是哭。梅朵说："还想吃姥爷做的饭怎么办？这辈子再也吃不上啦。"饭后，洛洛带着普赤、琼吉到德吉家格桑花酒吧休息去了，说好明天直接去医院。央金留下了，她坐月子时就在这里，由姥爷姥姥伺候，嘎嘎满月后，也是由姥爷姥姥带着的，已经习惯了。这天晚上，姥姥、央金、嘎嘎睡在了大卧室，我和梅朵睡在了小卧室，父亲睡在了客厅的沙发上。

第二天一早，我们留下姥姥和嘎嘎，早饭没吃，就坐着公共汽车去了医院。到了太平间门口，梅朵叮嘱大家："在姥爷跟前谁也不许哭，哭的话眼泪会打湿灵魂，灵魂就很难轻轻松松远走高飞啦。"大家都觉得这是件重大无比的事，就忍着，谁也没有哭。我们把姥爷抬上殡仪馆的运尸车，跟车来到了殡仪馆。嘎沙、尤狩、俄霞和梁仁青已经等在门口，他们默默地跟我们握了握手，暗郁的眼神里贮满了共同的戚哀。没有追悼会，也没有瞻仰仪容的过程，大家静静地伫立在火化间的门口，看着殡仪馆的人熟练地把姥爷送进了燃烧的炉膛。火化之后，我们拿着骨灰来到冰封的湟水河上，砸开一个冰窟窿，由我和梅朵一把一把地撒了进去。撒骨灰时父亲带着大家念起了祈福真言，"唵嘛呢叭咪吽"的声音像一首深沉的挽歌回荡在冬日的风里。琼吉突然问："梅朵姐姐，姥爷的灵魂走了没有？"梅朵望着远方说："走啦，姥爷说着扎西德勒走啦。"说着一阵哽咽，哇的一声哭了，所有人都哭了。回去的路上父亲问梅朵："姥爷闭眼的那个晚上，是你和江洋守在床边，他说什么了没有？""说啦，说到了苗苗阿妈。""怎么说的？""就是念叨着名字，哗啦哗啦地流泪。""那就是说姥爷姥姥是知道的。"梅朵点点头："我也觉得他们是知道的，就是忍着不问。还说到了才让，说是别告诉他，我走啦。"

　　送走姥爷后，我只待了一天就走了，准确地说是被姥姥赶走的。在她的意识里，娃娃们的事是最大的事，管娃娃的校长的工作是天底下最重要的，怎么能为了陪伴她而放手不管呢？走时父亲说："这个月大概不到点你就回来啦，下次什么时候回来？"我看看梅朵说："想回来时就回来。""你还是要信守承诺。"父亲说着朝墙上看看，发现挂在客厅里的唐卡依旧，但那个装着我的保证书的镜框已经不见了，诧异地问："你不保证啦？"我说："梅朵说不需要啦。"父亲问："是不是你总是违背诺言，让梅朵失望啦？""没有没有，不信你问梅朵。"正在晾晒衣服的梅朵从阳台上说："阿爸啦，我们已经不是娃娃啦，我们大啦，大了的人都能理解人是不是？你跟阿妈是怎么互相理解的？说说嘛。""我们是这样，这样……"父亲说不上来了。我走后，姥姥又把打算留下来多陪陪她的琼吉和普赤劝走了："你们都有自己的事，守着我干什么？去吧，去吧，忙你们的去吧。"琼吉考试成绩不错，已经收到北京外国语大学研究生院的录取通知书，她还想去北京考托福，过几天就要动身。普赤正在收拾房子，学校分给她的是一小套旧房，她得找人粉刷、修理门窗、置办家具。洛洛和梅朵都问她需不需要帮忙，她说不用，学校有的是帮忙的人。两个人就给了她一些钱，叫她把家收拾得漂亮些，好让索南来了住着舒服。

　　现在只剩下洛洛、央金、梅朵和父亲了。姥姥又对洛洛说："我不需要这个陪那个陪，你忙的话就不要天天来啦。"洛洛说："姥姥啦，我不是来陪你的，我是来看我儿子的。"姥姥奇怪地点点头，好像她忘了："对对对，嘎嘎是你的儿子，名字也是你起的。"又对父亲说，"那你呢，什么时候走？"父亲说："我再陪你几天吧。"姥姥嘟哝着："不需要，不需要，有嘎嘎就行啦。"姥爷走了有嘎嘎，嘎嘎几乎分走了她所有的精力、所有的心，生活依然是美好的，不允许她沉浸在孤独和悲伤的深渊里。嘎嘎是个贪吃而不挑食的孩子，人奶和牛奶都爱咂，央金只需早晚喂两次，整个白天，都是姥姥用牛奶哄着。夜里也是跟着姥姥睡，他很乖，从来不闹，一觉能睡到天亮。这么着，央金就省事多了，还不耽误她的演唱。央金本来打算至少把孩子带到一两岁会吃饭会走路后再考虑重返舞台，没想到姥姥把什么都解决了。是运气好，也是两口子努力到了点上，德吉家格桑花酒吧越来越火红，就像它的名字那样成了一个幸福之家美好之花的所在，从这里起源的藏式摇滚和草原蓝调正在把一个民族的精神和历史演化成各种情绪——孤独、悲伤、冥想、迷茫、喜悦、温情、感恩、火热、奋进、坚毅、无边的善念，吸引着人们与它共同拥有，一座城市最有活力的青年、音乐欣赏的主流几乎都成了洛洛和央金的追捧者。就像洛洛写的歌《猎手》中表现的那样："我有眼睛的明亮，还有猎枪的奇妙，更有无可回避的心想，无论你躲到哪里，都是我思念的对象。"这一对来自草原的出色猎手，在用音乐捕获了听众的同时，也捕获了声誉、金钱、幸福和活着的理由，捕获了生活中那些被苦难打磨出光亮的宝石。让他们伤心不已的是：就在他们展开翅膀飞起来的时候，姥爷去世啦。央金说：想给他买的衣服还没买，想给他唱的歌还没唱，想给他说的话还没说。洛洛说：那就在歌里说，在舞台上唱。为此他创作了《草原的孩子·城里的阿尼》，央金唱得热泪盈眶，听众也被感动得濡湿了不少纸巾。

　　父亲被梅朵拽着也去听过一次，不是在德吉家格桑花酒吧，而是在青海大剧场。他流着泪对梅朵说："能让你苗苗阿妈听到就好啦。""会的，我已经想过啦。"梅朵现在的演出明显少了，但目标却更高，她已经受邀去了兰州、西安、成都和北京，下一步要去的城市是广州、上海和青岛，要开的是个人演唱会。她翻唱古老的藏歌和别人的情歌，也唱洛洛创作的藏式摇滚和草原蓝调，被称为"青藏高原的百灵鸟"。梅朵说："我给他们说啦，再重要的演出也要放在藏历新年以后。"每年的藏历新年都跟农历春节错不了几天，父亲知道梅朵的想法，她要回草原，要去生别离山，便问道："江洋去不去？""肯定去。""人不要太多，医疗所没办法接待。""接待什么？我们不会添麻烦的。"梅朵又说，"琼吉要去考试，还得等消息，可能去不了，别的人我怎么拦得住？"又说起俄霞和梁仁青，两个人现在形影不离，俄霞要去，梁仁青肯定得跟上。还有嘎沙，他跟普赤的女同事熙络正谈得热火，要么不去，要么都去。父亲说："熙络？一定是个得了病大难不死的女孩。"又问，"尤狩呢？"梅朵说："他人那么好，没有不去的道理。"

又过了三天，父亲才开始办他想办的事。他打电话约好时间后，便去了李志强的办公室，想要汇报工作，对方打断了他："你来得正是时候，不会超过一个星期，组织部门就会找你。""是关于辞职的事情吧？""也谈不上辞职，应该叫推贤让能，这样一来，你的担子就更重了。"父亲挠挠头：什么意思？"你们才让书记还有两年才到点，他想提前下来，说再不下来，就是占着茅坑不拉屎了。""这话是我说我自己的，没说他。""他没说是谁说的，就推举你当州委书记、州长、牧马场场长，说你有个什么十年搬迁计划，可以用牧人城市化的办法挽救阿尼玛卿草原。"父亲的惊讶就像突然看到沁多河水正在往上流，就要流回到雪山顶上去啦。怎么啦？是水都变成汽啦，还是山比原来低啦？太阳，太阳，不是还在从东往西走吗？李志强又说："政府这边都很支持你的想法，但你要做好准备，如果你要干起来，就得干到底，中途是不好换人的，不光想法不一样，阿尼玛卿草原的海拔大家都知道，能长期适应那里的气候进行高强度工作的领导没几个，而且你年龄也大了。"父亲说："年龄越大越适应，从我的角度讲，干到底一点问题都没有，只要组织信任我。"李志强笑道："今天真想和你干一杯。"

　　还是雪，不大，稀稀落落的，不断地飘，漫不经心的扬洒中有着冬天的老成和从容。一直没有太阳，白色的风把云雾一层层地掀起来，揉成碎末，抛向草原，地上浮起一片乳白的流淌，就像浅浅的漫漶着的水。冻不死的乌鸦愈显得黑了，是明光发亮的那种黑，以动态的弧线和点，镶嵌在空中雪中。回到阿尼玛卿州的这天下午，父亲从长途车站直接来到了老才让的办公室。老才让正在发呆，见他进来，冷冷地说："回来啦？"父亲坐在他对面，隔着办公桌沉默了一会儿才说："才让书记想要离开啦？""你都知道啦？是李志强给你说的？批了没？""还没有，听说快啦。""那你是来让我给你腾办公室的？""我不坐你的办公室，太大，太排场。""你不坐就没人敢坐啦。说吧，还有什么事？快下班啦，我在仁钦康还有一场酒要喝。""有几个问题想问问你，在这里问还是在仁钦康问？""仁钦康除了酒菜就是几个给我送行的人，你还要好好干下去，官声要紧，去那种地方干什么？问吧，就在这里。""你处理掉了牧马场的大部分马匹，却又让我培育良马，这是为什么？""我喜欢马，藏族人都喜欢马，尤其是草原上的藏族人。可是马多成灾，牧马场已经负担不起啦，我要的是精品马，是能在赛马会上耀武扬威的马，一个个都应该像日尕那样。见了日尕，我连小车都不想坐啦。要是培育成功，有了新的马种，我就叫它才让马，以后我恐怕就是个养马人啦。""可你为什么要把牧马场负担不起的马转嫁给牧人呢？还换走了那么多草场。""我当时是牧马场的领导，只能为牧马场考虑。马群肯定会糟蹋掉牧人的草场，对王石是不利的，但他是傻瓜他不懂，还以为占了多大的便宜。只有你，一眼就看穿啦。""你换来大量的草场想种草，失败后又用返还草场的办法，夺走了牧人的许多牛羊。那些草场已经不长草啦，对牧人是没用的，是不是应该把牛羊退赔给人家？""你怎么也傻啦？这是解决牲畜

616

超载、草原退化的好办法，我是在给你扫清障碍，你怎么还能退赔牛羊？补贴一些钱倒是可以。不过这是你的事，我已经管不上啦。""你知道阿旺就是盗马贼秋吉，为什么还是把他安顿在了宗宗盆地？""我需要资金，他给我指点金矿，我让他好好活着，有恩报恩，有仇报仇，这是很公平的。""穿过宗宗盆地就是丹玛久尼无人区，你不会不知道吧？""当然知道，那里过去是大沼泽，除了鸟，别的什么都没有，人不住，牲畜不去的，不知什么时候水退啦，变成草原啦，秋吉进去过几次，发现里面好得不得了。我让他赶着宗宗盆地的马群去那里放牧，他在边上晃来晃去，一直不进去。""他是想育成妖马，引诱日尕，再让日尕把阿尼玛卿草原的所有马群都带到那里。""这样的办法只有他能想出来，不愧是盗马贼秋吉。这下好啦，糟蹋草原的主要牲畜没有啦，你高兴了吧？"老才让说着起身，做出准备要走的样子，好像晚上的吃喝比什么都重要。过了一些日子父亲才知道，给老才让送行的人都是受到他提拔的，他借此机会告诉人家：你们怎么对待我就怎么对待强巴书记，我看来看去，也只有这个人能挽救阿尼玛卿草原，更何况他两次救过我的命。

父亲又开始忙碌了，心情和三菱越野汽车一样飞驰着，草原的冰天雪地对他一次次敞开了襟怀，覆雪的公路没有让车轮打滑，无路的地方没有碰到预想的障碍，每年冬天必不可少的雪阱和雪洞也倏然消失了。还是没有太阳，却也没有了飘雪，风总是在后面吹，让车速不断加快着。朗嘎说："没想到这么难走的路走得这么顺。"父亲说："是你的技术越来越好啦，吉祥啊。"他先来到沁多县城，找到喜饶县长，询问电视塔的进度。喜饶把父亲带到县委院子里，望着姜瓦草原那边已经从山顶上耸起的一部分塔体说："差不多九十米了吧？还不到三分之一。""山本来就高，塔还需要这么高？""考虑到让沁多学校和阿尼琼贡也能接收到信号，我定了三百多米的高度，如果仅仅是为了覆盖县城和周边草原，一百米就够啦。"父亲又问："什么时候竣工？""春天。""还是要抓紧。"喜饶委屈地说："强巴老师啦，我抓得够紧的啦，大冬天的，工人都没有休息。"父亲点点头："你让食堂多煮些肉，我们去工地慰问一下。""肉就算啦，我们每周送五只羊半头牛，工地食堂顿顿有肉。""那你看拿点什么好？""钱最好。""县上有？""没有。""那你说什么？""州上应该有啊。"父亲拍着脑门说："我想想，从哪里出？对了，也许不用花钱，你找一些姑娘小伙，能唱会跳的，我们带着，明天去工地开个联欢会。""明天就去，不练一练？""都是藏族孩子，从小跳到大唱到大，练什么？换上藏袍，打扮得漂亮些就行。"

去开篝火联欢会时，喜饶从县公共汽车站调来一辆大轿子车，拉上了姑娘小伙和一箱白酒。父亲又叫上了桑杰和晋美，加上喜饶，四个人挤在三菱越野里，一路说着话开了过去。父亲说："从现在开始，'沁多贸易'的重点就应该是房地产开发啦，因为关系到牧人的搬迁安置，省上和州上都会投资，你们觉得有实力就把工程揽下来，当然不可能全部揽，能揽多少是多少。"桑杰说："我不是实力我不知道，是不是还有别人揽？"父亲说："必须形成竞争的局面，保质保量还要有速度，做不到这一点，我就另请高明。"桑杰说："强巴啦，这件事你还得照顾我们一下的要哩。""我可没有这个权力，到时候州政府会成立城市建设局和牧民安置办公室，你们有没有资格，达不达标，得由它们来审批。"晋美说："我明天就去西宁，联系工程队。"父亲说："我们是鼓励开发，广泛安置，地皮是不要钱的，你赚了吧？政府会给每户牧人一定数量的搬迁费用，这笔钱不跟牧人见面，只要签了购房合同，就由银行直接打给你，你又赚了吧？有的牧人很可能会在规定面积之外增加面积，这部分钱需要自己掏，你赚得更多了吧？"桑杰说："我得把果果抽出来专门管这件事。"说着，电视塔工地就到了。喜饶说："快新年啦，这也算是节日慰问。"父亲说："过了初一有十五，工人们回西宁过年来回至少得二十天，有没有办法留住他们，在沁多过新年？"桑杰说："那就得除夕晚上再开一次联欢会。"父亲说："光这恐怕薄了点吧？"喜饶说："那还能怎么样？"

联欢会开得很好，开始是姑娘小伙的表演，慢慢地工人中的藏族参加了进来，之后其他工人也陆陆续续唱起来跳起来，到最后便是全体人员的狂欢，包括父亲和桑杰，也都和年轻人一起甩起袖子唱起了歌。结束时天色已晚，工地食堂做了西红柿鸡蛋汤，蒸了羊肉包子招待大家。父亲和喜饶向工人们敬酒。桑杰说："希望你们把沁多当成自己的家，希望你们在沁多过年。要是你们不走，初一初二初三这三天，尼玛村康的所有日用品，全部向你们三折出售，你们只要拿着工作证，就可以到柜台上购买。"父亲故意问："三折是多少？"桑杰说："十块的东西三块拿走。"工人们鼓起了掌。桑杰又说："我们的德吉家格桑花酒吧初一初二初三照常营业，只要是工地的工人，所有的消费全都免费。"大家又鼓起了掌。

　　第二天，父亲让三菱越野把自己拉到了阿尼琼贡。两个老朋友坐在金碧辉煌的雪山大地的祭坛前，喝着管家端来的酥油茶，说起了阿尼玛卿草原的未来。香萨主任连声感叹："你不让牧人放牧啦？你说草原只要大量减少牲畜就会好起来？你要建造一座城市？你要安顿他们的住处？要解决他们的活路？啊啧啧，我要是说不能这样，连我自己都不肯，我要是说可以这样，却又没得到雪山大地的指引。"父亲说："我整天在草原上跑，雪山大地把金光洒在我头上，让我周身暖洋洋、心里热乎乎，这不是指引是什么？"父亲说的是实话，对他来说，建造一座城市，对牧人实施十年搬迁计划，不光是草原沙化的逼迫和无可奈何的选择，更是灵魂本该如此的表现，是骨子里必然拥有的激情的喷溅，是随着血液汩汩流淌的冲动，就像他以往所做的一切，除了理念的支撑，更多的则是本能和天性的释放，是一个叫赛毛的女人用以命救命的办法烙印在他身上的宿命：阿尼玛卿草原从此就交给你啦。他只有遵从命运的安排，才会有温暖幸福的感觉，才会有活着的目标。父亲说："要是城里也建一个祭奠雪山大地的地方，对牧人的吸引力就会更大些。"香萨主任说："那得花多少钱？""小小的建一座，花不了多少钱吧？""你是说就建造一两座殿堂？""不管几座殿堂，只要香萨主任亲自做住持，就能起到好作用，我也会省心许多，不用累死八活地去动员这个动员那个啦。""这样的话我得想想。""主任也算是半个公家人，不能只做远山老林里的隐士啦。"香萨主任沉默着。父亲等待着拒绝，想好了更多请主任出山的理由准备回应，却一直没有等来。他起身给香萨主任鞠了一个躬，狂喜地喊了一声"拉加啰"，朝外面走去。香萨主任喊起来："你等等，我还有话要说。"看父亲回过身来，又说，"我不是不想去，是不敢去，天天做好事的善心人已经在那里了，我还去干什么？和你强巴副书记比，我就是个什么实事也干不了的修行人。"父亲说："干没干实事你自己说了不算。"

3

　　风大了，搬运着大团大团的雪，填充在那些东西走向的沟谷里，云层薄了些，草原上升起一片白色的反光，刺得人眼干痛。飞扬的雪粉里，牛羊如同人类生活投下的阴影，尴尬地移动着，留下许多破坏了匀净的痕迹。沿着雪山的轮廓，一线蜿蜒的碧蓝就像少女清澈的眼睛惊异地望着地面。总是一览无余的冬天，让一切都沐浴在冰寒的光线里。已经长大的藏獒当周迎着三菱越野奔跑而来，从叫声中就能听出它的喜悦：我认识的人又来啦。父亲让车停下，打开门扑过去，抱着当周滚倒在雪地上。索南站在帐房前，挥舞着一条哈达。父亲走过去说："这是什么意思嘛？我们又不是客人。"索南说："强巴阿爸啦，不是献给你的，是献给小汽车的，今天我有事相求。""什么事，你快说，说慢了我就不答应。""你答应不答应有什么要紧。"索南说着走向了三菱越野。原来他从来没坐过汽车，很想知道坐上去是什么感觉，是不是跟骑马一样，因为很快他就要坐着长途客车去西宁啦。朗噶说："那你不能把哈达挂在车头上，挂我的脖子上车才能走。""噢呀，你跟车不一样吗？"三菱越野带着索南走远了。

　　父亲放开当周，走过去向帐房门口的角巴和米玛问好。角巴说话的口气依然中气十足："云后头是雪，雪后头是寒，你又有什么事啦？""好像没有事我就不能来，格列呢？"米玛说："睡觉呢。"父亲把一包小孩零食交给米玛，跟着他们进了帐房。正在锅灶前准备酥油茶的旺姆扭头笑笑。父亲问："尼玛又去放牧啦？"旺姆说："噢呀，走得远啦，晚上回不来。"父亲说："现在是睡雪窝子的最好时候，你跟去就好啦，两个人的话暖和些。"旺姆说："我明天就去。"又说，"桑杰和卓玛前些日子来过啦，要我们去县城，说他家的房子热得很也空得很，就等着我们去住。"父亲说："那为什么不去？"旺姆和米玛都瞅了瞅角巴。父亲说："这个角巴啦，就会在家里行使权威，你们也可以不听他的嘛。"角巴说："不是我不让他们去，是牛羊不让他们去。桑杰说都卖掉，我就说可以，他们说那不是把牧人的日子都卖掉啦？"旺姆说："阿爸啦，这个话是你说的。"角巴说："是我说的吗，我怎么不记得？"父亲坐下，接住了旺姆端过来的酥油茶，喝了一口，扯着角巴的手，让他也坐下说："我有时候把你当阿爸，有时候把你当同辈分的人，今天我要把你当一回牧人啦。你是一个普通牧人，我是州上的大领导，大领导要请求牧人帮帮忙啦。""我没说错吧？没有事的话大领导绝对不来。"

父亲说起了整个阿尼玛卿草原沙化的严重程度。角巴立刻打断了他："这个你别说啦，我知道得比你清楚。""那我就直截了当说啦，我想让你出面，把变坏了的牧马场和沁多草原再变回去。"角巴一愣："雪能变成水，水能变成雪吗？奶能变成酥油，酥油能变成奶吗？羊能变成手抓，手抓能变成羊吗？牛犊子能变成大公牛，大公牛能变成牛犊子吗？""行啦，别变啦，再变下去，角巴就变成强巴啦，我用你这样的想法也问过自己，但是现在不一样啦，想变的人越来越啦，我想变，州上想变，香萨主任想变，你想变，许多牧人也想变，过去变不回来的可以变回来啦。""羊粪蛋的阿妈是草，草的阿妈不是羊粪蛋，花是草枝子上开的，不是羊粪蛋上开的。滚下山的石头流进河的水，你要是有本事能让它跟从前一模一样，我就信你。""信不信由你，听听我的道理嘛。"然后便说起他的十年搬迁计划。角巴吸了一口冷气，望了望门外，好像望到了辽阔的草原上绿浪翻滚、万花争艳的情形："我不是早说了嘛，要想草原好，就得按照我的想法，把牧人迁到有活路的地方去，把草原只留给一直都在关照它的雪山大地。""是啊是啊，正是你的启发让我有了十年搬迁计划，实现这个计划，你的作用比阿尼玛卿州的任何人都大，就请你利用自己在牧人中的威望，雄鹰一样飞起来吧。""噢呀，有没有翅膀大家都得飞，我，沁多草原的角巴德吉，要让牧人搬到城里去住啦。"父亲笑道："现在我相信啦，卖掉牛羊就是卖掉牧人的日子的话你绝对没说。"角巴瞪着旺姆和米玛说："我能说这样愚蠢的话？""还有一件事，上次牧马场借口返还草场收走了牧人的一些牛羊，我让你记个数你记了没有？""都记啦，干什么？""退赔牛羊是不可以的，只能按市场价折算成钱。"正说着，索南被朗噶搀扶着走了进来，突然又返回门口，哇哇地吐起来。朗噶回头说："他晕车，晕得很厉害。"父亲发愁地想：那怎么办？索南还要去西宁呢。

一个星期后，离藏历新年还差几天，李志强来到阿尼玛卿州，代表省委省政府宣布了州委政府主要领导的变动，同时宣布的还有撤销玛沁冈日牧马场，所占用的土地归还阿尼玛卿州的决定。他走后，父亲召开了州委常委扩大会，想请老才让参加，老才让突然不见了。作为新上任的州委书记和州长，他在这次会上正式提出了制止沙化、挽救草原的十年搬迁计划，招来不少异议。父亲说："才让书记对我的推举和上级对我的任命，就是为了顺利实施这个计划，大家的选择只能是两个，要么拥护，要么辞职。"沉默了几分钟后，全体通过。接着便研究成立了阿尼玛卿州城市建设局和牧民安置办公室，局长和安置办的主任暂时没有合适的，待定。就在这天晚上，父亲接到了梅朵的电话："阿爸啦，我们明天出发。"父亲说："我恐怕不能和你们一起去生别离山，对不起啦。"他其实是说给母亲的，在他的感觉里，所有的思念与歉疚都会随风到达。

父亲让昭鸽负责接待去生别离山过新年的梅朵一行，自己坐着三菱越野连夜去了牧马场的场部，在那里没见到老才让，又驱车去了宗宗盆地，去了丹玛久尼无人区。下午的阳光如同甩过来的鞭子，柔软地缠绕在覆雪的红石林上，红石林就像大地的牙齿，闪着锐利的光芒，咬残了溢淌而来的蔚蓝，一片粘连在一起的阴影笼罩着冰塔状的积雪，让沉静在这里变成了死寂。峭拔的岩石上，那行"丹玛久尼"的藏文清新了许多，似乎被天公重新凿挖了一遍。老才让站在黑白分明的光影里，拉着他从场部骑来的小黄马和骓骝马，望着三菱越野缓缓驶来。车停在雪墩子上，父亲下车走过去说："你怎么连个招呼都不打就走啦？"老才让说："我已经是一个平头老百姓，来去自由，可以不向强巴书记请假吧？"父亲说："只要阿尼玛卿草原需要你，你就不自由啦。""需要我干什么，做你的眼中钉肉中刺？"父亲笑笑："我知道你喜欢马，你想去寻找大马群和日朵，但你想过没有，就算它们变成野马，也不属于你自己。""这个我就不管啦，只要我能跟日朵和大马群在一起，心里就舒坦。"父亲诚恳地说："为什么不能做到名正言顺呢？州上准备建立丹玛久尼自然保护区，你要是不嫌官职太小，管理局局长就是你的，你不怕冰天雪地，不怕海拔太高，也算是人才难得。""原来不是工作需要我，是海拔需要我。""不对，是高海拔的工作需要你。""既然这么说，书记看着办就是啦。""那就好，给你十个编制、十万元的启动资金怎么样？主要是守住丹玛久尼无人区，看好日朵和它的大马群，一定不能让它们再跑回原来的草原。"说着从胸兜里摸出了铁哨。老才让接过铁哨说："我能不能把家搬来？能不能多干几年？要是正干在兴头上，你就让我退休，还不如趁早不干。""说真的，守护无人区和大马群的工作又艰苦又寂寞，没有人会代替你，只要我在任上，你能干多久就干多久。"老才让从口袋里摸出一小瓶酒，用牙咬掉瓶盖，咕嘟咕嘟喝了几口，把剩下的递给父亲说："今天干杯的要哩。我，丹玛久尼自然保护区的守护人，请强巴书记喝酒，喝了以后麻烦你跟我走一趟，看看里面到底有多大有多好，守护站选在哪里，日朵和大马群怎么样啦。"父亲说："噢呀噢呀，我也是这样想的。我们都骑马，不要坐车，好不好？""太好啦。"

　　我来到州上时梅朵他们还没到，就在州委办公室跟昭鸽和达娃聊着，说起未来的沁多城，昭鸽有些担忧："主要是还没有具体规划，要是大家乱盖房子，东一片西一片，那怎么行？还得考虑城市的各种功能、各种设施、各种人的喜好特点，是临时性的，还是永久性和未来性的，不光是把人聚拢到一起安顿个住处这么简单。"我说："你得提醒强巴阿爸，他忙，顾不上，考虑得肯定不会太具体。""我说过好几回啦，他总是含含糊糊的，问多了就说车到山前必有路，好像并不重视，他现在想得最多的还是怎么样说服牧人把草原腾出来。"达娃说："别担心，你们能想到的强巴老师都能想到。"我问达娃："想不想去生别离山？"达娃说："想去又不能去。""为什么？"昭鸽说："万一强巴老师回来，连个做饭的都没有。"正说着，电话响了，梅朵他们来了。

　　省歌舞团的一辆中型轿车运来了一群人，除了梅朵，还有普赤、洛洛、尤狩、形影不离的俄霞和梁仁青、热恋中的嘎沙和熙络。本来担心来不了的琼吉也来了，托福的成绩还没出来，在西宁干等着更着急。我惊讶地看到央金从车里走了下来，赶紧迎上去问："嘎嘎怎么办？"央金说："原来觉得离不了，现在离不了的不是我是姥姥，我自由着呢。"昭鸽和达娃把大家直接请到了仁钦康，吃了饭又安排去招待所休息。梅朵拒绝了："大家商量好了要风餐露宿的，我们带了帐房，再说草原上这么厚的雪，好不容易碰上啦，不住雪窝子就对不起家乡的洁白啦。"黄昏的时候，我们和达娃告别，离开了州上。俄霞开着中型轿车走向原野，在昭鸽的引导下，来到一个积雪丰盈、横着几道挡风雪梁的地方安营扎寨。大家点起火，喝着酥油茶，说了一会儿话，就开始挖雪窝子睡觉。自然是我和梅朵挖一个，洛洛和央金挖一个，俄霞和梁仁青挖一个。嘎沙兴奋地跳到一个地方说："我们在这里挖吧？"熙络假装没听见，问道："琼吉姐姐你跟谁睡啊？"琼吉瞅了一眼嘎沙说："反正不跟你睡。"梅朵喊起来："熙络我跟你睡吧？"熙络说："那多不好意思，把你们两个拆开啦。"梅朵说："你也知道不能拆开我们两个啊？那谁能忍心拆开你和嘎沙呢？大家谁也不要跟熙络睡，她要么跟着嘎沙，要么一个人，一个人睡的话狼肯定会来，它一闻就知道哪里人多哪里人少，扒开雪窝子吃掉你，我们知都不知道。"央金笑着拉起熙络的手把她拽到嘎沙身边。熙络几乎要哭了，她是来自青海湖的藏族人，不知道是当着这么多人的面有些害羞，还是没有最后确定自己就是他的人。嘎沙渴盼地望着熙络：热恋中的人啊请别再犹豫啦。熙络知道，一旦因为害怕狼而跟嘎沙共有一个雪窝子，那就等于结婚啦。她站着不动，嘎沙挖好了雪窝子她才问："真的会有狼吗？"其实她哪里是真的怕狼。琼吉说："普赤我们两个睡一起吧？"正挖得起劲的普赤"噢呀"了一声。尤狩说："现在就剩下我跟昭鸽啦。"两个男人拼命挖起来。

第二天是腊月二十九，我们继续坐着中型轿车前往生别离山，雪路难行，在路途上又睡了一夜雪窝子，翌日下午到达生别离山医疗所。素喜带着全体医护人员在铁栅栏门口迎接我们，其中有坚赞曼巴和眼镜曼巴，还有来跟妻子过新年的果果。大家互相问候着。素喜指着医疗所院内一顶牛毛褐子的大帐房说："本来打算给你们腾房子，想了想还是帐房方便。"梅朵说："房子的话男女得分开，帐房就不用分啦，大家热热乎乎在一起，也像个过年的样子。"素喜带着大家走进了大帐房，里面早已准备好了食物，有花生、糖果、杏干、桃仁、油饼、手抓、血肠、肉肠、兜卷、酸奶、糌粑、青稞酒，中间还有一个烧着酥油茶的大铁炉子。素喜说："请放心吃吧，我们的食堂天天消毒，几个师傅都是健康人。让果果陪着你们，还需要什么你们给他说，请不要客气。"梅朵说："好吃的太多不知道吃什么好，主人太热情不知道怎么感谢好，就让我们大家一起，向这位永远美丽的仙女曼巴说一声扎西德勒。"所有人齐声说道："扎西德勒。"果果一一请大家坐下，让吃，捧喝，敬酒。梅朵和昭鸽跟着素喜走出了大帐房。昭鸽说："强巴书记让我给你说一下，医疗所原来的所长苗医生提议你当所长，索爱院长又提议你当州医院的副院长，州委已经通过啦。"素喜说："这个不重要，你们对重要的事怎么不管？"昭鸽说："你别急嘛，重要的事马上就来啦，坚赞曼巴和眼镜曼巴成为医疗所正式员工的事也已经定啦，主治医师的待遇，工资从他们进入生别离山的那个月算起，也就是说欠下的要补发，好几万块钱呢，这个月就能拿到钱。""噢呀，这个太好啦。我可不可以告诉他们？""当然可以，强巴书记批的，我经手的，不会再有变化。"素喜高兴得转身就走。梅朵说："等等我，我也去。"素喜愣了一下，又哦了一声说："好吧，反正你已经进去过，看在大明星的面子上，我就再违规一次。"梅朵跟着去了，又像上次那样，在素喜的宿舍换上了白大褂，戴上了护士帽和口罩，然后被素喜带进了治疗部。

治疗部母亲的办公室里，一缕沉香和紫藤混合成的芬芳飘来荡去，宽大的窗台上，两溜儿花盆里不分季节地开着粉色的绣球、黄色的金莲花、雪青的鸽子花、白色的野芍药、黑色的藜芦花、红色的景天花，墙上是彩色的藏医经脉图和药宝标本画，还有一幅堆绣的九鹿呈祥。梅朵推门进去时，母亲正坐在祥鹿前的椅子上，仰起头给一个站着的病人检查脊背，她用一只健全的大拇指从颈椎一直摁到腰部，又在两边的肩胛上使劲摁了摁，问道："疼不疼？"病人一见梅朵，慌忙把堆在腰里的衬衣和皮袍抱了起来。母亲拿开他的手，让皮袍重新耷拉着说："疼不疼你说嘛。"病人说："疼。"母亲说："疼就好，说明有知觉啦。这个地方呢？"又去摁压他的胳膊和腋窝。病人说："还是疼。"母亲松了口气说："把腰带解开。"病人赶紧穿好衬衣和皮袍，却迟疑着不肯解腰带。梅朵走过去，把手插到腰带里面，拉出塞进去的一头，又抓住中间使劲一抖，腰带哗啦一下松脱了，皮袍前襟敞向了两边。梅朵说："害羞的话就别看病啦。"病人尴尬地望着自己紧包着腿的秋裤和露出裤腰的裤衩，小声说："你是谁？我没见过呗。"梅朵说："我是新来的护士。"又好奇地问，"裤子是什么时候穿上的？"病人说，"我忘啦，苗医生知道。"母亲说："他们一住院就先发两套内衣内裤，开始不习惯，现在都习惯啦，破了的话还会向医生护士要，所以医疗所进药品的同时还会进一些生活用品，内衣内裤啦，毛巾肥皂啦，牙膏牙刷啦。""那就跟沁多学校最初是一个样子的。""还是不太一样，你们那时是娃娃，来这里的都是大人，得强迫命令才能适应。"母亲说着话，又检查了病人的大腿、小腿和脚，用手几乎触到了每一个部位，尤其是脚掌，她让他抬起来，自己蹲下身子，凑到眼皮底下看了又看，摸了又摸，说："不错，好几个跟你一样有足底慢性溃疡的病人都好转啦。"最后拉他到用白布遮起来的隔离间，褪下他的内裤，检查了屁股和生殖器，去水池边洗了手，坐回到椅子上说："好多啦，就照现在的办法继续用药，如果没有反复，半年以后就可以做康复前的查菌化验啦。"梅朵问："他住院多长时间啦？""五年零三个月，算是好转得快的，有一批这样的病人，我们前期用抗麻风化学药物联合治疗，迅速控制住病情，后期用的是几个藏医药的方子，加上王子茶的保健作用，效果很不错。""现在病人是不是越来越少啦？""比开始少多了，但也不会再少下去，原因是我们的治疗还处于没有定型的探索阶段，一种治疗办法并不是对所有病患都有效果，加上每年都有从各处送来的新病人。最近我们又开始启用了三段疗法，先用活卡介苗和死麻风菌进行免疫治疗，再用化学药物联合治疗，然后用藏医方法巩固治疗效果，但愿很快能见到效果。""噢呀，我虽然不懂，但我知道就好比唱歌，越唱名堂越多，越唱越觉得唱得不好。""下一步我们还要开展植皮、矫正畸形、局部整容等项目，困难的是我们目前还没有这方面的医生。"母亲送病人出去，叮嘱道，"你叫一下仁增。"话音未落，门外就有人说："来啦来啦。"病人仁增看上去跟正常人没什么区别，但母亲的检查却仔细得就像在显微镜下观测细菌，完了说："你不要着急，能不能出院，半个月以后就有结果。"梅朵说："我看他好好的，比一般人的皮肤都好。"母亲说："活动性症状已经完全消失，但皮肤涂片定时查菌的时间还没到，第一次化验和第二次化验的间隔至少三个月，如果两次化验都是阴性，才算真正的临床治愈。"仁增走了。梅朵怕再有病人进来，赶紧说："阿妈啦，说说你吧，你怎么样？"母亲裹着梅朵送给她的绿头巾，戴着大口罩，安详地说："你不是已经看见了吗？我好着呢。还是说说家里人吧。"梅朵便摘掉自己的口罩，絮絮叨叨说起来，除了姥爷的去世，她把什么都说到了，口气平静，神态宁和，没有好不容易见了面的惊喜，没有透彻心扉的思念，也没有亲人病魔缠身的悲伤，甚至都没有一点点感慨不幸的苦涩，就好像她和母亲从来没有分别，一直都在一起，或者说她跟母亲的联系不是别的，而是一根隐形的脐带，这根脐带永远不会断裂，它使她们拥有了共同的呼吸、共同的思维和情绪，它取决于这样一个事实：就算有这么多人来生别离山看望母亲，但梅朵仍然是唯一一个在母亲得病后见过她的人。梅朵说着，突然笑了："阿妈啦，有没有一种办法能让我天天跟你在一起？有人说你是女菩萨，是不是我也必须是菩萨，生别离山才能对我敞开大门，随便进出？"正说着，素喜进来了："你们光说苗姐姐是女菩萨，难道我不是吗？"母亲说："哪有自封的菩萨？菩萨都是雪山大地封的。"素喜说："这个我相信。"梅朵说："我角巴爷爷说，给大家做好事受人尊敬的就是菩萨，这是不是说菩萨是人封的呢？"母亲说："噢呀，雪山大地就是人生活的地方嘛。"素喜说："梅朵你快去，你们的人喊你呢。苗姐姐我们也该吃饭啦，吃了饭看演出。""阿妈啦，我走啦。"梅朵说着突然扑过去，抱住母亲，把自己的脸贴了过去。母亲没有躲闪，就在两张亲人的脸贴在一起的瞬间，母亲鼻子一酸，大朵大朵的眼泪绽放而出，整个世界都闪烁着水花花。

　　黑夜就像一个布满星星的大房子，它用除夕的温馨和迎接新年的喜悦制造着围墙，用风的轨迹和声音的交响创建着顶棚。医疗所的院子里，篝火点起来了。所有的医护人员、所有的病人都围在了篝火四周。他们戴着口罩和帽子，或者裹着头巾，有秩序地坐在地上，就像一片海从无尽的远方流淌而来，到了篝火边就用灿烂的笑容戛然而止。可以想见，那些远离光亮的、跟黑夜融为一体看不清面孔的，也是咧嘴憨笑，花朵一样灿烂的。以亮堂为标志的舞台上，作为主持人的梁仁青正在报幕：《献给生别离山的歌》。我们列队来到篝火前，望着黑暗中的人群，望着我们的阿妈——我们并不刻意寻找她，我们看到的所有人，似乎都是我们的阿妈。素喜带着几个麻风病人走过来，给我们每个人挂上了哈达。我们唱起来：

　　　　谁能告诉我哈达为什么是洁白的，
　　　　谁能告诉我太阳为什么是金黄的，

> 阿爸告诉我有恩德它就洁白啦，
> 阿妈告诉我有慈悲它就金黄啦。
> 呀拉索，慈悲的草原恩德的雪山，
> 呀拉索，我心中的净地生别离山。

之后的演出有洛洛和央金的男女声二重唱，有我、洛洛、俄霞、嘎沙、尤狩、昭鸪的男声小合唱，有梅朵、央金、梁仁青、熙络、普赤、琼吉的女声小合唱，有嘎沙和熙络的二重唱、我和梅朵的二重唱，有央金的独唱、俄霞的独唱、嘎沙的独唱、尤狩的独唱，伴奏是随意的，有扎木聂（六弦琴）、热巴鼓、牛角胡、竖笛、吉他和唢呐，原先寄宿班的人多少都会一点乐器，何况根本就没有人计较你演奏的水平怎么样。最后是梅朵的独唱：

> 你来自阿尼玛卿山的那边，
> 那边是白衣裙仙女的家园，
> 有了你才知道什么叫朝拜。
> 我一路匍匐听着风的告诫：
> 来世的美好和今生的艰难，
> 都在一个雨雪交加的瞬间。

歌声让所有人都站了起来：啊啧啧，这是人唱的吗？天上的声音来啦。除夕夜的篝火晚会似乎这才开始，我们一起唱起来，跳起来，所有的麻风病人、所有的医护人员都唱起来，跳起来：

> 太阳落山我走过辽阔的草原，
> 看到一个姑娘在清清的河边，
> 我问她跟我走需要什么条件？
> 她说给我一眼不干涸的山泉，
> 她说给我一片格萨尔的草原。

美丽善良的姑娘听我好好说：
我拥有的是一生清澈的心泉，
我走过的都是格萨尔的草原。

欢乐的歌舞持续到凌晨，安静的守岁开始了。病人们和医护人员都走进了医疗所。我们来到大帐房里，坐在洁白的羊毛毡上，喝着酥油茶，说了一会儿话。梅朵说："明天还有演出，眯一会儿的要哩。"说着一歪身子就睡了。大家也都打起了哈欠，顺势躺下，并不在乎谁挨着谁，帐房和房屋的区别也许就在于你其实并没有把自己交给床铺，而是交给了大地，所以就可以坦荡无邪，两大无猜。一觉睡到太阳出来，果果早已等在门口，带着大家去素喜的宿舍洗漱，还没结束，医疗所食堂的师傅就把早餐端进了大帐房，是几大盘羊肉饺子。梅朵高兴地说："还有这么多辣子和醋，肯定是阿妈让拿来的，她知道我喜欢酸辣。"饭后，医疗所所长素喜和果果带着我们驱车走向了原野。我们一路颠簸，单纯而无涯的雪色似乎消失了所有的目标，平滑的积雪下面，暗藏的坎坷就像坚硬的水浪。突然大地又变成了海绵，软软地陷落着车轮，中型轿车哼哧哼哧地摇晃着。许多人从前面走来，托着哈达就像托着地平线，缓波起伏。新营地的人都来了，他们知道生别离山的冬日里要飞来远方的百灵鸟，却不知道一下子来了这么多。他们唱着走来，跳着走来，好像他们才是来演唱的。新年初一的联欢会就在我们的车自动熄火的地方开始了。不敬青稞酒，也不敬酥油茶，他们只有歌声和舞蹈，只有哈达和鞠躬，意思是可不要把病魔传染给人家。他们已是一群承认自己患上了痼疾却再也不会自卑自怜、自暴自弃的人。新营地的头人扎西说："昨夜梦见的花朵，变成了从远方走来的客人，这个新年的吉祥是人世上没有的，怪不得生别离山的空气里有牛粪火的温度，扎西德勒。"大家都说着扎西德勒，接着就开始唱歌跳舞。先是一起唱一起跳，然后才是我们的表演，我们没有重复昨夜的歌曲，梅朵、洛洛、央金、俄霞、嘎沙这几个骨干似乎有唱不完的新歌。晚上，我们又一次在雪窝子里睡觉。熙络已经没有了害羞和拘谨，大大方方地跟嘎沙一起挖着雪窝子。素喜是第一次在雪野里过夜，期待着又担忧着："不会冻死我吧？"梅朵说："那就看果果对你好不好啦。"

第二天，我们又驱车走向老营地。洼地那边，雪山孤起的地方，冲积扇如同大地的袍襟，在风中抖颤。雪光以更强势的力量冲天而上，逼退了阳光的斜洒，让白色的寒冷左右了我们的呼吸和肌肤的感觉，都好像没穿衣服，脸面被冰块摩擦着，气息一离开人体就变成了硬生生的冰凌。老营地的人都来了，包括老态龙钟的头人仓木决。他是被人扶着的，行走已经很不方便，但脸面却无比地光亮而生动，笑容灿烂得就像露珠滚滚的格桑花，似乎整个人体的活力都从下面攀援而升，竭尽所有来到了眉眼之间。他说："我早就知道最后一个新年里有送的人有接的人，就是没想到来接我的人这么多。"素喜说："他老啦，糊涂啦，见了医疗所的人也说是来接他的人。"梅朵说："爷爷啦，你怎么说是最后一个新年？你的新年还有一百个。"仓木决说："那是下一世的新年吧？不是一百个，是一千个。"洛洛说："老人家，像你这样有福气的人，下一世一定会在天上吧？"仓木决指了指头顶，十分肯定地说："噢呀。"素喜说："一个麻风病人的福气就是二十岁得病，三十岁掉鼻子，三十五岁掉手，却会奇迹般地自动康复，然后活到将近九十岁还能欣赏你们的歌舞。"梅朵说："那就唱起来吧。"大家说："拉索。"首先唱起来的是央金：

> 如果你想寻找爱情，就来我的家乡，
> 我家乡的姑娘，送你一个金色嘎乌，
> 它是保佑你的灵物，请你好好收藏。

洛洛、俄霞和嘎沙唱起来：

> 如果你想寻找仇恨，就去别的地方，
> 那里有前世的冤家和朗达玛的帐房，

到处是悲哀的哭叫，草原一片荒凉。

几个已经痊愈却身带残疾的牧人走过来，给所有客人挂上了哈达。又有几个一直生活在麻风病人的老营地却始终没被传染的健康人走过来，给来客献上了自酿的青稞酒。素喜做表率似的首先接过酒碗喝了一口。所有人都接过酒碗喝了一口。立刻有牧人拿着铜壶过来添酒，添了两次，又喝了两口。梅朵说："一口成仇，三口成亲，我们已经是亲人般的朋友啦，请大家跟我们一起唱一起跳，我们是雪山的晶莹，我们是冬天的温暖，我们是最美丽的女人，我们是最英俊的男人。"大家唱的唱，跳的跳，主人和客人都沉浸在新年的欢乐中，忘掉了一切。

> 如果你想寻找吉祥，就来生别离山，
> 这里有茂盛的王子草和最肥的牛羊，
> 虔诚的膜拜者沐浴着最灿烂的阳光。

有人惊喜地喊起来："他去啦，他去啦。"大家继续唱道：

> 如果你想寻找善良，就来草原牧场，
> 跟着勇敢的骑手沿着长河溯流而上，
> 你会看到我们的善良就像水浪一样。

又有人说："仓木决笑啦，仓木决走啦。"大家都说："噢呀，走啦。"仓木决就像哲人一样预言了自己：这是他的最后一个新年，牧人们是送他走的，我们是来接他去的——用歌舞与欢乐接送，用祈祷与祝福接送。这么多接送的人，都环绕着去世的仓木决跳起了舞，甩开袍袖，扬起腿脚，越来越激越奔放，越来越潇洒豪迈。梅朵带着我们一直唱着，谁能想到，我们的新年歌舞，竟是为了送走一个饱经沧桑、罹患病难却幸福长寿的老人：

如果你想寻找悲伤，就来我的家乡，

　　歌谣告诉你悲伤是思念逝去的以往，

　　一旦没有了眷恋，你就能走向天堂。

　　我们唱着歌，把生别离山老营地的头人仓木决送去了安葬的雪山，又在雪窝子和汽车里住了一宿，然后返回医疗所，吃了顿饭，便离别而去。洛洛在车上又开始编曲编词，他说这首歌的名字就叫《生别离山，我们还会再来》。梅朵唱起来：

　　阿妈啦的生别离山上有一朵雪莲花，

　　是雪山大地种的花，人间天上的花，

　　她四季绽放，在我们心里芬芳吐香……

　　父亲比我们早一天回到州上，也就早一天知道琼吉的托福成绩出来了，是设计研究院的韩朴打电话告诉他的。韩朴已是副院长，每年春节都会来家中给姥爷姥姥拜年，现在姥爷不在了，他就更不能落下了。姥姥拿出一封昨天收到的信问他要不要紧，他一看就说太要紧啦。父亲请大家去仁钦康吃饭，饭间说："你们明天就回吧，这个春节姥姥一个人带着嘎嘎，太冷清啦，她还不知道你们为什么都来草原过年。"梅朵说："她好像猜到了吧？说是你们过完了十五再回来。"父亲又说起韩朴的电话，琼吉跳起来问："我考上了没？"父亲说："我忘了问结果。""怎么可能？"琼吉瞪着父亲，沉下脸来说，"那就是没考上。"父亲说："考没考上请央金和梅朵用歌声告诉你，如果是悲伤的歌就是没考上，如果是欢乐的歌就是考上啦。"央金和梅朵唱起来，一开口就欢乐无比：

　　喜欢假装的姑娘，

　　你忠实的眼睛已经告诉我啦，

你让我骑上南山的骏马，
和太阳一起来到你家。
可是我家在阿尼玛卿以北，
骑错了骏马怎么办？
可是我的路途遥遥远远，
天黑才能到达怎么办？

其他人鼓掌，会唱的都跟着唱起来：

喜欢害羞的姑娘，
你喘息的声音已经告诉我啦，
你让我带上阿妈织的白氆氇，
再带上阿爸做的花靴子。
可是我的阿妈已经老啦，
织不动白氆氇怎么办？
可是我的阿爸放牛去啦，
做不了花靴子怎么办？

不会歌词的开始吟唱，是中音和低音的和声。父亲沮丧地说：
"这么好听的歌我怎么不会唱？"梅朵说："等苗苗阿妈回来，让她教
你。"父亲点点头："噢呀。"

思念着我的姑娘，
那飞来的大雁已经告诉我啦，
我要再不动身赶路，
你悲伤的眼泪就淌成河啦。
发誓嫁我的姑娘，
那飘来的云朵已经告诉我啦，
你不在乎我的一贫如洗，
你爱我就像鱼爱河水。

第十七章

雪　白

是天空的表情，是城市的符号，
是草原的标志，是乡村的神态，
是一切璀璨之上的璀璨，
那永不放弃的爱念——扎西德勒。

1

梅朵和央金他们当天就回西宁了。以后的日子里，欢天喜地的琼吉开始准备这准备那，光衣服就置办了好几套，包括两套她觉得可以般配才让的藏袍。央金吃惊地说："你是去学习，又不是去结婚，带那么多穿戴干什么？"琼吉说："既要学习又要结婚，不可以吗？"再过半个月她就要去北京外语学院研究生院报到，托福的成绩可以增加她去才让身边深造的机会。但是谁也没想到，她其实用不着千方百计给自己创造机会了，命中注定她的爱只能栖落在高大陆寒冷的腹地。夜晚，饭后，就要睡了，一阵咚咚咚的敲门声之后，一个既熟悉又陌生的身影出现在大家面前。梅朵第一个喊起来："才让？姥姥啦，才让回来啦。"姥姥啊了一声，慢腾腾走过来，若有所思地说："才让？"才让扑过去抱住了姥姥。姥姥突然浑身一抖："才让回来啦？"接着便呜呜呜哭起来，泪如泉涌。才让亲着姥姥，又擦干姥姥的眼泪，然后和所有人拥抱。琼吉嗔怪道："你怎么回来啦？也不提前说一声。"才让来不及回答，朝各个房间看着："姥爷呢？"大家这才想起才让还不知道姥爷已经去世。一阵沉默之后，才让哭了，哭声隐忍而绵长。

姥姥似乎没听见才让的哭声，抱着嘎嘎，一边喂一边说："嘎嘎多吃饭，一天长一寸，姥姥要走啦，去找苗医生。"梅朵问："姥姥啦，苗医生是谁？"姥姥说："苗医生是草原人。"才让敏感地抬起头，擦了一把眼泪。梅朵把才让拉到一边说："上个星期我和梁仁青带姥姥去医院检查啦，结果不太好，她得的是阿尔茨海默病，也就是老年痴呆症。梁仁青说这种病的发展有的人快有的人慢，到最后就是失忆、失语、失认、失用、失禁，生活不能自理，完全依赖护理。"才让问："检查不会出错吧？"梅朵摇摇头。才让叹口气说："姥姥这么好的人，怎么也得这种病？有没有办法治好？""梁仁青说没有，只能依赖自身的调理。我查过资料，也有只在失忆、失认阶段停下来不发展的，但很少。"沉默。过了一会儿，才让又哭起来，抽搐着，浑身几乎要散架了。直到普赤给梅朵打来电话，才让才止住悲伤。普赤说："琼吉发短信说才让回来啦？那怎么办？明天索南就到啦，我不能去家里看他啦。"梅朵说："那就让他抽时间去看你。对了，明天我也去接站。"普赤说："姐姐是大明星，就不麻烦啦。""好像我跟索南没关系，他是我哥哥。再说他跟江洋一起来，我接我丈夫，你接你丈夫，我还想说不麻烦你呢。"普赤咕咕咕地笑了。才让接过梅朵的手机说："普赤你好，这次我们恐怕见不上面啦，强巴阿爸让我赶到州上，说是越快越好，我明天就走。"琼吉毫不犹豫地夺过才让手中的手机说："那我也不能去接站啦，我跟才让一起去。"

索南的进城就像一个隆重的仪式，当我搀扶着他走出长途车站时，迎接他的人站成了斑斑斓斓的一排。都是牦牛奶喂大、酥油茶滋润过的人，穿着锦缎作面、水獭皮饰边的藏袍，男的戴着红缨帽，女的戴着金花帽，嘎乌、腰刀、火镰、辫套、珞热、珞珑、奶桶钩一应俱全，琥珀球、红珊瑚、绿松石、猫眼石、玛瑙石，从脖子缀到腰际，就像天下的精宝灵光都来到了这里，但是还不够，还要把节日般的喜庆挂在脸上，无言地告诉索南：请别发愁你不是一个城里人，请像我们一样生活在这个原本不属于牧人的地方，请在这里成家立业吧，和你心爱的姑娘，请不要因为晕车呕吐而放弃一座城市的呼唤，辜负一个姑娘望眼欲穿的等待。索南笑着，但因为一路上头疼恶心，笑得很勉强，甚至有些凄惨。大家说着"扎西德勒"，都过去跟他碰了碰额头。洛洛从我的手中接过了索南。我说："我给他说，这就跟骑在马上是一个样子的，请不要紧张。他说骑马的话我让停它就停，我让走它就走，汽车由不得我，我想停时它还在走，我想走时它又停下啦，停多长时间也由不得我。"梅朵说："这么说索南哥哥想开车啦，好得很，让我去打听打听，哪里需要想让汽车听话的司机。"大家笑了。央金说："从这里到民院附中还得坐车，怎么办？"我说："山都翻过来啦，小土坎有什么要紧？"索南不好意思地点点头。梅朵唱起来：

> 今天没有献哈达，为什么？
> 太阳的金光做哈达。
> 今天没有献美酒，为什么？
> 美酒留给了星星花。

很多路人认出了梅朵，都过来围观，还有人喊道："梅朵我们爱你。"洛洛说："赶紧赶紧，再不走就走不了啦。"梅朵朝围观的人招着手。我们走向了俄霞开来的中型轿车。从车站到新家的路上，大家一直在唱为亲人祝福、问客人安好的歌。一脸苍白的索南没有再呕吐，即便晕车让他毫无精神，他也吃惊地看着身边的车水马龙、高楼大厦、红男绿女。路过民族学院和附中之间的小广场时，他看到很多人在放着音乐跳锅庄，不禁笑了，说："这个样子的也能跳得出来吗？"原来跳锅庄的不光有藏族人，更多的是汉族人，汉族人跳的锅庄有些走样，也就是活动着手脚比划一下，意思意思而已。梅朵问："要不要你下去给他们做个示范？"索南憨厚得摇摇头。普赤说："梅朵姐姐你去吧，不然他们不知道什么是真正的锅庄。"梅朵说："大家都去，就当是为了欢迎索南哥哥进城安家。"车停了。一群盛装打扮的青年走向小广场，来到了圆圈舞的中间，锅庄跳起来，袍袖甩起来，歌声响起来。欢乐是藏不住的情绪，是悲愁代替不了的表达，是人的本色，是日子的力量。索南在车窗里看着，慢慢又走下车来，还是看着。梅朵说："普赤你去把他叫过来。"普赤去了，但是索南害羞得不来，一个异陌的环境，那么多见所未见的人，怎么可以一来就跳舞？梅朵过去，不由分说把他拉到了跳锅庄的人群里。现在他不跳也得跳了，既然要跳，就一定要跳得像模像样，跳出锅庄的力量和阳刚，跳出跟藏家女儿的婀娜舞姿完全般配的男人风格——奔放如暴雪疾走，豪迈似狂风呼啸，有驰马的潇洒，有犍牛的狂野，有藏獒的勇武，有雪豹的灵敏，锅庄的草原土风就是这样。眩晕的呕吐的虚弱的惨白的索南，一旦进入歌舞的境界，失掉的血气、藏起的精神就源源而来了。我第一次意识到，藏族人也许是一个适应能力最强的民族，它所能适应的，是人的全部。

我们跳了一个小时才离开，索南的新家到了。普赤把学校分给她的一小套旧房收拾得就像宫殿，既单纯又华丽。雪山在墙上，牛羊在画中，太阳在头顶，月亮在窗边，骏马在家具上，草原在床上。这些都是索南曾经用生命热爱过的，它们并没有消失，它们就在这里，这里是城市，是家，是爱情的见证。梅朵说："才让和琼吉今天去草原，索南哥哥今天来城里，可惜啦，擦肩而过的亲人，没有见上面。"央金说："我们家的来来去去还少吗？以后见面的机会多啦。"洛洛说："这是固定的电话，普赤还有手机，请随时打给我们，如果想见面，就请来德吉家格桑花酒吧。"俄霞说："这里是灶火，是用电做饭的灶火，不是燃烧牛粪的灶火，请你小心一点，请让普赤教会你使用。"熙络——一个跟索南第一次见面的姑娘掂了掂暖壶说："这里有酥油茶，请拿出漂亮的瓷碗，让客人们解解渴吧，你已经是新房的主人啦，索南哥哥。"嘎沙说："就算渴了我们也不喝，我们要攒起来，等着喝喜酒的日子多多地喝。"尤狩说："这里是洗脸洗澡刷牙解手的地方，也叫厕所，也叫卫生间，也叫洗手间，请随便用吧，不用担心四周会有人走过。"细心的梁仁青说："叫洗手间是因为你必须每天至少洗十次手，请多多地洗手吧，不要在乎肥皂慢慢变小。这里有拖鞋，请脱掉你的靴子，以后进家都得这样。"嘎沙说："这栋楼所有的房子都是一样的，请记住你的家在二单元三楼，别走错了呀。"梅朵说："这就是你的床，请睡吧，请和普赤一起生儿育女吧，不过得尽快领个结婚证，那样才名正言顺。"普赤要请大家去外面吃饭。梅朵说："我就不吃啦，还要去趟火葬场。"洛洛问："你去那里干什么？是哪个朋友去世了吗？"梅朵说："不是，我有点别的事，比火葬场的火葬还重要。"大家也都说："好饭留着以后吃吧，你们好不容易团圆啦，请忘掉所有的悲伤，请享受美妙的时刻。"索南和普赤要把大家送到楼下。央金说："不用啦，这才是开始，以后的来往就是家常便饭，每次都送到楼下的话，就见外啦。"大家朝楼下走去。梅朵突然拉着梁仁青问："打听个事，你们医院有没有会植皮、矫形、整容的医生？""有啊，叫整形外科医生，不过很少。""你问问，有没有想去生别离山医疗所的。"梁仁青吓了一跳："谁愿意去那里？"又冷静一想说，"我一定问。火葬场肯定也有，叫整容师。"梅朵说："对呀，我今天就是去找整容师的。"

　　过了几天，普赤带着索南来看望姥姥和嘎嘎。姥姥问："你是草原上来的人，见过苗医生没有？"普赤说："他见过。"姥姥说："见过就好，我要去找苗医生。"普赤说："姥姥啦，你不用去找，苗苗阿妈迟早会回来。"姥姥问："谁是苗苗阿妈？"好像突然又明白了，自语道，"她不会回来啦，她说让我去草原，去一座白生生的山上，她在那里等我。"普赤望着睡着的嘎嘎想，姥姥一定是听到了别人的话，又记错了生别离山，就问："什么时候给你说的？"姥姥十分肯定地说："昨天。"索南说："人老啦，糊涂啦。"普赤又问："姥姥啦，梅朵呢？"姥姥说："也去草原啦，去找苗医生啦。"其实普赤是知道的，梅朵去了广州，还会去上海和青岛，演出，演出，她总是在没完没了地演出。普赤说："你说怪不怪？姥姥有时候会记不起事，会认不出人，但就是一次也忘不掉给嘎嘎喂奶，喂饭，换尿布，洗屁股。"索南说："狼再老也知道自己埋的肉在哪里，鹿再老也知道第一次喝水的地方，旱獭再老也知道儿女亲家的洞离自己有多远，野牦牛再老也知道家牦牛群里不能久待不走，这都是世下的（本能）。"又说了一会儿话，电话响了，是梅朵打来的："怎么样，姥姥？"普赤说："还是老样子，说着要去找苗苗阿妈的话。"梅朵说："你给央金和洛洛说，让他们多回家看看，家里最好不要离人。""噢呀，我现在就打电话。"梅朵想了想说："算了，还是我给他们说，我还得至少一个星期才能回去。"

但这一次梅朵关爱姥姥的结果并不好，也许糟糕的就是"家里不要离人"，姥姥一看央金回来，正逗着嘎嘎玩，就揣着一个绒布的钱包出去了，她是去菜市场买菜的，以往都是这样。央金说："姥姥啦，家里不是还有菜吗？"姥姥不吭声。央金说："那就少买一点，今天家里吃饭的就我们两个人和嘎嘎。"姥姥一去不归。在用包括报案在内的一切办法寻找无果之后，央金打电话告诉了梅朵。梅朵不能中断演出，成千上万的观众已经买了票，要对得起的不光是他们的热情和拥戴，还有藏族歌手、藏家情歌、藏式摇滚、草原蓝调的魅力，还有一个民族由来已久的情感，以及用歌声和曲调所表达的胸怀和精神。等她结束演唱，匆匆飞回来时，姥姥的失踪已经无可挽回地成了永远的悲伤。警察说："我们只查到一个小脚老人朝西走去，不断打听草原在哪里。最后一次打听发生在湟源县的波航乡，再往前就是青海湖环湖草原了。"梅朵说："那就去草原上查。"警察说："查了，毫无踪迹。""那就再查。""我们和当地警察都不会放弃寻找，只是一点点线索也没有。"梅朵把这个消息告诉了父亲。父亲沉痛地说："我会通过阿尼玛卿州公安局，联系各个草原各个州县的公安局，帮助寻找。"

然而，还是没有任何结果，包括发现疑似尸体的结果。姥姥就这样离家出走了，去寻找她的苗医生，也许她忘了苗医生是她的女儿，或者已经没有了"女儿"这个概念，却知道自己必须找到她，知道苗医生在一座白生生的山上等着她，她余生的目标、活着的理由就是为了找到她。那段时间，我们这些身处各地的人，天天都在流着眼泪念叨：姥姥，姥姥，她是才让和琼吉的姥姥，是我和梅朵的姥姥，是一把屎一把尿拉扯过嘎嘎的姥姥，是索南和普赤的姥姥，也是父亲、母亲、桑杰、卓玛、尼玛、旺姆、洛洛、央金、格列的姥姥，连角巴爷爷和米玛奶奶也叫她姥姥，因为她就是个操心我们吃饭、穿衣、结婚、生子的姥姥，她一生就是为了把饭食送到我们嘴边，让我们吃饱吃好。洛洛写了一首新歌《姥姥》：

> 宽街上走过一只猫，那是姥姥，
> 窄巷里走过一只狗，那是姥姥，
> 东山上升起的太阳，我叫姥姥，
> 夜空里出现的星星，我叫姥姥。
> 你是所有生命所有美好的姥姥，
> 你是记忆中最慈祥温暖的姥姥，
> 你是藏族的姥姥是汉族的姥姥，
> 你是一生都在操劳给予的姥姥。
> 整日择菜做饭洗锅刷碗的姥姥，
> 随时为我缝补给我穿衣的姥姥，
> 每天催我睡觉喊我起床的姥姥，
> 早晚送我出门迎我回家的姥姥。
> 我想发脾气的时候叫一声姥姥，
> 我忧伤悲苦的时候叫一声姥姥，
> 我孤独无靠的时候叫一声姥姥，
> 我找不到爱的时候叫一声姥姥。
> 如今我幸福美满想叫一声姥姥，
> 可是你却不在了，姥姥，姥姥。
> 你来到草原是否没了牵挂姥姥？
> 你离开我们是否不想拖累姥姥？
> 你走向西方是否去了天国姥姥？
> 你靠近雪山是否已成高洁姥姥？

梅朵、洛洛、央金、俄霞这些音乐人都不敢唱，因为一唱就会泣不成声；所有我们这些被姥姥爱着也爱着姥姥的人也不敢唱，因为一唱就会肝肠寸断。才让一听说姥姥的事，直接就从马背上栽了下来，幸好他骑的是豹子花，这匹被父亲调教过的通人性的好马忽地扭过脖子来，用嘴撕住了才让的皮袍。

才让是被父亲召唤来的。他拿到美国斯坦福大学的博士学位后，选择了留在斯坦福大学搞物理研究和教学，但父亲在电话里说："你得帮帮我啦，我什么都不懂却想建造一座城市，已经骑虎难下啦，阿尼玛卿草原在我手里要么变成天堂要么变成地狱，你这个草原出去的大博士不能不管吧？我已经把位置给你留下啦，阿尼玛卿州城市建设局局长和牧民安置办公室主任，你看着办。"才让说："我是研究物理的，不会搞城市建设。""俗话说能干的人无所不能，你那么聪明，只要想学，没有学不会的。从现在开始，你把精力腾出来，研究思考沁多城的建设，我给你三个月时间，你把规划拿出来。"最终才让答应了。他抛开了一切研究，利用斯坦福大学的方便条件查找古今中外所有关于城市建设的资料和文献，然后满载而归。父亲高兴了，阿尼玛卿草原高兴了。他上任后的第二天，就开始四处考察。父亲把三菱越野和豹子花给了他，让他能像他自己说的那样，对每一寸土地做到心中有数——地理、地貌、地质、经济、文化以及风土人情等因素。才让说："你还得给我人，把沁多学校培养出来的高材生多给我几个。"父亲说："你自己挑，挑好了告诉我。"没过半年，州委以及有关部门就开始讨论城建局递交的《沁多城的现状和今后的规划》，通过后上报了省委。父亲给李志强打电话，要求尽快批复。李志强说："我们得找专家论证。"父亲说："我找的也是专家。"专家论证的结果是：这个规划了不起，我们学到了不少东西。父亲给所有人说："才让了不起。"知道的人都说："那还不是你培养的？"才让听到后专门给父亲打了个电话："我是带着一帮人干的，不是我了不起，是沁多学校培养的人了不起，不光能指到哪打到哪，而且很有创意，从专业的角度讲，他们都很出色。"父亲说："那就是沁多学校了不起。"才让感叹一声说："强巴阿爸啦，说到底还是你了不起，当初要不是你……"

父亲立刻打断了他："这样的话可不能说，事情是大家干的。"才让说："对啊，那你为什么说我了不起？"父亲笑道："这一点你跟我一样，以后我就不说啦。"

早春三月，冻土还未消融，空中依然弥漫着尖风硬气，扫打得人皮肤有些疼痛，机械像是冰块组成的，人手不敢触摸。太阳似乎只在中午散发一点温暖，早晚的寒光不仅是冰雪的，也是阳光的。但"沁多贸易"属下的"沁多地产"就已经开始动工了，三支以当地人为主的工程队将以扎西平措为中心，建造五个用来安居牧人的规划小区，把城市的街区向东延伸，和珠姆山的昂欠谷连接起来。接着上马的是马福禄介绍来的康巴人的"博吉瓦玛开发公司"，它的建筑工程队都来自西宁，经验丰富，机械化程度高，但人员对气候不怎么适应，效率暂时上不去。才让说："不要太着急，永远都是质量第一。"戴着白礼帽的老板说："知道啦，招标的时候你就说过，不过嘛，挣钱的事，还是着急一点好。"之后到来的是江苏、浙江、四川、河南、山东、安徽方面的建筑工程队，他们才是整个城市建设的真正主力，顿时让"沁多地产"和"博吉瓦玛开发公司"相形见绌。桑杰跑去找父亲：自己的羊肉还是要自己吃，为什么要引进这么多外面的狼？父亲说："我原先也跟你们想的一样，通过城建壮大我们自己的企业，但是才让坚决反对，他举了一千一万个例子来说服我，企业的强大只能依靠竞争不能依靠照顾，我同意啦。今后几年沁多城的工程多的是，你们要是有本事比他们做得更好，不愁挣不到钱。"

城建开始后的繁忙中，才让抽空去了一趟丹玛久尼自然保护区，见过了局长老才让和被他调去的萨木丹，见到了大马群和一片罕见莽原的壮丽辽阔。冬天是所有季节的父亲，透过它坚冰厚雪、白光闪耀的表象，就能看到春水激流、鸟语花香的日子，能看到草浪翻滚、百兽竞奔的时光，在那种绝无人迹骚扰的丰饶与秀美中，深藏着原始的和平与宁静。老才让说："可惜你没有见到日歘，我也很长时间没见到啦。""为什么？""大概老了或者死了吧？"才让又问："这么好的地方，怎么知道的人并不多？"老才让说："这是我们严格保密的结果，为了保密我们的守护站连房子都没盖，因为不想让盖房子的人看见，你也见了，我们住的是帐房。""为什么要保密？""要是大家都知道这里是草原，是牧人和牲畜的天堂，就会把牛羊赶进来，到时候就没办法收拾啦。我们对外说的都是丹玛久尼依然是大沼泽，烟瘴拦路，鬼怪出没，去不得，去了不是人死就是畜亡。"才让说："这不是长久之计，总有一天人们会知道，比如我，看到了就得说实话，丹玛久尼多么好多么好。"老才让说："那你就是跟我们过不去啦，我们是强巴书记派来的，你也是强巴书记派来的，为什么要这样？""我的意思是还有更好的保护办法，为什么不用？"才让回来后直接去了父亲的办公室："强巴书记啦，丹玛久尼自然保护区这么好这么大的地方，不能再建牧场啦，保密也是不可能的，很快就会被人知道，再来一个从盛到衰的轮回是很容易的事。依我的看法，越是公开越安全，最好的办法就是派出一支科学考察队，对植被和动物的分布进行详细调查，然后给省上打报告，建立省级甚至国家级的丹玛久尼自然保护区。"父亲是一点就透的，又是个急性子，想了想说："那里头动物多得肉眼就能看明白，有些我见过，有些没见过，据初步调查，青藏高原百分之七十的动物种类丹玛久尼都有。你说得对，它是不是州上的地盘已经不重要啦，重要的是要认清楚它的生态价值。"五个月以后，在阿尼玛卿州的宣传和引导下，一支由全国二十三个野生动植物专家组成的科考队进入了丹玛久尼自然保护区，在管理局局长老才让的协助下，开始了为期一年的科学考察。

几年过去了，楼厦的崛起似乎比牧草的生长还要快。初具规模的沁多城跟所有城市一样，正在成为原野的中心、当地人向往的地方。人口剧增，建筑连片，在父亲和才让心里，它就是一首歌，是许多优美音符的有机组合。尼玛村康的电视机销售量说明，电视塔的建立已经成为沁多城的巨大魅惑，生活在城里的人——原有的和新来的，几乎家家有了电视机。尤其是那些陡然变成市民的牧人，对电视的喜欢超过了一切，如果不是发生了奇迹，怎么可能看到那么多美妙的画面？那里有别处的生活，有迷人的故事，有正在发生的事件，有歌舞和说笑以及一本正经的讲话。他们又一次显示了超强的适应能力，并做好了适应一切未曾经历过的生活的准备。沁多城的吸引还在于香萨主任的支持和雪山大地新祭坛的建立。一切都是为了呼唤四面八方的牧人：聚宝之地、吉祥之门、圆满之场、幸福之乡。父亲和角巴以及各县的一把手都在四处奔走，说服牧人离开草原，迁往沁多城。作为曾经的草原领袖，年迈的角巴在这方面显示了出色的能力，仅用五个月时间，就让沁多草原的所有牧人变成了城里人，他和米玛带着格列和藏獒当周也搬进了桑杰的院子，再次跟女儿女婿成了一家人。之后，角巴又开始说服其他乡其他县的牧人，他是咬着牙要帮帮父亲和才让了。

有一天，已经升任副州长的才让打电话给父亲说："我在沁多城没黑没白地干，还得去州上给你汇报，都没时间睡觉啦。"父亲说："那就不要跑来跑去啦，紧要的事电话里说。""我的意思是你和州委州政府能不能到沁多城来听汇报？"父亲愣了一下：才让不是一个坐地为大的人，怎么能说出这样的话？才让又说："包括在十年搬迁计划中的恐怕不能仅仅是草原牧人吧？"父亲琢磨了一下就明白，才让是提出了"迁都"的想法。"噢呀噢呀，你让我想一想。"父亲先是吹风，后是征求大家的意见，接着他从西宁请了一些专家，亲自陪着他们调查研究，然后在电话里告诉已经成为省长的李志强："看来分十年把阿尼玛卿州全州六县的大部分牧人搬迁到沁多城的目标是可以实现的，但还得有一个举措，就是把州府迁往沁多城。"李志强问："原来的州府呢，那么一大片建筑怎么办？""跟沁多城比，现在的州府所在地海拔又高气候又冷，不利于生存，也不利于建政，最好的办法就是拆除建筑，恢复草原。当初把州府建在那里，是考虑到它是阿尼玛卿草原离西宁比较近的地方，地势也平坦，便于上情下达。现在不一样啦，海拔较低，气候温暖，便于生存，这些优势更重要，另外沁多城还是阿尼玛卿州的地理中心，只要把路修好，去哪里都方便。""是你个人的想法，还是已经做了研究？""才让提出的建议，我们请省里的专家做了调研，常委们议过几次，意见基本是一致的。""你们打个报告，把理由写充分些，我要说服书记和所有常委。"报告是才让起草的，汇总了专家们和州委领导的意见，写了很多理由，最重要的是：城市是一切的中心，更是政治的中心，政权一旦脱离了中心城市，也就等于脱离了发展，而现在的州府跟沁多相比，不过是后者的二十分之一。

第二年春天，"迁都"开始了。这是建设沁多城期间事情最多的一段日子，父亲的忙碌超出了他自己的想象。城市要建设，牧人要安居乐业，草原要恢复，畜牧业要发展，牧场要科学规划，严格执行"有限放牧"的规定，巴颜湖周围的沙山治理要马上开始，野生动物要保护，反盗猎必须提上议事日程，旅游经济要加快步伐，加上气候异常，雪灾、水灾、泥石流频繁，紧急突发事件时有发生，父亲必须腾出时间来到处奔走。其间才让领导的城建局和安置办起到了中流砥柱的作用，他显示了比父亲更成熟更有效的工作能力，注重合约法规，轻视人情人际，思路明确，奖罚分明，处事果断，敢于负责，所有的事都被他打理得井井有条。三个月后"迁都"结束，一些还在守着草场观望的牧人开始抢着往城里搬，城建局和安置办合署办公的地方，排起了长长的队，拥挤发生了，安置办的人怎么劝说都不管用。父亲只好亲自出面维持秩序，告诉牧人们："安置房是按照全州牧户的数量建造的，绝对不会出现紧缺，要是缺了谁的，谁就住我家。"有人说："强巴阿爸啦，我也可以住到你家去吗？"父亲扭头一看，一辆卡车慢腾腾开了过来，驾驶室里笑眯眯地坐着索南。

这段时间，父亲在沁多城几次见到索南。他在马福禄领导下的"沁多贸易"西宁分部上班，是司机，已经不晕车了。他大部分时间待在西宁，有时也会跑长途给尼玛村康运货，有了空闲就去跳舞，他是民院小广场的舞蹈首领兼教练，领着大家不仅跳锅庄也跳伊舞和所有的藏族集体舞，人们期待他，倚重他，因为没有他就没有了舞蹈的灵魂。索南告诉父亲，他跟普赤的孩子已经上学啦，调皮得不得了，就跟大人们一样，他最好的朋友是嘎嘎，还有俄霞和梁仁青的孩子、嘎沙和熙络的孩子，他们都在一个学校，天天一起玩。父亲说可惜啦，我和才让忙得都没有工夫去西宁看看你们的孩子，真是不好意思，什么时候见了面，道个歉的要哩。索南说大家都知道你们忙，不然的话才让和琼吉怎么连个婚礼都没时间举办呢？这会儿，索南停车下来说："强巴阿爸啦，我正要去找你。""有事吗？""我刚才给桑杰阿爸说，已经很长时间没见到梅朵啦，不知道她怎么样，想去看看，就是不知道该去不该去。"父亲说："该去，当然该去。这样吧，我跟你一起去，把才让也叫上，他也该放松放松啦。"他让索南把卡车停靠在一个合适的地方，带着他去了才让的办公室。才让爽快地把面前的事一推说："我今天早晨还在想，见不着苗苗阿妈，见见梅朵也行，我们离生别离山又不是十万八千里。"说着拿起手机打给了琼吉。琼吉说："我也想去。"才让说："孩子怎么办？"琼吉想了想说："那好吧，等孩子放了假我带着她去。"琼吉在北京外语学院读完研究生后，直接回到才让身边，就连西宁也很少去了，熟悉的人都问："你不想出国啦？"她说："我喜欢的人在哪里我就在哪里，为什么要出国？"她先是在沁多学校工作了两年，一边当英语老师，一边学习藏语，沁多城的城建繁忙起来后，双语的对接显得非常重要，她便离开学校，搞了一个双语翻译公司，就是把汉语的材料翻译成藏语，或者把藏语的材料翻译成汉语。现在她也算是沁多城著名的双语翻译家了。

三个人坐着依然由朗嘎驾驶的三菱越野出发时，父亲打电话给达娃，告诉了她自己的去向。达娃一如既往地照顾着父亲的生活起居，只是她也有了一个愿意照顾她的人，那就是昭鸽。昭鸽的追求非常执着，朝着雪山大地发誓说，不管达娃愿不愿意，他都会一直等下去。男人的火热是可以融化一切的，半年以后达娃终于表态了："你的心愿我可以满足你，但我的心愿你也得满足我。"昭鸽说："你的什么心愿你说嘛。"达娃说："我已经是中年人啦，这辈子也没什么别的想法啦，就是想好好照顾强巴老师，一直一直照顾下去。""也就是说你把他当成亲亲的亲亲的阿爸啦？""噢呀，就是这个意思。"昭鸽松了一口气："这样的话你的心愿也就是我的心愿啦。"父亲知道了以后对他们说："那我就有资格催促你们啦，你们同学的孩子早就是沁多学校的学生，你们不能再这样单干下去，今年就得把婚礼办了，这个婚礼必须由我来操办。"州委书记操办的婚礼简单而隆重，就在机关的大会议室里，不请客，不收礼，来人都是先喝一碗酥油茶，再喝一碗青稞酒，还摆了一些喜糖、水果、干果，然后就是唱歌和跳舞，是祝福和被祝福，来自西宁的洛洛、央金和俄霞唱了一首又一首他们自己创作的歌。婚礼之后，父亲想把达娃从州文化局调去昭鸽当县委书记的巴颜县当文化局长，那里的局长位置正好空缺。达娃说："那我就没有工作啦。"意思是她宁肯放弃工作，也要待在一个方便关照父亲的地方。父亲只好作罢，对昭鸽说："如果达娃因为照顾我而影响了你的话，那就对不起啦。"昭鸽说："你现在是我们的阿爸，能说这样的话吗？等我们有了孩子，再等你退了休，你就得反过来照顾啦，不然我们的孩子怎么长大？"父亲问："你们什么时候会有孩子？"昭鸽说："原来想我们都这么大啦，可能怀不上啦，没想到达娃很争气，她说有啦。"父亲憧憬地说："等我退了休，你们的师母也回来啦，我们两个就可以一起照顾孩子。"可是父亲也知道，老两口带着孙子逛公园的日子基本不属于他了。他工作的欲望那么强烈，从来没有结果的生活让他总觉得一直都在忙忙碌碌的过程里，或者刚刚开头：城市的维护和管理远远比城市的建造复杂得多，现在安置的只是人口而不是幸福，创业、就业、吃饭、穿衣、温饱、富足、繁荣、发展，有多少事情需要他去做啊。

2

　　向前奔驰的三菱越野裹带着向后奔驰的草原，就像一个人，当你往前走的时候，划过身边的都可能成为一种想念。想念梅朵的人很多，除了她的亲朋好友，还有数不清的歌迷。我很骄傲，骄傲她的存在，也骄傲她的消失，更骄傲我娶了一个跟母亲一样美丽善良的甲木萨。只有藏族人心目中的甲木萨才会这样：放弃如日中天的演艺事业，去从事一项她也许根本就不擅长的工作。但梅朵说啦，只要心诚，人就没有不擅长的事。原本她只是想从医院或火葬场请一个愿意去生别离山医疗所给病人植皮、矫形、整容的医生，她说："我可以给你一笔钱，就算是对这项工作的民间赞助。此外，你还可以拿到比在西宁高得多的工资。"没有人愿意听她的：阿尼玛卿草原？太远了。生别离山医疗所？太恐怖了。给麻风病人整容矫形？太恶心了。她说："那就请你把整容师的技术全部传给我，学费多少你尽管说。"她拜师学艺花了十万学了两年，还在火葬场和省人民医院实习了一段时间，然后就是告别演唱会。演唱会上她唱了一首自己作词、洛洛作曲的歌：

> 养育我的阿妈啦，我不知道把什么给你，
> 我想创造你的年轻，还有你的芳香美丽，
> 我想变成一颗太阳，带给你安详的暖意，
> 我想开出一朵花，让你永远生活在春季。
> 最漂亮的阿妈啦，我不知怎样才算爱你，
> 我想给你从前，让你回到美好的日子里，
> 可你说过去的回不来，都已经零落依稀，
> 现在的一切也许才是一生最美好的记忆。
> 那好吧，你应该知道你有女儿你有延续，
> 那好吧，就让我走进你的今天你的记忆。

梅朵终于实现了她心心念念的愿望：去生别离山医疗所从事植皮、矫形、整容、护理病人的工作。她事先没有跟我商量，倒不是因为她怕我不同意，而是因为对她来说这是一件再自然不过的事，用不着过于郑重其事。再说他知道我喜欢她这样，这样的话她离我更近了。夫妻不光知道彼此的心，还应该知道藏在心后面的是阳光还是阴影，是心心相印的喜悦还是勉为其难的幽怨。她带着名气，带着辉煌，带着准备捐献给医疗所的金钱，带着一如仙女的容貌，来到了生

别离山。她是那么喜欢城市，喜欢热闹与繁华，却又那么钟情宁静中的艳丽和寂寞中的雪白，她不是为了报答，不是为了付出，不是为了来世，不是为了荣耀以及一切俗世的缘由，她到底为了什么，并不需要答案。我们约定依然一个月见一次面，经常保持通话，但通话的内容已经不是"想你"或"爱你"了，深沉的语言里积淀着时间的磨砺和感情的厚度，我们都在说别人，却更加真实地感觉到了爱的深挚和透彻。

三菱越野改变了方向，现在是朝南了，路已经走了一半。父亲、索南和才让望着窗外，谁也不说话，因为草原正在说话，静静地谛听就足够了：覆盖地面的有细长的黑麦草、柔韧的紫花苜蓿、娇弱的百喜草、总想扩大地盘的燕麦草、谦和的披碱草、把根露出地面的扁穗冰草、很愿意在风中发出声音的老芒麦、喜欢把叶子卷起来的狼尾草、美人一样的鹅冠草，生命力顽强的皇竹草、三叶草、六月禾、针茅草。它们共同的拥有就是绿。晚春的新绿就像洗刷过的毵氇，从平川铺向山麓，丝绸般柔韧光亮的流水缠绕在草间，能感觉到草与水彼此关照的愉悦。山麓之上涌动着开阔的嫩绿，那是雪山的裙摆，是华丽迷人的镶嵌；再往上就是一片片楚楚动人的鹅黄，它是牧草的童年，昭示着夏天的烂漫。然后是一条蜿蜒而潮湿的黑地，是虽然微茫却依然透着希望的隐绿。雪线悬挂在隐绿的头顶，勾勒出白与绿的界线，让草原变成了托起圣洁的手掌。山势把自己堆放在手掌的辽远和安谧中，皓白的峰峦密集地拥搂在一起，不是为了取暖，而是为了互相传递一山更比一山透彻的冰凉，以便让它们永远都是冰雪的耸立，是江河的源头，是美好世界的发端。作为草原的保姆，雪山又一次显示了母性滋润的伟大力量。好多个春天都没有这样了，草原又将是真正的草原了，虽然还不够，比起最好的当初远远不够。

父亲说："我这辈子的愿望很多，但最近我捋了一下，好像只剩下三个了，一个是你们的苗苗阿妈赶紧好起来，一个是牧人们在沁多城的生活越来越好，一个是把阿尼玛卿草原变成中国最美的草原。"索南说："强巴阿爸啦，你的所有愿望雪山大地都会成全你。"才让说："我的愿望很多，但这会儿只剩下一个了，见到梅朵就说，请把苗苗阿妈带到跟前来，请让我们跟她见见面。"父亲摇摇头："还是不能见，她在信里说啦，至少还得两年才会彻底康复，后年这个时候，大概就可以见面啦。"才让说："后年？一想到城建，就觉得很快，一想到苗苗阿妈，就觉得很慢。"父亲扭过头去，望着窗外，雪山和草原、天空和大地迅速朝后划去，那是时间的脚步，带着明快的节奏和伤逝的情调，牵动着他的心。心是矛盾的：慢下来的时间也许会让他做更多的事情，快起来的时间又能让他早一点见到挚爱的妻子。两只大鸟飞过，是斑头雁还是赤麻鸭？掀动翅膀的姿影突然变得晶莹而模糊，变成了父亲久久不肯落下的两滴泪，直到手机的铃声响起，两滴泪才变成了裤子上的湿痕。是桑杰打来的电话："强巴啦，你在哪里？顿珠出事啦。"父亲没等听完，就对朗嘎吼了一声："掉头，回去，快。"

在"沁多贸易"中，顿珠一直分管销售部，有了"沁多地产"后他又开始分管售楼部。要房看房的人多，销售员忙不过来，他就亲自带着人楼上楼下地跑，有一栋还没有竣工的楼只有楼梯没有围栏，他为了让看房的人走在中间，尽量往边上靠，结果失足掉了下去，是五层的高度，脚手架的空隙，下面有爹起的钢筋。"沁多贸易"的几个创业者哭了一场，尤其是父亲和桑杰，不断地说着：城市还没有建成，大楼还没有盖完，你怎么就走啦？顿珠家的人反而要平静许多：他干成了一般藏族人干不成的事，家里人也都享到了几辈子没享过的福，雪山大地不想让他再辛苦下去，就把他收走啦。但这个季节注定要绵延父亲的悲伤，顿珠去世的哀痛还没有散去，就又有不幸毫无预兆地从情感河流的最深处走来。

母亲去世了。

梅朵在电话里平静地对我说："大家多长时间没见苗苗阿妈啦？苗苗阿妈也想见见大家。"几天后，我们齐聚沁多城，坐着一辆大轿子车前往母亲工作的地方。草原展示着夏天最彻底的秾丽，绿色就像刚刚洇染过，带着亮光和潮湿覆盖着所有的土壤，地形的波浪变成了牧草大面积的翻滚，从平川到山腰，衔接着红色和黄色的苔藓地带，苔藓之上是雪线，是覆雪的山峰、逶迤的冰岭。最美的草原有最美的花朵，在一望无际的姹紫嫣红里，有风雨不倒的金莲花，有漫于天际的蜜罐罐花，有不让天仙的田旋花，更有水晶花的娇娆、羊羔花的坚挺、龙胆花的艳美、绿绒蒿的柔媚、铃铛花的调皮、马兰花的平凡、雪莲花的朴素、红景天的富丽、格桑花的迷人。所有的花都默默无语，都是献给母亲的花。猎隼在盘旋，野兔和鼠兔窜来窜去，戴胜鸟和棕颈雪雀是报信的，一路都有跟踪，白唇鹿、藏羚羊和藏野驴一次次飞驰而过，黄昏悄然来临，我们到了。

医疗所的所长素喜说："如果不是高寒缺氧导致的心肺畸变，她原来的病再有两个月就能痊愈，她是累死的，太可惜啦。"梅朵穿着她结婚时母亲给她买的洒着细碎金花的湖绿色夏季藏袍，推着病床从医疗所的铁栅栏门内出来，好像只有在洒满阳光的草原上瞻仰遗容才是最合适的，多少年没见过面的母亲出现了，就像我们记忆中的那样：她的额头平滑而细嫩，眉毛是柳叶的，淡黑而细长，闭着的眼睛上浮动着安详与宁和，鼻子挺挺的，光洁而端正，脸颊微红，就像活着时一样，嘴唇厚而紫，那是所有草原人的特征，下巴有点尖，她瘦了，白皙的耳朵安静地藏在花白而浓密的头发里，说明她还没到必须脱发的时候。母亲一如既往地漂亮着，而且将会在我们心中永远漂亮下去。我们没有哭，不想用眼泪泡湿自己，泡塌远远近近的雪山，淹没如此美丽的草原。甚至，梅朵还微笑着，仿佛说：这里不需要哭声，请用你们的笑容，为苗苗阿妈送行和祭奠。眼镜曼巴和坚赞曼巴走了过来，他们和新绿的草原、圣洁的雪山，将是母亲离开人世的最后送行者。两个曼巴轻声念叨着祝福吉祥的话，在我们的瞩望中，从梅朵手里接过病床，推走了母亲。

梅朵走过来，给角巴爷爷、米玛奶奶、桑杰阿爸、卓玛阿妈行了贴面礼，说了声"扎西德勒"，又向我们大家行了鞠躬礼，也说了声"扎西德勒"，然后呆呆地望着父亲。突然，她扑过去抱住父亲，就像一件斑斓的藏袍披在了父亲身上。她说："强巴阿爸啦，你老啦，你看你脸上的皱纹，多得我都不敢看啦，你能不能不要再操劳啦？好好休息的要哩。"人身上最难懂的就是脸上横七竖八的皱纹，但是父亲的皱纹我们都懂，那是跟雪山和草原一样自然而然的褶子，是为了母亲为了所有人的刻痕，是"人"的标记。我们都望着父亲。父亲推开梅朵，淡然一笑："我们该走啦，谢谢你为她做的一切。""我为阿妈做点事还用得着你谢吗?"梅朵说着，朝大家招手再见。父亲转身要走，又突然停下，问素喜所长："两年后医疗所将变成一座普通医院，你们有没有把握?"素喜说："这里的所有病人都已经治好啦，我们打的报告是一年后变身，就想着时间宽裕些，其实再有半年就可以，你问的是两年，那就更没问题啦。"梅朵说："真是太可惜啦，苗苗阿妈看不到这一天啦，她盼了那么久那么久，就是想看到所有的病人一个不落地好起来，现在别人都好啦，只有苗苗阿妈落下啦。"说着转身跑进了医疗所的铁栅栏门。她不想让我们看到她的眼泪，所有的人都不想让别人看到自己的眼泪。

就这样分别了，我们没有多余的话，好比雪的一部分不会去大谈雪山，草的一部分不会去大谈草原，情深似海的人，表面上都很平静。是的，在我们天长地久的平静后面，情深似海啊。我们连夜返回沁多城。才让望着窗外璀璨的星空，突然说："如果距离够近，视力够强，我们一定会看到，无数燃烧的恒星，以最有秩序的组合，写出了世界上所有文字的这句话：扎西德勒。"没有人不相信他，他似乎是所有事情上的专家。大家都跟他一样望着星空，搜寻宇宙间的"扎西德勒"。谁也不说话，往事雾一样飘来，笼罩在天地的沉默里。

母亲的去世并没有影响父亲的操劳，或者说影响是相反的，他需要把所有的时间和精力都花在工作上，才可以在悲伤袭来时躲开它的伤害。沁多城的崛起和阿尼玛卿草原的变化越来越快了，但谁也没有想到，这也意味着父亲追随母亲的脚步也越来越快了。脚步匆匆，母亲和父亲都是脚步匆匆，仅仅过了两年，父亲也走了，让人惊讶得就像夏天结冰，冬天开花，春天黄叶，秋天发芽。

那几天父亲干了许多事：在主抓城建和安置的副州长才让的陪同下检查了沁多城刚刚建成的一批牧人定居社区；听取大面积增加高端

供热设备的论证并提出了"尽快实施"的要求；召集人开会研究学校和医院的合理布局问题，决定在市内增加两所小学和一座中型医院；参观刚刚建成的城北公园，跟一些年迈的牧人和他们的孙子玩这个器械体验那个设施；现场办公确定城南农贸市场的扩建和城西农贸市场的开建；为一家取名叫"达杰"（繁荣发达）的大型超市剪彩；主持州委会，研究通过沁多城未来十年的建设规划，他把它称作"新十年蓝图"。

接着他丢开沁多城，前往夏瓦尼措，研究如何解决旅游开发和环境保护出现的矛盾。傍晚，三菱越野又把他带到巴颜湖，查看沙山的植物生长情况，沙山四年前就绿了，现在更绿了，一座比一座葱茏而明秀，连巴掌大的一块裸露沙土都看不到了。他跟几个在这里研究"规范草场，有限放牧"的畜牧科研所的人一起吃了晚饭，惊喜地听科研人员汇报说，涵盖整个阿尼玛卿草原的可持续发展方案就要完成，上面有几乎每一块（千亩为一小块，万亩为一中块，十万亩为一大块，十万亩以上为特大块）草场科学载畜量和野生食草动物容纳量的精确数据。这是他亲自抓的草原研究项目，能有如此快的进展实在让他高兴，他给科研人员拱手作揖，一再地说："谢谢啦，奖赏你们的不是我，是阿尼玛卿草原。"

第二天一大早，他又直奔阿尼玛卿雪山，去看望驻扎在山前的以保护野生动物和反盗猎为己任的"雄鹰支队"，半路上看到一片被铁丝网圈起来的草场，立马下车，查看了一番，打电话问分管副州长喜饶："拆除因承包草场而出现的所有铁丝网和其他围栏，保证野生动物畅通无阻，这是几年前就开始实施的举措，这里怎么又出现啦？"喜饶说："强巴书记啦，我正在解决这件事情，完了以后给你汇报。"在父亲看来，野生动物的多少，不仅是环境优劣的指标，也是工作好坏的指标。他知道这些年草原野生动物的数量一直在增长，增幅最大的是棕熊、赤狐、藏狐、灰狼、豺、雪豹、金钱豹、猞猁、金雕、大鵟、红隼、秃鹫、胡兀鹫等这些食肉动物，作为学过畜牧兽医专业、又在牧区工作了几十年、天天琢磨保护草原的人，完全明白这意味着

655

什么：管理者出现了，它们将控制不断增加的藏野驴、马麝、白唇鹿、马鹿、狍子、野牦牛、藏原羚、普氏原羚、盘羊、鹅喉羚、藏羚、岩羊等食草动物的数量，优化它们的种群。食草动物只要被控制在一定的范围内，就不仅能给植物带来再生的机会，还能通过采食和排泄把植物的种子搬运到别处，扩大优质草场的面积。牧草的大面积丰盈是增加水源涵养量的保证，而水源涵养量又是发育泉水、沼泽、河流、湖泊以及延缓冰川退化的保证。阿尼玛卿草原正在形成一个环环相扣的良好生态链，今后的工作就是用不断加固和修补的办法，促进生态链持续而优良地运转。

在"雄鹰支队"简陋的帐房里，他听到了一个让他兴奋不已的消息：从生物多样性的角度讲，现在的阿尼玛卿草原超过了历史上任何一个时期，因为这里的动物不光增加了数量，也增加了种类。在全球环境不断恶化的背景下，这种增加还将持续下去，比如白眼潜鸭、凤头鸊鷉、绿翅鸭、赤颈鸭、灰头麦鸡、灰鹤、紫翅椋鸟、大麻鳽、雕鸮、白背矶鸫、灰颈鸦、小滨鹬、草鹭、短耳鸮等，都是这几年才出现的新鸟，其中有些鸟对环境的挑剔带着极端而完美的标准，水不清不来，草不嫩不来，天不蓝不来，氮不够不来，碳太多不来，鱼太少不来，昆虫不多不来，太热太冷太干太湿都不来。现在它们来了，等于帮助人制定了一个评判环境的新标准，而且是具有前所未有高度的标准。新鸟从不同的地方带来了新的种子，草原上冒出了一些新植物，有单株的，有丛生的，也有一片片的，适不适合阿尼玛卿草原的土质和海拔还得等待时间的筛选，但目前至少已经有藏异燕麦、臭草、隐序南星、七叶一枝花、北重楼、合瓣鹿药、卵唇红门兰、血满草、珠光香青、三脉紫菀等十种植物出现了落户后连片生长的现象。

再次上路时，父亲决定去一趟野马雪山，听说雪山那边还有至少五十户牧人，他们执意不搬，依然生活在日见退化的草场上。同时他也想看看野马滩的草原和野马雪山的冰雪，在他心里，那里永远是个标尺，衡量着生态也衡量着人。路上，父亲接到丹玛久尼自然保护区管理局副局长萨木丹的电话，丹玛久尼几年前升级为国家级自然保护区后，工作多起来，需要一个副局长，老才让极力推荐了萨木丹，最近老才让感觉心脏有点不舒服，去沁多城住进了医院，这里暂时就由萨木丹负责了。萨木丹说保护区的湿地今年水量很大，沼泽都溢出来啦，他想修一座水库，把水聚起来，再养一些鱼，也许能吸引更多的水鸟来这里。父亲否决了："沼泽的水是有流向的，关系到下游的水量，聚水会形成断流，对整个草原没有好处。更何况我们已经形成规定：任何关系到环境变化的建设，都要经过专家的科学论证，不能一个人说了算。"萨木丹失望地说："这么说水库不能修啦？那还有一件事，我想把丹玛久尼的旅游搞起来，需要增加一些设施，你要是同意我立马打报告。"父亲干脆利落地说："我不同意，那里是野生动物的天堂，人的干扰越少越好。""搞旅游成本低，赚头大，可以增加州上的财政收入。""我也知道它是个来钱的路子，但这里是平均海拔接近雪线的高原，生态的内部结构相当脆弱，一旦对环境造成损害，弥补起来就得花超过旅游收入几十倍几百倍的钱，甚至花了钱都无法挽回。"萨木丹沮丧地叹口气说："我好不容易管点事，现在看来什么作为也不能有。""你保护好丹玛久尼的原始生态，再把科研抓起来，就是最大的作为。"

　　之后他在车上打了个盹，又打电话给副州长才让，谈到在生别离山搞一个生态示范区的事。才让想了想说："这个想法好，选的地点也好，但目的是什么，我还有点不明白。"父亲说："目前阿尼玛卿州已经有了一些经过保护取得显著成效的典范草原，比如夏瓦尼措、丹玛久尼、生别离山和一些过去严重退化现在已经恢复起来的草原，但它们都不够完美，完美的生态标准现在还没有，这就需要我们自己确立。它不是阿尼玛卿州最好的，也不是全省全国最好的，而是同等条件下整个地球最好的。考虑到生别离山曾经是疫区，现在是游牧区，如果建成既有完美的自然生态，又有和谐的人类生活的示范区，就发生的沧桑巨变来说，它应该是全世界绝无仅有的。"才让说："太好啦，这个想法，那就干呗。""我给你打电话的意思是，这项工作得由你来抓。""这不是城建局和安置办应该做的事。""我已经跟省上沟通过啦，将来能接我的班的，也就是你啦。我的年龄你又不是不知道，要不是特殊时期阿尼玛卿草原的需要，早该退休啦。"才让沉默了一会儿说："阿爸啦，我是个研究物理的你忘啦？""我没忘，你考虑一下，不是我把你看上啦，是草原把你看上啦，能留就留下来吧，实在不想留，我也不能强迫你。"

三菱越野走到下午，在一个可以看到头顶着冰盖的野马雪山和弯弯曲曲的野马河的地方，他让司机朗噶把车停了下来，说要走走。朗噶说："强巴书记啦，前面的路车还能走，你为什么要步行？"父亲说："这个地方必须一步一步走过去，坐车的话我心里会不安的。""书记啦，你今天是不是要朝拜雪山？""我在心里敬畏雪山大地，跟朝拜是一个样子的，所以不光是今天，我时时刻刻都在朝拜，说到底，工作就是朝拜，需要虔诚，还需要一丝不苟。再说了，雪山这么安静，汽车的响动很容易引发雪崩，还有空气，这么干净，怎么好意思污染？"他望着雪山走了大约半个小时，突然停下来，喘了口气说："歇一会儿吧。"然后重重地坐到了草地上。坐下来的父亲再也没有起来，直到几分钟后离世而去，都还是端端正正地坐在那里，望着圣洁的野马雪山。

在高海拔的阿尼玛卿草原，人的心脏是多么脆弱啊，即便他是雪山之子。

才让在电话里声音低沉地告诉了我这个消息："强巴阿爸走了，雪山收走了他，阿妈需要他。我还没有来得及告诉他，我准备留在阿尼玛卿草原，他就走啦。"我忍不住哭了，问道："我们怎么办？"才让说："只能听强巴阿爸的，不等他回来，也不去给他送行，就对着消息说一声扎西德勒吧。"消息自然是朗噶带来的，他说父亲的最后一句话是："不要再送我回去，也不要让人来看我，就让我安安静静躺在雪山大地的怀抱里吧，你看，身边的野马滩草原这么绿，面前的野马雪山那么白，再没有比这里更干净更吉祥的地方啦，扎西德勒。"我们把消息告诉了所有的亲友，亲友们都说了一声扎西德勒。湿漉漉的扎西德勒啊，我们这辈子永远说不够的扎西德勒，伴随着父亲的身影，远远地去了。但远去的不一定是必然会消失的，我们能看得见，无论有多远，无论在哪里，我们都能看得见。尤其是我，只要走进教室，就能看到父亲正在带领沁多小学的学生齐声朗读：我生地球，仰观宇宙，大地为母，苍天为父，悠悠远古，漫漫前路，人人相亲，物物和睦，山河俊秀，处处温柔，四海五洲，爱爱相守，家国必忧，做人为首……

　　父亲去世三年后，人口的增多和建设规模的扩大让沁多城变成了沁多市，但在习惯上人们仍然叫它沁多城。不久，洛洛和央金回来了。西宁的德吉家格桑花酒吧还在开张，但作为老板，他们已经不需要天天盯着，甚至上台演唱了。这个时候恰好晋美要退休，桑杰希望他们回来，接手家乡的德吉家格桑花酒吧。他们商量了一番，答应了，何况他们的孩子嘎嘎早两年就来到了阿尼玛卿草原。嘎嘎是个好动不好静的孩子，喜欢运动，不喜欢坐下来学习，他们就把他送到了依然是寄宿制的沁多学校。央金对梅朵说："嘎嘎也是你们的孩子，好好管教的要哩。"洛洛说："我一个孤儿能有今天都是沁多学校的恩赐，嘎嘎在那里上学只有好处没有坏处。"但经营好一家酒吧显然不是洛洛和央金的目标，考察了一番沁多城的人口分布、年龄结构、习性爱好、业余生活后，他们便有了以德吉家格桑花酒吧为中心打造酒吧一条街的想法，先是给桑杰董事长说，看他的热度没有预期的那么高，就又去找才让书记。才让说："沁多城的年轻人多，娱乐热情高，你们的想法完全符合市场需求，政府也有这方面的规划，重要的是资金问题，靠当地的银行贷款是不可能的，因为还在新建和不断完善的定居社区也需要大量资金，酒吧一条街再重要也不能跟它比。"洛洛说："还要盖大楼啊？我看已经建成的房子很多都是空着的。""那是预留给牧人的，还有至少一千户牧人散落在阿尼玛卿草原的各个角落，强巴阿爸在时，他们的草场还没有退化迹象，就没有动员搬迁，这两年眼看着不行啦，已经开始重复已搬迁牧人走过的路。还有少数是死活不搬的，都已经严重沙化啦，还抱着祖先的家园不能丢弃的想

659

法，心甘情愿地过穷日子。"洛洛没再说什么，他和央金对视了一下，便离开了才让书记。

一个月以后，他们卖掉了西宁的德吉家格桑花酒吧，价钱比当初购买时贵至少三十倍。这笔资金加上他们在其他方面的积累，再加上"沁多贸易"的参股投资，第二年夏天，酒吧一条街开建了。奠基仪式后，洛洛和央金请亲朋好友吃饭，能去的都去了。我和梅朵在饭桌上见到了米玛、桑杰、卓玛、晋美、尼玛、旺姆、琼吉、昭鸽、达娃、官却嘉阿尼、藏红花和喜饶，见到了从西宁赶来的俄霞、梁仁青、嘎沙、熙络、索南、普赤和尤狩，正好是暑假，有孩子的都把孩子带来了。大家有说有笑，都已经是高中生或初中生的孩子们更是叽叽喳喳。梅朵问琼吉："才让呢？星期六也忙？"琼吉说："说是要去找角巴爷爷，不知去了没有。"大家就都望着米玛奶奶。米玛说："才让来啦，请他去一趟野马雪山。他说这件事情强巴没有完成，才让也没有完成，现在就看我啦，但愿我人老啦，面子没有老。"

几年前才让带着安置办的人千辛万苦说服野马雪山那边的五十户牧人搬迁到了沁多城，安置在雪浪谷小区，小区的楼房都只有三层，面积也大，应该算是沁多城第一流的安置房。但今年春节以后，牧人们陆陆续续又回到原来的驻牧地去了，有的走时甚至变卖了家具，购置了拖运行李的马匹和牦牛，明显是不再回来的意思。才让派人调查了原因，才知道并不是居住面积不够大，房屋结构不够好，自来水不够净，照明灯不够亮，夏天的通风不够畅，冬天的暖气不够热，对面市场的货物不够丰富，不远处的公园不够美丽，而是堵，小区四面都是九层以上的高楼，虽然没有堵住阳光和白云，却堵住了远方的雪山。他们很难想象在一个望不见雪山的地方住下去的话心情会舒畅，日子会幸福。才让书记听了汇报后说："这件事并不难解决，沁多城是个多民族聚集的地方，并不在乎是否能望见雪山的大有人在，虽然是政府给予补贴的安置房，也是可以交换的，你需要窗外的雪山，他需要室内的面积，你需要精神愉悦，他需要物质享受，只要双方达成协议，就可以通过中介或政府协调，实现自己的愿望。关键是我们得知道他们的愿望是什么。"摸底和请牧人回来的工作同时开始，但进展并不顺利，派人到野马雪山那边去了两次都是无功而返。才让书记只好请角巴爷爷出面，自己也想陪着去，看看野马雪山那边正在恢复灵秀的退化草场是不是一下子又回去啦？看看当年强巴阿爸把他这个聋哑孩子从家中带走的雪山脚下现在怎么样啦？遗憾的是，才让没有去成，中国最美草原评选委员会的专家们即将到达，需要他介绍情况的通知留住了他，他只好拜托角巴爷爷一个人去，又叮嘱司机朗噶："现在路好啦，容易打瞌睡，开慢一点的要哩，一定不要在夜里过雪山。"

野马雪山那边的五十户牧人不属于沁多草原，角巴的说服只成功了一半，也就是说只有一半牧人愿意给他面子并相信他的保证。三天后，角巴让朗噶先回去向才让书记汇报，自己将和返城的牧人一起，骑着马赶着拖运行李的牦牛，跋涉而归。朗噶说："请爷爷不要这样，你不坐车的话我不放心。"角巴说："你不放心的是我，我不放心的是牧人，他们走着走着又改变主意怎么办？我是必须跟着他们的。"这么着，朗噶就先开车回去了。角巴和那些牧人慢慢腾腾往前走，走了一个星期才翻过野马雪山。果然就像他担心的那样，有两户牧人看到离雪山越来越远，突然又反悔了，大家早晨醒来一看，没有了他们的身影。角巴对剩下的人说："难道他们看不出天就要变了吗？风从南边来，吹在脸上就能感觉到雪的冰凉，万一他们到了山顶，过不去回不来呢？你们继续往前走，我得回去看看啦。"他骑着一匹牧人借给他的马，追寻而去，走了不到半天，就有雪雾前来堵挡。他停下了，感觉着雪雾后面的凶险，在继续寻找和放弃寻找之间徘徊了片刻，然后毅然朝山顶走去。风大了，疾雪袭来，就像一双巨大的手，扭歪了马的脖子，马不听他的，使劲掉转身子，顺着风向走去。他只好下马牵着它走，歇歇停停，走到了天黑，又走到了天亮，那两户牧人出现了，但都已经陷落在雪坑里失去了自由。角巴说："是雪山大地的保佑让我发现了你们，你们这些不听好人言的人，这个时候才知道听话。"他解下自己的腰带，解下马肚带，解下缰绳，把它们连接在一起扔了下去。下面的人还能动，吃力地把绳索拴在了自己的腰带上。角巴拽着马笼头往前拉，一个人上来了，两个人上来了，两户牧家十三口人都上来了。有个牧人问："下面的牲畜怎么办？"角巴一屁股坐在地上，喘着气说："这个不用问我，问问雪山大地就知道啦。"雪粉席卷而来，一层比一层厚实地掩埋着，转眼就不见了牲畜的影子。牧人们吐吐舌头："幸亏我们上来啦。"又一个夜晚来临了，他们摸黑往前走，方向是沁多城，角巴一直走在最前面，他说："我老啦，探路的事就交给我吧。"风更大，雪更疾，又一次陷落出现了，这一次不是陷落了那两户牧人，而是陷落了角巴，不是可以救人上来的雪坑，而是一道深不见底的雪渊。

角巴德吉被雪山大地收走了。那两户牧人等到雪停风小之后，没有再往沁多城的方向走，而是回到了野马雪山那边再次面临荒败的故乡草原，挨家挨户地讲述着角巴如何救命又如何归天的事。"角巴在天上看着我们，再要是不听他的，对得起谁呢？看见了吧，山上落雪，草原下雨，这是角巴德吉的眼泪啊，你们尝尝，还是咸的。"一个月后，离开雪浪谷小区的五十户牧人又全部回到沁多城，被重新安置在了城市的边缘一个开门就能看到雪山草原的新建小区。

3

经过三年的跟踪考察后，阿尼玛卿草原入选中国最美草原，不久又传来沁多被评为"高原最佳景观城市"和"最具活力、魅力、想象力的社区群落"的消息。几乎在同时，从沁多学校到沁多城的高速公路通车了，时间被压缩成了一个半小时。许多老师都会开车往返于学区和城区之间，他们在城里有住房，在学校有宿舍，哪里都能住。当然也可以坐公共汽车，每天有四路公交穿行在这条路上，因为中途不停，比自己开车也慢不了多少。但是我不行，我还是只能周六回城，周日返校，有时忙起来连这个都不能保证。因为沁多学校一直是个寄宿学校，就算是周六周日，校园里也能到处看到学生和老师的身影，而我是校长，我更愿意遇到问题时当面处理，而不是在电话里听取值班副校长的汇报，第二天再去解决。我是一个崇拜父亲的儿子，父亲说了：工作就是朝拜，需要虔诚，还需要一丝不苟。

我去沁多城是因为梅朵在那里，生别离山医疗所在完成它的特殊使命搬到城里成为沁多市第五人民医院后，她仍然是一名整形外科医生。我们的见面由过去的一个月一次，变成了一周一次。生活对我们的厚爱就在一周一次的见面中显出了它的自然本色，是那样朴实无华而又柔情蜜意。我发现当你深爱着一个人而又能感觉到她同样也深爱着你时，内心深处的波浪就会变成最浅显的涟漪，伴随着风的节奏，持续不衰地轻轻荡漾。我们没有孩子，曾经遗憾过，但现在已经不遗憾了，身边有的是需要我们的人，有的是亲朋好友，我们不怕孤独，也没有寂寞。不管春夏秋冬，周日的早晨，吃过饭后，梅朵总会说："咱们去逛街吧？"好像我们的逛街每次都是第一次，需要她提议，需要我略带惊喜的回应："好啊。"

我们住在珠姆山北边的老营地花园小区，出了单元门右拐，经过一片草坪、一片花圃和一个小湖，能看到一座木质的凉亭，凉亭连接着防腐木铺成的方形小广场，里面有一些木椅，有一些铁艺的桌子，每天都有不少老人摩挲着念珠坐在那里，一边晒太阳一边说话，或者打牌打麻将。周六和周日，这里又成了聚会的场所，许多人都会把准备好的食物从家里拿出来，摆在铺成一长溜的塑料布上，围在两边，吃着，说着，笑着，唱着。路过的人都会受到邀请："来啊，坐下，吃一点。"梅朵有一次好奇地数了数，惊讶地喊起来："不得了啦，有肉食有干果有水果，你们摆出来的东西至少有五十五样，一样吃一点点就饱啦。"有人说："今天还是少的。"梅朵说："好好吃吧，这里头什么营养没有？"我明白她的意思，过去的牧人长年累月吃的只有三样：肉、奶、糌粑（青稞炒面），蛋白和脂肪过量，维生素和微量元素严重缺乏，普遍都有因为营养不均衡造成的疾病。我就连说几声："卡卓洛淘，扎西德勒。"其实这五十五样还不包括主食，小广场之外的砖地上，煤气灶已经支起，几个系着花氆氇围裙的女人正在锅边揪着面片，虽然是羊肉面片，但里面已经不仅仅是羊肉了，还有豆腐、萝卜、洋芋和最后才会放进去的绿叶菜。看到这种情形我就想：曾经的逐水草而居让牧人的生活一年四季都处在远离邻居的孤独中，所以他们期待聚会就像期待盛典一样，如今随时都可以聚会，盛典的意义也就消失了，但对聚会的喜欢并没有消失，而且渐渐演变成了习惯，好像邻居们一周不聚一次，生活就会缺少最基本的色彩。沁多城里，几乎所有的小区，周六或周日都有这样的聚会。

离开居民们聚会的方形小广场，往北又是一个大一点的广场，那是小区居民跳锅庄的地方，天天晚饭后都会有人跳，梅朵有时候也去，跳得少，唱得多，她还是那么喜欢唱歌。穿过广场是座花坛，种着一些马先蒿、云雾龙胆、棱子芹和密花角蒿，黄色、蓝色、白色、红色的花朵总是一起开一起败，然后就是绿意盎然。我们老营地花园小区其实很漂亮，但在沁多城历年的最美小区评选中，竟没有一次进入前二十名，这让人颇为沮丧。绕过花坛，就是小区大门了，门外和门内都有一条环绕整个小区的路，每天早晨，天刚放亮，就会有老年人顺时针转圈，以前是围绕着雪峰转山祈福，现在是围绕着小区转楼祈福，问他们在为谁祈福，得到的回答几乎没有例外：为了小区大楼里的所有人。在他们的意识里，只有为所有人祈福，自己的幸福才会到来。但他们默默念诵的祈福真言已经不仅仅是"唵嘛呢叭咪吽"了，有时还会加进去"强巴啦甲木萨"这样一些词汇。梅朵和我每每听到这样的祈福真言，都会望一望天空，好像我们能看到父亲和母亲在云端里聆听的身影。只有这时候我们才会意识到，我们的逛街其实是一种表达思念的方式，对父亲，也对母亲。

出了小区大门，往东是新营地花园小区，往西是达杰大超市，紧挨着沁多最早的商厦尼玛村康，再往西又是阿尼玛卿文化中心和一片高高低低的楼厦，连接着笔直地通向体育馆的金融街。记得金融街刚建起来时我们在街口看到一个老人和一个中年人正在争吵，听上去像是父子。他们一人拿着一摞钞票，儿子说："存起来的要哩。"父亲说："存起来干什么？你听我的。"看到我们后父亲突然跑过来抓住了梅朵的手："曼巴啦，你说说，钱到底怎么办？放到银行里好，还是花掉好？"沁多城的很多人都认识梅朵，因为她是全城十个"最美医生"中的一个，很多地方都贴着她穿白大褂的照片。梅朵说："到底怎么回事嘛？"听他们解释了半天，才明白他们把自家的草山承包给了虫草商，今年是头一年，挣了三十万块钱，一时不知道怎么办好。儿子说："家里已经有两台电视机啦，他还要买一台，我就说这个钱不能放在家里，放在家里过几天就没有啦。"梅朵和我都知道，从前的牧人没有把牛羊变成钱的习惯，更没有储蓄的习惯，如今挣钱的习惯慢慢养成了，但有了钱到底怎么办又成了问题，很多人都是有多少花多少。梅朵说："那就存起来嘛，既然家里什么都有啦。"儿子立刻说："听到了吧？曼巴啦是见过世面的，见过世面的人都说存起来好。"父亲踢了踢脚边装着钱的牛毛绳口袋，一脸茫然地说："不花掉干什么？它又不会生娃娃。"但仅仅过了一年，当我们再次遇到父子俩时，他们已经是民族风情街开藏饰商店的店主了。梅朵买了一对想送给同事小孩的藏银手镯，问他们生意好不好。父亲说："好得很，我们现在天天就是把钱变成东西，再把东西变成钱，变来变去，东西越来越多，钱也越来越多啦。"我们一边感叹牧人们的适应能力，一边说起生活培训中心的作用，那几乎是一所学校，负责教会你所有的生存技能，包括如何花钱，如何挣钱，如何在超市选购货物，如何使用家用电器，等等，甚至都有"十分钟教会你操作电梯"这样的课程。尤其是手机和电脑，学的人最多。要知道，对阿尼玛卿草原的大部分牧人来说，接触现代化设备的时间，比内地人晚了二十年都不止，他们越过了 BP 机、大哥大、小灵通、翻盖、滑盖、摩托罗拉的流行岁月，甚至连固定电话都没有摸过，直接伸手抓起了现代版的智能手机，然后就开始上网——一个神话世界突然来临了。生活培训中心对所有人开放，而且是免费的，老师也基本都是沁多学校的志愿者。

　　每次经过达杰大超市，我们都会进去采购一点吃的用的，看到那么多穿着皮袍或者氆氇袍的牧人都在悠闲地挑选物品，就会由衷地感叹几句：都说时间能改变一切，其实不然，地球上迄今还能找到四十五亿年前地球形成时的岩石，它们没有变化，游牧民的传统生活持续了几千年，也没有变化。但如果加进去动力，那就大不一样了，时间就会等同于变化，变化也会等同于时间。有一次我们看到我们老营地花园小区的达洛叔叔提了一堆东西在超市出口排队，到了收银员跟前，结了账他又说："还有一碗甜醅你没算。""甜醅呢？""我已经喝掉啦，好喝得很。"收银员说："叔叔啦，这里不是饭馆，是超市，你不能喝了再交钱，要交了钱再喝。"达洛叔叔惊讶地"哦"了一声，拍着肚子说："那怎么办？甜醅已经到这里啦。"售货员问："空碗呢？""我放下啦。""你去把空碗找回来吧，甜醅有七八种，我不知道你喝的是哪一种。"他朝里面看了看，犹豫着，偌大的超市、林立的货架让他有些畏惧："不好啦，我不知道放到哪里啦。"梅朵过去说："达洛叔叔啦，你跟我走，我们一起去找。"他们找了一圈也没找到，大概是被保洁员清理掉了。梅朵说："这样好不好，你再拿一碗跟你喝掉的一样的甜醅，让人家收你两份钱？""噢呀，噢呀。"离开超市时收银员朝梅朵笑了笑说："姐姐啦，我见过你。"梅朵说："你一个小姑娘家，怎么叫我姐姐？你应该叫我老阿妈。"售货员吃惊地瞪圆了眼睛说："你这么年轻漂亮，我怎么能叫你老阿妈？"梅朵的年轻漂亮让我心花怒放。几个月以后，达洛叔叔在我们小区开了一家小超市，里面全是牧人们爱吃、聚会时必备的食物，更重要的是，他家的甜醅是自酿的，分量又足又好吃。有时调皮的孩子们会跑进小超市摸摸这个动动那个，达洛叔叔就会说："这里不是饭馆，你们不能吃了再交钱，要交了钱再吃，懂不懂？"他妻子说："你别给娃娃们讲这些道理，显得你小气得怕人家吃。"达洛叔叔说："我要是让他们在我这里犯错误，他们到了达杰大超市和尼玛村康就会犯同样的错误，那是很丢人的。"

沁多城有五个区：城东、城南、城西、城北和城中，我们每次逛街也只能逛一个区，而且多数是在我们居住的城西区。城区之外，还有三个大型养殖场和两个批发市场，有几十家从事畜产品加工、药材加工、地毯制造、民族用品制造的工厂，它们吸纳了沁多城三分之一的劳动力，另有三分之一的劳动力从事着商业、服务业和旅游业，剩下的劳动力依然经营着畜牧业，强巴阿爸提倡的"规范草场，有限放牧"显示了它的优势，阿尼玛卿草原一直在给国内市场提供质量优等的"草膘牛羊"，由于价格不菲，牧人的收入比过去翻了几番。沁多城里的人是闲不下来了，城市还在发展，外来打工的越来越多，即便这样，市政府还在鼓励沁多人去西宁甚至更远的内地大城市打工，照才让书记的说法：劳动力的交流会提高沁多人的素质。有一天才让给我打电话说："沁多机场已经通航啦，沁多学校每个学期可以派二十名学生飞到西宁，参观几天，再飞回来，这笔费用由州上出。"我说："你是想让牧人的孩子从天上看看雪山大地，顺便去大城市长长见识吗？""噢呀，就是这个意思。"后来我才知道，才让的想法里包括了所有生活在阿尼玛卿草原的人，每年旅游局至少会组织六个偏重于牧人和老人的旅行团，坐飞机去西宁参观，再去北京、上海以及沿海的广州、青岛、厦门、大连去看看。

　　有时候我们也会把逛街的时间用在聚会上，那是因为西宁的同学或亲戚朋友来了。每次他们来，都是梅朵出面张罗，我们不进任何一家饭店，而是带着饮食去草原，随便什么地方都行，席地而坐，看看雪山，看看满地的鲜花和茂盛的牧草，看看那些怕人或不怕人的野生动物。有一次我们看到了两只雪豹，大概是恋爱中的一对吧，就在山麓边突起的草丘上，警惕地望着我们，却并不惊慌失措。雪豹是阿尼玛卿草原的旗舰动物，是生态优良的重要指标，它们出现在人的眼界里，说明数量正在上升，领地已经扩大，也说明植被的茂盛带来了水源涵养量的增加，雪线开始下降了。有时候我们会去漂亮到无以复加的夏瓦尼措，也会去比夏瓦尼措还要漂亮的丹玛久尼，还会去巴颜湖景区，那里又是一番格调，壮阔而大美，再也看不出它曾经是一个沙山连绵的不毛之地。至于在我们心里永远都是漂亮第一的生别离山，总是我和梅朵两个人去，而且都是新年放假的时候。就像父亲期望的那样，这里已经是一个既有完美的自然生态，又有和谐的人类生活的高原示范区了。真正的沧海桑田是看不出来的，但牧人们的心里永远都明明白白，关于生别离山的故事一直在流传。母亲和梅朵工作过的生别离山医疗所已经被改造成了一家酒店，我们还住过一晚上，我要住梅朵生活过的房间，梅朵说："咱们还是住在苗苗阿妈的房间里吧。"

　　还有一个地方，我和梅朵隔一段时间就会去一次，那就是洛洛家。洛洛已是孤身一人，央金不在了，一场火灾为她的生命画上了句号。酒吧一条街因为浓郁的民族风情和高原特色成了网红景点，来阿尼玛卿草原旅游的人一定会来这里打卡，加上沁多城和节假日专门从西宁来的客人，一条街的两侧停满了车。那辆发生自燃的七座商务车就停靠在德吉家格桑花酒吧斜对面，当"着火了"的喊声传来时，央金正在二楼办公室给洛洛打电话，洛洛为印制酒吧一条街的画册和明信片去了西宁。她从窗户里一瞅，边打电话边跑下了楼，看到车灯是亮着的，估计里面有人，就扔掉手机跑了过去。车里的人喝醉了，当火焰从车头烧起来时他们居然还靠在后面的座椅上呼呼大睡。她想打开车门，门从里面锁死了，喊叫和拍打都无法唤醒里面的人。她让跟她跑来的酒吧保安去拿个砸玻璃的家什来，保安找来找去，看路边既没有石头也没有可以拿起来的铁器，急得他连连喊叫："雪山大地啊，快告诉我们怎么办。""你怎么这么笨。"央金说着跑回酒吧，抱了一个藏艺大花瓶出来，扔向了车窗玻璃。车门打开了，救人开始了，火势迅速蔓延着。她拖出一个男人，交给保安，让他拖到安全的地方去，又拖出一个女人，一直拖到了酒吧门口，心想这一男一女不会带着孩子吧？返回去钻进车里，看到后排座上果然躺着一个熟睡的女孩，她抱起女孩，跳下车就跑。女孩醒了，指着燃烧的汽车说："贝比，贝比还在车上。"她不知道贝比只是个玩具，以为车里还有人，把女孩交给别人，自己又回到了车上，就在这个瞬间，爆炸发生了。从西宁赶回来的洛洛哭着说："她一直认为自己打过胎，跟杀人一样是有罪的，现在好啦，她救了人，而且不止一个，灵魂不再有愧悔，终于可以安宁啦。"但洛洛自己却怎么也安宁不下来，对他来说失去的不光是妻子，还有心灵的秩序。他把酒吧一条街的经营交给了"沁多贸易"，自己又开始写歌，写的都是一些思念故人、回忆往事的歌，带着永远的悲伤和遗恨，优美而感人，包括那首在沁多城广为传唱的《奔向远方》。这是他写给儿子嘎嘎的，嘎嘎成了一名长跑运动员，在全国比赛中拿过一万米的第二名和五千米的第三名。

　　梅朵和我的逛街最多只有两个半小时，然后就会买一点老人吃用的东西，坐着公共汽车或者出租车去扎西平措，看望米玛奶奶、桑杰阿爸和卓玛阿妈。桑杰阿爸老了，但身体还不错，每次回去都要给我们讲他和强巴阿爸的故事，其实那些故事我们都知道，但一个老人津津乐道的就只有这些，怎么可以不让他讲呢？他已经从"沁多贸易"董事长的位置上退下来，现在的董事长是果果。桑杰阿爸很少花钱，退休时并不知道自己有多少存款，就说不管有多少，都捐给沁多学校吧。而我是知道的，沁多学校先后收到了三笔赠款，两笔是桑杰阿爸的，一笔是卓玛阿妈的，共计九千五百万元，他们差不多是裸捐了。有时候还会看到尼玛和旺姆，他们住在离桑杰阿爸家只有两站的卡卓小区，不定什么时候就会过来。梅朵喜欢吃米玛奶奶和卓玛阿妈做的拉面，就像她从前喜欢吃姥爷姥姥做的拉面那样，还是要那么多辣子那么多醋。有一次我们在这里惊喜地看到了才让和琼吉。梅朵问："今天怎么闲啦？"琼吉说："哪里是闲啦，是更忙啦，你问他，他是来干什么的？"才让说："在沁多城的新规划里，扎西平措这片最早的房子都是要拆掉的，这里会集中一些科研单位，主要有草原生物研究院、科技展示厅和高原生态博物馆，马上就要动工啦，你们要做好准备。"桑杰阿爸说："我们做什么准备？到时候就让大家去说，所有的人家都搬掉啦，只有才让书记家坚决不搬。"我们知道他说的是反话，都笑起来。卓玛阿妈说："你别担心我们，搬家公司都已经联系好啦。"米玛奶奶说："你们不能就走掉，吃了饭再走。"才让说："我们就是来吃饭的。"又问，"安置房你们去看了没有？"桑杰阿爸抢着说："没看。"卓玛阿妈说："你别听他的，他是第一个去的，还说好得很，就在野马雪山广场的旁边。"我和梅朵也说："太好啦。"大家都知道野马雪山广场意味着什么。

吃饭的时候，琼吉突然说起才让的身体，说他血压高，晕倒过两次，心脏有时也不舒服，医生让他好好休息，他就是不听。梅朵说："千万不能拼命，苗苗阿妈和强巴阿爸的去世都跟高寒缺氧有关。"才让笑道："放心吧，我心里有数。"但他依然高估了自己的心脏，就在丹玛久尼自然保护区和阿尼玛卿草原的大部分因为生态优良和地位重要而成为国家公园之后，就在由他奠基的最后一批安置房建成，外州县的几千户牧人因为生态灾难而成为沁多城的新居民不久，就在第一批大面积的大棚式高原蔬菜基地和优质牧草基地建成之时，才让猝死在办公室里。他死于黎明，因为午夜琼吉还跟他通过话，他说正在商量事情，回不去啦。

在才让哥哥的追悼会上，我看到了从西宁专程赶来的王石，他退休不久，腿关节就出了问题，如今坐上了轮椅，只能被人推着了。他来到老才让的身后，咳嗽了一声。拄着拐棍的老才让慢腾腾转过身来，吃惊地瞪着他说："来啦？怎么这个时候才来？往前往前，你排在我后面的话我不舒服。"王石说："我不想见你，往前干什么？"然后长长地叹口气说，"你一直在州上，就不知道为才让书记多承担一点，你做长辈的没走，他倒走了。""你不是也没有承担什么吗？躲在西宁一次也不来看看。""我行走不方便你没见吗？强巴走的时候就想来，动了几次心思都放弃了。这一次我想，再不去的话这辈子就去不成了，一来给累死在岗位上的才让书记送行，二来是看看阿尼玛卿草原和沁多城。""这么好的地方不能让你随便看吧？没有我的同意和陪同不会有人接待你的。""你现在算老几？""我虽然算不了老几，但我的名字跟才让书记的名字是一个样子的，还能沾一点点光，听到有人叫才让书记，我答应一声，他们也没话可说嘛。你呢，什么光也沾不上。""你就知道沾光。"追悼会之后，老才让陪着王石到处走了走，还去野马雪山广场献了哈达，完了说："我们两个这辈子还能见几面？一起吃顿饭的要哩。"王石说："你陪了我这么长时间，我当然要请你。"老才让说："沁多城是我的家，不是你的家，你到了我家里，怎么能让你请？""谁说不是我的家，别忘了才让书记小时候见了我是叫叔叔的。"王石跟老才让急赤白脸地争起来，最后达成协议：老才让请饭，王石买酒，同时老才让承认阿尼玛卿草原以及沁多城也是王石的家。两个老态龙钟的人没喝几杯就都醉了。

　　每年每年，藏历新年的前一天，沁多城里，每家至少会有一个人去野马雪山广场送吉祥，献哈达。当那么多洁白的哈达一层层摞起来时，一座冰晶的雪山就耸立起来了。人们围绕着闪闪发光的雪山，念诵着属于阿尼玛卿草原的祈福真言，转了一圈又一圈，怀念着逝者，祝福着未来。当人越聚越多时，声音就像沁多河的波浪，涌荡在辽阔的大地上，雄壮而悠长，念着念着就会唱起来：

　　　　　你来自鲜花的故乡，
　　　　　把美丽撒在草原的牧场，
　　　　　你来自河流的源头，
　　　　　把善良流进牧人的心上。
　　　　　圣洁的雪山告诉我，
　　　　　你比冰晶还要明亮。
　　　　　辽阔的大地对我说，
　　　　　你散发着爱的芬芳。
　　　　　祝福的声音响起来啦，
　　　　　你的吉祥我的安康，
　　　　　美好的新年就要到啦，
　　　　　蓝天送给我们阳光。

　　歌声的结束便是取哈达的开始，人们会把堆成雪山的哈达一一取走，意味着祝福是每个人的奉献，也是每个人的分享，尤其是他们又一次分享到了来自先逝者的祝福。每当梅朵和我看到大家拿着哈达，念着祈福真言或唱着歌，心满意足地回家去时，都会有一种回到从前的感觉，从前没有这样的仪式，也没有沁多城，更没有如此美好的阿尼玛卿草原，只有角巴爷爷、强巴阿爸、苗苗阿妈和才让哥哥忙忙碌碌的身影，但是所有的"祈福"都在他们——三代人的忙碌中散发而出，变成了空气，变成了雨露，变成了花朵的种子，播撒在了人们心里，年年月月都在绽放。是什么样的人能在人心里播撒种子？人应该怎样做才能称其为"人"？我想我已经退休，不再是校长，有的是时间，为什么不能写出来呢？

2022 年 4 月 11 日

2022 年 8 月 21 日

2022 年 11 月 21 日

图书在版编目（CIP）数据

雪山大地／杨志军著．-- 北京：作家出版社，2023.10
（2023.11 重印）
（新时代山乡巨变创作计划）
ISBN 978 – 7 – 5212 – 2471 – 9

Ⅰ.①雪⋯　Ⅱ.①杨⋯　Ⅲ.①长篇小说 – 中国 – 当代
Ⅳ.①I247.5

中国国家版本馆 CIP 数据核字（2023）第 156628 号

雪山大地

作　　者：杨志军
责任编辑：姬小琴
装帧设计：棱角视觉
责任印制：金志宏
出版发行：作家出版社有限公司
社　　址：北京农展馆南里 10 号　　邮　　编：100125
电话传真：86 – 10 – 65067186（发行中心及邮购部）
　　　　　86 – 10 – 65004079（总编室）
E – mail: zuojia@zuojia. net. cn
http: // www. zuojiachubanshe. com
印　　刷：北京盛通印刷股份有限公司
成品尺寸：152 × 230
字　　数：586 千
印　　张：42.25
印　　数：10001—20000
版　　次：2023 年 10 月第 1 版
印　　次：2023 年 11 月第 2 次印刷
ISBN 978 – 7 – 5212 – 2471 – 9
定　　价：98.00 元（精）

雪山大地